HEYNE BÜCHER

Fantasy

Herausgegeben von Wolfgang Jeschke

Von Michael Scott Rohan erschienen in der Reihe
HEYNE SCIENCE FICTION & FANTASY:

Trilogie ›Der Winter der Welt‹:

1. Roman: Der Amboß aus Eis · 0605091
2. Roman: Die Schmiede im Wald · 0605092
3. Roman: Der Hammer der Sonne · 0605093

MICHAEL SCOTT ROHAN

DIE SCHMIEDE IM WALD

Zweiter Roman
der Trilogie
›Der Winter der Welt‹

Deutsche Erstausgabe

WILHELM HEYNE VERLAG
MÜNCHEN

HEYNE SCIENCE FICTION & FANTASY
Band 0605092

Titel der englischen Originalausgabe
THE FORGE IN THE FOREST
Deutsche Übersetzung von Irene Bonhorst
Das Umschlagbild malte Michael Hasted
Die Karte auf Seite 6/7 zeichnete Erhard Ringer

Redaktion: Ulrich Petzold & Friedel Wahren

Die Originalausgabe erschien ursprünglich
bei Macdonald & Co. (Publishers) Ltd., London & Sydney

Printed in Germany 1993
Umschlaggestaltung: Atelier Ingrid Schütz, München
Technische Betreuung: Manfred Spinola
Satz: Schaber Satz- und Datentechnik, Wels
Druck und Bindung: Elsnerdruck, Berlin

ISBN 3-453-07253-7

Inhalt

wahrscheinlicher verlauf
der duergar-wasserwege
eis
ekwesh-land
nordenbergen
schmiedemeisters
turm
harthaby
starken-
moor
asenby
rasby
nordeney
saldenborg
thuneborg
tensborg
randeby
dunmarbas
der grosse wald
lys arvale
umstrittenes
land
hochdamm
die marschen
schutzbruch
offenes land
logh 'an
aithen
(waldsee)
ilyan
armen
wald
(aithennec)
schutzgebirge
bryhaine
kerbryhaine
logh 'an
orhy
bryhannec
ödland
daveth loscaouhen
(brennende wüste)

n
col'an'tyrieth
(verlorenes land)
(das frühere reich morvan)
ruinen der stadt ketmorvan
kerys
menetH ledanneh
(breites gebirge)
mórau haldraeth
morvannec
(meer des sonnenaufgangs)
arvor clevhan
(fieberküste)
mor bostyr
(das landumschlossene meer)
gulvor streth (tote meerenge)
daveth holan
salzbänke
salzbänke
ER

Einleitung

Zwischen der Jugend und der Reife liegt eine Zeit des Fragenstellens und Entdeckens; zwischen den Lehrjahren und der Meisterschaft liegt die Zeit des Wanderns als Geselle. Über die sonderbaren Lehrjahre des Zauberschmieds Elof, über die großartigen Leistungen und schrecklichen Taten und über ihr unheimliches Ende berichtet die Winter-Chronik im ›Buch des Schwertes‹. Doch als diese stürmische Zeit vorüber war und er die Monate der Krankheit allmählich überstanden hatte, erwachte in Elof erneut die Sehnsucht seines Herzens, und nichts hinderte ihn mehr daran, ihr nachzugeben. Und von dieser Sehnsucht und der langen Suche, zu der sie ihn veranlaßte, erzählt das ›Buch des Helms‹.

Erstes Kapitel

Das Entfachen des Feuers

Der Wind, der vom Meer her wehte, weckte ihn; sein Kopf war auf das vollgekritzelte Buch herabgesackt. Er blies durch den offenen oberen Teil der Tür in die Schmiede herein, hielt das Feuer in der Esse flach, ließ die Binsenlichter flackern und hauchte ihm eine plötzliche Kälte ins Genick. Er richtete sich mit einem Ruck auf und blinzelte mit der aufgeschreckten Wachsamkeit des unvermittelt aus dem Schlaf Gerissenen ins flackernde Licht. Er war ganz woanders gewesen, sehr weit weg, in dunklem Marschland oder kahlem Gebirge, und hatte einen Schatten aus seiner eigenen Vergangenheit gejagt, einen Schatten, der ihm entschwand, dessen Form zerfloß, wenn er nach ihm griff, um sich hinter seinem Rücken wieder neu zu bilden — ewig nah, ewig unerreichbar ...

Er hörte, wie ein Buch leise zugeschlagen wurde, und ungeduldig schüttelte er die Nachempfindung des Alptraums von sich ab. »Wie schreitet die Nacht voran?« fragte er, ohne den Kopf umzuwenden.

»Mit ihrer üblichen Gangart«, kam Rocs ruhige Antwort. »Sie hat eine Stunde vor Mitternacht erreicht, wie mir mein Glas verrät. Zeit für dich, längst im Bett zu sein, laut Ils' eisernem Befehl. Marja und der alte Hjoran sind schon lange weg. Und morgen ist der große Tag Kermorvans, meines Herrn; schlafe jetzt, wenn du dafür frisch sein willst.«

»Ich kann nicht schlafen.«

»Dann hast du vor einer Minute aber eine großartige schauspielerische Leistung vollbracht ...«

»Ich meine, ich wage es nicht. Nicht jetzt, da mir so viele Gedanken und Sorgen auf der Seele lasten. Meine Träume sind vergiftet.«

»Dann hast du also nichts gefunden, das dir helfen könnte?«

Elof schüttelte den Kopf. »Nein. Und du?«

Roc erhob sich, stapfte zu einer Bank, auf der haufenweise dicke Bücher aufgetürmt lagen, und warf mit einem Knall dasjenige, das er gerade gelesen hatte, auf den höchsten Stapel. »Dasselbe. Viel Faszinierendes, vieles, das ich nicht begreife, aber nichts, das sich mit unserem Anliegen befaßt.« Er warf einen Blick auf die Kästen mit Schriftrollen neben Elofs Tisch und beugte sich über die Schulter des anderen. »Von denen hast du wohl auch die meisten durchgesehen. Wovon handelt diese eine Schrift da? Sie sieht nicht sehr vielversprechend aus. Schade, daß unser ehemaliger Meister, dem niemand eine Träne nachweint, nicht mehr von seiner wertvollen Bibliothek in den Süden mitgebracht hat. Das wird jetzt alles in dem alten Turm vermodern ...«

»Sofern die Duergar den Ort nicht eingenommen haben«, sagte Elof. »Oder ... andere.«

»Meinst du das Eis?« fragte Roc leise und blickte unwillkürlich hinaus in die Dunkelheit jenseits der massiven Tür. »Ich bezweifle, daß es mit den Büchern viel anfangen kann.«

»Schon, aber es gibt dort noch andere Dinge. Wir haben zum Beispiel den Helm, den ich hergestellt habe, nicht gefunden; dieser Tarnhelm befand sich nicht unter den Wertsachen des Schmiedemeisters. Auch er war ein Werk, das viel Macht in sich barg ...«

Roc zuckte mit den Schultern. »Er ist durchaus nützlich, um einen Menschen unsichtbar zu machen. Und um ihn auf irgendeine Weise von einem Ort zum anderen zu bringen, wenn das, was du in jener Nacht seiner Herstellung gesehen hast, keine Täuschung war.«

»Es war keine Täuschung«, brauste Elof auf. »Und die

Sache auf dem Eis ebensowenig. Hier ist eine Schrift, die Ingar bei der Planung des Helms zu Rate gezogen haben muß ... sieh nur, sie trägt sogar die Kreidemale seiner schmutzigen Ärmel ...« Er verstummte für einen Moment und seufzte tief. Roc sagte nichts. »Es ist eine Abhandlung über die Macht von Masken, mit Anmerkungen des Schmiedemeisters, die zeigen, wieviel er darüber von den Ekwesh gelernt hat, um den Träger einer solchen Maske in sein eigenes lebendiges Sinnbild zu verwandeln. Wenn ich es richtig verstehe, stellt eine derartige Verwandlung die Wurzel der ganzen Macht des Helms dar. Erinnerst du dich, welche Eigenschaften er verlangte, die ich dem Helm eingeben sollte? *Tarnung, geschmeidige Bewegung, Unsichtbarkeit* ... Davon wurde ich im Traum heimgesucht, von der Erkenntnis, wie dieser Helm wirkte, wie mächtig er in Wirklichkeit ist. Der Helm ist eine Maske, eine vollkommene Maske, eine Tarnung, die durch das Bild, das sich der Träger von sich selbst macht, geformt wird. Wenn er an Schatten denkt, dann wird er unsichtbar. Wenn er an eine bestimmte Form denkt, dann tarnt er damit seine eigentliche Gestalt. Wenn er daran denkt, an einem anderen Ort zu sein, dann versetzt ihn dieser Gedanke an jenen Ort; er ist dort ...«

Roc schluckte. »Eine schauderhafte Macht, wenn man sie gewissenlos benutzt. Ich denke an viele Orte, an denen ich nie mehr sein möchte. Ach, aber die Duergar werden wissen, wie damit umzugehen ist, wenn überhaupt jemand ...«

»Ich glaube nicht, daß er in ihrem Besitz ist.«

Roc sah ihn eindringlich an. »Deinem Tonfall nach zu urteilen, hast du Grund zu dieser Annahme. Also, wie verhält es sich dann?«

Elof seufzte erneut tief. »Du hast in der vergangenen Stunde dasselbe gesehen wie ich. Zwei Schwäne flogen auf, in Richtung Osten ...«

»Du hast aber nur einen Helm gemacht.«

»Kara trug bei unserer ersten Begegnung einen Umhang, bevor der Helm angefertigt wurde, und er war mit schwarzen Schwanendaunen gefüttert. Louhi hingegen trug keinen solchen Umhang. Und warum ritten sie auf Pferden durch ein so rauhes Gebiet, um einen Verbündeten zu besuchen, wenn sie ihre Gestalt hätten verwandeln und fliegen können? Es könnte sehr gut sein, daß Louhi in jener Nacht kam, um dem Schmiedemeister zu befehlen, ihr etwas herzustellen, das es mit Karas Macht aufnehmen konnte.« Er stand auf, das wertvolle Pergament wurde von seinen sich krampfhaft schließenden Händen zerknüllt, und die dicke Holzleiste im Bund knirschte und zerbrach. Er sah es ärgerlich an und warf es auf den Tisch; es war nun ebenso übel zugerichtet wie die schwarze Klinge vor ihm. »Jetzt siehst du wohl ein, warum ich ihr so dringend folgen muß, wer immer, was immer sie auch sein mag. Wieder einmal ist etwas sehr Machtvolles, das ich angefertigt habe, in böse Hände geraten. Wieder einmal muß ich es finden und notfalls zerstören. Und sie ist meine einzige Verbindung zu Louhi. Selbst wenn ich Kara nicht befreien wollte, müßte ich ihr doch folgen, sie finden. Selbst wenn ich sie nicht liebte.«

Roc kräuselte die Lippen und sah weg, als ob die plötzlich auflodernde Flamme eines Schmiedefeuers ihn blendete. Sanft fuhr er mit dem Finger über das mißhandelte Metall vor ihm. »Nun, für eine solche Aufgabe mußt du dein seltsames Schwert wieder instand setzen, und das ist auch gut so. Nur wenige Waffen auf dieser Welt hätten sich als so treu erwiesen wie diese bei ihrem letzten Einsatz.« Er reckte sich und gähnte laut. »Aber jetzt versuche, dich wenigstens ein bißchen auszuruhen. Müden Augen entgeht womöglich, was bei Tageslicht vollkommen klar zu erkennen ist.«

Elof atmete tief durch und nickte. »Du hast recht. Nun gut, ich werde es versuchen, aber nicht jetzt gleich. Ich werde noch etwas aufbleiben und zumindest den

Schaft reparieren, da ich im Moment nichts anderes tun kann. Handwerkliche Arbeit macht den Kopf klar.«

Nachdem sich Roc entfernt hatte, glättete Elof die zerknüllte Pergamentrolle und räumte sie sorgsam weg. Dann seufzte er und wandte sich dem Schaft zu. Durch die Wucht des Hiebes, der das Schwert verdreht hatte, hatten sich die glatten Silberdrähte des Griffs gelöst; ihr wolkiger, wilder Schimmer, tobend und schön wie der Himmel des Marschlandes, unter dem sie einst angefertigt worden waren, war dahin. Er dachte einen Augenblick lang nach, griff nach seinem wertvollen Werkzeugbündel und trug es zu einer Werkbank am Fenster. Dort bewahrte Marja, der weibliche Geselle des alten Hjoran, ihr Arbeitsgerät auf. Anstatt geschwärzter Schmiedewerkzeuge lagen dort feine Zangen, dünne Feilen und spitze Stichel, denn Marja hatte sich zu einer geschickten Silberschmiedin entwickelt. Elof wählte eine feingearbeitete Klinge und zog aus einer Seitentasche ein zusammengefaltetes Stück steifen Leders; ein paar trockene Blattnadeln fielen aus der einen Seite heraus, und er entfaltete es mit größter Behutsamkeit. Darin lag ein trockener Rotholzzweig, von dem fast alle Nadeln abgefallen waren, mit Ausnahme eines kleinen Seitenzweigs, der noch Nadeln aufwies, und diesen trennte er vorsichtig ab. Er legte ihn auf eine Platte aus poliertem Stein, strich eine geschmeidige Paste aus Eiweiß und Harz, verdünnt mit konzentriertem Spiritus, darauf und legte ein feines Blatt gehämmerten Silbers, dünner als das dünnste Pergament, darüber. Er hauchte sanft darauf, bis sich die gespenstischen Umrisse des Zweiges darunter abzeichneten, und dann machte er sich mit den spitzen Werkzeugen daran, es mit größter Geduld um die Form jeder einzelnen Nadel herum anzulegen und zu glätten; er drehte den Zweig um und fügte ein weiteres Blatt Silber hinzu und dann noch eines, bis der ganze Zweig umkleidet, eingefangen war.

Jetzt sah er aus wie ein Talisman, und tatsächlich war

er ein solcher ursprünglich auch gewesen. Offenbar wohnte ihm nur noch wenig Macht inne, doch es war ein zu wertvoller Gegenstand, um ihn wegzuwerfen. *Solange noch Nadeln daran sind, selbst wenn sie verwelkt und tot sind, haftet ihm noch etwas von den Eigenschaften des Waldes an ...*

Er lächelte. »Kein Herbstwind wird diese letzten Nadeln wegwehen. Eine silberne Jahreszeit hält sie an ihrem Platz, und ich werde den Zweig bei mir tragen, wohin ich auch gehe.« Diese Worte sprach er laut über seinem Werk, dann löste er die Drähte vom Griff, legte den Zweig daran und wickelte die Drähte wieder eng darum. Er machte einen so stabilen Eindruck wie zuvor, doch Elofs Miene verfinsterte sich, als er ihn in die Hand nahm. Was war er ohne die Klinge, die zu ihm gehörte? Er warf ihn mißmutig beiseite. Die Nacht war jetzt still, abgesehen vom anschwellenden Heulen des Windes, der das ferne Plätschern der kleinen Wellen im Hafen sowie das Klappern von Hufen eines nächtlichen Reiters auf den gepflasterten Straßen mit sich brachte. Der Schlaf war ihm ferner denn je, so sehr drängte ihn seine Wissensgier. Ungeduldig griff er nach einer weiteren Schriftrolle. Sie erwies sich als wortreiche Abhandlung über das Gewinnen von Metall aus Erz, und abgesehen von einem langen Kapitel über die eigenartigen Kräfte, die durch die Korrosion von Eisen und Kupfer freigesetzt wurden, war es langweiliges Zeug. Vor ihm auf dem Tisch lag das Schwert, jene wertvolle Klinge, die er nicht selbst geschaffen, sondern von einer seit langem toten Hand genommen hatte. In stummer Anklage lag es da. War er es wert, einen solchen Gegenstand zu benutzen, wenn er, ein handwerklich geschickter und mit der Macht begnadeter Schmied, es nicht nacharbeiten konnte?

»Aber wie nur? *Wie?*« Er schob die Schriftrolle beiseite und nahm das kalte Metall in die Hand. Sofern es tatsächlich Metall war. Denn es ließ sich in keinem Feuer erhitzen, mit keiner Feile bearbeiten, kein Hammer konnte seinen sturen Widerstand brechen. All sein Können als Schmied, sein ausgiebiges Wälzen von Schriften, weder seine geistige noch seine körperliche Kraft, weder die Flammen des Schmiedeofens noch das Feuer seiner Sehnsucht reichten, um dieses Schwert neu zu formen!

»Sei gegrüßt, werter Schmied!« Ein Donnerhall erfüllte die Schmiede und ließ die schwere Tür in den Angeln klappern; doch noch dröhnender war die Stimme. Die Klinge entglitt Elofs Hand, und die Bank, auf der er saß, kippte um, als er wütend und erschreckt aufsprang. Doch der Riegel war oben, die untere Tür schwang bereits auf, und Elofs Wut legte sich, als er sah, was für eine Gestalt dort stand, halb zögernd in der Dunkelheit der Straße verharrend.

Es war ein alter Mann, das war offensichtlich. Im düsteren Licht der Schmiede warf sein großer Hut einen Schatten auf sein Gesicht; der ausgefranste Rand hing über ein Auge, doch wurde durch ihn das Weiß der windzerzausten Locken und des Bartes darunter nur um so mehr hervorgehoben. Das gleiche galt für den schweren Überwurf, der einst wohl dunkelblau gewesen sein mußte, der jetzt jedoch staubig war und viele Flecken aufwies — offenbar nachdem er auf einer langen Reise getragen worden war. Die Schultern darunter waren eingesunken, und der Mann stützte sich auf einen großen Stock aus glattem dunklen Holz mit natürlicher Rinde. Eine kräftige Stütze, doch wahrscheinlich nicht leicht zu handhaben. Elof verzieh ihm das ungestüme Klopfen.

»Sei gegrüßt«, wiederholte der Alte und verneigte sich höflich. »Ein erschöpfter Reisender erbittet für eine kurze Weile die Gastlichkeit deines Herdes, der bereits von weitem in den nächtlichen Straßen da draußen mit seiner Wärme lockt.« Die Stimme war rauh, doch tief und volltönend, mit der deutlichen Klangfärbung des nördlichen Dialekts. Elof lächelte über die altmodische Artigkeit, dennoch zögerte er.

»Wer ist es, der das erbittet? Wer hat ausgerechnet meine Schmiede in dieser großen Stadt ausgesucht?«

Der Alte trat langsam durch die Tür, als ob er dazu aufgefordert worden wäre. Der Wind vom Meer wehte kühl mit ihm herein, ließ die Holzkohle im Schmiedefeuer auflodern und peitschte Rauchschwaden im Kamin auf. »Nur ein Wanderer, so könnte mich die Welt nennen. Denn in der Tat bin ich weit herumgekommen, viele, viele Meilen über das Antlitz der Welt gewandert, und es scheint, mein Weg ist noch nicht zu Ende.«

Ich bezweifle, daß du so weit herumgekommen bist wie ich, dachte Elof mürrisch, sprach es jedoch nicht aus und bewegte sich auf den Alten zu, um ihn sanft hinauszuschieben. Wenn sich ein Bettler erst einmal im Haus befand, war es schwieriger, ihn wegzuschicken, und in der Stadt wimmelte es jetzt von Bettlern aus dem Norden, jungen und alten, die sich an den Torwachen vorbeigeschlichen hatten; er konnte sie nicht alle ernähren. Außerdem sah er von dem Gesicht des Alten nur eine große gebogene Nase und ein strahlendes dunkles Auge darüber, und darin war ein Leuchten, dem er ganz und gar nicht traute. Elof lachte und tastete in seiner Gürteltasche nach einer Münze, die für ein Nachtlager ausreichen würde. »Nun, wenn man dich Wanderer nennt, dann möchte ich der letzte sein, der dich aufhält. Hier ist ein Almosen, aber ich kann nicht ...«

Der alte Bettler achtete nicht auf ihn, sondern ging mit denselben langsamen Schritten weiter in die Schmiede hinein, wobei sein Überwurf seltsame Staubschwaden aufwirbelte. Elof hielt erschreckt inne und ließ die Münze in den Beutel zurückfallen. Er mußte einst sehr hochgewachsen gewesen sein, dieser Alte; selbst jetzt war sein Kopf noch auf gleicher Höhe mit Elofs, und die blassen, gefleckten Hände, die den großen Stock umklammerten, waren lang und muskulös.

Im zuckenden Schein des Feuers ragte sein Schatten riesengroß an der Wand der Schmiede auf. »Gute Menschen grüßen den Reisenden froh, so sagt man im Nordland; ist es nicht so? Ich höre nämlich den Nordländer aus deiner angenehmen Sprache heraus.« Elof blinzelte bei diesem unterschwelligen Tadel, trachtete dennoch danach, dem anderen den Weg zu versperren.

Der Alte schenkte ihm keine Beachtung und ging weiter zur Feuerstelle. »So ist es mir selbst in den alten Zeiten auch ergangen. Die Menschen hießen mich damals willkommen, gaben mir zu essen und zu trinken und machten mir sogar Geschenke. Das waren redliche Menschen, die keine Angst hatten, einen Fremden einzulassen. Wer Kummer fürchtet, bereitet sich Kummer, pflegten sie zu sagen, und öffneten ihre Türen weit.«

»Kummer habe ich bereits«, seufzte Elof und ging nicht auf die Stichelei ein. »Warum bist du gekommen — um ihn zu verschlimmern?«

»Ich möchte mich doch nur ein bißchen an dein Feuer setzen«, brummte der Alte, während er sich langsam und ungelenk auf dem gemauerten Sitz niederließ und dabei seufzte; er lehnte den Rücken an und badete sich in der Wärme. »So! Nachdem mir diese kleine Rast gewährt ist, muß ich sie dir vergüten, so gut ich kann, und zwar mit Wissen. Ich habe viel gesehen und gelernt, Dinge, die selbst gelehrten und gebildeten Menschen fremd sind; ein Rat von mir hat schon von den Herzen so mancher Menschen die nagenden Sorgen genommen. Sag mir, was du von mir wissen willst.«

Elof seufzte. »Ich habe dir nichts gewährt«, sagte er mit fester Stimme. »Ich habe viel Arbeit. Nimm das Almosen, das ich dir angeboten habe, und laß mich weiterarbeiten. Ich brauche keinen Rat, den du mir geben könntest ...«

Der Alte warf den Kopf verächtlich herum, und Elof erhaschte einen Blick auf sein Gesicht, das gefurcht, aber hart wie ein alter Baum war. »Bist du dir dessen so sicher?« fragte der Alte streng. »Vielen, die sich selbst für weise halten, ermangelt es am Wissen über das Ausmaß ihrer eigenen Unwissenheit!« Er pochte mit dem Stock ungeschickt auf einen Stapel gebundener Bücher. »Du vergräbst deine Nase in toten Werken. Du suchst nach einem Geheimnis, das klar auf der Hand liegt. In Worten stecken viele Lösungen, aber nicht alle.« Wieder blitzte das dunkle Augen unter der ausgefransten Hutkrempe auf, schelmisch, spöttisch, und fiel strahlend auf das verkrüppelte Schwert. »Ach! Du suchst nach einer Möglichkeit, diese Klinge zu reparieren ...« Er kicherte. »Ein kräftiger junger Mann wie du! Kannst du es nicht einfach geradeklopfen? Nein? Dann frage ich mich, wie du es überhaupt hast herstellen können?«

Wieder traf der Pfeil haargenau ins Schwarze; Elof spürte, wie seine Ohren brannten und ihm die Röte in die Wangen stieg, und er fluchte leise. »Du weißt es nicht«, höhnte der Alte und neigte den wuchtigen Kopf zur Seite. »Dann hast du es also gar nicht selbst geschaffen. Es ist nicht ... deins.«

Elof starrte ihn an. »Es gehört auch niemandem sonst. Ich habe es gefunden, es war außerhalb jeder Sicht und Erinnerung vergraben ...«

Der Alte schüttelte streitsüchtig den Kopf, wobei sein Schlapphut wackelte. »So so! Gefunden ist nicht geschenkt! Und auch ein Geschenk muß man sich manchmal zuerst verdienen, nicht wahr? Ein Pferd muß man satteln lernen, bevor man reitet; bei einem Boot muß man die Segel aufziehen, bevor man in See sticht. Es steht mir nicht an, so etwas zu sagen, aber vielleicht werden solche Geschenke gemacht, um dem Beschenkten neues Können zu vermitteln oder ihm das bewußt zu machen, das er bereits hat. Auf diese Weise gewinnt er beides, das Geschenk und die Fertigkeit, und er ist zu nichts verpflichtet, außer zur Dankbarkeit.«

Elof stand sehr still da. Das Schmiedefeuer knisterte

jetzt, aufgepeitscht von einem heftigen Windstoß. Er beäugte den Alten, der gegen den Rauch hinter sich kaum auszumachen war, mißtrauisch. »Fähigkeiten wollte ich erwerben ...«

»Ja, aus Büchern voll einer anderen Weisheit. Sie haben durchaus ihre Berechtigung, sicher. Aber ich habe immer wieder gehört, daß die Zauberschmiede des Nordens Männer sind, die ständig nach neuer Wahrheit suchen, einer neuen Weisheit in der Ebbe und Flut der Natur an sich.«

»Genau!« bestätigte Elof leidenschaftlich, da er sich nun voll angesprochen fühlte. »So ist es. Die Schmiedemeister, die großen unter uns, sie bändigen mit ihrem Können die vielen Mächte dieser Welt. Sie scheuen weder vor Höhen noch vor Tiefen zurück, sie greifen danach und verbinden beides in ausgeklügelter Arbeit. Der echte Schmiedemeister fürchtet sich nicht davor, solche Kräfte sogar jenen Mächten aus den Händen zu reißen, die sie beherrschen.«

Der Alte lächelte still vor sich hin. Dann hievte er sich mit einer Geschwindigkeit, die Elof zusammenzucken ließ, einhändig an seinem großen Stock hoch und grapschte mit der anderen die Klinge vom Tisch, ohne auf die haarfeine Schneide zu achten. Empört sprang Elof mit einem flinken Satz herbei, um sie ihm wegzunehmen, doch er blieb keuchend stehen, als der große Stock, der mühelos herumgewirbelt wurde, gegen sein Brustbein schlug. Als er die Hand hob, um ihn beiseitezustoßen, zuckte er unter dem kurzen, kalten Stich zusammen, der ihn bei der Berührung durchfuhr. Seine Finger schlossen sich sanfter um die Rinde, stellten fest, daß es sich nur um eine Hülle handelte, die eine Form darunter umgab, und eisiges Schmelzwasser floß durch seine Adern. Es war eine Schneide, die er berührte, schmal, scharf und spitz zulaufend. Dieser Stock, der auf seine Brust gerichtet war, direkt auf die narbenlose Stelle seiner seltsamen einstigen Verwundung, war ein langer Speer, geführt von Händen, die damit umgehen konnten.

Der Alte nickte sanft. »Stolz gesprochen, mein weiser Schmied, indem du deinesgleichen mit den Lenkern der Geschicke dieser Welt auf eine Stufe stellst. Aber weißt du eigentlich, wovon du sprichst?« Er straffte sich plötzlich, sichtlich ohne Anstrengung, und die schwarzen Schatten schienen um das Schmiedefeuer herum zu tanzen, mit eisigen Flügeln auf dem auffrischenden Wind schwebend. »Die Welt wurde ihrer Herrschaft unterstellt, bevor sie geformt wurde. Sie herrschten über Land und Meer, über den Himmel, über Steine, Wolken und Berge, Wälder und Seen, Ebenen und Flüsse, über alles Lebende, Pflanzen, Tiere, Menschen. Und über das Eis.«

Der große Stock, der kein Stock war, beschrieb einen weiten Bogen vor ihm, als ob er etwas Gewaltiges auf den Bodenfliesen aufzeigen, als ob er mit dieser Bewegung die ganze Welt umfassen wollte. Um die ausgestreckten Arme bauschte sich der Überwurf wie im Wind auf den Höhen und flatterte wie ein Banner um den Schaft. »Hohen Sinnes und weise sind sie, von alles übertreffender Stärke, die geringsten und schwächsten übertreffen immer noch alle menschlichen Maßstäbe. In ihrem winzigsten Blick ist Sehen, in ihrem geringsten Gedanken ist Wissen, in ihrer kleinsten Bewegung … Macht.« Wie ein riesiges Zepter ausgestreckt, berührte die Spitze des Stocks leicht die brennenden Kohlen des Schmiedefeuers. Die Schmiede hallte von einem dröhnenden Knall wider, einem Donnerschlag, der die Flammen niederdrückte und Funken tanzend in die rauchverhangene Luft spuckte. Der Boden bebte, Bodenfliesen hoben sich, und eine riesige Klinge aus schimmerndem Licht hüpfte zwischen Feuer und Kamin; ein zweiter Donnerschlag krachte unter dem Dach. Wind heulte auf, Rauch quoll in dicken Schwaden durch den Raum, die erloschene Lampe kippte um und zerbarst klirrend;

die Werkzeuge, die an der Wand aufgereiht waren, schaukelten und schepperten. In der Mitte all dessen stand der Alte, ernst, unbewegt, kalt wie der Winterhimmel, und seine dunklen Augen glitzerten im Schatten seines Hutes.

Danach herrschte Stille, die eigenartige unruhige, immer noch nachbebende Stille, die dem Tosen einer Katastrophe folgt. Und darin hörte Elof etwas, weit entfernt und schwach, aber sehr deutlich, das eine Antwort hätte sein können, ein leises knisterndes Rumpeln, das die raunende Meeresbrise von weither mit sich trug. Der Luftzug, der seufzte und an der Tür rüttelte, drückte Kälte gegen sein versteiftes Rückgrat, und er zitterte heftig.

»Nun, kluger Schmied«, sagte der Alte leise, »bereust du nun deinen Stolz?«

Sprachlos, die Augen eindringlich auf den Alten gerichtet, schüttelte Elof den Kopf. Doch der seltsame Wanderer stützte sich nur wieder müde auf seinen großen Stock. Dessen oberes Ende war noch immer in einen Schleier gehüllt, doch der zuckende Schatten, den der Feuerschein an die Wand warf, hatte deutlich die Form einer breiten Speerspitze.

»Du tust gut daran, es nicht zu tun. Denn — so habe ich die Weisen sagen hören — es sind nur die Anhänger des Eises, jene, denen es an Vertrauen mangelt, die Sklaven, Diener, Untertanen wollen. Die wahren Lenker der Geschicke jedoch nicht, da sie selbst in doppelter Hinsicht Diener sind, nämlich eines Ziels und eines Zwecks. Und diesem Zweck dienen am besten jene Menschen, die ihre Hilfe am wenigsten benötigen.« Er seufzte und wandte sich der Tür zu. »Ich kann dir nichts als Gegengabe für die Rast an deinem Feuer geben, du brauchst meinen Rat nicht. Ich bin bei meinem Weggehen noch genauso in deiner Schuld wie zuvor.«

Elof starrte ihn an. »Wie zuvor? Wie kann das sein, da ich dich gerade zum ersten Mal gesehen habe? Und ich brauche einen Rat, denn ich weiß immer noch nicht, wie ich dieses Schwert neu schmieden soll ...«

Der Wanderer war an die offene Tür gelangt; dort blieb er stehen und blickte zurück — ein Bildnis der Erschöpfung und des Alters. Doch sein Auge leuchtete heller denn je, und was im Zittern seiner ernsten Stimme mitschwang, war eher Fröhlichkeit als Betrübnis. »Du solltest dich nicht über mich lustig machen! Hast du es mir nicht erzählt, du, der danach trachtet, die Kräfte der Welt mit der Hand zu umklammern? Die Antwort liegt so offen da, daß ein Kind sie erkennen könnte — wenn Kinder nicht dazu neigten, sich zu fürchten!« Er schwenkte verächtlich die freie Hand, und der Überwurf rutschte ihm vom Arm. Darunter schimmerte Schwärze wie dunkles Wasser unter dem Mond, eine Brustplatte und der Griff eines riesigen schwarzen Schwerts. Dann wich der Alte geduckt durch die Tür zurück und war verschwunden.

»Du!« brüllte Elof. Plötzlich aufwallende unbändige Wut schwappte über Ehrfurcht und Angst, und er rannte mit großen Schritten zur Tür. »Du wieder! Rabe! Warte, Wanderer, du ...«

Aus der Schwärze antwortete ihm der schrille Schrei eines Vogels, ein wortloser Hohn, und das schnelle Klappern von Pferdehufen auf Pflastersteinen. Und er wußte, daß er einen dieser Hufe selbst aufgenagelt hatte. Er stürzte hinaus auf die Straße, doch da war nur eine Schlucht aus Schwärze; viele große Lagerhäuser und die Gebäude der Kaufmannsgilden standen dort, und ihre Schatten breiteten sich wie eine dunkle Decke aus.

Nur am Ende, in der Nähe des Hafens, glaubte er für einen Augenblick die glänzende Flanke dieses flinken Schlachtrosses zu sehen. Doch das Bild flackerte, und er erkannte, daß es nur die Ankündigung des herannahenden Unwetters war, Blitze, die von Wolke zu Wolke hüpften und im blassen Gestein glitzerten. Der Wind peitschte ihm ins Gesicht, die ersten kalten Tropfen trafen ihn; es war Donner, kein Hufgetrappel, was in der Ferne trommelte. Der Wanderer war genauso unvermittelt verschwunden, wie er gekommen war.

Das ferne Blitzen verursachte einen Lichtreflex zu seinen Füßen. Dort lag, auf den Pflastersteinen funkelnd, die schwarze Klinge. Er hob sie hoch und starrte sie hingerissen und verwirrt an; was konnte der alte Fuchs gemeint haben, als er behauptete, das Geheimnis hätte sich für ihn bereits aufgelöst? Ein Drittel der Länge vom Dorn aus war so jämmerlich in sich verdreht, daß der Rest in einem so verrückten Winkel wie eine gebrochene Gliedmaße abstand. Genau wie eine solche erschien sie ihm auch, und zwar wie eine, die noch nicht genagelt oder geschient war. Hatte sie sich nicht jedem Kunstgriff widersetzt, den er anzuwenden versucht hatte? Selbst die Geheimnisse, die er von den Duergar, die tief in die Form und Struktur von Metall hineinblicken konnten, erfahren hatte, hatten keine Wirkung gezeigt. Und wenn es gar kein Metall war? Es mußte Metall sein, es fühlte sich wie Metall an, es konnte nicht Obsidian oder ein anderes Glas oder eine der seltsamen Steinarten sein, die Wilde und arme Menschen früher benutzt hatten. Und doch, während er jetzt mit den Händen darüberfuhr, wurde er immer unsicherer. Der Glanz war ungetrübt, die Schneide nicht stumpf geworden; selbst die lange Zeit, die es im Sumpf gelegen hatte, hatte ihm nichts anhaben können. Konnte Metall so etwas aushalten, selbst das härteste? Doch wie sollte er es überprüfen? Mit einem Magneten? Es gab viele Metalle, die darauf nicht reagierten. Mit einem ätzenden Mittel? Erfolg zu haben würde in diesem Fall eine Beschädigung bedeuten.

Elof stand unschlüssig da, in seinem Kopf wirbelte alles wie in einem Sturm, und er versuchte, sich zu beruhigen. Man brauchte auf das Geschwätz eines alten Bettlers nichts zu geben, doch dieser seltsame Kauz hatte bestimmt nichts ohne eine bestimmte Absicht gesagt. In welcher Hinsicht trafen seine Worte auf ihn zu? Er wußte nicht, welches Wissen ihm fehlte. Er hielt die Klinge für ein Geschenk, doch ein Geschenk mußte man sich erst durch neue und wagemutige Fähigkeiten verdienen. Er durfte nicht annehmen, daß er die nötigen Kenntnisse aus Büchern erwerben könnte, sondern vielmehr in der Ebbe und Flut der Natur. Wie? Wo? Irgendwie hatte er sich das selbst auch schon gesagt. Wütend schlug er sich auf die Stirn, als ob er den Geist darin neu ordnen wollte.

Der Sturm peitschte immer lauter, je näher er dem Land kam. Über der Hafenmauer hoben sich die dunklen Umrisse von Vaydes Turm jäh gegen die von Blitzen erhellten Wolken ab. Das erweckte aufdringliche Erinnerungen in ihm, Erinnerungen an Angst und Blut und Schmerz und an gefundene und wieder verlorene Liebe. Er bemühte sich, sie zu verdrängen und sich auf seine Gedanken zu konzentrieren. In zornigem Trotz hatte er etwas dahergeplappert von einem Zauberschmied, der in der Lage war, die Hand auszustrecken und zu greifen …

»Roc!« brüllte er plötzlich und drehte sich ruckartig um. Über die Pflastersteine rutschend hastete er zurück in die Schmiede, schrie lautstark nach seinem Freund und fragte sich, warum das nötig war; sein Gebrüll hätte eigentlich sämtliche Hausbewohner aus den Betten reißen müssen. Doch der Flur war leer, und als er die Tür von Rocs Zimmer weit aufstieß, war von seinem Freund noch immer nur ein runder Hügel unter der Bettdecke zu sehen. Es war Marja, die als erste neben ihm im Bett hochschnellte und dabei ärgerlich eine Felldecke um sich schlang.

Sie war mit dem alten Hjoran, ihrem ehemaligen Meister, aus dem Norden geflohen, nachdem ihre Stadt von Ekwesh-Marodeuren überfallen worden war. Als sie mit der großen Flüchtlingsflut schließlich ins Südland geschwemmt worden waren, waren sie dem Verhungern so nahe wie alle anderen, doch durch eine glückliche Fügung des Schicksals waren sie an Roc geraten; dieser hatte Hjoran in freundlicher Erinnerung behalten, und er kannte den Wert selbst eines weniger begabten Schmiedemeisters aus dem Norden, also nahm er die beiden in seiner Schmiede auf. Die Partnerschaft hatte sich als gedeihlich erwiesen, wie weit sie allerdings ging, hatte Elof nicht geahnt. Er war jetzt jedoch zu ungeduldig, um überrascht oder peinlich berührt zu sein, und er packte Roc an der Schulter. »Wach auf! Hast du es denn nicht gehört?«

»Was gehört?« murmelte Roc.

»Den Krach. Den Donnerschlag. Roc, es war der Rabe!«

»Der Rabe?« schrie Marja und starrte Elof mit weit aufgerissenen Augen an, als ob er verrückt geworden wäre. Entferntes Blitzen tauchte die Fenster in ein gespenstisches weißes Licht.

»Der Rabe?« japste Roc, wobei er sich aufrichtete und wild um sich blickte. »Wie du es mir prophezeit hast? Der Mistkerl ist wieder da? Wo? Hier drin?«

»Ja! Hier in der Schmiede!« kreischte Marja und rutschte mit einem Gewirr brauner Gliedmaßen unter die Bettdecke.

»Habt ihr denn nichts gehört? Es klang wie Donner ... ach, schon gut. Steht auf, während ich Hjoran wecke. Es gibt Arbeit! Ich kann das Schwert neu schmieden!«

»Nun mal langsam«, brummte Roc wütend, während er einen Arm unter der Decke hervorzog und ihn schützend um den Hügel von Bettzeug legte. »Bei Amicacs Zähnen, Mann! Du kommst hier hereingepoltert ... ich weiß, daß du vollkommen durchgedreht bist, aber es gibt nichts, das nicht auf das ehrliche Tageslicht warten könnte ...«

»Doch, es gibt etwas«, schrie Elof. »Solange es noch geht ... ach, die Zeit reicht nicht für Erklärungen!«

»Laß uns wenigstens jemanden schicken, um Ils zu holen, damit wir hören, was sie zu …«

»Nein, nicht einmal dafür haben wir Zeit. Tut mir leid, Marja, aber wir müssen uns beeilen, sonst ist es zu spät.«

Roc winselte, als die kalte Luft auf seine nackte Haut traf. »Ich kann nur für dich hoffen, daß es etwas wirklich Wichtiges ist, mehr habe ich dazu nicht zu sagen.«

Es war eine seltsame Gruppe, die sich nur wenige Minuten später auf ihren unangenehmen Weg durch die Straße zur Hafentreppe machte und schließlich — erschöpft nach Luft schnappend wie Fische am Land — in der regengesprenkelten Luft auf der höchsten Plattform von Vaydes Turm auftauchte. Die tropfende Fackel, die Marja in der Hand hoch hielt, tauchte die Brüstung in einen Hauch von Gold und warf ihre spinnenhaften Schatten über die Galerie, wo der Schmiedemeister einst zwischen seinen erbeuteten Reichtümern gehaust hatte. Mit der anderen Hand trug sie Elofs Werkzeugbündel, unter dem Arm die sorgsam eingewickelte beschädigte Klinge und in der Tasche ihres Männerkittels den Griff und neue Nieten. Als sie unter dem Himmel auftauchte, blickte sie sich besorgt um zu den drei Männern, die stolpernd und ächzend hinter ihr die Treppe heraufkamen, beladen mit dem Gewicht von Rocs stärkstem und schwerstem Amboß. Inzwischen war der alte Hjoran nur noch dem Schein nach eine Hilfe, und selbst Rocs ausdauernde Kraft ließ allmählich nach. Doch Elof trieb sie wie ein Besessener immer weiter die Stufen hinauf, wobei er selbst mehr und mehr von der Last auf seine Schultern nahm. Blitze zuckten auf, dicht gefolgt vom Donner, und er drängte seine Freunde eifrig die letzten Stufen hinauf.

»Wenn dieser Rabe sich noch einmal blicken läßt«, knurrte Roc, »dann erwürge ich ihn mit dieser Schlinge.«

»Was ich gerne wissen würde, Jungs«, keuchte Hjoran, als sie auf die Plattform hinaustraten, »ist, wie viele Stufen wir noch vor uns haben.«

»Wir sind da!« japste Elof und hob das Gesicht in den platschenden Regen. »Und gerade rechtzeitig, wie mir scheint.«

»Hier?« fragte Roc. »Warum ausgerechnet hier? Hier gibt es nicht einmal eine Feuerstelle ...« Aber sie waren nur allzu froh, den Amboß absetzen zu können; dabei entstand ein lautes Klirren, und Funken stoben aus dem harten Stein. Hjoran stützte sich wimmernd darauf, während Marja ihm tröstend zuredete.

Um Luft ringend, blickte Elof hinaus über den Hafen und das Meer dahinter. Im Licht der Blitze türmten sich die Sturmwolken riesig auf, Bastion um Bastion, wie eine gewaltige Festung der Mächte, schäumend vor Energie, von der sie beinahe gesprengt wurde. Jetzt war die Vorhut des Gewitters fast genau über ihnen, und die Tropfen fielen heftiger und prasselten auf die Abdekkung der Lampe. Ein breiter Vorhang aus Regen, trübe wie eine Perle, wallte über die tosende See, nur noch ein paar Augenblicke von ihnen entfernt. Er knirschte mit den Zähnen und blickte hinunter in die Dunkelheit im Treppenaufgang. Während der ganzen Zeit ihres mühsamen Aufstieges hatte er sich gewünscht, irgendeine Anleitung zu bekommen, eine Art von Zeichen, wie er es einst an diesem Ort gespürt hatte. Doch jetzt war nichts dergleichen hier, außer vielleicht ein stilles Lauern, entfernt und unerbittlich. Ein Blitz schickte seinen jagenden Schatten die Treppe hinunter; der Donner war so nah, daß Elof vor Schreck einen Satz machte. »Das wird hier allmählich gefährlich«, hörte er Hjoran brummen, und Marja kreischte zustimmend.

»In der Tat«, bestätigte Roc. Er nahm das Bündel mit Werkzeugen und wickelte es auf dem Amboß aus. »Laß die Sachen hier, Marja, und geh zurück auf die Treppe, und du auch, Hjoran. Ich leiste ihm die Hilfe, die er braucht ...«

»Sie ist bereits geleistet«, sagte Elof, während er die Klinge auspackte. »Reiche mir einen guten Hammer, wenn du so freundlich sein willst, den großen abgeschrägten nach Duergar-Machart. Schlage die Nieten dort in den Griff und lege ihn mit einem passenden Stanzwerkzeug beiseite. Dann geh mit den anderen.«

»Bist du sicher?« knurrte Roc mit finsterer Miene, während er in dem klappernden Bündel wühlte. »Ich rieche wieder mal einen deiner närrischen Streiche ...«

»Kann schon sein. Aber närrisch oder nicht, niemand außer mir kann den Versuch unternehmen. Also, jetzt entfernt euch!«

Blitz und Donner übertönten seine letzten Worte. Die wenigen Schiffe, die vor Anker lagen, schaukelten, tauchten unter und verschwanden, während der Regen über ihre Decks peitschte. »Geht runter!« brüllte Elof. »Ihr könnt jetzt nichts mehr tun. Später brauche ich euch vielleicht wieder.« Er holte den Panzerhandschuh, den er bei den Duergar angefertigt hatte, aus seiner Gürteltasche, und Roc riß die Augen voller Zweifel und Angst weit auf, da er plötzlich begriff.

»Sorge du dafür, daß es ein Später gibt!« fauchte er und verschwand im Treppenhaus. Einen Augenblick später tobte der Regen über die Plattform des Turms, und alles versank in wirbelndem Getöse.

Elof stand starr am Amboß und strengte sich mit aller Kraft an, von dem zerrenden Wind nicht von den Beinen gerissen zu werden, während er mit großer Mühe die Klinge festhielt und sich den langen Panzerhandschuh überstreifte. Er glitt wie angegossen über seine Finger, das mit Mustern und Zeichen versehene Metall legte sich fast so anschmiegsam wie Stoff um die Konturen seines Fleisches und paßte sich jedem Gelenk an, bis sein Arm bis zur Schulter umschlossen war und sich seine Hand endlich um den flachen, in Facetten geschliffenen Juwel in seinem Herzen schließen konnte. Dieser gab ihm ein so beruhigendes Gefühl, daß er nicht innehielt, um nachzudenken, sondern auf die Brüstung sprang und den Arm gen Himmel reckte. Jetzt war er die höchste Erhebung auf der seewärtigen Mauer, es gab keinen höheren Punkt außer den Türmen der Zitadelle in der Ferne. Es mußte geschehen, es mußte jetzt jeden Augenblick geschehen!

Dann durchfuhr ihn ein Gedanke, der kalten Schweiß austreten ließ. Schnell spreizte er die Finger so breit und so flach, wie er nur konnte, und bog die Hand nach hinten, um die Innenfläche nach oben zu recken. Wenn der Blitz zuerst in eine Fingerspitze einschlagen sollte oder irgendwo anders als in die Handfläche …

Der Sturm zerrte an ihm und rüttelte ihn, der Donner brüllte ihn an, kein Narr zu sein, er spürte in der Leere der Straßen tief unten ein Toben und Wirbeln. Oder war es hinter ihm? Er war sich nun nicht einmal mehr sicher, in welche Richtung er blickte. Sein ganzer Mut zerfloß und rann aus ihm heraus, weggespült vom eisigen Regen. Er hatte den Amboß zu lange getragen, er hatte keine Kraft mehr übrig; sein Arm war ein straffer heißer Draht voller Schmerz, sein Handgelenk qualvoll angespannt, die Finger drängten danach, sich zusammenzukrampfen. Noch eine Minute, dann müßte er diesen Wahnsinn aufgeben, müßte sich zu Boden werfen und sich vor Kräften ducken, denen er sich niemals hätte entgegenstellen dürfen; ja, nur noch eine Sekunde …

Dann war es, als ob der Sturm und der Turm und alles andere verschwänden, und ein unendliches Weiß tat sich vor ihm auf, ein Raum, der von einem einzigen Schlag einer unermeßlichen Trommel widerhallte. Ein gewaltiges Gewicht senkte sich auf ihn herab, und für einen Augenblick mußte er die Last des ganzen Himmelsgewölbes mit der Handfläche tragen, damit es nicht herabstürzte und die zerbrechliche Glasblase der Welt unter sich zerschmetterte. Es war ein Krampf, nicht sein Wille, der bewirkte, daß er die Finger schloß. Sofort peitschte der Sturm wieder auf ihn ein, und er hielt ein riesiges Ungeheuer an der Leine, das in seiner Hand pochte und zitterte. Er schwankte, verlor den Halt und sprang mit einem Aufschrei des Wahnsinns in die einzige Richtung, in die er springen konnte. Harte Bodenfliesen schlugen gegen seine Füße, er stolperte gegen den Amboß, und die schwarze Klinge krachte scheppernd darauf. Dumpf drangen Stimmen in sein Bewußtsein, die ihm aufgeregt etwas zuriefen, doch das Pochen verstärkte sich in seiner Hand, bis er glaubte, seine Fingergelenke müßten nachgeben. Mit der rechten Hand drehte er die Klinge herum, so daß sie auf dem Metall zu liegen kam, und er grapschte blindlings nach seinem Hammer. Er bekam den kurzen Schaft in die Hand und griff danach, wobei ihm das Gewicht ein beruhigendes Gefühl gab. Er brachte den zitternden Arm unter das verdrehte schwarze Herz des Schwerts, die geballte Hand senkrecht haltend, den geschlossenen Daumen zuoberst. Dann, als er die Rillen der feinen Kettenringe spürte, löste er den kleinen Finger ein wenig aus der Faust, als wolle er langsam Sand herausrieseln lassen.

Ein weißes Feuer, reiner als die verhangenen Sterne, ergoß sich über den Amboß, ein funkelndes, glitzerndes Licht, das mit einem bloßen Schließen der Augenlider kaum zu dämpfen war. Hundert tiefe Abgründe brüllten dort, Stromschnellen, die lauter als das Unwetter donnerten. Roc schrie etwas, doch seine Stimme verlor sich in dem Tumult. Für die Beobachter auf der Treppe zeichnete sich Elofs stämmige Gestalt in einem Wirbel von Bewegung gegen das Licht ab; der riesige Hammer schwang in hohem Bogen in die Luft und sauste mit leichter, lässiger Anmut herab. Während das Licht noch leuchtete, tauchte der Hammer in seine Mitte, hob sich und tauchte wieder ein, und eine Rauchfontäne stieg auf, damit der Sturm mit ihr spielte. Nach dem vierten oder fünften Schlag erlosch das Licht unvermittelt, und Elof ließ den Hammer fallen. Doch den Panzerhandschuh, der immer noch zur Faust geballt war, hob er jetzt hoch hinauf und ließ ihn anstelle des Hammers herabsausen. Ein zuckendes Licht loderte vom Amboß hinauf zu den dahinjagenden Wolken, ein gewaltiges Klirren erschütterte den Turm, und der Schmied taumelte und sank auf Knien auf die glitzernden Bodenfliesen nieder.

Ob es das endgültige Entfliehen des Eingefangenen war oder einfach das Auge des Sturms, jedenfalls tat sich über ihm eine Klarheit auf. Der Regen ließ nach, bis er nur noch ein sanftes Nieseln war, als ob die Wolken um ihre verlorene Macht weinten. Die Beobachter kamen die Treppe heraufgestolpert und eilten zu der schwankenden Gestalt vor ihnen, voller Angst, welche Verletzungen sie vorfinden würden. Doch obwohl seine Kleidung an vielen Stellen schwelte und sein nasses Haar dampfte, obwohl sein Gesicht verschmiert und angesengt war, glitzerten seine Augen vor wilder Freude. »Seht nur!« rief er und streckte den Panzerhandschuh deutend aus. »Du weiser Wanderer, sage mir, habe ich die Prüfung bestanden? Und du, aus dessen Hand ich dieses Schwert empfangen habe, lege Zeugnis ab! Sag an, ist es nun wahrhaftig mein? Aus einer sterbenden Hand ist es in den Zustand der Zerstörung gefallen, doch von einer lebenden Hand ist es instand gesetzt worden! Der Makel des Bösen haftete ihm an, doch jetzt leuchtet es rein und hell! Es erwacht wieder zum Leben, um der Verteidigung zu dienen. Blende das Unheilige mit deinem dunklen Glanz, zerschmettere das Böse, schlage die Falschheit nieder!« Indem er die Hände seiner Freunde abschüttelte, erhob sich Elof mühsam auf die Beine, um den Griff vom Boden aufzuheben; dann taumelte er vorwärts. Im blassen Leuchten der lanzenartigen Flammen über ihnen blickten sie ihm nach. Und sie sahen es. Hjoran schrie auf, Marja kreischte, und Roc fluchte mit heiser flüsternder Stimme. Die schwarze Klinge stand in der Tat aufrecht, denn sie war tief ins Metall des Ambosses getrieben worden.

Elof schob den Griff über den aufragenden Zapfen und bog die Nieten um. Dann, ohne sich damit aufzuhalten, diese flachzuklopfen, stemmte er einen Stiefel gegen das Eisen und stieß einmal kurz und heftig zu. Mit dem Knirschen strapazierten Metalls, einem Funkenhagel und einem lauten, triumphierenden Klirren riß sich die Klinge frei. Der Amboß, der von oben bis unten gespalten war, zerfiel langsam in zwei Teile und schepperte auf den dunklen Steinen des Turms, im wiederauflebenden Regen zischend. *»So spaltet das Schwert des Schmieds!«*

Dann lachte Elof schwach und wandte sich zu Roc und den anderen um, um sie ungelenk zu umarmen; ungelenk, weil er dabei das Schwert nicht aus der Hand legen wollte. »Ich danke euch, meine Freunde, ich danke euch! Es tut mir leid, daß es so schnell geschehen mußte, und ohne weitere Erklärung. Und Roc, ich werde genügend billigen Tand herstellen, um Geld für einen schönen neuen Amboß für dich zu bekommen ...«

Hjoran und Marja standen benommen und sprachlos da, doch Roc, der an wundersame Ereignisse eher gewöhnt war, schüttelte nur staunend den Kopf und machte sich daran, Elofs Werkzeuge einzusammeln. »Das ist kein Thema. Laß diesen fürs erste hier liegen; wir sollten schnell von hier verschwinden, bevor der Himmel noch einmal sein eigenes Schmiedewerk vollbringt!« Er drängte die anderen die Stufen hinunter, gab Elof einen Klaps auf den Rücken, und als seine Hand dabei ein nasses Klatschen erzeugte, rief er aus: »Komm mit uns, Mann, du bist ja bis auf die Haut durchgeweicht! Wir treiben einen Krug Glühwein für dich auf und packen dich in ein warmes Bett!«

Elof schüttelte den Kopf, immer noch voller Freude. »Ich danke dir, aber nein! Ich habe euch allen heute nacht genügend Scherereien bereitet. Ich werde zu Kermorvans Haus und meinem eigenen Bett zurückkehren und euch in Ruhe lassen.«

»Wie du willst«, sagte Roc und legte den Arm um Marja. »Richte Seiner Lordschaft meine Hochachtung aus; wir werden morgen zum Jubeln erscheinen, wenn er auf die Treppe heraustritt.«

»Kommt ihr nicht zu den eigentlichen Feierlichkeiten?«

»Um eine Meute von Windbeuteln stundenlang blubbern zu hören?« höhnte Roc. »Ich überlasse Ils und dir die Formalitäten, ihr seid geschaffen dafür. Ich verbringe meine Zeit lieber in einer Schenke, sofern man dort überhaupt noch etwas zu trinken bekommt!«

Elof schmunzelte, genau wie die anderen. »Wenn es irgendwo etwas gibt, dann wirst du es mit Sicherheit finden! Laß uns ein bißchen übrig, für später!« Er ließ die anderen von dannen ziehen und verharrte noch eine Weile in der schalen Dunkelheit; die kühle Ruhe erschien ihm angenehm nach dem tobenden Sturm. Auch die Klinge in seiner Hand war kühl, ebenso wie der Panzerhandschuh an seinem Gürtel; es war ihnen kaum noch anzumerken, daß vor kürzester Zeit so mächtige Kräfte durch sie hindurchgeströmt waren. Er dachte zurück an den Augenblick des Feuers, an den kurzen Blick, den er erhascht hatte, tief hinein in die Materie des Schwerts. Es war in der Tat kein Metall. Lange schwarze Fasern hatten darin geglüht, gewunden und gedreht, dicht eingeschlossen in einer harten, dunklen Bindemasse; glänzend und leuchtend waren sie ihm erschienen, wie die Locken einer seit langem toten Schönheit, unvergänglich konserviert, nur daß die Schneide der Klinge dünner war als das feinste Haar.

Er blieb an einem der großen Fenster im Treppengang stehen, wo das Sturmlicht noch immer schwach leuchtete, und hielt das Schwert hoch, um es noch einmal genau in Augenschein zu nehmen. Doch seine Oberfläche war nun wieder ein undurchdringlicher Spiegel. Ein Gedanke durchfuhr ihn, und er betrachtete den Griff, indem er ihn in den Lichtschein neigte. Und wieder schimmerte darin das Muster jagender Wolken, doch sie wirkten nun nicht mehr grau; sie waren schwarz, mächtig wie die Sturmwolken, deren lebendige Kraft beim Nachschmieden in die Klinge eingeflossen war. »Ich habe dir bisher keinen Namen gegeben«, sagte er leise. »Ich konnte mir deiner nicht sicher sein. Doch jetzt bin ich es, und wegen der Dunkelheit, die von dir ausgeht, nenne ich dich ›Überbringer der Dunkelheit‹, ›Verkünder der Nacht‹, ›Gorthawer‹ in der Sprache des Nordens, und mögest du stets auf die Augen meiner Feinde fallen!«

Einer Eingebung folgend, ließ er das Schwert Gorthawer durch die Luft sausen, und eine Stimme sang in der Dunkelheit, hoch, jubelnd, klarer denn je. Sie sprach Worte zu ihm, die sein Blut in Wallung brachten, ließen ihn für einen Augenblick Nässe und Kälte und den mühsamen Weg vergessen, der zwischen ihm und dem Bett lag, auf das niederzusinken er sich so sehnsuchtsvoll wünschte. »Eine dunkle Straße liegt vor mir«, hauchte er. »Aber wenigstens habe ich einen echten Kameraden zurückgewonnen. Ich frage mich, welche anderen ich sonst noch finden werde?«

Zweites Kapitel

Das Gießen

Der Wind heulte über die Marschlandschaft und trug eine Million leidenschaftlicher Stimmen mit sich, trieb dunkle Wolken in Schwaden vor sich her und mähte die herbstbraunen Schilfhalme nieder, die sich ihm in den Weg stellten. Wieder einmal kauerte er von Fieber geschüttelt hinter der klappernden Tür seiner Schmiede und hörte in dem Toben den Widerhall von uralten Schlachten in den Sümpfen und die fernen hungrigen Schreie von zahllosen Toten, die darin begraben lagen und sich jetzt erhoben, um auf dem Sturm dahinzujagen. Böen hämmerten gegen das Holz wie riesige Hände, gewaltig wie die schwarz verfärbte und verschrumpelte Faust, der er das Schwert entrissen hatte ...

Plötzlich wachte er auf und lag einen Augenblick lang zitternd da, bevor er sich des weichen Bettes unter ihm sowie der abgewetzten Flauschigkeit der Tagesdecke unter seinen klammen Fingern bewußt wurde. Die Kälte herrschte nur in seinem Traum; die Marschen lagen weit hinter ihm. Doch er wußte, daß er nicht alles geträumt hatte; er lauschte einen Moment lang mit einer bleischweren Ahnung. Die Bettvorhänge zeichneten sich als dunkle Silhouetten gegen das schwache Ergrauen der Dunkelheit ab; nicht einmal eine Quaste bewegte sich, doch das Heulen klang in seinen Ohren nach. Der abgetretene Teppich rutschte unter seinen Füßen weg, als er sich aus dem Bett schwang, die kühle Luft stach ihm auf der Haut, und er tapste mit nackten Füßen zum Fenster an der Außenwand. Doch dieses war nur schmal, und das Gitter davor verhinderte, daß er sich weit genug hinausbeugen konnte, um etwas zu sehen. Das Haus umrahmte einen viereckigen Innenhof, wie die meisten großen oder betagten Häuser der Alten Stadt, und bot der Außenwelt nur eine möglichst kahle Fassade. Er drehte sich um und hastete am Türvorhang vorbei, hinaus auf die offene Galerie und die Stufen hinauf, die aufs Dach führten. Als er auf die unebenen Fliesen hinaustrat, war ihm schwindelig, sein Herz pochte wild, und ein vertrauter Schmerz brannte tief in seiner Brust; das nächtliche Arbeiten hatte seine Kräfte erschöpft. Er mußte erst einen Augenblick an der bröckelnden Steinbrüstung zur Ruhe kommen, bevor er sich hinausbeugen konnte, um hinunterzublicken.

Die Stadt unter ihm lag in tiefer Dunkelheit, doch heller Feuerschein flackerte hier und da auf — mit Sicherheit zu hell für dieses aschfahle Zwielicht am Ende der Nacht. Und obwohl die Luft reglos war wie ein verstaubter Wandteppich, waren die Sturmstimmen jetzt klarer zu hören denn je, näher, lauter, ein hungriges, wildes Blöken, das ihn erschaudern ließ.

Als etwas Weiches, Fleischliches seinen nackten Rükken berührte, machte er unwillkürlich einen Satz. »Kein Wunder, daß du zitterst«, brummte Ils' Stimme. Das Duergar-Mädchen reckte sich auf die Zehenspitzen, um ihm einen Umhang um die Schultern zu legen. »Erst seit einem knappen Monat wieder auf den Beinen, und sich schon wieder ohne etwas am Leib herumtreiben!«

»Mir geht es gut«, widersprach er mit einem ärgerlichen Schulterzucken. »Da, wo ich geboren wurde, wäre das ein warmer Tag!« Dennoch fuhr er mit den Armen in das Kleidungsstück, dankbar die Wärme des Pelzfutters genießend. Der Winter, so wurde behauptet, war der strengste gewesen, an den man sich in der Stadt erinnern konnte, und der Frühling war bis jetzt kaum milder.

»Gut«, sagte sie mit energischer Stimme. »Schließlich

kannst du nicht von heute auf morgen vom Fieber genesen.« Elof lächelte dünn, froh darüber, daß sie bereit war, die Angelegenheit ins Lustige zu ziehen. Das plötzliche Sichschließen der tödlichen Wunde hatte eine andere, tiefere Kluft aufgerissen, der Augenblick seiner wundersamen Heilung war für kurze Zeit wie ein Hindernis zwischen ihm und seinen Freunden, die sie miterlebt hatten, gestanden, wie eine nackte Klinge, die zwischen ausgestreckte, doch noch zögernde Hände geworfen wird. Ils beobachtete ihn lauernder als alle anderer, trotz ihrer Sorge um ihn. Lediglich die schwere Krankheit, die ihn so plötzlich überfallen hatte, anscheinend ein Zeichen von Menschlichkeit und der Preis für eine so schreckliche Verwundung, hatte ihre Zweifel zerstreut. Sie hatten sich daran erinnert, mit welcher Art von Schwert der Hieb ausgeführt worden war, und hatten alles darauf zurückgeführt. Er widersprach ihnen nicht; aber nachdem sich sein Gemüt beruhigt hatte, war ihm klar, daß es sich nicht so verhielt. Doch selbst jetzt noch wurden seine Gedanken verschwommen, wenn er sich mit ihnen darüber auseinandersetzte; er selbst verstand es ebensowenig wie sie.

»Mich hat das Rumoren ebenfalls aufgeweckt«, murmelte sie und rief ihn damit in die Gegenwart zurück. »Welche Schlechtigkeit haben sich die Menschen nun schon wieder ausgedacht? Dem Klang nach kommt es von dort.«

»Ich weiß nicht. Ich fürchte … hör mal!« Sie hörten es deutlich, das Stapfen von Füßen, schlurfende Schritte, die über die vom Tau schlüpfrigen Pflastersteine stolperten, mit der Gangart eines Mannes am Ende seiner Kräfte oder eines gehetzten Wildes, das von der Meute eingeholt zu werden droht. Auf der Straße unter ihnen taumelte ein junger Mann um die Ecke, fast noch ein Kind, mit langen Gliedmaßen und einer sehr dürren Gestalt. Er rannte mit dem schwankenden Schritt verzweifelter Erschöpfung; sein kupferfarbenes Gesicht war blutüberströmt, sein Atem rasselte gurgelnd in der Kehle. Er huschte in eine Ritze zwischen den Häusern, verharrte einen Augenblick zitternd, während er die Mauer der Zitadelle betrachtete, die den Ausgang der Gasse versperrte, und wandte sich zur Flucht um. Dann wich er mit einem angstvollen Sprung zurück, als eine Woge von brüllenden Männern mit Fackeln auf ihn zustürzte und ihm den Fluchtweg abschnitt. Im nächsten Moment war er überwältigt und wurde zu Boden geworfen und mit Füßen getreten. Die entsetzten Beobachter sahen, wie ein Seil um das Gitter eines Fenster in der Wand unter ihnen geschlungen wurde. Der hilflose Junge, der zappelte und schrie, wurde zu ihm hinübergezerrt.

Ils fluchte, wandte sich zur Treppe um, blieb dann jedoch stehen. Die Straße befand sich vier Stockwerke tiefer; bis sie über die Wendeltreppe dort unten angelangt wären, wenn auch bewaffnet, wäre das Opfer jenseits jeder Hilfe gewesen. Elof blickte sich verzweifelt um. Viele der schweren Dachziegel aus gebranntem Ton fehlten, andere sahen gelockert aus; er griff nach einem und hielt ihn gleich darauf in der Hand. Wölfisch bellendes Gelächter erschallte; einer aus der Meute war im Begriff, die Schlaufe um den Hals des Jungen zu legen, andere reihten sich zum Ziehen an dem Seil auf. Elof holte mit dem Ziegel aus und warf.

Die Sicherheit, mit der er sein Ziel traf, überraschte sogar ihn selbst. Mit einem lauten Klatschen prallte der Ziegel seitlich gegen den Kopf des Mannes mit der Schlaufe, woraufhin dieser langgestreckt zu Boden ging. *»Gut!«* brüllte Ils; eine Sekunde später hackte ihr Ziegel in den Arm des ersten Mannes am Seil, und er sank aufschreiend nieder. Die anderen Aufrührer blickten mit wütendem Geschrei nach oben, wichen jedoch beunruhigt zurück und brachten ihre Köpfe vor einem genau gezielten Hagel von Ziegeln in Sicherheit.

Dann waren schnelles Hufgetrappel sowie das Tuten

von Hörnern und Schreie auf der Straße zu hören, und plötzlich sprengte ein großer Mann auf einem riesigen weißen Schlachtroß in die Menge der Aufrührer und brüllte mit einer Trompetenstimme Befehle. Ein Schwert hing an seiner Seite, doch er schlug mit einer gewaltigen Viehtreiberpeitsche um sich; sein bronzefarbenes Haar flog im Wind, und Schreie erhoben sich aus der Menge, während diese hierhin und dorthin drängte, um Hufen und Peitsche zu entkommen. Hinter ihm preschten bewaffnete Männer der Stadtgarde herbei, und sie stürzten sich auf die Aufrührer und schlugen mit den Schäften ihrer Piken auf sie ein.

Angesichts der Piken verwandelte sich die Mordlust der Meute sofort in Angst. Sie ließen von ihrem Opfer ab, wimmelten schnatternd durcheinander und stolperten in ihrer Eile, zu entkommen, über den armen Jungen; der Berittene und die Gardisten stürmten ihnen nach, um sie in alle Richtungen zu vertreiben. Elof atmete erleichtert auf, doch da sah er, daß einer der Versprengten plötzlich zurückkehrte, sich über den am Boden liegenden Jungen beugte und ihm mit brutaler Präzision ein langes Messer in den Bauch stieß. Elofs letzter Wurf traf den Schlächter nur am Schenkel, und mit einer wilden Handbewegung humpelte er davon. Bevor Elof reagieren konnte, kam der Reiter durch die wimmelnde Menge zurückgaloppiert, doch der Junge hatte aufgehört, sich zu bewegen. Auf einen Befehl des Reiters hin eilten zwei Wachen herbei. Einer beugte sich über die Körper von Henker und Opfer und sah kopfschüttelnd zu dem Reiter hinauf.

Als sie die Treppe hinunterrannten und unten ankamen, befand sich Kermorvan bereits im Innenhof; er führte sein Pferd zum Stall und rief laut nach einem Frühstück.

»Ich habe keinen großen Appetit«, sagte Elof, während er dem Krieger in die kühle Düsternis des Seitengemachs folgte, wo ein weißhaariger alter Diener einige schlichte Gerichte auftrug. »Jetzt nicht.« Ils, die ihrerseits eigenhändig Männer ohne die geringste Regung niedergemacht hatte, nickte zustimmend.

»Ihr solltet euch bei Kräften halten«, bemerkte Kermorvan trocken und brach sich ein Stück von dem warmen Brotlaib ab, der vor ihm lag. »Nachdem ihr die Hälfte meines altehrwürdigen Daches auf die Straße geworfen habt, müßt ihr erschöpft sein.« Er spülte das Brot mit einem Schluck starken Apfelmostes hinunter und lächelte, nun etwas freundlicher. »Ich weiß, daß das das einzige war, was ihr tun konntet. Doch Spaß beiseite, verschont das Dach, wenn ihr könnt; diese Ziegel sind alt und kostspielig zu ersetzen. Was den Jungen angeht — ihr habt recht daran getan, diese Rohlinge anzugreifen; aber tröstet euch, das Ganze war nichtsdestoweniger eine Art von gerechtem Ausgleich. Dieser Junge hat heute morgen gemeinsam mit zwei anderen einen Ladenbesitzer beraubt, einen alten Mann, der möglicherweise an den Folgen des Überfalls sterben wird.«

Fast direkt über ihnen, an den hohen seewärtigen Türmen der Zitadelle, gaben schmetternde Trompeten den Sonnenaufgang akustisch wieder, das Zeichen für den Beginn des Tages in der Stadt. Elof rieb sich das stoppelige Kinn. »Stimmt das? Bist du ganz sicher? Denn auf diese Weise werden doch nur die Zwistigkeiten zwischen der Stadt und den Nordländern weiter angeheizt, oder?«

»Wir haben einen seiner Komplizen geschnappt, und er hat gestanden. Sie waren dem Verhungern nahe, behauptete er, und ich glaube ihm, da er nur aus Haut und Knochen besteht. Doch sie beabsichtigten außerdem, sich für jenen Nordländer zu rächen, der letzte Woche in einem der Außenbezirke beraubt wurde. Rache! Zwölf weitere sind heute morgen in einem Aufruhr ums Leben gekommen, zehn davon Nordländer. Inzwischen sind es vielleicht schon wieder mehr. Wundert es euch, daß ich darauf bestehe, diese Dinge im Keim zu erstikken, und zwar gleich in den Anfängen und gründlich? Sonst setzen sie sich endlos fort, wachsen lawinenartig an.«

»Wohl wahr, aber sei auf der Hut!« sagte Ils düster. »Du bringst dich selbst in Schwierigkeiten, indem du dich beim Pöbel unbeliebt machst. Frag Roc, frag Ferhas, sie hören, was auf den Straßen geredet wird, daß du nämlich mit den Nordländern zu nachsichtig verfährst. Sie haben diesen Jungen hierhergetrieben, um ihn an deinem Fenster aufzuhängen. Eine kleine Liebesgabe, da du seinesgleichen so sehr magst. Und du bist noch immer nur designierter Markward, du verfügst noch nicht über die uneingeschränkte Macht.«

»Das wird sich heute mittag ändern. Und bin ich nicht im Laufe des letzten halben Jahres genügend ermutigt worden, die rechtmäßigen Befugnisse dieses Amtes bis zur Neige auszunützen?«

»Bryhon und seine Anhänger sehen das bestimmt ganz anders«, erwiderte Elof.

Kermorvan zuckte mit den Schultern. »Wenn andere nicht schnell genug handeln, dann muß ich es eben tun, Bryhon hin oder her. Es hat Aufstände genug gegeben, mit oder ohne Provokation, Elof; der erste war im tiefsten Winter, als du krank daniederlagst. Damals dachten wir noch, es handele sich um eine vorübergehende Narrheit, ein kurzes Aufwallen der Empörung über das Hereinströmen der Flüchtlinge aus dem Norden, während wir selbst Not litten.« Kermorvan zuckte erneut mit den Schultern. »Jetzt wissen wir es besser. Jeden Tag werden die Zustände schlimmer, und jeden Tag kommen neue Flüchtlinge, da die Ekwesh in Nordeney wüten. Die einfachen Leute haben Angst, sie glauben nicht, daß unser Land sie alle ernähren kann. Und allmählich beschleichen selbst mich derartige Zweifel. Und die Angst bringt Haß auf beiden Seiten hervor, Haß führt zu Verbrechen, Verbrechen zu Aufständen ...«

»Und das alles letzten Endes zum Wahnsinn!« schnaubte Ils und warf die dichten Locken zurück. »Ihr Menschen seid alle verrückt, euren Mitmenschen solches Unglück zu wünschen und es selbst so bereitwillig zu ertragen. Seht uns an! Haben wir drei nicht eine Gefahr nach der anderen überwunden, um deinem Volk zur Hilfe zu eilen? Und welchen Dank erhalten wir? O ja, du, Kermorvan, erntest Lob und Beifall — jedenfalls von den meisten —, dich machen sie zum Markward, und das ist auch gut so. Aber was ist mit uns? Selbst deine eigenen geschätzten Gleichgesinnten deuten mit dem Finger auf Elof wie auf eine Art Hexenmeister, vielleicht ganz nützlich, aber nicht vertrauenswürdig. Und mich bezeichnen sie als seine Gehilfin. Ich kann kaum ohne Begleitung auf die Straße gehen. Und das sind deine Freunde. Was mögen erst deine Feinde sagen — dieser mit Schwachsinn geschlagene Bryhon und seine Bande ...«

»Sie versuchen höchstens, bösartige Gerüchte in Umlauf zu bringen!« widersprach Elof. »Es ist doch eindeutig, daß Bryhon lediglich eine alte Scharte auswetzen will. Bestimmt glaubt ihm kaum jemand außer seiner alten Gefolgschaft ...«

»Mehr als du denkst«, entgegnete Ils in scharfem Ton. Ihre dunklen Augen funkelten. »Sie wollen einfach nicht glauben, daß sie einer Niederlage so nahe waren. Und schon gar nicht, daß sie von Fremden gerettet werden mußten. Und dieser Ansicht schließen sich von Tag zu Tag weitere Leute an. Nun, mir reicht es! Ich gehe weg von hier, und zwar bald. Zurück in die hohlen Berge, und diese Stadt kann meinetwegen ins Meer rutschen!«

Die Männer sprangen entrüstet auf, doch Ils lehnte sich mit gefaßtem und unnachgiebigem Gesicht zurück. »Vergeudet keine Worte mehr! Ich habe das alles nur so lange ausgehalten, um Elofs Genesung abzuwarten und den Erfolg meiner Heilkünste zu sehen.«

Ihre rundlichen Finger verflochten sich für einen kurzen Augenblick. »Er braucht mich nicht mehr. Mein Entschluß steht fest.«

Kermorvan seufzte. »Und du, Elof? Was wirst du tun, nachdem du nun wieder gesund bist? Ich hoffe, daß wenigstens du nicht den Wunsch hegst, uns zu verlassen. Mein Haus ist deins, solange es dir gefällt, und die Bewohner der Stadt achten dich; wegen deiner hellen Haut vergessen sie, daß du ein Nordländer bist ...?«

»Soll ich selbst es auch vergessen?«

Kermorvan errötete, peinlich berührt. »Fasse es bitte nicht falsch auf! Ich wollte damit nur sagen, daß du dazu beitragen könntest, ihr törichtes Mißtrauen Nordländern gegenüber abzubauen. Vergiß nicht, die erste kupferfarbene Haut, die sie gesehen haben, war die der Ekwesh, und deine Landsleute sehen diesen Räubern ähnlich — allzu ähnlich für jene Augen, die die Schrecknisse der Belagerung gesehen haben. Doch wenn wir beide, du und ich, diese Augen für die alten Gemeinsamkeiten öffnen könnten, bestünde die Chance ...«

Elof schüttelte den Kopf. »Tut mir leid. Oh, es stimmt schon, was du sagst, aber meine Antwort lautet: nein. Mein vordringliches Ziel war erreicht, meine schwerste Verpflichtung endete, als das Böse, das ich entfesselt hatte, aufgehoben worden war. Jetzt beansprucht mich ein anderes Versprechen. Es gibt einen anderen Ort, an den ich gehen muß.«

Kermorvan runzelte die Stirn. »Was für ein Ort ist das?«

»Ich weiß es nicht.« Elof blickte hinaus auf den Innenhof, wo die ersten langen Sonnenstrahlen die kalten Pflastersteine erwärmten. »Ich weiß nur, in welcher Richtung er liegt. In jener, in der Richtung des Sonnenaufgangs, dorthin muß ich gehen. Ich muß mich auf die Wanderschaft begeben, muß durch die ganze weite Welt ziehen, wenn es erforderlich ist. Ich möchte es nicht lange hinauszögern, wage keinen Aufschub.«

Kermorvan nickte. »Ich verstehe. Aber heute bleibst du doch wenigstens noch? Und du, Ils? Kommt doch wenigstens zu den Feierlichkeiten, ihr beide, bevor ihr eure endgültigen Entscheidungen trefft. Vielleicht hört ihr dort etwas, das euch nachdenklich stimmen wird …«

»Das bezweifle ich«, murmelte Ils.

»Natürlich wird sie kommen«, grinste Elof. »Um nichts in der Welt würde sie dieses Spektakel versäumen wollen, genausowenig wie ich. Wirst du es sein, von dem wir all diese Dinge zu hören bekommen werden?«

Kermorvan stand auf und rieb sich den steifen Rükken. »Ich mache meiner Stellung keine Ehre, wenn ich allzu direkt … ja, zumindest einige davon.« Er holte tief und voller Entschlossenheit Luft, und seine Miene verhärtete sich. »Ich habe die Absicht, mir Gehör zu verschaffen. Das Syndikat hat in der Angelegenheit der Flüchtlinge aus dem Norden die Köpfe in den Sand gesteckt. Wir müssen das Problem lösen, müssen für ihre Sicherheit sorgen, und zwar schnell. Um jeden Preis.« Dann wich sein grimmiger Gesichtsausdruck einem Lächeln. »Ihr könnt weiter bei eurem Essen herumtrödeln, wenn ihr es wünscht, aber ich muß lange vor den anderen im Syndikatssaal sein. Ferhas, meine Amtsgewänder! Kommt, ich bitte euch darum, euch beide! Denn wenn dieser Tag so verläuft, wie ich es erwarte, dann brauche ich meine Freunde womöglich dringend.« Er entfernte sich vom Tisch und schritt die breite Haupttreppe hinauf, wobei die Schwertscheide wie zur Unterstreichung des Rufs nach seinem Knappen gegen seine Reitstiefel schlug. Elof ließ den Blick durch den düsteren Raum schweifen, betrachtete die abgeblätterten und verblaßten Wandgemälde und die Porträts, die in Jahrhunderten vom Rauch der Hängelampen geschwärzt worden waren.

»Wir bedeuten ihm viel, weißt du«, sagte er. »Bewunderer hat er jetzt jede Menge, und Schmeichler, ja. Aber keine Familie, niemanden ...«

»Ich weiß«, sagte Ils und schnaubte mürrisch. »Ein armseliger Ort ist das, um aufzuwachsen; er war doch nur von einigen alten Frauen umgeben, die für ihn sorgten, und dem Knappen seines Vaters, der gleichzeitig sein Lehrer war. Es wundert mich, daß er sich nicht zu einem noch komischeren Kauz entwickelt hat, als es der Fall ist.«

»Ich glaube, er hat wenige so enge Freunde wie uns«, sagte Elof. »Und diese Feierlichkeiten bedeuten ihm offenbar sehr viel. Möchtest du ihnen nicht zumindest beiwohnen? Dann kannst du deinen Leuten zu Hause erzählen, daß sie zumindest einen Freund in unserer herrschenden Schicht haben, so verrückt und unzivilisiert wir auch sein mögen ...«

»Wir? Du darfst dich selbst nicht zu diesem Volk zählen! Und auch nicht zu deinen so hochgeschätzten Nordländern!« fuhr Ils dazwischen. »Du bist von einer vollkommen anderen Art, welches Blut auch in deinen Adern fließen mag. Und das gleiche gilt für ihn. Er handelt klug, indem er seine Position als Markward wahrnimmt, solange es geht, wenn es sich dabei auch um eine fragwürdige Ehre und undankbare Aufgabe handelt. Die Woge der Dankbarkeit, die ihn dorthin getragen hat, hat ihm nicht einmal so viel Wohlstand eingebracht, daß er sein eigenes Dach in Ordnung bringen lassen kann, ganz zu schweigen davon, daß er seinen Leuten einen sicheren Überbau geben könnte. In dieser Gesellschaft scheint die Dankbarkeit das Kind eines Bettlers zu sein, an der Auszehrung früh verstorben. Was wird davon noch übrig sein, wenn er noch einige weitere Aufstände niedergeschlagen hat? Es werden wieder dieselben Zustände herrschen, die ihn damals aus der Stadt vertrieben haben, seine und Bryhons Partisanen werden sich in den Straßen die Köpfe einschlagen, und die gewöhnlichen Bürger werden beide verdammen. Ferhas berichtet, daß selbst in den Kreisen seiner Freunde Gerüchte umgehen … nur daß diesmal die Ekwesh darauf warten, die Trümmer zusammenzukehren! Nun, da du darauf bestehst, bei den Feierlichkeiten dabeizusein, werde ich auch hingehen, obwohl mir meine innere Stimme das Gegenteil rät. Ich fürchte, Elof, ich fürchte …«

»Du? Was könntest du schon fürchten?«

»Alles. Nichts. Dieser große Pferch voller Menschen bedrückt mich, er beeinträchtigt mein Denken, wie die Sonne mein Sehvermögen beeinträchtigt. Ich zucke bei jedem Schatten zusammen, das ist alles.« Sie warf ihm eine dicke Scheibe Brot auf den Teller. »Iß, und schenke meinem Gerede keine Beachtung.«

Doch als sie etwa eine Stunde später auf die sonnige Straße hinaustraten, konnte Elof ihre Gefühle sehr gut verstehen. Das emsige Treiben und der Lärm von Groß-Kerbryhaine wogte auf ihn zu und schlug über ihm zusammen wie eine ans Ufer klatschende Welle und trug die Geräusche und die Gerüche von Menschen in millionenfacher Vielfalt mit sich. Von der klippenartigen Steilwand der Zitadelle, die hoch über ihnen aufragte, bis zu den ersten flachen Hängen der dunstverhangenen Hügel ringsum, überall war ein riesiges Meer von Menschen, und die Mauern und Gebäude erhoben sich darüber wie die Kuppen von Korallenriffen, und dazwischen schlängelten sich Rauchsäulen empor. Die Stadt war großartig und erhaben, als wäre sie das Werk der Duergar, doch im Vergleich dazu wirkte sie lebloser, leerer; ihr fehlte die Ausstrahlung von kaum gebremster leidenschaftlicher Lebenskraft, ebenso wie die verbitterter Unruhe. Doch er brachte etwas mehr Verständnis dafür auf als Ils, und was bei ihr Verachtung hervorrief, erweckte in ihm ein gewisses Maß an Mitleid. Die Bewohner der Stadt hatten schreckliche Erschütterungen erfahren, zuerst durch den plötzlichen und verheerenden Überfall, als sie sich für so reich und unverletzbar gehalten hatten, und dann durch das Hereinströmen der Nordländer, die vor den Ekwesh flohen. Das Volk hatte von seinen Herrschenden ein kluges Wort erwartet, eine einfache Geste, um die Zeit zurückzudrehen zu den Tagen ihrer wohligen Sicherheit. Doch allmählich wurde es ungeduldig, und ein Verdacht keimte auf, der sehr wohl der Wirklichkeit entsprechen mochte — daß es nämlich kein solches Wort und keine solche Geste gab, daß keine Rückkehr zum Gewesenen möglich war. In solchen Zeiten lag es nahe, Sündenböcke zu suchen. Noch vor kurzem war Kermorvan von lautem Jubelgeschrei empfangen worden, sobald er sein Haus verließ, doch jetzt bemerkte Elof, wie sich auf der belebten Straße Köpfe abwandten; er hörte oder ahnte finsteres Raunen, geflüsterte Grobheiten, selbstgerechtes Schnauben voll strenger Mißbilligung, ausgestreckte Finger, die sich voller Mißtrauen und Angst deutend in die Luft bohrten. Im allgemein verbreiteten Vorurteil wurden die Duergar als Abschaum betrachtet, auf einer Ebene mit Tieren, die in Abwasserkanälen hausten, und er wurde für eine Art Geisterbeschwörer gehalten, weil er sich mit einer von ihnen abgab. Er schob die Tasche mit Werkzeugen aus dem Weg, die er bei sich trug, um eine Arbeit für Roc fertigzustellen, und nahm ihren Arm. Er fühlte sich gespannt an. Nirgendwo hier, nicht einmal hinter den Mauern, die sie soeben verlassen hatten, konnte sie sich auch nur im entferntesten sicher fühlen.

Zum Glück war der Weg zum Sitz des Syndikats nicht allzu weit. Kermorvans uraltes, jetzt noch mehr beschädigtes Dach überragte die der anderen Häuser der Altstadt, die sich vor der felsigen Steilwand an der Nordseite der Zitadelle ausdehnte. Vor ihrer sanfter geneigten östlichen Seite lag ein großes, ganz mit Steinen gepflastertes Rechteck, der Platz der Zitadelle, und über eine gesamte Seite dieses Platzes erstreckte sich die graue Fassade des Syndikatsgebäudes. Obwohl in Höhe und Breite von eindrucksvollen Ausmaßen, wirkte es äußerlich schlicht, sein einziger Schmuck war eine Reihe von strengen Säulen, die im Halbkreis um den Haupteingang standen und eine hohe überdachte Vorhalle säumten, zu der Stufen über die Köpfe der Menge auf dem Platz hinaufführten. Ils blinzelte wegen des lärmenden Treibens im Umkreis der Treppe nervös mit den Augen, doch sie schritt neben Elof her, als hätte sie nicht die geringsten Probleme auf der Welt. Die Menge teilte sich schnell, um sie durchgehen zu lassen, als ob sie eine Berührung fürchteten, und sie lächelte sarkastisch. »Wie ich feststelle, hat auch Abschaum seine Privilegien.«

Als sie die Vorhalle betraten, war nichts mehr von der äußeren Strenge des Syndikatsgebäudes übrig, denn die Innenwände waren ringsum mit prächtigen Mosaiken geschmückt, die männliche und weibliche Gestalten in einem Rausch von Farben darstellten. Elof vermutete aufgrund ihrer Größe, ihrer heldenhaften Erscheinungen und des vornehmen Beiwerks, daß es sich um die Darstellung jener Mächte handeln mußte, die die Leute von Bryhaine am meisten verehrten; da war Niarad mit seinen Netzen, der Fischern beistand, und Ilmarinen, der, so schien es, Lava strömen ließ, um den Felsen der Zitadelle zu bilden, und viele andere, die er nicht kannte. Er suchte vergebens nach einer Gestalt in einer schwarzen Rüstung und einem blauen Umhang, bis Ils zum Giebel über der großen Tür vor ihnen deutete. Über dem breiten Bogen stand eine goldene Sonne, die ihre goldenen Strahlen herabsandte, und durch diese Scheibe flog mit weit geöffnetem Schnabel ein gewaltiger Rabe. Ils verneigte sich im Vorübergehen vor Ilmarinen, während Elof den Raben anstarrte.

Die Flügel der Tür darunter bestanden aus schwarzem Holz, dick und hoch und breit genug, um sich fast über die gesamte Breite des Saales dahinter öffnen zu können. Während der meisten Zeit waren sie fest verschlossen, um die Beratungen des Syndikats gegen gewöhnliche Augen abzuschirmen, doch bei seltenen Anlässen wie dem heutigen waren sie weit geöffnet, um der Menge einen Blick auf die feierliche Zeremonie zu gewähren. Ferhas, Kermorvans Knappe und persönlicher Diener, erwartete sie dort; seine weiße Haarpracht wippte nervös. Er führte sie mit drängenden Gesten eine Marmortreppe hinauf zu Sitzplätzen vor der dicht bevölkerten öffentlichen Tribüne, die für sie reserviert waren und von denen aus sie sowohl den Saal als auch die Tür überblicken konnten, während er selbst es vorzog, etwas weiter hinten zu stehen. Elof lächelte betrübt. Selbst der schlaue alte Ferhas war ebenso ein Bewohner der Stadt wie die Honoratioren zu beiden Seiten, die verstohlen zur Seite wichen; so sehr er die erprobten Freunde seines Herrn auch schätzte, hatte er sich doch längst die Ansicht der Stadt zu eigen gemacht, wonach Nordländer bestenfalls für Bauerntölpel, schlimmstenfalls für Barbaren gehalten wurden, und noch weniger konnte er die Vorurteile gegen die Duergar abschütteln. Wegen dieses inneren Konfliktes empfand er in ihrer Gegenwart ein ständiges Unbehagen. Lediglich weitgereiste Männer, Kaufleute, die mit dem Nordland Handel trieben, wie zum Beispiel Kathel Kataihen, hatten nicht diese engstirnige Einstellung, doch es gab derzeit nicht mehr allzuviele davon in der Stadt, und unter den über vierhundert Syndikatsmitgliedern war ihre Zahl verschwindend gering. Und selbst unter diesen war es fraglich, wer sich zu den Flüchtlingen bekennen würde, wenn es die Mehrheit nicht tat.

Elof ließ den Blick durch den weiträumigen Saal unter ihnen schweifen, über die Reihen von Sitzen, die aus edlem Stein gemeißelt und vergoldetem Holz geschnitzt waren, verziert mit Zeichen und Wappen derjenigen, die ihren Sitz dem ererbten Recht und ihrem Wohlstand verdankten. Die vielfarbigen Fenster tauchten den Saal in ein geflecktes, warmes Licht. Alles in allem ein erhabener Anblick, doch auf ihn wirkte die Umgebung kalt und hart, borniert, unnachgiebig. Und so erschienen auch viele der Syndikatsmitglieder, die jetzt nach und nach stolz in ihren prächtigen wallenden Gewändern hereinschritten. Viele der Gesichter erinnerten ihn an das Oberhaupt seiner ehemaligen Heimatstadt und an den Ältestenrat von Asenby. Das waren starke und fähige Männer gewesen, doch blind gegenüber allen Dingen auf der Welt, die nicht ihre unmittelbaren Interessen betrafen; den gleichen Eindruck machten auch diese hier, und nach allem, was er gehört hatte, konnten sie bei der Durchsetzung ihrer Interessen so selbstsüchtig und streitbar wie Kinder sein.

Grüne Gewänder kennzeichneten die Landbesitzer und Männer mit Eigentum, Grau war die Farbe der Gelehrten und Beamten, Braun die der Kaufleute und Händler, doch sie alle unterschieden sich vielfältig im Farbton sowie im Muster und Schmuck, wodurch manchmal die Zugehörigkeit zu einer Gesinnungsgruppe ausgedrückt, meistens jedoch einfach nur Wohlstand zur Schau gestellt wurde. Die beiden großen Gruppierungen, die sich einst aus Adeligen einerseits und Gewöhnlichen andererseits zusammengesetzt hatten und jetzt nur noch aus altem und neuem Adel bestanden, trugen dunklere oder hellere Töne ihrer speziellen Farbe, doch noch immer unterschieden sich alle in den Verzierungen. Einige der grauen Gewänder wiesen den aufwendigsten und prächtigsten Ornat von allen auf, während einige der roten Gewänder des Kriegerordens, die über Rüstungen und Waffen, die im Versammlungssaal zu tragen nur diesen gestattet war, angelegt worden waren, eher alt und abgewetzt erschienen. Nicht jedoch ein Gewand, das von einem dunklen Mann von eindrucksvoller Körpergröße getragen wurde; er war sogar noch größer als Kermorvan. Es war hellrot und an der Brust mit einer Klaue und einer zerbrochenen Kette versehen. Seine schlichte Bordüre aus gehämmertem Gold und das Gehenk aus goldenem Kettengewirk unterstrichen die Ausstrahlung von Lässigkeit und Reichtum, wie auch die geübte Leutseligkeit, mit der der Mann, der in der Tür stehenblieb, den lauten Beifall eines großen Teils der Menge entgegennahm.

Schließlich riefen Männer der Stadtwache zum Schweigen auf, und ein breite Tür an der hinteren Wand flog auf. Syndikatsmitglieder und Zuschauer erhoben sich gleichermaßen, und die Menge drängte nach vorn, um besser sehen zu können. Zwei ältere Stadtmarschälle in grauen Gewändern schritten herein, die Gesichter voller Unbehagen gespannt, und hinten ihnen folgten in Rot und Panzerrüstung die Markwarde der östlichen und der westlichen Marken und zwischen ihnen Kermorvan, als designierter Markward der nördlichen Marken. Doch bei seinem Anblick ebbte das laute Jubelgeschrei von draußen zu einem allgemeinen erstaunten Raunen ab, denn er war nicht in Rot, sondern in Schwarz gekleidet, mit goldener Einfassung und einem goldenen Kragen, und über seinem Herzen war in Gold das Zeichen des Rabens und der Sonne angebracht. Die Wachen stießen mit ihren Stäben auf den Boden, um zur Ruhe zu mahnen, und die Gruppe begab sich zur Mitte des Versammlungssaales, wo Kermorvan zu einem hohen Sitzplatz rechts neben den Plätzen der Marschälle geführt wurde. Doch bevor sie dort ankamen, entstand ein Wimmeln von Gewändern; der dunkle Mann war aufgesprungen, seine hochaufragende Gestalt baute sich vor den Marschällen auf und verstellte ihnen den Weg.

»Einen Augenblick!« rief er, und seine tiefe Stimme dröhnte durch den Saal. »Einen Augenblick, meine Lords! Aufgrund welcher Befugnis erlaubt Ihr diesem Mann den Zutritt zum Syndikatsgebäude und führt ihn zu einem Platz? Und aufgrund welcher Befugnis ist es ihm gestattet, ein derartiges Gewand zu tragen?«

Die verblüfften Marschälle starrten ihn an, während sich sowohl im Saal als auch auf dem Platz ein wildes

Durcheinander von Stimmen erhob. Viele aus der Menge, und sogar einige auf der Tribüne bedachten den großen Mann mit Schmährufen, bis auf der anderen Seite ein weiterer Mann aufstand, bekleidet mit einem braunen Gewand mit edlen Pelzbesätzen, die seine Stämmigkeit noch unterstrichen; seine volle, wohlklingende Stimme übertönte den Aufruhr. »Aufgrund der unwidersprochenen Abstimmung durch diese Versammlung vor sechs Monaten unter herrschendem Kriegsrecht — daraus ergibt sich die Befugnis, Lord Bryhon! Als Anerkennung und Auszeichnung für vollbrachte große Taten. Ich kann mich übrigens nicht erinnern, daß über Euch jemals auf diese Weise abgestimmt wurde.«

»Und dieses bemerkenswerte Gewand, Lord Kathel?«

»Nun, was das betrifft...« Die Stimme des Kaufmanns war honigsüß wie immer, doch sie hatte etwas von ihrer anfänglichen Sicherheit verloren. »Nun, er selbst hat es ausgewählt, und mir ist kein Gesetz bekannt, das dagegen spräche.«

Kermorvan hob ruhig den Kopf. »Meine Herren Marschälle, das ist das Gewand, das mein Großvater zuletzt in dieser Halle getragen hat, wie es dem uralten, von niemandem in Frage gestellten Vorrecht unserer Familie entspricht. Aufgrund welcher Befugnis ist dieses geändert worden? Und aufgrund welcher Befugnis werden solche Fragen gestellt?«

»Aufgrund der dringenden Notwendigkeit, eine Entscheidung in Frage zu stellen, die übereilt und unbedacht gefällt wurde«, entgegnete Bryhon mit der gleichen Ruhe. »Und folgerichtig, um vielleicht eine schwere Strafe zu verhängen.« Erregtes Flüstern, erstaunt und fassungslos, durchlief den Saal und hallte wie das Rascheln toter Blätter vom gewölbten Dach wider; draußen entstand ein zänkisches und unzufriedenes Rumoren.

»Aber... er hat noch gar keinen Sitz in der Versammlung«, polterte der Hauptmarschall, ein stämmiger, rotgesichtiger alter Mann mit einem struppigen weißen Schnauzbart; seine blaugrauen Augen waren nicht durchdringend wie die Kermorvans, sondern hervorquellend und mißgünstig.

»Er kommt mir vor wie ein toter Fisch«, murmelte Ils, »nur nicht so schlau.«

»Dann soll er stehen«, sagte Bryhon ruhig, »wie alle, die hier unserer Beurteilung vorgeführt werden.« Ein wildes Stimmengewirr widersprüchlichster Meinungen brach aus, und Elof hörte, daß weder im Versammlungssaal noch in der Menge uneingeschränkt alle auf Kermorvans Seite waren. Kleine Raufereien fanden hier und da statt, und Wachen eilten an deren Schauplätze, um eine Ausbreitung zu verhindern. Der gequälte Marschall besprach sich mit seinem Kollegen, einer jüngeren Ausgabe seiner selbst; sie schüttelten gleichermaßen in Bryhons wie auch in Kermorvans Richtung die Köpfe, und als die Wachen endlich die Ruhe wiederhergestellt hatten, verkündeten sie, daß alle erst einmal ihre Sitze einnehmen sollten, doch nicht in der üblichen feierlichen Form. Bryhon wurde das Recht zum Sprechen erteilt. Er lächelte, verneigte sich elegant und schritt in die Mitte des Saales.

»Meine Herren Marschälle, werte Kollegen des Syndikats, ich bitte um Eure Nachsicht für mögliche Formverletzungen. Doch es erschien mir als die einzige Möglichkeit, etwas zu verhindern, was nicht so leicht rückgängig gemacht werden kann. Meister Kathel, bei der Rechtfertigung dieses seltsamen Verhaltens des Syndikats führtet Ihr irgendwelche großen Taten an, die dieser Mann angeblich vollbracht haben soll. Doch den Bewohnern dieser Stadt drängt sich die Frage auf: Sind solche Taten wirklich jemals vollbracht worden?«

»W ... was für eine Albernheit ist das?« stotterte der Marschall in das entsetzte Schweigen hinein.

»Eure, fürchte ich«, sagte der dunkle Mann kühl. Er wandte sich an die anderen Syndikatsmitglieder. »Worin bestehen diese Taten? Ein geschickter Anspruch, der, wie ich zu meinem Bedauern bemerken muß, von einigen in dieser Stadt unterstützt wird, begründet durch die Behauptung, den Sieg über die ganze Armee von Wilden errungen zu haben, die uns belagerten. Wie?« Er schüttelte den Kopf in scheinbarer Verwunderung. »Durch das Abschlachten eines ihrer Anführer! Und durch das Zerschmettern einiger unzivilisierter Totems, von denen er behauptete, sie seien davon abhängig. Doch ich fordere Euch auf, betrachtet noch einmal die Ereignisse jener bedauerlichen Zeit ohne Angst und Leichtgläubigkeit. Daß wir beim ersten Angriff geschlagen wurden, ist kein Wunder, denn sie überfielen uns ohne die geringste Vorwarnung, und wir waren ein unvorbereitetes Volk, das nur Frieden im Sinn hatte. Doch nachdem wir ein oder zwei Tage Zeit gehabt hatten, um all unsere Kräfte zu mobilisieren und unsere Strategie bis in alle Einzelheiten zu planen, holten wir zum Gegenschlag aus, und wir trieben sie zurück aufs Meer. Was hätte man anderes erwarten können? Wie sollten solche Wilden es mit den Streitkräften dieser Stadt aufnehmen können? Stellt Euch selbst die Frage: Müssen wir Wunder bemühen, um ihre Niederlage zu erklären? Haben wir selbst uns zu solchen Wilden zurückentwikkelt, sind wir auf das Niveau von einfältigen Nordländern herabgesunken, daß wir an den Sieg von magischen Beschwörungen über Metall glauben?« Sein kühler Blick schweifte mit mäßiger Verachtung durch den Saal.

»Anscheinend sind wir das. Dann am Rande der Schlacht zieht ein Mann eine raffinierte Schau ab mit dem Leichnam des niedergemetzelten Häuptlings und einer zerbrochenen Waffe — gab es an jenem Tag nicht genügend davon? —, und mit ein wenig Nachhilfe fallen wir alle vor ihm auf die Knie. Nachgeholfen haben ohne Zweifel jene, die mit Vergnügen ihre Untertanenpflicht vergessen, um sich um so leichter unterdrücken zu lassen. Sie vergaßen ihre Untertanenpflicht ihren Anführern gegenüber. *Uns* gegenüber.« Die letzten Worte waren nicht weniger ruhig gesprochen worden, doch mit der zischenden Eindringlichkeit von Wasser auf heißem Stahl.

Elof saß reglos da, gefesselt von dem eisigen Muster dessen, was sich da vor ihm abspielte. Es war raffiniert so angelegt, daß es die ganz speziellen Eigenarten des südlichen Temperamentes ansprach, und vor allem die der Syndikatsmitglieder. Sie mußten wissen, wenn sie sich an den wirklichen Ablauf der Dinge erinnerten, daß es nicht so gewesen war, wie Bryhon es beschrieb; um nur ein Beispiel zu nennen: Woher waren die Blitze gekommen, die in ihre Mauern eingeschlagen waren? Doch er gab ihnen jeden nur erdenklichen Anstoß zur Ungläubigkeit und Zerstörung ihrer eigenen Erinnerung, selbst einen unverhohlenen Aufruf zur Wahrung ihrer ureigenen Interessen, den Hinweis, daß Kermorvan ihre persönliche Macht bedrohte.

Als ob er seinen Erfolg bereits spürte, wurde das Verhalten des großen Mannes leutseliger; er grinste und kraulte seinen buschigen Bart. »Und schließlich, warum sollten wir einem Mann glauben, den wir schon in seiner frühen Jugend als heimtückischen Burschen und großen Angeber kennengelernt haben? War diese Versammlung nicht kurz davor, ihn in die Verbannung zu schicken, bevor er sich unehrenhaft aus dem Staub machte, um einem formalen Rechtsspruch und der Beschlagnahmung seines Eigentums zu entgehen? So war es nämlich. Und was haben wir seither über ihn gehört? Geschichten, daß er sich mit einer Bande von hungernden Seeräubern eingelassen und dann aus ihrem Blickfeld verschwunden ist, um zwei Jahre später bei einem überfallartigen Angriff mitten unter diesen Horden plötzlich wieder aufzutauchen — einem Angriff, den er uns damals bereits angedroht hat ...«

»Ich habe gewarnt«, sagte Kermorvan ebenso ruhig,

doch so unerwartet, daß alle zusammenzuckten. »Gewarnt, nicht gedroht.«

Bryhon neigte den Kopf. »Wie auch immer, das macht die Sache nicht besser. Nun gut, er hat uns jahrelang gewarnt, in dem Versuch, Angst und Schrecken unter uns zu verbreiten, was ihm selbst Macht einbringen würde. Und was es letztendlich, so scheint es, auch getan hat.« Die Veränderung seiner Stimme war so überraschend, sie dröhnte jetzt so laut, daß sie die ersten Protestrufe übertönte. »Diese braunhäutigen Räuber haben uns mit einem Überraschungsangriff geschlagen, das ist wahr. Aber habt Ihr, Ihr alle, Euch nicht gefragt, wie so etwas geschehen konnte? Wie eine Horde von seefahrenden Wilden einen Überfall wagen, ganz zu schweigen davon, einen Durchbruch erringen konnte? Wie sonst«, beantwortete Bryhon die Frage schlicht selbst, »als aufgrund von Verrat?« Und sein Blick ging von Kermorvan hinauf zur Galerie, direkt zu Ils und Elof.

Elof spürte, wie seine Ohren und sein Gesicht heiß wurden, als ob sie über einem Schmiedefeuer glühten. Er sprang auf, machte einen Satz zum Geländer der Galerie und schrie: »Nennt Ihr mich einen Verräter? Ein Mann, der bei Nacht und Nebel auf der Stadtmauer herumschleicht? Ein Mann, der versucht, dort diejenigen zu ermorden, die ihm unbeobachtet begegnen, obwohl sie ihn um nichts weiter bitten, als vor eine zuständige Persönlichkeit der Stadt gebracht zu werden? Und dafür gibt es genügend Zeugen!«

In der Menge entstand ein Knirschen wie von einem Stück abrutschenden Fels. Kermorvan warf ihm einen funkelnden warnenden Blick zu; Ils zog ihn am Ärmel auf seinen Sitz zurück. Bryhon sah ihn nicht einmal an; seine Stimme war unbewegt und glatt wie der Stoff seines Gewandes.

»Was uns zu den Umständen dieser einzigartigen Rückkehr bringt. Kam er etwa in aller Offenheit und

Freundschaft und dem Angebot, seinen Platz unter uns als Gleicher unter Gleichen einzunehmen? Nein. Im Schutze der Dunkelheit kletterte er klammheimlich über eine umkämpfte Mauer. Und er kam in sehr sonderbarer Gesellschaft. Bei ihm waren ein Vagabund aus dem Norden, der erste von vielen, und — obwohl man es kaum glauben möchte — ein Geschöpf der Berge, einer Rasse, die als gleichermaßen wild wie die Menschenfresser und eher noch wie Tiere eingestuft wird.«

Ein Schwall von Erinnerungen durchflutete Elof, an prunkvolle und vornehm ausgestattete Räume in hohlen Bergen, Flüsse in engen Schluchten, die sich wie dunkle Spiegel unter dem Felsgestein hindurchschlängelten, starke Gesichter, in denen die Weisheit mehrerer Lebensspannen und großes Können ihre Spuren hinterlassen hatten. An ein Volk, das einen verzweifelten Unbekannten auf der Flucht vor seinem eigenen Schicksal bei sich aufgenommen und ihm die Macht in die Hand gegeben hatte, um dieses neu zu schmieden ...

Er war bereit, hinunterzuspringen, Bryhon seine Verachtung ins Gesicht zu spucken und die Faust hinterherschnellen zu lassen. Doch zu seiner Verwunderung blieb Ils neben ihm ganz ruhig, obwohl ihre dichten Augenbrauen tief zusammengezogen waren. »Sei still!« zischte sie ihn an, und plötzlich fiel ihm ein, wieviel älter als er selbst sie sein mußte. »Wir sind hier nicht von Bedeutung, Marionetten in einem Streit, nichts weiter. Es steht uns nicht an, zu antworten, sondern Kermorvan.«

»Dann soll er es tun!«

Bryhon machte eine Handbewegung in Kermorvans Richtung. »Was glaubt Ihr, hätten seine Vorfahren, die er vor uns heraufbeschwört, in einem solchen Fall mit ihm gemacht? Wohl genau dasselbe wie ich, möchte ich meinen. Und wenn er während der Zeit seit seiner Rückkehr bewiesen hätte, daß ich mich geirrt habe, dann hätte ich aus tiefstem Herzen bereut und wäre der erste gewesen, der ihm heute folgt. Aber hat er das? Was hat er uns seitdem beschert? Hilfe und Weisheit, die uns nützen könnten? Kaum. Statt dessen hat er einen Schwarm von Aasgeiern ermutigt, sich auf unseren ohnehin bereits verwüsteten Feldern niederzulassen, unter dem Vorwand einer uralten Gemeinsamkeit. *Seinen* Schwarm, denn hören sie nicht auf jedes Wort von ihm? Und wie viele sollen ihnen denn noch folgen, wenn die Geschicke der Nördlichen Marschen erst in seinen Händen liegen? Soll das Nordland entvölkert werden, damit wir die Leute durchfüttern? Seht doch nur, wie die Halbwilden, denen er seinen Schutz angedeihen läßt, Euch berauben, diese Nordländer, die sich von den Kannibalen ihrer Art nach Süden absetzen. Seht doch nur, wie sie Euren hungernden Kindern das Brot vom Munde wegfressen, wie sie Euch um das geringste bißchen Wohlstand bringen, Euch das Dach über dem Kopf wegreißen. Eine seltsame Art, eine Stadt zu behandeln, der angeblich seine Sorge gilt! Entweder ist er verrückt, oder es steckt eine bestimmte Absicht dahinter. Und welche Absicht könnte das sein?« Er schwenkte eine Hand ungefähr in Kermorvans Richtung. »Ich bin ihm dankbar für seine Überheblichkeit, denn sein Stolz auf das, was er für seine Stunde des Triumphes hält, ist so groß, daß er mir die Arbeit erspart, Euch zu überzeugen. Denn er macht keinen Hehl aus seiner Absicht! Ist er nicht in die entsprechenden Farben gekleidet?«

Elof hatte keine Ahnung, was er meinte, doch dieser Hieb saß bei den Stadtbewohnern besser als irgendein vorhergehender. Es herrschte einen Augenblick lang gelähmte Stille, dann ging ein Tosen und Brüllen los, als ob sich eine riesige Welle bräche. Elof hörte Rufe für und gegen Bryhon, für und gegen Kermorvan, doch es war, als ob sie alle vom gleichen Gefühl genährt wären, einem tobenden Zorn, der sowohl den Saal als auch die Menge, die Syndikatsmitglieder wie die Zuschauer zu durchzucken schien, wie ein Blitzstrahl von einer Wolke zur anderen hüpft. Schläge wurden hemmungslos verteilt, Raufereien breiteten sich aus wie Wellen in einem Teich. Die Wut ritt auf den Schultern der Menge, eine Wut, deren eigentliche Ursache in ihren eigenen wahnwitzigen Auswüchsen offenbar vergessen war. Es war tatsächlich wie eine Woge, angetrieben durch Rufe und Raufereien. Die Menge drängte vor, die Stufen hinauf, und ergoß sich durch die Tür in die Versammlungshalle des Syndikats. Elof erschauderte, als er das anschwellende Grollen dieses wildesten und unheimlichsten aller Tiere hörte, des aufgebrachten Mobs. Syndikatsmitglieder sprangen wütend und beunruhigt auf, doch ihre Schreie verklangen ungehört in dem Tumult. Seine bisher gelassenen Nachbarn auf der Galerie waren jetzt ebenfalls auf den Beinen und schrien zunächst hinunter in den Saal, dann brüllten sie einander und schließlich alle ringsum an. Füße trappelten auf der Treppe, und ein Schwall von Aufrührern ergoß sich auf die Galerie. »Wahnsinnige!« schrie Ils, während sie sich duckte und Schläge über ihrem und Elofs Kopf ausgetauscht wurden. »Vollkommen übergeschnappt, die ganze Bande ...«

Dann taumelte ein Haufen zappelnder, fluchender Körper zwischen sie, und sie wurden zwangsweise getrennt. Links und rechts von Elof hasteten Zuschauer ängstlich hin und her, stolperten über die Stufen und übereinander, und er sah, wie einer beinahe über die niedrige Steinbrüstung stürzte. »Ils!« rief er und hörte, wie eine schwache Stimme aufschrie. *»Elof, paß auf! Hinter dir!«* Er wirbelte herum und sah ein Knäuel von großen Männern, die sich entschlossen einen Weg durch das Getümmel in seine Richtung bahnten; es waren fünf Nordländer mit kupferfarbener Haut, alle mit harten und unheimlichen Gesichtern. Sie entdeckten ihn im selben Augenblick, wie er sie, und stürzten sich auf ihn; er sah glitzernden Stahl unter ihren Umhängen, und seine Hand fuhr blitzschnell zur Seite, um nach dem Schwert zu greifen, das nicht da war. Er fluchte, packte die schwere Bank, auf der er gesessen hatte, und mit einem Ruck riß er sie hoch, als das erste Messer auf ihn zusauste; es drang in das Holz, und er holte mit der schweren Bank nach oben aus und ließ sie auf den Kopf des Angreifers herabschmettern. Ein anderer warf sein Gewicht auf die Bank und entriß sie seiner Hand, und die anderen sprangen vor. Elof sah sich verzweifelt nach einer Waffe um, entdeckte zu seinen Füßen sein offenes Werkzeugbündel und griff nach dem riesigen Hammer, mit dem er das Schwert bearbeitet hatte. Sein Schaft war zwar kurz, doch sein spitz zulaufender Kopf hatte ein gewaltiges Gewicht; er war so lang wie sein Unterarm und mit fremdartigen, schweren Metallen eingelegt, die niemand außer den Duergar gefahrlos gewinnen und verarbeiten konnte. Er reckte sich, und mit wilder Kraft schwang er ihn gegen die nächste Klinge; ein schrilles Klirren ertönte, und das lange Messer zerbarst an der Hand des Hammerschwingers. Ein eiskalter Schmerz stach ihm in die Seite, er spürte, wie sich eine Klinge in sein Wams bohrte, fiel zurück und schlug noch einmal zu. Mit einem beängstigend dumpfen Klang fuhr der Hammer tief in Fleisch, und der Mann sackte röchelnd und sich windend zu Boden. Ein anderer ragte mit erhobener Hand über ihm auf, und darin war kein Messer, sondern ein Kurzschwert. Elofs Arm wurde von hinten gepackt, und eine Armbeuge zwängte sich um seine Kehle. Dann kam er plötzlich wieder frei, als ob jemand den Mann weggezerrt hätte. Da er keinen Platz hatte, um mit dem Hammer auszuholen, stieß er ihn dem Mann mit Wucht in den Bauch; der Mann kippte nach vorn, und es war Elofs Hand, die sich einmal hob und wieder heruntersauste. Wieder ertönte ein Schrei; er drehte sich blitzschnell um und sah Ils an der Brüstung. Sie zappelte halb erstickt im Griff der beiden anderen Mörder, die sich bemühten, sie hinunterzuwerfen. Sie war es also, die ihn befreit hatte! Vom Saal unten drang das Klirren und Scheppern von Schwertern herauf, doch er schenkte dem keine Beachtung, sondern preschte durch die Menge zu ihr hin. Die Mörder sahen ihn, zogen sie von der Brüstung zurück, hielten sie wie einen Schild vor sich und rannten über die Stufen der Galerie auf die Tür zu. Ohne nachzudenken, schwenkte Elof den Arm und ließ den Hammer fliegen, wie er es mit dem Ziegel gemacht hatte. Er sauste eine Handbreit über Ils' Kopf hinweg, und einer der Männer schrie entsetzt auf, als der Kopf des anderen zu einem spritzenden Brei zerschmettert wurde. Ils' Arm war jetzt frei, und noch während Elof zu ihr rannte und sich mit heftigen Schulterstößen einen Weg durch das Getümmel bahnte, packte sie ihren Angreifer bei der Kehle und schleuderte ihn zu Boden. Er sprang wie eine Schlange wieder auf und ließ ein Klappmesser aus seinem Ärmel aufschnappen, doch Ils packte seine Arme. Das Messer fuhr an ihrer Kehle vorbei, sie würgte, doch ihre Duergar-Kraft obsiegte. Der Mann stürzte sich überschlagend die Treppe hinunter, prallte gegen die Brüstung und rutschte kreischend und zappelnd über den Rand nach unten.

Elof stand keuchend und starrend da. Wie viele Angreifer waren es gewesen? Dann sahen sie, wie der Mann, dessen Schwert und Hand er zerfetzt hatte, zur Tür rannte und sich den alten Ferhas mit einem Messer vom Leib hielt. Er hatte die Treppe fast erreicht, als ein Klirren von Waffen an ihre Ohren drang; er wollte zurückweichen, doch eine Silhouette in wallendem Gewand versperrte die Öffnung. Mit erschreckender Schnelligkeit zuckte ein helles Schwert zwischen den Schulterblättern des Mannes auf. Dann ergoß sich eine Flut von Wachen durch die Öffnung und machte sich daran, die Aufrührer einzukreisen und zur Treppe zu treiben.

Elof betrachtete den toten Angreifer und dann den

Mann im roten Gewand, der ihn niedergestochen hatte und der sich jetzt bückte, um sein Schwert am Wams seines Opfers zu säubern. Der Dazugekommene blickte auf und hob eine Augenbraue. »Wieder mal der große Prahlhans, Herr Schmied? Und dazu noch im Syndikatsgebäude; hier gibt es keine Ziegel! Laßt Euch vom Schicksal dieses Mannes hier gewarnt sein! Aber es scheint, daß Ihr eine kleine Verwundung davongetragen habt; für den Augenblick soll Euch das als ausreichende Lektion dienen.«

Elof sah an sich hinab, und erst als er den Blutfleck an seiner Seite bemerkte, erinnerte er sich an den Stich und fühlte ihn aufs neue. »Ein Kratzer, nicht mehr. Und so froh ich auch bin, Euch wieder einmal bei der Niederschlagung eines Aufruhrs anzutreffen, Bryhon, so muß ich doch sagen, daß Ihr etwas zu spät gekommen seid. Wie beim letztenmal mußten wir den größten Teil der Arbeit selbst erledigen.«

Röte flammte auf den Wangen des dunklen Mannes auf. »Das ist nur angemessen.« Er zuckte mit den Schultern und stieß mit dem Fuß gegen den kupferfarbenen Arm. »Nordländer tötet Nordländer. Euer Freund hat zwei weiteren unten im Saal ein Ende bereitet. Vielleicht wird er allmählich klug. Wachen, entfernt dieses Aas.«

»Nordländer?« murmelte Elof und folgte den Wachen, die die Leichen die Stufen hinunterzerrten. »Ich frage mich ... ich bin unter ihnen aufgewachsen. Diese hier haben braune Haut, ja, aber man betrachte nur ihre harten Gesichtszüge und die vielen Narben! Ähneln sie nicht vielmehr ...«

»Amicacs Eingeweiden, jawohl!« dröhnte Kathel, der zur Tür hinüberstapfte, gefolgt von Kermorvan. »Ekwesh! Die die dort unten ebenfalls! Wo, in Hellas Name, kommen die denn her?«

»Vielleicht Versprengte von plündernden Gruppen«, mutmaßte Kermorvan nachdenklich, »die in dem ganzen Durcheinander hier zurückgelassen wurden und sich in der Verkleidung von Flüchtlingen in die Stadt geschlichen haben, um Rache zu üben. Sie sahen ihre Chance in dem Tumult, der von Lord Bryhons ungetreuen Gefolgsleuten ausgelöst wurde. Doch es gibt noch eine andere, üblere Möglichkeit. Es könnte sich um Spione handeln, Meuchelmörder, die von den Ekwesh-Siedlungen im Norden absichtlich unter die Flüchtlinge geschleust wurden. In diesem Fall ...«

»Können wir keinen einzigen von ihnen bei uns aufnehmen«, fuhr Bryhon dazwischen. »Es scheint, du bist tatsächlich weise geworden!«

»Du verstehst mich falsch, Bryhon. Das ist ein Beweis für meinen Standpunkt, nicht für deinen.«

»Und welcher Standpunkt ist das?«

»Das wirst du erfahren, wenn die Sitzung wieder ihren Lauf nimmt. Und je eher du deinen Mob zur Ruhe bringst, desto eher wird das sein. Ich schlage vor, du fängst damit an.«

Ein boshaftes Lächeln leuchtete in Bryhons dickem Bart auf. »Ich habe noch nicht alles gesagt, was ich zu sagen habe. Aber vielleicht ist es noch besser, wenn die überzeugenden Argumente aus deinem Mund kommen. Also, sprich nur weiter.«

»Du machst Fortschritte«, krächzte Ils Elof zu, während sie erschöpft wieder zur Galerie hinaufstiegen. »Bryhon spricht jetzt mit dir, anstatt dir zu befehlen! Wunder gibt es immer wieder! Da wir gerade davon reden, es war auch ein Wunder, wie du mit dem Kerl hinter dir umgegangen bist. Ich habe mich bemüht zu helfen, aber ich war schon halb erwürgt.«

»Aber du hast doch geholfen!« sagte Elof, während er seine zertrampelten Werkzeuge vom Boden aufsammelte. »Er wurde weggezogen ...«

Sie schüttelte heftig den Kopf. »Nicht von mir. Er wandte sich erst zu mir um, nachdem du ihn von dir abgeworfen hattest.«

»Wer war es dann?«

Doch Ils zuckte nur mit den Schultern. »Vielleicht ist er ausgerutscht.« Sie vermied es, mit dem blutigen Ende der Bank in Berührung zu kommen, als sie sich setzte.

Elof schüttelte den Kopf. »Ich habe keine Erklärung dafür. Aber es waren mit Sicherheit Meuchelmörder; sie kannten ihre Ziele. Was wird Kermorvan wohl dazu sagen?«

Die Versammlung im Saal wie auch die Menge draußen verstummte, als Kermorvan vortrat, um zu sprechen. Er sah einen Moment lang sie an und dann Bryhon, und sein Blick wurde sehr kalt. Seine Worte schallten klar gegen den Marmor des Saales. »Syndikat und Volk von Kerbryhaine! Heute habt Ihr gehört, daß Lord Bryheren viele schwerwiegende Beschuldigungen gegen mich erhoben hat. Oder habt Ihr nicht zugehört? Ich kenne diesen Mann seit vielen Jahren, und ich war darauf bedacht, seinen eigentlichen Worten zu lauschen, nicht den dunklen Andeutungen, die darin enthalten waren. Denn zum größten Teil versuchte er nur, mit geschickt formulierten Fragen einen Funken zu zünden, und er überließ es Eurem Geist, die Flamme zu entfachen. Denn er weiß sehr wohl, daß solche wolkigen und nicht faßbaren Angelegenheiten mit der handfesten Wahrheit schwerer zu widerlegen sind. Doch die Wahrheit ist das beste, das ich Euch zu bieten habe, und ich warne Euch jetzt schon, es wird nicht die Wahrheit sein, die Ihr zu hören wünscht. Doch es wird nichts bewirken, wenn Ihr tobt oder mich niederbrüllt. Denn die Wahrheit bleibt die Wahrheit. Und wenn Ihr mich für immer zum Schweigen bringen würdet, würde das die Kräfte, die ich ausgelöst habe, nicht im geringsten beeinflussen. Höchstens insofern, daß die Dinge noch beschleunigt würden.« Er sah Bryhon voller Verachtung an. »Ich hätte keine Mühe, die nichtigen Anschuldigungen dieses Mannes mit schlüssigen Erwiderungen zu entkräften, doch ich werde mich auf ein oder zwei Beispiele beschränken, die ich allein für Euch vorbringe.

Nehmt die Sache mit den Korsaren. Ich habe mich ihnen nur deshalb angeschlossen, weil sie bereit waren, gegen die Ekwesh zu kämpfen, als alle anderen in diesem Land noch über den Gedanken lachten, sie könnten eine Bedrohung darstellen, oder es vorzogen, damals Lord Bryhons Andeutungen zu glauben, daß ich nämlich danach trachtete, für mich persönlich militärische Macht zu erringen, indem ich eine nicht bestehende Bedrohung heraufbeschwor. Die Korsaren befinden sich jetzt in dieser Stadt, sie sind rehabilitiert, und wir haben genügend Beweise, daß sie gegen die Ekwesh gekämpft haben, und zwar kühn und tapfer.«

Bryhon neigte spöttisch den Kopf. »Ich verbeuge mich vor deiner Autorität. Sie haben gekämpft, jawohl — um eine Beute, die sie unserem Volk entrissen haben.« Elof biß sich auf die Lippe; das stimmte bedauerlicherweise, wenn auch nicht so, wie es dargestellt wurde. Doch Kermorvan blieb ungerührt.

»Habe ich gesagt, es sei nicht so gewesen? Doch mir erschien das besser, entschieden besser, als nichts, denn selbst ein noch so kleiner Widerstand mochte die Räuber möglicherweise lange genug von einem Überfall auf das Südland abhalten, damit diese Stadt die Gefahr erkennen würde. Und ich konnte das auf diese Weise gewonnene Vermögen wenigstens dazu benutzen, eine Flotte aufzubauen. Eine kleine Hoffnung, und — wie ich schließlich einsehen mußte — eine irrige. Als ich von einer dringlicheren Angelegenheit hörte, von jenem geheimnisvollen Geistschwert, wandte ich mich statt dessen diesem zu. Noch ein weiteres Beispiel; nehmt die Sache mit meiner Rückkehr. Wie, um alles in der Welt, hätte ich offen zurückkehren können, wie Bryhon es vorschlug, da die Stadt belagert und zum Teil besetzt war? Welche andere Möglichkeit gab es, als es klammheimlich und bei Nacht zu versuchen, da nicht mit Sicherheit feststand, wer welche Seite der Mauer hielt? Die Unterstellung ist absurd, wie Bryhon sehr wohl wissen muß. Doch man sieht, wie er damit die schwerwiegendste Beschuldigung, die er gegen mich vorzubringen wagt, farbig ausmalt.«

Sorge zog über Kermorvans magere Gesichtszüge wie eine Wolke, und seine Stimme war schneidend und rauh wie ein kalter Nordwind. »Er hat es bewußt vermieden, seine Anschuldigungen offen vorzubringen. Doch durch seine Worte stehe ich im Verdacht, auf die eine oder andere Weise versucht zu haben, die Belagerung zur Erlangung von Macht in dieser Stadt zu mißbrauchen. Um als Tyrann über Euch alle zu herrschen.«

Elofs erste instinktive Reaktion war, zu lachen, doch die Totenstille erstickte diese Regung; die Menge schien kaum zu atmen. Dies war etwas, das sie tödlich ernst nahmen. Und als er Kermorvan ansah, wurde ihm klar, daß es bei ihm nicht anders war. Im Saal und auf der Galerie herrschte tiefes Schweigen, und die Stille an sich war wie ein schmetternder Trompetenton, der aus der Tiefe der Zeit schallte. Kermorvan hob den Kopf; seine Lippen umspielte ein hitziges Lächeln, und in seiner Stimme schwang grimmiger Stolz mit. »Aber warum solltet Ihr das alles glauben? Ich bekenne mich dazu, das Kind von Königen zu sein. Doch dies hier war niemals ihr Königreich.«

Elof blinzelte, als ob ihm jemand einen Schlag versetzt hätte; der Aufruhr, der um ihn herum losbrach, drang kaum in sein Bewußtsein. »Als er vor Andvar stand, wurde mir klar, daß er von hohem Adel sein mußte«, murmelte er Ils zu, »aber ein König? Von wo?«

»Habt Ihr das nicht gewußt?« zischte Ferhas ihm ins Ohr, der in der Aufregung die Distanz zwischen ihnen vergaß. »Leuchtet nicht lebendige Großartigkeit aus seinem Namen und allem? Ihr im Norden, Sir, habt Ihr es denn vollkommen vergessen, das Verlorene Land und die große Stadt der alten Zeit, die größte, die es jemals hier gegeben hat?«

»J-ja — er nannte sie Strandenburg, die Stadt am

Wasser — aber was ist mit seinem Namen? Er nannte sich damals schlicht Kermorvan.«

»Ach«, hauchte Ferhas, »und er bediente sich Eurer nordischen Sprache? Das war, weil er sich nicht ganz sicher über Euch war — wenn Ihr mir diese Bemerkung vergeben wollt, Sir!« fügte er schnell hinzu und machte dazu heimlich eine abergläubische Geste. »Aber Ihr seid des Südländischen doch ausreichend mächtig, Sir — merkt Ihr nichts? *Kaher* oder *Ker* ist eine von einer Mauer umgebene Stadt wie diese; *Mor* ist ein großer See oder ein Meer; und *Mor Ouhen,* das ist das Ufer eines Gewässers. Also: *Kaher-mor-ouhen.*«

»*Kermorvan!*«

»Das war einst der Name der Stadt, und noch heute heißt ihr Königsgeschlecht so — was davon übrig ist. Der Name an sich ist nicht ungewöhnlich, denn es gibt jüngere Zweige, die ihn tragen. Aber Keryn, nun, das ist einer der königlichen Namen, den nur ein Erstgeborener in der direkten Linie tragen darf. Nehmt die beiden zusammen, und dann wißt Ihr sofort, wer er ist. Ihr habt ihn bei den Korsaren kennengelernt, nicht wahr, Sir, und bei diesen Südländern? Bei denen hat er nicht gewagt, seinen vollen Namen zu tragen. Es wart nicht Ihr, dem er mißtraute, Sir, es waren sie.«

Ils nickte langsam, als ob sich ein Verdacht jetzt bestätigt hätte. Doch Elof starrte seinen Freund an, als ob er ihn noch nie zuvor wirklich gesehen hätte. Könige waren etwas beinahe Übermenschliches für ihn, gütige oder grausame Gestalten aus Kindermärchen, unerreichbare Wesen, verehrungswürdige Majestäten oder bösartige Tyrannen. Dieser hagere junge Kämpfer, dem er zum erstenmal barfuß am Strand begegnet war, Schulter an Schulter mit der abgebrühten Mannschaft eines Piratenschiffs, paßte kaum in eine dieser Vorstellungen. Doch noch während sich in Elof dieser Gedanke formte, hüllte der Umhang des unendlichen Alters den jungen Krieger wieder einmal ein, wie es damals am

Hof der Duergar vor Andvar, deren Herrscher, geschehen war und auf welche Weise der grimmige Alte zu einer nichtigen Erscheinung wurde. Kermorvan, dessen Gesicht nun wieder sanft und ruhig war, ging zur Mitte des Raums, und das Licht, das durch die Fenster hereinfiel, schimmerte in seinem dichten bronzefarbenen Haar, so daß er tatsächlich aussah wie ein bereits gekrönter König.

»Es kann allerdings sein, daß Ihr nicht glaubt, was ich Euch sage. Oder, wenn Ihr feinfühliger empfindet, daß Ihr fürchtet, die Feindseligkeit von Lord Bryhon und seinen Freunden könnte mich dazu zwingen, um die Herrschaft in Kerbryhaine zu kämpfen, ob ich will oder nicht, und der Staat würde dadurch womöglich in einen Bürgerkrieg gestürzt. In der Tat, das könnte geschehen ...« Er hob eine Hand, um dem aufwallenden Protest Einhalt zu gebieten, und wiederholte lauter: »... *könnte* geschehen — *wenn* Bryhon mich dazu zwänge und *wenn* ich eine solche Herrschaft für erstrebenswert erachtete. Doch das tue ich nicht. Niemals, weder im Guten noch im Schlechten, würde ich die Regierungsgewalt ergreifen. Warum? Weil ich, obwohl ich dieses Reich, dieses Land, in dem ich geboren wurde, von Herzen liebe, der Ansicht bin, daß die Tage seiner Großartigkeit vorüber sind, daß selbst die Zeit seines Bestehens sich dem Ende zuneigt. Genausogut könnte man einen Sandhügel besetzen wollen, den die Flut umspült. Denn ich bin der festen Überzeugung, daß das Schicksal dieser Stadt besiegelt ist. Ich glaube, Kerbryhaine ist dem Untergang geweiht!«

Die fassungslose Ungläubigkeit, die sich im Saale ausbreitete, war beinahe greifbar, und Elof hätte sich nicht gewundert, wenn jemand in Lachen ausgebrochen wäre. Doch es waren vielmehr Schreie voller Angst ebenso wie voller Wut, die in der Menge draußen laut wurden und jedes Lachen von den Gesichtern der Syndikatsmitglieder vertrieben. Dann sprang Bryhon auf und wandte sich an die Menge. »Schenkt diesem Mann kein Gehör! Sind seine Absichten denn nicht klar? Er versucht, Euch wie Kinder mit Schattengespenstern zu erschrecken! Euch Angst einzujagen, damit Ihr Euch an seine Schürzenzipfel hängt!« Jetzt wurden die wütenden Rufe lauter, Kermorvans und Bryhons Worte wurden hin- und hergeschrien, zweifellos übertrieben wiedergegeben, und an jene übermittelt, die zu weit hinten standen, um etwas zu hören. Wieder erwachte das Brummen eines wilden Tiers, doch Kermorvan schritt zur Tür, und sein Befehl schallte über den Platz.

»Seid ruhig! Seid still und hört zu!« Und erstaunlicherweise verstummte die Menge tatsächlich.

Kermorvan stellte sich vor das Syndikat und sprach die Worte mit großer Eindringlichkeit, wie ein Kämpfer, der spürt, daß die Abwehr seines Feindes Schwächen zeigt. »Die Ekwesh, sie sind unser Schicksal! Sie haben gesehen, wie unsere Mauern fielen, wie unsere Kraft vor der ihren nachließ! Sie haben Blut geleckt, sie haben Reichtum erfahren, sie haben Niederlage und Flucht erlebt! Zumindest das wird sie vereinen, nun, da das unheimliche Schwert dieses nicht mehr zu tun vermag. Sie werden wiederkehren, und zwar bald — bevor der älteste Geflohene zu alt zum Kämpfen ist, damit er seine Ehre innerhalb des Stammes wiederherstellen kann. Und bevor unsere Wunden verheilt sind. Im besten Fall in zehn Jahren, im schlimmsten in einem. Und wie sollen wir dann einer weiteren Belagerung standhalten? Innerhalb von zehn Jahren, sofern uns diese wirklich zur Verfügung stehen, können neue Mauern errichtet, neue Schiffe und neue Häuser gebaut werden — doch woher soll die Stadt neue Söhne bekommen?« Der Kummer in seiner Stimme ging jetzt mehr zu Herzen als irgendeine rednerische Raffinesse. »Wir waren nicht vorbereitet. Wen die Schuld daran trifft ... ist gegenwärtig nicht das Thema. Doch es sind nicht nur kämpfende Männer gefallen, sondern auch Frauen und Kinder wurden niedergemetzelt. Innerhalb dieser Mauern sind mehr als jeweils ein Fünftel von ihnen umgekommen. Und die Landbevölkerung, die immer die ersten Opfer bringen muß, hat es noch viel schlimmer getroffen. Darüber sollte dieses zuversichtliche Syndikat einmal nachdenken! Unsere Bewohner werden älter und sterben, und wer soll sie ersetzen? Was bedeutet das hinsichtlich unserer zahlenmäßigen Stärke?«

Unter den Versammelten regte sich merkliches Unbehagen, doch es fiel kein einziges Wort, nicht einmal von Bryhon. Der dunkle Mann schien einen Moment lang verblüfft, dann richtete er sich ruckartig auf, als ob er Kermorvans Absicht durchschaute, und machte ein ebenso besorgtes Gesicht wie die anderen. Kermorvan nickte.

»Seht Ihr? Unsere Wunden eitern und verschlimmern sich, unsere Zahl wird sich weiter verringern. Was mich betrifft, als Markward der nördlichen Marken, so kann ich mich glücklich schätzen, wenn ich im Laufe der kommenden Jahre halb soviel Männer zu den Waffen rufen kann, wie dem vorigen Markward zur Verfügung standen. Und er und sie wurden sozusagen mit einem Handstreich niedergemetzelt.« Er ließ den Blick wütend über seine Zuhörer schweifen. »Bei Kerys' Pforte! Wundert es Euch jetzt noch, daß ich die Flüchtlinge aus Nordeney willkommen heiße? Ich würde das auch tun, ohne daß Gnade und Stammesbande es erforderten. Doch diese Bande bestehen. Seht nur!« Er deutete hinauf zur Galerie. Elof blickte sich um, um zu sehen, wer gemeint sein könnte, und stellte fest, daß er selbst es war. »Elof, mein Freund aus dem Norden, dem der wahre Ruhm für die Beendigung der Belagerung gebührt!« Elof, der spürte, wie ihm Röte ins Gesicht stieg, lächelte einfältig. »Aber er ist außerdem eine Erinnerungshilfe dafür — wenn Ihr diese braucht —, daß die Nordländer unseresgleichen sind, wie es seit Gründung des großen Kerys der Fall ist. Was macht es schon, daß sie jetzt vorwiegend braunhäutig sind? Was sagt die Hautfarbe über den Menschen aus? Zumindest hatten sie Verstand genug, Flüchtlinge aufzunehmen und zu unterstützen, als sie selbst schwach waren. Sollten wir weniger weise handeln?« Das Raunen der Menge klang nicht sehr begeistert, aber auch nicht mehr so wütend. Kermorvan nickte. »Die Nordländer werden an unserer Seite kämpfen, und zwar mit Leib und Seele, wenn wir klug genug sind, sie zu akzeptieren.« Im Saal herrschte noch immer Schweigen, doch Elof spürte, wie sich die Stimmung änderte. Er merkte, daß seine Nachbarn ihn zögernd und unsicher, beinah verschämt, betrachteten. Doch Kermorvan zeigte sich nicht gerührt; seine Stimme klang allenfalls noch eine Spur besorgter. »Denkt darüber nach, Freunde. Und seid so ehrlich, wie ich Euch immer gekannt habe. Obwohl ich fürchte, daß das vielleicht nicht ausreicht.«

»Was dann?« platzte Bryhon heraus. »Vielleicht die Regentschaft eines Königs? Wie sie unsere Vorfahren in ihrer Klugheit abgeschafft haben? Niemals!« Andere Stimmen bekräftigten wütend seine Ablehnung, darunter viele Syndikatsmitglieder. Selbst Kathel und Ourhens, der zweite Anführer der Kaufmannschaft, sahen Kermorvan vergrämt an, wie sie vielleicht einen Kunden betrachten mochten, der das Feilschen zu weit trieb. Doch Kermorvan schien sie nicht zu bemerken; er starrte in die vielfarbigen Fenster wie in eine unbestimmte Ferne, sowohl zeitlich als auch räumlich weit, weit weg.

»Ich meine, Bryhon, wir brauchen mehr Leute und mehr Weitblick. Wir müssen Nordländer und Südländer wiedervereinen, Runduathya und Penruthya, Svarhath und Arauthar, die niemals hätten getrennt werden dürfen. Doch dort dürfen wir nicht aufhören! Wir müssen unsere ganze weit verstreute Rasse vereinen.«

Die Syndikatsmitglieder blickten einander verwirrt an. »Aber wie meinst du das?« fragte Kathel. »Es gibt doch nur uns! Jene, die aus dem Verlorenen Land hierher geflüchtet sind, zuerst wir und später dann die Nordländer. Wen gibt es denn sonst noch?«

»Daß du das vergessen hast, kann dir nicht als schwere Verfehlung zur Last gelegt werden«, sagte Kermorvan lächelnd. »Sicher erinnern sich nur wenige in Kerbryhaine, denn ihre Vorfahren flohen lange vor dem Sieg des Eises nach Westen. Andere hielten jedoch länger durch, bis die Gletscher vor den Toren ihrer damaligen Städte waren. Dann schickte der König viele weitere nach Westen, darunter seine Königin und den Thronfolger im Kindesalter, von dem ich abstamme. Damals wie heute kam es zu bewaffneten Auseinandersetzungen, und viele flohen nach Norden, um sich in Nordeney niederzulassen. Doch sie berichteten, daß der König andere nach Osten geschickt hatte, zu den kleinen Hafenstädten, die sie dort an der Küste errichtet hatten, so wie wir die unseren. Diese waren nicht allzu weit vom Eis entfernt und sehr klein, bis zu einem gewissen Grad jedoch von Bergen geschützt. Es kann also sein, daß auch deren Nachfahren überlebt haben.«

Im Saal wurde ein erregtes Rumoren laut, vermischt mit ungläubigem Gelächter. »Vielleicht ein paar«, kicherte der alte Marschall, »doch was haben wir davon? Wir haben keine Möglichkeit, ihnen eine Nachricht zu übermitteln, ganz zu schweigen davon, sie einzuberufen ...«

Kermorvans Augen funkelten. »Warum nicht?«

Jetzt erschallte lautes Lachen, und es setzte sich durch die Menge fort, als Kermorvans Worte wiederholt wurden. »Guter Mann«, fragte der andere Marschall, »habt Ihr vergessen, was Ihr einmal gelernt habt, oder habt Ihr den Verstand verloren? Wißt Ihr nicht, was dazwischen liegt? Das ganze weite Land Brasayhal, annähernd dreitausend Meilen!«

»Jawohl!« schrie Ourhens, der Kaufmann. »Und der Großteil der Strecke führt durch den Großen Wald, nach allem, was darüber berichtet wird. Ein Ort, der die Hälfte derer, die sich nach Westen aufmachten, verschlungen hat.«

»Die Hälfte jedoch nicht!« erwiderte Kermorvan in scharfem Ton. »Die Hälfte, einige tausend, sind durchgekommen, obwohl sie sich unzulänglich ausgerüstet und übereilt auf den Weg gemacht hatten, belastet mit Familien und allerlei Hab und Gut. Und mehr als die Hälfte der Nordländer hat es geschafft, obwohl sie noch weniger vorbereitet waren.«

»Das stimmt, in der Tat«, nickte ein alter Mann in einem schlichten grauen Gewand. »Aber sie haben keine Landkarten angefertigt. Sie waren so sehr vom Wahn der Angst befallen, daß sie nicht einmal darüber reden wollten.«

»Um so mehr ein Grund, daß welche angefertigt werden«, erwiderte Kermorvan unerbittlich. »Vielleicht müssen wir uns alle wieder auf die Wanderschaft begeben, wenn die Ekwesh zu bald zurückkehren.«

»Aber es gibt heutzutage niemanden mehr, der verrückt genug wäre, den Fuß in den Wald zu setzen.«

Kermorvan lächelte. »Ich habe es getan, obwohl ich dabei Angst hatte, und meine Freunde ...« Er hielt inne, um einen Ruf aus der Menge aufzuschnappen, in den andere Stimmen einfielen. »Was heißt das? Gibt es noch jemanden, der so etwas erlebt hat?«

»Laßt Kasse, den Jäger, berichten«, blökte eine rauhe Stimme im Vordergrund. »Er prahlt immer damit!«

»Dann soll er vortreten.« Einen Moment lang schien es, als ob der Genannte sich drückte, doch dann wurde ein dunkelhaariger Mann mittlerer Größe mehr oder weniger durch die Menge und die Stufen hinauf geschubst, und dort blieb er mürrisch stehen, offensichtlich voller Unbehagen darüber, sich im Mittelpunkt der allgemeinen Aufmerksamkeit zu befinden. »Nun, Mann? Was weißt du über den Wald, über Tapiau'lanan-Aithen?«

Kasse verzog das Gesicht zu einer finsteren Grimasse. »Daß man unter den Bäumen diesen Namen am besten für sich behält, das mal als erstes. Ja, ich bin drin gewesen, und zwar oft. Das Anwesen meines Herrn erstreckte sich bis an seine Schattengrenze, bevor die Ekwesh es und ihn in Brand steckten. Mein Vater und mein Großvater haben dort vor mir gejagt. Man lernt, was man tun muß und was man nicht tun darf. Man muß aufpassen, wohin man tritt, und muß die Nerven behalten, dann ist alles in Ordnung, und die Jagdgründe sind gut.«

Kermorvan nickte. »Aha! Also wärest zumindest du kühn genug, den Marsch durch den Wald anzutreten?«

»Na ja ...« Kasses lederartiges Gesicht zuckte, und die Menge lachte. Seine Miene verfinsterte sich wieder. »Nicht allein!« murrte er. »Wer würde das schon? Ihr Mistkerle bestimmt nicht, das steht fest!«

»Du brauchtest nicht allein zu gehen«, sagte Kermorvan. »Eine Gruppe würde mit dir geschickt werden ...«

»Ist das nicht die närrischste Idee von allen?« rief Bryhon und erntete johlende Zustimmung von einem Teil der Menge. »Woher sollen wir wissen, ob im Osten noch irgend jemand am Leben ist oder ob es sich lohnt, sie zu suchen? Inzwischen könnte sich ihre Zahl zu Null verringert haben ...«

»Oder sie leben so frei und stark, wie wir es sollten. Ich gebe zu, wir wissen nichts. Wir müssen es herausfinden. Wir müssen eine Gruppe nach Osten schicken, einerseits als Kundschafter, andererseits als Botschafter, und zwar unverzüglich.«

Bryhon warf die Hände hoch. »Können wir es uns in unserer derzeitigen Notlage erlauben, eine derart kostspielige Mission durchzuführen, ganz zu schweigen von der großen Truppe von Kriegern, die als Eskorte erforderlich wäre? Schon ihre Abwesenheit würde uns schwächen, und erst recht ihr sehr wahrscheinlicher Verlust. Er hat uns darauf hingewiesen, daß wir bluten, was uns bereits hinlänglich bekannt ist; jetzt will er unsere Wunde noch weiter aufreißen. Und was bezweckt er damit?« Er zuckte mit den Schultern. »Die Verfolgung des Schattens einer Erinnerung. Oder etwas Schlimmeres.«

»Lord Bryhon«, seufzte Kermorvan. »Ich sprach nicht von einer derart umfangreichen Unternehmung. Abgesehen von deinen überaus klugen Einwänden könnte eine so große Truppe keine Meile in jenem düsteren Gebiet zurücklegen, ohne die Aufmerksamkeit jeder gefährlichen Macht zu erwecken. Oder aller gefährlichen Mächte zusammen.« Die Betonung, die in seiner Stimme lag, war deutlich, und viele regten sich voller Unbehagen und schauderten in der Mittagswärme der südlichen Sonne. »Wir brauchen nur eine kleine Gruppe, bestehend aus Männern, die an entbehrungsreiche Wanderungen und lauernde Gefahren gewöhnt sind, angeführt jedoch von solchen, die für die Stadt sprechen können, und vielleicht auch für den Norden ...«

»Und haben wir einen solchen Mann nicht vor uns?« fragte Bryhon und gab sich gar keine Mühe, sein triumphierendes Lächeln zu verbergen. »Denn du bist doch wohl inzwischen ein überaus erprobter Wanderer, und ich könnte mir denken, daß sich einige über deine Abwesenheit freuen und deinen Verlust kaum bedauern würden. Wenn man dir während der letzten halben Stunde zugehört hat, gelangt man zu der Ansicht, daß du genau der richtige Mann bist. Also, Lord Kermorvan, ich sage dir: Geh! Und nimm die Saat des Zweifels mit, die du in der Stadt verstreut hast! Wenn an deinem Vorschlag irgend etwas Gutes ist, dann das, daß wir dich dadurch loswerden. Leite diese Gesandtschaft des Todes, und ich werde sie mit Freuden unterstützen.« Heftig atmend, ließ sich der dunkelhaarige Mann auf seinen Sitzplatz zurückfallen, begleitet von den Jubelrufen seiner Anhänger und vor Entzücken grinsend, weil er seinen Gegner so geschickt in die Falle hatte stolpern lassen. Elof ballte die Hände zu Fäusten, und Ils fluchte heiser. Kermorvan mußte ablehnen, und auf diese Weise würde er als Verräter an seiner eigenen Idee dastehen. Doch der Krieger verneigte sich feierlich vor seinem Widersacher und gab kein Stück Boden preis.

»Ich danke dir noch einmal, Lord Bryhon, daß du das ausgesprochen hast, was ich zu hören hoffte, wenn es auch etwas wirr klang. Aber ich rate dir, mich nicht am Maßstab deines eigenen Ehrgeizes zu messen, Bryhon. Ich hege nicht den Wunsch, König zu werden, und ich säe auch nicht gern Zweifel um der Zweifel willen, wenn es auch vielleicht so erscheinen mag. Niemals, *niemals* werde ich der Mittelpunkt von blutigen Auseinandersetzungen und einer Spaltung meines eigenen Volkes sein. Eher werde ich mich von dieser Stadt zurückziehen, wie ich es schon einmal getan habe, und einen anderen Weg suchen, um ihr zu helfen. Ich werde unsere Mission nach Osten anführen.«

Im Innern des großen Saales wie auch außerhalb erstarrten Syndikatsmitglieder wie Zuschauer gleichermaßen vor Fassungslosigkeit. Bei ihrem Anblick, der an Fische in einem Netz denken ließ, mußte Elof still vor sich hin schmunzeln. Dieses große Volk war so beschränkt wie die Dorfbewohner seiner Heimat; sie konnten sich einfach nicht vorstellen, daß ein Verbannter nach seiner Rückkehr jemals wieder freiwillig weggehen könnte. Sie hatten Kermorvans Wert durchaus erkannt, sie waren froh, daß sein Heldenmut ihnen Schutz bot, und doch glaubten sie, ihn wie einen Wachhund behandeln, ihn zähmen und an die Kette legen und ihm notfalls mit der Verbannung drohen zu können. Nun, jetzt hatten sie eine andere Erfahrung gemacht. Selbst einige der Syndikatsmitglieder, die Bryhon am lautesten applaudiert hatten, wirkten beunruhigt und sahen den dunklen Mann mit unverhohlener Verunsicherung an. Doch Bryhon saß nur da und strich sich durch den gelockten Bart; sein längliches Gesicht war ruhig, ausdruckslos, nur mit einem ganz schwachen Funkeln in den schmalen Augen.

»A-aber, Lord Kermorvan ...«, stotterte der jüngere Marschall. »Es war kein Gedanke daran, daß Ihr ... Wir brauchen Euch, die Stadt braucht ...«

»Junge, Junge, das kann doch nicht klug sein!« fauchte Kathel, und dann berichtigte er sich, weil er seinen Mann kannte: »Das kann doch nicht ehrenhaft ein! Du kannst doch nicht dein Leben bei einem so läppischen Unternehmen wegwerfen, wenn deine Stadt dich braucht! Dort im Osten lauern hundert verschiedene Tode, schlichte und aufwendige. Es besteht eine große Wahrscheinlichkeit, daß wir dich nie wiedersehen. Und dann, falls du recht hast — ich glaube dir, nicht daß du etwas anderes denkst —, falls die Ekwesh zurückkommen ...«

»Dann müßt Ihr den Nordländern vertrauen«, sagte Kermorvan kurzangebunden. »Ich lasse sie Euch als Verteidigungskräfte hier, Ihr müßt Euch nur überwinden, sie einzusetzen. Und du, Kathel, wirst die nördlichen Marken an meiner Stelle halten. Hört gut zu, denn das ist der Lohn für meinen Botengang, mein Preis für den Frieden. Ich verlange ein Unterpfand von allen Anwesenden — besonders von dir, Bryhon. Ihr werdet einen Eid ablegen, daß Ihr von heute an die Pforten vor den Nordländern nicht mehr verschließen, sondern diese vielmehr ehrenvoll und gerecht behandeln werdet. Ihr werdet sie als gleichberechtigte Bürger bei Euch aufnehmen, die gleichen Gesetze auf sie anwenden, ihnen die gleichen Pflichten auferlegen. Und Ihr werdet ihnen Land außerhalb der Stadt zuweisen, damit sie sich ansiedeln und Nahrung für sich selbst und für die Stadt anbauen können; wir haben mehr als genug Fläche, da so viele umgekommen sind.«

»Wenn sie aber noch mehr Ekwesh mitbringen?« kreischte ein jüngerer Mann in einem prunkvollen grünen Gewand schrill.

»Jetzt sind sie auf der Hut; ich glaube, Ihr könnt es den Nordländern selbst überlassen, dieses Rattenloch zu stopfen«, erwiderte Kermorvan mit bitterem Humor. »Vergeßt nicht, durch die bloße Übereinstimmung der Hautfarbe lassen sie sich nicht täuschen! Welche besseren Wachen könnten wir uns wünschen? Genug davon! Werdet Ihr den Schwur ablegen? Oder seid Ihr so sehr von alten Haßgefühlen verzehrt, daß Ihr die Stadt dem Untergang preisgebt, nur um diese zu befriedigen?« Er sprach zu allen Versammelten, doch sein Blick fiel eindeutig auf Bryhon Bryheren.

Der große Mann zuckte mit den Schultern und hielt Kermorvans Blick mit einem Grinsen stand. »Ich schwöre«, schmunzelte er mit leutseliger Zufriedenheit. »Es ist durchaus ein paar Nordländer wert, dich loszuwerden. Es könnte sein, daß wir sie im Laufe der Zeit sogar zu einigermaßen zivilisierten Wesen machen. Ich ertrage sogar einen Kaufmann als Markward, die Zeiten sind nun mal schwer. Ja, ich gehe sogar so weit, dir für deine Unternehmung Erfolg zu wünschen, so gering, fürchte ich, der Gewinn auch sein wird.«

»Seltsam, wie sich die Stimmung des Syndikats geändert hat, kaum daß Bryhon geschworen hat«, murmelte Elof Ils zu, als er hörte, wie sich alle ohne weitere Diskussion dem Schwur anschlossen. »Und doch bilden seine Anhänger nicht die Mehrheit.«

»Sie sind vor allem daran interessiert, einen Zusammenstoß zwischen Kermorvans und Bryhons Gefolgschaft zu verhindern«, flüsterte sie zurück. »Um jeden Preis, denn sonst könnte ihr eigenes behagliches Leben in Mitleidenschaft gezogen werden. Wer recht hat und was das Beste für das Land ist, ist zweitrangig. Kein Wunder, daß die Ekwesh sie im Schlaf überrascht haben.«

Die Sitzung dauert noch eine Weile, um die Entscheidung formell festzuhalten und Kathel Kataihan zum Markward der nördlichen Marken zu ernennen. Trotz

Bryhons höhnischen Bemerkungen war man allgemein mit seiner Ernennung zufrieden, denn durch seine Reisen kannte er sich an den nördlichen Grenzen besser aus als die meisten, und obwohl er kein Kriegsmann war, hatte er sich doch während der Belagerung als kluger Befehlshaber erwiesen. Daß er so ohne weiteres akzeptiert wurde, machte auch deutlich, wie sehr Kermorvan das Syndikat für sich eingenommen hatte.

»Siehst du, ich habe meine Lektionen bei deinem Volk gut gelernt, Ils«, lächelte er, als er sie auf der Treppe draußen traf. »Daß man manchmal bekommt, was man will, wenn man sich vor dem Wind beugt, anstatt sich dagegenzustemmen.«

»Du hast deine Sache gut gemacht«, sagte Elof nüchtern. »Die Nordländer stehen tief in deiner Schuld. Aber der Preis, den du dafür ...«

Ils nickte leidenschaftlich und vergaß dabei ihre Schmerzen. »Dich freiwillig wieder in die Verbannung zu begeben, und das nach so kurzer Zeit ... habe ich nicht gesagt, daß diese Menschen undankbar sind? Bei meinen Leuten hast du viel mehr Ehre erfahren als hier!«

Kermorvan warf den Kopf zurück und lachte, was bei ihm ausgesprochen selten vorkam. Dann lehnte er den Kopf an eine kühle Säule, immer noch schmunzelnd. »Der Gedanke, daß einer meiner Vorfahren den Adeligen verboten hat, auf einer öffentlichen Bühne aufzutreten! Versteht ihr nicht? Warum habe ich Bryhon wohl dazu gebracht, dieses Ansinnen an mich zu richten? Genau das wollte ich doch!« Und tatsächlich wirkte er glücklicher und sorgloser als seit vielen Tagen. »Nicht mehr die Zielscheibe für Hader und Mißgunst zu sein, selbst nicht mehr bei diesem intriganten Spiel mitspielen zu müssen! Ihr ahnt ja gar nicht, was für eine Last das ist. Von den Narrheiten dieses Ortes befreit zu sein, wieder durch die Welt zu wandern, mit einer großen Aufgabe ... Der Osten! Seit langem schon träume ich davon, seine Küsten zu sehen, den weiten Ozean, über den zum erstenmal Menschen aus dem antiken Kerys hierhergekommen sind! Und ihr kommt doch mit, nicht wahr? Habe ich nicht gesagt, ihr würdet etwas zu hören bekommen, über das ihr nachdenken müßt?«

Elof starrte ihn an. »Ich muß dem ...«

»Pfad des Sonnenaufgangs folgen, jawohl! Und was meinst du, wohin ich gehe?« Kermorvan ließ nicht lokker. »Ich brauche Männer aus echtem Schrot und Korn, die mich begleiten. Warum sollten wir uns nicht zusammen auf den Weg machen? Laß uns den Gefahren des Landesinneren gemeinsam ins Auge sehen, wie in den Bergen und auf dem Meer. Bestimmt kommen wir gemeinsam weiter als getrennt. Also, zögerst du noch?«

»Ich doch nicht!« lachte Elof. »Ich war nur ein wenig überrascht, das ist alles. Natürlich komme ich mit, und ich freue mich darauf! Am meisten hatte ich mich vor der Einsamkeit gefürchtet!«

»Und was ist mir dir, Ils?« Kermorvan wandte sich in ihre Richtung um. »Wirst du ...« Doch Ils war von der Treppe verschwunden. Viele Leute auf der Straße hatten sie gesehen, sie war auf dem Rückweg zu Kermorvans Haus, und als er und Elof dort angelangten, versicherten ihnen die Diener, daß sie hereingekommen und bisher nicht wieder hinausgegangen sei. Doch als sie sie suchten, fanden sie sie nicht; aus ihrem Zimmer waren ihre wenigen Habseligkeiten verschwunden, nur eine schlichte Nachricht lag auf dem Tisch: *Alles Gute, und möge der Große Gestalter euch mit Schnelligkeit segnen. Ich hoffe, wir sehen uns wieder ...*

»Dann ist sie also gegangen«, sagte Kermorvan betrübt und reichte die Notiz an Elof weiter. »Wie sie es angekündigt hat, und klammheimlich, damit wir sie nicht allzusehr zum Mitkommen drängen konnten. Na ja, ich kann es ihr nicht verübeln; sie hat etwas Besseres verdient als das, was diese Stadt ihr gegeben hat. Hoffentlich sehen wir uns einmal wieder, in der Tat!«

Doch in der Nacht, als Elof im Bett lag, schwebte er aus seinen Träumen heraus, kaum den Schatten wahrnehmend, der über den Boden zu gleiten schien und sich über ihn beugte, während er still dalag. »Ils?« murmelte er.

»Ich habe auf den Schutz der Dunkelheit gewartet, in der ich sehen kann und ihr Menschen nicht. Ich konnte einfach nicht widerstehen ...« Sie beugte sich herunter, und ihre Lippen preßten sich für einen Augenblick fest auf seine, er atmete ihren Atem. »Ich wünsche dir wirklich alles Gute«, flüsterte sie und drückte seine Hand an sich. Ihre großen Augen schimmerten in der Finsternis. »Es ist nur so, ich kann nicht ...« Sie erhob sich und verschwand. Er setzte sich auf, plötzlich hellwach, hörte jedoch nichts, nicht einmal die leisesten Schritte auf der Treppe. Nur ihr heißer Atem durchflutete ihn immer noch. Er hatte große Mühe, wieder einzuschlafen.

Am nächsten Morgen war er sich unschlüssig, ob er Kermorvan davon erzählen sollte oder nicht. Doch als er zum Frühstück hinunterging, war er der Entscheidung enthoben, denn Kermorvan war tief in ein Gespräch mit einem rundlichen Mann mit blondem Haar und Bart versunken, und Elof zuckte zusammen, als er ihn als Ermahal, einen Korsaren-Schiffer, erkannte.

»Nun, Herr ... Herren«, berichtigte er sich mit einem achtungsvollen Nicken in Elofs Richtung, »es gibt alle möglichen Gründe. Seht, wir haben uns von unserer Gesetzlosigkeit freigekauft, indem wir die Frauen retteten, gut. Und wir haben einen ziemlich großen Batzen Beute gemacht; einige der Jungs haben ihren Anteil für einen guten Zweck gespendet und sind seßhaft geworden. Einige sind während der Belagerung umgekommen, Friede ihren schäbigen Seelen. Aber andere, na ja, sie haben das Geld auf die eine oder andere Weise verpulvert, beim Spiel oder mit Frauen oder wie auch immer.«

»Soll sich meine Gruppe vielleicht aus solchen Taugenichtsen zusammensetzen?« erkundigte sich Kermorvan.

»Ach, nicht alle sind Taugenichtse«, widersprach Ermahal und tippte sich auf die lange Nase. »Einige haben einfach über die Stränge geschlagen, Geld hin oder her. Tatsache ist, es gab Gründe, warum wir Gesetzlose waren, für jeden von uns, und wir haben uns nicht von einem Tag zum anderen geändert, auch nicht von einem Jahr zum anderen. Wir geben erbärmliche Bürger ab, aber als Korsaren, Abenteurer zur See oder zu Land, also, das ist etwas ganz anderes.« Er klopfte mit den Fingern auf den langen Tisch und schaffte es, gleichzeitig gerissen und schüchtern auszusehen. »Du warst in Wirklichkeit unser Kapitän, Lord Kermorvan, das wird niemand bestreiten — nicht, daß ich jemals etwas dagegen gehabt hätte. Wir sind dir während der ganzen Zeit gefolgt, und es waren nicht wir, die von dir weggelaufen sind und dich im Stich gelassen haben, stimmt doch, oder? Und wir würden gern wieder mit dir zusammenarbeiten. Und mit dir, Schmied«, fügte er schnell hinzu, wobei er aufsprang und sich vor Elof verneigte. »Wir haben auch deine Tapferkeit gesehen.«

Elof lächelte. »Allein Lord Kermorvan ist unser Anführer, nicht ich. Doch für wie viele sprichst du?«

»Na ja«, sagte Ermahal und zählte an den Fingern ab. »Ungefähr zwanzig, Herr, wobei einige wegen Suff oder Krankheit ausfallen.«

»Zu viele«, sagte Kermorvan. »Unsere Gruppe muß klein sein, alle Mitglieder müssen Männer mit Erfahrung sein — dieser Jäger Kasse könnte sich zum Beispiel als nützlich erweisen. Und es sollten einige Nordländer darunter sein, damit wir zeigen, daß wir friedlich miteinander auskommen können. Ich habe es sowohl in der Stadt als auch in den Lagern im Norden ausrufen lassen, daß wir solche Männer suchen. Unsere Gruppe muß in wenigen Wochen aufbruchbereit sein.«

Ermahal zuckte mit den Schultern. »Nun ja, Lord, du

triffst die Auswahl. Aber ich habe mit meinem Schiff Flüsse und Meere befahren, und das könnte auch eine ganz nützliche Erfahrung sein; ich würde mich freuen, wenn du mich dazuzählen würdest, und Maile, den Bootsmann, du weißt doch, was für eine harte Nuß der ist ...«

Kermorvan nickte belustigt bei der Erinnerung an diesen Burschen. »So soll es denn sein! Ich beginne meine Auswahl mit euch beiden.« Er unterbrach den Schiffer bei seinen Dankesbezeugungen durch eine erhobene Hand. »Vergiß nicht, es geht nicht um ein wildes Abenteuer, bei dem die Gefahr gegen das Plünderungsgut abgewogen wird. Der Tod setzt den Maßstab, und das größte zu erringende Gut könnte für uns das nackte Überleben sein.«

Ermahal zupfte an seinem dürftigen Bart. »Gut, ich schreib' es mir hinter die Ohren. Ich hatte schon immer mal Lust, den Östlichen Ozean zu sehen. Vielleicht sind in jener Gegend Korsaren dringend gefragt.«

Elof lachte, doch Kermorvans Lächeln war eher ernst. »Oder sie haben einen Überfluß an Galgen«, sagte er. »Du bist ein großer Gauner, Ermahal, wenn auch ein tapferer. Laß deinen Korsaren-Lebenswandel hier im Westen zurück, sonst hänge ich dich eigenhändig.«

Der Dicke schmunzelte. »Wie ich gesagt habe, Lord, wir haben uns nicht alle von einem Tag zum anderen geändert. Aber ich tanze bis zum Ende der Reise nach deiner Pfeife.«

»Tu das, sonst könnte es sein, daß du nie mehr tanzt. Aber du sollst nicht ohne Belohnung ausgehen, sofern es in meiner Macht liegt.«

Nachdem Ermahal gegangen war, schlug Kermorvan vor, daß sie für eine Weile die Sonne auf dem Dach genießen sollten. Elof ahnte den Grund; von dort aus hatten sie einen Rundumblick über die ganze Stadt, auf die großen Plätze und die hohen Gebäude des Alten Viertels, entlang der abschüssigen Straßen der neueren

Stadtteile bis zum halbwegs ausgebesserten Durchbruch in der äußeren Mauer und weiter zu den sich ausbreitenden dunklen Behausungen und Hütten in der Ebene, den nördlichen Außenbezirken der Stadt. Die Sonne schien warm, es wehte ein leichter Wind, doch wo der Himmel an die fernen Berge stieß, zeigten sich graue Streifen. »Die Wolken ballen sich zusammen«, sagte Kermorvan. »Und während unserer Abwesenheit werden sie sich sicher noch verdichten. Wir haben wirklich nicht mehr viel Zeit, um diesen Ort zu retten. Ich habe das vor dem Syndikat nicht erwähnt, aus Angst, sie könnten sich voller Verachtung unserem Plan verschließen, doch vielleicht geht es nicht, wie sie denken, darum, Menschen aus dem Osten in den Westen zu holen. Unsere Wunden sind zu blutig, die Heilung geht zu langsam vonstatten. Sofern das Ostland überhaupt eine Zuflucht bieten kann, sind es vielleicht wir, die fliehen müssen.«

»Auf nach Osten!« Es war heiß in der Schmiede, denn sie gossen Silber. Dennoch zitterte Roc. »Über die Berge und in den Wald ... brrr! Meile um Meile davon, voller ... was weiß ich. Lauf nach Norden, und dort ist Ödland und Eis; lauf nach Süden, und dort ist Ödland und Wüste. Erfriere oder verbrenne. Oder Schlimmeres.«

»Genau das brauche ich«, lachte Elof. »Ermutigung. Du kannst leicht daherreden, du kommst ja nicht mit ...«

Roc legte seine Kelle scheppernd aus der Hand. »Und wer, in Hellas Namen, sollte mich daran hindern?«

Elof starrte ihn an. »Meinst du das ernst? Du meinst es ernst! Roc, du bist übergeschnappt. Hier hast du ein Zuhause gefunden, du hast die beste Schmiede in der Stadt und Kathel als Stammkunden. In einem Jahr oder so bist du reich.«

»So, so! Und als ich dir so etwas gesagt habe, hat es dich doch wohl auch nicht abgehalten, oder?«

»Nun ... Aber ich verfolge ein Ziel, Roc ...«

»Ich vielleicht nicht?« brummte Roc mürrisch. »Ich werde reich sein, sagst du. Jawohl, und zwar genau rechtzeitig für die Ekwesh.«

»Ja ... Aber, Roc, diese Reise wird mindestens ein Jahr dauern, wenn alles schnell geht. Was ist mit Marja? Hat sie nicht auch etwas zu sagen?«

Roc zuckte mit den Schultern. »Ich habe ihr niemals irgend etwas versprochen. Sie hat keinen Anspruch auf mich. Natürlich wird sie die Schmiede führen, zusammen mit dem alten Hjoran; die beiden werden ihre Sache gut machen, bis ich zurückkomme. Sie wird warten. Oder auch nicht.«

»Roc, du weiß sehr wohl um die Möglichkeit, daß du niemals zurückkehren wirst. Ich möchte dich nicht losreißen von ...«

»Verstanden«, grunzte Roc, »aber es ist meine eigene Entscheidung, niemandes sonst. Wenn du zu blöd bist, um hierzubleiben, dann muß jemand ein Auge auf dich haben. Und ich möchte diesmal an der Veranstaltung teilnehmen, begreifst du? Diesmal wirst du mich nicht abschütteln, wie du es schon einmal getan hast.« Und tatsächlich, als etwa drei Wochen später die Zeit zum Aufbruch gekommen war, gelang Elof eben dieses nicht.

Es war ein gemischtes Völkchen von Bewerbern, die an diesem Abend, als die Sonne hinter den vorfrühlingshaften Wolken versank, an Kermorvans Tür klopften. Die ersten waren zwei hochgewachsene, in Grün und Rostbraun gekleidete Männer, die an ihrer kupferfarbenen Haut als Nordländer zu erkennen waren. Sie hießen Gise und Eysdan, und sie stammten aus Dörfern weit im Landesinneren, am Rande des dichten Waldgebiets des Nordens; sie selbst waren Waldläufer, daran gewöhnt, frei im Schatten der Bäume herumzustreifen, und sie beherrschten diese Kunst so gut wie nur wenige Südländer. Beide trugen breite Krummschwerter, Gise außerdem einen kurzen Bogen aus kräftigem Büffelhorn und Eysdan eine riesige langschaftige Axt. Es waren schweigsame Männer, die nur kurze Begrüßungsworte mit den lärmenden Korsaren wechselten, die kurz nach ihnen heranströmten. Obwohl sie offensichtlich ihre Abreise gefeiert hatten, sprach in Elofs Einschätzung der Umstand für sie, daß sie nichts Schlimmeres als fröhlich waren. Außer Ermahal und Maile befand Kermorvan nur noch drei weitere für gesund oder vertrauenswürdig genug, um an der Unternehmung teilzuhaben; es waren ausnahmslos Südländer, Männer der Seefahrt, doch mit einiger Erfahrung im Wandern über Land. Dervhas, Ermahals Steuermann, und Perrec waren von Bryhaines kleiner Kriegsflotte desertiert, und Stehan hatte auf einem Handelsschiff gedient; Borhi, der jüngste, war Fischer gewesen, bis er wegen der Tötung eines Mannes in einer Streiterei unter Betrunkenen in die Verbannung geschickt wurde. Nach ihnen kam der Jäger Kasse, der schattengleich in den Innenhof huschte, und dann erschienen noch drei weitere Nordländer, Tenvar, Bure und Holvar. Sie waren hellhäutiger als die Waldmenschen und Bürgersöhne aus Saldenborg, die an dem kurzen, aber heldenhaften Verteidigungskampf dieser reichen Hafenstadt teilgenommen hatten; sie hatten sich unter großen Schwierigkeiten und Entbehrungen in den Süden durchgeschlagen und dabei furchtlos einen Seitenarm des Waldes durchquert. Auch sie waren fröhlich, doch was auf sie wie Wein wirkte, war eine neue Hoffnung, ein frisches Leuchten in Augen, die lange Zeit den dumpfen Blick von Flüchtlingen gehabt hatten. Die neue Ausrüstung mit Kleidung und Waffen gab ihren Schritten wieder Schwung, und sie salutierten begeistert vor Kermorvan, der in der Mitte des Innenhofs entspannt unter dem Johannisbrotbaum mit der gelben Krone saß. Die letzten Ankömmlinge waren Roc und ein älterer Südländer, der ihm ziemlich ähnlich sah, Arvhes. Er war auf Kathels Empfehlung hin ausgewählt worden; er war Händler in seiner Karawane gewesen, als Roc und Elof ihr begegnet waren, und er beherrschte die Sprache des Nordens gut.

Als die ganze Gesellschaft versammelt war, brachte Ferhas Wein. Kermorvan stieß nacheinander mit jedem der Gruppe an, und sie tranken ihrerseits auf sein Wohl. Es war nicht die Zeit für ausgiebiges Feiern; Gedanken an den Weg, der vor ihnen lag, lasteten auf ihnen allen, und die einzigen Worte, die jetzt gewechselt wurden, waren leise Erkundigungen nach Ausrüstung und Proviant. »Wir müssen uns alle Mühe geben, uns unbemerkt davonzumachen«, hatte Kermorvan verkündet. »Erstens, weil Bryhons Bande sich vielleicht einfinden könnte, um uns einen warmen Abschied zu bereiten; zweitens, falls irgendwelche Spione in der Gegend sind, ist es besser, wenn sie nicht sagen können, um welche Zeit und in welche Richtung wir die Stadt verlassen haben.«

Eine Reihe von Ponys wurde aus den alten Ställen geführt, und sie machten sich emsig daran, diese mit ihrem Gepäck zu beladen. Die verkümmerten Nebenhufe der Tiere verrieten, daß sie von nordländischer Rasse waren, mit kurzen Beinen und struppigem Fell im Vergleich zu den langgliedrigen südländischen Rassen. Elof und die anderen Nordländer freuten sich über ihren Anblick, während die Südländer nicht so ganz begeistert waren. »Für meinen Geschmack sind sie etwas zu frech«, brummte Ermahal, der linkisch einem der verstörten Tiere auswich.

»Zerr nicht so an den Gurten, Mann!« lachte Bure. »Das ist kein Langboot, was du hier belädst.«

»Ich wünschte, es wäre eins, dann wüßte ich, wo ich dich hinunterstoßen könnte. Mir wäre ein stämmiges Bryhaine-Tier lieber; diese Schindmähren sind halbe Ratten, und es macht nichts, wenn sie zusammenbrechen.«

»Sie werden sogar dich tragen«, grinste Elof, »und das auf Wegen, auf denen deine hochgewachsenen Bryhaine-Tiere bei jedem zweiten Schritt stolpern würden, und über eine Strecke, bei der den anderen das Herz im Leibe versagen würde. Nicht einmal Kermorvans großes weißes Schlachtroß kann es in bezug auf Ausdauer mit ihnen aufnehmen.«

»Stimmt«, pflichtete Kermorvan bei. »Ich käme niemals auf die Idee, meine Stute auf eine so beschwerlichen Reise mitzunehmen.«

»Es wird behauptet, östlich der Berge gäbe es Wildpferde«, warf Tenvar schelmisch ein, »riesige Tiere. Vielleicht lassen sie sich zähmen. Sie scheinen besser geeignet, um einen Mann von deiner — hmm — Persönlichkeit zu tragen, Südländer.«

»Persönlichkeit?« brummte Ermahal und musterte den jungen Südländer streitlustig. Tenvar ließ sich nicht einschüchtern, sondern glättete lässig seinen kleinen Bart, während seine Kameraden zu seiner Unterstützung heranrückten. Kermorvans unverkennbare Stimme schnitt in die Stille.

»Und von meiner! Meine langen Glieder büßen auf diesen kleinen Tieren jegliche Eleganz ein; für mich ist es beinahe wie Zufußgehen. Doch bald genug werden sie uns fehlen, vermute ich. Wenn wir uns erst in dem unwegsamen Wald befinden, kann uns kein Pferd mehr helfen, und wir müssen dann unsere eigenen Lasttiere sein.« Das war ein ernüchternder Gedanke, der jeden der Männer veranlaßte, sein Gepäck noch einmal zu sichten.

Doch Elof war einigermaßen geübt darin, Kermorvans unergründlichen Gesichtsausdruck zu deuten, und er flüsterte: »Das war die geschickte Abwehr eines Treffers.«

»Ja, aber ich hoffe, uns bleiben weitere davon erspart. Diese Burschen aus Saldenborg sind Narren, daß sie so großspurig daherreden, obwohl sie sicher nichts Böses dabei dachten. Ermahal wäre wohl kaum ein Korsaren-Kapitän, wenn man sich so einfach über ihn lustig machen dürfte. Elof, du bist Nordländer und so ziemlich gleich alt wie sie, und sie sind daran gewöhnt, auf das Wort von Schmieden zu hören; kümmere du dich um sie.«

»Dann sollen sie die Nachhut bilden, zusammen mit Roc, weg von den Korsaren.«

»Ja, veranlasse das. Auf jeden Fall empfiehlt es sich, die Augen offen zu halten und den Verstand zu gebrauchen, auf jenen dunklen Pfaden, die wir beschreiten müssen.« Kermorvan ließ den Blick durch den düsteren Innenhof schweifen. »Jetzt ist die Sonne vollends untergegangen, der Lärm der Stadt verstummt. Die Zeit unseres Aufbruchs ist gekommen. Heimat meiner Väter, die Nacht und die Stille fordern dich erneut. Werde ich jemals wieder in dir zur Ruhe kommen können? Doch es muß sein, es muß sein ... Elof, mein Freund, vielleicht waren all unsere Prüfungen und Schwierigkeiten bis jetzt nur ein Vorspiel zu dem, was uns bevorsteht.«

»Mir ging derselbe Gedanke durch den Kopf«, bestätigte Elof. »Doch ich dachte im besonderen an meine eigene Suche.«

Kermorvan nickte. »Möge sie gedeihlich sein, was immer sonst auch geschieht. Nun, alle haben sich bereits von den Ihren verabschiedet, nur ich nicht. Ich darf nicht länger säumen.« Dann knieten sich Ferhas und Kermorvans wenige andere Diener vor ihm nieder, etwas, das im Norden oder Süden nur selten geschah, nicht einmal vor sehr hohen Herren. Doch diese Geste hatte nichts Unterwürfiges an sich, eher etwas Liebevolles, denn es war nicht zu übersehen, daß sie weinten. Und als Kermorvan Ferhas einen großen Schlüsselbund reichte, zitterte und rasselte dieser in der Hand des alten Mannes. Elof begriff in diesem Moment etwas von Kermorvans Hintergrund, denn es waren diese alten Diener, die ihn aufgezogen hatten, nachdem er durch den Tod seiner Eltern und seiner Familie nach und nach ganz allein war. Er war ein Herr, der von Dienern beeinflußt war, ein König, der nach dem Bild geformt war, das seine Anhänger in ihm sehen wollten, um so mehr zu einer Zeit und an einem Ort, da die Monarchie nicht mehr beliebt war. Ein Aufwachsen unter diesen Umständen hätte sich auf vielerlei Weise auswirken können, doch nach Elofs Ansicht hatte es bei ihm Stolz und Kraft mit Mitgefühl und Zurückhaltung verschmolzen und das dringende Bedürfnis erzeugt, Untergebene mit Vernunft und Hochachtung zu regieren.

»Jawohl, bin ganz deiner Meinung«, sagte Roc. »Das war jedoch bestimmt nicht einfach, als Prinz aufzuwachsen, ohne ein Reich jenseits dieser vier Mauern. Kein Wunder, daß er als Junge recht ungestüm war. Aber wie ich zu Marja schon gesagt habe, es gibt nur wenige Männer, denen ich dorthin folgen würde, wohin unser Weg uns führt.«

Ferhas hantierte jetzt mit den Schlüsseln herum, und als sich das Tor quietschend öffnete, führten Kermorvan, Gise und Eysdan die Ponys hinaus. Wie vereinbart, verhüllten sich die Reisenden mit Umhängen und Kapuzen und trugen die Waffen unsichtbar mit sich; wenn sie ihre Tiere an den Zügeln führten, anstatt auf ihnen zu reiten, würden sie wie viele andere Gruppen von Flüchtlingen erscheinen.

Ferhas salutierte vor Elof, wie er es vor allen anderen getan hatte, aber er zupfte ihn am Arm und flüsterte ihm aufgeregt zu: »Ihr werdet auf ihn aufpassen, Herr, ja?« Die Vorstellung, daß er den furchteinflößenden Kämpfer unter seine Fittiche nehmen sollte, erschien absurd, doch Elof konnte über den alten Diener nicht lachen. Er nickte, gab ihm einen Klaps auf die Schulter und setzte seinen Weg fort. Die Silhouette der dunklen Karawane vor ihm zeichnete sich auf dem hellen Stein des gegenüberliegenden Herrschaftshauses wie die sich bewegenden Gestalten eines Wandfrieses ab, als ob sie bereits mit der verblassenden Darstellung vergangener Zeiten verschmolzen wären. Die jungen Nordländer folgten ihm dicht auf den Fersen; er hörte, wie sich das Tor quietschend schloß, und wartete auf das Geräusch des Schlüssels. Es kam nicht, und obwohl er sich nicht umdrehte, hatte er deutlich das Bild des alten Ferhas vor Augen, der dort im dunklen Schatten der Mauer stand und angestrengt lauschte, bis der letzte schwache Hufschlag vollends verebbt war.

Die Nacht war kühl, die Straßen leerten sich schnell. Stadtbewohner hasteten mit qualmenden Pechfackeln hierhin und dorthin, und nur wenige warfen einen Blick auf die düstere Prozession, die über die Pflastersteine klapperte. Den Platz der Zitadelle, den große Kupferlaternen erleuchteten, umgingen sie, ebenso wie das Viertel der Kaufleute, in dem noch emsige Geschäftigkeit herrschte und das von allen möglichen Lichtern, von Kristallkandelabern in hohen Fenstern über Binsenlampen bis zu kleinen Holzkohlefeuern in den Straßenbuden, erhellt wurde. Er dachte an Kathel, der jetzt an der Nordgrenze den Befehl über sein neues Herrschaftsgebiet führte, und er lächelte; der Kaufmann hatte Roc und ihm beim Abschied noch eindringlich aufgetragen, über die Reichtümer des Landes im Osten zu berichten und sich ein Bild zu verschaffen über alles, an dem es ihm mangelte oder das es im Überfluß bot. »Du scheinst sehr zuversichtlich zu sein, daß wir irgendwo ankommen«, hatte Elof gesagt.

»Natürlich werdet ihr das, Jungs!« hatte Kathel vergnügt gejauchzt, doch dann — vielleicht weil ihm eingefallen war, daß er ›der Ehrliche‹ zu sein beanspruchte — fügte er hinzu: »Aber, na ja, es ist ein schlechter Hausierer, der nicht auch an den baufälligsten Türen klopft, nicht wahr?«

Der Mann würde ihm fehlen, dachte Elof. Und wenn auch er ehrlich war, dann mußte er sich eingestehen, daß ihm die ganze riesige Stadt mit ihrer gewaltigen Ausdehnung so sehr fehlen würde, wie er es sich niemals hätte träumen lassen. Er legte eine schützende

Hand auf die Satteltasche, die seine wenigen, aber schweren Habseligkeiten enthielt; ein paar Kleidungsstücke, ein Paar Stiefel zum Wechseln, aber vor allem die Dinge, an denen ihm am meisten lag; ein gewisser Panzerhandschuh und seine wertvollen Werkzeuge, darunter eine Stange aus abgewetzter Bronze mit einer gebogenen Spitze, der sonderbare Viehtreiberstock, der das einzige Vermächtnis aus seiner Jugend darstellte. Er hatte dieses Stück einem Gefühl folgend mitgenommen, nicht weil er sich davon irgendeinen Nutzen erhoffte. Doch jetzt wußte er, warum er es getan hatte; auch hierher würde er vielleicht niemals mehr zurückkehren. Einst war ein kleines Dorf seine Welt gewesen, danach ein einsamer Turm; das Erleben der ersten kleinen Städte hatte ihn überwältigt. Aber dies hier, dieses brodelnde menschliche Leben, hätte sie alle tausendfach verschlucken können. Und trotz all seiner Sünden, so war ihm klar geworden, konnte nur aus einer derartigen Gemeinschaft von Menschen die Ordnung und die Willenskraft entstehen, die der beste Schutz gegen das herannahende Eis waren. Es ließ das wilde Land jenseits seiner Grenzen noch viel wilder erscheinen und ihn selbst noch törichter, daß er sich dort wieder einmal auf ein Abenteuer einließ.

Andere teilten offenbar seine Gefühle. Bure, der eine Schwäche fürs Essen hatte, machte andauernd eilige Abstecher zu Verkaufsständen, an denen sie vorüberkamen, um noch letzte einheimische Delikatessen einzukaufen. Elof konnte es ihm kaum verübeln, denn die Nordländer hatten sich dürftig genug ernährt, bevor sie für die Gruppe ausgewählt worden waren. Doch dann sah er, wie Borhi, der Korsar, zu einem Weinstand hinüberhuschte, und wie Tenvar mit den jungen Marktfrauen entlang ihres Weges scherzte, und er rief beide zurück in die Reihe. »Das hast du gut gemacht«, lobte Roc. »Könnte sein, daß uns die eine oder andere erkennt und den Mund nicht halten kann.«

»Und ich wette, Lord Bryhon hört aufmerksam zu!« stimmte Arvhes zu und schwenkte wieder in die Gruppe ein. »Es gefällt mir auf jeden Fall besser, von dannen zu ziehen, ohne daß mir Pflastersteine um die Ohren fliegen.«

»Da ist was dran«, räumte Bure unbestimmt ein, während er gewürzte Truthahnbrocken vom Spieß kaute. »Jetzt ist das Tor allerdings nicht mehr allzu weit.«

»Ein Schritt kann noch zu weit sein, wenn sich einem eine Meute in den Weg stellt.«

Im Schatten des hohen Wachturms hätte sich eine solche durchaus verbergen können. Jetzt waren jedoch wenige Menschen dort, und die meisten davon gehörten der Stadtwache an. Doch die Gestalt, die plötzlich aus der Dunkelheit trat, war mit einem Gewand und einem Umhang aus prächtig verziertem rotem Samt bekleidet und sehr groß. Elof wechselte einen entsetzten Blick mit Roc und überholte die Reihe schnell, um neben Kermorvan zu gelangen.

»Schande über dich, Lord von Morvan«, grüßte der unvermittelt Aufgetauchte leutselig, »daß du dich auf diese Weise aus dem Staub zu machen trachtest! Hast du dir denn eingebildet, es könnte mir verborgen bleiben?«

»Ich hatte meine Gründe, Lord Bryheren«, entgegnete Kermorvan kühl. »Einer davon warst du. Was hast du zu gewinnen, wenn du dich mir in den Weg stellst?«

Zähne blitzten in Bryhons Bart auf. »Ich? Mich dir in den Weg stellen?« Er klang verdutzt und verletzt. »Ich bin nur gekommen, um dir alles Gute zu wünschen.«

Kermorvan seufzte und legte einen Arm über den Rücken seines Ponys. »Mein Lord, leider ist es mir versagt, dich zu verstehen. Daß wir Erbfeinde sind, ist in dieser Zeit von geringer Bedeutung, doch wenn es das Gesetz erlaubte, würde ich dich mit Wonne niedermetzeln wegen all des Unrechts, daß du meiner Familie angetan hast. Du hast jeden meiner Pläne vereitelt, einzig und allein, weil er von mir stammte. Du bist kein großmütiger Widersacher. Erwartest du von mir, daß ich dir jetzt glaube?«

Bryhon zuckte mit den Schultern. »Wenn du recht hast, dann bringst du uns geringen Nutzen. Wenn du unrecht hast, dann kostest du uns wenig! Ich hoffe, und zwar von Herzen, du wirst im Osten überleben. Sollte das in deinem Königreich ein Verbrechen sein?«

»Wohl kaum. Ich nehme deine guten Wünsche so an, wie sie gemeint sind, und bedanke mich dafür in dem Maße, in dem sie es wert sind. Doch von jemandem, der danach trachtete, mich insgeheim umzubringen ...«

Wieder zuckte Bryhon mit den Schultern. »Im Interesse der Stadt — wie die darauffolgenden Schwierigkeiten gezeigt haben. Doch wir sind Krieger von demselben hohen Rang, du und ich. Ich habe keine Angst vor einer Auseinandersetzung mit dir, Keryn Kermorvan.«

»Auch ich nicht vor einer mit dir, Bryhon Bryheren. Können wir jetzt unseren Weg fortsetzen?«

Bryhons tiefes Lachen war durch und durch herzlich. »Halte ich dich vielleicht davon ab? Das würde ich um nichts in der Welt tun! Geh, hab Erfolg oder sei verdammt!« Und immer noch schmunzelnd, wandte er sich um und spazierte in die Dunkelheit davon.

Elof sah ihm nach. »Einen Augenblick lang glaubte ich, diese menschliche Heuschrecke meinte tatsächlich, was sie sagte!«

»Zum Teil vielleicht«, sinnierte Kermorvan. »Wir beide, er und ich, haben denselben Sinn für Ordnung, dieselbe Disziplin; wir haben dieselben Prüfungen durchgemacht und können darüber miteinander sprechen, wie ich nicht einmal mit dir, einem Freund, sprechen kann. Diese Bande kann selbst der tiefste Haß nicht vollkommen zerreißen.« Er lächelte. »Aber du und ich, wir haben ganz besondere Prüfungen miteinander bestanden, und zweifellos liegen noch etliche vor uns. Zumindest brauchen wir uns jetzt nicht mehr zu verstekken! Sitzt auf, ihr alle, und folgt mir! Wachen! Öffnet das Tor!«

»Öffnet das Tor für einen Lord der Stadt!« schrie Roc mit seiner kräftigen Stimme, und die anderen Südländer fielen sofort ein. Die Nordländer, die bisher keine höhere Autorität als den Ältestenrat der Stadt oder die Zunftmeister gekannt hatten, lächelten, als sie sahen, wie die Wachen zu den riesigen Kurbeln eilten und die langen Ketten mit ihren Gewichten über den Steinboden schleifen ließen, woraufhin sich die schweren Flügel des Tors scharrend nach innen öffneten. Auf den ersten Blick erschien es Elof, als ob eine noch tiefere Dunkelheit hereinströmte, wie der Schatten eines riesigen lauernden Tieres, und eine leichte, doch eiskalte Brise hereinwehte. Er zitterte, doch als Kermorvan die Gruppe unter den breiten Bogen führte, folgte er frohen Mutes. Er hörte das Klappern der Hufe seines Pferdes auf der glatten Schotterstraße mit freudiger Erregung, wie auch das Knirschen und Rattern des sich hinter ihnen schließenden Tors. Letztendlich war es einfach aufregend, wieder auf der Wanderschaft zu sein.

Er blickte nach oben. Der Himmel war vom aufgehenden Mond von einem perlmuttenen Schein überzogen, doch die Stadtmauer blockte das Licht ab. Die Gruppe tauchte in die Dunkelheit wie in tiefes Wasser, düster und kalt. Roc sah zurück zu dem Wachturm am Tor und stieß Elof in die Seite; ein einsamer Beobachter stand dort, silbern angestrahlt. »Du siehst doch im Dunkeln so gut«, brummte er. »Wer könnte das sein? Ich wette zehn zu eins, daß es dieser ekelhafte Bryhon ist.«

Elof strengte die Augen an und lächelte traurig. »Schlecht gewettet. Es ist Marja.« Roc schnaubte heftig. Doch er fiel ein wenig zurück, und einen Augenblick später, als er glaubte, Elof schaue nicht zu ihm hin, drehte er sich um und winkte, und noch eine ganze Weile lang blickte er sich immer wieder heimlich um.

Die Karawane trabte über die Ebene vor der Stadt, die

Elof beim erstenmal als Spielbrett mit verschiedenen Feldern gesehen hatte, weitläufig und üppig bewachsen. Doch inzwischen waren die Ekwesh darüber hinweggezogen, plündernd und zerstörend, und danach die Flüchtlinge. Sie hatten ihre erbärmlichen Lager aus Zelten und Hütten auf jenem Land errichtet, das die Nahrungsmittel zur Unterstützung der Stadt hätte hervorbringen sollen. Die Lagerbewohner bebauten nur einige kleine Flecken, ohne nennenswerten Ertrag. Doch schuld daran war die Stadt. Ein Großteil der Verödung wäre vermieden worden, wenn sie die Nordländer aufgenommen und von ihrem Arbeitswillen Gebrauch gemacht hätte, anstatt sie als Bettler zu brandmarken. Der Gedanke machte Elof wütend. Kermorvan hatte recht; warum mußte er kämpfen, um es zu beweisen? Was machte Menschen so blind gegenüber ihren ureigenen Interessen?

Es dauerte noch eine geraume Weile, bis sie am letzten der kleinen Lagerfeuer vorüber waren, aber es dauerte noch länger, bis diese Feuer in seinen Gedanken erloschen.

Drittes Kapitel

Das Meer der Bäume

Wenig ist über ihre Strecke bekannt, denn es konnte wenig darüber gesagt werden. Jene, die nach Westen geflohen waren, hatten sich nicht damit aufgehalten, Landkarten anzufertigen, und es war ihnen auch nicht daran gelegen, irgendwelche Erinnerungen an ihre schwere Prüfung zu vertiefen. Es scheint, daß alle jene Landkarten, wie sie in der Chronik erhalten sind, zu einer wesentlich späteren Zeit entstanden sind, denn es steht fest, daß Kermorvan keine zur Verfügung standen, nach denen er sich hätte richten können; die Karten von Bryhaine endeten am Schutzgebirge. Er hatte jedoch Kasse und alle anderen aufzutreibenden Leute befragt, die in der Nähe des Gebirgszuges lebten, und sich interessiert nach allem erkundigt, was jenseits davon lag. Doch es gab nur wenige, die ihm aufschlußreiche Auskünfte geben konnten. Entlang des Gebirgsfußes erstreckten sich die westlichen Ausläufer des Großen Waldes, den sie fürchteten, und aufgrund ihrer eigenen Erfahrung konnten Elof und Kermorvan es ihnen gut nachfühlen. Nur wenige, mit Ausnahme einiger Gesetzloser und wilder Einsiedler, wagten sich über die Grenze des Waldes, und noch weniger kehrten jemals daraus zurück; ihre Erzählungen waren phantastisch und widersprüchlich und gespickt mit seltsamen Erscheinungen und Visionen.

Schließlich kam Kermorvan jedoch zu dem Schluß, daß er wenige Alternativen hatte. Irgendwo mußte er das Schutzgebirge überqueren, und es gab nur zwei Stellen, wo er das wagen konnte, ohne einen Seitenarm des Waldes durchwandern zu müssen. Er konnte das Gebirge auf der südlichen Seite umgehen, entlang des Orhy-Sees und über den Gorlafros, den großen Weststrom, wo das fruchtbare Land aufhörte und die immer karger werdende Ödnis anfing. Doch jene wenigen, die je auf den Gipfeln des Schutzgebirges gestanden hatten, berichteten, daß sie jenseits des Flusses am Horizont weitere hohe Gipfel erblickt hätten. »Das Risiko lohnt sich also nicht«, war Kermorvans Schlußfolgerung, während er mit dem Finger über die grobe Landkarte fuhr, die er anhand vieler Berichte angefertigt hatte. »Wenn diese Berge aus einer solchen Entfernung gesehen werden können, dann sind sie mindestens ebenso hoch. Wir wissen nicht, ob sie zugänglich sind oder nicht oder wie weit sie sich nach Süden in das Ödland erstrecken. Doch es hat den Anschein, daß sie sich nicht sehr weit nach Norden fortsetzen — nicht so weit wie die Pässe im Westen der Nordmarken, die auf einer Höhe mit Iylan und Armen liegen, unseren nördlichsten Städten. Und wir wissen, daß zwischen diesen Pässen und dem Weststrom das Offene Land liegt, hügelig und leicht bewaldet, also gut zu durchqueren. Das ist demnach unsere Strecke, nehme ich an.«

»Könnten wir uns nicht noch weiter nach Norden begeben?« überlegte Elof. »Gibt es dort nicht breite Einschnitte, wo die Flüsse fließen?«

»Doch, den Schutzbruch, doch der liegt jenseits unserer Grenzen. Das ist immer noch das Umstrittene Land, inzwischen doppelt umstritten, da die Ekwesh so viel von Nordeney besetzt haben. Und sieh doch, was westlich davon liegt! Deine Marschen, dieses unwirtliche Sumpfgebiet, und durch diese Einschnitte fließen die Flüsse, die es speisen; sie schwellen durch das Schmelzwasser des Eises und alles, was es mit sich führt, zu reißenden Strömen an. Das wäre keine sichere Strecke für uns.«

Elof zuckte mit den Schultern. »Welche Strecke ist das

schon, da wir doch in den Wald wollen? Und einst habe ich mich in diesem seltsamen Sumpf beinahe zu Hause gefühlt. Aber du hast recht. Ödland im Süden, Krieg im Norden; wir sollten auf jeden Fall einen Mittelweg finden.«

Der Marsch nach Norden und Osten war zeitraubend, denn anfangs mußten sie den Weg an der Küste nehmen, der sich am Rande des westlichen Waldarms entlangzog, doch auf der Großen Straße kamen sie wenigstens ungehindert und sicher voran. Die einzige Schwierigkeit war, Unterkunft für die Nacht zu finden, denn alle Gasthäuser und Wegestationen waren von Ekwesh-Plünderern verwüstet worden, und den Häusern in dem Land ringsum, von der Bauernhütte bis zum Herrschaftsgebäude, war es nicht viel besser ergangen. Diese düsteren Mahnmale entlang ihrer Strecke schärften ihre Wachsamkeit; einige jener Plünderer, die beim überstürzten Aufbruch ihrer Kameraden zurückgeblieben waren, trieben sich vielleicht immer noch in der Gegend herum. Die Leute, die zurückgekehrt waren, um die Felder zu bestellen, hausten hinter eilends errichteten Palisaden und begegneten allen von außen Kommenden mit Wut und Mißtrauen, und tatsächlich besaßen sie selbst zu wenig, um sich gastfreundlich zu zeigen.

Vor einigen Toren baumelten dunkelhäutige Leichen an Galgen, und niemand wußte zu sagen, ob es sich um Ekwesh oder Nordländer handelte. Reisende, die man unterwegs traf, waren noch weniger vertrauenswürdig, und viele flohen schon vorsorglich, wenn sich eine Gruppe näherte, besonders wenn sie darunter Dunkelhäutige entdeckten. Diese Angst ließ nach, während sie sich beständig weiter ins Landesinnere bewegten, wo bisher noch weniger Räuber hingekommen waren; an der Furt durch den Fluß Yrmelec, der die Grenze zu der Nordmark bildete, trafen sie auf einen starken Wachtrupp der Garnison des Markwards, die dort von Kathel aufgestellt worden war, um nach Abgesprengten Ausschau zu halten.

Kermorvan hatte angenommen, daß die von Bryhaine Abgewanderten in diesen Gebieten im Landesinneren Zuflucht gesucht hatten, eher als in den übervölkerten Städten, und Elof verstand den Grund; es war fruchtbares Land mit einem warmen Klima, bis jetzt vom Krieg unberührt. Die Reisegruppe hatte für eine Weile weniger Entbehrungen zu ertragen, doch schließlich gelangte sie ans Ende der Großen Straße in den Hochtälern des Yrmelec. Ausgetretene Wege führten noch ein Stück weit die steilen, grasbewachsenen Hänge hinauf, danach wurden sie von schmalen Pfaden abgelöst, die die kleinen Bauernhöfe zu ihrem eigenen Nutzen angelegt hatten. Doch an einem heißen Morgen, als sie anhielten, um auf einem dieser Höfe etwas zur Erfrischung zu kaufen, auf einer Hochebene über dem immer schmaler werdenden Taleinschnitt des Yrmelec, fanden sie keinen weiterführenden Pfad mehr. Dichter Wald bedeckte die Hänge vor ihnen, der immer unzugänglicher und dunkler wurde, je weiter das Auge ihn verfolgte. Sie waren wieder einmal an die Grenze des Aithennec gestoßen, des Kleineren Waldes.

»Ihr habt scho recht, Herr«, krächzte der kleine alte Mann, der ihnen Bier einschenkte. Seine Sprache war durchsetzt von Dialektwörtern, die die Nordländer nur schwer verstehen konnten. »Früher hat's da mal Wege ge'm, als i no klei war, aber das isch lang her; die sin jetzt vom Gras überwuchert, wie die Höfe und au die Bauern von einscht. Alles isch vergange.« Er zog Kermorvan am Ärmel und führte sie beflissen über die aufgerissenen und unkrautüberwucherten Pflastersteine hinter die Bauernkate. »Vor langer Zeit sin die Kinder der Bauern nach *Kahermhor* abg'haue, in die große Schtadt. I bin der letschte, ganz alle, und dahinter gibt's nix mehr, bloß no Wald und Ödnis.«

»Er sagt ...«, setzte Kermorvan an, doch seine Stimme versagte. Tatsächlich lag hinter dem Haus gar nichts mehr, nur noch eine kahle Hochebene, ein Meer aus flüsterndem grünen Gras, begrenzt von einer dunkler grünen Linie. Darüber erhoben sich die zerklüfteten grauweißen Gipfel des Meneth Scahas in den dunstigen Himmel, der Schutz und die Grenze des Reiches Bryhaine und des gesamten Westlandes. Sie erstreckten sich bis zum südlichen Horizont, ein gewaltiges, gezacktes Bollwerk gegen das Land jenseits davon. Im Norden hingegen wirkten die Berge wie mit einem scharfen Messer abgeschnitten. Der letzte endete in einer steil abfallenden Wand, grau und nebelverhangen und zum größten Teil baumlos, abgesehen von dem Flußeinschnitt, der dazwischen verlief. Auf der anderen Seite ragte eine weitere Wand steil auf, und die Berge setzten die Linie nach Norden fort.

»So isch es, Herr, es gibt bloß no die Wildnis. In dunkle Nächt oder beim Winterschturm nähert se sich und schleicht um mei Tür. Und wenn i mal nimmer bin, wird se sich hier ganz und gar einnischte. Der alte Edhmi drunte im Tal isch dann no der letschte, und au den wird se hole.« Er stieß ein schepperndes Lachen aus. »Und was no? Was glaubt Ihr, wo des ende wird? Es isch bloß a Frage der Zeit: Wir verschwinde einer nach'em andere, und dann isch des andere da.«

Sie verließen den alten Bauern und setzten sich über die ausgedehnte Hochebene in Bewegung. Das rauschende Gras strich an ihren Beinen vorbei, während sie dahinritten, als ob es sie von dem noch wilderen Gebiet vor ihnen zurückhalten wollte. Selbst die Ponys spürten offenbar in diesen östlichsten Ausläufern ihres Landes eine Veränderung in der Luft. Ihre Lagerstatt war an diesem Abend einsam und vom Wind gepeitscht, und sie kuschelten sich dankbar dicht um das Feuer. Am nächsten Tag erreichten sie das Ende der Hochebene, wo ein steiler Hang zu einem Fluß hinabführte, der sumpfig und schwer zu durchqueren war; auf der anderen Seite stieg der Hang flacher an. Die Berge dort fand die Gruppe ebenso unwirtlich; das Gras war kurz und hier und da mit Gestrüpp und dürftigen Bäumen durchsetzt, die keinerlei Schutz boten. Ihre Zelte aus geöltem Leder und Stoff konnten die sturzbachähnlichen Regenfälle zwar abhalten, doch der Wind war erbarmungslos kalt. In den folgenden Tagen verschwanden die Berge und der Himmel allzuoft in weinenden Wolken. An einem solchen regenverhangenen Nachmittag gewahrten sie auf dem Gipfel eines Berges vor ihnen einen großen, unregelmäßigen Gesteinsbrocken mit einem dichten Gestrüpp an seinem Fuß. Er wirkte irgendwie unheimlich, wie er so in den grauen, bedeckten Himmel aufragte wie die mahnende Hand eines Riesen. Elof und Kermorvan, die sich einig darin waren, daß das keine natürliche Erscheinung sein konnte, ritten voraus, um es zu untersuchen. Noch bevor sie ganz dort angelangt waren, bemerkten sie, daß der Fels mit einer Inschrift versehen war. Doch er bestand aus weichem Sandstein, und die Zeit und der Regen hatten die tief eingeritzten Buchstaben verwischt und nur noch Regenfurchen übriggelassen, die nicht zu entziffern waren. Enttäuscht drängte Kermorvan sein Reittier zur anderen Seite der Säule und rief zu Elof nach hinten: »Wir können vielleicht trotzdem erahnen, was hier gestanden hat. Komm und schau dir das an!«

Jenseits des Felsens fiel der Berg schroff ab; das Tal darunter war, wie so viele, die sie unterwegs gesehen hatten, von Regendunst verhangen, der jenseitige Hang war nicht zu sehen. Oder doch? Während sich Elof noch anstrengte, etwas zu erkennen, peitschte der wechselhafte Wind den Dunst hinweg und enthüllte für einen Augenblick das Land jenseits davon. Es gab keine Hänge mehr, das Gebirge war zu Ende. Sie hatten die Pässe überwunden, und im Norden und Süden sah er zum erstenmal etwas, das nur wenige der Menschen, die in den westlichen Gebieten lebten, jemals zu Gesicht bekommen hatten, nämlich die östliche Seite des Schutzgebirges. Es beschrieb einen Bogen, wie ein umfangender Arm, in das Offene Land, und darunter erstreckte sich, so weit das Auge in beide Richtungen reichte, ein grobes Band aus blauem Stahl durch das Land und verzweigte sich an einigen Stellen in dünne Fäden oder bildete breitere Flächen. Das konnte nur der Weststrom sein, mit seinen Seitenarmen und Seen und Teichen. Zwischen Gebirge und Fluß lag das Offene Land, genau wie Kermorvan es vorausgesagt hatte, leicht gewellt und mit Flecken von lichtem Wald durchsetzt. Doch es war das jenseitige Ufer, das seinen Blick fesselte wie die Leere unter dem Rand einer Klippe. Das war es, wovon der Stein gesprochen hatte. Dort war Schwärze, ein ganzer Ozean davon, der sich bis zum grauen Horizont erstreckte. Elof betrachtete ihn niedergeschlagen, denn er erkannte, um was es sich dabei handelte; er strengte die müden Augen an und starrte in den stürmischen Regen, um irgendwo einen Durchbruch auszumachen, eine Lücke in dieser unerbittlichen Masse. Doch abgesehen von dünnen Nebenrinnsalen des Weststroms gab es keine. Über das gesamt Land vor ihnen regierte immer noch der Große Wald, Tapiau'la-an-Aithen, mit uneingeschränkter Herrschaft.

Ein neuer Regenschwall verschluckte diese Ferne, und Kermorvan drehte den Kopf seines Ponys herum, rief der Gruppe etwas zu und deutete hangabwärts. Nicht weit unter ihnen war im Umkreis von mehreren Meilen das einzige Waldstück, das dicht genug bewachsen war, um ihnen Schutz zu bieten. »Wir können immer noch dorthin gelangen, bevor das schlimmste Unwetter uns erreicht. Aber obwohl das noch nicht der Große Wald ist, seid auf der Hut!«

Sie hatten Mühe, noch auf andere Dinge achtzugeben, während sie ihre durchnäßten Tiere mit strauchelnden Hufen und auf dem glitschigen Gras rutschend den steilen Hang hinabtrieben. Schließlich mußten sie absteigen und die armen Tiere hinunterführen, wobei deren breite Flanken in dem immer heftiger niederprasselnden Regen dampften. Sie waren bis auf die Haut durchnäßt, ehe sie das schützende Laubdach des Waldes erreicht hatten. Das Wasser prasselte auf die äußeren Blätter, blieb dort haften und tropfte in langen Rinnsalen herunter, um die Gruppe noch tiefer unter das Laubdach zu treiben. Eine schwere Dämmerung senkte sich herab. »Ich möchte beinahe sagen, mir fehlt der gute alte Schnee von Nordeney!« brummte Roc und unterdrückte ein gewaltiges Niesen. Kermorvan gebot mit einer knappen Geste Schweigen und sandte Eysdan und Kasse als Kundschafter aus. Der riesige Nordländer huschte genauso geräuschlos wie der kleinere Mann zwischen den Bäumen hindurch, und nur ein ganz leises Rascheln verriet ihren Weg durch das dichte Gebüsch, wo sie nach der geringsten Spur von Gefahr suchten. Inzwischen kuschelte sich die Gruppe an die Tiere, um sich aufzuwärmen, und versuchte, die Müdigkeit und den Hunger zu vergessen.

Plötzlich rannen Wassertropfen an Elofs Hals hinunter. Er blickte verstört nach oben; sie fielen durch eine Öffnung zwischen den Blättern, wo sich ein kleines Stück grauer Himmel zeigte. Ein großer Vogel huschte mit flüchtiger Eleganz hindurch und verschwand. Er zog sein Bündel vom Sattel und wühlte darin nach seiner Kapuze. Dann hörte er ein leises Knacken hinter sich, roch Rauch und hörte den leisen Zwergengesang von dampfendem Holz. Er drehte sich blitzartig um und sah seine Stadtleute, die Zweige in züngelnde rote Flammen warfen; ein dünner weißer Faden stieg bereits hier und da zwischen den Ästen auf. Holvar kauerte am Boden und stieß frohgemut Feuerstein und Stahl gegeneinander. »Ihr dreimal verdammten Idioten!« schimpfte Elof.

»Hör zu, vielleicht willst du dir hier den Tod holen, während unser Herr seine Entscheidung trifft«, sagte

Tenvar mit dünner Stimme, »aber wir nicht.« Elof stampfte auf den Boden, um das Feuer zu löschen. Tenvar und Bure wollten ihn daran hindern, doch er schob sie aus dem Weg, woraufhin sie zur Seite taumelten. Halvar sprang mit einem Satz vor das Feuer, und Elof, der keine Lust hatte, eine Rauferei zu beginnen, bückte sich nach einem Armvoll halbvermoderter Blätter, die ihm als Löschmaterial dienten. Etwas surrte über seinen Kopf, und er hörte ein verdutztes Keuchen von Holvar. Doch es endete in einem gurgelnden Blubbern; die Beine gaben nach, und Holvar sank auf die Knie. Ein Schwall Blut quoll ihm aus dem Mund und ergoß sich in die modernden Blätter am Boden, wobei es den Pfeil, der seinen Hals durchbohrte, überströmte. Seine schwarzen und weißen Federn färbten sich rot, und Holvar kippte mit dem Gesicht zuerst in sein eigenes Feuer.

Elof war nicht mehr zu sehen. Sofort als er den Pfeil erblickt hatte, ließ er sich fallen und zog Bure und Tenvar mit sich. Er breitete die Arme am Boden aus, schob sich das schwere Gepäck auf den Rücken und schrie: »Ducken! Duckt euch, und geht in Deckung! *Ekwesh!*«

Ein grimmiger Wind pfiff durch die Äste, und die Blätter hüpften und peitschten hin und her, während schwarze Streifen zwischen ihnen hindurchflitzten. Inzwischen hatte sich die überrumpelte Gruppe einigermaßen von ihrem ersten Schrecken erholt, und bevor der nächste Pfeil sein Ziel fand, hatten sie sich aus den Sätteln geschwungen und eiligst hinter Bäumen oder im Gebüsch verkrochen. Brüllen und Rufen mischten sich mit dem Zischen treffender Pfeile. Ein schriller Schrei ließ Elofs Blut erstarren; eines der Lastenponys stolperte und knickte um, brach aus den Zügeln und lag zappelnd am Boden. Die anderen, in deren Gepäck und Sättel sich Pfeile bohrten, bäumten sich gleichzeitig auf und sprangen davon, wobei sie vor Schreck wieherten. Es entstand ein plötzlicher Aufruhr im Wald, als dunkel gewandete Gestalten aufsprangen, um den wild dahinpreschenden Hufen zu entkommen. »Dort haben sie also gelauert!« brummte Gise und gab seinerseits zwei Schuß ab; eine Gestalt hüpfte hoch und fiel zu Boden. Büsche schlugen hinter ihm gegeneinander, und er drehte sich mit einem Fluch auf den Lippen um. Doch es war Kermorvan, der immer noch auf seinem Reittier saß und sich unter schlagenden Ästen hindurch duckte, während er sein Pony antrieb. »Auf, Männer des Westens! Auf die Beine, und munter drauf los! Sie kommen! *Morvan! Morvan morlanhal!*«

Elof und Roc sprangen auf, als er an ihnen vorbeiritt, und rannten dicht hinter ihm her, gefolgt von Tenvar und Bure; alle Gesichter waren aschfahl und von Rinnsalen gestreift, doch ihr Ausdruck war mordgierig. Ermahal hatte sich erhoben und brüllte Maile und den Korsaren etwas zu. Vor ihnen bestückte Kasse eine Armbrust und schoß. Ein Schrei verkündete, daß ein Ziel getroffen war, und dann flackerten in der düsteren Beleuchtung allerlei Gestalten auf, die hierhin und dorthin huschten. Ein wuchtiger Stoß hätte Elof beinahe von den Beinen geworfen; der gezackte Stumpf eines gefällten Baumes, der im Gebüsch versteckt gewesen war, hatte seinen Gürtel gepackt und hätte beinahe sein Lebenslicht ausgeblasen. Seine Hand fuhr zum Schwert, und er mußte feststellen, daß es sich zwischen dornigen Zweigen verfangen hatte. Ein Schatten ragte vor ihm auf, und ein Speer glitzerte hinter einem bemalten Schutzschild. Er duckte sich, schwang sich den Packsack von der Schulter und schleuderte ihn gegen den Schild. Der Schild schepperte, der Speer flog hoch, sein hochgewachsener Träger taumelte rückwärts, und ein graues und goldenes Schwert krachte auf seinen Kopf nieder; er knickte zusammen und stürzte unter die Hufe von Kermorvans Reittier. Dieses stolperte, wie es ein Schlachtroß nicht getan hätte, und Kermorvan fiel aus dem Sattel. Ein Krieger mit kupferfarbener Haut kam mit erhobenem Speer herangestürmt und wurde von Rocs Keule voll im Gesicht erwischt. Elof zappelte, um sich zu befreien, bis ein dumpfer Schimmer zwischen dem verstreuten Gepäck zu seinen Füßen seine Aufmerksamkeit auf sich zog. Es war sein großer Hammer. Er hatte ihn nicht gegen einen anderen ausgetauscht; obwohl er viele Male gesäubert worden war, haftete ihm der Hauch des Todes immer noch an und vernebelte die wahren Eigenschaften, die ein echter Schmied bei diesem Werkzeug erahnen mußte. Jetzt schien es vor seinen Augen aufzuflammen, und seine Macht war nicht zu leugnen.

»So soll es denn sein!« rief er. »Bearbeite kein Metall mehr! Schlage Menschen!« Er hatte fast das Gefühl, als mache der Hammer in seiner Hand einen Sprung; er sauste durch Zweige und Gestrüpp, und in kürzester Zeit war er frei. Drei Gestalten drängten heran, zwei Speere stießen in die Stelle, wo er gerade noch gewesen war; er spürte den Stich von heißem Feuer im Bein, und es loderte bis in seinen Kopf empor. Mit einem Aufschrei rasender Wut packte er den Hammer mit beiden Händen und schwang ihn in einem großen Bogen, wobei er von der Wucht beinahe von den Beinen gerissen worden wäre. Gleich darauf versank die Welt in einer explodierenden, brüllenden Benommenheit, und dann war alles auf einmal klar; er bemühte sich, sich zwischen die plötzlich im dichten Gebüsch ausbrechenden Gefechte zu bringen.

Dann war es, als ob die Zeit stillstünde. Ein neuer Ton klang durch das Lärmen im Wald, ein disharmonischer, plärrender, bedrohlicher Schrei, der aus nächster Nähe herüberdrang. Köpfe wandten sich um, Schüsse wurden auf beiden Seiten ausgesetzt; Elof hatte den Eindruck, daß keine Seite wußte, wie sie das deuten sollte.

Hinter ihm erklang ein Schrei, der Blut gerinnen lassen konnte. Maile, der Bootsmann, rannte wie wahnsinnig geworden vorbei, wirbelte seine Machete über dem

Kopf und stürzte sich auf einen Ekwesh-Krieger, der ebenso groß war wie er selbst und der mit einer schwungvollen Bewegung ausholte und seinen Speer warf. Mailes Wams wurde in zwei Teile geschlitzt, und der Speerspitze bohrte sich zwischen seine Schulterblätter. Doch die Wucht des Angriffs drückte den Korsaren gegen den Schaft, die schwere Klinge zuckte einmal krampfartig nach unten, und der Kopf des Kriegers hüpfte von den Schultern. Sie taumelten zusammen im Moos. Ein weiterer Ekwesh holte mit seinem Speer aus, und Ermahahl machte einen Sprung, um ihn abzufangen. Einen Augenblick lang schwankten sie, rangen miteinander, dann ruckten die massigen Schultern des Kapitäns kurz und bohrten den Ekwesh-Speer in den Körper seines Trägers. Weitere Ekwesh stürmten auf ihn zu und stoben dann wieder auseinander wie vom Wind verwehte Blätter, als Kermorvan aus dem Gebüsch brach. Elof starrte gebannt auf das, was dann folgte, denn obwohl er Kermorvans Geschick kannte, hatte er so etwas noch nie gesehen.

Kermorvan warf sich mitten ins Kampfgeschehen, verteilte Hiebe nach links und rechts, er schnitt, stieß, sprang, drehte sich und wirbelte herum, um einen erneuten Schlag abzuwehren, immer um eine Spur schneller als der Gegner, doch mit unglaublicher Treffgenauigkeit und ohne eine überflüssige Bewegung. Es hätte sich um einen Tanz handeln können, einen Totentanz, denn Speer und Schild zerbrachen, wo sein Hieb traf, und sein Schwert zog eine blutrote Spur in die Luft, die auf einem nicht wahrnehmbaren Wind zu schweben schien. Hier wurde das Gemetzel zu einem Handwerk, einer Disziplin und einer Kunst, die nicht nur auf reiner Kraft, Geschwindigkeit oder Tapferkeit beruhte. Über all das verfügten die großen Ekwesh ebenfalls, doch Kermorvan blieb unversehrt, während alle, die sich ihm in den Weg stellten, wie Schilf unter einer Sichel gefällt wurden. Es war vielmehr furchterregend durch seine Energie, und noch mehr durch seine gespenstische Eleganz und vor allem, weil es kein Halten gab. Wenn die Ekwesh sich nicht geschlagen gäben, könnte das nur auf eines hinauslaufen.

Doch selbst jetzt noch rannte ein riesiger weißhaariger Krieger, offensichtlich ein Häuptling, mit einem der Bogenschützen heran und deutete aufgeregt auf Kermorvan. Elof war geistesgegenwärtig genug, seinem Freund zur Hilfe zu eilen. Der Bogenschütze legte rasch an und zielte, doch Elof wirbelte noch schneller den Hammer herum und schleuderte ihn. Der Bogenschütze schwankte und stürzte zu Boden, sein Bogen und sein Brustbein waren gleichzeitig zerschmettert worden, und der Häuptling ergriff die Flucht. Elof griff im Laufen nach seinem Hammer und schob ihn in seinen Gürtel, während er gleichzeitig Gorthawers Griff von Zweigen befreite. Schließlich fuhr das schwarze Schwert laut sirrend aus der Scheide.

Es war, als ob ihm etwas antwortete. Wieder einmal erklang der kreischende Ruf zwischen den Bäumen, diesmal viel näher. Die Ekwesh hörten ihn, Köpfe wandten sich um, und sie fielen zurück. Mit drei schnellen Schritten hatte Kermorvan ihre Reihen durchbrochen; er befand sich nun zwischen den Bäumen und rief: *»Zu mir! Zu mir, Westmänner! Auf sie, wir packen sie!«* Er drehte sich zu Elof um, der neben ihm auftauchte, und fügte hinzu: »Wenn wir können. Hier haben wir es nicht mit bloßen Plünderern zu tun, es müssen an die hundert Krieger sein! Und sie haben uns aufgelauert!«

»Und jetzt?« keuchte Elof. »Wo sind die anderen? Maile ist tot ...«

»Ich weiß«, fauchte Kermorvan ihn an und spuckte Blut von der gespaltenen Lippe. »Der Rest ist in alle Richtungen zerstreut, und die Ekwesh machen Jagd auf uns. Wir müssen uns sammeln ...«

Eine Mauer aus bemalten Schutzschildern tauchte zwischen den Bäumen auf. Elof holte mit Gorthawer in weitem Bogen aus und verursachte einen Sprühregen von Blättern, um das Schwert auf den Schild vor ihm niedersausen zu lassen. Dann wurde es gesenkt, und er sah das angespannte, tödliche Grinsen, während der Speer auf seine ungeschützte Brust gerichtet war. Doch plötzlich war es, als ob eine Wolke vor dem vernarbten Gesicht vorbeizog; der verdutzte Ekwesh schlug sich die Hände vor die Augen, und Gorthawer fuhr direkt die Linie seines eigenen schwarzen Schattens entlang. Sie stürzten zappelnd ins Gebüsch, doch nur Elof rappelte sich wieder auf. Ringsum in den Bäumen war ein Klirren und Schreien, doch er konnte Kermorvan nirgends sehen. Ein Ast knackte, und er wirbelte herum. Augen und Zähne funkelten in der Düsternis, er hörte einen feurigen, zischenden Atem und ließ Gorthawer hochschnellen, doch zu spät, der schwere Schild schlug auf ihn ein, seine Füße rutschten auf dem moderigen Laub aus, und er stürzte zu Boden. Ein Dornenbusch riß ihm Gorthawer aus der Hand, und er landete krachend auf den Rücken, wo er, sich vor Schmerzen windend, liegenblieb. Er erhaschte einen kurzen Blick — zu kurz, um Angst zu bekommen — auf den weißhaarigen Häuptling über ihm; eine große Keule mit Stahlhaken senkte sich auf ihn herab, langsam, wie es schien, erbarmungslos und unaufhaltsam.

Plötzlich machte der Ekwesh einen Satz und überschlug sich über ihm, herumgeschleudert von der Wucht des Speeres, der ihn im Rücken getroffen hatte. Rings um ihn herum erzitterten die Bäume bei dem Schrei, hundert Kriegshörner schmetterten in einer durchdringenden Tonfolge. Füße trampelten über den Waldboden, Gestalten bäumten sich im Zwielicht auf, sprangen ohne innezuhalten über ihn und waren gleich darauf verschwunden. Rufe waren zu hören, ein kurzes Klirren von Metall; er rollte sich herum und rappelte sich mühsam auf, übel zugerichtet und keuchend, und strengte sich an, Gorthawer aus dem aufgewühlten

Schlamm zu ziehen. Die wolkigen Muster im Griff schimmerten hell in dem Dämmerlicht unter den Bäumen, doch von der Klinge schien Schatten zu tropfen. Es steckte noch immer Macht in diesem Talisman. Er sah sich angestrengt um, in der Erwartung einer neuen Gefahr. Doch das Kampfgetümmel war hinter der Reihe von Bäumen vor ihm verborgen, und es entfernte sich immer mehr. Abgesehen von der Leiche des Häuptlings war er allein.

Eine panische Angst um seine Freunde ergriff ihn, und er humpelte in Richtung des Lärms, wobei er wütend auf das Unterholz eindrosch, das seinen Weg behinderte. Als er vor sich eine Lichtung ausmachte, streckte er das Schwert aus, und mit schwer arbeitender Lunge brach er durch die letzte Reihe von Büschen.

Dort standen bewaffnete Gestalten, die sich auf Speere und Äxte stützten, doch keine unternahm einen Angriff auf ihn. Er hielt inne und ging halb in die Hocke, und dann hätte er vor Erleichterung und Freude am liebsten laut gelacht. Er betrachtete die geduckten Gestalten und die ernsten Gesichter, die mehr Furchen und Runzeln aufwiesen als die Baumrinden ringsum, mit einem Gefühl, das Liebe nahekam. Er senkte das Schwert und wühlte in seinem kläglichen Wortschatz der Duergar-Sprache, doch sie bedeuteten ihm einfach mit Bewegungen, daß er weitergehen solle. Er nickte, immer noch atemlos, und schritt durch ihre Reihen; er erkannte jetzt, daß es sich um einen Wachtrupp handelte, der eine Seite des Waldes bewachte und nach Ekwesh Ausschau hielt, die auf diesem Weg zu fliehen versuchten. Hinter ihnen öffnete sich eine schmale Gasse zwischen den Bäumen; als er weiter blickte, sah er Gesichter, die er kannte, Gesichter der Gruppe, und er rannte winkend und rufend zu ihnen hin. Tenvar sprang vom Boden auf, und auf der anderen Seite Arvhes und Bure. Doch eine kompakte Gestalt sprang ihm in den Weg, und zwar so dicht vor ihm, daß ein Zusammenprallen unvermeidbar war. Starke Arme umfingen ihn und hätten ihn beinahe vom Boden gerissen.

»Uff! Du bist vielleicht schwer geworden!« ächzte Ils, und sie lachte und weinte gleichzeitig. Elof jauchzte vor Freude, drückte sie an sich und küßte sie so leidenschaftlich, daß der leichte Helm, den sie trug, ihr von den dunklen Locken rutschte. Dann hielt er inne und blickte sich in erneuter Sorge um.

»Ils! Wie ... Aber Kermorvan, Roc ...«

»Sie sind immer noch auf der wilden Jagd, zusammen mit meinen Leuten. Die meisten aus deiner Gruppe sind in Sicherheit, glaube ich. Sie ... wir hatten schon befürchtet, sie hätten dich erwischt ...«

»Nein, der Kampf tobte über mich hinweg, das war alles.« Er umarmte sie wieder. »Aber wie, bei allen Mächten, seid ihr, du und deine Leute, hierhergekommen, genau in dem Augenblick, da wir euch am dringendsten brauchten?«

Sie schnaubte und stieß ihm eine in einem Panzerhandschuh steckende Faust in den Bauch, und zwar keineswegs besonders sanft. »Du bist so schlimm wie die eisanbetenden Menschenfresser. Warum hältst du das Bergvolk nicht für fähig, hin und wieder den wahren Durchblick zu haben? Wir betrachten dieses Land zwischen dem Gebirge und dem Fluß als unseres, obwohl wir uns jetzt nur noch selten darin aufhalten, außer um Holz zu suchen. Ich kam auf meinem Heimweg durch diese Gegend und mußte feststellen, daß es hier von Ekwesh wimmelte; eine große Truppe war eilends unterwegs nach Süden, wobei sie das gesamte Gebiet westlich des Flusses durchstreifte und an jedem Pfad Posten aufstellte, der nach Osten führte. Es war ein ziemlich mühsames Vorankommen, kann ich dir sagen. Ich wurde weit von meinem Weg nach Süden abgetrieben, doch letztendlich erreichte ich die Berge. Unsere Wachgarnison hielten die Ekwesh für zu stark, um sich ohne triftigen Grund mit ihnen auseinanderzusetzen, aber ich ahnte, daß ihr armen Narren versuchen würdet, diese Pässe zu überqueren. Also veranlaßte ich sie, besondere Wachen in den Bergen zu postieren, und sandte Ansker eine Nachricht.«

Elof wühlte liebevoll in ihren Locken. »Und eure Wachtposten haben den Kampf hier im tiefen Wald gesehen? Die Duergar müssen sich im Laufe des letzten Jahres scharfe Augen erworben haben …«

»Nein, Blödmann. Unsere Wachen sahen, wie eine Gruppe von Ekwesh den Wald betraten, als ob sie einen Vorposten aufstellen wollten. Die Wachen warteten nur noch die Dunkelheit ab, um von den Bergen herabzukommen und sich mit ihnen zu befassen. Doch die Posten entdeckten deine herannahende Gruppe und riefen in aller Eile die Streitkraft zusammen. Hast du unsere Hörner nicht gehört, während wir herunterstürmten? Wir wußten, daß wir vielleicht zu spät kommen würden, deshalb befahl Ansker, daß sie geblasen wurden, in der Hoffnung, die Wilden zu erschrecken und in die Flucht zu schlagen.«

»Ansker? Dein Vater? Ist er hier?«

»Das bin ich in der Tat, Geselle«, sagte eine tiefe Stimme.

Elof ließ Ils los und drehte sich schnell um; er ergriff die harte, schwielige Hand, die sich ihm entgegenstreckte, und sank voller Verwunderung auf die Knie. »Mein Meister! Wieder einmal bist du genau im richtigen Moment erschienen, um uns zu retten!« Die harten Züge von Anskers Gesicht waren so streng und undurchdringlich wie immer, doch das Lächeln, das seine schmalen Lippen umspielte, und seine weisen dunklen Augen verrieten die große Warmherzigkeit in seinem tiefsten Inneren. Hinter ihm taumelten andere Mitglieder seiner Gruppe zwischen den Bäumen hervor, zu beiden Seiten begleitet von grimmig dreinblickenden Duergar; es waren Kermorvan, Roc, Ermahal, Kasse … Der größte Teil der Gruppe war also am Leben. Ansker hatte sie tatsächlich gerettet, und ihre Mission dazu. »Aber ihr hättet euch nicht in die Gefahr einer Schlacht begeben dürfen!«

Der große Duergar lachte und half ihm auf die Füße. »Ich möchte auf keinen Fall, daß die gute Ausbildung, die du bei mir genossen hast, umsonst gewesen ist!« Er rieb sich die rasierte Oberlippe, als ob er ein schlaues Lächeln unterdrücken wolle. »Wie auch immer, es war meine Pflicht. Ich fürchte, wir werden es mit diesen neu aufgetauchten Menschen bald an unseren nördlichen Pässen zu tun bekommen. Es schadet nicht, wenn der Oberste Herrscher der Duergar etwas über ihre Art des Kämpfens erfährt.«

»Der Oberste Herrscher ...?«

Ils knurrte: »Man hat ihn als Nachfolger von Andvar gewählt. Er hält das für einen zweifelhaften Segen.«

»Dann haben wir offenbar Freunde in den höchsten Kreisen«, sagte Kermorvan und fügte trocken hinzu: »Oder in untersten. Aber was dich betrifft, Elof, ich bin froh, dich unversehrt zu sehen. Er hatte dich erwischt, dieser Speerträger, doch sie fielen über mich her, bevor ich dir zur Hilfe kommen konnte. Wie bist du entkommen?«

Elof berichtete, wie er den Talisman eingesetzt hatte, und Ansker bat darum, ihn sehen zu dürfen. Seine knorpeligen Finger, die den Zweigen einer alten Eiche glichen, fuhren über die dunklen Wolken, die sich um den Griff herumschlängelten, und er ertastete die Umrisse dessen, was darunter war. »Ich staune. Du hast klug daran gehandelt, dieses Ding nicht wegzuwerfen. Aber achte gut darauf; es steckt viel von dir selbst in dieser Klinge, und indem du sie damit verbunden hast, hast du den Wald fest an dich gebunden. Das hier birgt jetzt mehr als nur eine einzige Eigenschaft.«

»Die eine hat sich als recht nützlich erwiesen«, sagte Roc vergnügt. »Anscheinend habt ihr, du und mein Herr, diesen Ekwesh-Anführer zu sehr beschäftigt, als daß er den Angriff ordentlich hätte befehligen können, und das verschaffte uns die nötige Zeit, uns zu zerstreuen und abzuhauen. Dann regnete es diese guten Leute hier herab, und die Menschenfresser nahmen die Beine in die Hand; ich wette, sie laufen immer noch, so schnell sie können. Sie haben einen seltenen Schrecken bekommen!«

»Selten, das stimmt«, warf Kasse, der Jäger, ein, und sein normalerweise finsteres Gesicht strahlte vor Bewunderung. Doch dann verdüsterte sich seine Miene. »Schade, daß dein Schwert keinen Schatten auf das Feuer werfen konnte, das die jungen Dummköpfe entfacht haben. Dadurch sind die Wilden erst auf uns aufmerksam geworden.«

»Sie konnten es nicht wissen!« erwiderte Elof in scharfem Ton, als er sah, wie Tenvar zusammenzuckte und Bure sich abwandte. Der Tod ihres Freundes lastete schwer genug auf ihnen, sie brauchten keinen weiteren Tadel.

»Sie warteten bereits auf uns, Kasse«, sagte Kermorvan, während er sich das Genick massierte. Sein Gesicht war grimmig. »Sie wählten nur einen geeigneten Augenblick, um anzugreifen. Laß die Burschen in Ruhe, wir wollen lieber eine Bestandsaufnahme machen. Holvar wurde getötet, ebenso Maile, was überaus traurig ist. Sind wir anderen vollzählig?«

Sie sahen einander an, jeder jeden, die Gesichter mit Schlamm und Erde überkrustet und von Blut verschmiert, einige grimmig und ernst, andere noch voller Entsetzen. Schultern sackten ab oder zitterten bei der plötzlichen Erleichterung und dem Nachlassen von Angst und Anspannung. Elof spürte, daß er ebenfalls zitterte; er fühlte sich mit einemmal sehr schwach. Doch es gab nur ein einziges Gesicht, das er nicht sah. Ermahal deutete mit dem Daumen. »Perrec ist dort drüben. Ein Speer hat seinen Schenkel durchbohrt, aber die kleinen Leute kümmern sich bestens um ihn.«

»Gut«, keuchte Kermorvan. »Ich hatte befürchtet, es könnte noch schlimmer sein. Und was ist mit den Ponys?«

»Wir haben vier oder fünf wieder eingefangen«, meldete ein Duergar-Krieger, »vielleicht sind es inzwischen noch mehr. Packsäcke lagen zerrissen zwischen den Bäumen herum. Wir haben auch diese aufgesammelt.«

Kermorvan neigte dankend den Kopf. »Dann ist unsere Lage vielleicht nicht so schlimm, wie ich befürchtet hatte. Und ich stehe noch tiefer in deiner Schuld, Lord Ansker.«

»Freunde sprechen nicht von Schuld«, lächelte Ansker. »Wie du einst selbst gesagt hast, wir kämpfen gegen einen gemeinsamen Feind. Nun, ihr seid erschöpft und verwundet, aber wir dürfen hier nicht länger verweilen; in diesem Gebiet wimmelt es von den Barbaren, und die Geflohenen werden eine schlagkräftige Bande zur Verstärkung holen. Ihr müßt zumindest eine kurze Strecke mit uns zusammen gehen, nach Norden in den Schatten der Berge. Wenn die Menschenfresser dort bei Nacht durchziehen, werden sie nicht lange genug leben, um aus ihrem Fehler zu lernen. Kommt jetzt!«

Es war eine müde Gruppe von Wanderern, die aus dem Wald und hinauf in die Berge marschierte. Viele blickten sehnsüchtig zum letzten Leuchten des Sonnenuntergangs am Himmel über ihrer schönen Heimat. Doch die jungen Nordländer sahen zurück zum Wald, wo ihr Kamerad gefallen war, ebenso wie die Korsaren. Der Rauch eines größeren Feuers stieg dort jetzt auf und kräuselte sich zu den weinenden Wolken hinauf. Ermahal machte ein düsteres Gesicht. »Sollen die Wilden es sehen! Und unter sich ein Festgelage veranstalten, wenn sie Lust dazu haben!«

Obwohl die Strecke, die die Duergar sie führten, keine fünf Meilen weit war, erschien sie den Wanderern endlos; ihre Glieder waren wie Blei, ihre Wunden pochten und brannten wie Feuer in der kühlen Luft. Doch wenn sie strauchelten und auf dem steinigen Hang ausrutschten, war stets eine kleine, stämmige Gestalt neben ihnen, die sie ohne ein Wort stützte. Die Männer betrachteten staunend diese ernsten Geschöpfe, die für sie nun kein Abschaum oder irgendwelche erfundenen Sagengestalten mehr waren. Ils hielt sich neben Elof, und er war ihr dafür dankbar. Lediglich Kermorvan, der mit Ansker an der Spitze marschierte, schien durch ihre schweren Strapazen nicht geschwächt zu sein. Doch als er sich umdrehte und den Rauch der Leichenverbrennung und seine verringerte Gruppe betrachtete, blieben Elof das Entsetzen und die Wut, die aus seinen Augen sprachen, nicht verborgen.

Die Duergar brachten sie zu einer kleinen Senke zwischen den Hügeln, verborgen hinter Gebüsch und Birken. Dort entsprang eine Quelle zwischen großen Steinen, doch es war nichts zu erkennen, bis einer der Steine weggerollt wurde und ein geräumige Kammer im Felsen enthüllte. »Solche Unterschlupfe bauen wir für unsere Beobachtungsposten und Holzfäller«, erklärte Ansker, während er sie hineindrängte, »wenn sie in diesem Land auf fremdes Gebiet oder in den Wald gehen. Hier seid ihr in Sicherheit, um euch auszuruhen und eure Wunden heilen zu lassen.« Er sah Kermorvan an, dessen Gesicht immer noch blaß und grimmig war und der abseits von den anderen stand. »Und vielleicht laßt ihr euch von uns beraten, was die Wahl eures Weges betrifft.«

In dem gemauerten Kamin konnte ein Feuer angezündet werden, da der aufsteigende Rauch von dem herabrauschenden Wasser mitgerissen würde — eine wohldurchdachte Einrichtung. Die Gruppe ließ sich gleich darauf um die Feuerstelle niederfallen, doch Elof ging zu Kermorvan, und mit ihm Roc. Ils gesellte sich zu ihnen; sie brachte Wasser und Salben herbei, um sich ihrer Wunden anzunehmen. Kermorvan saß schweigend da. »Du brauchst dir keine Vorwürfe zu machen«, sagte Elof. »Wie hättest du von solch einem Hinterhalt wissen sollen? Du hast genügend Vorkehrungen getroffen.«

Roc nickte lebhaft, aber Kermorvan schüttelte den Kopf. »Ich war trotz allem unvorsichtig«, sagte er leise. »Ich habe mich allzusehr auf die Gefahren des Waldes konzentriert und zuwenig an jene gedacht, die viel näher lagen. Doch ihr irrt euch, wenn ihr glaubt, daß mir dieser Gedanke jetzt am meisten zu schaffen macht. Ils, du sagtest, die Ekwesh-Truppe sei eilends unterwegs nach Süden gewesen?«

Sie nickte, während sie sich mit einer klaffenden Wunde in Elofs Wange beschäftigte. »Und zwar mit enormer Geschwindigkeit, selbst für ihre langen Gliedmaßen. Eine riesige Truppe; die, mit denen ihr es heute zu tun hattet, hätten höchstens den zehnten Teil davon ausgemacht.«

Kermorvans angespannte Miene verdüsterte sich noch mehr. »Dann hatten sie also ein Stelldichein einzuhalten. Und mit wem sonst als mit uns? Sie wußten, daß wir kommen würden. Sie waren angehalten, Wachen an allen wahrscheinlichen Wegen zu postieren, und sie lauerten uns auf. Sie waren dazu angehalten worden, jawohl! Es muß Verrat im Spiel sein! Es gibt immer noch Spione in der Stadt!«

Roc fluchte. »Und sie sind offenbar in der Lage, verdammt schnell Botschaften nach Norden zu übermitteln.«

Kermorvan nickte. »Genau. Das ist kein zufälliger Zug, er schmeckt nach einem schnellen und tödlichen Plan.« Er erschauderte. »Hatte ich gehofft, es würde noch zehn Jahre bis zur Rückkehr der Ekwesh dauern?«

Roc nickte mit grimmiger Miene. »Wir können von Glück sagen, wenn uns eins bleibt. Und welchen Wert hat unsere Reise dann noch? Du würdest deine Zeit vielleicht besser nutzen, wenn du der Stadt etwas Vernunft beibringen würdest ...«

Elof unterdrückte mühsam ein Lachen, das beim plötzlichen Erwachen einer neuen Hoffnung in ihm aufstieg.

»Ist es das, was euch beide so sehr bedrückt? Ihr bezweifelt den Sinn der Reise? Seid ihr denn so erschöpft, daß ihr die andere Seite der Medaille nicht seht? Auch wenn wir anscheinend den Sinn nicht erkennen, so erkennen ihn doch offensichtlich unsere Feinde — sie schätzen den Wert der Unternehmung hoch genug ein, um tausend Männer auszuschicken, um sie zu verhindern, und das ist erst der Anfang!«

Roc schlug sich mit der Faust in die Handfläche, Ils holte tief Luft. Das wachsende Feuer knisterte und loderte unter einem brodelnden Wasserkessel, und als Kermorvan langsam den Blick hob, spiegelten sich die Flammen golden in seinen Augen. »Ja. Ja, so muß es sein. Ich war in der Tat zu erschöpft, um das zu erkennen, und zu sehr von Kummer gequält.« Er lächelte plötzlich, ein schräges Lächeln wegen des Schnitts in seinem Mund. »Nun gut, wir machen also mit aller Kraft weiter! Und mein nächster Befehl als euer Anführer lautet, daß ihr, Elof und Roc, endlich stillsitzt und eure Verletzungen behandeln laßt! Sofort!«

»Und du selbst?« fragte Ils tadelnd. »Dieser ausgefranste Mund wird nicht besser, wenn du ihn andauernd bewegst! Du bist als nächster dran, mein langer Lulatsch!«

In dieser Nacht schliefen sie den tiefen Schlaf äußerster Erschöpfung. Das Rauschen des Wassers lullte sie ein, oder vielleicht waren auch irgendwelche Heilkräuter in den kräftigen Wein der Duergar gemischt worden, denn alle waren seltsam frei von Schmerzen und Träumen, alle außer Elof. Er erwachte im Morgengrauen aus einer Vision, über die er nichts erzählen wollte, obwohl sein Gesicht tränenüberströmt war. Er hatte wieder einmal schwarze Schwanenflügel gesehen, die nach Norden in den purpurnen Himmel der Morgenröte flogen, und dann, kurz bevor sie verschwanden, wandten sie sich wieder nach Osten.

Als sie nach Tagesanbruch mit Ansker ihre Route besprachen, empfahl ihnen dieser, die nördliche Richtung einzuschlagen. »Der Weg nach Süden, flußabwärts, ist euch jetzt abgeschnitten; die Jäger wissen jetzt, daß ihr in der Gegend seid, und sie werden euch bis dorthin verfolgen, wo wir euch nicht mehr erreichen können. Wenn ihr euch jedoch nach Norden begebt, können wir euch noch eine Weile beschützen und eure Spuren mit den unseren verwischen.«

Kermorvan saß tief in Gedanken versunken da. »Das ist wirklich sehr freundlich, Lord Ansker. Ich danke dir dafür. Doch unser Ziel liegt im Osten; früher oder später müssen wir den Weststrom überqueren und den Wald betreten. Warum nicht gleich hier?«

Ansker nickte. »Früher oder später müßt ihr das, das stimmt. Die Duergar begeben sich nicht oft in den Großen Aithen, aber wir wissen ein wenig darüber Bescheid. Es ist ein Ort tiefen Schattens und noch tieferer Mysterien; viele Zauberbanne und Geheimnisse, große und kleine, werden in der Düsternis unter seinem Laubdach gesponnen. Es ist kein Landstrich, in den ich einen Freund gern schicke. Doch da eure Mission euch keine Wahl läßt ...« Er zog eine kleine Messingdose aus dem Ärmel seines Umhangs, öffnete sie und entfaltete ein langes Blatt Schilfpapier, wie es bei den Duergar gebräuchlich war. Elof reckte sich über Kermorvans Schulter und sah das geschlängelte Rückgrat des Schutzgebirges, genauer und mit mehr Einzelheiten gezeichnet, als er es jemals gesehen hatte. Anskers kräftiger Finger fuhr einer langen blauen Linie nach, die sich an der östlichen Gebirgsfront entlangzog. »Hier ist der Gorlafros, der von den Ausläufern des Eises bis zu der südlichsten Grenze unseres Landes fließt. Angeschwollen durch das Schmelzwasser des Eises, hat er viele große Seen und Nebenarme gebildet. Dieser hier, der größte, fließt durch den Schutzbruch und speist das Marschland, das Elof kennt; zweifellos speit er unterwegs viele der Schrecknisse aus, die er vom Eis her mit sich trägt. So weit im Süden ist der Fluß einigermaßen ungefährlich. Und etwas weiter nördlich, nicht weit davon entfernt, gibt es einen weiteren Nebenarm, der fast ebenso groß ist. Doch dieser fließt nach Osten.«

»Mitten ins Herz des Waldes?« rief Kermorvan aufgeregt aus. »Aber wie weit, Lord Ansker? Und ist er schiffbar?«

Ansker nickte und lächelte. »Du hast schnell begriffen, was ich meine. In der Tat ist er das, für Schiffe mit wenig Tiefgang. Doch wie weit, kann ich nicht sagen; die Duergar sind noch nie so tief in den Tapiau'la eingedrungen, soweit die Erinnerung zurückreicht. Man sagte, der Fluß münde in einen See, in Sichtweite einiger hoher Berge. Mehr kann ich nicht sagen.«

»Mein Lord, das ist entschieden mehr, als wir bisher wußten!« rief Kermorvan aus; Röte überzog sein blasses Gesicht, und seine grauen Augen strahlten wieder. »Du hast mir den Hinweis auf einen sichereren Weg gegeben, als ich nicht mehr hoffte, einen zu finden ...«

»Sicherer, aber nicht sicher«, erwiderte der Herrscher der Duergar. Voller Unbehagen zog er die breiten Schultern ein. »Mag sein, daß ihr die Ekwesh von eurer Fährte abgeschüttelt habt, aber es gibt noch andere Gefahren, vielleicht schlimmere. Unter den Bäumen gibt es keinen sicheren Weg.«

»Wir werden es wagen, diesen einzuschlagen«, sagte Kermorvan leise, und seine Stimme klang wie Stahl mit einem seidenen Überzug. »Und da ihr so viel von unserem Gepäck geborgen und genügend Tiere eingefangen habt, um es zu tragen, werden wir deinen Rat beherzigen und bald aufbrechen. In einer Stunde, sofern deine Leute bereit sind.«

»Was ist mit Perrec?« warf Elof ein. »Er kann reiten, aber sein Zustand erlaubt keinen längeren Marsch.«

»Wir müssen ihn zurückschicken, fürchte ich«, sagte Kermorvan. »Er kann die Ponys nehmen, auf die wir am leichtesten verzichten können; wir behalten nur die Lasttiere und lassen sie irgendwann frei, damit sie allein ihren Weg zurück nach Süden finden können, oder auch in dein Land, Ansker. Ab diesem Punkt kommen wir besser zu Fuß voran.« Er berührte vorsichtig seinen Mund. »Ich habe den Beweis dafür. Man sollte niemals unter tiefhängenden Zweigen galoppieren!«

Perrec widersprach heftig, doch unterschwellig schien der Korsar froh, einen Vorwand zu haben, um sich aus der Unternehmung zurückzuziehen, ohne als Feigling dazustehen. Der breite Ekwesh-Speer hatte sein Bein so schrecklich zugerichtet, daß jeder das als Begründung einsehen mußte. Etwa eine Stunde später verabschiedeten sie sich von ihm; er saß auf Kermorvans kräftigem Pony und führte zwei weitere Tiere mit sich. Zwei einigermaßen ans Tageslicht gewöhnte junge Duergar begleiteten ihn, um ihn sicher über die Berge zu bringen. »Er wird sich hüten, in der Stadt ein Wort über die von uns gewählte Route preiszugeben«, sagte Kermorvan grimmig. »Zumindest diese Kunde wird nicht an die Ohren von Spionen dringen. Laßt uns jetzt aufbrechen!«

»Wenigstens brauchen wir nicht allzuviel zu entbehren«, sagte Tenvar, der sich um das Beladen der Ponys gekümmert hatte. Elof klopfte mit einem beruhigten Gefühl auf das geborgene Bündel mit seinen Werkzeugen.

»Höchstens das, was wir am meisten brauchen«, brummte Roc. »Wart's ab, du wirst schon sehen.«

Doch auch er war gut gelaunt, denn es war ein schöner Morgen, die Sonne schien warm und lindernd auf ihre schmerzenden Gliedmaßen. Die meisten Duergar, mit Ausnahme von Ils und einigen jüngeren Kriegern, zogen Kapuzen und Helme tief herunter, um die Augen zu schützen, und murmelten etwas von ›in einer Minute erfrieren, in der nächsten gebraten werden‹. Elof und Kermorvan konnten es ihnen nachfühlen, da sie sich an die ständig gleichbleibenden Kühle und das Dämmerlicht unter dem Berggestein erinnerten, und sie waren froh, daß die von dem Duergar ausgewählte Route zum größten Teil im Schutz dichter Bäume verlief. »Die Ekwesh haben das Sehvermögen und die Fernsicht von Seeleuten«, bemerkte Kermorvan. »Und ihre Schamanen, so wird erzählt, nehmen manchmal die Dienste anderer Augen in Anspruch.«

Elof dachte an den Schwan, sagte jedoch nichts. Er warf einen Blick zu Ils, die in ein tiefes Gespräch mit ihrem Vater versunken war, und er erinnerte sich an den beißenden Verdacht in ihrer Stimme. *Sie gehört zu dieser Louhi,* hatte Ils geflüstert, *nicht zu dir ...*

Nach einer ruhigen Reise, während der sie tagelang dem Fluß folgten, kamen die Wanderer zu einem ziemlich großen See; es war der erste von denen, die Ansker erwähnt hatte. Sie durchquerten den dichten Wald an seinen Ufern. Als sie zur anderen Seite gelangten, stellten sie im Licht des fahlen Morgengrauens fest, daß sie sich unterhalb der äußersten Ausläufer des Meneth Scahas befanden, und sie blickten über hügeliges Land, kahl und baumlos, zu einer ganzen Kette von Seen.

»Hier wird das Offene Land seinem Namen gerecht«, erklärte Ansker. »Für Duergar ist es zu offen, fürchte ich, und zu weit von unseren Bergen entfernt. An dieser Stelle müssen wir uns von euch verabschieden.«

»Mein Lord«, sagte Kermorvan zutiefst gerührt, »du hast mehr für uns getan, als wir jemals zu erbitten gewagt hätten. Ich kann mir nicht vorstellen, wie wir es dir jemals vergelten könnten, aber wir werden nicht vergessen ...«

»Hmmp!« lautete Ils' Kommentar, woraufhin Ansker sie mit einem Stirnrunzeln bedachte. »Und dein Volk? Sicher, es kann nicht vergessen, was es niemals lernen wird!« Kermorvans Gesicht lief dunkelrot an, vor Scham oder vor Wut, und sie kicherte und stieß ihm einen kräftigen Finger in die Rippen. »Ach, keine Sorge, Langer; ich weiß, daß du es gut meinst ...«

»Und nicht nur er!« warf Ermahal unerwartet ein. »Wir haben schließlich etwas gelernt, und wir sind nicht gerade das, was man die Sahne unseres Volkes nennen würde. Eher die Hefe, wenn man es richtig betrachtet. Wenn wir es können, können es die anderen auch. Sonst müssen sie es eingetrichtert bekommen!«

Ansker verneigte sich würdevoll. »Wir fühlen uns geehrt, werter Herr. Doch zufällig ist uns etwas eingefallen, wie ihr es uns gleich jetzt vergelten könntet, obwohl euch die Forderung hoch erscheinen mag.«

Kermorvans Miene wurde wachsam. »Was mag das sein?«

»Laßt uns an eurem Abenteuer teilhaben. Laßt uns die Rückschläge und Erfolge miterleben. Auch wir sind aus dem Osten gekommen, lange Zeit vor euch Menschen. Die Wege, die wir damals gegangen sind, liegen jetzt unter dem Eis; es schadet nicht, wenn wir neue suchen und erfahren, wie es heutzutage um das Ostland steht.«

»Er will damit sagen«, schnaubte Ils, »daß wir, wenn dieses hirnrissige Unternehmen irgend etwas bringen soll, verdammt gut daran tun, dabei mitzumachen.«

»Das habt ihr doch bereits!« entgegnete Elof. »Wo wären wir denn ohne euch?«

»Ihr würdet auf einem Ekwesh-Feuer braten, daran habe ich keinen Zweifel«, sagte Ils mit genüßlicher Wonne. »Aber in den schwarzen Eingeweiden des Großen Aithen können wir nicht so praktisch zur Stelle sein, es sei denn, wir kommen mit. Oder zumindest einer von uns.«

»Du?« rief Elof begeistert aus. »Aber ich dachte, du könntest keine Menschen mehr ertragen?«

Ils blinzelte kurz. »Nicht den Mob in der Stadt, das

stimmt. Aber eure Mannschaft ist gar nicht so schlecht, wenn auch ein wenig grob. Ich kann sie ertragen.«

Kermorvan bemühte sich um einen so leidenschaftslosen Gesichtsausdruck wie immer, doch Elof hätte beinahe gelacht, als er sah, wie gleichzeitig Entzücken und Widerwillen darüberhuschten. »Meine Lady«, begann der Krieger mit seltsamer Förmlichkeit, »du wärst uns willkommen, sehr willkommen ... Aber das Ungewisse, die Gefahren ...«

Ils machte ein teufelswildes Gesicht und streckte ihren üppigen Busen herausfordernd vor. »Willst du damit andeuten — mein Lord —, daß ich meine Sache bei unserem letzten gemeinsamen kleinen Ausflug nicht gut gemacht hätte?« Sie fuhr mit einem Finger vielsagend über die mit Silber eingelegte Axtklinge an ihrem Gürtel. »Sollte das der Fall sein, dann ...«

»Ich glaube, damit ist das beschlossen«, sagte Ansker beschwichtigend.

Elof sah ihn an. »Das ist ein großer Schatz, den du uns da mitgibst, mein Meister.«

»Schatz!« schnaubte Ils aufbrausend. »Der Verlust für die stickige Höhlenwelt wird zu verschmerzen sein, wenn es in der weiten Welt echte Arbeit für die Duergar zu tun gibt.«

»Ich fürchte, ihr Charakter ist verdorben«, sagte Ansker mit gespieltem Ernst. »Sie gleicht von Tag zu Tag mehr den Menschen. Es schadet nicht, wenn sie Gelegenheit bekommt, ihrer überdrüssig zu werden. Aber im Ernst«, fügte er ein wenig traurig hinzu, »ich empfinde genau wie sie. Wir haben uns zu lange im Verborgenen gehalten und die Veränderungen in der Welt nicht wahrnehmen wollen. Wir können uns nicht ewig aus allem heraushalten. Unsere Zahl wird immer geringer, die Zukunftsaussichten unserer jungen Leute bieten nichts Neues. Selbst unsere Schmiedekunst läßt in unseren Augen nach, wenn so etwas wie die deine, Elof, nun bei den Menschen möglich ist. Etwas muß sich ändern, und vielleicht ist diese Reise der Anfang davon. Nur wenige von uns sind fähiger als Ils, und sie hat genügend für die Menschen und ihr Tageslicht übrig, um damit zurechtzukommen.« Er lächelte. »Sie wird mir fehlen, ja. Doch ich würde sie nicht von ihrem Vorhaben abhalten, selbst wenn ich es könnte.« Er drehte sich um und umarmte sie, nach menschlicher Einschätzung sehr kurz. Doch diese beiden Geschöpfe waren alt, viel älter als die meisten Menschen, und Elof ahnte, daß unter ihrem gleichmütigen Verhalten, unter dieser ruhigen Oberfläche tiefe und starke Gefühle flossen, wie die dunklen Wasser unter dem Fels.

»Wir werden gut auf sie aufpassen!« sagte er und wehrte den Schlag ab, den sie ihm gegen die Brust versetzen wollte.

»Das weiß ich«, sagte Ansker und nahm gleichzeitig seine und Kermorvans Hand. »Leb wohl, mein Lord. Mögen deine edlen Vorfahren dich auf deinen Wegen beschützen und leiten. Und leb wohl, mein Geselle. Laß nicht nach in deinem Streben nach Meisterschaft, worin, weißt du selbst sehr wohl. Aber tue es mit Bedacht, übe dich im sanfteren Umgang mit den Dingen ebenso, wie du es im kräftigeren getan hast, wenn das stimmt, was mir zu Ohren gekommen ist. Ambosse sind teuer!« Er lachte, doch Elof neigte den Kopf. Ansker fuhr fort: »Jetzt steigt die Sonne, und bald wird sie heiß auf unsere armen Schädel einhämmern. Kommt, meine Duergar, die Berge rufen uns. Es ist Zeit, daß wir aufbrechen!«

Und während die Wanderer ihnen zusahen und winkten, zogen sich die Duergar-Krieger die Kapuzen über die Köpfe und hüllten sich fest in ihre Umhänge. Dann verneigten sie sich kurz mit steifer Artigkeit und schienen sich gleich darauf im Schatten des Waldes aufzulösen, so leise vollzog sich ihr Abgang. Ils sah zu Elof auf und lächelte.

Er lächelte unsicher zurück. »Du hattest noch andere

Gründe, die Stadt zu verlassen, über die du nicht sprechen wolltest ...«

»Ach, die!« Ils zuckte mit den Schultern. »Unerheblich, habe ich festgestellt. Das ist alles.«

Elof begriff nur soviel, daß sie sich nicht weiter dazu äußern wollte, und wechselte das Thema. »Ansker sagte, daß die Duergar ebenfalls aus dem Osten gekommen sind. Wann war das?«

Ils' Antwort war sachlich. »Als die ersten Menschen dort auftauchten. Wir sind vor euch geflohen, so wie ihr vor dem Eis.«

Während Elof zwischen den Ponys herumging, die zum Aufbruch bereitgemacht wurden, und sich bückte, um einen lockeren Riemen festzuziehen, hörte Elof eine Stimme, die er als die des Korsaren Borhis erkannte. »Nicht schlecht, diese kleinen Kerle, was?«

»Geschenkt!« sagte eine schroffe Stimme, die nur Kasses sein konnte. »Wenn du Jäger gewesen wärst, wie ich, dann wüßtest du, daß es so allerlei gibt, das sich in menschlicher Gestalt in den Wäldern herumtreibt. Einigem geht man besser aus dem Weg, manches ... nun, man kann damit etwas anfangen. Aber die Duergar sind unheimliche Wichte, und ich bin froh, daß sie weg sind.«

»Was ist mit der Lady?« Das war der Bootsmann Dervhas mit seinem rauhen Kichern. »Sind dir ihre Formen nicht menschlich genug?«

»Die hat echt was vor dem Bug«, pflichtete Borhi ihm begeistert bei. »Was redest du so daher, Kasse, hast du Angst vor ihrer Axt? Sie kann damit umgehen, das muß man ihr lassen.«

»Ich gehe nur mit einer menschlichen Frau ins Bett, sonst mit keiner!« brummte Kasse mißfällig. »Bei uns wird jeder Duergar umgebracht, den man findet, und an einem Baum zum Trocknen aufgehängt. Überlaß das Flittchen dem Nordländer, diesem Kesselflicker. Er ist fast genauso unheimlich ...«

Sie entfernten sich und ließen Elof kochend vor Wut zurück. Es war gut, daß genau in diesem Augenblick Kermorvan das Signal zum Aufbruch gab. Doch als sie sich in das Offene Land hinausbewegten, hatte Elof kein Auge für die Umgebung und kein Empfinden für die frische Luft. Er marschierte allein am Ende des Zuges, und weder Tenvar noch Bure wagten es, ihn zu stören. An den derben Worten des Korsaren fand er nichts Ungebührliches, es lag sogar eine gewisse Bewunderung darin; doch jedes einzelne Wort, das Kasse von sich gegeben hatte, hätte er am liebsten in dessen Kehle zurückgerammt, und seine Zähne hinterher. Er verkörperte die widerwärtigsten Vorurteile der Südländer. Er hatte eine Seele aus Schlamm und Schmutz, dieser Mann; er verachtete jene, die ihm zur Hilfe gekommen waren, und würdigte die Freundschaft und Zuneigung zwischen ihm und Ils auf die unterste und in seinen Augen dreckigste Ebene hinab. Als ob das so wäre! Für einen Moment verlor sich Elof in einer verschwommenen Ferne, in einem Wachtraum von Kara, der schlanken Kara, umgeben von Gefahr und Mondlicht; er träumte von dem Strahlen ihrer dunklen Augen, von der Qual des Verlustes. Dann tauchten andere dunkle Augen in seinem Geist auf, ein anderer Gedanke, ein verstohlener Eindringling, der ihn völlig unvorbereitet, völlig schutzlos aus seinem Traum herausriß. Was er für Ils empfand, wußte er, doch was mochte Ils für ihn empfinden?

Die Vorstellung krallte sich in ihm fest. Sie war nicht einmal von seiner Rasse, sie war um mehr als eine Lebensspanne älter als er, und sie war weiser und kannte sich mit den Dingen des Lebens besser aus, mit all den Fähigkeiten und dem Können ihrer uralten Rasse im Rücken. Und sie wußte von Kara, hatte im Turm vielleicht einen Blick auf sie erhascht. Was konnte sie für *ihn* empfinden, den unerfahrenen Jungen, den Entwurzelten, den im Körper und Geist Heimatlosen? Selbst seinen Namen hatte er sich selbst gegeben. Unmöglich, und doch ... Er betrachtete sie jetzt, wie sie weiter vorn mit Arvhes und Ermahal lachte und scherzte, ohne einen einzigen Blick zu ihm zurückzuwerfen, während er allein und schweigsam dahinmarschierte. Elof verdrängte den Gedanken aus seinem Geist. Die Vorstellung war absurd.

Es war der neunte Tag ihres Marsches durch das Offene Land, und die Berge lagen weit hinter ihnen, bevor sie den bis jetzt größten See in der Kette erblickten und ihn als ihr Ziel erkannten. Auf der Karte, die Ansker Kermorvan gegeben hatte, war er in der gezackten Duergar-Schrift wegen seiner Form als Speerspitze bezeichnet, doch obwohl sie sich noch verhältnismäßig hoch befanden, konnten sie nur sein südliches Ufer sehen; seine Ausdehnung nach Norden verlor sich jenseits des Horizonts. Das schiefergraue Wasser kräuselte sich im Wind, gefleckt von den Schatten der dahinjagenden Wolken; Schilf sang und wiegte sich am westlichen Ufer, während an der Ostseite ein dunkler Schleier wallte. Das war die Wand des eigentlichen Waldes, des Großen Aithen, und sein Laub schimmerte unter den Wolken.

»Du willst mir doch nicht etwa sagen, daß wir da durch müssen?« sagte Bure erschaudernd.

»Nein, wirklich nicht!« antwortete Kermorvan lächelnd. »Nur durch den Fluß südlich davon, und dort gibt es laut Anskers Karte genügend Furten und kleine Inseln, es wird nicht allzu unangenehm werden. Aber wir müssen die Ponys freilassen.«

»Und dann?« fragte Eysdan mit unverblümter Besorgnis. »Wir haben noch ausreichend Proviant, mit dem, was die kleinen Leute uns gegeben haben, aber wir können nicht alles auf dem Rücken tragen.«

»Kräftige Diener erwarten uns am jenseitigen Ufer«, antwortete Kermorvan ruhig. »Sie sehen stark genug aus, um nicht nur unser Proviant, sondern auch uns selbst zu tragen, und das über eine lange Strecke.«

»Was meinst du damit?« verlangten die anderen begierig zu wissen, da sie erkannten, daß er irgendeinen Plan im Sinn hatte.

»Ich meine die Ströme und die Bäume. Wir haben in unserem Gepäck Werkzeuge und Seile, um starke Flöße herzustellen, so wie die Waldarbeiter bei euch im Nordland sie für den Transport von Baumstämmen benutzen. Ich war wenigstens klug genug, diesen Bedarf vorauszusehen. Aber eins nach dem anderen; zuerst müssen wir eine Stelle zum Durchqueren des Wassers finden. Kommt!«

Um die Mittagszeit hatten sie die erste Furt gefunden. Der Weststrom floß vom See aus weiter und verzweigte sich in viele schmale Wasserrinnen, die sich vereinigten und wieder trennten und wieder vereinigten und so ein musterloses, sumpfiges Labyrinth von einer Quadratmeile oder mehr bildeten. Doch Anskers Karte wies ihnen den direkten und richtigen Weg; am Abend hatten sie eine schmale, bewaldete kleine Insel erreicht, nicht weiter als einen Bogenschuß vom Ostufer und der Wand des eigentlichen Waldes entfernt.

»Die Mauer aus Bäumen weist einen Durchbruch auf«, bemerkte Kermorvan. »Seht ihr das breite Flußbett dort, dessen Verlauf von den anderen wegführt, vorbei an der Insel, etwa eine Meile flußabwärts? Dahinter ist ein Wasserlauf durch die Bäume verborgen. Das ist unser Nebenarm, der Fluß, der durch den tiefsten Wald fließt.«

Sie schlugen ihr Nachtlager zwischen den Bäumen auf, und selbst mit dem Wasser als Schutz leisteten sie sich nur ein kleines Feuer, und sie hielten abwechselnd Wache. Elof übernahm die erste Stunde; er beobachtete den schwachen Feuerschein auf den langen, kahlen Stämmen der Tannen rings um sich herum, und er lauschte auf das Rauschen und Säuseln des Windes in ihren größeren Artgenossen dahinter. Auch nachdem Ermahal gekommen war, um ihn abzulösen, lag er noch lange in seiner Decke am Feuer wach und hörte dem Korsaren-Schiffer zu, der über den Holzscheiten ein langsames Seemannslied summte, und er fragte sich, welche anderen Lieder wohl hinter jener dunklen Mauer gesungen werden mochten.

Am nächsten Morgen weckte Kermorvan, der die letzte Wache übernommen hatte, sie alle bei den ersten Strahlen des Tageslichts, und trieb die Gruppe zu äußerster Emsigkeit an. Die Ponys wurden sofort beladen, und im Morgengrauen stolperte die Gruppe zu einem kleinen Hain mit riesigen alten Weiden am Ufer, dem Kennzeichen ihrer letzten Furt. Ein Abgleiten auf den von Schilf glitschigen Steinen würde bedeuten, bis zur Taille in eisiges Wasser mit starker Strömung zu fallen. Die Ponys mit ihrem sicheren Tritt taten sich leichter als ihre Herren, die sich oft an ihren Zugriemen festhalten mußten, um ein Eintauchen zu vermeiden. Die Korsaren, die vom kalten Meer abgehärtet waren, hätten über das Unbehagen der anderen gelacht, wenn nicht die hoch aufragenden Bäume einen Schatten in ihre Herzen geworfen hätten; niemandem war daran gelegen, viel Krach zu machen, und selbst Ausrufe und Flüche kamen geflüstert heraus. Doch als sie schließlich das andere Ufer erreichten, leuchtete das Morgenrot hinter den Bäumen und verhieß einen angenehm warmen Tag. Da war es leichter, sich daran zu erinnern, daß die Mauer, der sie sich näherten, schließlich nur aus Bäumen bestand und nicht zu einer finsteren Festung gehörte.

Kermorvan, der seinen Umhang auswrang, schien recht zufrieden, ungeachtet der Beschwerden der anderen. »Wir müssen jeden Augenblick des Tageslichts für unsere Arbeit nutzen. Sie wird notgedrungen Lärm erzeugen und Aufmerksamkeit erregen. Bei Tage und am Rand des Waldes ist das Risiko nicht so groß, nehme ich an. Doch bei Einbruch der Nacht möchte ich lieber weit weg von hier sein.« Zitternd, und das nicht nur vor Kälte, stimmten ihm die anderen zu.

Die kräftigsten und am ehesten an körperliche Anstrengung gewöhnten Mitglieder der Gruppe, zu denen auch er selbst zählte, ließ Kermorvan geeignete Bäume aussuchen und fällen. Sie brauchten nicht lange zu suchen; selbst der Waldrand bot genügend von beträchtlicher Höhe. Obwohl die riesigen Rotholzbaumsorten, die an der Küste wuchsen, hier seltener waren, gab es reichlich Tannen und Zedern und Fichten. Elof berührte die gefurchte graue Rinde der ersten Tanne und blickte zu ihr hinauf. »Das sind edle Bäume. Ich wünschte, wir brauchten sie nicht zu fällen.«

Kermorvan, der seinen Umhang ablegte und eine Axt zur Hand nahm, nickte mit einigem Bedauern. »Ich empfinde genauso. Ich würde niemals etwas Lebendes töten, wenn es nicht sein muß.«

»Ein Baum ist ein Baum«, sagte Gise, der Waldarbeiter, leicht überrascht. »Einige fallen, andere erstehen an ihrer Stelle neu. Der Wald ist das eigentliche Wesen. Seht es doch mal so, und fällt sparsam und so weit auseinander stehende Bäume, wie es geht. Verletzt das Holz nicht zu schwer, dann wird es sich nicht gegen euch richten.«

»Ähnliche Ratschläge habe ich schon mal gehört«, sagte Kermorvan erheitert und versetzte einem hohen Baum einen wohlgezielten Schlag, der diesen vom Stamm bis in die Krone zittern ließ. Kleine Vögel stoben aus dem Laubwerk auf, ein großes Eichhörnchen hüpfte zum Ast eines Nachbarbaumes und klammerte sich dort bebend vor Wut fest. Gises Schlag folgte dem Kermorvans, und ein flacher Schnitt verbreiterte den Keil. Auf der anderen Seite des Baumes machten sich Roc und Elof daran, unter ihren Anweisungen die Kerbe zu schlagen, die das Umstürzen endgültig bewirken sollte. Der beißende Geruch von Harz stieg ihnen in die Nase und die Augen. Nicht weit entfernt zuckte ein weiterer Baumwipfel und wurde vom Biß von Äxten erschüttert, als Eysdan und Ils unter Mithilfe von Dervhas und Kasse sich mit dem gleichen Schwung an ihre Aufgabe machten. Elof nahm sich die Zeit, darüber nachzudenken, ob Ils für die Arbeit ebenfalls Umhang und Hemd ausgezogen hatte; wenn irgend etwas, dann würde das Kasses Ansicht über ihr Menschsein möglicherweise ändern.

Kermorvan trieb den Holzfällertrupp so unerbittlich an, daß gegen Mitte des sonnigen Morgens fünf große Bäume am Ufer lagen und ein sechster auf seinem halb durchgehauenen Stumpf bebte. Die Sonne erreichte gerade ihren Höchststand, als der zehnte Baum auf die Linie seines eigenen kurzen Schattens fiel, und die Holzfäller ließen ihre stumpf gewordenen Äxte fallen und sanken im Schatten nieder. Nur Kermorvan blieb stehen und leitete die andere Gruppe an, deren Aufgabe es war, Zweige und Wurzeln abzuschneiden und mit Hilfe der Ponys die Stämme zum Fluß zu ziehen. Obwohl seine schlanke Gestalt schweißüberströmt und seine Stimme zu einem heiseren Krächzen geworden war, schien seine Ausdauer unermüdlich zu sein. Etwa eine Stunde später kam er mit eiligen Schritten vom Fluß zurück und brachte einen ledernen Wassersack mit, den er über die erschöpften Holzfäller ausschüttete. »Kommt und staunt!« sagte er fröhlich mit seiner üblichen wohlklingenden Stimme. »Ihr habt noch viele Tage vor euch, an denen ihr müßig herumliegen könnt.«

Stöhnend und fluchend rappelten sie sich auf und schlurften hinter ihm her. Doch als Elof das Ufer erreichte, war er tatsächlich überrascht, daß so viel in so kurzer Zeit geschafft worden war. In der Strömung schaukelnd, lagen zwei lange Flöße vertäut; die anderen Mitglieder der Gruppe waren mit Hammer und Nägeln, Seilen und Ketten beschäftigt und erledigten gerade die letzten Handgriffe am zweiten Floß. Ils kam zu ihm; ihre Locken hingen nach einem erfrischenden Bad im Fluß zerzaust herunter. Er bemerkte, daß sie ihren Umhang zuband. »Sie sehen ziemlich widerstandsfähig aus, findest du nicht?« lachte sie. »Jedes besteht aus vier dicken Stämmen und jeweils der Hälfte eines fünften an den Seiten. Sie sind länger als unser kleines Kurierboot damals. Und sieh nur, was der Junge aus dem Nordland da macht!« Auf dem fertigen Floß war Tenvar dabei, sogar einen provisorischen Baldachin anzubringen, gedeckt mit blattreichen Ästen. »Wir werden wie Lords reisen!«

Am späten Nachmittag hatte beide Flöße ihre Baldachine, und das gesamte Gepäck war an Bord verstaut. Nun blieb Gise zusammen mit Arvhes und Tenvar nur noch die Aufgabe, die Ponys am Westufer freizulassen. Selbst Kermorvan in seiner großen Ungeduld brachte es nicht übers Herz, die braven kleine Tiere einfach im Schatten des Waldes auszusetzen. Im Offenen Land würden sie saftige Flächen zum Grasen finden, und vielleicht würden sie sogar den Weg zurück in die Nordmark finden, wo sie ein angenehmes Leben würden fristen können, wild oder zahm. Doch es dauerte eine geraume Zeit, sie wieder hinüberzuführen, und unterdessen warf Kermorvan immer wieder beunruhigte Blicke zur tiefer sinkenden Sonne. Schließlich, als die Schatten länger wurden, erspähten sie die drei Viehtreiber, die sich einen Weg durch die am wenigsten schwierige Furt zu ihnen zurück bahnten. Arvhes fiel einmal ins Wasser, Tenvar mehrmals; Gise zog sie wie junge Hunde am Genick heraus. »Sie sind zu klein! Wirf sie wieder rein!« scherzte Kasse. Aber sein rauhes Lachen klang beunruhigend laut zwischen den Bäumen, und die anderen sahen ihn tadelnd an.

»Still, Kasse!« befahl Kermorvan schroff, während die drei mühsam zum Ufer tapsten. »Alles in Ordnung, Gise? Dann zu den Flößen, und ablegen!« Er zog an einem Ende des vorderen Taus, der Knoten löste sich, und mit langen Stecken stieß er den stumpfen Bug des führenden Floßes hinaus in die Strömung. Das Seil, durch das es mit dem zweiten Floß verbunden war, straffte sich surrend, und Elof löste die Vertäuung. Es wurde von einem Strudel erfaßt; die stumpfnasigen Stämme liefen auf Grund auf und bohrten sich in gelben Schlamm, und plötzlich war das ganze Wasser trübe wie Milch. Doch mit Hilfe von Stakhölzern und dank des Zuges des vorderen Floßes kam es wieder frei, und als die Sonne hinter den Bäumen versank, hüpften die grobgezimmerten Fahrzeuge hinaus in die glatte Strömung des Weststroms.

Er floß schneller, als es vom Ufer aus den Anschein gehabt hatte, und sie stellten fest, daß sie mit beträchtlicher Geschwindigkeit mitgerissen wurden, während der Wind an ihren Haaren zauste. Die jüngeren Mitglieder der Gruppe jauchzten vor Begeisterung, am lautesten Ils; Rocs Schrei verhallte ungehört, bis er Elof am Arm packte und mit einem ausgestreckten Finger zum schwindenden Ufer deutete. »Dort!« zischte er, um das Dröhnen und Rauschen des Flusses zu übertönen. »Dort, unter den Zedern! Siehst du sie denn nicht?«

»Ich sehe gar nichts, nein; höchstens ein paar schwankende Äste, vielleicht irgendein Tier ...«

»Mit solchen Augen? Sie haben uns beobachtet, ohne Zweifel, richtig beobachtet. Aber auch nicht wie ein Mensch ...«

»Grün? Katzenartig? Das Waldvolk hat solche Augen ...«

Roc erschauderte. »Nichts so Natürliches. Einfach ... zwei funkelnde Dinge, schräg, gelb. Vielleicht haben sich die letzten Sonnenstrahlen darin gespiegelt, ich weiß es nicht. Aber sie haben mir einen gehörigen Schrecken eingejagt, das kann ich dir sagen.«

Elof blickte sich um. Auf dem vorderen Floß hatte offenbar niemand etwas bemerkt, und auf ihrem auch niemand außer ihnen. Ermahal lehnte gelassen am Steuerruder, Tenvar und Bure saßen am Bug und genossen die Fahrt, und Arvhes schlummerte friedlich auf dem Gepäck. Nur Kasse starrte zum Ufer, doch er machte nicht den Eindruck, als ob er etwas Besonderes gesehen hätte. »Ich glaube dir trotzdem«, sagte Elof leise. »Was immer das war, es hat uns eines bewiesen: Kermorvan hatte recht damit, uns zu solcher Eile anzutreiben. Ich würde mich jetzt nicht mehr wohl fühlen, wenn wir nach Einbruch der Dunkelheit uns noch an der Furt aufhalten würden.«

Roc nickte. Sie waren froh zu sehen, wie Kermorvan vor ihnen sein Gewicht am Steuerruder verlagerte und sich das Floß weiter vom Ufer entfernte und genau in die Mitte des Stroms trieb, der durch das sich verzweigende Flußbett floß. Ihr eigenes Floß glitt geschmeidig hinterher, da Ermahal entsprechend steuerte. Kermorvan hatte sich seine Erfahrung mit Booten während kurzer Fahrten auf dem Meer erworben, deshalb hatte er Ils an seine Seite gebeten, um ihn zu beraten, da sie beim Befahren der dunklen Flüsse im Berg großes Geschick bewiesen hatte, und Ermahal hatte er mit der Führung des zweiten Floßes betraut. Der Schiffer war wahrscheinlich von ihnen allen der erfahrenste Mann auf dem Wasser, ob auf dem Meer oder auf einem Fluß, und es schien ihm Spaß zu machen, wieder einmal eine Ruderpinne zu bedienen. Seine vom früheren Suff wäßrigen Augen suchten den Fluß vor ihnen mit eifriger Aufmerksamkeit ab, und er beobachtete jede kleine Bewegung in der Strömung, während sie zwischen einer kleinen Insel und dem Ufer hindurchglitten, und als sie um die scharfe Biegung an ihrem Ende fuhren, war er der erste, der einen Warnruf ausstieß.

Vor ihnen ragte ein flacher Felssims wie eine ausgestreckte Gliedmaße der Insel über die halbe Breite des Flusses im Wasser auf, und zwar bis direkt unter die Oberfläche, so daß sich blubbernde und schäumende Wirbel darum herum bildeten; es war wie ein natürliches Stauwehr. Die Strömung riß sie jetzt noch schneller mit sich, direkt darauf zu; ihre Fahrt war inzwischen rasender als der Galopp eines Pferdes, und sie hatten nicht die geringste Chance, die Flöße in die glatte Fahrrinne zu steuern. »Hinlegen und gut festhalten!« brüllte Ermahal. Elof sah, wie sich Kermorvan auf sein Steuerruder warf und es aus dem Wasser hob, und danach konnte keiner von ihnen noch etwas anderes tun, als sich flach auf die Holzstämme fallenzulassen. Mit einem lauten Krachen und schrecklichem Knirschen und Kratzen lief das erste Floß auf und drehte sich für einen Augenblick um hundertachtzig Grad, so daß Elof befürchtete, sie würden es mittschiffs rammen, doch dann wurde es hochgehoben und machte einen Satz über den Fels. Elof sah das Heck springen und aufprallen, dann wurde er von der Wucht gepackt und so geschüttelt, daß jeder Zahn in seinem Kiefer wackelte. Sein Floß neigte sich zur Seite, und Wasser schwappte über die Holzstämme; Arvhes stieß ein wütendes Gebrüll aus, als der Baldachin auf ihn herabstürzte, dann war wieder das entsetzliche Kratzen zu hören. Elof spürte, wie die Holzstämme unter ihm erbebten, er hörte, wie die Querbalken knirschten und ächzten, und dann glitt das Floß hüpfend und planschend in die breitere Fahrrinne.

»Nun«, sagte Kermorvan, während sie sich im verblassenden Licht bemühten, die Flöße wieder in eine ordentliche Bahn zu bringen. »Das war ein Hindernis, das auf der Karte deines Vaters nicht verzeichnet ist, Ils. Zweifellos wird es davon noch mehr geben, wir müssen also sehr gut aufpassen, besonders während der Fahrt bei Dunkelheit.«

»Du hast doch nicht etwa daran gedacht, heute nacht noch weiterzufahren, oder?« erkundigte sich Elof, unterstützt von Stöhnen und Protestrufen.

Kermorvan schüttelte den Kopf. »Nein, heute nacht sind wir alle zu erschöpft. Wir suchen eine Stelle, wo wir anlegen können, und schlafen, sofern uns das möglich ist. Etwas weiter flußabwärts sind einige Inseln eingezeichnet, aber vielleicht sind sie für heute zu weit. Auf jeden Fall müssen wir einen sicheren Platz finden.«

Alle Mitglieder der Gruppe verstanden, was er meinte, denn nachdem sie um die Biegung des Flusses gekommen und das Wehr überwunden hatten, war das Offene Land vollends aus ihrer Sicht entschwunden, ebenso wie der gesamte Westen. Beide Flußufer bestanden jetzt aus hohen Felswänden, die sowohl hinter ihnen als auch vor ihnen aufragten. Wohin sie auch sahen, erblickten sie nichts anderes als Reihen um Reihen von Bäumen, die sich zum Himmel über ihnen hinaufreckten und sich im Fluß unten widerspiegelten. Der Große Aithen, das Reich des Waldes, hatte die Pforte hinter ihnen geschlossen.

So war es denn, daß beim Schwinden des letzten Lichtes am Himmel die beiden Flöße auf dem Fluß dahinglitten. Es war eine klare Nacht, und es wurde wärmer, als der Wind nachließ. Der Wald war für eine Weile nicht zu sehen, dunkel in der Dunkelheit, doch er blieb ihnen stets im Sinn; die in der Luft hängenden Gerüche von Harz und Teer und feuchtem Humus erinnerten eindringlich an seine ehrfurchtgebietende Gegenwart, genau wie das Huschen und Rascheln seiner unzähligen kleinen nächtlichen Bewohner. Dann kamen die Sterne heraus, und der Mond stieg auf und bestäubte die Baumwipfel silbern. Ihre dunklen Spiegelungen ließen den Fluß schmaler erscheinen, doch die Flöße glitten gelassen auf dem Streifen des sich spiegelnden Himmels in der Mitte dahin, über Untiefen aus glitzernden Wolken und Tiefen aus sternenübersäter Schwärze. Inzwischen schliefen die meisten Mitglieder der Gruppe, wenn sie nicht gerade Wache hielten, doch Elof fand keinen Schlaf; er ging zum Heck und setzte sich neben Ermahal, der anscheinend über seine Rolle als Steuermann sehr froh war.

»Warum nicht? Es ist eine wunderschöne Nacht, um wieder einmal auf dem Fluß zu sein, wie damals, als ich noch ein Junge war. Ich bin auf einem Flußkahn aufgewachsen, hast du das gewußt? Ich habe mir manchmal in Mondnächten das Beiboot ausgeliehen, um die Mädchen zu einer Ruderpartie einzuladen.« Er schmunzelte. »Der Mond hat so allerlei bewirkt. Hast du jemals so was gemacht?«

Elof schüttelte bedauernd den Kopf. »Ich habe nur geschuftet und gelernt. Dort, wo ich aufgewachsen bin, gab es keine Mädchen. Nur ein einziges.«

Der Korsar nickte, nicht ohne Mitgefühl. »Ach so, und die suchst du jetzt, kann das sein? So was Ähnliches habe ich mir schon gedacht. Das muß ja ein ziemlich tolles Mädchen sein, daß du ihretwegen so weit reist.«

»Das ist sie auch.«

Ermahal erwartete offensichtlich weitere Einzelheiten, doch als nichts folgte, seufzte er und kratzte sich am Kopf. »Na ja, in deinem Alter hätte ich vielleicht genauso empfunden, und wenn nur um des Abenteuers willen. Heute bin ich zu alt für so was.«

»Du? Du bist doch noch kein Graubart!«

»Fünf Winter fehlen mir am halben Hundert. Doppelt so alt wie du, wenn ich richtig schätze.«

»Mehr oder weniger. Ich weiß es selbst nicht so genau.«

»Siehst du, da hast du es. Heute ist mir kaum noch ein Mädchen mehr soviel wert, daß ich deswegen in die Wildnis gehen würde. Mit einer Ausnahme vielleicht, die eine, mit der ich vor vielen Jahren gegangen bin. Sie war bildhübsch, mit langen blonden Locken bis zur Taille und kühnen blauen Augen wie der Sommerhimmel. Und sie hatte eine schöne Figur, wo der Mann was in den Händen hat. Sie hat mich gelockt, daß ich zu ihr kommen sollte, das habe ich aber nicht gemacht, weil ich gerade die erste Wache hatte. Es war komisch, sie nach so vielen Jahren wiederzusehen, und es war wieder das gleiche, sie hat mich gelockt und gelockt ... Auf einer der großen Weiden drunten an der Furt. Stell dir das vor!«

Elof blickte erstaunt auf. Ermahal sah eigentlich aus wie immer, wenn auch ein wenig ruhiger und gelassener; das Mondlicht schien die windgegerbte Härte und die Furchen in seinem breiten Gesicht etwas gemildert zu haben. Vielleicht erging er sich deshalb in Erinnerungen und sprach davon, als wären die Dinge erst letzte Nacht geschehen. »Sie saß auf einem Ast und schaukelte kühn über dem Wasser, schwang die stämmigen kleinen Beinchen und lockte, lockte …« Seine Stimme versagte, und als er wieder sprach, ging es um eine andere und weniger unschuldige Erinnerung. Das Mädchen erwähnte er nicht mehr.

Sie mußten sich schließlich damit abfinden, daß sie in dieser Nacht keine Insel mehr erreichen konnten, und beschlossen, die Flöße an einer langgezogenen Landzunge festzumachen, die breit genug war, daß sie darauf schlafen konnten, und schmal genug, um von einem allein bewacht zu werden. Ermahal, der immer noch keine Anzeichen von Müdigkeit zeigte, erbot sich, wieder die erste Wache zu übernehmen, und niemand hatte etwas dagegen; selbst Kermorvan taumelte vor Erschöpfung.

Doch Elof, obwohl er sich ebenfalls nach Schlaf sehnte, war so sehr beunruhigt, daß er zu Kermorvan ging und ihm berichtete, was Ermahal ihm erzählt hatte. Kermorvan machte ebenfalls ein besorgtes Gesicht, schien jedoch nicht übermäßig beunruhigt. »Ich kenne wenige Männer, die so sehr gegen Trugbilder gefeit sind wie er. Vielleicht war es ebenfalls Müdigkeit, die seinen Sinnen einen Streich spielte, oder die Anstrengung eines langen Tages. Trotzdem sollten wir auf ihn aufpassen. Du bist mit ihm auf demselben Floß; beobachte ihn, und wenn dir irgend etwas an ihm bedenklich vorkommt, laß es mich sofort wissen. Und jetzt muß ich unbedingt etwas schlafen, sonst fange ich auch noch an, dummes Zeug zu plappern.«

Elof stimmte mit Kermorvans Beurteilung überein;

der Korsaren-Schiffer war nicht leicht zu erschüttern. Bei ihrer ersten Begegnung hatte er alles gefürchtet, was möglicherweise aus den Marschen kam, doch er hatte sich nicht gescheut, dagegen zu kämpfen. Wie er jetzt dasaß, auf seine stahlbeschlagene Hellebarde gestützt, und Wache hielt, war er ein Bild von Unerschrockenheit und Kraft. Doch als er Kermorvan etwa zwei Stunden später für die zweite Wache weckte, wachte Elof ebenfalls auf. Der Korsar rollte sich in seine Decken, grunzte behaglich und schien sofort einzuschlafen. Doch nur ein paar Minuten später, als Kermorvans Aufmerksamkeit auf den Wald konzentriert war, sah Elof, daß sich der Schiffer aufrichtete, seine Decken nervös an sich drückte und mit angespanntem Gesicht auf das Wasser ringsum starrte. Dann ließ er sich mit einem enttäuschten Seufzen zurücksinken und begann schließlich zu schnarchen.

Die Nacht ging ohne besondere Vorkommnisse vorüber, und ebenso die Fahrt am nächsten Tag, nur daß sich der Wald immer dichter um sie herum zu schließen schien. Freie Stellen am Ufer wurden immer seltener, die Bäume standen bis an den Rand des Wassers, und von vielen ragten die Äste weit darüber. Einige waren durchgebrochen oder weggerissen worden und lagen wie Harken unter der Wasseroberfläche, gefährliche Fallen für weniger stabile Fahrzeuge, als es die Flöße waren. In der nächsten Nacht legten sie nicht an, sondern richteten eine volle Bewachung ein und fuhren weiter. Elof beschloß, die Wache mit Ermahal zusammen zu übernehmen. Der Schiffer schien guter Dinge, jedoch nervös zu sein; er zuckte heftig zusammen, als eine Eule lautlos aus einem Baum herabstürzte, um sich ein quiekendes kleines Tier aus dem Gras am Ufer zu schnappen, und noch einmal, als im ruhigen Wasser hinter dem Heck plötzlich etwas platschte. Sie sahen nach, entdeckten jedoch nichts außer großen gekräuselten Kreisen, die sich von einer mondbeschienenen tiefen Stelle im Wasser nach außen fortsetzten, und den zuckenden Tanz der Motten darüber.

»Ein Fisch, der nach einer Motte gesprungen ist«, bemerkte Elof. »Sie werden in diesen Seen, wo niemand sie angelt, bestimmt sehr groß. Wir sollten einmal versuchen, nachts Leinen am Heck zu befestigen; unsere Vorräte ...«

Er hielt inne. Im hellen Mondschein glänzte Ermahals Gesicht vor Schweiß, und sein Atem ging keuchend wie bei einer gewaltigen Anstrengung. Doch er sagte lediglich: »Das ist vielleicht keine schlechte Idee«, und brachte das Gespräch auf andere Dinge. Als ihre Wache zu Ende war, kroch er dankbar in seine Decken, doch Elof beobachtete ihn und sah, daß er noch lange auf einen Ellbogen gestützt dalag und auf den schwarzen Fluß hinausstarrte, bis sein Kopf schließlich herabsackte und er in einen nicht vorgetäuschten Schlaf sank.

Während der ganzen Fahrt des nächsten Tages schien Ermahal besonders heiterer Laune zu sein, als ob ihm eine Last oder Sorge von der Seele genommen worden wäre. Er freute sich wie ein Kind, als sie um eine Biegung fuhren und vor sich ein Rudel Rehe erspähten, die am Ufer tranken. Gise griff hastig nach seinem Bogen, doch sie ergriffen zu schnell die Flucht. »Macht nichts«, sagte Kermorvan. »Ich hatte gehofft, daß wir am Fluß jagen könnten, um uns Nahrung zu beschaffen, und jetzt haben wir den Beweis. Wir werden weitere Stellen finden, die als Tränke dienen, und beim nächsten Mal sind wir darauf vorbereitet.« Er betrachtete den von Hufen aufgewühlten Schlamm und die Bäume dahinter. »Es ist allerdings erstaunlich, daß die Tiere so schnell reagierten. Als ob sie es gewöhnt wären, von Menschen gejagt zu werden. Oder von menschenähnlichen Wesen.«

Ils biß sich nachdenklich auf die Lippe und sah Elof an. »Du meinst diese großen Gestalten — die Kinder von ...« Sie zögerte, den Namen auszusprechen, und hier, unter der düsteren Baummauer, empfand Elof genauso. Er kam sich plötzlich sehr verletzbar vor, so ungeschützt im Freien, und die Kräfte, die im Wald lauerten, wurden ihm eindringlich bewußt. Störende Erinnerungen tauchten in ihm auf, der Blick grüner Augen, eine Stimme aus weiter Ferne, Raben im Sturm, und für einen Moment überdeckten sie seine anderen Sorgen.

Am Abend dieses Tages erreichten sie den Streifen kleiner Inseln, den die Karte verheißen hatte. Sie waren fast ebenso dicht bewaldet wie die Ufer, schienen jedoch in ihrer Abgegrenztheit sicherer. Die Gruppe wählte eine aus, die etwas abseits von den anderen und in tiefem Wasser lag. Hier zumindest konnten sie das Gestrüpp durchsuchen, auf die hohen Weiden oder andere Bäume klettern und sicher sein, daß ihnen dort weder Mensch noch Tier auflauerte. Sie fanden nichts, nicht einmal Schlangen, und ließen sich zum Schlafen nieder, wobei jeweils nur ein Posten Wache hielt. Als Elof an der Reihe war, nicht lange nach Mitternacht, war er ganz froh, sich mit dem Rücken an die glatte Rinde eines hohen Baumes — einer Art Ahornbaum einer ihm unbekannten Sorte — lehnen und seinen Gedanken nachhängen zu können. Er lauschte auf das sanfte Rauschen des Windes über ihm, stellte sich vor, wie er über eine Unmenge von Baumwipfeln wehte, die einem grünen Ozean glichen, und wünschte sich, er könnte darauf segeln. Doch ihm war nicht danach zumute, sich zu beschweren. Trotz des Grauens des Ekwesh-Angriffes hatte sich seine eigene Suche als leichter erwiesen, als er befürchtet hatte. Anstatt allein und ziellos durch wildes Land zu wandern, reiste er gemeinsam mit Freunden, kam schnell voran, und dazu verlief alles einigermaßen in Frieden. Was immer die Schrecknisse des Waldes sein mochten, sie reichten offenbar nicht bis zum Fluß. Er fragte sich, wie weit er fließen mochte, wie weit er sie wohl tragen würde, ob sie weitere Wasserläufe nach

Osten finden und so sicher durch dieses bedrohliche Land befördert würden ...

Er straffte sich plötzlich. Etwas hatte sich im Gebüsch hinter ihm bewegt, leise, schwerfällig. Mit der Hand am Schwert drehte er sich blitzschnell um, auf den Knien kauernd und den Baumstamm als Deckung benutzend. Ein massiger Schatten stapfte leise, zögernd durch das Unterholz, weg vom Lager. Er hielt den Atem an, als er Ermahal erkannte; es konnte nur er sein — so breit wie Eysdan oder Gise, aber nicht so groß. Was hatte er vor? Vielleicht trieb ihn ja nur ein ganz natürliches Bedürfnis, doch er blieb stehen und sah sich um, als ob er etwas suchte oder auf etwas lauschte. Vorsichtig glitt Elof hinter dem Baumstamm hervor und folgte ihm. Sie gingen über den langen Kamm der Insel, wobei sich Elof geduckt zwischen den Blättern hielt, um nicht gesehen zu werden. Doch der Schiffer drehte sich nicht ein einziges Mal um, sondern wandte nur emsig den Kopf in alle Richtungen, wie jemand, der etwas Verlorenes sucht. Und allmählich, während sie ihren Weg fortsetzen, nahm Elof einen schwachen Laut in der Luft wahr, der dem Anschein nach hoch oben in den Ästen schwebte und dann herabsank und wie ein Lachen über das sich kräuselnde Wasser huschte. Es war ein süßer, weicher Klang, und doch zupfte er fast unangenehm an seinem Ohr, wie das Surren eines beharrlichen Insekts. Bei diesem Gedanken durchzuckte ihn eine schreckliche Erkenntnis, denn das hier war kein Insekt, es war eine Stimme.

Ermahal änderte seine Schrittgeschwindigkeit plötzlich; er stolperte eilig die Böschung zum Ufer hinunter, blieb dann stehen und zögerte erneut, bevor er ans Ufer trat. Elof folgte ihm mit noch größerer Vorsicht, denn der Mond glitt allmählich am Himmel tiefer, und er konnte den Pfad nicht mehr so deutlich erkennen. Er kroch jetzt auf allen vieren, um sich in dem niedrigen Gebüsch zu verbergen, und strengte die Augen an, um eine Spur dessen zu entdecken, was Ermahal derart in seinen Bann gezogen hatte.

Doch erst als sie sich bewegte, bemerkte er sie. Er hatte bereits eine Zeitlang dorthin gesehen, wo sie im Geäst einer großen Weide saß, ohne ihre Form auszumachen, so reglos verharrte sie. Ihre Haltung zeugte von gespannter, geballter Energie; sie saß zusammengekauert da, die Knie zum Kinn hochgezogen, so daß ihr langes Haar ihre Beine umwallte; erst als sie die Füße senkte und sie unter dem Ast baumeln ließ, sah Elof sie wirklich. Eine schlanke Mädchengestalt, nackt; ihre langen Beine baumelten über dem schwarzen Wasser des stehenden Teiches, tanzend und mit ihrer Spiegelung sowie mit der des silbernen Mondes spielend. Der Gesang kam von ihr, hoch und weich, ein schmachtendes, betörendes Lied, dessen Worte er nicht verstand.

Genaugenommen verstand er überhaupt nichts, und er wagte nicht, sich zu bewegen, so still war die Szene vor ihm. Er war von ihrer bloßen Schönheit hingerissen; sie war anmutig wie die Rehe, und ebenso zerbrechlich; fast befürchtete er, sie könnte genau wie diese fliehen. Doch ein Teil seines Denkens blieb klar, und er stellte fest, daß dies nicht das Mädchen sein konnte, das Ermahal beschrieben hatte. Ihre Beine waren wohl kaum stämmig, sondern lang und schlank, sie hielt die Zehen spitz ausgestreckt, als ob sie auf dem Wasser tanzte; ihre Arme waren zart und lockten mit verführerischen Bewegungen. Ihr Haar war lang, das ja, und es reichte bis unter die Taille, doch es war glatt, nicht lockig und blond; selbst im schwachen Schein des Mondes hatte es einen ganz eigenartigen Schimmer. Und was die kühnen blauen Augen betraf ... Er erschauderte. Sie funkelten und glitzerten im nachlassenden Mondlicht, diese Augen, allzu leuchtend, mit dem Regenbogenglanz der Schuppen eines frischgefangenen Fisches. Sah Ermahal das denn nicht, wie er da so voranstolperte, zu ihren lockenden Armen hin?

Es geschah zu schnell, zwischen dem Augenblick, in dem Elof die Gefahr erkannte, und seinem warnenden Schrei. Ermahal taumelte wie besessen weiter, hinaus auf den sumpfigen Uferstreifen, das grobschlächtige Gesicht zu ihren aufgeworfenen Lippen emporgereckt, die nicht zum Küssen, sondern zu einem sonderbaren süßlichen Lächeln verzogen waren. In diesem Augenblick schnellten ihre Beine vor, die Zehen wie Speerspitzen nach unten gerichtet, und sie ließ sich geschmeidig von ihrem Sitzplatz gleiten, bis ihr ganzes Gewicht auf den angestrengten Armen des Korsaren lastete. Und während sie herabglitt, versank auch der Mond hinter dem gezackten Wipfel eines Baumes. Der Teich lag in dichter Dunkelheit.

Elof sprang auf und rannte zu der Stelle, doch in der Dunkelheit stolperte er über feuchte Gewächse und stürzte am Ufer auf die Knie. Das Platschen, das er erwartete, kam nicht, selbst sein scharfes Gehör vernahm nichts. Seine flinken Augen durchbohrten die Umgebung im letzten Schimmer des Mondes, doch nirgendwo sah er eine menschliche Gestalt oder irgendeine Bewegung außer dem leichten Zittern von Blättern und Halmen in der nächtlichen Brise. Die schwarze Oberfläche des Teiches zeigte ihm nur sein eigenes Abbild, aschfahl in einem glatten Spiegel ohne Kräuselung oder Blasen. Er warf sich darauf, zerschmetterte sein Spiegelbild, tauchte die Arme bis zu den Schultern hinein. Doch seine Hände bekamen nur glitschige Ranken von Flußtang zu fassen, und als er mit dem Gesicht untertauchte, sah er ebenfalls nicht mehr. Ermahal war verschwunden.

»Es hat keinen Sinn«, sagte Kermorvan müde und hob den Blick hinauf zur hellen Mittagssonne. »Wir müssen uns ausruhen.« Er lehnte sich gegen die Weide, während sich die anderen erschöpft zu Boden sinken ließen. Seit Elofs erstem Schrei in der dunklen Stunde vor dem

Morgengrauen hatten sie überall nach Ermahal gesucht oder nach der geringsten Spur dessen, was über ihn gekommen sein mochte. Selbst in der Dunkelheit hatten sie Haken und starke Seile genommen und den Teich unter der Weide sowie eine weite Strecke stromab- und stromaufwärts durchkämmt. Doch ebenso wie Elof fanden sie nichts anderes als Tang und Schlick und kleine Wasserwesen und einmal die im Schlamm eingesunkenen Knochen eines großen Tieres. Sie hatten beide Ufer abgesucht, doch nirgends war eine Stelle zwischen den Bäumen, wo ein Mann von der Größe des Verschwundenen hätte an Land gehen können, ohne Spuren zu hinterlassen, die den mit dem Wald vertrauten Leuten sofort aufgefallen wären. Da sie hier schon keinen Erfolg hatten, hatte es auch wenig Sinn, tiefer im Wald zu suchen, denn schließlich — welche Richtung hätten sie einschlagen sollen, wo hätten sie in dieser zugewucherten Baumwüste suchen sollen?

»Wenn wir doch nur eine winzige Spur hätten, die wir verfolgen könnten, einen geringen Hinweis!« jammerte Dervhas gequält. »Dann würde ich jeden verdammten Baum ausreißen, der uns im Weg steht, um ihn zu finden! Und wenn es ein Jahr dauern würde!« Er schüttelte den Kopf. »Aber so — sollen wir uns dahin wenden, dorthin? Ich hätte mir nie träumen lassen, daß ein Mensch an Land genauso spurlos verschwinden kann wie im Meer. Weg, von Amicac verschlungen!«

Kermorvan nickte. »Wenn ich der Meinung wäre, daß er noch lebt, würde ich jetzt nicht ruhen können. Doch mein Herz sagt mir, daß er jenseits des für uns Erreichbaren und Auffindbaren ist.«

Elof saß in trauriges Grübeln versunken da; er dachte an seinen ersten kurzen Zusammenstoß mit Ermahal, sein schnelles Einlenken und ihren gemeinsamen Anteil an der Seeschlacht. Er hatte den dicken Kapitän gemocht, trotz all seiner früheren Untaten; ein Gauner, aber ein liebenswerter und fähiger, ein Verlust für sein

Land, ein Verlust für ihre Gruppe. »Wie ich erklärt habe«, sagte er trübsinnig, »das war kein menschliches Wesen, das ihn gelockt hat. Ich habe sie gesehen ...«

»Warum hat er dann den Mann nicht gewarnt, oder uns?« brummte Kasse und spuckte in Elofs Richtung aus, begleitet von einer komischen abwehrenden Bewegung. Seine Augen waren argwöhnisch zu schmalen Schlitzen zusammengezogen. »Das gefällt mir nicht. Das gefällt mir überhaupt nicht.«

»Schluß jetzt, Kasse!« befahl Kermorvan in scharfem Ton. »Das ist närrisches Geschwätz, oder üble Verleumdung! Elofs Vertrauenswürdigkeit steht außer Frage!«

Der Jäger sah die anderen um Unterstützung heischend an, doch er fand keine und zog eine mürrische Grimasse. »Nun, mir ist im Wald noch nie etwas zuleide getan worden, mehr will ich nicht sagen. Und ich bin ein halbes Hundert Mal darin herumgelaufen. Man muß eben das Richtige tun ...«

Kermorvan stand auf, reckte sich und schüttelte den Kopf. »Erspare mir deine Verdächtigungen, Kasse. Vielleicht hast du nur Glück gehabt. Du weißt genausogut wie ich, daß es vielen anderen nicht so erging. Nein, du hast Elofs Bericht gehört; er hat mich gewarnt, und er hat sich nach Kräften bemüht, Ermahal am Ende zu helfen. Aber ich frage mich, ob irgendeiner von uns den bedauernswerten Ermahal hätte retten können. Denn wie hätte er ahnen können, was ihn bedrohte, bevor es sich zeigte? Und da war es zu spät, wie Elof miterleben mußte.«

Stehan nickte. »Ich hätte nicht gedacht, daß er in eine solche Falle läuft.«

»Ich hätte es auch bei anderen für wahrscheinlicher gehalten, als ausgerechnet bei ihm«, bestätigte Kermorvan. Elof bildete sich ein, daß Ils ihm einen verstohlenen Blick zuwarf, und vielleicht auch Roc. »Seltsam, was in der Seele eines Mannes schlummert. Nun, er ist von uns gegangen, und wir müssen weiterleben. Ils, du besitzt die Fähigkeiten, übernimm du seinen Platz auf dem zweiten Floß. Wir müssen schnellstens aufbrechen.« Er wandte sich zur Gruppe um, und die anderen sahen, daß er mit seinem langen Jagdmesser den Tag und das Jahr und den Namen des Mannes, der trotz seiner Gegensätzlichkeit sein Freund gewesen war, tief in die Rinde der Weide eingeritzt hatte. »Zurück auf die Flöße, laßt uns diesen unseligen Ort verlassen! Doch in Zukunft soll sich keiner von uns von irgendwelchen Visionen aus der Vergangenheit täuschen lassen!«

Ein allgemeines zustimmendes Raunen erhob sich. Doch während sie sich wieder auf die Flöße begaben, sprachen sie nicht mehr als das Notwendigste. Sie glitten wieder einmal in die Mitte des Stromes hinaus; die Insel hinter ihnen wurde immer kleiner, bis sie nur ein dunkler Fleck auf dem Wasser war, vergangen und verloren für sie wie die Jahre ihrer Jugend.

VIERTES KAPITEL

Jäger und Gejagte

In der Chronik wird über die Flußfahrt bis zum Ende wenig mehr als das Vorangegangene berichtet, obwohl sie noch viele Tage andauerte und die Reisenden mindestens vierhundert Meilen weit in das Herz des Waldes hineinführte. Sie überwanden Stromschnellen und Untiefen ohne übermäßige Schwierigkeiten, denn ihre Flöße waren robust und brachten sie sicher über Stellen, an denen zwar wendigere und flinkere, aber dafür weniger stabile Boote wahrscheinlich verloren gewesen wären. Sie kamen schnell voran, denn sie legten nur noch selten an, sondern fuhren die Nächte hindurch, so lange sie noch gerade ausreichend Licht hatten, um zu steuern. Nur wenn Mond und Sterne sie im Stich ließen, waren sie gezwungen, während der Stunden der Dunkelheit an Land anzulegen, und dort schliefen sie dann dicht beieinander auf den Flößen, wobei ständig jemand Wache hielt. Doch obwohl die Reisenden während dieser Zeit keinen Heimsuchungen mehr ausgesetzt waren, lasteten die Sorgen doch schwer auf ihren Gemütern.

»Ich frage mich, ob die zugrunde gegangenen Menschen nicht schlichtweg verhungert sind«, grübelte Roc. »Vielleicht ist der Hunger der schlimmste Schrecken dieses Landes.«

»Das ist für mich Schrecken genug!« murmelte Bure und warf dabei einen besorgten Blick auf den kleiner werdenden Proviant-Hügel unter der Plane. Sie waren jetzt auf halbe Ration gesetzt, und bald würde es noch weniger sein. Kermorvan hatte darauf bestanden, daß sie sich durch die Jagd ernährten und die mitgeführten

Vorräte lediglich dazu dienen sollten, Engpässe zu überbrücken und eine gesunde Abwechslung zu bieten. Alle Mitglieder der Gruppe waren des Jagens fähig, einige mit besonderem Geschick — einschließlich Kermorvan selbst; doch abgesehen von einigen Fischen hatte keiner von ihnen etwas gefangen. Es lag nicht daran, daß im Aithen keine Tiere gelebt hätten; Tag und Nacht konnten sie sie in der Ferne hören. Sie fristeten ihr Dasein zwischen den Bäumen und waren Teil des großen Kreislaufs von Wachstum und Leben, der das umfassende Sein des Waldes darstellte. Zwei volle Tage lang hatten die Jäger am Ufer auf der Lauer gelegen, an einer Stelle, die ihrer übereinstimmenden Überzeugung nach eine häufig besuchte Tränke sein mußte. Sie hatten ihre Verstecke klug gewählt, die Natur so weit wie möglich unberührt gelassen und sorgsam darauf geachtet, daß ihre Spuren und ihr Geruch sie nicht verraten konnten, und doch nahmen sie nicht einmal das Geräusch eines lebenden Tiers wahr. Doch noch während sie zu den Flößen zurückkehrten, wütend, entmutigt und von Hunger gepeinigt, erwachte das Raunen des Waldes um sie herum erneut genauso lebhaft wie zuvor; kleine blaue Vögel jagten einander hier und da, und ein hohes kreischendes Keckern tönte höhnisch aus dem Gebüsch.

»Da stimmt was nicht«, brummte Borhi. »All die Tiere hauen vor uns ab. Das ist nicht normal, da muß irgendwas Böses im Spiel sein.«

»Wie willst du wissen, was normal ist und was nicht?« knurrte Kasse. Er und Borhi saßen auf dem ersten Floß und hielten im Morgengrauen Wache, auf das Steuerruder gestützt. Er sprach leise, doch die unbewegte Luft war so klar, daß Elof, der am Heck des hinteren Floßes wach lag, ihn deutlich hören konnte. Alpträume hatten ihn aus dem Schlaf geschreckt. »Ich kenne diesen ausgedehnten Forst«, fuhr der Jäger mit schnarrender Stimme fort. »Ich bin im Aithennec gewandert, erinnerst du dich? *Ich kenne mich aus.* Das ist etwas anderes als die läppischen kleinen Wälder, an die diese Nordeney-Hornochsen gewöhnt sind, oder unser edles und mächtiges junges Lordchen. Man kann nicht einfach in diesem wilden Gebiet spazierengehen und erwarten, locker etwas zu erjagen. Hier leben nämlich noch etliche andere Wesen. Man muß sie sich gewogen machen, verstehst du? Wenn sie gegen uns sind, wendet sich das Glück von uns ab, und kein Wild wird in unsere Nähe kommen.«

Borhi gab einen Laut von sich, der sehr unbehaglich klang. Elof beobachtete, wie er sich auf den Floßstämmen in eine Richtung und dann in die andere drehte und den Blick über die undurchdringlichen Bäume schweifen ließ. »Wen müssen wir uns gewogen machen? Und wie? Was erzählst du mir denn da? Willst du behaupten, du wüßtest, daß sich irgend etwas Übles zusammenbraut?«

»Etwas, jawohl, aber warum Übles? Es ist doch nichts Schlechtes, das einem Zustehende zu verlangen, oder? Da gibt es zum Beispiel die *Helgorhyon*, die Jagdgeister; es liegt doch auf der Hand, daß man deren Segen braucht, wenn man Weidmannsglück anstrebt. Einige bestimmte Worte müssen über den Waffen gesprochen werden ...«

»Willst du damit sagen ... daß es hier noch andere Menschen außer uns gibt?« fragte Borhi zweifelnd.

Kasse tippte sich pfiffig mit dem Finger auf die Nase. »Ach, das habe ich nicht gesagt. Es gibt welche, aber mit denen hat man besser nichts zu tun. Aber die Jagdgeister, das sind ... natürliche Kräfte, nichts anderes. Man braucht keine Angst vor ihnen zu haben, wenn man weiß, wie man es richtig anstellt. Wenn man die gesunden Methoden, die alten Methoden kennt; mir sind sie von meinem Großvater überliefert worden, und der hatte sie von seinem Onkel, und so geht es immer weiter, von einem großen Jäger, die zugleich Wildhüter sind, zum anderen.« Er warf einen Blick nach hinten zu Elof, der sich bemühte, gleichmäßig zu atmen und sich nicht zu rühren. »Hör mal, du bist doch ein aufgeweckter Junge, möchtest du dir nicht ein bißchen Jagdglück erwerben? Ich verrate dir was, was du versuchen könntest, es ist ganz einfach. Nimm zwei gute Pfeile und einen weiteren, der bereits getroffen hat. Fang dir einen Vogel oder ein anderes Tier, und zwar lebend, groß oder klein, egal, solang es Augen hat. Dann stell dich beim Mondaufgang in den Schatten eines großen Baumes und leg die Pfeile kreuzweise auf den Boden, nimm deinen Fang und den dritten Bogen in die Hand und sprich den Segen der Jäger, folgendermaßen ...« Er begann einen leisen Singsang.

Augen, die die Dunkelheit durchdringen,
Wächter, die den Schatten niederringen,
Nehmt, ihr Geister, was wir euch bringen,
Gebt das Zeichen für ein gutes Gelingen,
Wir dürsten nach ...

»Das ist ein merkwürdiger Wortlaut für einen Segen!« unterbrach Borhi ihn voller Unbehagen.

»Ach, sei doch nicht so zimperlich!« schimpfte Kasse mürrisch. »Ich will doch nur einem Kumpel aus dem Süden helfen, oder nicht? Wir müssen doch zusammenhalten gegen diese Nordländer, die am liebsten auf uns spucken würden. Und mein feines Lordchen, der ermutigt sie auch noch! Dem ganzen Pack würde ich eins auswischen, wenn es nach mir ...«

»Das reicht, Kasse!« Kermorvans Brüllen ließ sogar Elof zusammenzucken. Er, den er für schlafend gehalten hatte, war mit einem einzigen Satz auf den Beinen und musterte den Jäger mit eindringlichem Blick. »Ich habe dich nur deiner besonderen Erfahrungen wegen als Mitglied dieser Gruppe ausgewählt. Und je mehr ich darüber höre, desto weniger gefallen sie mir. Ich kenne dich als Nörgler und argwöhnischen Dummkopf; paß auf, daß ich nicht zu der Ansicht gelange, du könntest etwas Schlimmeres sein!«

Der Jäger murrte, fauchte ein Wort und erhob sich ebenfalls, wobei er auf den unebenen Holzstämmen rutschte. »Da wir gerade dabei sind, mein liebes kleines Lordchen, ich habe die Nase voll von dir. Und du, Borhi, du läßt dir gefallen, daß dieser Grünschnabel dir in den Hintern tritt, er, der sein eigenes Volk niedriger schätzt als einen Kesselflicker und ein Duergar-Flittchen!« Elof rappelte sich auf, die Hand am Schwert, bereit, notfalls in die Lücke zwischen den Männern zu springen. Kasses Hand ruhte ebenfalls in der Nähe seines Messers. Köpfe erhoben sich von den Decken, ein Durcheinander von Bewegungen kündete von allgemeinem Erwachen; jeder vermutete eine neue Gefahr.

Doch Borhi sah den Jäger nur kalt an und spuckte in den Fluß. »Kämpfe du deinen eigenen Kampf, Kasse. Und komme nicht zu mir gelaufen, wenn du dich verstecken mußt. Du und dein widerlicher kleiner Hokuspokus! Was soll mir das bringen?«

Das Blut wich aus Kasses Gesicht, und Elof sah ein eisiges Funkeln in seinen sich verengenden Augen. »Hokuspokus nennst du das, mein Junge? Ja?« Er sah Elof und die anderen Reisenden, die sich unsicher erhoben, beleidigt an. »Das wirst du so lange tun, bis du unter dem Joch dieses Grünschnabels genügend gehungert hast. Dann werdet ihr alle bettelnd angekrochen kommen und um meine Weisheit flehen. Auf den Knien!«

Elof knirschte mit den Zähen. Es war ein unschöner Augenblick; Kasse trachtete danach, Unzufriedenheit zu säen, ihre Einigkeit zu untergraben und damit unweigerlich auch ihr Leben zu gefährden, doch er konnte nicht allein wegen seiner Worte umgebracht werden. Elof, dessen Sinne äußerst angestrengt waren, bemerkte eine Bewegung zwischen den Bäumen vor ihnen; er vergaß alles andere, stieß einen Zischlaut aus und deutete so heftig in die Richtung, daß sich alle Augen dorthin wandten.

»Jagdbeute!« keuchte Kermorvan. »Gise! Kasse! An die Bogen!« Aller Ärger war wie weggeblasen, die Jäger sprangen zu ihren Waffen, die sie stets griffbereit daliegen hatten. Kasse bestückte seine Armbrust mit einem Bolzen; Gise spannte seinen Bogen mit ausholenden Bewegungen, und Kermorvan griff sich einen Langbogen und einen Köcher aus dem Arsenal. Elof juckte es in den Händen, obwohl er keinen Spaß an der Jagd oder dem Töten an sich fand; er war einigermaßen geschickt im Umgang mit der Vogelschleuder, doch er wußte, daß die anderen einfach bessere Bogenschützen waren. Die tödlichen Spitzen glitzerten, als die Schützen anlegten und in dem unzulänglichen Licht zielten; die Beobachter waren genauso angespannt wie die Bogensehnen. In diesem Fall war vielleicht kein zweiter Schuß möglich.

Doch als sie ihr Ziel deutlicher ausmachen konnten, flog kein einziger Pfeil. Zusammen mit den übrigen Mitgliedern der Gruppe starrten die Jäger fassungslos zu der ungeheuerlichen Gestalt, die von dem zunehmenden Sonnenlicht, das zwischen den Blättern leuchtete, in einen goldenen Schein getaucht wurde. Elof kannte kein Tier, das diesem geglichen hätte, und den aufklaffenden Mündern der anderen nach zu schließen, erging es diesen ebenso. »Kerys, ist das ein Bär?« flüsterte Roc.

»Dann könnte er jeden anderen Bären, den ich bisher gesehen habe, zum Frühstück vernaschen«, zischte Ils. »Selbst die riesenhaften Höhlenbewohner ...« Langsam, fast wie unter Schmerzen, tapste das gewaltige Tier die Uferböschung hinunter. Seine langen glatten Haare, rötlich mit einem seltsamen grünen Schimmer, hingen von gebogenen Gliedmaßen herab, die ungefähr so dick waren wie ein menschlicher Rumpf. Plötzlich bäumte es sich auf; alle zuckten zusammen, die Bogen ruckten in die Höhe, als es sich auf die Hinterkeulen erhob und die langen Vorderbeine zu einer bedrohlichen Umarmung ausstrecke. »Das ist kein Bär!« hauchte Ils mit angehaltenem Atem. »Es hat einen Schwanz, seht nur! Und dieser lange Kopf! Und beim Großen Gestalter, seht euch die Pfoten an!«

Elofs Mund wurde trocken, als er jeweils eine einzelne gebogene Klaue sah, die von den massigen eingezogenen Pfoten ausgefahren wurden, riesige schwarze Sicheln, bereit sich zu verhaken und aufzuschlitzen. Dann packte es völlig gleichgültig den überhängenden Ast einer Linde und zog ihn zu seinem geöffneten Maul herab; eine lange rote Zunge entrollte sich, wickelte sich gierig um die herzförmigen Blätter und die süßen Blüten dazwischen und pflückte sie in den Biß des schmalen, pferdeartigen Kiefers. Der Übergang von einer Bedrohung zur rindviehhaften Sanftheit war beinahe komisch; Ils unterdrückte ein Kichern. Dann erklang ein einzelner summender Ton, als ob eine Harfensaite gezupft worden wäre, und zwei Pfeile sausten über das Wasser und hackten wie Falken mit leuchtenden Schnäbeln auf ihre Beute ein. Das tödliche Schnappen der Armbrust ertönte, und der Bolzen zischte in flacherem Flug tief und schnell über das Ufer. Sie sahen, wie der breite Rücken beim ersten Treffer zuckte, dann beobachteten sie mit starren Blicken, wie ein Pfeil das zottelige Haar streifte und zwischen den Blättern verschwand, während ein anderer abprallte und ins Gebüsch abdrehte. Der Bolzen traf mit dem schneidenden Biß einer Axt in Holz, blieb einen Augenblick lang hängen und rutschte dann durch das Fell. Mit einem hohen, blökenden Aufschrei drehte sich das Tier um und tapste durch das krachende Unterholz davon, immer noch vor Panik schrill kreischend.

»Es ist ein Dämon!« brüllte Borhi und warf sich flach auf die Holzstämme.

Ils zog ihn an seinem Umhang wieder hoch. »Sei kein Narr! Es hat nur ein besonders robustes Fell, das ist alles. Oder vielleicht sogar Knochen in der Haut, wie die kleinen im Gras lebenden Geschöpfe, die ihr im Süden habt.«

Elof schnippte mit den Fingern. »Diese Harnische, die das Waldvolk trug! Vielleicht waren sie aus solchem Fell gemacht. Wir könnten anlegen und es verfolgen ...«

Kermorvan blickte dem entschwindenden Tier hinterher und schüttelte den Kopf. »Wir könnten es höchstens aus nächster Nähe töten. Wir müßten vielleicht wer weiß wie weit ausschwärmen, um ein solches Ungeheuer einzukreisen; es bewegt sich jetzt recht schnell. Und was dann? Wollen wir mit Speeren und Klingen gegen diese Sichelkrallen vorgehen, gegen Gliedmaßen, die mit Leichtigkeit einen Baum knicken? Das ist das Risiko nicht wert, fürchte ich. Aber nun zu dir, Kasse«, fügte er hinzu und wandte sich an den Jäger. »Ich habe den Eindruck, Borhi war von deinen Kobolden tiefer beeindruckt, als er zugibt. Aber kannst du erklären, warum ein solcher Fluch nicht verhindert, daß wir Fische fangen? Wenn du das nächstemal wieder Zaubertricks vorführst, dann beziehe auch die Angelschnüre mit ein. Die Fische sind womöglich leichtgläubiger.«

Elof fiel in das allgemeine Lachen ein und war froh zu sehen, daß auch Borhi mitlachte. Kasse sah den jungen Korsaren kurz an, dann legte er sehr behutsam seine Armbrust aus der Hand und kehrte zu seinem Platz am Steuerruder zurück. Doch Borhi gesellte sich nicht zu ihm, sondern wühlte im Gepäck nach den Angelschnüren. Kermorvan und Gise entspannten ihre Bogen, und die anderen, die nicht gerade Wache hatten, gingen zu ihren Decken zurück, um das bißchen Schlaf zu erhaschen, das ihnen im heraufziehenden Morgengrauen noch vergönnt war. Elof stand einen Moment lang unentschlossen da, dann begegnete er Kermorvans Blick. Der Krieger nickte und sprang ohne Anstrengung auf sein Floß herüber. Er sah sich um und sprach mit gedämpfter Stimme. »Dir bereitet also immer noch etwas

Sorge. Etwas Schlimmeres als unsere eintönige Fisch-Diät?«

»In den Marschen habe ich mich auch kaum besser ernährt und war zufrieden damit. Nein, es ist nur einfach so … na ja, Weidmanns-Spuk, wie Kasse ihn verbreitet, ist ein Zeichen für den Verfall einer alten Kunst, entwürdigend, niederträchtig und engstirnig, doch diese Macht reicht aus, um zumindest kleineres Unheil anzurichten. Allerdings nur, wenn sie von jemandem benutzt wird, der eine Spur wahrer magischer Kunst im Blut hat.«

Kermorvans Augen weiteten sich. »Und Kasse hat das? Warum hast du mir das nicht gesagt?«

»Ich habe es erst jetzt in seinen Augen gesehen. Es ist bei ihm nicht stark ausgeprägt, es zeigt sich nur, wenn er wütend ist. Dennoch, es ist vorhanden — kein Grund zur Angst, aber wir müssen auf der Hut sein. Und es kommt mir auch seltsam vor, daß uns das gesamte Leben dieses Waldes so gründlich ausweicht.«

Kermorvan nickte. »Meinst du, ja? Hast du die Möglichkeit erwogen, daß der Grund dafür vielmehr in natürlichen Gegebenheiten als in Hexerei zu suchen ist?«

»Selbstverständlich! Aber ich kann mir keinen denken!«

Der Krieger lächelte ohne Fröhlichkeit. »Nun, vielleicht sind nicht wir es, denen die Tiere ausweichen. Wir wissen, daß noch andere Wesen hier jagen; könnte es nicht sein, daß sich die Tiere vor denen fürchten?«

»Aber warum sollten solche Jäger immer ausgerechnet in unserer Nähe sein … oh!« Eine plötzliche Erkenntnis dämmerte in Elof, und er hob den Blick zu dem Wald über ihnen, ein Schatten gegen das heller werdende Morgengrauen, eine sich senkende Klippenfront von Bäumen. Jetzt fiel ihm auf, wie sehr sie sich verändert hatten, Tag für Tag, während die Gruppe an ihnen vorbeifuhr. Die Rotholzbäume, die an der Küste vorgeherrscht hatten, waren selten geworden, und noch seltener die großen immergrünen Bäume. Linden standen hoch und schattig zwischen den Reihen, und der honigsüße Duft ihrer Blüten wehte zu ihm herab; außerdem gab es weit ausladende Platanen. Das dichte Grün und gräuliche Braun war durchbrochen von den hellen Blättern vieler Ahornbäume und Roteichen, von silbernen Birkenstämmen und blau-grauen Buchen. Gelbe Birkenblätter leuchteten golden im dunstigen Morgenlicht und hoben sich gegen die finsteren, schwarzen Stämme von Walnußbäumen ab. Hübsch und üppig war das Laubdach des Waldes in den Farbtönen des Frühsommers; doch die hübschesten Gewänder konnten eine Klinge verbergen. »Du meinst ... wir werden beobachtet?«

Kermorvan nickte. »Das meine ich. Von jenen, die normalerweise die Tiere des Waldes jagen. Sie verstekken sich vor uns, jedoch nicht vor den Tieren, denn zur Zeit ist die Jagd nicht ihr vordringliches Anliegen. Wo immer wir also hinkommen, tauchen sie auch auf, und die Tiere fliehen oder verharren lautlos und reglos in ihrem Bau. Und was die Frage betrifft, wer diese Jäger sein könnten, so ahnst du die Antwort vermutlich ebenso wie ich.«

»Die ... Kinder«, sagte Elof voller Unbehagen. »Beobachter, die sich von Baumwipfel zu Baumwipfel bewegen und so mit den Flößen Schritt halten können. Aber warum hast du den anderen nichts davon gesagt?«

»Soll ich das wagen? Wie werden sie sich verhalten, wenn ich ihnen erkläre, daß es in den Bäumen möglicherweise von unsichtbaren Beobachtern wimmelt? Du und ich und Ils, wir wissen, daß sie nicht notwendigerweise feindselig zu sein brauchen, aber die anderen? Vor allem die Korsaren, nach dem, was Ermahal widerfahren ist? Ich möchte nicht, daß unsere Heißsporne jedesmal einen Bolzen abschießen, wenn irgendwo ein Ast wackelt; ein Schuß könnte einen Hagel von Speeren bei dem Waldvolk auslösen. Bis jetzt geben sie sich offenbar damit zufrieden, nur zu beobachten. Deshalb habe ich gezögert zuzustimmen, daß wir in den Wald ausschwärmen; das ist vielleicht genau das, worauf sie warten.«

Elof ließ den Blick immer noch über die Bäume wandern, obwohl er wußte, daß er nicht damit rechnen konnte, etwas zu entdecken. »Wenn wir ihnen irgendwie entwischen könnten ...«

»Ja, das wäre etwas anderes. Aber das geht nicht, jedenfalls jetzt noch nicht. Wenn wir den See erreichen, ergibt sich vielleicht eine Gelegenheit. Bis dahin bitte ich, Stillschweigen über diese Sache zu bewahren. Außer vielleicht Ils gegenüber ...«

Während der nächsten Tage wurde sogar Elof der Fische überdrüssig. In den tieferen Abschnitten des Flusses wurden die Fische größer, doch ihr Geschmack war irgendwie schlammiger. Am häufigsten fingen sie riesige Welse von einer Sorte, die in den Küstenflüssen nicht vorkam; sie waren verbissene Kämpfer und oft so schwer, daß ein Mann allein sie nicht herausziehen konnte. Der Anblick ihrer krötenartigen, mit hängenden Barthaaren versehenen Mäuler, höhnisch grinsend, wenn sie nach der Schnur schnappten und daran zappelten, war an sich schon höchst unerfreulich. Und da Kermorvan der Gruppe nicht erlaubte, an Land zu gehen, mußten sie auf geeignete Inseln warten, um ihren Fang zu kochen oder zu räuchern. Das bedeutete, daß sie nach einem anstrengenden Tag oftmals ohne warme Mahlzeit oder nach einem Regenguß ohne trockene Kleidung auskommen mußten, und es gab viel Murren. Doch Elof war erleichtert, daß niemand Kermorvans Anweisungen widersprach.

Er und Ils beobachteten die Bäume jetzt besonders wachsam in der Dämmerung und bei Dunkelheit. Mehr als einmal glaubten sie zu erspähen, wie die Blätter hüpften und schaukelten, als ob sich ein großes Wesen von Ast zu Ast schwänge, und einmal war sich Ils vollkommen sicher, daß sie eine Hand und ein Gesicht gesehen hatte. Kermorvan war zufrieden. »Sie ahnen offenbar nicht, daß wir jemanden mit hervorragender Nachtsicht unter uns haben, deshalb werden sie leichtsinnig. Jetzt müssen wir einen geeigneten Augenblick abwarten, um schneller und weiter als sie voranzukommen. Wenn wir doch nur diesen See bald erreichen würden!« Er schlug ungeduldig auf die Holzstämme.

Nach allem, was überliefert ist, war es wahrlich keine angenehme Zeit, bevor ihre Reise zu einem unerwarteten Ende kam; vielleicht geschah das sogar in derselben Nacht. Sicher ist, daß die ersten Warnungen laut wurden, während Elof noch die Worte seines Freundes deutlich im Ohr hatte.

Er hielt zusammen mit Dervhas und Tenvar die nächtliche Wache, als Roc ihm vom ersten Floß zuwinkte. Sie näherten sich einer breiten Biegung des Flusses, und sie mußten sich mit ihren Stangen bereithalten, damit die Strömung sie nicht an Land oder auf einer Sandbank aufsitzen ließ. Doch als sie vorsichtig tastend die Tiefe erforschten, spürten sie, daß etwas an ihren Stangen zog; Strudel schienen sie unter die Holzstämme zerren zu wollen, und sie hörten, daß das Rauschen und Blubbern des Wassers gegen den stumpfen Bug plötzlich lauter wurde.

»Ich finde mit dieser Stange keinen Grund!« rief Bure. »Nicht einmal Schlamm.«

»Bei Amicac, der Junge hat recht!« murmelte Dervhas Elof zu. »Plötzlich wird der Fluß immer breiter und tiefer, und dennoch fließt er schneller — was hat das zu bedeuten, bei einem kleinen Binnenfluß wie diesem? Stromschnellen? Wenn doch nur der Schiffer noch bei uns wäre, er wüßte es. Vielleicht weiß es auch Seine Lordschaft, oder das Mädchen. Rüttel sie doch mal wach ...«

Doch nun winkte Roc ihnen erneut zu und deutete nach vorn, und sie wußten, daß eine Änderung kurz bevorstehen mußte. Sie fuhren jetzt um die Biegung und beschrieben einen weiten Bogen über das dahinjagende Wasser; zum erstenmal seit vielen langen und anstrengenden Nächten verengten sich die Bäume vor ihnen nicht mehr zum Nichts. Vielmehr tat sich eine breite Öffnung auf, als ob die Bäume Vorhänge wären, die langsam auseinandergezogen wurden — viele Schichten von Vorhängen, und jede war dünner als die vorige. Denn zwischen den Bäumen hindurch leuchteten Strahlen eines silbernen Lichts, immer breiter und heller. Am bewölkten Himmel strahlte plötzlich der Mond auf und schien herab auf eine ausgedehnte, stille Wasserfläche und versilberte sie wie einen Spiegel, mit Ausnahme der Stellen, wo die bewaldeten Hügel am fernen Ufer ihre Schatten warfen.

Der Ruf hatte Kermorvan geweckt, und noch während er aufsprang, weckte er die anderen. Auch sie sahen als erstes die Öffnung der Wände, die sie inzwischen haßten. Einige hüpften und tanzten vor Begeisterung sogar auf den unebenen Holzstämmen herum, bis Kermorvans gezischter Befehl sie zur Vernunft brachte. »Träumt ihr, daß ihr glaubt, wir wären außer Gefahr? Vielleicht beginnt sie jetzt erst. Ihr alle, packt soviel von eurer Ausrüstung und den Vorräten zusammen, wie ihr tragen könnt. Seid wachsam, und bereitet euch darauf vor, notfalls die Flöße zu verlassen, ins Wasser zu springen und an Land zu schwimmen.« Sein Schwert blitzte im Mondlicht auf. »Wenn Gefahr droht, werde ich die Flöße trennen; eines kommt vielleicht unversehrt davon, wenn das andere umkippt.« Er lud sich sein eigenes Bündel und einen schweren Proviantsack auf und wandte sich Elof zu, der am Bug des hinteren Floßes stand. »Nun, wie sieht es mit der Strömung aus?«

»Sie wird immer noch schneller, und weder Dervhas noch Ils haben eine Erklärung dafür.«

»Ich auch nicht«, murmelte Kermorvan und starrte auf die sich verbreiternde Fahrrinne. »Ich hatte irgendwelche Hindernisse zwischen uns und diesem See befürchtet, zumindest Wasserfälle oder Stromschnellen. Doch ich sehe nichts, das diese reißende Strömung verursacht. Ils, fällt dir etwas auf?«

Sie kletterte auf die Ruderhalterung und hielt sich die dickliche Hand zum Schutz gegen das Mondlicht über die Augen; Elof hielt sie fest, als das Floß unter ihnen erneut einen Satz voran machte. »Wenig. Ein kleiner Strudel im Wasser, rings um schmale, aufrecht stehende Dinge, wie Schilf oder Zweige ...«

»Ist das Wasser tief?« rief Kermorvan und warf sich mit dem ganzen Gewicht auf das Steuerruder, das jetzt wie ein vom Sturm gepeitschtes Segel auf und ab schlug. »Hinlegen, alle! Haltet euch fest, so gut es geht! Da ist ein verstecktes Hindernis!« Und während sich das Ruder knirschend aus dem Wasser hob, zog er sein Schwert und hieb auf das Heck herab. Das straff gespannte Seil wurde sirrend durchgetrennt, und das erste Floß schoß vorwärts, während sich das glitzernde Wasser um sie herum auftat.

Das Gesicht auf die Holzplanken gelegt, sein Bündel und den Proviantsack auf dem Rücken, sich mit aller Kraft an den dicken Querbalken unter seiner Brust klammernd, spürte Elof plötzlich die Masse der nassen Balken, die sich unter ihm hoben und senkten, als ob eine riesige Hand das Floß gepackt hätte und es wie einen Wurfspeer auf ein unbekanntes Ziel schleuderte. *War so nicht mein ganzes Leben?* In einem Anflug sinnloser Rebellion blickte er hinauf zu dem Himmel über den vorbeipeitschenden Baumwipfeln, halb in der Erwartung, dort irgend etwas zu sehen, Gutes oder Schlechtes. Doch die Sterne leuchteten eiskalt in der Schwärze, fern, gleichgültig, einsam. Plötzlich schallte ein Schrei vom vorderen Floß herüber, dann hob sich sein Bug mit einem dumpfen, zermalmenden Knirschen wie eine Zugbrücke und zersplitterte; das Krachen und Knarren des überbeanspruchten Holzes übertönte die menschlichen Stimmen. Gischt spritzte auf und klatschte auf ihn herab, er knirschte mit den Zähnen; dann erschütterte ihn ein Beben, und er wurde mit Wucht gegen das Holz geschleudert, wobei die rauhe Rinde seine Haut aufschürfte. Die Stämme schwankten und bogen sich unter ihm, der dicke Querbalken, an den er sich immer noch klammerte, wand und drehte sich wie eine lebendige Schlange.

Trotz Kermorvans schnellen Handelns ließ die Strömung das zweite Floß seitlich gegen das erste prallen und trieb es wie einen Hammer, der auf einen Meißel schlägt, gegen das unsichtbare Hindernis. Die aufgewühlte Wasserfläche wallte auf, Schlamm und Dreck spritzten hoch, und eine Woge schaumigen Wassers schwappte über das zweite Floß. Elof klammerte sich verzweifelt an seinen Balken, während die Fluten an ihm zerrten und an seinem Gepäck ruckten. Das Floß machte einen Satz nach vorn, bäumte sich auf, drehte sich zur Seite und neigte sich, wodurch er in einem gelenkbrechenden Winkel über die Stämme rutschte. Schlamm spritzte zwischen den Stämmen hoch und wurde in den schäumenden Mahlstrom gepeitscht. Er hörte einen Aufschrei von Ils, doch er sah weder sie noch irgend jemanden sonst in der Gischt. Etwas klatschte ihm schmerzhaft ins Gesicht und blieb dort kleben. Dann hatte er den Eindruck, als ob das Hindernis unter den Stämmen nachgäbe, und das Floß schoß vorwärts und wurde in der Strömung herumgewirbelt. Die hoch aufragenden Bäume tauchten ab, die sich drehenden Sterne am Himmel wurden langsamer und blieben an der Stelle, und der Balken unter ihm beruhigte sich und glitt eben weiter.

Einen Augenblick lang konnte er nur japsend daliegen, das Ding, das ihn geschlagen hatte, hatte einen Film stinkenden Schleims vor seinen Augen hinterlassen. Er wollte ihn wegwischen und merkte, daß sich seine Hand darin verhedderte; er wurde von Panik erfaßt und zog daran und verhedderte sich um so mehr. Dann berührte seine Hand mitten in dem Wirrwarr eine zweite, und diese zog die seine von seinem Gesicht weg. Sein Herz machte einen Sprung, als er sah, wessen Hand es war; wenigstens war Ils nichts geschehen. Er nahm ihre Hand und erhob sich auf einen gefühllosen Ellbogen; da waren die anderen, so verschwommen, wie er sich selbst fühlte. Dervhas und Tenvar umklammerten immer noch das Steuerruder und spuckten Wasser und Schlick aus. Arvhes war mit Bruchstücken des zerstörten Baldachins bedeckt. Das Floß trieb jetzt in freiem Gewässer über den ruhigen, silbernen See. Eine schwache Strömung trug sie offenbar in eine kleine Bucht vor ihnen. Elof sah sich aufgeregt nach dem ersten Floß um und fand statt dessen ein sich lösendes Gewirr von Balken hinter ihnen, das sich langsam in der Strömung drehte — ein jämmerlicher Anblick. Bei dem Zusammenstoß waren zwei Stämme und anscheinend auch das Steuerruder weggerissen sowie der vordere Querbalken zerbrochen worden. Doch er sah Gestalten, die sich aufrappelten und schnell über die Stämme rutschten, in dem Bemühen, diese zu sichern. Er suchte das Wasser rasch nach Köpfen ab, entdeckte keine und blickte zurück zu dem, was sie beinahe vernichtet hätte.

Die ganze Flußmündung hatte sich verändert. Der Wasserpegel war gefallen und war jetzt auf einer Höhe mit dem See; an einem neuen Uferstreifen glitzerten einzelne Büschel von Schilf. Das Hindernis stand jetzt unverdeckt da und entpuppte sich als ein dichtes Gewirr aus Stöcken und Ästen. Der doppelte Aufprall der beiden Flöße hatte eine breite Schneise hineingeschlagen, durch die sich ein reißender Schlammstrom ergoß. »Ein Biberdamm!« blubberte Arvhes heraus. »Der größte, den ich je gesehen habe. Ich habe gehört, daß es in den wilden Gebieten von Nordeney riesige Biber gibt.«

Ils warf ihm einen giftigen Blick zu und platzte mit dem heraus, was sie an Elofs Gesicht abgelesen hatte.

»Benutzen sie Netze?« Die Männer starrten entsetzt, denn es handelte sich eindeutig um ein Netz, aus irgendeiner groben Faser derb gewoben. Sie sahen wieder die Fahrrinne an; zu beiden Seiten des Durchbruchs trudelten die ausgefransten Enden eines solchen Netzes nutzlos in der Strömung. Dann sah Elof mitten in dem tosenden Wasser plötzlich einen pfeilschnellen Wirbel, und dann noch einen. »Was ist das?« fragte er Dervhas.

»Bei Amicac, wie soll ich das wissen? Strudel, sehr wahrscheinlich. Ich bin froh, daß hier in der Nähe keine sind. Je eher wir diesen Teich verlassen, desto wohler wird mir sein.«

Elof nickte und zitterte in seinen durchnäßten Kleidern. »Wenigstens sind wir nicht allzuweit von der Bucht entfernt; dort müßte das Wasser flacher sein. Wenn nur die anderen durchhalten ...« Er blickte zurück, und etwas Schlimmeres als die Kälte ließ ihn erschaudern. Er stieß einen Schrei aus und deutete nach hinten. Die Strudel waren wieder erschienen, dunkle Wirbel im ruhigeren Wasser, gegen die Strömung gerichtet. Sie verfolgten das erste Floß.

Niemand dort hatte ihn gehört. Elof richtete sich mit zitternden Beinen auf, doch noch während er den Mund öffnete, um etwas zu rufen, sah er, wie das schwer mitgenommene Floß bebte und unvermittelt aufhörte, sich zu drehen; kletternde Gestalten taumelten und stürzten ins Wasser. Dann teilten sich die dicken Stämme am Bug — sehr langsam, wie es schien — und spreizten sich wie die Finger einer Riesenhand. Hilflos horchte Elof auf das Brüllen und Kreischen; er sah, wie zwei große Gestalten rittlings auf den Stämmen saßen und andere aus dem Wasser fischten; dann machten sie sich daran, die Stämme mit Seilen und Ketten notdürftig aneinanderzubinden, um sie einigermaßen zu sichern, damit das Floß nicht vollends auseinanderbrach. Doch noch während sie auf die äußeren Stämme sprangen, entstand ein erneuter Strudel, und Elof erhaschte einen

Blick auf etwas gebogenes Großes, das hochsprang und verschwand, anscheinend der Rücken eines Geschöpfes von erstaunlicher Größe, gefleckt oder geschuppt wie ein Seehund oder ein Fisch und im Mondschein glänzend. Dann spreizten sich die Holzstämme erneut knirschend, mit der gleichen leichten, täuschenden Langsamkeit, die so schrecklich mitanzusehen war, um gleich darauf wieder zusammenzuschwingen. Die Springenden kamen auf den Stämmen auf, rutschten jedoch aus; einer hielt sich an einer Kette fest und fiel auf das Holz, doch ein anderer verlor den Halt und glitt seitlich ab ins Wasser. Er klammerte sich an einem abgebrochenen Ast fest, der andere warf sich nach vorn, doch genau in dem Moment, als sich ihre Hände trafen, prallten die dicken Stämme gegeneinander. Neben dem dumpfen Knall war ein einziges zermalmendes Geräusch zu hören sowie ein kurzer Schrei, der sofort abbrach. Als sie wieder auseinanderhüpften, kniete eine Gestalt darauf und starrte hinab ins Nichts. »Eysdan!« erschallte Kermorvans Stimme, und dann Gises, doch es folgte keine Antwort.

Elof und die anderen starrten voller Entsetzen zu der Stelle und vergaßen einen Augenblick zu lang, daß auch sie in Gefahr waren. Ein Schrei von hinten warnte sie. Mit einer blitzartigen Drehung zog Elof das schwarze Schwert aus der Scheide und warf sich auf die Holzstämme, wo er ein Stück weit rutschte. Dervhas klammerte sich immer noch an das Steuerruder, doch jetzt voller Verzweiflung, denn seine beiden Beine schleiften im Wasser hinterher, als ob ein schweres Gewicht an ihnen hinge. Elof beugte sich hinunter und packte den Mann am Kragen, doch das Ruder knickte splitternd und krachend ab. Mit einem verzweifelten Schrei ließ Dervhas es los und griff nach der ausgestreckten Hand. Das Gewicht, das daran lastete, war ungeheuerlich; Elof stemmte die Füße gegen die Ruderhalterung, um zu verhindern, daß auch er hinuntergezogen würde.

Dervhas keuchte unter Todesqualen, die Adern an seiner Stirn waren hervorgetreten, als ob er einer Folterung unterzogen würde. Die Ruderhalterung schlug um, und Elof rutschte nach vorn. Dervhas sank bis zur Brust ein und zog ihn hinaus über das schwarze Wasser. Doch Elofs freie Hand hielt immer noch Gorthawer, und er stach damit nach unten, einmal, zweimal. Die Klinge traf, das Wasser zuckte und verfärbte sich dunkel, und Dervhas war plötzlich leichter und hing schlaff im Wasser. Tenvar und Arvhes eilten herbei und halfen Elof, ihn an Bord zu hieven. Doch als sein linkes Bein über den Rand des Floßes kam, schrien sie vor Entsetzen auf, denn es war kein Fleisch mehr daran, nur noch der nackte Knochen ragte heraus. Ils erschauderte, riß Dervhas den breiten Gürtel vom Leib, um ihn um den Schenkel des übel Zugerichteten zu wickeln und dadurch das herausspritzende Blut zu stillen, doch sie zögerte, ließ ihn fallen und schüttelte den Kopf. Dervhas hing schlaff in ihren Händen, und kein Blut spritzte mehr. Dann schrie sie auf und rannte zum Rand des Floßes. Die gemusterte Klinge ihrer Axt hieb nach unten. Elof spürte die Wucht des Aufpralls auf dem durchnäßten Holz, und er sah ein abscheuliches Ding, das wie ein Fisch auf dem Trockenen hüpfte und in einem Sprühregen einer schwarzen Flüssigkeit über das Holz zappelte. Es hätte sich um einen breiten Tangwedel handeln können, nur daß dicke, wulstige Finger mit bräunlichen Schwimmhäuten in die Luft grapschten, jeder mit einer kurzen Kralle versehen; das gefleckte Fell bestand aus glattem Pelz.

Er konnte einen kurzen Blick darauf erhaschen. Dann hob sich das ganze Floß, wie auf einer unsichtbaren Welle, deren Kamm es nicht überwinden konnte. Es neigte sich noch steiler zur Seite. »Sie wollen, daß wir abrutschen!« brüllte Bure.

»Und vom Floß zerschmettert werden!« ergänzte Ils. »Springt, solang euch noch ein freier Absprung möglich ist!« Niemand hielt sich damit auf, zu widersprechen. Elof schob sein Schwert in die Scheide, stemmte sich mit den Füßen gegen die schrägen Holzstämme und stieß sich mit aller Kraft ab. Himmel und Ufer wirbelten um ihn herum, und eisige Schwärze schlug ihm ins Gesicht. Direkt hinter ihm klatschte ein gewaltiger Körper wie ein wellenschlagender Wal aufs Wasser, und eine Woge schwappte über ihn; zappelnd tauchte er unter, wobei er mühsam nach Luft schnappte und sich vorstellte, jeden Augenblick die Umklammerung der mit Schwimmhäuten versehenen Klauen zu spüren. Das Gewicht seines Packsackes zog ihn nach unten, doch er dachte keinen Augenblick daran, ihn abzustreifen. Er stieß gegen etwas Festes, Schleimiges, Kaltes und strampelte einen Moment lang voller Angst dagegen, bis er erkannte, daß es der Boden des Sees sein mußte. Er knickte die Beine ein und stieß sich nach oben. Fast sofort war sein Kopf an der Luft, er konnte sich durch Wassertreten oben halten und hustete alles aus, was er geschluckte hatte, um einen schmerzhaften, aber segensreichen Atemzug zu tun. Dann hatte er Zeit, überrascht zu sein; er mußte sich bereits in den Untiefen befinden. Und tatsächlich erhob sich nicht weit von ihm entfernt die dunkle Wand des Ufers. Andere Köpfe außer seinem hüpften im silbernen Wasser auf und ab, allerdings zu weit weg, um Hilfe zu leisten oder um ihnen zur Hilfe zu kommen. Er stieß sich mit den Beinen weiter, um zu ihnen zu gelangen, doch er hatte kaum einen Schwimmzug getan, da brodelte das Wasser vor ihm auf, und eine runde Form brach an die Oberfläche.

Es war ein Auge, ein Auge von der Größe seines ganzen Gesichts, und es starrte ihn an, während es weiter aufstieg. Es war hervorquellend wie das eines Frosches, in einer Höhle oben in einem gewaltigen runden Kopf, und sein Blick war glasig, unpersönlich, vollkommen unmenschlich, und doch deutlich lauernd. Der Kopf war von dem gleichen gefleckten Fell bedeckt, glatt und seehundartig; Wasser spritzte aus der glatten Kuppel, während er sich weiter erhob, und rann in Bächen über Strähnen von Tang, die wie die Karikatur von Girlanden um den Kopf hingen, bis hinunter zu den Winkeln des breiten, lippenlosen Mauls, das zu einem unechten dreisten Lächeln erstarrt war. Es gab kein Kinn, keinen Hals; der Unterkiefer verlief in einer Kurve hinunter zu den massigen Schultern und einem tonnenförmigen Körper.

Verzweifelt tastete Elof nach seinem Schwert, voller Angst, es könnte aus der Scheide gefallen sein, doch seine Hand berührte den kalten Griff. Er war im Begriff, es zu ziehen, doch dann zögerte er; wenn dieses Ding so etwas wie einen Verstand hatte ... Er hielt die Klinge hoch, damit es sie sehen konnte, und schwenkte sie zur Seite. Das Wesen reagierte eindeutig, indem sein Maul zu einem häßlichen Grinsen aufklaffte, das Reihen von langen Zähnen entblößte, und es glitt mit spöttischer Langsamkeit vorwärts. Elof dachte an Dervhas, und er zitterte; die zielstrebige Entschlossenheit in diesen Augen war erschreckender, als es Wut oder Haß hätten sein können. Da wallte in ihm Zorn auf, der kälter war als der See, und er holte zu einem Stoß zwischen die glitzernden Augen aus. Die Klinge traf und schnellte zurück, das Wasser schäumte dunkel. Elof holte tief Luft und machte einen Hechtsprung in die Tiefe; er spürte, wie über ihm ein riesiger Körper an der Stelle wogte, wo er gewesen war. Er schlug danach, doch das Wasser dämpfte seinen Hieb. Der schattenhafte Rumpf neigte sich nach unten; er drehte sich blitzschnell um und stieß das Schwert mit aller Kraft nach oben. Die Klinge traf tief, und ein wildes Zappeln wirbelte ihn im Wasser herum, bis seine Brust sich wie wild hob und senkte und sein Kopf vor Schmerz zu bersten drohte und ihm schwindelig wurde. Schließlich gelang es ihm, die Klinge durch Drehen freizubekommen und wieder an die Luft zu gelangen. Doch noch während er den ersten

Atemzug tat, scharrten seine Knie schmerzhaft über Kies, und das Schwert klirrte gegen Gestein. Er erhob sich, stellte fest, daß er nur knapp brusttief im Wasser stand, und stapfte weiter, wobei er mit unbestimmter Angst nach seinem Packsack tastete. Er war noch da, war noch geschlossen, mehr konnte er nicht erfühlen. Das Wasser troff an ihm herunter und ließ seinen Körper als totes Gewicht, seine Kleidung mit bleierner Schwere zurück. Als die letzte kleine Welle seine Fußknöchel umspielte, wurde er plötzlich vom Pfeil einer tödlichen Angst durchbohrt, der Angst um Ils, Kermorvan, die anderen. Doch er konnte das Gewicht nicht länger tragen. Er ließ sich da, wo er stand, zu Boden fallen. Er bemühte sich aufzustehen und merkte, daß er in dichtes Gestrüpp über der Uferböschung hinaufblickte. Augen starrten aus diesem heraus und begafften ihn; Augen, die nicht jenen der Seewesen oder irgendeines anderen Geschöpfes glichen, das er jemals gesehen hatte; Augen, wie sie Roc viele, viele Meilen zuvor beschrieben hatte: schmale, schräggestellte, funkelnde gelbe Schlitze, ohne Blinzeln, leidenschaftslos. Er strengte sich an, das Schwert zu heben, das er noch immer umklammert hielt, doch im selben Augenblick, als es über den Kies ratschte, blinzelten die Augen und verschwanden gleich darauf ganz. Er starrte noch einen Moment lang hinauf, dann sackte er auf die Kieselsteine zurück. Dunkelheit hüllte ihn ein.

Kräftige Hände packten ihn, rissen ihn aus dem Schlaf, und voll panischer Angst fuchtelte er wild mit den Armen. »Halt still!« sagte eine energische Stimme in sein Ohr, und zu seiner großen Erleichterung war es die von Ils. Er umarmte sie und drückte sie fest an sich, und er spürte, wie ihre kräftigen Schultern unter seiner Umarmung bebten. Doch sie schnaubte ungeduldig und schob ihn weg. »Da macht der einfach ein kleines Nikkerchen am Strand! Das sieht dir ähnlich, während wir die Umgebung absuchen!«

»Und dich beinahe aufgegeben hätten!« ergänzte Rocs Stimme brummend. »Es macht dir wohl Spaß, anderen das Leben schwerzumachen. Warum hast du dich so weit davongemacht?«

Elof seufzte und setzte sich auf, wobei er mit verschwommenem Blick blinzelte. Die Nacht war vorbei, die graue Morgendämmerung erhellte die Bäume, und er blickte hinaus über die Wasserfläche der Bucht, die so ruhig und schwarz und schwer dalag, daß es sich um einen Teich aus Öl hätte handeln können. Nur eine winzige Erhebung zeigte sich auf der glatten Fläche, wie die Flanke eines langsam atmenden Tieres; nichts deutete darauf hin, was sich hier vor kurzem abgespielt hatte und was in der Tiefe lauerte. Er stellte fest, daß er sich auf der äußersten Spitze der Landzunge befand. »Dann seid ihr gar nicht ... angegriffen worden, keiner von euch?«

Ils ergriff seinen Arm. »Nein. Du? Bist du verletzt?«

»Ich glaube nicht, abgesehen von einigen Prellungen und der Tatsache, daß ich beinahe ertrunken wäre. War ich der einzige? Sind Kermorvan und die anderen in Sicherheit?«

Roc nickte ernst. »Jawohl, er ist an Land und sammelt die anderen ein; wir haben etliche von ihnen gesehen, und vielleicht sind die anderen auch nur Langschläfer wie du. Komm, wenn du dich auf den Beinen halten kannst, wollen wir gehen und nachsehen.«

Elof nickte schweigend, fest entschlossen, seine steifen Glieder mit Willenskraft zu bewegen. Sein erster Versuch aufzustehen endete in einem schmerzhaften Krampf, doch als dieser vergangen war, gelang es ihm, über das steinige Ufer zum breiteren Mittelstreifen des Strandes zu humpeln. Es war eine schwer mitgenommene, niedergeschlagene Gruppe von Gestalten, die sich dort ausgestreckt hatte, doch alle sprangen flink und froh auf, als sie ihn sahen. »Dann sind wir also alle davongekommen?« fragte er eifrig, als sich die Aufregung gelegt hatte. »Das heißt, mit Ausnahme von Dervhas und dem anderen, der hineingefallen ist ...«

»Das war Eysdan«, sagte Kermorvan schroff. Elof war erschüttert, er hatte den Krieger noch nie so verhärmt gesehen, mit schmalen, blutleeren Lippen. »Ich hatte ihn bereits an der Hand, als er von den Baumstämmen zerquetscht wurde; nur einen Augenblick später ...«

Gise schüttelte grimmig den Kopf. »Dich trifft keine Schuld. Du hast getan, was du konntest. Ein Glück, daß du nicht das gleiche Schicksal erlitten hast.«

»Jawohl«, sagte Roc. »Wir anderen haben uns an die Balken geklammert, und irgendwie hat er es geschafft, sie zu einer Sandbank so dicht am Ufer zu bringen, daß wir im Wasser stehen konnten. Anscheinend gefallen diesen Ungeheuern keine Untiefen. Er hat getan, was er konnte, und trotzdem macht er sich Vorwürfe. Als ob es nichts gewesen wäre, unser aller Haut zu retten ...«

»Hat er das getan?« fragte Kasse so höhnisch wie immer, obwohl sein Gesicht grau war, als ob er gegen einen schweren Schock ankämpfte. »Hat er das wirklich getan? Alle?«

»Stehan?« warf Borhi fragend ein. »Wo ist er abgeblieben? Wir haben Stehan vergessen!« Gleichzeitig wandten sich alle Köpfe der kleinen Bucht zu, um die Wasserfläche und den Uferstreifen nach der geringsten Spur einer weiteren menschlichen Gestalt abzusuchen. Borhi legte die Hände gewölbt aneinander, um zu rufen, doch Kermorvan legte den Kopf in den Nacken und blickte zu der aufragenden Palisade von Bäumen über ihnen hinauf.

»Warte! Ich habe euch das bis jetzt noch nicht berichtet, aber es ist an der Zeit, daß ihr es erfahrt. Wir sind von Beobachtern verfolgt worden, und wahrscheinlich sind wir ihnen durch das Überqueren des Sees entkommen. Wir sollten jetzt nicht erneut ihre Aufmerksamkeit auf uns lenken.« Und in kurzen Zügen erzählte er ihnen, was er über die Kinder Tapiaus wußte. »Wir müssen natürlich suchen«, schloß er, »aber in aller Eile. Und vor allem leise.«

Wie morgendliche Schatten huschten sie am Ufer entlang und suchten sogar jenseits der Bucht nach einer Spur ihres Kameraden. Einmal entdeckte Elof etwas, weit draußen im Wasser, doch es war lediglich das zweite Floß, gekentert, aber ansonsten unversehrt, auf einer Sandbank aufgelaufen. Seine nassen Holzstämme glänzten ebenso leer wie das Wasser ringsum, das leise in den Kieseln unter den Füßen der Suchenden plätscherte. Sie erspähten keine Spur des verlorenen Korsaren. Schließlich sah sich Kermorvan gezwungen, den Abbruch der erfolglosen Suche zu befehlen.

»Na klar, warum nicht?« raunte Kasse Arvhes zu. »Es ist ja nur ein weiterer armer Südländer! Fünf haben bereits dran glauben müssen, nur noch du, ich und Borhi sind übrig. Es ist ja wohl eindeutig, wem dieser kleine Ausflug die meisten Opfer abfordert …«

Fast im selben Augenblick landete er ausgestreckt auf den Steinen und hielt sich die Hand vor den Mund. Gise stand über ihm, die große Hand zur Faust geballt, das Gesicht dunkelrot vor Zorn. »Und was ist mit Eysdan?« fragte der Waldmann, außer sich vor Wut. »Und mit dem Jungen, Holvar? Aber ich bin gern bereit, die Opfer noch um einen weiteren Südländer zu vermehren. Du brauchst es nur zu sagen, Kasse.«

Kasse rappelte sich mit verzerrtem Gesicht auf und packte sich einen spitzen Stein, doch Borhi riß ihn ihm so heftig aus der Hand, daß er wieder zu Boden ging.

»Schluß damit!« brüllte Kermorvan und zog Gise zurück. »Kasse, du hast dir das selbst zuzuschreiben!«

»Jawohl«, sagte Borhi; er beachtete weder Kasses giftigen Blick, noch machte er Anstalten, diesem auf die Beine zu helfen. »Spar dir deine Galle für jene Art von Wesen, die das Töten besorgt haben, ja? Mordlüsterne Scheusale, die ohne Grund angreifen!«

Elof schüttelte betrübt den Kopf. »So ist es nicht, Borhi. Es war ihr Damm, den wir zerstört haben, ihre Fischfalle, den Netzen nach zu urteilen. Es muß sie viel Mühe gekostet haben, ihn zu errichten, denn da sie nicht an Land kommen können, müssen sie ausschließlich mit Treibholz arbeiten. Vielleicht glaubten sie, wir wollten sie angreifen. Und was das Töten angeht, so hat Ils einen von ihnen verstümmelt, und ich habe einen zweiten verwundet oder umgebracht. Wir konnten nicht mit ihnen sprechen, leider.«

Schweigen senkte sich herab, und viele blickten erneut auf den See hinaus. Sein Aussehen verwandelte sich von Öl zu Stahl, als sich wärmeres Licht am Himmel hinter den bewaldeten Hügeln ausbreitete, und von Stahl zu Gold, als die Sonne vollends aufging. Sanfte Nebelschwaden schwebten über dem Wasser, als ob sie mit den Wolkenspiegelungen ein neckisches Spiel treiben wollten. Kleine Vögel regten sich in den Büschen ringsum und zwitscherten, und die Schrecknisse der Nacht lasteten nicht mehr so schwer auf ihnen. Doch Kasse saß abseits von den anderen auf einem Stein und spuckte Blut durch geschwollene Lippen. »Also, was nun?« fragte Ils, die nicht viel für Sonnenaufgänge übrig hatte.

Kermorvan gebot ihr mit einer eindringlichen Handbewegung zu schweigen, und deutete zum Wald. Da hörte Elof es, ein fernes Echo, das über den See herübertönte, das Trappeln vieler Hufe, schnaubendes Atmen, das Knacken von Zweigen, wie wenn schwere Körper durch das Gebüsch stapften. »Irgendein Rudel«, sagte er, und seine Stimme hatte wieder ihren alten Klang. »Nichts beunruhigt sie, wir sind also fürs erste unseren Beobachtern entkommen. Doch wenn wir uns unsere Freiheit erhalten wollen, dürfen wir nicht länger hier verweilen, und wir müssen jagen, um am Leben zu bleiben. Also ...« Er zuckte mit den Schultern. »Ils, du fragst: was nun? Wir setzen unseren Weg eilends fort. Was bleibt uns anderes übrig?«

Es ist überliefert, daß die Reisegruppe, als die aufsteigende Sonne den Dunst mit einem blassen Gold färbte, sich schließlich unter das Dach des Großen Waldes, Tapiau'la-an-Aithen, begab. Und nachdem der Fluß sie fast vierhundert Meilen weit über seine westliche Grenze hinaus befördert hatte, betraten sie sofort das eigentliche Herzland dieses Gebietes. Für Elof, der erschöpft und bekümmert war, gestaltete sich dies als seltsamere Erfahrung, als er erwartet hatte; er hatte das Gefühl, eine riesige Anbetungs- oder Ehrenhalle betreten zu haben, ein gewaltiges Grabmal oder Mausoleum, wie er sie in Kerbryhaine gesehen hatte, doch unendlichmal größer, unendlichmal mehr vom Hauch der Vergangenheit durchweht. Die hoch aufragenden Bäume stützten ein ungeheures Gewölbe aus verflochtenen Ästen, ein Dach, dessen Grün- und Gelbtöne weitaus heller leuchteten als verkupferte Kuppeln und vergoldete Fliesen. Selbst die Sonne mußte sich ihm beugen und sandte schmale Strahlen herab, um kleine Flecken des Waldbodens aus seiner ehrfurchtgebietenden Düsternis herauszuheben oder die Baumstämme mit ihrer vielfältigen Maserung mit glitzerenden Grüntönen zu sprenkeln. Sie rief ein regenbogenfarbiges Schillern hervor, wie die Schatten von buntem Glas, erzeugt durch die Wassertröpfchen, die auf jedem Blatt und jedem Fleckchen Moos, in jeder Furche der Baumstämme glitzerten und die schwer in der reglosen Luft hingen. Denn dies war ein Ort des Wassers, ein Regenwald, immer voll der Erinnerung an den letzten Guß oder in Vorfreude auf den nächsten.

Jetzt, da Elof an Land war, bemerkte er, wie wenig sich sowohl die kleineren als auch die größeren Bäume verändert hatten; zwischen den vertrauteren Hartriegeln, Lärchen, hohen Holunderbüschen und Schwarzkirschbäumen fand er schlanke Zitterespen, Färberbäume, ausladende Maulbeerbäume, an denen bereits schwer die unreifen Früchte hingen, und hundert andere Sorten, deren Namen er nicht kannte. Trauerweiden und Erlen neigten sich über die kleinen Flüsse, an denen sie vorüberkamen, und dazwischen ragten Krapp-Pflanzen und Rotweiden auf, die in seiner Heimat Büsche waren, hier jedoch ausgewachsene Bäume. Und tatsächlich, Bäume und Büsche, sowohl die immergrünen als auch die sich je nach Jahreszeit verändernden, selbst die Schlinggewächse, die sich wie eine Art Takelage an hohen Masten um sie wickelten, waren alle von größerem Wuchs und üppiger, als er sie jemals gesehen hatte, so daß er das Gefühl hatte, er und seine Kameraden wären geschrumpft und ähnelten den kleinen Tieren, die sich während ihres kurzen Lebens zwischen den Wurzeln tummelten. Und es waren nicht nur die eindrucksvollen Bäume, die die Menschen zwergenhaft erscheinen ließen, sondern etwas noch Größeres, das dieser Ort in sich barg, jener Hauch der Vergangenheit, den er vom ersten Augenblick an gespürt hatte.

»Ich werde das Gefühl nicht los, daß irgend jemand in unserer Nähe ist«, murmelte Roc, der neben Elof marschierte. »Nicht, um uns zu belauern, vielmehr ... es ist schwer in Worte zu fassen. Als ob jemand im Nebenzimmer wäre, oder hinter der nächsten Ecke, und es ist einem ständig bewußt. Jemand ... Wichtiges.«

Elof nickte. »Ich habe das gleiche Gefühl. Aber noch ausgeprägter. Als ob ich heimlich an jemandes Tür oder hinter seinem Rücken vorbeiginge. Ein bißchen aufgeregt, ein bißchen ängstlich, wie einst, als ich ein kleines Kind war und versuchte, meinem Herrn oder meiner Herrin aus dem Weg zu gehen ...« Er schüttelte den Kopf, verwirrt und erschreckt. In Vaydes Turm, in jener ersten dunklen Nacht, hatte er etwas Ähnliches gespürt, aber weiter entfernt, eine gewaltige Leere, erzeugt von uralten Ängsten. Hier war es anders; die Erregung, die es auslöste, der Nervenkitzel, war so stark, daß er die Erinnerung an die Berührung mit dem Eis wachrief, die ihm Todesqualen bereitet, bei Kermorvan hingegen lediglich ein Gefühl der Kälte und des Unbehagens hervorgerufen hatte. Hier empfanden Roc und die anderen auch nichts anderes, und Unbehagen war eine nur allzu natürliche Regung. »Nun«, seufzte Elof. »Im Augenblick haben wir schwerwiegendere Probleme. Doch wenn du irgendwann das Gefühl hast, daß wir kurz davor sind, um diese Ecke zu biegen ...«

»Oder daß jemand im Begriff ist, sich umzudrehen«, bestätigte Roc, »dann lasse ich es dich wissen. Und du mich. Wenn der Fluß schon so schlimm war, dann müssen wir hier wohl mit so ziemlich allem rechnen, schätze ich.«

Doch an jenem ersten Tag, während dessen die Wanderer auf der Suche nach der Fährte des Tierrudels durch den Wald zogen, sahen sie nichts außer den kleinen Lebewesen, die in jedem gewöhnlichen Wald hausten, wenn auch selbst diese Geschöpfe größer und schlauer waren als alle, die sie jemals gesehen hatten. Sogar die Eichelhäher, die zwitschernd und schimpfend herumschwirrten, waren größer und schossen wie bunte Pfeile zwischen dem dichten Laub hindurch.

»Wie können sie in dieser Luft nur so schnell fliegen?« japste Tenvar und strich sich das strähnige Haar aus dem Gesicht. Seine Kleidung hatte sich, wie die aller anderen, beharrlich geweigert, vollkommen zu trocknen. »Sie ist wie Suppe.«

Kermorvan lächelte, obwohl auch seine Haare schlaff und feucht herabhingen. »Wenn sie doch nur auch so nahrhaft wäre! Aber sie ist in anderer Hinsicht reichhaltig; ihre üppigen Gerüche sind selbst für schwache menschliche Nasen wahrnehmbar. Ich bin sicher, wir folgen der Fährte irgendwelcher großen Tiere, groß genug, um uns für eine geraume Zeit als Nahrung zu dienen. Scheue also nicht die Anstrengung, Tenvar. Und möge ein voller Bauch der geringste Lohn für dich sein.«

Doch obwohl die anderen Jäger Kermorvans Ansicht teilten, hatten sie noch immer keine Spur ausgemacht, als sich das Tageslicht allmählich neigte. Es blieb ihnen nichts anderes übrig, als ein Nachtlager aufzuschlagen und die Morgendämmerung abzuwarten. Kasse, der überaus geschickt im Umgang mit Fallen war, fing zwei Kaninchen für sie, und deren Fleisch, ergänzt durch Wurzeln und Kräuter, die Elof gesammelt hatte, der sich damit aus seiner Zeit in den Marschen bestens auskannte, war die Nahrung, die ihnen für diesen Tag ausreichen mußte. Sie fanden eine kleine Mulde, wenig mehr als ein Fleckchen Erde zwischen großen Baumwurzeln, das etwas trockener war als der Rest, und dort errichtete Kermorvan eine Feuerstelle, die er mit Blättern überdeckte, um den Rauch niederzuhalten. Doch obwohl sie ein ordentliches Feuer zustande brachten und die Kaninchen ungewöhnlich groß waren, ergaben sie nur ein karges Mal für zehn müde Wanderer.

»Ich hätte wetten können, daß ich gesehen habe, wie du drei Tiere an dich genommen hast, Jäger!« bemerkte Borhi, während er vergnügt die letzten Fleischfasern von einem Knochen nagte. »Könnte es sein, daß du eins für dich selbst beiseite geschafft hast?«

Kasse kräuselte die Lippen. »Zwei habe ich gefangen, zwei haben wir gegessen. Wenn du mehr willst, geh und besorg dir selbst welche. Ich erlaube es dir.«

»Haltet den Mund, ihr beide!« fauchte Arvhes, normalerweise die Geduld in Person. »Spart eure Energie für die Jagd auf, dann werdet ihr um so eher in der Lage sein, eure Mäuler zu stopfen. Was mich betrifft, mein Rücken schmerzt, meine Beine sind wie Blei, mein Herz ist schwer, und ich bin sicher, daß ich mir in diesen nassen Kleidern den Schüttelfrost geholt habe. Ich sehne mich nach nichts anderem als nach Schlaf.«

»Das trifft für uns alle zu«, bestätigte Kermorvan müde. »Dies ist der trockenste Platz, den wir finden konnten, und ich denke, wir sind hier sicher. Ruht euch aus, solange ihr die Gelegenheit habt. Ich übernehme die erste Wache.«

Elof rollte sich in seinen Umhang, so klamm wie dieser war, und bettete nasses Haar auf einen feuchten Arm; er war so erschöpft, daß er trotz der Kälte fast sofort einschlief. Doch es war ein unruhiger Schlaf, seltsame Träume plagten ihn, Träume von einem einsamen Rotholzbaum inmitten einer Blumenwiese, und von einer kräftigen, dröhnenden Stimme, die aus weiter Ferne rief. Und Augen bewegten sich in seinen Träumen, Augen mit einem schlangenhaften Glitzern, fahle, starrende Augen, schmal, schrägstehend, gelb ... Er wachte auf, in der Dunkelheit heftig zitternd, und sah sich nach Trost suchend um, wie ein Träumer, der die Augen von einem inneren Aufruhr abwendet. Wenigstens hatten sie einen Wachtposten aufgestellt ... aber wo war er? Niemand saß aufrecht. Kermorvan lag nicht weit von ihm entfernt zusammengerollt da, seine hageren Gesichtszüge waren im schwachen Licht der Sterne, das durch das Laubdach fiel, soeben zu erkennen. Wütend streckte Elof den Arm zu ihm aus und rüttelte ihn. »Du bist vielleicht eine ausgezeichnete Wache!« zischte er ihn an und zuckte zurück, als sich Kermorvan wie eine Schlange entrollte. Innerhalb eines Wimpernschlags kauerte er neben Elof und spähte um sich.

»Aber ich bin nicht mehr der Wachtposten!« murmelte er. »Es ist nach Mitternacht, und ich habe Kasse gebeten, mich abzulösen. Ich frage mich, wo er sein mag.«

Ein Zweig raschelte, Füße scharrten über den Boden; sie beide sprangen auf. Ein stämmiger Schatten kam hinter einem Baum hervor. Kermorvan seufzte und schob die halbgezogene Klinge wieder in die Scheide zurück. »Wo warst du?« verlangte er in wütendem Flüsterton zu wissen.

»Was glaubst du wohl?« grunzte Kasse unwirsch und ließ sich nieder, um seine Wache wieder aufzunehmen. Die anderen tauschten Blicke und zuckten mit den Schultern.

Elof war gerade im Begriff, sich wieder in seinen Umhang zu kuscheln, als er sah, wie Kermorvan blitzartig herumschnellte und Kasse am Vorderteil seiner schweren Jacke hochzog. »Du! Wo warst du wirklich, während du Wache hattest?« zischte Kermorvan ihn an. Der Zorn in seiner Stimme ließ Elof erstarren. »Und was ist mit Borhi geschehen, solange du weg warst?«

Elof ließ den Blick über den Kreis der Schlafenden schweifen, und mit plötzlich erwachter tiefer Besorgnis bemerkte er den leeren Platz. »Wie soll ich das wissen?« ächzte Kasse, dessen Füße durch Kermorvans Griff beinahe vom Boden abgehoben wurden. Er warf die Arme protestierend nach hinten. »Ich kann doch nichts dafür, wenn er herumstreunt ...« Elof sah einen schwachen Schimmer, warf sich auf allen vieren nach vorn und packte die Hand, die auf Kermorvans Seite zuschoß. Selbst die drahtige Kraft eines Jägers konnte es mit dem Griff eines Schmiedes nicht aufnehmen. Elof fing auf, was dem anderen aus der Hand fiel, und hielt das Messer hoch, damit Kermorvan es sehen konnte.

Der Krieger nickte; sein Gesicht nahm einen Ausdruck an, den Elof kannte — fern und hart, wie aus Stein gemeißelt. »Du wirst mich zu Borhi bringen«, sagte er sehr leise, und Kasse zappelte wild in seinem Griff.

»Ich weiß nicht ...«, japste er und hielt gleich wieder inne, denn Elof packte ihn am Haar und drehte seinen Kopf herum.

»Warum dann die Klinge? Ich rate dir, Jäger, antworte! Lord Kermorvan ist großmütig und gerecht, er würde dich nicht mit deiner eigenen Verräterwaffe in Streifen schneiden, aber ich bin nicht von hoher Geburt, und für mich kann ich in dieser Hinsicht nicht die Hand ins Feuer legen!« Er hielt Kasse das Messer vor die Augen. »Sprich! Wo ist Borhi! Lebt er, oder ist er tot?«

»Er lebt!« würgte Kasse halb erstickt hervor. »Aber in Gefahr ...«

Kermorvan stieß ihn mit Wucht gegen den Baumstamm zurück. »Um so mehr ein Grund, daß du uns schleunigst zu ihm bringst.« Er zückte sein Schwert. »Gehorche!«

Die Auseinandersetzung, obwohl sie flüsternd geführt worden war, hatte inzwischen den Rest der Gruppe geweckt. Elof bat sie zu bleiben, wo sie waren, und Wache zu halten, und als Nachgedanken fügte er hinzu, sie sollten neue Scheite auf die Feuerstelle legen und Fackeln vorbereiten. »Ein guter Gedanke!« flüsterte Kermorvan, während sie mit Kasse, den sie vor sich herschoben, in die Dunkelheit des Waldes marschierten. »Obwohl ich dieses Risiko nur eingehen würde, wenn uns die Gefahr bereits unmittelbar droht. Wie weit ist es, Kasse?«

Er führte sie keine fünfhundert Schritt weit, obwohl er mehrmals vorgab, sich verlaufen zu haben. Doch die Spitze in seinem Rücken war ein wirkungsvoller Antrieb, und schließlich, als sie hinter den Stamm einer riesigen, vom Sturm zerzausten Eiche kamen, fanden sie Borhi. Doch bei seinem Anblick erstarrten sie für einen kurzen Moment.

Er stand an dem Stamm, oder vielmehr, er hing, denn seine Arme waren um den Stamm geschlungen, und sein Kinn, das von zwei überkreuzten Stöcken hochgedrückt wurde, bohrte sich in die Rinde. Ein Rinnsal einer dunklen Flüssigkeit glitzerte auf seinem Kopf, und es war kein helleres Licht als das der Sterne nötig, um sie als Blut zu erkennen; der Geruch genügte. Elof fürchtete, er sei bereits tot, doch plötzlich zuckte er in seinen Seilen und zappelte und wimmerte. Es war nicht sein Blut; hinter ihm hing an der breit gefurchten Rinde des Baumstammes der böse zugerichtete Kadaver eines Kaninchens, angenagelt wie … Elof biß sich auf die Lippe. Wie eine dargebotene Opfergabe; und was war Borhi dann?

Er zog Gorthawer, zögerte dann verunsichert, als Kasse einen Schrei ausstieß. »Nein! Laß ihn! Du mußt ihn seinem Schicksal überlassen; es ist gefährlich, tödlich, du verstehst das nicht! Eine tödliche Gefahr! Laß ihn, er muß es ertragen. Ich kann es nicht aufhalten ...« Elof wandte sich voller Verachtung ab. Die schwarze Klinge zuckte vor, einmal, zweimal, dann sackte Borhi mit einem Stöhnen der Erleichterung nach vorn.

Entsetzen umklammerte Elofs Herz. *»Kerys!«* brachte Kermorvan mühsam heraus; seine sonst so klare Stimme klang heiser und hohl. Das Geheul, das wie eine Kaskade durch die Luft herabstürzte, zerschmetterte ihre Gedanken wie ein Stein eine Glasscheibe. Es war so kraftvoll, daß es in ihnen beiden dasselbe Bild hervorrief, den plötzlichen Anblick eines langen, gierig klaffenden Maules, dem Mond zugewandt. Rasender Hunger, eine satanische Drohung schwang in diesem wehklagenden Schrei mit; es war weder die Stimme eines Menschen noch die eines Tieres, das sie kannten, und sie war nicht weit entfernt. Kasse kreischte jetzt so schrill, daß er damit den ganzen Wald aufwecken mußte. »Begreift ihr denn nicht? Begreift ihr denn nicht? Einer mußte es sein. Sie mußten einen bekommen! *Ich kann es nicht rückgängig machen!*« Kermorvan schlang einen kräftigen Arm um den Hals des Jägers und brachte ihn zum Verstummen, während Elof Borhi auf die Beine half.

»Kann er gehen?« erkundigte sich Kermorvan schroff, während er Kasses Kiefer fest zudrückte. »Dann laß uns zum Lager zurückkehren! Halt den Mund, du Narr!« zischte er, als Kasse wimmerte und zappelte. »Wenn du irgendwo in Sicherheit bist, dann bei uns!«

Sie wandten sich um und hasteten zu der Mulde, wobei Kasse als schlaffes Bündel von Kermorvan hinterhergezerrt wurde. Borhi, der einen Arm um Elofs Schulter gelegt hatte, zog sich das Stück Leder aus dem Mund, mit dem er geknebelt gewesen war, und eine Flut von gestammelten Worten ergoß sich daraus. »Das Schwein ... sagte ... wollte mir zeigen ... was er mit dem ... anderen Kaninchen ... gemacht hat ... für einen guten Zweck … höchste Jagdkunst … hat mich gefesselt … angebunden … Ach, Saithana, steh uns bei, *was ist das?*«

Das Heulen erklang wieder zwischen den Bäumen, diesmal noch näher, und noch einmal von der Seite her. »Die Jagdgeister!« schrie Kasse und wurde plötzlich zu einem wilden Gezappel von Gliedmaßen. Kermorvan stolperte, sein Griff lockerte sich, und Kasse entwand sich und sprang wie ein vor Angst wahnsinniges Tier über Wurzeln und durchs Gebüsch.

»Laß ihn laufen!« keuchte Elof. »Hilf Borhi!« Gemeinsam hoben sie ihn hoch, rannten zu der Mulde und taumelten ächzend in die Arme ihrer Freunde.

Mit einem Heulen wie eine Sturmbö krachte hinter ihnen etwas durch das Unterholz, etwas Großes, gefolgt von einem weiteren ähnlichen Wesen, mit einer Gangart, die sich nach Sprüngen anhörte, wie die eines Hundes oder Wolfes, jedoch weiter, größer. Und alle, die es hörten, hatten den Eindruck, daß sie nicht auf vier Beinen liefen, sondern auf zweien. Sie hasteten vorbei, während das schreckliche Heulen weiterhin die Herzen der Wanderer durchbohrte, und dann schien es, als ob sich der letzte von ihnen abgewandt hätte und mit tapsenden, langsameren Schritten in ihre Richtung käme.

»Das Feuer!« stieß Kermorvan hervor. »Entzündet alle Fackeln! Bleibt im Schein des Feuers!« Dann erschütterte ein weiteres entsetzliches Heulen in der Dunkelheit dahinter die Wanderer, die sich fürchteten wie Kaninchen vor einem Wiesel. Jemand stieß die Blätter beiseite, von der Feuerstelle stoben gelbe Flammen empor, als die Fackeln hineingestoßen wurden, und der helle Schein vertrieb die Dunkelheit aus der Mulde. An ihren Rändern strahlten Streifen eines anderen Lichts auf, und Roc und Elof sahen mit Schaudern erneut die blassen Strahlen phosphoreszierenden Lichts im Unterholz, die sie zuvor schon hatten erstarren lassen. Doch jetzt schwebten sie über Mannshöhe, und sie waren nicht allein; weitere Augenpaare erschienen und bewegten sich in diese und in jene Richtung, begleitet vom Tapsen leiser Füße, wie unheimliche Tiere in einem Käfig. Ils hielt sich dicht an Elof, und er hörte, wie ihr Atem stoßweise ging. Sie ergriff seine freie Hand, und er drückte fest die ihre. Trotzig streckte Kermorvan sein Schwert aus. Ein dumpfes Knurren antwortete darauf, und zwar mit einem so bedrohlichen Unterton, daß jeder der Wanderer zusammenzuckte. Doch die Augen kamen nicht näher, sondern bewegten sich ständig vor und zurück, vor und zurück, gerade außerhalb des Lichtkreises. Das ging eine geraume Zeit so, bis Elof glaubte, seine Nerven könnten es nicht mehr ertragen. Es war auch alles andere als beruhigend, Borhis Zähneklappern zu hören. Doch dann hörte der Spuk unvermittelt auf.

In weiter Ferne, jenseits der Stille des Waldes, ertönte ein markerschütternder Schrei, ein menschlicher Schrei, und dann noch einer, lauter noch als das triumphierende Heulen, das sich mit ihm mischte. Die Augenpaare schwenkten gleichzeitig ab, in Richtung Norden. Und der Schrei setzte sich fort, ein panisches, wahnsinniges Kreischen, das zu einem einzigen langgezogenen schrillen Ton anschwoll, um plötzlich zu ersterben. Füße trampelten krachend durchs Gebüsch, eine jähe Windbö ließ Feuer und Fackeln flackern; Schatten huschten heran. Doch Kermorvan schnellte vor, schwang seine Fakkel und schleuderte sie in die Dunkelheit. Sie flog wie ein explodierender Meteor, und in diesem kurzen Lichtstreifen erhaschten sie einen Blick auf einen buckeligen Schatten, größer als ein Mensch, mit gelben, schaumgefleckten Reißzähnen in einer schmalen Schnauze, eine langgestreckte Flanke mit schwarzem Fell, drahtig und gekräuselt. Dann entfernten sich die Sprünge nach Norden und waren schließlich nicht mehr zu hören.

Kermorvan stieß in einem langen, zitternden Atemzug die Luft aus. »Sie hätten einen Menschen mühelos zerquetschen können. Die ganze Zeit über haben sie offenbar mit ihm gespielt.«

»Bis zum Morgengrauen!« ergänzte Ils bebend. »Dank sei allen Mächten, es ist nicht mehr fern.« Auch Elof sah die schwache Verheißung von Licht am Himmel, und auch er atmete etwas erleichtert auf.

»Nun, Borhi«, seufzte er. »Es scheint, er hat teuer bezahlt für die Tortur, die er dir zugedacht hatte.«

Doch Borhi, der an eine Wurzel gekauert dasaß, hörte ihn offenbar kaum; er zitterte und knetete seine Finger. »Eine Opfergabe, hat er gesagt ... sie fordern das, wenn man den Wald betritt ... oder ihn anstelle ... sein Handel mit ihnen ... ihr Preis für eine gute Jagd ... wie das Kaninchen ... eine deutliche Fährte und eine sichere Beute ...« Und sie sahen, daß um seinen Hals zwei der schwarzen Bolzen mit den Stahlspitzen von Kasses Armbrust hingen.

Die schwere Waffe selbst lag am Boden, wo sie sein Besitzer abgelegt hatte. Nach kurzem Zögern nahm Kermorvan sie auf. »Ich frage mich, welche Art von Segen auf diesem Ding lag. Doch wir können nicht leichtfertig auf ein gutes Jagdgerät verzichten. Tenvar, Bure, helft Borhi! Er muß sich während des Marsches erholen, so gut es eben geht. Wir müssen unseren Weg fortsetzen, wenn wir nicht verhungern wollen.«

Sie brachen im heraufziehenden Morgengrauen auf, in einem Wald, der ihnen verändert erschien, nämlich ganz und gar nicht mehr so, als ob er all die Schrecknisse der Dunkelheit in sich bergen könnte. Doch sie hatten sie noch nicht vollends hinter sich gelassen. Gise, der erfahrenste Jäger, der ihnen noch geblieben war, behauptete, eine vielversprechende Witterung in der Luft ausgemacht zu haben, also folgten sie ihr nach Westen. Nach einem Stück Wegs ragte eine hohe Tanne vor ihnen auf, und als Gise und Elof ihren dicken Stamm umrundeten, erblickten sie am Boden noch frische, dicke Flecken verspritzten Blutes. Sie sahen nach oben und sprangen entsetzt zurück. Elof bedeutete mit heftigen Handbewegungen, Borhi fernzuhalten, doch es war zu spät. Auch er hatte es bereits gesehen und stand starrend da, mit einem so staubig grauen Gesicht, daß es der Baumrinde glich. Dort hing, außer Reichweite an den oberen Zweigen, der Leichnam Kasses. Sowohl von seiner Kleidung als auch von seinem Körper waren nur noch Fetzen übrig, wie die jämmerlichen Reste eines Kadavers, an dem sich Aasfresser gütlich getan hatten. Doch ein Arm, von dem noch etwas mehr vorhanden war als vom anderen, lag über einem Ast, steif ausgestreckt in die Richtung eines Pfades, der sich vor ihnen nach Westen auftat und zwischen den Bäumen hindurch hangaufwärts führte.

Kermorvan neigte grimmig den Kopf, und seine graugrünen Augen waren so kalt wie das Meer, dem sie ähnelten. »Es ist also eine Art von Gerechtigkeit erfolgt, möchte man meinen ...«

Elof sah Borhi an und schüttelte den Kopf. »Gerechtigkeit?« entgegnete er. »Man sollte eher sagen, eine Opfergabe wurde angenommen. Auch wenn es nicht die beabsichtigte war.«

Kermorvan sah ihn scharf an. »Vielleicht hast du recht. Wie auch immer, wir können nichts mehr für ihn tun, ihn nicht einmal begraben. Und dieser Pfad führt nach Osten, was ohnehin unsere Richtung ist. Laßt uns also schleunigst unseren Weg fortsetzen.«

»Jawohl«, sagte Borhi leise. »Das ist das beste.« Und von diesem Augenblick an kehrten offensichtlich seine Lebensgeister zurück, wenn auch seine frühere gute Laune sich niemals mehr einstellen sollte.

Ihr karges Mahl am Abend zuvor hatte ihren Hunger nur noch verstärkt, und trotz ihrer Verletzungen und Schmerzen und der ständigen Feuchtigkeit ihrer Kleidung marschierten sie schnell und zielstrebig auf dem düsteren Pfad dahin. Es war eine sonderbare Jagd, denn sie folgten keiner Fährte, sondern lediglich jenem makabren Hinweis, und Gises Witterung bestärkte sie einigermaßen in ihrem Unterfangen. Nach kurzer Zeit roch auch Kermorvan etwas, und er blähte die Nasenflügel. »Man kann es nicht direkt Gestank nennen, aber immerhin ist es ein sehr kräftiger Geruch. Ich vermute, wir folgen einer Herde, doch woraus sie besteht, ist eine andere Frage. Vielleicht kann Gise ...« Er hielt inne. Gise, der vor ihm auf dem Pfad dahinmarschiert war, hatte sich schnell hinter den Stamm einer stämmigen Roteiche geduckt. Jetzt bedeutete er den anderen mit aufgeregten Gesten, zu ihm zu kommen und sich dabei ebenfalls zu ducken. Wie auf Katzenpfoten schlichen sie voran und bewegten sich äußerst behutsam, um jedes Rascheln oder Knacken zu vermeiden; sie bemühten sich sogar um lautloses Atmen. Jetzt stieg jedem von ihnen der moschusartige, erdige Geruch der geheimnisvollen Herde in die Nase, und keiner wagte es, die Geschöpfe als erster aufzuschrecken. Die Brise hatte aufgefrischt, als ob der Baumbewuchs dünner geworden wäre; seltsame Geräusche wurden von ihr herangetragen — das Trampeln schwerer Hufe auf der Erde, das Knirschen und Klatschen von Zweigen, und darunter hin und wieder ein leises brummendes Schnauben, so tief, daß es von den Steinen unter ihren Füßen hätten kommen können. Sehr vorsichtig spähten sie durch das Laub. Doch es war ein Glück, daß ihnen der Wind ins Gesicht wehte, denn trotz ihrer Vorsicht konnten sie bei dem sich bietenden Anblick ein Japsen kaum unterdrücken.

»Was für Wesen sind das denn?« flüsterte Arvhes voller Angst, doch beinahe zu laut.

»Hirsche!« fauchte Ils ihn stimmlos an, während sie nach ihrer Axt griff. »Wenn du sie verscheuchst, dann schlachte ich dich statt dessen ab!«

»Aber solche Hirsche habe ich noch nie gesehen!« hauchte Elof, und Kermorvan nickte bestätigend, wobei seine Augen vor Erstaunen glitzerten. So weit oben am Hang schienen die Bäume tatsächlich weniger dicht zu stehen. Der Sommermorgen sandte einen reißenden Strom von Licht zwischen die Baumstämme, und er ergoß sich dunstig und golden auf eine Menge hoher Geweihe. Dort tummelte sich inmitten eines Schwarms tanzender Fliegen das Rudel, das sie gesucht hatten, und es war ein riesiges Rudel.

In der Form unterschieden sie sich nicht wesentlich von dem Rotwild der westlichen Gebiete, doch wie alles im Aithen waren sie von gewaltiger Größe. Die Körper hatten den kräftigen Rumpf und die Erhabenheit der großen Stiere, die Elof einst gehütet hatte, doch sie waren bei weitem höher gewachsen, ihre Schultern waren höher, als ein großer Mann hätte reichen können. Diese Schultern und der Hals, der darauf saß, waren breiter und kräftiger als bei einem Bullen, und es war kein Wunder, daß derart gewaltige Geweihe solche langen Köpfe krönten. Sie ragten nicht in schmalen Verästelungen auf, wie bei kleinerem Wild, sondern beschrieben nach beiden Seiten weite Bogen aus breitem, flachem Horn und verzweigten sich an jedem Ende wie eine phantastische, vielfingrige, nach oben gebogene Hand. Ihr Fell war fleckiger und heller als bei dem Wild im Westen, von einer staubig-gescheckten Tarnfarbe, die zwischen dichterem Bewuchs kaum auszumachen war. Das Rudel bestand aus vielleicht vierzig oder fünfzig dieser Riesen, hauptsächlich Hirschkühen, die in kleinen Gruppen ästen. Viele hatten Kitze bei sich, mit dürren Beinen und hellen Flecken. Die riesigen Bullen grasten am äußeren Rand des Rudels und machten sich an den härteren Pflanzen zu schaffen; einer zupfte ganz in ihrer Nähe an einem Busch, und Elofs Mund wurde trocken vor Angst. Diese königlichen Geweihe erschienen ihm wirklich wie Kronen, denn sie maßen beinahe soviel wie seine Körpergröße.

»Jetzt habe ich dieses Gefühl schon wieder«, murrte Roc leise, während sie sich vorsichtig in ein Versteck zurückzogen. »Als ob ich es wäre, der geschrumpft ist ...«

Gise nickte schweigend und prüfte seinen Bogen, um sich zu vergewissern, daß die Spannung der Sehne in der feuchten Luft nicht nachgelassen hatte.

»Wie können wir es wagen, solche Ungeheuer anzugreifen?« murmelte Arvhes und schluckte mühsam. »Ein Tritt eines solchen Hufs kann einen Mann zerschmettern, ein Stoß mit einem solchen Geweih ...«

»Und doch bleibt uns nichts anderes übrig«, flüsterte Kermorvan mit ausdrucksloser Miene, während er die dicke Sehne der Armbrust spannte und den Abzughebel umlegte; sein Gesicht war so erbarmungslos wie der Hunger und die Sorge in seinem Innern. »Dort draußen gibt es noch mehr zu sehen als die Hirsche. Schau mal nach oben, über die Baumwipfel hinaus.«

Elof folgte seinem Blick und erstarrte vor Staunen. Die Zweige hoben sich gegen das klare Blau des Himmels ab, doch darüber ragte etwas Riesiges auf, weiß leuchtend wie ein massiv gewordenes Wolkenschloß. Mit sinkendem Mut wurde ihm klar, daß ihr Weg nach Osten sie an einen Gebirgszug geführt hatte, mit hohen, zerklüfteten Gipfeln, die selbst unter der strahlenden Sonne mit Schnee bedeckt waren. Sie erhoben sich so jäh und so nah, als ob sie gerade erst als neues heimtükkisches Hindernis aus dem Boden gesprossen wären. In diesem Augenblick sah Elof zum ersten Mal den Meneth Aithen, das Wald-Gebirge, Rückgrat dieses gewaltigen Reiches und Hüter seiner bestbewahrten Geheimnisse.

»Wir hätten diese Berge schon von viel weiter unten am Fluß gesehen, wenn wir nicht die Bäume über uns gehabt hätten«, zischte Kermorvan. »Sie erstrecken sich nach Norden und Süden, soweit das Auge reicht. Es gibt keine Möglichkeit, sie zu umgehen, davon bin ich überzeugt. Wir müssen einen Paß finden und sie überqueren.« Er blickte sie alle nacheinander an. »Ihr habt also wohl verstanden! Dort oben wird es sehr wenig Wild geben, wenn überhaupt. Wir müssen jetzt soviel

Nahrung wie möglich auftreiben und haltbar zubereiten. Dieser Hirsch, der am nächsten steht …« Er sprach nicht weiter, sondern bestückte die Armbrust rasch mit einem Bolzen. Gise legte einen Pfeil an den Bogen, und gemeinsam schlichen sie lautlos zur letzten Reihe von Büschen, ohne Hast auf ein Gleichmaß der Schritte bedacht.

Die anderen folgten ihnen zögernd, geduckt auf angespannten Beinen, bereit zum Losrennen. Sie erstarrten, als sie plötzlich ein wütendes Schnauben hörten und sahen, wie ein Geweih durchs Laub stieß. Doch der große Hirsch schlug nur nach einer lästigen Fliege, und das Geweih senkte sich wieder, als er sich erneut dem Knabbern am Gebüsch zuwandte. Elof hatte das Gefühl, sein Herz müsse in der Brust absacken, als Kermorvan sich auf ein Knie erhob und sorgfältig zielte; der Bolzen wirkte winzig klein, wie der Stachel einer Mükke, im Gegensatz zu diesem Muskelberg. Genauso hätte er das riesige Mammut angreifen können, dem sie im Aithennec begegnet waren. Doch als Kermorvans Finger sich um den Abzug bog, ertönte ein schriller Schrei, und aus den Büschen hinter ihnen zischte ein geflügelter Blitz nach oben, begleitet von ohrenbetäubendem Gezeter. Das Geweih zuckte nach oben, das hängende Maul wurde in einer Wolke dampfenden Atems zurückgeworfen, die riesigen Nüstern blähten sich, und der Hirsch stieß ein lautes Blöken aus, das gleichzeitig Warnung und Herausforderung bedeutete. Die anderen Hirsche trompeteten als Echo, die Hirschkühe starrten mit zuckenden Ohren und trieben die Kitze zusammen, und diese hüpften und stolperten über zu lange Beine. Gise und Kermorvan sprangen auf, um zu schießen, doch es war zu spät. Wie auf einen Schlag raste das Rudel in einem dichten Pulk über die Lichtung, Hufe wühlten die feuchte Erde auf.

Elof sah sich um, um herauszufinden, wer den Vogel aufgeschreckt hatte, und er entdeckte die wahre Ursache. Er hatte kaum Zeit, einen Warnruf auszustoßen und zur Seite zu hechten, damit die anderen es ihm gleichtaten. Ein tiefes hustendes Röcheln ertönte; Borhi versuchte aufzuspringen, doch Elof und Tenvar hielten ihn fest. Kermorvan packte Gises Arm, und sie stürzten sich kopfüber ins Gebüsch, gerade noch rechtzeitig. Dann brachen drei gescheckte Tiere, so groß wie Ponys, jedoch stämmiger, durchs Gebüsch, wobei sie schwerfällig mit den dicken Beinen stampften. Sie hielten die flachen Köpfe tief gesenkt, die breiten Kiefer klafften auf, die langen Reißzähne waren wie Morddolche vorgereckt; die breiten Pfoten waren mit Krallen bewehrt. Sie würdigten die Wanderer keines Blickes, sondern sprangen auf die Lichtung, duckten sich und kreisten die Herde ein. Die Hirsche brüllten ohrenbetäubend und schlugen mit Hufen und Geweihen um sich, doch die Angreifer bewegten sich zu schnell; die Hirsche verfielen in Panik, und das Rudel geriet in ein wildes Durcheinander. Ein großer Hirsch, der etwas langsamer als seine Kameraden war, rannte auf der falschen Seite an einem Baum vorbei und wurde von einem Wirbel dreschender Hufe ins Abseits getrieben. Dann schlugen die Mörder zu. Es war ein sauberes, fachmännisches Töten, beinahe elegant, abgesehen von dem tödlichen Ausgang. Ein Dolchzahn stürzte sich auf ein ausschlagendes Hinterbein und brachte den Hirsch zum Stehen; ein zweiter sprang das Maul an und hängte sich an die breite Lippe, um den Kopf nach unten zu zerren und ein tödliches Stoßen des Geweihes zu verhindern. Dann sprang der dritte auf den nach unten geneigten Hals zu, machte in der Luft eine Drehung, um mit den langen Vorderbeinen die Kehle zu umklammern und die Zähne hineinzuschlagen. Die langen Reißer senkten sich tief in die dichte Mähne, stießen in die Schlagader, und die Kiefer schnappten um die Luftröhre zu. Blut spritzte durch das sandfarbene Fell; der Hirsch taumelte und zappelte und stieß ein stöhnendes Schnauben aus, doch die Mörder ließen nicht locker, sondern schlugen mit den Klauen der Hinterpfoten auf Bauch und Flanken des Opfers ein, das sich nun nicht mehr mit dem Geweih verteidigen konnte. Durch das bloße Gewicht, das auf ihm lastete, war er zur Bewegungsunfähigkeit verdammt, während er in dem eisernen Griff erstarrte. Der lange Kopf schlug einmal voller Verzweiflung nach hinten, dann knickten die säulenartigen Beine ein, und das große Geweih sank nach vorn auf die Knie, bevor es mit einem lauten Krachen zur Seite kippte. Die Mörder rollten sich seitlich zwischen die zitternden Beine und stürzten sich auf den Bauch, aus dem die Eingeweide quollen, und zerrten daran mit gedämpftem zufriedenem Grunzen. Das Rudel, das von den Verfolgern befreit war, stob in wildem Durcheinander zu den Bäumen am Rand der Lichtung und jagte davon, und das Dröhnen ihrer stampfenden Hufe hallte noch eine Zeitlang nach.

»Jetzt!« schrie Kermorvan plötzlich und ließ die Armbrust sinken. »Jetzt ist der richtige Zeitpunkt gekommen!« Und während er noch auf die Füße sprang, zog er den Umhang über seinen Arm, so daß er ihn umflatterte, zückte das Schwert und hechtete mit einem großen Satz auf die Lichtung.

»Er ist vollkommen übergeschnappt!« schrie Roc entsetzt.

»Nein!« widersprachen Gise und Elof gleichzeitig, da sie Kermorvans Absicht durchschauten. »Nein! Ihm nach! Und macht so viel Lärm, wie ihr könnt!« Elof rannte los, brach krachend durchs Gebüsch und stieß ein wildes Gebrüll aus, gefolgt von Ils, die gleichermaßen übertrieben brüllte, wie damals, als sie den Niedergang des Schmiedemeisters bejubelt hatte.

In ihrem Kielwasser strömte der Rest der Gruppe ihnen nach, kreischend und brüllend und Waffen schwenkend. Kermorvan befand sich jedoch weit vor ihnen, bereits bei der Mordszene. Die Dolchzähne wandten sich um, die tropfenden Mäuler aufgerissen, und Klauen, so groß wie Kermorvans Kopf, tapsten nach diesem. Doch wegen ihrer Größe waren sie langsam; er schlüpfte dazwischen hindurch wie Quecksilber und schlug auf die ausgestreckten Klauen ein. Knurrend und spuckend ließen sie von der ausholenden Klinge ab, einer jedoch hüpfte auf das Aas und setzte zum Sprung an. Elof griff nach seinem Hammer, und noch während er das Vorderbein hob, gab es ein Klatschen, ein Summen, und das Tier taumelte strampelnd in das zertretene Unkraut. Gise legte den Bogen an, stieß einen heiseren Jubelschrei aus und stürmte mit dem Rest vor. Das war zuviel für die anderen Mörder; ihre Nerven versagten, und sie schwenkten zum Rückzug ab, brüllend und knurrend, um ihre Niederlage zu vertuschen. Bis ganz zum Rand der Lichtung knurrten sie und schlugen in Richtung ihrer Peiniger, doch sobald sie sich im Schatten der Bäume befanden, drehten sie sich blitzartig um und flitzten mit krachendem Getöse durch das Unterholz davon.

Die Gruppe machte sich beinahe ebenso gierig über den Hirsch her wie die Dolchzähne, nur Kermorvan stützte sich einen Augenblick lang auf sein Schwert, um wieder zu Atem zu kommen. Ils blieb bei ihm stehen und reichte ihm ihre Wasserflasche. »Ich habe dich schon viele tapfere Dinge tun sehen, Langer. Aber war es nicht etwas zu waghalsig, es mit dreien von deren Sorte aufzunehmen?«

»Absolut nicht!« keuchte Kermorvan. »Es ist in der Wildnis gang und gäbe, daß Aasfresser einen Jäger von seiner Beute vertreiben; Wolfsrudel tun das häufig mit Dolchzähnen, warum also nicht wir? Es kommt selten zu einem Kampf. Ich fürchte mich weit mehr davor, daß wir im Gebirge verhungern.« Er lächelte dünn. »Also, jetzt wollen wir uns auch wie Aasfresser gebärden. Denn die Dolchzähne könnten zurückkehren. Wir müssen das arme Tier schnell zerlegen und soviel wie möglich davon an einen sichereren Ort verfrachten.«

Schnell lösten sie das Fleisch von den Knochen des großen Hirschs und schnitten es in Stücke, die sie tragen konnten. »Eingeweide und Knochen überlassen wir den Dolchzähnen, falls sie zurückkommen«, sagte Kermorvan verbittert. »Die sind ihnen ohnehin am liebsten. Ihren toten Kameraden lassen wir ebenfalls hier; Fleischfresser liefern selbst ungenießbares Fleisch.« Doch Gise nahm die Zähne als Trophäe mit.

Sie verließen die Lichtung und marschierten fast bis zur Einbruch der Dunkelheit weiter über die bewaldeten Hügel. Der Boden wurde trockener, je höher sie kamen, obwohl das Gelände von vielen kleinen Wasserläufen durchschnitten war. Auf jedem Grat, den sie erreichten, waren die hohen Gipfel näher herangerückt. Als sich die warme, sommerliche Abenddämmerung auf sie herabsenkte, fanden sie eine geschützte Stelle, um ihr Lager aufzuschlagen, und dort endlich konnten sie sich ein Essen zubereiten und ordentliche Portionen zu sich nehmen. Sie sanken nieder, wo sie saßen, und schliefen gleich ein; Kermorvan versäumte es jedoch nicht, Wachen einzuteilen. Er gönnte ihnen zwei weitere Tage Rast, damit sie ihre Kräfte einigermaßen wieder sammeln und sich einen konservierten Vorrat an Fleisch für die bevorstehende Reise anlegen konnten. Einen großen Teil des Wildbrets hatten sie in dünnen Streifen getrocknet und geräuchert, doch Roc fand einen hohlen Baum voller Honigwaben, und den Rest kochten sie, hackten ihn klein und mischten ihn damit sowie mit Beeren und wildwachsenden Kräutern, die Elof und Bure sammelten, und bereiteten sich so einen lange haltbaren Proviant.

Jene Tage waren für Elof eine endlos erscheinende friedliche Zeit. »Komisch, mal nicht andauernd in Bewegung zu sein«, bemerkte er zu Roc, während sie den dampfenden, aus Ton gebauten Herd zu ihren Füßen beobachteten, »weder verfolgend noch verfolgt, weder jagend noch gejagt, weder Jäger noch Beute. Muße zu haben, um nachzudenken und zu träumen, Träume von einem Leben jenseits dieses Waldes ...«

Roc grinste. »Ich hoffe, das wird es geben.«

»Wird es das?« Elof stand auf und starrte hinauf in das dachartige Geflecht von Zweigen, dicht bewachsen mit leuchtenden Blättern. »Ich kann es kaum glauben. Ich habe das Gefühl, die Vergangenheit ist versunken, als ob all meine größten Freuden und größten Schmerzen gleichermaßen in der Ferne verblaßt wären und eine Mauer zwischen ihnen und mir entstanden wäre. Eine Mauer aus Bäumen ... immer sind es Bäume ...«

»Ach, so schlimm ist es doch nicht«, murmelte Roc voller Unbehagen. »Du träumst zuviel, das ist alles. Du brauchst etwas Handfestes zu tun, dann geht es dir besser! Komm, kümmere dich um das Feuer, obwohl das ein schwacher Ersatz ist für die Esse einer Schmiede.«

Doch das Gefühl der Einsamkeit nahm in Elof nur noch zu. Die Zeit seiner Jugend und seine erste Begegnung mit Kara konnte er mit flüchtigen Blicken durch das Laub vergleichen — in einem Moment hell und blendend, im nächsten düster, verblaßt, unerreichbar. Er wußte, daß nicht mehr als anderthalb Jahre vergangen waren, seit er sie das letzte Mal gesehen hatte, und doch schien es ihm, als ob diese Begegnung in einem anderen Leben stattgefunden hätte. Er griff mit dem Herzen, mit der Seele nach ihr, doch sie verirrten sich, beide verirrten sich, und wanderten ziellos zwischen dunklen Bäumen herum. Er blickte hinauf zu den blauen Flecken am Himmel über ihm und suchte — er wußte nicht, warum — das Schweben von Flügeln. Doch die Bäume neigten sich zusammen und flüsterten und verdeckten den Himmel und zeigten ihm nichts anderes als die Bergwipfel, die er bald würde überqueren müssen.

Das Morgengrauen des folgenden Tages brach klar und hell an, denn die Wolken hingen in dieser Jahreszeit nicht gar so schwer über dem Wald-Gebirge. Sie nahmen das als gutes Omen und als Anreiz, früh aufzustehen, und sie kamen mit zügiger Geschwindigkeit voran. Selbst diese kurze Zeit des Ausruhens hatte bei ihnen eine große Veränderung bewirkt. Das reichliche Essen hatte versagende Kräfte wiederhergestellt und hohle Wangen runder gemacht; neuere Wunden waren verheilt, alte Narben waren geschmeidiger unter der Kleidung, die nicht mehr so klamm war. Roc pfiff sogar hin und wieder, wie er es nach Elofs Erinnerung damals in ihrer Knabenzeit getan hatte, als sie mit dem Schmiedemeister auf Wanderschaft waren, und obwohl Kermorvan die Bäume aufmerksam im Auge behielt, tadelte er ihn nicht. Die Berge ragten hinter ihnen hoch auf, und schließlich, eines Tages, hatten sie das schroffe Gelände überwunden und erreichten die sanfteren Hänge. Doch der Weg führte die Gruppe niemals ganz aus dem Wald heraus, denn dichter Baumbewuchs bedeckte das gesamte Gebiet, auch wenn es verhältnismäßig leicht zu durchqueren war, und der Große Wald begleitete sie ständig.

Fünftes Kapitel

Der Palast des Sommers

Von dieser ganzen langen und beschwerlichen Reise ist vielleicht am wenigsten über die Überquerung des Meneth Aithen überliefert; dennoch werden diese Gipfel als die höchsten im Land erachtet, und noch lange nach jener Zeit bargen sie für Reisende große Schrecknisse. Es mag tatsächlich sein, daß es über diesen Abschnitt wenig zu berichten gibt, da nach dem Empfinden eines Rückblickenden sich ein Tag kaum vom anderen unterschied. Tage um Tage vergingen mit dem Aufstieg an steilen, bewaldeten Hängen, entlang kleiner Bäche, die sich für ihren Verlauf bergab leichte Strecken in die Hänge geschnitten hatten, über loses Geröll und spitze Steine, die unter scharrenden Füßen wegrutschten — auf diese Weise legte die Gruppe den langen und beschwerlichen Weg zwischen den hoch aufragenden Gipfeln hindurch zurück. Alle Pässe, das ganze Gebiet mit Ausnahme der höchstgelegenen Hänge, waren vom Wald eingenommen, so schien es Elof, und er fragte sich, wie die Berge diesem heftigen Angriff so vieler Bäume, deren Wurzeln an dem Gerippe des Felsens zerrte, standhalten konnten. Doch dieser Teil des Waldes wirkte auf ihn weniger bedrückend, denn in dieser Höhe marschierten sie wieder einmal für kurze Zeit zwischen den immergrünen Nadelbäumen hindurch, die er kannte; in der Luft lag der gleiche Duft von Teer und Harz wie in den Wäldern des Nordlandes, obwohl ihm viele der Bäume ebenfalls unbekannt waren oder seltsame Abarten vertrauter Sorten darstellten. Das kühlere, trockenere Klima empfand er als belebend, und er konnte die Allgegenwart der Düsternis, die ihm im Flachland so eindringlich bewußt gewesen war, beinahe vergessen. Die anderen Mitglieder der Gruppe, die aus ähnlichen Landstrichen stammten, waren gleichermaßen guter Dinge, also Roc und Ils und Gise, der annähernd wieder so vergnügt war wie vor dem Tod seines Freundes; hier konnte er sein Geschick als Jäger überaus nutzbringend einsetzen, und von dem, was er und Kermorvan erjagten, konnten sie sich einigermaßen ausreichend ernähren, ohne allzuviel von ihrem wertvollen Vorrat an Hirschfleisch verzehren zu müssen. Der vielleicht erfreulichste Umstand war jedoch, daß Hochsommer herrschte und daß die schlimmste aller Gefahren, nämlich das Wetter, so ziemlich in Schach gehalten wurde; selbst der Wind, der über die hohen Pässe wehte, wurde durch die Bäume gemäßigt. Es hat also den Anschein, als ob viele Tage ohne besondere Vorkommnisse vergingen, bis sie während ihres Marsches zwischen zwei hohen Gipfeln hindurch feststellten, daß dahinter keine höheren mehr aufragten und daß die Bäume sie zu einem Hang abwärts führten. Da wuchs bei der Gruppe allmählich die Hoffnung, daß das Ende ihrer Gebirgsüberquerung nicht mehr fern sei.

In dieser Nacht lagerten sie in einem kleinen Tal zwischen zwei nicht ganz so hohen Gipfeln, und am nächsten Morgen, nachdem sie sich mit einem Bad in den von einer Gebirgsquelle gebildeten Teichen erfrischt hatten, brachen sie voller Eifer auf, um einen Blick auf den neuen Horizont im Osten zu erhaschen. Doch bevor sie weit bergab gewandert waren, merkten sie, daß der Baumbewuchs aufhörte, und sogar auch der Boden darunter. Unter ihnen war nichts als blauer Himmel mit aufgetürmten Wolkenschlössern, als ob sie ans Ende der Welt gekommen wären. Sie vermuteten, daß es sich um die Kante eines steilen Abgrundes oder einer Klippe handeln mußte, wo die Bäume bis zum äußersten Rand wuchsen, und sie eilten voller Erregung weiter, um zu sehen, welcher Anblick sich ihnen von diesem hohen Punkt aus bieten würde.

Kermorvan mit seinen langen und leichten Schritten hatte einen beträchtlichen Vorsprung vor seinen Kameraden, und als Elof bei ihm ankam, stand er balancierend am äußersten Rand und blickte zum fernen Horizont. Elof hielt sich vorsichtshalber an einem herabhängenden Tannenzweig fest, als er zu ihm hintrat. Er bemerkte Kermorvans sonderbaren Gesichtsausdruck, in dem Verbitterung und großes Staunen miteinander rangen. Elof wandte sich schnell um, um herauszufinden, was den Krieger derart bewegte, und als er einen sicheren Halt gefunden hatte, sah er nach unten.

Die Welt unter ihm fiel schroff ab, und er wurde von der Umklammerung der Leere gepackt. Er blickte hinab auf Baumwipfel, die so hoch waren wie jene, die über seinem Kopf wogten und flüsterten; es war unnatürlich, sie so winzig und entfernt zu sehen, sozusagen aus der Vogelperspektive, geblendet von der Sonne. Direkt am Fuße der Felswand wuchsen sie, ungebrochen, als ob diese Mauer aus Stein plötzlich aus dem dichten Wald herausgesprossen wäre, ohne einen einzigen Baum zu knicken. Also war auch hier der Wald, und er wartete auf sie ... Diese Erkenntnis durchflutete ihn wie das Eis; er umklammerte den Ast mit krampfhaftem Druck. Er erriet Kermorvans Gedanken. Wenn der Wald ungebrochen dieses Gebirge überwand, wo würde er dann wohl enden? Er ließ den Blick zum fernen Horizont schweifen, über das weite Land dazwischen, und alles war dunkel von Bäumen.

Dieser Anblick weckte in ihm die Erinnerung an seine Kindheit, als er zwischen seiner Herde an einem Berghang gesessen, auf die ungeheuere Weite des Westlichen Ozeans geblickt und sich gefragt hatte, was wohl an jener fernen Küste liegen mochte, falls es überhaupt eine Küste gab. Auch dies hier war ein Ozean, der Wind trieb Wellen darüber, die dahinziehenden Wolken warfen purpurne Schatten darauf, wie sie sie auf das grüne Meer geworfen hatten. Und auch hier gab es kein Anzeichen von einer jenseitigen Küste. Sie sahen nichts anderes als ununterbrochenen, unendlich erscheinenden Wald, der das gesamte Antlitz der Erde bedeckte.

»Diese Ferne, ich wußte davon!« hauchte Kermorvan, und sein Gesicht war mit einemmal sehr jung und unsicher. »Aber das hier ist die Wirklichkeit, die schreckliche Wirklichkeit! Von hier bis zu diesem Horizont müssen wir eine vielmal so lange Strecke wie bisher zurücklegen, bevor wir hoffen können, zum Ende des Waldes zu gelangen. Und wie weit ist es dann von dort noch bis zu unserem Ziel?« Er schüttelte den Kopf. »Ich frage mich allmählich, ob wir diesen Ort jemals erreichen werden. Ob er überhaupt zu erreichen ist.«

»Das Ostland?«

Kermorvan zögerte einen Augenblick. »Ich fürchte nein. Oh, vielleicht wäre es für Kerbryhaine nützlich, wenn wir dort ankommen würden. Vielleicht aber auch nicht. Doch ich erkenne jetzt, daß ich in Wirklichkeit noch etwas anderes gesucht habe, etwas, für das der Osten nur ein Vorwand war… Vielleicht ein Schatten der Großartigkeit vergangener Zeiten, als meine Vorfahren Könige waren. In denen ich König gewesen wäre!« Er verzog ärgerlich das Gesicht. »In der Tat, ein Schatten. Und zwar einer, den die Torheit wirft. Das Phantom von etwas, das es nicht gibt, das es vielleicht niemals gegeben hat. Edle Gesinnung, Heldentum, wahre königliche Größe — sind sie der Welt entflohen? Oder hat es das alles niemals wirklich gegeben? Waren das immer schon Lügen und Schwänke, die sich die Chronisten im Hinblick auf die Dummheit und Niedertracht der Menschen ausgedacht haben? Wenn ich damals im alten Morvan geboren worden wäre, hätte ich es besser vorgefunden als das heutige Kerbryhaine? Oder war Kerys selbst besser als Morvan, abgesehen von der Macht und dem Prunk? Können sich die Herzen und Seelen im

Laufe der Jahre denn so sehr verändert haben? Ich fürchte nein!« Der jugendliche Ausdruck wich aus seinen Zügen, tiefe Furchen ließen sein Gesicht altern; Jahre jenseits seines eigenen Lebens legten sich darauf wie grauer Staub. Seine Miene war jetzt so schroff und uralt wie der rohe Granit unter ihren Füßen, und ebenso unnachgiebig. Genauso hatte er am Hofe der Duergar ausgesehen, doch jetzt richtete sich dieses steinerne Urteil gegen ihn selbst. »Ich bin einem Traum nachgejagt, der weder im Osten noch irgendwo sonst zu finden ist. Und wohin hat meine irrige Suche euch alle geführt? Und um welchen hohen Preis?«

Elof sah zu ihm auf. »Nicht alle Träume sind falsch. Auch ich bin auf der Suche nach einem. Ich habe gelobt, dem Sonnenaufgang zu folgen, bis ich die Erfüllung meines Lebens finde oder sein Ende. Die anderen haben zweifellos ebenfalls einen Traum, von Wohlstand, Ehre oder zumindest Abenteuer; sie wußten, auf welche Gefahren sie sich einließen, wenn sie auch nicht deren genaue Natur kannten, und sie haben sich dessen ungeachtet entschieden mitzukommen.«

»Du hast jedoch deinen Traum berührt, der lebt. Sie lebt. Was den meinen betrifft, so bin ich mir nicht mehr so sicher …«

»Ist das ein Grund zum Aufgeben? Erfülle den Traum mit Leben! Erwecke ihn zum Leben. Gib dein eigenes Leben dafür, wenn es sein muß! Selbst wenn du keinen Erfolg hast, war vielleicht nicht alles vergebens. Laß wenigstens einen Teil davon Wirklichkeit werden, dann wirst du womöglich anderen Menschen Anregungen geben. Aber, großer Herr, eines möchte ich dir sagen: In meinem ganzen bewegten Leben habe ich niemals einen Mann getroffen, der fähiger wäre als du, einen solchen Traum zu verwirklichen. Du bist dir selbst den Versuch schuldig, dir selbst und all den anderen, die wir verloren haben.«

Kermorvans Haltung straffte sich. Er sagte kein Wort

zu Elof, sondern warf einen schnellen Blick auf die anderen, die sich entlang der Felskante aufgereiht hatten und ungläubig auf die ungeheuere Ausdehnung von Bäumen unter ihnen starrten. Als er laut zu ihnen sprach, war seine Stimme klar und kräftig. »In der Tat, ein Hindernis! Doch unsere Vorfahren haben es überwunden, Frauen und Kinder, Alte und Junge gleichermaßen. Wollen wir uns etwa als schwächer einschätzen, als sie es waren? Sie haben Wege gefunden, also werden auch wir welche finden. Unternehmen wir den ersten Schritt: Warum sollte es nicht einen sicheren Pfad nach unten geben? Laßt uns suchen!« Er wandte sich von der Kante ab, und als er Elof ansah, bedachte er ihn mit einem kleinen Lächeln. Die grauen Jahre waren von seiner Stirn verschwunden.

»Es muß tatsächlich einen Weg geben«, murmelte Roc Elof zu, während sie zusammen mit Ils auf dem Grat der Felsklippe entlanggingen. »Aber nach allem, was berichtet wurde, haben viele diese Strecke nicht überstanden. Wir wollen hoffen, daß es nicht ausgerechnet deren Weg ist, den wir finden.«

»Du hast recht«, bestätigte Elof. »Aber vielleicht kommt es nicht so sehr auf den Weg an als vielmehr auf diejenigen, die ihn beschreiten. Diejenigen, die sicher im Westen angelangt sind, hatten großartige Anführer, diesen Vayde zum Beispiel. Und darin liegt auch unsere Stärke. Es sind seine Zweifel, die ich fürchte, eine Spaltung seines Willens.«

Ils murrte. »Ein Anführer, der Zweifel kennt, ist besser als einer, dem diese fremd sind, wie dieser Kreatur Bryhon!«

»Sofern die Zweifel ihn nicht verzehren«, erwiderte Elof. »So wie sich in gesundem Stahl ein winziger Fehler ausbreitet oder ein helles Holzkohlenfeuer von unten her ausbrennt und zu Asche zerfällt.« Darauf gaben die anderen keine Antwort.

Sie mußten viele Meilen über unebenen Boden zurücklegen, bevor sie ihren Abstieg fanden, und die hellen Wölkchen des Morgens waren von dunklen Wolkenflotten abgelöst worden, die vom Wind nach Süden getrieben wurden und Nieselregen über den Baumwipfeln abluden. Die Felswand hörte nicht plötzlich auf, sondern verlief allmählich in einen steilen Hang mit vielen von gefährlichem Geröll bedeckten Stellen und nur wenigen Nadelgewächsen, vor allem Fuchsschwanz- und Weißstammbüschen, die vom vorherrschenden Wind gebeugt und zerzaust waren. Schließlich wurde der Hang zu einer unterbrochenen Fläche mit Simsen und Vorsprüngen, die eine natürliche Treppe bildeten. Bäume wuchsen auf jedem Absatz, auf dem sie Platz fanden, und boten willkommenen Halt; an steileren Abschnitten hangelten sich die Wanderer von einem Ast zum nächsten und vertrauten darauf, daß sie auf dem glatten Stein und dem lockeren Geröll nicht abrutschten. Einmal verlor Bure den Halt und glitt über den Fels, doch er wurde von einem stämmigen Tannensprößling aufgehalten und trug lediglich ein paar Kratzer davon. »Gut, daß du in letzter Zeit auf halbe Ration gesetzt bist«, lachte Tenvar, »sonst hättest du das Bäumchen geknickt.«

Es war früher Abend, als sie endlich etwas ebeneren Boden erreichten. Sie alle waren erschöpft, aber immer noch guter Dinge. Es war schließlich eine Leistung, ohne größere Schwierigkeiten das unbekannte Gebirge überwunden zu haben, und da die Luft Regen ankündigte, waren sie sogar froh, wieder im Schutz der Bäume zu sein. Zwischen einer Gruppe hoher Kiefern fanden sie einen Platz, der trocken und wo der Boden mit einer Schicht weicher Nadeln bedeckt war, und keiner von ihnen sah einen Grund, warum sie an diesem Abend noch weiter wandern sollten. Sie waren an diesem Tag nicht auf der Jagd gewesen, doch sie hatten noch genügend getrocknetes Hirschfleisch, das sie mit Kräutern aufkochen konnten. Die Wanderer lagerten um eine kleine aus Erde errichtete Feuerstelle, während die Schatten länger wurden; sie ruhten die schmerzenden Glieder aus und fühlten sich nach ihren Strapazen sicher und trocken. Der Duft des kochenden Eintopfs, würzig und kräftig, verhieß ein wahres Festmahl.

»Jetzt fängt es an zu regnen«, stellte Ils schläfrig fest, als eine Windbö an den Bäumen ringsum rüttelte. Sie hatte das ausgeprägteste Empfinden für das Wetter, da sie am wenigsten daran gewöhnt war. »Hört nur, wie die Tropfen herabprasseln.«

»Hier unten kann uns das nichts anhaben«, seufzte Elof und streckte sich behaglich aus. Doch er hatte noch nicht ganz zu Ende gesprochen, da überkam ihn plötzlich eine Unruhe, als ob ihm etwas Vergessenes eingefallen wäre. Er sah sich voller Unbehagen um. Roc stützte sich auf einen Ellenbogen, spähte in die Dunkelheit zwischen den Bäumen und neigte sich zu Elof hinüber.

»Du hast mich gebeten ...«, setzte er ungewöhnlich zögernd an, als ob er befürchtete, sich zum Narren zu machen. »Du hast mich gebeten, dir zu sagen, wenn ... nun, wenn ich spüre, daß dieser Jemand im Begriff ist, sich umzuwenden. Also, jetzt habe ich dieses Gefühl.« Er schauderte. »Wie heftig der Sturm tobt!«

Er jagte direkt auf sie zu; bei jeder Bö wurde das Rauschen und Knarren der Zweige lauter, kam näher. Und bei diesem Gedanken wurde Elofs Unruhe zu einem eisigen Stich der Erkenntnis. »Wie er tobt, genau!« schrie er. Kermorvan sah ihn an, ihre Augen trafen sich, dann sprangen sie gleichzeitig auf, während die anderen sie anstarrten.

»Steht auf, ihr alle!« rief Kermorvan, wobei er sein Schwert zog und nach seinem Packsack griff. »Steht auf und lauft! Lauft dem Wind davon!« Noch während er das rief, jagte eine heftige Bö auf die Baumgruppe zu und schien sie irgendwie einzukreisen, so daß die Zweige über ihnen sich neigten und schwankten und Regentropfen hereinplatschten. »Den Hang hinauf! Unter den Bäumen weg! Los!« Dann folgte ein Zischen, ein Schlag; er taumelte rückwärts gegen einen Baumstamm. Im Boden vor ihm steckte bebend ein langer Speer. Einen kleinen Schritt weiter, und sein Lebenslicht wäre erloschen. Tenvar hechtete zu einer anderen Lücke in den Bäumen und ließ sich flach zu Boden fallen, während Speere um seinen Kopf zischten. Arvhes, der im Begriff war, einen Satz hinter einen Baumstamm zu machen, starrte fassungslos den grau gefiederten Pfeil an, der sich um Haaresbreite neben seiner Hand sirrend in die Rinde bohrte. Gises Bogen war gespannt, Elof hielt den Hammer in der Hand, doch Kermorvans deutlicher Befehl ließ sie während des Zielens erstarren.

»Nein! Laßt das! Seht ihr denn nicht?« Eine weitere Bö rüttelte an den sich neigenden Zweigen, das Laub teilte sich leise rauschend; lange, flache Sonnenstrahlen fielen herein und ließen an jedem Baum fremdartige Blätter glitzern. Langsam ließ Elof den Hammer sinken; dreißig oder vierzig mochten das dort oben sein, Pfeile oder Speere, welchen Unterschied machte das schon. Es waren jedenfalls zu viele, um dagegen zu kämpfen, eingekreist wie sie waren. Er verfluchte sich, weil er nicht an diesen Trick des Anschleichens unter der Deckung eines Regenschauers gedacht hatte; es war kein Trost, daß Kermorvan vermutlich das gleiche empfand. »Bleibt, wo ihr seid!« befahl der Krieger und ließ seinen Packsack fallen. »Wenn sie uns umbringen wollten, dann hätten sie das bereits tun können.«

»Sind das dann vielleicht die Wesen, von denen du meinst, sie beobachten uns?« fragte Bure und spähte hinauf in die Bäume. »Sie scheuen sich wohl, sich zu zeigen, wie?« Kaum hatten die Worte seinen Lippen verlassen, ließ ein lautes Rascheln der Blätter sie alle zusammenzucken. Das Stampfen von Füßen war zu hören, und plötzlich verdeckte ein Kreis von schattenhaften Gestalten die Lücken in der Baumgruppe. Sie erschienen groß und schlaksig, ihre Haltung war seltsam gebückt, doch gierige Augen in den Farben der Bäume funkelten sie an. Kermorvan hob den Kopf in schweigendem Erkennen.

»Das sind sie. Wir sind ihnen zuvor schon mal begegnet, Elof, Ils und ich, und wir haben keinen Schaden erlitten. Verhaltet euch ruhig, damit sie sehen, daß auch wir ihnen keinen zufügen wollen.« Langsam verschränkte er die Arme und lehnte sich an den Baum. Die Gestalten, die ihm am nächsten waren, kamen mit lauernder Aufmerksamkeit näher, und als sie ins Licht traten, entfuhr einigen der Wanderer ein Schnauben.

»Die Kinder Tapiaus, tatsächlich!« sagte Ils leise. Zwei näherten sich; das rötliche Licht fiel auf ihr langes, üppiges, rotbraunes Haar; es waren Frauen, ähnlich jenen, denen sie im Aithennec im Westen begegnet waren. Auf ihre Weise waren sie hübsch, die Gesichter mager, kantig, jedoch glatt und ohne Falten und seltsam ausdruckslos; nur ihre Augen funkelten mit animalischer Eindringlichkeit. Ihre Bekleidung, oder vielmehr die nicht vorhandene Bekleidung, war ebenfalls wie bei den anderen Frauen, sie bestand lediglich aus einem Harnisch aus nietenbeschlagenem Leder um Schenkel und Brüste. Elof hörte, wie Roc anerkennend kicherte, und Ils warf ihm einen warnenden Blick zu. Andere folgten diesen Wesen, sowohl Männer als auch Frauen, und zu Elofs Überraschung unterschieden sie sich beträchtlich voneinander. Einige waren größer und stakten auf so langen Gliedmaßen einher, daß sie wie Spinnen wirkten; andere waren gedrungener und menschenähnlicher von Gestalt, obwohl die kleinsten immer noch so groß waren wie Kermorvan und Gise, und sie waren mit schlichten kurzen Überwürfen in Grün und Braun bekleidet. Ein Mädchen hatte so dunkles Haar wie Elof, obwohl ihre Glieder lang und ihre Augen wildkatzengrün waren. Sie trat an Tenvar heran, gaffte ihn an und hob eine Hand, um sein Gesicht zu berühren. Er zuckte zusammen, als er diese Hand sah, das am wenigsten Menschliche an ihr; die Finger waren doppelt so lang wie seine, der Daumen war kurz und tief angesetzt.

»Halt still!« wies Elof ihn an. »Wahrscheinlich liegt es an deiner dunklen Haut; so etwas hat sie bestimmt noch nie gesehen.«

Gise nickte verstohlen. »Das kann ich mir vorstellen. Ihr eigenes verdammtes Fell ist so milchweiß wie das der Südländer.«

»Er hat recht«, sagte Ils. »Das ist mir früher schon aufgefallen, und jetzt sehe ich mehrere von ihnen ...«

»Ihre Haare sind bemerkenswert«, warf Elof nachdenklich ein. »Nicht rot oder blond, selten schwarz ...«

»Stimmt«, bestätigte Roc und fuhr sich dabei mit den Fingern durch seinen eigenen feuerroten Schopf. »Es hat meistens diesen Bronzeton, als ob es eine Mischung aus allem wäre ... Ich habe schon einmal einen Kopf mit dieser Haarfarbe gesehen, ich kenne sie gut, aber bei wem war das noch?« Dann fiel sein Blick auf die Gesichter der anderen, und gemeinsam wanderten ihre Augen zu Kermorvan und zu der Frau, die vor ihm stand. Eine Ähnlichkeit, die nicht nur auf der Haarfarbe beruhte, sprang dem verdutzten Elof in die Augen, obwohl er nicht zu sagen vermocht hätte, ob das an irgend etwas Allgemeinem lag, wie dem stolzen Ausdruck in den mageren Gesichtern, oder an einer echten Übereinstimmung des Knochenbaus.

Dann lenkte sie ein von Borhi ausgestoßener Schrei ab. Ein großer Waldmann hatte sich über seinen Packsack gebeugt und wühlte mit langen Fingern darin herum. »Laß deine diebischen Klauen davon!« brüllte Borhi und sprang vor, um das lange Handgelenk wegzuzerren. Er warf den Kopf zurück und würgte, als zwei Breitspeere klirrend gegen seine Kehle drückten.

»Langsam, Mann!« mahnte Kermorvan beschwichtigend. »Laß sie sich doch alles ansehen. Würdest du Fremde, die sich in deinem Land herumtreiben, nicht auch durchsuchen? Sieh doch, er stiehlt nichts.« Er schob einen Fuß vor und kippte seinen Packsack zu einer der Frauen hin. Sie warf ihm einen argwöhnischen Blick unter dichten Augenbrauen hervor zu, dann bückte sie sich und löste die Riemen. Schnell, aber behutsam zog sie Streifen von Trockenfleisch heraus, außerdem Ersatzkleidung und einige kleinere Gegenstände, und schnupperte an Salben und Verbandszeug. Dann holte sie ein großes, schweres Bündel aus geöltem Leder heraus, an das Elof sich sehr gut erinnerte, ebenso wie Ils, dem besorgten Blick nach zu urteilen, den sie ihm zuwarf. Er konnte sich nur auf die Lippe beißen und mit der Schulter zucken; war es Kermorvans Absicht gewesen, daß sie darauf stoßen sollte? Er sah, wie sich die Hand seines Freundes zu einer strammen Faust ballte, während die Frau lässig das Leder wegstreifte und darin Metall klimperte. Während sie den dunklen Helm und das Kettenhemd auspackte, sah sie Kermorvan scharf an, doch sie ließ beides achtlos zu Boden fallen, als sie das Gold in dem Bündel glänzen sah. Kermorvans Stirnrunzeln vertiefte sich. Dann stieß sie ein erstauntes Schnauben aus, als ihr die Brustplatte aus Damaststahl in die Hände fiel; das Wappen leuchtete wie ein flammendes Netz aus Gold in den letzten Strahlen des Tageslichtes. Sie flitzte hinauf in die Bäume mit den anderen Beobachtern, und die Wanderer hörten ein leises Seufzen, einen Windhauch wie ein tiefes ehrfurchtsvolles Raunen, der das Laub durchwehte. *»Margherren'ac athail!«* sagte sie leise, und Elof erstarrte.

»Rabe und Sonne!« hauchte er erstaunt. »Kermorvan, sie kennt dein Wappen!«

Kermorvan nickte und sah einigermaßen verdutzt aus. »Das merke ich, obwohl ich ihre Worte nicht verstehe. Wieso verstehst du sie? Ist das irgendeine Geheimsprache?«

»Geheimsprache? Mann, es ist deine eigene Sprache!«

»Wie bitte?«

»Jawohl. Hör zu. In alten Büchern habe ich sie so geschrieben gefunden. Es ist deine Muttersprache, wie sie in alten Zeiten gesprochen wurde; die Worte sind dieselben, nur ihre Aussprache hat sich verändert. Hör mal genau hin!« Elof wandte sich an die Frau und sprach so langsam und deutlich, wie er nur konnte. *»Krythen'a margran ac eyhel, e'yn! Yn'a Kermorvan Arlath, kanveydhe?«*

»Dich verstehe ich!« rief Kermorvan aus. »Das Wappen ist sein, er ist Lord Kermorvan ... Aber hat sie es auch verstanden?«

Die Frau blickte sie beide an, neigte den Kopf vor Kermorvan, und ihre Lippen formten lautlos Worte. Dann sprang sie plötzlich vor und starrte ihm mit dem Ausdruck staunenden Erkennens ins Gesicht. Gleich darauf drehte sie sich um und rief etwas. Es entstand ein Durcheinander von Bewegung, und Elof spürte, wie er von langen Händen gepackt wurde. Er bemühte sich, sein Schwert zu fassen zu bekommen, doch Finger wie aus Stahldraht umklammerten seine Hand und quetschten sie um den Schaft. Er hörte Ils aufschreien, erhaschte einen kurzen Blick auf Roc und Borhi, die im Griff von vier großen Waldleuten zappelten und strampelten, und dann wurde er vom Boden gehoben und direkt hinauf in das Laubdach geschleudert.

Obwohl er wußte, daß er von langen Armen befördert wurde, wie er so von Ast zu Ast schwebte, war es ein schwindel- und übelkeiterregendes Gefühl. Zweig um Zweig raste direkt auf sein Gesicht und die Augen zu, und zwar mit solcher Geschwindigkeit, daß sie sein Gehirn wegzuputzen drohten; er blinzelte ängstlich. Doch im letzten Moment wurden sie jeweils zur Seite gebogen, und der nächste sauste auf ihn zu. Das Rauschen des Windes um ihn herum schwoll zu einem kreischenden Sturm an und peitschte kalte Tropfen durch die Luft, die wie Hagelkörner auf seine Wangen schlugen. Er glaubte, das wilde Toben der Luft müsse ihn ersticken, es lähmte die Atmung und das Gehirn gleichermaßen, doch er hatte keine Angst zu fallen, da er die mühelose Kraft der Hände und Füße, die ihn hielten, nur allzugut kannte. Er konnte kaum ausreichend zusammenhängende Gedanken fassen, um sich um seine Freunde Sorgen zu machen oder sich zu fragen, wohin sie wohl gebracht würden und wie lange die Reise dauern mochte; nur das nachlassende Tageslicht gab ihm ein Gefühl für das Verrinnen der Zeit. Er vermutete, daß sie sich bergab bewegten, doch er war sich nicht einen Augenblick lang sicher. Dann endete das Ganze so unvermittelt, wie es angefangen hatte. Er spürte eine plötzliche Erschütterung, als sie anhielten, schaukelte einen Moment lang in schattiger Leere und sah dann einen Flecken grünen Grases unter seinen Füßen. Der harte Boden bereitete ihm einen unsanften Aufprall; er landete auf allen vieren und hielt sich am Gras fest, das unter ihm schwankte wie ein Schiff. Jemand stöhnte neben ihm, und er sah Borhi, der dort ausgestreckt lag und ihn mit weißgeränderten Augen anstarrte, das Gesicht blutleer, der Mund in malmender Bewegung. Auf der anderen Seite neben ihm lag Roc, japsend auf dem Rükken ausgebreitet, und jenseits davon mühte sich Kermorvan stolpernd ab, um auf die Beine zu kommen. Doch plötzlich kauerte der große Mann auf einem Knie und blickte nach oben; seine schmalen Lippen waren geteilt, seine strengen Züge weich wie die eines Kindes in unverhohlener Bewunderung. Hinter ihm taumelte Arvhes hoch; gleich darauf stieß er einen Schrei aus, streckte deutend die Hand aus und fiel wieder auf die Knie, das runde Gesicht nicht weniger von Ergriffenheit erfüllt. Schnell richtete sich Elof ein wenig auf und stützte sich auf einen Ellbogen, um ihrem Blick zu folgen. Dann begriff er, und er spürte bei dem unerwarteten Anblick die gleiche Ehrfurcht in sich aufsteigen.

Es war immer noch Abend, die Sonne war inzwischen von Bäumen und Wolken verdeckt, warf jedoch noch einen letzten blassen Schein durch die sturmgekühlte Luft. Sie lagen auf einem breiten Streifen ebenen Bodens, denn ihre irrwitzige Reise hatte sie tatsächlich zu den östlichen Ausläufern des Meneth Aithen geführt. Die Berge ragten jetzt rings um die Wanderer auf, die Kämme und Hänge mit hohen, uralten Bäumen bedeckt, deren Laub dicht und schattendunkel war. Sie ragten bis in die Regenwolken hinauf, die dahinjagten und sich übereinander türmten, bis zu Höhen, die hinter den fließenden Regenschleiern verborgen waren. Ein feiner, schneller Nieselregen fiel auf sie herab, und von den schaukelnden Blättern stieg ein Dunst auf, der das blasse Gewitterlicht in ein Gestöber aus sanften Strahlen und plötzlichen Funken und glitzernden Tropfen auf jedem Blatt und jedem Ast zerschmetterte. Sie wirkten massiv, diese wippenden Bäume, so massiv wie der steinige Boden, an den sie sich klammerten, doch in ihren Reihen gab es eine Lücke, und ihre Wipfel waren umgeknickt. Denn vom Ende des Rasens her öffnete sich ein Weg zwischen ihnen hindurch, ein breiter, grasbewachsener Weg, gesäumt von hohen Zedern, der sich bis zum mittleren Hang des Berges hinaufschlängelte. Und dort, Mauer um Mauer, Dach um Dach, über die gesamte breite Seite des Berges erhob sich ein majestätischer Palast aus dem Wald.

Türme und Zinnen ragten über die schwankenden Baumwipfel hinaus, es gab Mansarden mit Rundbogen und spitze Giebel; unzählige Fenster in einer Unmenge von Mauern blickten auf sie herab, und zwischen diesen Fenstern führten viele Galerien und Gänge entlang. Und doch konnte kein Zweifel daran bestehen, daß all dies Teil eines einzigen riesigen Gebäudes war, das sich zwischen den Bäumen ausbreitete, diese jedoch nicht unmäßig überwucherte und der Umgebung seltsam angepaßt erschien. Vornehm und stark standen diese Mauern in dem sich verdichtenden Zwielicht von Gewitter und Sonnenuntergang, die gewinkelten Dächer wirkten so anmutig wie die Baumwipfel, die sie krönten. Und als der letzte goldene Schein des Tageslichts von den Mauern abglitt, erwachten hinter dem kühlen Schwanken der Bäume tausend Fenster mit blinzelndem Licht und Wärme zum Leben. »Das könnte eine ganze Stadt in einem einzigen Gebäude sein«, bemerkte Roc voller Bewunderung. »Eine riesige Zitadelle ...«

Kermorvan schüttelte den Kopf. »Nein«, antwortete er geistesabwesend, »das ist keine Zitadelle, obwohl es ebenso eindrucksvoll ist. Es wurde nicht als Wehranlage erbaut, um einem Angriff standzuhalten.«

»Auch nicht als Gefängnis?« fragte Elof leise.

»Auch das nicht!« antwortete Kermorvan entschieden.

Ils nickte, während ihre runden Augen in die düstere Ferne spähten. »Wenn dieser Ort der Verteidigung dient, so hat das nichts mit den Mauern zu tun. Und doch sagt mir mein Gefühl, daß er über Wehreinrichtungen verfügt.«

Elof blickte sich aufmerksam um. Wenigstens waren alle Mitglieder der Gruppe da, und ihr Gepäck ebenfalls. Dankbar nahm er sein wertvolles Bündel an sich. Er fühlte sich plötzlich schwach und ausgehungert und ertappte sich dabei, wie er törichterweise dem Essen nachtrauerte, das dampfend in dem kleinen Hain zurückgeblieben war. Doch jetzt halfen ihnen ihre Häscher einigermaßen sanft auf die Beine und drängten sie auf den grasbewachsenen Weg. Keine Pforte behinderte den Zugang, doch zu beiden Seiten standen große Hügel aus Grünpflanzen, wie Böschungen oder dicke Hecken; erst beim Näherkommen entdeckte Elof grauweiße Flekken darunter. Es waren Mauern, Mauern aus Stein, dicht überwuchert von Kriechgewächsen und einer Art Tollkirsche; eine stand sogar auf einem steinernen Podest, wie er sie seitlich der Pforten von Kerbryhaine gesehen hatte, wo sie Statuen oder andere Ornamente geziert hatten. Doch auf der anderen Seite war nur ein grob geformter Haufen von rohen Steinblöcken, der durch den Bewuchs kaum zu sehen war.

Die Zedern wuchsen so dicht an den Seiten des Weges, daß sich hoch oben ihre Zweige trafen und verflochten und so ein lichtes und luftiges Gewölbe bildeten, doch nirgendwo verliefen ihre Wurzeln durch das glatte Gras. Das Gefühl von Ordnung war so stark, daß Elof sich in der Düsternis beinahe einbilden konnte, er ginge durch die Hallen der Duergar oder die ruhigen Kreuzgänge von Kerbryhaine, zwischen Säulen aus Stein, unter Bögen gemeißelten Laubs hindurch. Vor ihm ergoß sich plötzlich ein Lichtschein entlang der Baumstämme und beleuchtete ein großes, sich öffnendes Tor, und heraus kamen in einer langsamen Prozession Reihen von kleinen Lampen, Fackeln und flackernden Laternen. Sie strömten auf den Weg heraus, und in den schwankenden Lichtern sah er deutlicher die Wesen, die sie trugen. Sie waren groß und von stattlicher Gestalt, ihre Haltung drückte Eleganz und Würde aus, und das Licht der Fackeln flackerte sanft über üppige Muster und Stickereien, mit denen ihre Kleidung verziert war, und hob prächtige Juwelen hervor, die die in Schatten gehüllten Gesichter umschmeichelten. Sie bewegten sich fast geräuschlos, abgesehen von den leisen Seufzern und dem Rascheln von Roben und festlichen Gewändern im kurzgeschnittenen Gras, sowie dem Murmeln angenehmer Stimmen, die wie bei einem feierlichen Anlaß gedämpft waren; das Lachen einer Frau gluckerte auf, hell und klar wie das Mondlicht, und verebbte genauso schnell wieder. Sie reihten sich entlang des Weges auf, als ob die schäbigen Wanderer eine Prozession wären, die zwischen ihnen hindurch und dann durch das offene Tor gehen sollte.

Die Reisenden starrten die Szene mit weit aufgerissenen Augen an; einige hätten vielleicht gezögert, wenn Kermorvan nicht mit so festen Schritten weitergegangen wäre, wobei aus seinen Augen aufmerksame Verwunderung sprach. Elof, dessen Mund ausgetrocknet war, bemühte sich, sein Unbehagen zu verdrängen; was hätten sie schließlich anderes tun können? Hinter ihnen sprangen diejenigen herum, die sie hergebracht hatten, und ringsum waren sie von dem unwegsamen Wald umgeben. Doch dieser Gedanke verstärkte nur noch die Unwirklichkeit dessen, was er sah, dieses prunkvollen Saales und der edlen Gesellschaft vor ihm; das Ganze glich zu sehr einem Traum.

Plötzlich blieb Kermorvan stehen, und zwar so unvermittelt, daß Elof beinahe auf ihn geprallt wäre. Aus den aufgestellten Reihen war eine große Gestalt herausgetreten und kam auf die Gruppe zu. Der Mann lüpfte die Kappe, die er trug, und verneigte sich tief vor den Reisenden. Elof musterte ihn forschend, betrachtete das längliche Gesicht, das vollkommen menschliche Züge hatte und das gefurcht und müde, doch gelassen aussah. Groß und schlank stand er da, ungewöhnlich groß für einen Menschen, jedoch kleiner als die meisten Waldleute; Hände und Gliedmaßen wiesen menschliche Maße auf. Er sah sie einen Augenblick lang an, dann sprach er, und seine Stimme war warm und klar. *»Korhemyn, arlathain! Er heroth devyes lysaiau'an aithen! Korhemyn!«*

Die Sprache war südländisch und weniger altertümlich als die, die die Frau gesprochen hatte. Elof schluckte vor Erstaunen und flüsterte Kermorvan aufgeregt zu: »Er heißt uns als Lords willkommen. Und er nennt sich selbst ...«

»Ich habe es gehört«, unterbrach Kermorvan ihn spitz. »Erwählter Herold dieses Waldland-Palastes! Erwählt von wem, möchte ich wissen. Aber wir müssen ihm in aller Höflichkeit antworten.« Und indem er so deutlich sprach, wie er konnte, erwiderte er die Begrüßung und stellte ein Mitglied der Gruppe nach dem anderen namentlich vor, wobei er ihre Qualitäten, so gut es ging, hervorhob; als letzte nannte er die Namen der bei ihm Stehenden. Der Herold verneigte sich vor jedem einzelnen, doch als Kermorvan Ils als eine Edle Dame der Duergar vorstellte, wogte ein erregtes Raunen durch die Reihen der Zuschauer, und etliche sanken sogar auf ein Knie nieder oder vollführten feierliche Hofknickse. Ils riß die Augen weit auf und beeilte sich, sich ihrerseits zu verneigen. Elof bemerkte, wie sehr sie von derartigen Höflichkeiten beeindruckt war, nachdem sie bei den gewöhnlichen Menschen so wenig Ehrenbezeugungen erfahren hatte. Als nächstes wandte sich Kermorvan Elof zu; er bezeichnete ihn als Schmied, der trotz seiner Jugend über ein großes Wissen und noch größeres handwerkliches Können verfügte, und außerdem als kühnen Kämpfer, falls es erforderlich sei. Auch das schien die Zuschauer zu beeindrucken. »Was mich selbst angeht, ich habe diese Gruppe aus dem fernen Westland hierhergeführt, und Keryn, Lord Kermorvan, lautet mein Name.« Als er das aussprach, stürzte die Frau des Waldvolks vor, sank vor dem Herold auf ein Knie und streckte mit den langen Armen die Brustplatte aus, die im Licht der Fackeln hell schimmerte.

In diesem Moment erhob sich unter den schattenhaften Zuschauern ein Seufzen und Hauchen wie aus einem einzigen Mund und wehte wie ein Windstoß über die Flammen der Fackeln. Selbst der Herold stand da und starrte nur, als ob er der Sprache beraubt wäre. Dann drängten sie vor, Fackeln wurden hochgehoben, und einige Mitglieder der Gruppe führten die Hände zu den Waffen, obwohl sie niemals hoffen konnten, gegen eine solche Meute erfolgreich ankämpfen zu können.

Doch plötzlich teilte sich die herandrängende Menge, und ein Mann, kleiner als die meisten, bahnte sich einen Weg hindurch. Sie verstummten und wichen zurück; er ergriff eine Fackel und schritt auf die Wanderer zu. Er überragte sie wie ein junger Baum, sein Wams und sein Beinkleid schimmerten dunkelgrün in dem gelblichen

Licht, und reiche Goldstickerei glänzte auf seinem Umhang. »Keryn!« rief er aus. »Keryn, bist du das wirklich? Finde ich dich hier, endlich, nach so langer Zeit? Nun, da ich längst die Hoffnung auf dein Erscheinen aufgegeben hatte?« Seine tiefe Stimme schwankte, als er ihre verständnislosen Gesichter sah; Kermorvans Miene war starr wie Granit. »Keryn? Ist irgend etwas nicht in Ordnung? Hegst du Groll gegen mich? Oder bist du vielleicht krank, daß du mir keinen Gruß entbietest? Mir, deinem eigenen Bruder!«

Elof ließ den Blick über die wenigen Gesichter schweifen, die er ausmachen konnte, und suchte Belustigung oder Mitleid darin, wie man es einem armen Senilen oder Irren entgegenbringt. Doch er sah nichts dergleichen in den länglichen Mienen, nichts als angespanntes Interesse mit einem Hauch Besorgnis. Kermorvans graue Augen funkelten groß im Licht der Laterne, und aus seiner Stimme troff eine so tiefe Verbitterung, wie sie Elof diesem Mann kaum zugetraut hätte. »Ich kann Euch keine andere Antwort geben als die folgende: Meine Eltern sind tot, meine Mutter ist bei meiner Geburt gestorben, ich war ihr Erstgeborener und zugleich ihr letztes Kind. Ich hatte niemals einen Bruder.«

»Aber was soll das heißen?« fragte der Neugekommene. »Bist du mit dem Fluch der Blindheit geschlagen? Oh, das ist grausam, so grausam wie das Herz des Eises! Kenne ich denn deine Stimme, dein Gesicht nicht so gut wie meine eigenen? Sieh mich an, und sage mir ins Gesicht, daß ich lüge!« Er hielt die Fackel hoch, und das erste, was Elof in ihrem Licht sah, war der grauscheckige Bronzeton des Haares des Mannes und die Spuren von Tränen auf seinen ausgemergelten Wangen. Kermorvan starrte hinauf in dieses längliche Antlitz, und ganz langsam lockerte sich sein streng gestraffter Mund, seine Lippen teilten sich, schienen zu zittern. Ils gab ein lautes Japsen von sich, fast einen Schrei; eine plötzliche Eiseskälte erfüllte Elofs Magen. Man brauchte nur eines der beiden Gesichter zu verzerren, Kermorvans in die Länge zu ziehen oder das des anderen zu verkürzen, dann hätte man eine spiegelbildliche Gleichheit. Es war, als ob eins die Karikatur des anderen wäre, doch beide waren edel, stolz, selbst schön auf ihre Weise; unleugbar miteinander verwandt.

Doch Kermorvan schüttelte den Kopf. »Mein Herr, ich habe Euch noch nie in meinem Leben gesehen.«

»Nein!« stammelte der Mann. »Wie kann das sein? Du bist genau der Keryn, an den ich mich erinnere ... Aber wie ist das möglich? Als ob gar keine Zeit vergangen wäre. Als ob d ... als ob er ... gar nicht älter geworden wäre, während ich, der jüngere ... Wie? Wie?« Seine Stimme wurde vor Verwirrung brüchig, und die Fakkel schwankte heftig in seiner Hand. Tiefe Falten furchten sein Gesicht, das wie unter Todesqualen verzerrt war. Kermorvan streckte, ohne nachzudenken, tröstend die Hand aus. Die unvermittelte Bewegung ließ sie beide erstarren, und sie sahen einander erneut an; das kam fast einer intuitiven Anerkennung ihrer Blutsverwandtschaft gleich.

»Du ... er ... ist zurückgeblieben«, murmelte der Fremde, und Elof hatte den Eindruck, daß die Spannung bei der zuschauenden Menge zunahm, die Saite eines gestimmten Instruments straffte sich immer mehr. »Zurückgeblieben, als unsere letzte Verteidigung brach, als das Eis schließlich bis zu unseren Mauern vorrückte und entlang der gesamten Küste die dicken Steine brachen und zermalmt wurden wie Nußschalen. Das war in der Tat ein furchterregender Anblick! Wir waren der Ansicht gewesen, daß etwas von so großem Gewicht sich nur langsam vorwärtsbewegen konnte, wie es das bis dahin auch getan hatte, indem es sich uns jeden erbarmungslosen Tag ein Stück weiter näherte. Doch dann, bei seinem endgültigen Angriff, kam es anders, nach jener Nacht, die so klar und kalt war, ohne Wind oder Wolken. Das Wasser lag so still, still wie ein Spiegel unter dem Mond; am fernen Horizont glitzerten jene grausamen weißen Spitzen, die sich über einstmals fruchtbare Felder und gesunde Wälder erhoben. Doch selbst als das Toben losbrach, das Unwetter und die brüllenden Lawinen, als ganze Eisberge ins Wasser stürzten, um zu großen schwimmenden Klippen zu werden, beruhigte sich auch das nach einer Weile. Ich war glücklich darüber, hielt es für ein Omen des Friedens ...« Er zitterte plötzlich heftig. »Dann ... war es, als ob der Mond auf das Wasser hauchte. Denn das gesamte vom Land umschlossene Meer beschlug wie ein Spiegel. Und in der Zeit eines Herzschlags verwandelte es sich in Silber und dann in Weiß! Da wußte ich, daß unser Schicksal besiegelt war. Unsere Schiffe wurden in den Häfen zermalmt, unsere Inseln überspült; schreckliche Ungeheuer fluteten über das Eis, Trolle und Drachen und andere abscheuliche Tiere und abscheuliche Menschen und danach abscheuliche Halbmenschen, die dann unsere Festung belagerten. Und nach ihnen, denen wir vielleicht hätten Widerstand leisten können, näherten sich die Massen selbst. Sie schoben sich nicht mehr allmählich vorwärts, sondern sie glitten über das gefrorene Meer, anscheinend so schnell wie ein schnelllaufender Mensch; ein heulender Sturm war der Bote, der sie ankündigte, und das Banner, das sie vor sich hertrugen, bestand aus einer riesigen Geröllawine. Das Eis überwältigte seine eigenen Geschöpfe und scherte sich nicht darum. Es drückte gegen unsere seewärtigen Mauern, und die Steine, die starken Steine, brachen wie Muscheln. Dann ersuchte mein Bruder all seine Gefolgsleute, die ihm noch geblieben waren, seine getreuen Lords und Ratgeber mit ihren Familien, zu fliehen. Und als wir uns weigerten, befahl er uns kraft seiner Macht, das Weite zu suchen; einige schickte er in Richtung Osten, mit Botschaften an mein Reich, doch die meisten, darunter ich selbst, flüchteten in Richtung

Osten. Denn dorthin hatte er bereits seinen jungen Sohn geschickt, in der Obhut unserer Schwester Ase und des großen Lord Vayde. Sein Sohn mußte unbeschadet aufwachsen, um im Westen ein neues Reich aufzubauen, außer Reichweite des Eises, und dort die in alle Winde zerstreuten Stammesgleichen wiederzuvereinigen. Er hatte ihn mit der höchsten Herrschergewalt ausgestattet, doch er brauchte eine handfestere Kraft, wenn er das Königreich und seine Macht festigen wollte.« Der Mann starrte ihn jetzt mit brennenden Augen an. »Uns wurde aufgetragen, den Weg dorthin nach unseren besten Möglichkeiten zurückzulegen, und wenn wir dort angelangten, dem Inhaber der Herrschergewalt, seinem rechtmäßigen Erben, zu dienen. Doch mein Bruder selbst wollte nicht mitkommen, denn nach seinen Worten lag seine Bestimmung in seiner Stadt, er mußte mit ihr leben oder sterben. Und er nahm die Krone sowie zwei alte Krieger aus seiner Wachmannschaft und trennte sich von uns. Was mehr konnten wir ihm noch geben, als den letzten Gehorsam zu leisten? Wir rafften zusammen, was wir mitnehmen konnten, und unternahmen einen kraftvollen Ausfall durch das landwärtige Tor, schlugen die Belagerer dort in die Flucht und befreiten uns. Doch während wir frei über die Berge eilten, blickten wir uns um und sahen, wie die weißen Massen unsere Mauern zermalmten, sie auswischten, wie die Kante eines Handballens eine Schiefertafel leerwischt. Die hohen Türme, die Brücken und Zinnen, die Reihen von Dachfirsten — wir sahen, wie sie sich im Sturm und Unwetter aufbäumten, bevor die herannahenden Wände sie knickten oder zerschmetterten. Dann lag alles stumm und vernichtet da. Wir mußten zusehen, wie alles, was im Laufe vieler Jahrhunderte entstanden war, was uns noch wenige Tage zuvor mächtig genug erschienen war, um noch viele Jahre zu überdauern, stark genug, um es mit der Herausforderung des bloßen Eises aufzunehmen — wie all das in kürzester

Zeit zu Schutt zermalmt wurde. Wenn alle Berge der Welt eingestürzt wären, hätten sie die Stadt nicht gründlicher verwüsten können; sogar der Staub, der dem Eis entkommen war, wurde von seinem Sturm gepackt und wie zum Hohn in alle Richtungen verweht. Viele von uns entleibten sich bei diesem Anblick mit den eigenen Waffen oder stürzten sich in die Tiefe. Denn wir hatten das Gefühl, daß wir von allen beschützenden Kräften verlassen worden waren, daß das Ende der Welt gekommen sei.«

Elof, der stumm und benommen dastand, hörte ein leises Seufzen aus den Reihen der Zuschauer aufsteigen, wie ein Echo aus der dunklen Tiefe eines wiedererlebten Schmerzes. Verhaßte Erinnerungen wurden dabei in ihm wach, Erinnerungen an die Zerstörung der kleinen Stadt Asenby, in der er aufgewachsen war, und an sein Schuldgefühl, weil er diese Zerstörung so leidenschaftlich herbeigesehnt hatte. Kermorvan, der neben ihm stand, sah ebenso erschüttert aus wie alle anderen, fand jedoch schließlich seine Sprache wieder. »M-mein Lord ... wer seid Ihr?«

Die graublauen Augen, die den seinen so sehr ähnelten, funkelten ihn an, und die Stimme klang wie ein tiefes Horn. »Ich? Ich bin Korentyn Rhudri, Prinz des Hauses Kermorvan, Oberster Kämmerer des Reiches Morvan, Seelord von Kermorvannec. All das nach dem Willen meines Bruders Keryn, König der Stadt Kermorvan und des Reiches Morvan, der einhundertundfünfundsechzigste Herrscher in dieser Linie seit der Flucht von Kerys.«

Elof, hin- und hergerissen zwischen Wut und fassungslosem Staunen, konnte sich nicht mehr zurückhalten. »Wie kann das alles denn sein?« platzte er heraus. »Erklärt mir das, Lord, da doch dieser Mann, der neben mir steht, höchstwahrscheinlich der zweihundertste Sproß seines Hauses ist, der dreißigste im Westland geborene! Und da doch, seit das Reich Morvan vom Eis begraben wurde, beinahe eintausend Jahre vergangen sind!«

Ein Raunen wurde unter den Umstehenden laut, und der Mann trat näher an ihn heran, wobei sein Gesicht zu einer Maske der Wut erstarrt war. Es war beunruhigend, wie sehr er mit diesem Ausdruck Kermorvan ähnelte, doch Elof begegnete dem Blick der kalten grauen Augen standhaft, und fast sofort wich die Wut aus der Miene des anderen. »Elof nennt Ihr Euch«, murmelte der Mann. »›Einer Allein‹ heißt das in der Sprache des Altertums. Seltsam, daß auch Ihr mich an jemanden erinnert ... nicht an jemand so Nahestehenden ... an wen, fällt mir nicht ein ... und was Ihr sagt ... ach, es ist Wahnsinn, Wahnsinn ...« Wieder verzerrte sich das Gesicht das Mannes, als ob er einen schrecklichen inneren Kampf auszufechten hätte; er hob die zitternden Hände an die Schläfen, würgte, als ob ihm ein Wort in der Kehle steckte, ein Wort, das ihm entfallen war. Das Schweigen der umstehenden Menge verhärtete sich, als ob kein Atemzug die Luft bewegen sollte. Dann wurde es von einem plötzlichen trällernden Ton durchbrochen, fließend und angenehm, dem Ruf eines Nachtvogels in dem flüsternden Laubwerk ringsum. Der große Mann hob den Kopf, als ob er lauschte, und auch Elof horchte voller Verwunderung, denn es schien ihm, daß das Lied das Zittern einer Bedeutung in sich barg, das sich in seinem Geist zu Worten formte.

Im Schatten des Waldes
Singe ich von allem Leben,
Das sich stets erneuert
Und wieder und wieder erblüht.

Sorgen sind Dummheit,
Zweifel sind Täuschung,
Der Dienst am Nichtlebenden
Sklaverei in seiner Macht.

Betrachte den Wald,
Hier in den heiligen Hallen
Bringt die Zeit Erfüllung,
Niemals Verfall.

Unter seinem Schutz
Fürchte nicht den Wandel,
Dies und nur dies
Unterliegt der Vergänglichkeit.

Der Regen hatte inzwischen aufgehört, und die Wolken rissen an einem kühlen Sommerhimmel auf. Während Elof dem Vogelgesang lauschte, fühlte er sich durch den Wald weniger bedrückt, war weniger auf der Lauer vor ihm, sondern sich vielmehr seiner lebendigen Schönheit bewußt. An einem Busch in der Nähe war das Muster eines Spinnennetzes von den Regentropfen nachgezeichnet und vom auftauchenden Mondschein in weiße Edelsteine verwandelt worden; die künstlerische Vollkommenheit dieses Werkes und die der versilberten Blätter brach ihm beinahe das Herz, da sie alles übertraf, was eines Menschen Hand zu schaffen vermochte. Die Luft war so frisch, daß sie zu prickeln schien, wenn er atmete, und sie war angefüllt mit dem würzigen Aroma der unzähligen Düfte des Waldes. Er spürte, wie die Erschöpfung und der Hunger von ihm abfielen wie ein verdreckter Umhang und wie neue Kraft durch seine Adern strömte. Die Starre wich aus Kermorvans Haltung, und er bog den steifen Rücken und die müden Glieder; Roc blickte sich mit offenem Mund um, als ob er den Ort zum erstenmal sähe, und alle anderen Mitglieder der Gruppe wirkten mit einemmal entspannter. Ils atmete tief ein und rieb sich dankbar die Augen; obwohl sie sich nun schon sehr lange auf der Erdoberfläche aufhielt, zog sie das Mondlicht dem hellen Sonnenschein immer noch vor. Der Mann namens Korentyn lauschte aufmerksam, als ob er aus dem Lied noch mehr herausihörte als Elof; ganz allmählich schwand der gequälte Ausdruck aus seinem Gesicht. Das letzte fließende Trällern verebbte zwischen den Büschen, und als er sich ihnen wieder zuwandte, stand ihm nichts anderes als Höflichkeit und ernste Besorgnis im Gesicht geschrieben.

»Ich bitte Euch, vergebt mir. Ich habe eine grobe Unhöflichkeit begangen, indem ich in meinem Kummer darüber, daß ich den Gesuchten nicht fand, einen anderen nahen Stammesverwandten so sehr beunruhigt habe.« Er lächelte in stiller Freude. »Euer Gesicht zeugt zweifelsfrei davon, daß Ihr ein solcher seid. Und Ihr erinnertet mich nicht nur wegen der Ähnlichkeit des Gesichts an ihn; welche weiteren Beweise brauchte ich sonst noch? Doch ich hätte nicht vergessen dürfen, daß sich im Wald nur selten Menschen zufällig begegnen. Ich heiße Euch willkommen, im Namen des Bewahrers, der Euch hierher geführt hat. Und Eure hochgeschätzte Begleitung nicht weniger; es ist lange her, seit ein großer Schmied unter uns weilte, und noch nie hatten wir den Besuch eines Vertreters des Bergvolkes. Ehrt unseren Palast mit Eurer Gegenwart, wenn es Euch beliebt! Genießt Erfrischung, Rast und Ruhe in furchtlosem Schlaf und einem freudigen Erwachen. Denn Ihr alle seid uns willkommen, nach dem Willen des Bewahrers! Kommt!« Er trat lächelnd und in eifriger Zuvorkommenheit beiseite, und bedeutete ihnen mit einer Handbewegung, zwischen den Reihen der Zuschauer hindurch zum Tor zu gehen. »Kommt!«

Elof hätte die Sache am liebsten hinausgeschoben, um noch weitere Fragen zu stellen.

Schwellen zu überqueren kann manchmal etwas sehr Entscheidendes sein, besonders wenn Metall und ein Schmied im Spiel waren. Er sah Ils an, daß sie dieselben Bedenken hegte. Die anderen blickten sie forschend an, um einen Hinweis auf ihre Gedanken zu bekommen. Doch Kermorvan schaute sich einen Moment lang um, und Elof ahnte, welche Überlegungen er anstellte: Wenn die Absichten der anderen gut waren, würden sie sie mit einer Ablehnung beleidigen, wenn sie böse waren, konnten sie ohnehin gegen eine derartige zahlenmäßige Übermacht wenig ausrichten. Der Krieger trat vor, und die erschöpften Wanderer taten es ihm gleich; sie spähten nervös nach links und rechts in die Menge, während sie dazwischen hindurchschritten. Doch sie wurden nur von ernsten Verbeugungen und anmutigen Knicksen gegrüßt. Kermorvan erwiderte sie mit entsprechender Eleganz, und Tenvar und Bure als wohlerzogene Nordländer ebenfalls, doch Elof fühlte sich tölpelhaft und verlegen und wagte nicht, es zu versuchen. Ils hingegen strahlte über das ganze breite Gesicht. »Ein bemerkenswerter Tag«, lachte sie, »an dem ein Duergar-Mädchen mit soviel zuvorkommender Aufmerksamkeit von menschlicher Seite bedacht wird. Vielleicht gefällt mir dieser Ort schließlich doch noch!«

»Von menschlicher Seite?« murmelte Elof. »Da habe ich so meine Zweifel.«

Noch während er sprach, spürte er, wie das Gras unter ihren Füßen dünner wurde, und hörte seine Schritte auf überdeckten Steinen schallen; noch ein Schritt, und er trat auf nackte Fliesen, vom vielen Gebrauch ausgehöhlt wie Hände, genauso wie die breiten Stufen, die zu dem Tor hinaufführten. Es bestand aus einem hohen Bogen aus behauenem Stein, groß und hell, doch als Elof oben anlangte, blieb er starr vor Verwunderung stehen, denn es erschien ihm, als ob dahinter nur wieder der Wald weiterginge, eine Gruppe von Baumstämmen, überschattet von einer riesigen, uralten Eiche am Ende. Dann erkannte er seinen Irrtum, und staunte aufs neue, denn die Bäume zu beiden Seiten waren in Wirklichkeit zwei gewaltige Türflügel, kunstvoll geschnitzt und so zusammengefügt, daß sie in geöffnetem Zustand den Blick nach innen zogen und Tiefe und Ferne vortäuschten. Doch die Eiche war echt, obwohl sie aus dem gefliesten Boden eines großflächigen Innenhofs mit hohen Mauern ringsum wuchs. Viele überdachte Galerien verliefen daran entlang, doch die Eiche überragte alles andere, und ihre obersten Äste schwankten frei unter dem Mond.

Kermorvan schritt durch das Tor, und Elof folgte aufmerksam, wobei er während des Durchgehens die Arbeit bewunderte. Der Mann namens Korentyn bemerkte sein Interesse und lächelte. »Auch in geschlossenem Zustand wirken sie geöffnet und einladend, und sie hat weder Schloß noch Riegel. Doch wir schließen sie selten, höchstens einmal gegen ein Unwetter; schlimmere Feinde haben wir hier nicht zu fürchten. Denn das ist Lys Arvalen, der Palast des Sommers.« Er hielt seine Fackel hoch, und an den Wänden ringsum erwachten Lampen als Antwort darauf; ein weicher, gleichmäßiger Lichtschein in vielen Farbnuancen strahlte auf und erfüllte den Innenhof mit seiner Helligkeit, von den Blättern der Eiche durchbrochen und gedämpft zu einem milden sommerlichen Zwielicht. Von den Galerien schallten durch die kühle Luft viele freundliche Grußworte zu ihnen herunter, und ein Regen aus süß duftenden Blumen und Blütenblättern schwebte auf die Wanderer herab. Musikfetzen drangen ihnen an die Ohren, ihre Augen erhaschten Blicke auf hübsche Gesichter, und vor allem beeindruckte sie die Großartigkeit des Gebäudes.

»Das ist in der Tat ein vornehmer Ort«, hauchte Kermorvan in leiser Bewunderung. »Größer als irgend etwas in Kerbryhaine, abgesehen von der Zitadelle, und majestätischer. Ein angenehmer Anblick, und ein noch angenehmerer Empfang.«

»Doch das eine ist so seltsam wie das andere«, erinnerte Elof ihn. »Dennoch, es ist ein Werk, das sich durchaus mit denen der Duergar messen kann, meinst du nicht, Ils?«

»Nicht ganz«, entgegnete Ils belustigt. »Siehst du

denn nicht? Die Mauern ...« Doch sie konnte nicht weitersprechen, denn sie waren von einem Strudel großgewachsener Menschen umringt, die sich dicht an sie herandrängten und eifrig bemüht waren, sich bemerkbar zu machen.

»Lord Keryn?« fragte ein Mann, der kleiner und breiter als Korentyn war, diesem jedoch in bezug auf Haut- und Haarfarbe und Gesichtszüge ähnelte. »Willkommen, noch einmal willkommen! Ich bin Lord Almayn, ein Vetter Eures Hauses, und dies ist Lady Dirayel.« Groß und blond, wie sie war, erinnerte sie Elof auf unangenehme Weise an Louhi, obwohl ihr Lächeln warmherzig war. Eine zweite, jüngere Frau trat heran, kleiner von Wuchs, mit einem zarten katzenhaften Gesicht, eingerahmt von glattem kastanienbraunen Haar, ein verblüffender Gegensatz zu dem derbgesichtigen Riesen an ihrem Arm, dessen Haar ebenso feuerrot wie Rocs seine Schultern umwallte. »Und daneben Lady Teris sowie Merau Ladan, ein für hervorragende Dienste ausgezeichneter Wächter König Keryns.«

»Merau Ladan?« wiederholte Kermorvan erstaunt, während er nach der ausgestreckten Hand griff. Elof blickte mit Abscheu darauf hinab; die Finger wirkten noch länger als Korentyns, und der Arm, der zwar dennoch kräftig erschien, paßte dazu. Kermorvan war offenbar im Begriff, den Mann etwas zu fragen, doch Alman deutete mit einer ausholenden Handbewegung zu einem drahtigen Mann mit sonnengebräunter Haut und dunkelbraunem Haar, Elofs nicht unähnlich. »Und darf ich Euch einen weiteren Vetter von Prinz Korentyn vorstellen, einen Mann, der einst unser Oberster Kapitän zu See war, Svethan ...«

»Svethan!« rief Kermorvan verwundert aus. »Derjenige, der die Horden des Eises von den Mittleren Inseln vertrieben hat? Der Amicac persönlich auf offenem Meer begegnet ist?«

Svethan schmunzelte. »Und der nahe daran war, den

Sturm in entgegengesetzter Richtung zu überholen? Aber ich habe nichts mehr mit dem Meer im Sinn, Stammesbruder! Willkommen! Doch sagt, wieso kennt Ihr mich und ich Euch nicht?«

»Ich habe über Euch in den Liedern von Morhuen gelesen!« flüsterte Kermorvan. »Über Euch und Merau Ladan. Und wenn dies eben jene Lady Dirayel ist ...«

Svethan brach in schallendes Lachen aus. »Morhuen! Na, na! Wartet nur, bis wir diesem alten Narren erzählen, daß sein Ruhm sogar bis in Euer Westland reicht! Er wird außer sich sein!«

Kermorvans Augen verengten sich. »Mein Lord, die Kunde von diesen Dingen hat uns in der Tat erreicht, und zwar vor vielen Jahrhunderten.«

Ein leichtes Stirnrunzeln zog Svethans Brauen zusammen, und Merau Ladan schüttelte heftig den Kopf. »Wohl kaum, Lord Keryn. Tatsächlich ist Morhuen ein alter Narr, aber Ihr werdet ihn demnächst vielleicht selbst kennenlernen und Euch ein Urteil über ihn bilden.«

Lady Teris seufzte. »Möge ihn das dazu veranlassen, wieder einmal etwas zu spielen. Ich habe seine Darbietungen in letzter Zeit sehr vermißt.«

»Ich nicht!« erwiderte der Wächter entschieden. »Mein Lord, und Ihr, Herr Schmied, und all Eure Freunde, sollte Euch dieses höfische Getue mit den Liedern und Tänzen und höflichen Floskeln auf die Nerven gehen, dann begleitet doch mich und die anderen Wächter bei der Jagd. Denn in unseren Wäldern macht das mehr Spaß als selbst in der Parklandschaft von Morvan, und soviel ich gehört habe, gibt es begeisterte Jäger unter Euch.« Elof winkte in Richtung Gise, der offenkundig Mühe hatte, die altertümliche Form der Südsprache zu verstehen, und übersetzte die Worte des Wächters. Gise ließ einen Redeschwall in der Nordsprache vom Stapel, die Merau Ladan zu Elofs Überraschung sehr gut verstand, und dieser antwortete, indem er sich gebührlich um einen nordischen Akzent bemühte. Teris begann mit Kermorvan eine Diskussion über Dichtung und zitierte klassische Werke, die Elof nie gelesen hatte. Ils war plötzlich von plaudernden Verehrern umringt, Borhi und die Nordländer von hübschen Mädchen, und selbst Arvhes war in ein angeregtes Gespräch mit Almayn vertieft, das den Handel des Westlandes zum Thema hatte. Elof fühlte sich seltsam mißachtet. Doch dann erschien Korentyn wieder; er wandte sich mit einer Spur freundlicher Heiterkeit in der wohlklingenden Stimme an die Wanderer.

»Meine Freunde! Ihr seid bestimmt müde und erschöpft nach der langen Reise; wer wüßte das besser als wir? Wir werden also das höfische Zeremoniell und die Feierlichkeiten verschieben, bis Ihr Euch ausgeruht habt, um sie dann gemeinsam zu begehen. Ein Mahl erwartet Euch und eine bequemere Lagerstatt, als sie der Waldboden geboten hat. Kommt!«

Er führte sie energisch durch das Gedränge der Leute, die sie offenkundig nicht gern gehen lassen wollten. Besonders Teris rannte beinahe, um mit Kermorvan Schritt zu halten, wobei ihr langes Gewand aus weichem blauem Stoff über die Fliesen wischte. »Wie Kinder, denen ihr neuestes Spielzeug weggenommen wird«, bemerkte Ils erheitert.

Roc lachte. »Es gibt nicht viel Abwechslung im Wald. Wahrscheinlich sind wir seit langem hier wieder mal etwas Neues.«

»Wahrscheinlich«, bestätigte Elof, doch ihm war nicht nach Lachen zumute.

Korentyn führte die Reisenden eine breite Treppe hinauf in den ersten Stock der Galerien und weiter zur anderen Seite des Innenhofes. Dort bot er ihnen in einem vorgebauten Erker, dessen Fenster auf den Wald hinausgingen, hohe, bequeme Stühle rund um einen Tisch an, der auf einem Podest stand; der für ihn vorgesehene Stuhl hatte einen geschnitzten Baldachin, ebenso wie der rechts daneben. Diesen wies er Kermorvan zu, und während sich der Krieger setzte, warf er einen Blick zu Elof hinüber, der am anderen Ende des Tisches Platz nahm, und hob vielsagend den Blick nach oben. In der Mitte beider Baldachine war das Symbol des Raben und der Sonne angebracht.

Zu Elofs Überraschung waren es die langgliedrigen Waldleute selbst, die sie bedienten; sie brachten Wasser, damit sie sich die Hände waschen konnten, dann trugen sie Platten mit Fleisch und anderen Speisen auf, schlicht, aber reichlich. Kermorvan verneigte sich förmlich in Richtung seines Gastgebers. »Im Namen von uns allen danke ich Euch, mein Prinz, für die Gastfreundschaft in diesem Eurem Palast.«

Korentyn lächelte und nahm sich Fleisch. »Ich danke Euch, doch ich bin nicht der Herr dieses Ortes. Vielleicht der Hofmeister oder Kastellan, falls das von Bedeutung wäre, was es hier jedoch nicht ist. Ich bin lediglich der Anführer jener, die unsere Flucht aus Morvan überlebt haben; wir waren in jenen schrecklichen Zeiten gezwungen, uns so dicht zusammenzuschließen, daß eine Rangordnung nebensächlich wurde. Merau Ladans Mut und unermüdlicher Kraft verdanken viele ihr Überleben, die sonst bestimmt umgekommen wären, was macht es da schon, daß er lediglich Hauptmann der Wache war? Wir sind jetzt von gleichem Rang und stehen auf ein und derselben Stufe. Der einzige wahre Herr in diesem Palast ist derjenige, der uns gefunden hat, als wir dem Tode nahe durch sein Reich wanderten, jene uralte Macht, die uns das Herz ihres Reiches zur Verfügung stellte, um darin unser Dasein zu fristen. Er, der Bewahrer, der Herr des Waldes. Der Große Tapiau.« Und er vollführte eine umfassende Handbewegung in die schattigen Bäume unter ihnen.

»Er hat Euch diesen Ort zur Verfügung gestellt?« fragte Ils leise von ihrem Platz zu seiner Linken. »Aber wer hat den Palast gebaut?«

»Wir selbst«, antwortete Korentyn mit einem stolzen Lächeln. »Ich bezweifle, daß Tapiau viel Verständnis für Bauwerke hat. Aber wir hatten das Glück, Torve noch unter uns zu haben.«

»Torve, der Baumeister«, murmelte Kermorvan wie im Traum. »Natürlich ...«

»Und hat er die Mauern so geplant, wie sie jetzt sind?« fragte Ils. »Stein nur bis zu dieser Höhe, und darüber ...« Sie deutete hinaus. Elof drehte sich um, um die Galerien zu betrachten; sein Blick schweifte durch den Innenhof unter ihnen und hinauf zu den Dächern und Türmen und Giebeln, die er jenseits davon sehen konnte. Nun, nachdem Ils es erwähnt hatte, war es offensichtlich; er hätte es bestimmt zuvor schon bemerkt, auch ohne die scharfen Augen eines Duergar, wenn es ihm nicht so unwahrscheinlich vorgekommen wäre. Fast alles an diesem gewaltigen Palast oberhalb dieser Galerie, die den ersten Stock darstellte, war aus Holz gefertigt.

Korentyn seufzte. »Nicht genau so, nein. Der arme Torve! Er hatte gelobt, diesen Ort so zu gestalten, daß er etwas Großartiges würde, ein Monument zum Angedenken an Morvan, das es nicht mehr gab, das angemessene Herzstück eines Reiches, das der Himmel für alle Menschen werden sollte. Und er steckte uns alle mit seiner Vision an. Männer und Frauen, Lords und Ladys, nicht einer ließ es sich nehmen, nach Kräften mitzuhelfen.« Seine Mundwinkel zuckten. »Es mag Euch überraschen, daß ein Prinz von Morvan einen ausgezeichneten Holzfäller abgab und mit Hingabe Gräben aushob; es überraschte mich jedenfalls selbst. Es war eine schwere Arbeit, und sie dauerte lange ...« Sein Blick schweifte in eine unbestimmte Ferne, seine Stimme sank fast zu einem Murmeln ab. »Die Wächter halfen uns damals, natürlich, doch ihre Zahl war wesentlich geringer, und Steinbrüche mit geeignetem Material waren sehr weit entfernt ... Viele erschöpften sich bei der Mühsal, sehr viele, und Torve verbrauchte das Feuer seines Herzens vorzeitig in dem Bemühen, das ihre immer wieder neu zu entfachen. Wir bekamen ihn immer seltener zu Gesicht, bis schließlich ...« Er zuckte mit den Schultern, und allmählich bekamen seine Augen wieder alten Glanz. »Es gab immer noch einige, die genügend Feuer hatten, um das Begonnene fortzusetzen, darunter ich selbst, jedoch nicht in Stein, nicht wenn Tapiau uns mengenweise Holz anbot. Und so seltsam es sich für einen Angehörigen des weisen Steinvolkes anhören mag, wir haben das Holz lieben gelernt. Es hat die Stärke und Wärme von etwas Lebendigem in sich, und es paßt so gut hierher in den Wald, wie der Stein vermutlich in Eure tiefen Höhlenbehausungen paßt.«

»Was geschah mit diesem Torve, mein Lord?« fragte Elof. Trotz seines unguten Gefühls hatte er fast unmäßig viel gegessen, und es hatte an nichts gemangelt, das er sich hätte wünschen können. Nach so vielen Wochen der kärglichen Verköstigung und der anschließenden gerade eben ausreichenden Ernährung durch das Erjagte war es für ihn etwas unglaublich Wundervolles, eine reichhaltige und vielfältige Mahlzeit zu verzehren und jetzt dazusitzen, einen leichten Wein zu genießen und dem Spiel der Blätter unter dem Fenster zuzusehen. »Ist er einfach ... weggegangen?«

»Nein!« lächelte Korentyn. »Das würde kaum jemand tun, der einmal die Luft dieses Reiches geatmet hat. Er ging zu den Wächtern, um bei diesen zu leben, das ist alles.«

»Die Wächter?« erkundigte sich Elof. »Sind das die Leute, die Ils' Volk die Kinder Tapiaus nennt?«

»Ein schöner Name«, nickte der Prinz, »und ein zutreffender. Wir nennen sie jedoch Wächter oder in der Sprache des Nordlandes, mit der Ihr, wie ich vermute, aufgewachsen seid, *Alfar.*«

Elof richtete sich überrascht auf. Hatte sich die Wortbedeutung gewandelt? Der Name bedeutete jetzt nicht mehr Wächter; wenn das jemand wissen mußte, dann er, der ihn einst selbst mit Verachtung getragen hatte, er, den man Alv genannt nannte — den Wechselbalg. Doch er hielt es für besser, darüber nichts zu erwähnen. »Wer sind diese Wächter, mein Lord? Was deutet dieser Name an? Sind es Diener? Sklaven? Oder ...« Er winkte mit der Hand ab. Er war im Begriff gewesen zu fragen: *oder Gefangene.*

Korentyn schüttelte leicht verständnislos den Kopf. »Nichts derart Erniedrigendes! Hier ist kein Mensch gezwungen, etwas zu sein, das er nicht sein möchte, solange er niemand anderem etwas zuleide tut. Sie sind unsere Freunde. Ein schlichtes Volk, wie Ihr sehen werdet, jedoch in ihrer Schlichtheit mit großem Geschick und vielen guten Eigenschaften ausgestattet, und wir schätzen sie sehr. Sie kennen keine größere Freude, als zu jagen, zu sammeln und den Boden auf ihre ziemlich primitive Weise zu bearbeiten. Und sie brauchen nichts außer Tapiaus Gunst, um sowohl sich selbst als auch uns in reichem Maße zu ernähren. Dies und ihre Dienste leisten sie uns mit Liebe und Hochachtung, und Tapiau bringen sie darüber hinaus große Ehrfurcht entgegen, denn er ist ihr Herr. Sie bewachen seinen Herrschaftsbereich und dessen Grenzen, indem sie selbst während des Jagens und Sammelns mit wachsamen Augen Ausschau nach Eindringlingen halten; daher ihr Name. Sie führen kein schlechtes Leben; viele von uns, wie zum Beispiel Merau Ladan, verbringen manchmal Tage oder Wochen mit ihnen auf der Jagd und finden das äußerst erfrischend, eine Abwechslung vom Leben am Hof. Vielleicht würde es Euch ebenfalls gefallen.«

»Es hört sich so an«, lächelte Kermorvan und streckte sich behaglich auf seinem Stuhl aus. »Habt Ihr Euch ihnen jemals angeschlossen, mein Lord?«

»Jawohl, viele Male«, antwortete Korentyn leise, und wieder war es, als ob sich ein Schleier vor seine Augen senkte. »Oft und lange, manchmal so lange, daß ich zeitweise dachte ...« Er zuckte mit den Schultern, lächelte erneut und wischte den Gedanken mit einer Handbewegung beiseite.

Elof sah von ihm zu Kermorvan; er hatte darauf gewartet, daß sein Freund eine bestimmte Frage stellen würde, die für sie alle lebenswichtig war. Es wäre besser, wenn sie von ihm käme, aber auf jeden Fall mußte irgend jemand fragen. »Lord Korentyn ... habt Ihr Euch nicht als Prinz von Morvannec vorgestellt? Ist das nicht der östlichste Hafen Morvans? Sehr weit entfernt vom Eis?«

Korentyn setzte seinen Weinbecher vorsichtig ab, und zum erstenmal seit seinem Ausbruch zu Anfang ihrer Begegnung spielte etwas anderes als Freundlichkeit und Fröhlichkeit in seinem Gesicht. »So war es, Herr Schmied. Und ich nenne mich in der Tat so, wenn dies auch ein leerer Ehrentitel sein mag.«

»Ihr glaubt also ...«

»Könnte das arme kleine Morvannec überdauern, wenn Morvan fiele? Es wurden Kundschafter ausgesandt, wie ich Euch erzählt habe. Doch seit jener Zeit ist niemand mehr nach Westen gekommen, nicht einer. Ohne jeden Zweifel ist der Osten tot, begraben und zermalmt unter dem Griff des Eises; fern oder nah, die Macht von Menschen ohne andere Hilfe konnte es nicht retten. Mein Bruder wußte sehr wohl, was er tat, als er uns verbot, dorthin zurückzukehren und dadurch unser Leben aufs Spiel zu setzen. Nehmt die Botschaft an, weiser Schmied!« Die grauen Augen funkelten in dem langen, schmalen Gesicht. »Denn Eure Weisheit gehört nicht Euch allein, damit Ihr sie beliebig aufs Spiel setzen oder wegwerfen könntet. Ihr dürft sie nicht leichtfertig in einem verhängnisvollen Abenteuer verschwenden. Ihr schuldet sie den Menschen, die nach Euch kommen werden, sie ist Euch zur Verwahrung anvertraut, so wie mir mein eigener kleiner Vorrat anvertraut ist, um mehr als nur das bloße Leben zu hinterlassen.«

Elof erhob sich und verneigte sich, um seiner Frage jegliche Spitze zu nehmen. »Dann seid Ihr in der Tat ein Prinz, mein Lord«, sagte er, denn er war zutiefst beeindruckt von der Ernsthaftigkeit des Mannes, so sehr, wie er von der Kermorvans bei ihrer ersten Begegnung beeindruckt gewesen war. Doch verglichen mit diesem Mann hätte man Kermorvan für jung und unreif halten können; Elof wußte es allerdings besser.

Als alle das Mahl beendet hatten, führten Korentyn und einige der *Alfar* sie von der Galerie über eine überdachte Brücke, die den Palast mit einem schlanken Turm ein wenig hangaufwärts verband. Der Mond strahlte jetzt so hell, daß Elof seinen gekräuselten Schatten auf den Baumwipfeln unter ihnen beobachten konnte. Er sah sich um, in der Hoffnung, aus dieser Höhe weiter blicken zu können, doch da waren nur die gegenüberliegende Seite des Tals und darüber die Sterne. In diesem Augenblick überkam ihn das Gefühl, daß er genausogut hoffen konnte, zu diesen zu gelangen wie zu dem Land im Osten.

»Heute nacht werdet Ihr alle wie Prinzen gebettet sein«, sagte Korentyn, der seine gute Laune wiedererlangt hatte, »denn jener Turm ist mein Zuhause. Und das Eure, wenn Ihr wollt, bis Ihr es vorzieht, Euch eine Unterkunft nach Eurem Geschmack auszusuchen.« Er geleitete sie eine gewundene Treppe mit vielen Stufen hinauf zu einem Balkon mit Stühlen und weiter in einen langen, breiten Gang dahinter, der mit hellem Holz getäfelt und mit Jalousientüren gesäumt war. Hinter jeder befand sich ein kleines Schlafgemach, und die Betten waren mit Fellen und Decken in bunten Farben versehen, die so einladend wirkten, daß sich einige von ihnen ein Gähnen nicht verkneifen konnten. Eine silberne Kanne und eine Schale, eingelassen in einen Waschtisch aus duftendem Zedernholz, waren die ganze übrige Einrichtung in dem Elof zugeteilten Schlafgemach, doch so alt und gebraucht diese Dinge auch waren, so stellten sie doch eine so seltene Arbeit dar, daß sie seine Aufmerksamkeit beinahe gänzlich von den Worten des sich verabschiedenden Korentyn ablenkten. »Schlaft oder wacht, wie es Euch beliebt, kommt und geht, wie Ihr wollt. Wir finden uns für gewöhnlich zu den Mahlzeiten in den Galerien des Innenhofs ein, doch wenn Ihr die Speisen hier oder sonstwo einzunehmen wünscht, braucht Ihr nur einem *Alfar* Bescheid zu sagen. Sie verstehen Eure nordische Sprache wahrscheinlich besser, da sie sich weniger verändert hat. Jetzt habt Ihr Eure Zeit zur freien Verfügung; doch in einigen Wochen wird ein großes Fest stattfinden, um den Höhepunkt des Sommers zu feiern. Viele, die jetzt mit den Wächtern unterwegs sind, werden zu diesem Anlaß zurückkehren; es wird ein Festmahl geben, es wird gesungen und getanzt werden, und wir werden viele Stunden mit angenehmer Unterhaltung verbringen. Ich bitte Euch, als unsere Gäste daran teilzunehmen.«

Kermorvan war leicht verwirrt. »Ihr erweist uns jetzt schon jede erdenkliche Ehre, Lord«, sagte er mit einer Verbeugung.

»Im Gegenteil«, erwiderte Korentyn. »Die Ehre ist auf unserer Seite, und die Wahrheit ist, daß Ihr unseren Vergnügungen neue Würze gebt; es geschieht heutzutage selten, daß wir Neuankömmlinge begrüßen können. Es wird in uns die Erinnerung an das wachrufen, was nicht mehr ist. Und Euch wird es vielleicht einen schwachen Eindruck der Großartigkeit und Pracht vermitteln, die einst in Morvan herrschten. Doch Ihr werdet sehen. Ich wünsche Euch eine angenehme Nacht, meine tapferen Gäste, und schlaft wohl.«

Begleitet von vielen höflichen Worten entfernte er sich; die Wanderer sahen ihm nach und hörten, wie eine Tür geöffnet wurde und ihn seine Schritte eine Treppe hinaufführten. Dann umringten sie Kermorvan und Elof und bedrängten sie mit Fragen, die Tenvar alle mit den Worten zusammenfaßte: »Was für ein Ort ist das hier?

Können wir hier in Sicherheit schlafen, oder sollten wir lieber fliehen? Wer sind diese Leute?«

Kermorvan beugte sich über die Balkonbrüstung und blickte hinunter auf die Bäume; er schüttelte bedauernd den Kopf, und ein seltsames kleines Lächeln umspielte seine Lippen. »Ausgerechnet mich fragt ihr das? Mich, dessen ganzes Leben geprägt war von den Heldentaten, den Tragödien, Zeichen und Symbolen der alten Zeit, die meine Willenskraft gestärkt und mich zu diesem Abenteuer angetrieben haben, nun, da ich diese Dinge lebendig vor Augen habe; nun, da die Gestalten aus den alten Geschichten, mit denen ich aufgewachsen bin, mir die Hand gereicht und mit mir gesprochen haben; da junge, gesunde Wesen die Namen derer tragen, die seit tausend Jahren tot sind? Wie könnte ich es wagen, einem solchen Ort zu vertrauen?« Plötzlich schlug er mit der Faust auf die Brüstung. »Und doch tue ich es. Ich kann nicht anders. Wider jede Vernunft. Mein Herz läßt mir keine Wahl, es läßt nicht zu, daß ich sie leugne. Dies *sind* die lebendig gewordenen Legenden und Helden der alten Zeit.«

»Die Legenden?« fragte Elof leise. »Oder die Menschen?«

Kermorvan sah ihn an, dann nickte er. »Eine kluge Bemerkung. Ich kann nur soviel sagen, daß es einst solche Leute gab, wie wir sie heute abend kennengelernt haben oder wie sie uns geschildert worden sind; sie haben gelebt, alle. Almayn der Weise, Svethan der Seemann, Merau Ladan, dieser Barde Morhuen, Torve — und viele andere, nicht zuletzt Korentyn selbst. Man nannte ihn Korentyn Rhudri, Rotkopf oder Feuerschopf. Sie lebten im Reich und der Stadt Morvan, und sie gingen damit unter; so steht es in den Annalen von Kerbryhaine geschrieben. Ihre Zeit und ihre Werke sind in die Legende eingegangen, in die Volkssagen; sie selbst müßten seit gut tausend Jahren tot und zu Staub zerfallen sein. Jene, denen wir uns hier gegenübersehen, sind keine Idealgestalten, keine Legenden. Doch sie beruhen irgendwie auf diesen Legenden, an die ich glaube. Wer immer sie jedoch sein mögen, sie atmen Menschlichkeit.«

Borhi erschauderte sichtlich. »Wir haben sie nur bei Nacht gesehen«, murmelte er, und was er damit andeuten wollte, war klar.

»Doch wir sind diesen Wächtern oder Kindern oder wie auch immer bei Tag begegnet«, entgegnete Ils mit fester Stimme. »Und wir haben im Kampf ihr *Blut* vergossen. Bei vernünftiger Betrachtung — erscheinen sie vielleicht wie Phantome?«

»Dennoch sind sie keine gewöhnlichen Menschen«, widersprach Bure. »Sie sind so groß, so ... in die Länge gezogen ...«

»Und doch so wohlgestaltet«, ergänzte Arvhes voller Hochachtung. »Ich könnte mir gut vorstellen, daß wir seit jener Zeit geschrumpft sind.«

Kermorvan schüttelte den Kopf. »Nein, es muß eine andere Bewandtnis damit haben.«

Gise nickte. »Man sagt, wir im Norden seien durch die Vermischung unseres Blutes mit Menschen aus Ländern jenseits des Meeres eher größer geworden.«

»Aber seht ihr denn nicht ...«, setzte Elof an, doch dann unterbrach er sich. Gedanken wirbelten durch seinen Kopf wie ein wilder Wasserstrudel, zu schnell, als daß er sie richtig hätte erfassen können.

»Was denn?« fragte Tenvar herausfordernd.

Elof schüttelte den Kopf. »Ach, nichts. Vielleicht ... ich muß noch darüber nachdenken. Eine Sache jedoch ... Kermorvan, stammen all jene, an die du dich erinnerst, aus ein und derselben Zeit? Geht aus den Annalen hervor, daß sie alle während derselben Jahre in Morvan lebten?«

Der Krieger musterte ihn forschend. »Ich weiß nicht, was dich dazu veranlaßt, diese Frage zu stellen, aber sie trifft den Nagel auf den Kopf. Diese schöne Lady, Dirayel, sofern sie dieselbe ist ... da ihr Name mit einem unseligen Schicksal verknüpft ist und überdies selten vorkommt, erinnere ich mich gut an sie als an eine der großen Damen des südlichen Morvan. *Sie* kam bei der ersten Flucht nach Westen um, jener Flucht, die zur Gründung von Bryhaine führte, gute zweihundert Jahre bevor Korentyn und die anderen geboren wurden! Sie müßte eigentlich für diese ebenso tot sein wie für uns.«

Lange Zeit herrschte Stille, lediglich unterbrochen durch das Rauschen der Bäume und die Geräusche des nächtlichen Lebens — Vogelrufe und Froschgequake und Fledermausschreie und Insektensummen, die Laute kleiner Lebewesen, die sich zwischen den Blättern tummelten und durch die Luft huschten. Noch vor kurzer Zeit waren ihnen diese Geräusche fremdartig vorgekommen, ja sogar bedrohlich, doch innerhalb des Schutzes der Mauern verbreiteten sie ein Gefühl der Gelassenheit und des Friedens. Das war die Stimme des Waldes, das leise, beharrliche Raunen seiner unzähligen Lebewesen, die sich emsig mit den kleinen Belangen ihres Daseins beschäftigten, und sie sprach jetzt zu ihnen, beständig und gleichmäßig. Vor ihr traten Ängste und Spannungen in den Hintergrund. Wieder lastete das schwere Gewicht der Erschöpfung auf Elof, doch diesmal war es ein ruhigeres, wohligeres Gefühl, etwas, das der Stunde und den Umständen angepaßt war. Schließlich war es Kermorvan, der das Wort ergriff. »Tenvar, du hast gefragt, ob es ungefährlich sei, heute nacht hier zu schlafen. Zumindest darauf kann ich antworten: Es ist vermutlich ungefährlicher als alles andere, was wir tun könnten. Wir wissen nicht genug.«

Gise schnaubte verächtlich. »Eines wissen wir jedenfalls, daß sie uns nämlich als Fraß für die Aasgeier am Waldboden hätten liegenlassen können, wenn sie uns übelgewollt hätten. Warum sollten wir sie jetzt beleidigen?« Andere drückten ihre Zustimmung aus, und Elof war überrascht, darunter Roc zu hören, der sonst am mißtrauischsten von allen war.

»Genau das meine ich«, bestätigte Kermorvan ruhig. »Wir können uns kein Urteil bilden, bevor wir mehr wissen, und deshalb müssen wir bis morgen warten. Doch was der Verstand nicht erfaßt, kann das Herz vielleicht ermessen. Und meines sagt mir, daß wir hier einen Himmel des Friedens gefunden haben, eine Bastion des Lebens gegen das, was die Welt bedrohen mag. Ich werde so gut schlafen wie seit vielen Nächten nicht mehr.« Er erhob sich und wandte sich bedauernd von dem Ausblick ab. »In Frieden.«

Elof sah ihn einigermaßen überrascht an; friedvoll oder nicht, wie konnte er das unglaubliche Geheimnis, das diesem Ort offenbar innewohnte, so leichten Herzens beiseite schieben? Doch die anderen empfanden wie Kermorvan und begaben sich in die Schlafgemächer, wo sie gähnten und sich reckten wie in ihrem eigenen Zuhause. Elof kam allmählich zur Ruhe, doch er blieb verstockt sitzen, bis nur noch er und Ils übrig waren. »Ein Himmel ...«, knirschte er. »Zu beinahe jedem anderen Zeitpunkt hätte ich mich auf Kermorvans Urteil verlassen, ob es mit dem Herzen oder mit dem Verstand gefällt worden wäre. Aber nicht hier. Er ist so sehr eingewickelt von der ruhmreichen alten Zeit, daß er sich sehnlichst wünscht, sie möge Wirklichkeit werden.«

Sie antwortete mit sanfter Stimme. »Könnte das schließlich nicht tatsächlich so sein? Ich würde höchst ungern einen anderen Menschen als dich, Elof, daran erinnern, daß wir Duergar eine um ein Vielfaches längere Lebensspanne haben als ihr. Andvar wurde beinahe dreihundert Jahre alt. Und doch sind wir uns recht ähnlich. Ist es da so unmöglich, daß ...«

Er wandte sich ihr zu, und die Besorgnis, die er in ihren dunklen Augen las, ärgerte ihn noch mehr. »Ihr lebt länger, ja. Aber nicht ewig. Und nicht, ohne zu altern und ohne euch zu verändern. Andvar war senil, nicht gesund und jung wie die Leute hier. Siehst du keinen Unterschied zwischen dreihundert und tausend Jahren?«

Ungeduldig stand er von seinem Stuhl auf. Er schaute zu dem Berg gegenüber, der so dicht von Bäumen bewachsen war, daß seine Umrisse nur an ihren Wipfeln zu erkennen waren; auf dieselbe Weise mußte dieser Ort sein Geheimnis an seinem Fundament preisgeben, wenn er nur die Form nachvollziehen könnte. »Kermorvan sagt, wir wissen nicht genug, und ich stimme dem zu. Doch was wird er in dieser Stimmung, in der sich derzeit befindet, erfahren? Und ihr anderen seid genauso schlimm!« Ils legte ihm eine dickliche Hand auf die Schulter, doch er schüttelte sie ab. »Also, leg dich schlafen! Träume süß, wie die anderen. Ich fühle mich sicherer, wenn ich wach bleibe.« Er bedauerte seine Grobheit, bevor er ganz zu Ende gesprochen hatte, doch als er sich mit einer Entschuldigung auf den Lippen umwandte, schloß sich die Tür leise, und er war allein.

In dieser Nacht träumte er nicht, er fand keinen Schlaf, obwohl die Müdigkeit in seinen Gliedern schmerzte und seine Augen vom Starren in die Dunkelheit brannten. Schließlich, als ein schwacher grauer Lichtschimmer durch die Jalousien der Tür fiel, glitt er aus dem Bett und zog seine Beinkleider an. Ein Gedanke durchfuhr ihn, und er streifte sich den Schwertriemen über die Schulter, bevor er barfuß auf die Galerie hinaus und die Treppe hinunter tapste, wobei er sich dicht am Rand hielt, um ein mögliches Knarren zu vermeiden. Doch die Stufen knarrten nicht, so massiv waren sie gebaut. Er spürte das polierte Holz unter den Füßen und fragte sich, wie es erhalten wurde. Unwillkürlich tauchte in seinem Geist der Anblick hin- und herlaufender Füßen auf, der nackten Füße der Wächter, der leichten höfischen Schuhe der anderen, während in der Welt jenseits des Waldes die Jahrhunderte vergingen ...

Er biß sich verwirrt auf die Lippe. Er war zu den Galerien gelangt, die rings um den Innenhof verliefen; er sollte also besser auf der Hut sein. Doch als er hinunter in die Dunkelheit blickte, sah er keine Bewegung außer der des Laubwerks der großen Eiche, und er setzte seinen Weg sehr behutsam auf den kalten Fliesen des Hofes fort. Er ließ die Zweige nicht aus den Augen, während er auf Zehenspitzen über die Steine ging und sich tiefer in ihren Schatten begab; er konnte sich vorstellen, daß *Alfar* darin schliefen. Doch er entdeckte nichts. Er zögerte noch; verhielt er sich nicht voreilig und beschwor womöglich Feindseligkeit herauf, indem er etwas suchte, was ihm zu gegebener Zeit gezeigt werden würde? Sollte er nicht lieber warten? Doch er wagte nicht, dieses Risiko einzugehen, weder für sich selbst noch für seine Freunde; er mußte den Versuch wagen. Mit einem tiefen Atemzug drückte er beide Handflächen gegen den alten Baumstamm vor ihm.

Er spürte nichts außer der gefurchten Rinde. Er wartete, und noch immer geschah nichts, nicht einmal das Gefühl trat ein, an das er sich erinnerte, als ob sich ein Fenster vor ihm geschlossen hätte. Langsam und behutsam formte er in Gedanken eine deutliche Erinnerung, eine gewaltige, befehlende Stimme, aus weiter Ferne, herangetragen von einem böigen Wind, die mehr in seinen Geist als an sein Ohr drang. Er formte mit dieser Stimme einen Namen, einen Namen voller Macht und Bedeutung. Doch noch immer kam keine Antwort. Schließlich ließ der grauer werdende Himmel ihn ungeduldig werden, er zuckte mit den Schultern und wandte sich ab. Genau in diesem Augenblick raschelte etwas in dem Baum, und seine Hand zuckte zum Schwert. Doch gleich darauf mußte er sich beherrschen, um nicht laut zu lachen, denn ein sehr kleiner grüner Vogel spähte aus dem Geäst auf der Höhe seines Gesichts heraus und betrachtete ihn mit hellen, furchtlosen Augen. Zwei weitere kamen von oben herunter geflattert und ließen sich mit aufgeplusterten Federn und neugierigem Blick nieder. Noch einer hing kopfüber an einem tieferen Ast und begaffte ihn zweifelnd, wobei er den Kopf auf so komische Weise neigte und seine Haltung soviel Weisheit ausdrückte, daß Elof grinsen mußte. Er pfiff leise, und im nächsten Augenblick war er umgeben von einem ganzen Schwarm, der hüpfend und schreiend seinen Kopf umflatterte. Er lachte und fluchte gleichzeitig; ihr Aufruhr könnte jemanden auf ihn aufmerksam machen. Er sah ungeduldig zum heller werdenden Himmel hinauf. Er war gezwungen zu warten und mußte einen erneuten Versuch unternehmen, sobald er konnte. Er bezwang den Drang, mit dem Schwertgriff gegen den Baumstamm zu schlagen.

Das wird nicht nötig sein.

Erschreckt machte Elof einen Satz und wirbelte herum. Diese Stimme stammte nicht aus einer menschlichen Kehle. Noch ähnelte sie im geringsten jener vom Wind herangetragenen Stimme oder irgendeiner anderen, die er sich vorstellen konnte; sie war höchst sonderbar, zugleich flötend und scharf, melodisch und doch schneidend, kalt und klar wie ein Gebirgsquell. »Wer bist du?« keuchte er. »Wieso kennst du meine Gedanken?«

Kennst du mich denn nicht, Einer Allein? Wahrlich, Menschen vergessen schnell, wenn ich ihnen nicht beistehe. Doch einst habe ich dir gute Dienste erwiesen, als du dich innerhalb meines Machtbereichs befandest, und ich habe dir Beistand geleistet. Wie ich höre, hat es dir sehr genutzt.

»T-Tapiau?« flüsterte Elof. »Ja, es hat mir sehr genutzt, und ich habe nicht vergessen. Aber ich ... deine Stimme hat sich verändert ...«

Hat sie nicht. Ich habe gar keine Stimme, oder vielmehr verfüge ich über alle Stimmen innerhalb meines Herrschaftsbereichs. Bei unserer letzten Begegnung gebrauchte ich die, die mir am nächsten war, die geheime Stimme der Bäume. Doch es gibt viele andere, und nicht alle können sie hören oder verstehen. Doch du hast das Blut des Wurms gekostet. Schau nach oben!

Elof gehorchte schweigend und blinzelte hinauf zu den hohen Zweigen. Er begegnete dem perligen Blick eines der kleinen grünen Vögel, die direkt über seinem Gesicht zwitscherten und im Geäst herumhüpften. Elof erwiderte den Blick ungläubig; ein winziger Vogel konnte doch wohl kaum eine so kräftige Stimme hervorbringen. Dann zwitscherte noch ein Vogel, und noch einer, und in dem Wechsel von Harmonie und Disharmonie ihrer Stimmen vernahm er eine umfassendere Musik, die darin Form annahm, eine klare, wohlklingende Tonfolge, ausdrucksvoll wie eine Melodie, die immer deutlicher wurde, je mehr von dem kleinen Schwarm in das Lied mit einfielen. Dann bildeten sie Worte, wie ein übereinstimmender Chor. *Du hast den Baum berührt, wie schon einmal zuvor, und deine Gedanken sind stark. Nun, möchtest du mehr wissen?*

Elof spürte erneut, wie ihn der Schauder der Erkenntnis durchfuhr. Rocs schlafender Riese war aufgewacht und hatte sein kaltes Auge auf ihn gerichtet. Es war vielleicht besser, wenn er nicht allzu neugierig erschien. »Was immer Euch beliebt, mir zu eröffnen, Herr des Waldes …«

Es gibt nichts zu verbergen. Du hast am Volk von Lys Arvalen gezweifelt. Doch sie sind in Wahrheit das, was sie vorgeben zu sein. Die, die du siehst und mit denen du sprichst, sind tatsächlich die Männer und Frauen des uralten Reiches Morvan; sie sind vor eintausend Wintern bei dessen Niedergang von dort geflohen.

Elof fühlte, wie ihn Kälte sowie ein Hauch großen Staunens und großer Angst beschlichen. »Also dann, Herr der Bäume, da Ihr es seid, der das sagt, sind meine Zweifel beseitigt. Doch wie ist dieses Wunder geschehen?«

Durch meinen Willen. Ich fand sie verstreut in meinem Reich, gepeinigt von bitterer Not, und ich gewährte ihnen

Schutz. Sie ehren mich als den Bewahrer, und sie tun gut daran. Denn ich bin die einzige aller alten Mächte, die sich treu an ihre Prinzipien hält. Ich nehme Anteil an allem, das lebt, am Leben selbst. Für das verwüstende Eis, für die abtrünnigen Mächte, deren Hoheitsgebiet und deren Waffe es ist, bin ich der eingeschworene Erzfeind. Vor langer Zeit faßte ich den Gedanken an das Überleben der Menschen, und ich sah diesen Landstrich als Himmel für sie vor. Hier finden sie nicht nur eine sichere Zuflucht vor dem Eis, sondern vor jeglichen Unbilden, vor Krankheit, ja sogar vor dem Tod. Und vor allem anderen, das die verstreichenden Jahre bringen mögen. Hier können sie nach ihren Wünschen unbeeinträchtigt leben, sie sind frei zu tun, was sie wollen, solange es niemand anderen verletzt oder in Gefahr bringt. Obwohl danach kaum jemandem der Sinn steht, der von seiner eigenen Not und seinen eigenen Ängsten befreit ist. Was mehr als das könnten sich Menschen wünschen?

Elof schüttelte den Kopf, kaum fähig, das Gehörte in sich aufzunehmen. »Herr des Waldes, es fällt schwer, sich vorzustellen ...«

Also gut. Ich beauftrage dich hiermit, all das, was ich dir erzählt habe, an deine Kameraden, an deinen Herrn weiterzugeben. Ihr seid gekommen, um für euch und euer Volk eine neue Heimat zu suchen, einen Hafen und eine Zuflucht vor den Bedrohungen durch die Macht des Eises, die in der Welt entfesselt wurde. Sage ihnen, daß du sie gefunden hast. Sage ihnen, daß sie nicht länger zu suchen brauchen, und schon gar nicht im Osten, der seit langem tot und verfallen ist. Innerhalb des weiten Reiches des Waldes, das noch größer ist als euer eigenes Land, ist Platz für alle. Ich ersuche euch, zu uns zu ziehen, und zwar in allernächster Zeit, sobald die Pläne festliegen und die Vorbereitungen getroffen sind, ihr und euer gesamtes Volk. Richte das dem Lord Kermorvan aus.

Und damit war die Stimme so unvermittelt verschwunden, wie sie gekommen war. Die kleinen Vögel hüpften und zirpten nicht weniger als zuvor, wie lebende Smaragde zwischen den Ästen flatternd und schnatternd, schrille Verkünder der herannahenden Morgendämmerung. Doch der Gleichklang, die Bedeutung in den Lauten, war aus ihren Schreien verschwunden. Elof, dessen Kopf noch immer von dem Gehörten klingelte, ließ sich auf einer Bank unter dem Baum nieder und beobachtete sie einen Moment lang, wobei er sich an ihren Mätzchen erfreute. Er war gerade im Begriff, sich zu erheben, um zu seinem Bett zurückzukehren, als er leichte Schritte hörte, die in die Halle kamen, und plötzlich wurde ihm bewußt, daß er halbnackt und bewaffnet wie ein diebischer Gesetzloser war; er wollte nicht von diesen stolzen Herrschaft in diesem Zustand angetroffen werden. Er sprang hinter die Bank und kauerte sich nieder.

Zwei Gestalten durchquerten die Halle, eng umschlungen, ein großer Mann und eine Frau, die sich leise unterhielten. Er erkannte keine von beiden, obwohl sie durchaus zu der Menge gehört haben könnten, die sie anfangs umringt hatte. Als graue Gestalten im grauen Licht blieben sie vor einer Tür stehen und umarmten und küßten sich kurz, aber stürmisch. Die Frau lehnte sich in der Umarmung des Mannes zurück und hob die Arme über den Kopf. Er berührte ihre Fingerspitzen mit seinen und fuhr dann sanft ihren Arm entlang hinunter zu den Schultern ihres Gewandes. Dieses teilte er und legte die Brüste frei, um sie mit zarten, langsamen Bewegungen zu umfassen und zu liebkosen. Sie drehte sich um, eine Tür öffnete sich, goldenes Licht fiel auf die grauen Steine heraus, und die beiden waren verschwunden.

Die Liebe hatte also unter den Unsterblichen überdauert! Elof lächelte. Seiner Natur nach hätte er durch seine unfreiwillige Beobachtung peinlich berührt sein müssen, doch das war nicht der Fall. An der Umarmung, an der Liebkosung, war etwas so Losgelöstes, Entrücktes gewesen, daß das Ganze fast wie ein Ritual, wie eine symbolische Handlung gewirkt hatte, weit entfernt von den komplizierten Gefühlen wahrer Leidenschaft. Es war ein schönes Schauspiel gewesen, so wie ein Tanz schön sein konnte, doch es war mit ebenso wenig innerer Anteilnahme verbunden gewesen. Er hätte niemals eine schöne Frau so leidenschaftslos streicheln können, ganz zu schweigen eine, die er von Herzen liebte. Kara auf diese Weise zu berühren ... Der Gedanke daran jagte ihm geschmolzenes Silber durch die Adern, beschleunigte seinen Atem; er hinterließ einen bitteren Geschmack, als er die ausgetretenen Stufen zu seinem Zimmer hinaufstieg. Doch zumindest grübelte er nicht mehr über die Wunder nach, die ihm eröffnet worden waren. Und von dem Augenblick an, da er sich auf sein Bett warf, schlief er lange und tief, und er träumte, soweit er sich erinnerte, überhaupt nichts.

Sechstes Kapitel

Schnee auf dem Wald

Kermorvan nahm mit großer Ruhe zur Kenntnis, was Elof ihm zu berichten hatte. »Es hätte gar nicht anders sein können. Ich hätte dem vertrauen sollen, was mein Herz mir sagte. Sie sind zu wirklich, zu lebendig, diese großartigen Menschen vergangener Zeiten.« Seine Augen strahlten wie die eines Kindes. »Und mir ist es gegeben, zwischen ihnen zu wandeln, mit ihnen zu sprechen, bei ihnen zu leben ...« Er schüttelte den Kopf vor fassungsloser Verwunderung.

»Bei ihnen zu leben ...«, wiederholte Elof, und seine Stimme klang gelassen und ruhig. »Dann traust du Tapiau also? Du bist entschlossen zu tun, was er wünscht?«

»Wohl kaum!« entgegnete Kermorvan schnell. »Nicht so schnell. Zuvor müssen noch viele Fragen beantwortet werden. Doch wie kann ich das erreichen, außer indem ich noch eine Weile hier bleibe? Ich wage es nicht, eine solche Gelegenheit ungenutzt verstreichen zu lassen; ich würde meinem Volk einen schlechten Dienst erweisen, wenn ich es täte. Und dem Anschein nach ist dies hier ein wahrhaft angenehmer Aufenthaltsort.«

Wenn Elof sich umsah, mußte er ihm recht geben. Es war später Nachmittag, denn die Reisenden hatten alle lange in den Tag hinein geschlafen, am längsten er selbst. Die warme Sonne schien golden auf die Wände aus Stein und Holz, und er ertappte sich dabei, daß auch er ihre Ebenmäßigkeit bewunderte, den anmutigen Schwung der schindelgedeckten Dächer darüber und die vielfarbigen Schnitzereien und Reliefs, die einen großen Teil davon bedeckten und die bisher in der Dunkelheit verborgen gewesen waren. Hoch oben auf den Außenmauern verliefen aus Stein gemeißelte verschlungene und belaubte Ranken wie versteinerte Kriechgewächse, zart und gleichzeitig kräftig, und ihre feingearbeiteten Schlingen umgarnten anmutige Hirsche, deren hochgereckte Köpfe für immer nach Blättern schnappten, die sich niemals zu ihnen herabneigen würden. Rings um die Wendeltreppe des Turms herum wand sich ein Drachen mit schlagenden Flügeln, um an der Spitze den Kopf in Todesqualen zurückzuwerfen, wo ihn das Schwert eines Kriegers durchbohrt hatte. Im Gegensatz dazu tanzten himmlische Körper um den obersten Balkon des Turms eine graziöse Sarabande. Um die inneren Mauern des großen Hofes herum wallten auf ein Halbrelief gemalte Wogen. Auf ihnen glitten die Silhouetten stolzer Schiffe dahin, eine große, majestätische Flotte mit dem Sonnenaufgang hinter den Segeln. Doch an der hinteren Mauer tobte offenbar ein Sturm durch die Maserung des Holzes; das Wasser war vom Sturm aufgewühlt und brach sich an den Simsen, der Himmel war dunkel von Wolken. Auf dem ganzen tosenden Meer war nur ein einziges Wesen zu sehen, eine große, dunkle Gestalt, die mit dem zerfetzten Segel eines kleinen Bootes kämpfte.

Wenn auch widerwillig, so fühlte Elof doch genauso wie Kermorvan. Er vor allen anderen konnte bei so vielen Zeugnissen von handwerklichem Geschick und Sorgfalt und Schönheitssinn nicht leicht an etwas Böses glauben. Und seine anfänglichen Ängste hatten einen beträchtlichen Einbruch erlitten, als eine Gruppe von Wächtern erschien, um ihnen Essen zu bringen. Sie kamen ihm nun längst nicht mehr so fremdartig, so unnatürlich vor; ihre langen Gliedmaßen und seltsamen Hände und Füße waren eben einfach anders, für ihr und von ihrem baumbezogenen Leben geformt, so wie er seine Werkzeuge ihrem Zweck entsprechend formte.

Genausogut hätte ihn das glatte Äußere eines Seehundes, das das Meer gestaltet hatte, abstoßen können, oder die großen weisen Augen der Duergar, die der Dunkelheit im Felsen angepaßt waren. Bei den Wächtern betrachtete er mit besonderem Staunen die Alten und die Kinder. Letzere gab es in allen Altersstufen, von Babys zu Jugendlichen, und sie waren hübsch anzuschauen. Die Sonne schien wie geschmolzene Bronze auf ihre Haare und ihre gesprenkelte Haut und ließ grüne Lichter in ihren großen Augen tanzen. Sie waren lebhafter als die älteren, und ein fröhliches Wort brachte einem oft ein schüchternes Lächeln ein, wie Tenvar schnell herausfand. Durch sie verloren auch die Erwachsenen einen Teil ihrer Scheu, und sie sprachen mit den Fremden. Auf Elof wirkte ihre kindliche Natur, die Korentyn erwähnt hatte, eher wie eine wachsame, jedoch unausgebildete Intelligenz, beinahe wie bei einem Tier, das lediglich solche Dinge beachtet, die es unmittelbar oder mittelbar angehen; selbst die ältesten, mit gefurchten Gesichtern und grauen Haaren, machten einen ebenso unbedarften und gedankenlosen Eindruck wie die jüngsten. Das bevorstehende Fest war das einzige, was sie interessierte; sie würden bei diesem Anlaß sowohl Bedienstete als auch Gäste sein, und offenbar entzückte sie beides gleichermaßen, denn sie sprachen mit ihren rauhen, krächzenden Stimmen kaum von etwas anderem. Also verließ Elof sie nach kurzer Zeit und ließ sich an einem schattigen Plätzchen nieder, um seine wirren Gedanken zu ordnen. Daß die Wächter offenbar Kinder bekamen und alt wurden, paßte ziemlich schlecht zu seinen anfänglichen wilden Vermutungen über diese Burg, und er war durcheinander und verunsichert.

Den ganzen Tag über ruhten sich die Reisenden aus, aßen und tranken nach Lust und Laune. Korentyn kam und sorgte dafür, daß sie alles bekamen, was sie wünschten, doch ansonsten überließ er sie sich selbst.

In der folgenden Nacht schliefen sie wieder einen erholsamen Schlaf und standen am Morgen so spät auf, wie es ihnen beliebte. Die Wächter zeigten ihnen Quellen und Teiche in den Hügeln unterhalb des Turms, wo sie baden konnten. Obwohl das Wasser so kalt war wie der Fels, dem es entsprang, reinigte es sie von dem Schmutz der Reise und erweckte die steifen Glieder zu neuem, prickelndem Leben. Bei ihrer Rückkehr war ihre alte Kleidung verschwunden, und an ihrer statt waren prächtige Gewänder nach der Mode, wie sie die Leute im Schloß trugen, ausgelegt.

Elof bemerkte verblüfft, daß für ihn das schwarze Wams und die Beinkleider eines Schmiedes bereitgelegt worden waren, und er war um so mehr erstaunt, da sie an den Säumen und am Kragen mit dicken Gold- und Silberfäden durchwirkt waren, und zwar in einem Muster aus Bildern und Zeichen, die ihm seltsam bekannt vorkamen. Doch erst als er mit der Hand über die goldenen und silbernen Ornamente fuhr, erinnerte er sich. Er holte den alten Bronzestab mit der gebogenen Spitze, den er einst als Viehtreiberstock benutzt hatte und von dem er annahm, daß er einst mehr gewesen sein mußte, aus seinem Gepäck. Verwundert betrachtete er die Ähnlichkeit der Zeichen vor ihm; sie waren dieselben wie auf dem Stab und wiesen dieselbe Reihenfolge auf. Nur die Anordnung war etwas anders, das Muster, das um den Kragen verlief, wiederholte sich jeweils zur Hälfte an den Manschetten. Erneut wallte düsteres Mißtrauen in ihm auf; hatte er nicht selbst einige dieser Zeichen auf dem Geistschwert angebracht, diesem unselig verzerrten Zeugnis seiner angeborenen Begabung? Diese Zeichen hatten die Eigenschaften des Zwangs und der Befehlsgewalt beinhaltet. Mit zusammengezogenen Augen betrachtete er die Stickerei noch eingehender, doch er entdeckte keinen Schimmer eines lebendigen Lichts in ihrer Tiefe, und ebensowenig spürten seine Finger eine Spur der erregenden Wesenheit, die dem Stab innewohnte. Was schließlich so war, wie es sein sollte; je mächtiger das Muster, desto mehr war es gebunden an das Material und die Form, für die es gedacht war, und es wäre ein sinnloses Unterfangen gewesen, es zu übertragen oder zu kopieren. Zaghaft hob er das Wams an und zog es sich langsam über den Kopf; er entspannte sich, als er keinerlei Auswirkung spürte, als er keinen Unterschied zu vorher wahrnahm. Doch als er das Material glattstrich, verrieten ihm seine Hände eine weitere Wahrheit; es war nicht neu, es war schon einmal von jemandem getragen worden, und es war auf seine Gestalt zurechtgeschneidert worden. Welcher Schmied war vor ihm auf seinem Weg hier vorbeigekommen und hatte als eine Art Unterpfand dieses sonderbare Muster an sich getragen? Und wo war er jetzt?

Nach und nach erschienen die übrigen Mitglieder der Gruppe in ihren feinen Gewändern; einige voller Unbehagen, andere, wie Tenvar, prahlerisch einherstelzend. Doch alle Köpfe wandten sich um, als Ils in einem bauschigen Gewand in Weiß mit einem silbernen Überwurf erschien, denn nichts hätte einen schärferen Gegensatz zu ihrer üblichen, aus einer schwarzen Bluse und einer Reithose oder einem Kilt bestehenden Kleidung bilden können. Die fließenden Linien ließen den kantigen Duergar-Körperbau weicher erscheinen und unterstrichen ihr lockiges schwarzes Haar und die strahlenden Augen. Tenvar verstieg sich zu dem Versuch, ihr die Hand zu küssen, bevor er des gefährlichen Funkelns in ihrem Blick gewahr wurde und sich anders besann. Nun fehlte nur noch Kermorvan, und Elof war gerade im Begriff, eine entsprechende Bemerkung zu machen, als Schritte auf der oberen Stufe hörbar wurden. Korentyn trat auf die Galerie, mit einer Tunika und einem schweren Umhang in einem Blau so dunkel wie das des Meeres um die Schultern, und in seiner Begleitung Kermorvan, ebenso gekleidet wie er, nur in Grün; Stirnbänder in Gold mit Edelsteinen umspannten ihre Köpfe, und um die Hälse trugen sie Kragen, die aussahen wie Seile aus verschlungenen seltenen Metallen. In Elofs Augen glitzerten und blitzten diese Edelsteine wie sonnenbestrahltes Wasser; ihnen wohnten starke Eigenschaften inne, die ihre Träger mit einem Gespinst ihrer königlichen Würde und Macht umwoben. Die Wächter schützten ihre Augen wie vor grellem Sonnenlicht und befleißigten sich unterwürfiger Ehrenbezeugungen; nach einem kurzen Moment verneigten sich auch Elof und die anderen Reisenden. Als die beiden hohen Lords die Reisenden zum Abendessen die Treppe hinunter in den Innenhof führten, verkündeten eine schmetternde Fanfare und Musik ihr Kommen, woraufhin sich die gesamte hochherrschaftliche Gesellschaft verneigte wie Schilf im majestätischen Wind.

Den Reisenden wurden ohne Ausnahme Plätze an Korentyns Tisch zugewiesen, der jetzt auf einem erhöhten Podest unter dem Baum aufgestellt worden war. Rechts neben seinem eigenen hohen Stuhl ließ er Kermorvan Platz nehmen, daneben Lady Teris, und zu seiner Linken Elof und Ils. Das Mahl war von vielen Zeremonien begleitet, ohne jedoch übermäßig ernst und feierlich abzulaufen; bald waren fröhliche Unterhaltungen im Gange, nicht zuletzt dank Gise und Merau Ladan, die Geschichten aus dem Jägerleben zum besten gaben. Nur Elof war schweigsam; sein Blick schweifte über die Runde der vergnügten Höflinge, während er versuchte, sich die Last einer jahrtausendealten Erinnerung vorzustellen; war irgendein Mensch in der Lage, derart viele Lebensspannen zu erfassen? Das überstieg sein Begriffsvermögen, wie so vieles an diesem Ort, und das störte ihn. Er konnte es nicht so blind hinnehmen, wie es die anderen anscheinend taten; er mußte eine gewisse Distanz dazu wahren, mußte es ebenso leidenschaftslos begutachten wie irgendein Probestück, das auf seinem Schmiedefeuer Form annahm. Dann würde er sich ein Urteil bilden, vorher nicht. Doch seine finsteren Gedanken wurden von Korentyn unterbrochen, der ihm Wein einschenkte und ihn auf seine weise Art anlächelte, die jeglichen Groll besänftigte. »Nun, Herr Schmied? Das hier ist sehr alter Wein, möchtet Ihr ihn nicht kosten? Eure neue Ausstattung kleidet Euch vorzüglich. Ich nehme an, die Maße stimmen?«

»Bestens, mein Lord. Doch vergebt mir bitte die Frage — wem hat sie einst gehört?«

»Ach!« schmunzelte Korentyn. »Ihr habt es also bemerkt? Ich hoffte, daß Ihr Euch deswegen nicht beleidigt fühlen würdet. Nach dem, was ich über Euch gehört habe, würde er es sich als Ehre anrechnen, daß Ihr die Sachen tragt. Wie hieß er denn noch gleich? Er war ein Freund, und doch ist mir sein Name entfallen, Schande über mich ... Thyrve, so lautete er! Thyrve, ein Nordländer, wie Ihr der Sprache nach ebenfalls einer seid, und ein Mann, der über ein grenzenloses handwerkliches Können und Geschick verfügte. Selbst Lord Vayde, der selbst ein großartiger Schmied war, achtete ihn hoch. Es war Thyrves Amtsgewand.«

»Amtsgewand?« Elof hatte noch nie gehört, daß ein Schmied eine formelle Kleidung trug, außer die seiner Zunft.

»Jawohl. Er war der Oberste Schmied des Königs. Habt Ihr das aufgrund der Muster nicht vermutet?« Für einen Augenblick fiel die freundliche Oberflächlichkeit von dem Prinzen ab, und seine Augen glitzerten, während er in eine unendlich scheinende Ferne blickte. »Es lebt in meinem Geist weiter, obwohl es lange her ist, daß ich es das letzte Mal gesehen habe. Es ist viel Zeit vergangen, seit Keryn es heimlich Ase, unserer Schwester, übergab; ihr, die wir die Tief-Sinnige nannten. Sie sollte es mit nach Westen nehmen und für seinen Sohn aufbewahren. Ist es nicht das Zeichen der Macht, das der Schmied in die Hand des Königs gibt? Ist es nicht das Muster des Großen Zepters von Morvan?«

Wie das Festmahl zu Ende ging, blieb Elof unbekannt. Er muß etwas gegessen haben, hatte sich wahrscheinlich unterhalten und sich im Zustand der Benommenheit auf irgendeine Weise verabschiedet, denn es war wie ein Erwachen aus einer Trance, als er sich allein in seinem Schlafgemach wiederfand. Den Bronzestab, der sich kühl anfühlte, hielt er fest umklammert. In der Obhut von Ase hatten sich die Sachen also befunden; doch Kerbryhaine hatte Ase vertrieben, zusammen mit den anderen Nordländern, die dann das Reich Nordeney gegründet hatten. Was konnte Asenby, wo er seine entbehrungsreiche Kindheit verbracht hatte, also anderes bedeuten als die Siedlung von Ase? Ein abgelegener Ort, um einen solchen Schatz zu verstecken; im Laufe der Zeit war er vergessen worden, bis er schließlich die Verwendung fand, die Bauerntölpel für ein solches Instrument der königlichen Befehlsgewalt einfiel. Kein Wunder, daß der Häuptling der Ekwesh es der Plünderung von Asenby entzogen hatte; seine Schamanen hätten es ohne Zweifel als einen Gegenstand der Macht aus dem Altertum erkannt. Ein größeres Geheimnis war, wie Elof selbst so blind hatte sein können. Doch auch jetzt, da er sich mit Schaudern daran erinnerte, wie leichtfertig er den Stab benutzt hatte, um das riesige Vieh anzutreiben und zu führen, fühlte er, wie sein Glanz und sein innerer Fluß verblaßten und zu sich zu einem fernen Schimmern verringerten; stellte er ihn sich hingegen in den Händen eines Königs vor, dann brannte er vor seinem inneren Auge mit einer warmen, goldenen Flamme. Verwirrt dämpfte er das Leuchten wieder, überwältigt von dieser seltsamen Bestimmung. Nach allem, was er wußte, war der einzige Zweck seiner ganzen Existenz der, das Erbe der Macht in jene Hände zu legen, denen es rechtmäßig zustand. Doch wessen Hände waren das? Er kannte jemanden, der einen begründeten Anspruch hatte, doch jetzt war er auf einen zweiten gestoßen. Das war die beste Voraussetzung für eine Auseinandersetzung. Entschlossen wickelte er das

Zepter wieder in das weiche Leder ein. Kermorvan war sein Freund; er würde es ihm eher erzählen als Korentyn. Aber im Moment würde er es keinem von beiden erzählen.

Die folgenden Tage, die mit Müßiggang vergingen, hielten keine weiteren beunruhigenden Erkenntnisse für Elof mehr bereit. Es war sogar so, daß die starken Eindrücke des Vergangenen immer mehr verblaßten; er gewöhnte sich an das, was ihm anfangs so sonderbar vorgekommen war. So sehr er sich auch von dem höfischen Getriebe fernzuhalten trachtete, so sehr wurde ihm alsbald klar, daß ihm dies nicht möglich war. In Wahrheit, wie Roc und Ils immer wieder voller Entzücken bemerkten, lag dieser Umstand an ihm selbst. Er war auf seine besondere Weise gutaussehend, und seine zurückhaltende, nachdenkliche Art, zusammen mit dem Rang und der Macht, die seine neue Kleidung vermuten ließ, brachte ihm die Aufmerksamkeit der Damen des Hofes ein, und die Nachfrage nach ihm war groß. Bei jedem Rundgang wurde er mit einer Mischung aus Ehrfurcht und atemlosem Interesse gegrüßt; es gab nur wenige Männer, die so etwas kalt ließ, und noch weniger, die es nicht genossen, besonders wenn sie so jung waren wie er.

Nichtsdestoweniger machte es ihn ungeduldig; irgendwo war Kara, und all die Schönen von Lys Arvalen könnten nicht für einen einzigen Augenblick ihren Platz einnehmen. Er genoß ihr Entgegenkommen, doch ihr höfisches Gehabe fand er ermüdend, übertrieben, wie die prunkvollen und schweren Gewänder und Wandbehänge, und ebenso wie diese waren sie durch das Alter matt geworden. Selbst Korentyns unermüdliche Freundlichkeit und Höflichkeit erschienen ihm allmählich hohl, beinahe krank. Schlimmer noch: Kermorvan, der jenen sehr verehrte, nahm allmählich dasselbe Verhalten an und versagte sich jene Geistesblitze, die an

Überheblichkeit grenzten und die so sehr ein Teil von ihm gewesen waren.

»Ach, so schlimm ist es doch gar nicht«, widersprach Roc. »Vielleicht zähmt ihn dieses Mädchen Teris, und wer sollte ihm das verübeln? Vielleicht bist du nur schlecht gelaunt, weil du einen morgendlichen Brummschädel hast, oder du wirst langsam alt und verdrießlich.«

»Verdrießlich?« lachte Elof verbittert, während er den Kopf unter das kühle Quellwasser hielt, um ihn klar zu bekommen. »Schlimmer als das! Ich habe immer noch das Gefühl, daß mir die Vergangenheit unter diesen Bäumen verrinnt. Als ob es immer schon den Wald gegeben hätte, nichts als den Wald, keinen anderen Ort, keine andere Zeit jenseits dieser Zweige, die auf meiner Seele lasten. Und es wird immer schlimmer. Selbst mein Können läßt nach, all die Geheimnisse, in die ich eingeweiht war, und all das Wissen, das ich beherrschte, entziehen sich mir. Das ist vielleicht kein Wunder; in dieser Welt des natürlichen Wachstums sind die Künste, die sich mit Metall befassen, von geringem Nutzen. Was könnte ich hier formen oder schmelzen, gießen oder hämmern?«

»Nun, laß dir etwas einfallen, was du tun kannst! Geh auf die Jagd, wie Gise; er ist bereits mit diesem Draufgänger Merau unterwegs. Morgen gehe ich auch, zusammen mit Ils und den anderen Burschen, mit Ausnahme von Arvhes und Tenvar, die sich nicht vom Hof wegbewegen wollen. Warum kommst du nicht mit?«

»Zum Jagen? Was habe ich denn anderes getan, seit ich hierhergekommen bin? Ich habe mich als Angler, Waldläufer, Jäger, Sammler betätigt, bis mein Geist anfing zu faulen wie das Laub am Boden!«

Roc rollte sich auf den Rücken und strampelte mit den Beinen im Wasser. »Du warst schon mal Angler und Sammler, oder nicht, damals in den Marschen? Dieses Leben hat dir seinerzeit beinahe Spaß gemacht.«

»Ja, schon. Aber damals hatte ich meine Schmiede als Ausgleich, und eine sinnvolle Arbeit. Hier habe ich nichts.«

»Du hast deine Werkzeuge, und meine; bestimmt gibt es irgendwo den einen oder anderen Kessel zu flicken oder ähnliches. Du mußt dich mal wieder mit schwerer Arbeit austoben, um dir diesen ganzen Müßiggang mit gutem, ehrlichem Handwerk aus den Knochen zu schwitzen!«

»Arbeit?« seufzte Elof. »Was bedeutet körperliche Schufterei hier schon? Und wo wäre der geeignete Ort dafür? Wie könnte ich ohne Ofen, Schmiede oder Bücher so etwas betreiben?«

Das alles läßt sich finden.

Elof vollführte im Wasser eine flinke Drehung. Die Stimme klang so klar und nichtmenschlich wie zuvor, doch sie hatte eine vollkommen andere Tonlage. Und sie war nicht von einem der Bäume rings um den Teich gekommen, sondern von der Quelle im Felsen. »Was ist los?« blökte Roc. »Hast du etwas gehört?«

»Die Quelle. Das herabstürzende Wasser ...«

Was du brauchst, sollst du haben. Habe ich nicht gesagt, daß in meinem Reich die Menschen ganz nach ihrem Belieben leben können? Du brauchst nur danach zu fragen, und schon werden deine Wünsche erfüllt. Es gibt Metall genug in diesen Bergen, und im Palast befinden sich genügend alte Lehrbücher; einige befassen sich bestimmt mit deinem Handwerk. Es hat schon früher Schmiede in Tapiau gegeben. Richte dir deine Schmiede ein, wo du willst. Möge die Arbeit dir den inneren Frieden bescheren.

»Ich habe etwas gehört«, murmelte Roc. »Ein Klingeln ... fast wie ein Lied ... vielleicht ist mir Wasser in die Ohren gedrungen!« Er schüttelte den Kopf, um sie frei zu bekommen.

»Nein«, sagte Elof, der zum Fuß des kleinen Wasserfalls schwamm und lauschte, wie das Wasser auf den Fels hämmerte. Plötzlich durchflutete ihn ein Gefühl des Lebendigseins und der Erregung; sein Geist schwelgte in der Vorstellung, welche wertvollen Bücher ein Schmied des Altertums bei der Flucht bei sich gehabt haben könnte. Und darunter regte sich der Bazillus eines gefährlichen Abenteuers. »Tapiau hat gesprochen. Er schlägt wie du vor, daß ich mich in meinem Handwerk hier versuchen soll. Ich könnte es wirklich tun. Er hat viele Stimmen, so sagt er, aber ich frage mich, wie viele Augen hat er, und wie viele Ohren?« Darauf gab das Wasser keine Antwort. Doch in den folgenden Wochen sollte er die Stimme des Waldes noch mehrmals vernehmen.

Es war eine Zeit, in der seine Einsamkeit zunahm. Roc war auf der Jagd, und mit ihm Bure, Borhi und sogar Ils; Arvhes und Tenvar waren es offenkundig zufrieden, sich mit den Vergnügungen des Hofes zu zerstreuen. Kermorvan war mit Korentyn zusammen und bedrängte diesen mit Fragen über Morvan und das Altertum im allgemeinen, oder mit Teris; wie ernst diese Verbindung war, entzog sich Elofs Kenntnis. Doch obwohl Elof reichlich Gesellschaft am Hof gefunden hätte, verschmähte er sie. Ein Gedanke hatte sich in seinem Kopf festgesetzt, ein Funke war entzündet worden, der nicht erlöschen wollte; sein Handwerk forderte ihn. Er hatte sich ein Ziel vorgenommen, und er konnte nicht ruhen, bevor er es erreicht hatte.

Kermorvan gab ihm mit Freuden die Erlaubnis, die Bibliothek des Schlosses zu durchstöbern, doch anfangs erschien seine Suche ergebnislos. Es waren hauptsächlich Chroniken und Romane, die sich mit der Vergangenheit beschäftigten; alle guterhalten, einige neu abgeschrieben. So faszinierend er manche davon auch fand, sie bedeuteten doch nur eine Zerstreuung ohne Nutzen. Außerdem gab es Bücher zu fast jedem Sachgebiet und jedem Handwerk, doch diese waren dreckig, vernachlässigt, in einigen Fällen sogar zerrissen, und einzelne Blätter lagen am Boden herum. Doch er säuberte alles, was er finden konnte, mit einem feinen Tuch oder dünnem Pergament, und erntete lohnende Früchte. Es gab einige Bände, die grundsätzliches Wissen vermittelten, doch in seinem umfangreichen Gedächtnis war fast alles gespeichert, was sie zu bieten hatten. Was er sich erhoffte, waren velorengeglaubte Werke, so seltene und rätselhafte Texte wie jene, auf die der Schmiedemeister seine tödlichen Schachzüge aufgebaut hatte. Elof wurde nicht enttäuscht. Unter einem unordentlichen Stapel von Geschichtsbüchern barg er eine vollständige Schriftrolle des *Ircas Elyn,* eine erschöpfende Abhandlung über Zeichen und Symbole, von der der Schmiedemeister gewußt, die er jedoch niemals gefunden hatte. Er hatte nicht gewagt zu hoffen, daß er das *Skolnhere-Buch* finden würde, und doch stieß er auf ein hervorragendes Exemplar, versehen mit vielen interessanten Randbemerkungen, das vergessen auf einem der verstaubten Regalbretter lag. Das seltenste Werk, das er fand, war das kleine, aber fesselnde *Tagebuch des Ambrys,* die Aufzeichnungen eines angesehenen Waffenschmieds, der etwa ein Jahrhundert vor Korentyn in Morvannec gelebt hatte; Schmiede schätzten dieses Werk vor allem aufgrund seiner zusammengefaßten Zitate aus noch schwerer verständlichen Arbeiten und wegen seiner Illustrationen, die so fein gezeichnet waren, daß sie der Alptraum jedes Kopisten waren, denn sie konnten nicht mit Prägestöcken vervielfältigt werden. Es war eine dieser Illustrationen, die seinen Blick besonders fesselte und in seinem Kopf einen Gedanken tanzen ließ. Doch der Tanz war von Zweifel und Angst begleitet, und ihn durchfuhr ein eisiger Schauder der Auflehnung gegen die ihr innewohnende Grausamkeit.

Dennoch ging er noch am selben Tag zu Korentyn und bat ihn darum, eine Schmiede bauen zu dürfen. Um das Risiko einer Feuersbrunst zu schmälern, sollte sie ganz aus Stein und weit unterhalb der Wände des Schlosses errichtet werden, auf einer Lichtung an einem

Hang, der zu einem Fluß hin abfiel. Wie erwartet, wurde ihm die Erlaubnis gern erteilt, und nicht nur das; Almayn erinnerte sich, daß noch einige Gerätschaften von der alten Schmiede vorhanden waren, und Korentyn rief die stärksten *Alfar* herbei, um ihm bei den schweren Arbeiten zur Hand zu gehen. In den folgenden Wochen säuberten einige von ihnen bereitwillig eine ausgedehnte Fläche des Lichtungsbodens bis zum Grundgestein, während andere große Granitbrocken, roh und schimmernd, aus den Gebirgswänden über ihnen brachen und herunterschleppten. Die Mauern, die sie errichteten, waren von derber Bauweise, doch dick und stark genug, um die aus einem Stück bestehende große Felsplatte zu tragen, die als Dach darauf gesetzt wurde, wie bei einem Monument des Altertums. Er verzichtete gänzlich auf Holzbalken, damit nichts Feuer fangen konnte. Die Fensterläden fertigte er aus demselben Grund aus geschichteten Schieferplatten, die an Eisenscharnieren hingen, welche er auf einem Felsen am Fluß zurechtgehämmert hatte. Er rahmte ebenfalls Schiefer mit Eisen, um eine Tür herzustellen, und davor stapelte er das Brennholz auf, das die Wächter ihm brachten. Die hohe Feuerstelle wurde aus Steinen ohne Mörtel gemauert, und daneben entstand ein Löschbecken aus pechbestrichenem Schiefer; außerdem wurden Arbeitsklötze und Werkbänke aus Stein aufgestellt. Als letztes wurden von einer Meute lachender *Alfar* jene Gerätschaften den Hang heraufgeschleppt, die er aus der alten Schmiede geborgen hatte: ein Blasebalg, einigermaßen wiederhergestellt und mit neuem Leder versehen, und ein Amboß, dessen Form ihm fremd war. Er war uralt und verrostet, doch als er mit dem Hammer daraufschlug, klang er ehrlich, scharf und trotzig gegen das unendliche Flüstern des Waldes an.

Außerdem schafften sie alles an Werkzeugen, Zwingen und Zangen heran, das noch einigermaßen brauchbar war, ebenso wie den Materialvorrat, den er dort gefunden hatte, eine beträchtliche Menge an Metall und Edelsteinen, einige davon selten und wertvoll, in verschiedenen Stadien der Bearbeitung. Sie kündeten verheißungsvoll davon, daß die Berge noch etliches mehr an solchem Spielzeug bargen, das er sich nur wünschen konnte; wenn er es vorzog, leblose Steine anstatt flinke Tiere zu jagen, wäre ihnen das nur recht, versicherten ihm seine Helfer. Mit dieser Bemerkung und unter Lachen verließen sie ihn, ohne seinen Dank abzuwarten, wobei sie mit erstaunlicher Kraft zu den Kiefernzweigen über ihnen hinaufsprangen. Elof sah ihnen nach und nickte nachdenklich; eine derartige Jagd in den Bergen mochte vielen Zwecken dienen.

Er ließ sich vor der Tür nieder, die jetzt die seine war, und blickte auf die bewaldeten Hügel. Der Anblick brachte ihm die Gebirgswälder seiner Jugend in Erinnerung; das alles lag nur ein paar Jahre zurück und war dennoch Ewigkeiten entfernt. In vielerlei Hinsicht war er seinerzeit am glücklichsten gewesen, doch er konnte niemals vergessen, daß damals nur Lug und Trug unter der Oberfläche geherrscht hatten. Er konnte Glück nicht mehr als Geschenk betrachten, das einem ohne Preis oder Verpflichtung gegeben wurde, und er traute auch keinen günstigen Fügungen mehr, die er nicht vollkommen durchschaute. Wenn Kermorvan gelernt hatte, mehr seinem Herzen zu vertrauen, so hatte Elof gelernt, dem seinen weniger zu vertrauen. So idyllisch Lys Arvalen dem Anschein nach auch war, er mußte die Wahrheit ans Tageslicht befördern, die unter seinen Wurzeln begraben lag. Und mit dieser Absicht hatte er sich die Schmiede gestaltet.

Er griff nach Gorthawer, das an die Wand gelehnt war, ließ das Schwert halb aus der Scheide gleiten und betrachtete eingehend den Schatten, den die Klinge warf. Warm und dunkel und tief schien er sich über den Boden zu ergießen wie dünnflüssige Tinte und sich mit den tausend Schatten des Waldes zu vermischen; der

Talisman wirkte an diesem Ort stark, wie nicht anders zu erwarten gewesen war. Elof erhob sich behende und stieß die schwere Tür auf, wobei die Scharniere trotz des Fetts quietschten. Als er über die Schwelle trat, schien der Schatten zu schrumpfen und zu verblassen, um fahl auf den gescheuerten Stein zu seinen Füßen zu fallen. Er nickte nachdenklich und schwenkte die Klinge sorgsam über der gesamten Fläche der kleinen Schmiede, und mit besonderer Sorgfalt über dem Wasser in dem Tauchbecken und über dem kleinsten der Steinklötze, wobei er den Schatten aufmerksam beobachtete. Doch nirgendwo wurde er um die geringste Spur dunkler. Daraufhin schob er Gorthawer wieder in die Scheide und nahm es wieder mit sich hinaus, um sich mit einem Seufzer in der Sonne niederzulassen. Unter einer kleinen Steinplatte war das einzige Holz innerhalb der Mauern, nämlich die Zedernholz-Auskleidung der Truhe, in der er seine wertvollen Bücher aufbewahrte, um sie gegen Feuchtigkeit und Rauch zu schützen; selbst diese hatte er mit pechbestrichenem Stein ummauert. Ansonsten wollt er keinerlei Holz in seiner Werkstatt dulden, abgesehen von dem, was bereits zu Kohle verbrannt war. Er folgte dabei einer ganz bestimmten Ahnung.

Jetzt mußte er sich um sein Material kümmern. Er griff nach dem schweren Fellsack, der den alten Vorrat enthielt, und schüttete ihn auf den von der Sonne erwärmten Boden vor ihm. Es waren verblüffende Reichtümer, die dort glitzerten, doch das Auge eines Schmiedes ermißt solche Dinge nach anderen Maßstäben als nach dem bloßen Wert. Und was er sah, erstaunte ihn zutiefst. Viele Stücke befanden sich in einem so fortgeschrittenen Stadium der Bearbeitung, daß ihnen die vorgesehene raffinierte Gestaltung, die feine Eigenschaft, mit der sie bereits halbwegs ausgestattet waren, anzusehen war. Doch kein einziges Stück war wirklich vollendet, auch wenn kein Fehler oder Makel ihre Fertigstellung verhindert hatte. Elof war so in seine Betrachtung versunken, daß er fast nicht merkte, wie ein Fisch an der Oberfläche des Flusses zappelte. Doch in dem Platschen und dem Blubbern von Blasen änderte sich die Musik des rauschenden Wassers plötzlich ganz sanft.

Also, Schmied, bist du jetzt zufrieden? Oder zweifelst du immer noch daran, daß dir hier ein warmes Willkommen bereitet wird?

Elof neigte den Kopf höflich vor der leeren Luft. »Ich wäre undankbar, Herr des Waldes, wenn ich an deiner Absicht zweifelte, mich zum Bleiben zu bewegen und glücklich zu machen. Doch als ich damals mit meinen Begleitern durch dein Reich streifte, weit weg im Westland, wolltest du uns vertreiben. Warum also … oder beleidige ich dich mit dieser Frage?«

Das Wasser gluckerte leicht über den Steinen einer Untiefe, wo kleine Vögel herumhüpften und pickten. *Das tust du nicht. Die Frage ist berechtigt. Ich habe in dir etwas wahrgenommen … etwas … das mich glauben läßt, daß du noch etwas anderes bist, als du zu sein scheinst.*

»Wie meinst du das, Herr des Waldes?«

Verbirgt sich dieser Anblick vor dem schwachen Geist der Menschen? Der Fluß floß einen Moment lang still dahin, tote Blätter schwammen und drehten sich auf seiner Oberfläche. *Man könnte es so sagen, daß die meisten Menschen … Schatten auf meine Seele werfen. Unterschiedliche Schatten, einige heller, einige dunkler. Aber du, du bist kein Schatten, du bist wie ein schwankender Schimmer in der Tiefe des Waldes. Das trifft es ziemlich genau, denn der Wald ist meine Seele.*

»Warum hast du dann also Angst, mich in deinem Reich zu haben?« fragte Elof kühn. »Es gibt darin so manches wesentlich finsterere Wesen als mich.«

Die hohen Bäume neigten sich und schwankten düster über der Schmiede. *Ich habe dich anfangs für ein solches gehalten. Ich habe dich nicht als Schmied unter den*

Menschen erkannt. Da mir bewußt war, daß irgendwelche Kräfte in dir stecken, hielt ich dich für eine elementare, eine kleinere Macht, die ohne meine Erlaubnis in meinem Gebiet herumstreunt und vielleicht eine Gefahr für mein Volk darstellt. Das konnte ich nicht dulden. Du solltest das verstehen; du bist einigen dieser Gefahren begegnet, den Bewohnern des Flusses und des Sees, und den Jagdgeistern.

»Duldest du sie etwa nicht? Sie haben viele meiner Kameraden geholt, gute und schlechte Menschen gleichermaßen. Warum läßt du in deinem Gebiet solche schrecklichen Unholde gewähren, wenn dir die Menschen so willkommen sind, wie du sagst?«

Das Wasser blubberte in heftigen Strudeln, und sein Rauschen wurde tiefer. *Du bist kühn, Schmied, an eine der Mächte, und zwar nicht an die geringste, solche Worte zu richten. Wenn ich so übel gesinnt wäre, wie du mir unterstellst, würde ich dir dann antworten? Ich beherberge solche Wesen aus zweierlei Gründen, und der vordringliche ist Mitleid.*

»Mitleid?«

Genau. Wo sonst könnten sie leben? Diese Geschöpfe und viele andere, die du zu deinem Glück nicht kennengelernt hast, sie haben Bedürfnisse und Lebensweisen, die dir vollkommen fremd erscheinen würden. In der Welt draußen, in der Welt der Menschen, ist ihre Zeit vorüber; den Anteil daran und den Sinn, den sie einst bezüglich der Gestaltung der Welt hatten, haben sie eingebüßt, doch sie haben sich an ihr Dasein gewöhnt, und sie verdrängen oder fürchten die Veränderungen, für die die Zeit gekommen ist. Ich kann das nachvollziehen, denn ich weiß, wie schwer solche Veränderungen zu verkraften sein können; einst war dies eine Welt des Waldes, Schmied, vor der Zeit der Menschen. Unter meinen Bäumen biete ich ihnen also Schutz, und sie bewachen die Grenzen meines Reiches. Und ich brauche Wachen. Denn obwohl ich den Menschen wohlgesinnt bin, kann ich ihnen nicht gestatten, in ihrer Unwissenheit und Verschwendungssucht mein Land zu verwüsten, dieses Land, das eines Tages ihre si-

cherste Zuflucht sein wird. Die Alfar *lieben ihre Kinder, doch erlauben sie ihnen etwa, mit Feuer zu spielen? Wenn ich keine Wächter hätte, wären die Bäume längst abgeholzt und zu Brennholz oder Baulatten verarbeitet worden; die Tiere wären bis zur Ausrottung gejagt und der gesamte uralte Kreislauf des Überflusses von einigen wenigen ausgebeutet worden, während er für alle reichen könnte. In dieser Zeit muß ich einige Leben aufs Spiel setzen, damit ich eines Tages, wenn die Werke der Menschen ihren Untergang herbeiführen, sie bei mir aufnehmen kann, in der Umarmung der Natur, aus der sie sich niemals hätten lösen sollen. Dann werde ich meine Grenzen weit öffnen und alle freudig willkommen heißen. Und dieser Tag ist vielleicht gar nicht mehr fern. Dann werde ich große Anführer brauchen; Korentyn zum Beispiel, euren Freund Kermorvan, Lady Ils als Vertreterin ihres Volkes. Und wenn ich mich nicht in dir irre, könntest auch du einer von ihnen sein. Denke darüber nach, während du arbeitest!*

Am Abend, als Elof den Hang hinunterschritt, um zum Schloß zurückzukehren, sah er unten Reihen von Fackeln, die sich zwischen den Bäumen hindurchwanden. Er vermutete, daß es sich um die Jagdgruppen handelte, die für das Fest am nächsten Abend heimkehrten, und er beeilte sich, um bei ihrer Begrüßung dabei zu sein, wenn sie ihre Beute auf dem Gelände vor dem Tor ablegten. Roc und Ils grüßten ihn ausgelassen und in bester Laune; er mußte sich einige Rüffel wegen Faulheit gefallen lassen, bis er ihnen von der Schmiede erzählen konnte.

Sie hatten ihm ihrerseits ebenfalls einiges zu berichten, denn sie hatten sich mit einer anderen Gruppe unterhalten, der Morhuen, der berühmte Barde, angehörte; er würde zum Fest erscheinen. »Obwohl er sich sträubte einzuwilligen, bis ich ihm von Kermorvan erzählte!« fügte Roc hinzu. »Und wer wollte es ihm verübeln? Er führt dort draußen bei den *Alfar* ein sorgloses Leben, Elof. Du solltest es selbst eines Tages versuchen.«

Elof lächelte. »Vielleicht werde ich das, und zwar

bald. Hast du Lust, wieder mal im Gebirge nach Metall zu suchen, Roc, wie wir es einst gemacht haben? Und du, Ils? Ich dachte mir, ihr würdet vielleicht mitkommen.«

Sie lachte. »Was würdest du nur ohne mich tun? Den Menschen fehlt der scharfe Blick für das Gestein. Und wir werden ja sehen, ob die *Alfar* die Duergar bei diesem Spiel schlagen können.«

Roc schnaubte. »Ich werde euch begleiten, um die Brocken aufzuheben. Wie üblich. Aber für den Augenblick kann mich nichts von meinem Abendessen abhalten, außer für kurze Zeit ein angenehmes Bad. Laßt uns hineingehen!«

Während des ganzen Abends und den folgenden Tag über herrschte am Hof ein emsiges Treiben, da die Vorbereitungen für das bevorstehende Fest in vollem Gange waren. In Elof wuchs allmählich der Verdacht, daß die Leute sich auf derartige Feierlichkeiten nicht nur deshalb freuten, weil sie die Eintönigkeit ihres Alltags unterbrachen, sondern auch, weil sie bei solchen Anlässen vorübergehend eine Last ablegen konnten, die allmählich unerträglich wurde, nämlich ihre eigene Natur. Und nachdem Korentyn und Kermorvan sie schließlich in einer feierlichen Prozession in den großen Innenhof geführt hatten, wo jetzt seltsame Lampen funkelten, die überall, selbst zwischen den Blättern der gewaltigen alten Eiche, aufgehängt worden waren, dauerte es nicht lange, bis sich dieser Verdacht bestätigte. Als die Nacht fortschritt, stellte er fest, daß der Wein und die Musik und der Tanz zu einem einzigen mitreißenden Strom ritueller Ausgelassenheit verschmolzen. In seiner ständigen Bewegung und Veränderung konnte sich dieses seltsame Volk vollkommen verlieren, konnte schmerzliche Gedanken den starr vorgegebenen Figuren des Tanzes unterordnen und schmerzliche Gefühle in flüchtigen Flirts mit dem anderen Geschlecht auflösen, indem sie sorglos wie Eintagsfliegen von einem Partner zum anderen wechselten. Korentyn nahm an dem Treiben nicht aktiv teil, sondern er saß dem Trubel mit heiterer Nachsicht vor.

Nur ein einziger Mann aus seinem Volk genoß das Ganze offenbar recht wenig, nämlich der Barde Morhuen, obwohl viele von ihm verfaßte Lieder vorgetragen wurden. Er war eine schlaksige Gestalt mit zotteligem weißem Haar und einem ebensolchen Bart, obwohl er, seinem Gesicht und seiner Haltung nach zu urteilen, kaum älter war als Korentyn, neben dem er saß. Für ihn bedeutete diese Ehre nichts mehr; er bewegte sich unbehaglich in seinem Gewand und wechselte mit allen und jedem einige Worte, nur nicht mit Korentyn und den Wächtern, die ihn betreuten. Seine hellblauen Augen starrten unbestimmt in die Ferne, und als Antwort auf die vielen Komplimente, die ihm gemacht wurden, bewegte er nervös die Lippen. Auf dem Höhepunkt des Festes machte Korentyn ihn feierlich mit den Reisenden bekannt, und erst als sein Blick auf Kermorvan fiel, leuchteten seine Augen auf, und er neigte vor Ehrfurcht tief die Stirn. »Ich sehe, daß alles, was ich gehört habe, wahr ist!« rief er aus, und seine Stimme klang klar und kräftig. »Ihr könntet tatsächlich der wiedererschienene Lord Keryn sein!«

Ich sehe in Euch eine Verheißung und ein Unterpfand:
Die Hoffnung stirbt nicht mit dem Ende des Tages,
Durch einen Winter wird der Sommer nicht gebrochen,
Lenze werden folgen, mit Blüten so süß wie zuvor.
Möge der Turm sich erheben, der einst zu Boden stürzte,
Und die bescheidenste Stirn möge eine Krone zieren.

Rauschender Beifall erhob sich, als ob eine heftige Windbö aus dem Gebirge durch die schwere Luft im Hof gehuscht wäre. »So möge es sein!« rief Korentyn aus und hob sein Glas mit einer leidenschaftlichen Geste; gleich darauf lächelte er und setzte sich, als ob er sich seines Ausbruchs schämte, und das kurze Beben der Erregung flaute ab.

»Ach, wundervoll!« hauchte Teris, die zwischen Elof und Kermorvan saß, und schüttelte entzückt ihr kastanienbraunes Haar. »Oh, und es ist so lange her, daß er aus dem Stegreif einen so herrlichen Vers zustande gebracht hat. Meister Morhuen, Meister Morhuen, wollt Ihr uns nicht etwas vorsingen? Mit der Harfe, wenn es Euch beliebt?«

Der Barde verneigte sich. »Ich war noch niemals in der Lage, Euch einen Wunsch abzuschlagen, *a'Terisec*, selbst wenn nicht diese neuen Gäste anwesend wären, die es zu ehren gilt. Ich bin alt geworden, doch ich werde es versuchen ...« Er hielt inne, als er Elofs interessiertem Blick begegnete. »Was ist das?« fragte er verwundert, zwar laut, doch mehr für sich selbst. »Was ist *das?*« Leichtes Entsetzen flackerte in seinen Augen auf. »Sind heute abend alle Gestalten des gefallenen Morvan auferstanden und haben sich zu uns begeben?«

»Meister Morhuen!« rief Teris erschüttert. »Das ist unhöflich. Hier sitzt Elof der Schmied, mit dem Euch Lord Korentyn gerade eben bekannt gemacht hat ...«

Elof beugte sich vor. »Ich fühle mich nicht beleidigt, Lady! Korentyn war ebenfalls der Meinung, daß ich Ähnlichkeit mit jemandem habe, doch er vermochte nicht zu sagen, mit wem. Wißt Ihr es, Meister?«

Doch Morhuen starrte ihn mit einer Mischung aus Verwirrung und Argwohn an, legte sich die langen Finger an die Stirn und murmelte ein paar Worte. Plötzlich wandte er sich ab und sah zu Korentyn und Kermorvan hin, die sich in einer lebhaften Unterhaltung darüber berieten, was er singen sollte. Teris ergriff Elofs Arm, und ihre Haare kitzelten ihn am Ohr. »Jetzt versteht Ihr, warum Merau ihn einen alten Narren nennt!« flüsterte sie und unterdrückte ein Kichern. »Aber in Wirklichkeit ist er reizend, wirklich, und wie er in den alten Zeiten für uns gesungen hat ...« Elof hörte kaum, was sie sagte, so sehr war ihm ihre Berührung bewußt, das Beben ihrer Brüste gegen seinen Arm, während sie dahinplapperte, ihr süßer Duft, wie von der kräftigen Sonne des Südens erwärmte Blumen. Wahrscheinlich war sie sich der Wirkung nicht bewußt, die sie hervorrief; sie hatte mit Entschlossenheit auf Kermorvan gesetzt. Elof ertappte sich dabei, wie er um Erlösung rang; er war ein leichtes Opfer für Verlockungen, was nur allzu natürlich war bei dem Knoten der Enttäuschung in seinem Inneren, und bei all dem Wein. Warum sollte er sich nicht verführen lassen, sich nicht eine Weile hier aufhalten und die Aufgabe verschieben, an deren Erfolg er keinen Grund hatte zu glauben? Er war unvorstellbar erleichtert, als Teris ihn losließ, um in den Applaus einzufallen, als Morhuen auf die freie Fläche vor dem Baum vortrat.

Elof, der ihn in diesem Moment zum erstenmal in ganzer Größe sah, hielt den Atem an; der Barde war nicht nur schlaksig, er war eine wahrhaft groteske Gestalt. Die flatternden Gewänder verbargen einen seltsam schlackernden Gang, als ob die Gliedmaßen krankhaft verdreht wären. Von den vielen Musikanten im Saal wurden ihm Harfen zugeworfen; er wählte mit großem Aufhebens die beste aus und ließ sie vom Besitzer zu besonderer Tonreinheit stimmen. Dann schlurfte er zur Mitte der Fläche, deutete eine Verneigung zum Hof hin an und verkündete: »Auf Wunsch unseres höchsten Ehrengastes, Keryn Lord Kermorvan ...« — er schmunzelte respektvoll —, »und gegen den Wunsch unseres bescheidenen Prinzen Korentyn werde ich von den Taten des Korentyn Rhudri zu Lastreby singen!«

Kermorvan beugte sich an Teris vorbei, um den Reisenden zuzuflüstern: »Eine Ballade im alten Stil. Lastreby war eine Gebirgsstadt in Morvan, nördlich des Großen Wassers, dessen heldenhafte letzte Verteidigung von Korentyn angeführt wurde; das war seine erste große Tat.« Morhuen zog die Harfe in die Beuge seines langen linken Arms und legte die langen Finger sorgfältig an. Dann ließ er sie in einem einzigen Akkord nach unten gleiten; die Töne hallten zitternd von den uralten Steinen wider und mischten sich mit seiner metallenen Stimme, die so klar und hell wie die Harfensaiten klangen, jugendlich und heroisch.

Hört! Und schweiget! Es wird von Helden gesungen,
Die es wagten, den uralten Mächten die Stirn zu bieten,
Von Männern, die sich ihnen kriegerisch entgegenstellten,
Die sie in den Bergen des Nordens zurückschlugen,
Ausharrten, bis das unbezwingbare Eis sie überwältigte
Und alles zermalmte, was es dennoch nicht besiegte.

Die Harfe pulsierte und sang unter Morhuens Fingern, und obwohl die Musik für Elofs Ohren fremd klang, schlug sie an den gespannten Saiten seines Herzens bebende Harmonien an. Laute Tonfolgen deuteten ein Sturmgeläut an, das vor Gefahren und Not warnte, während dazwischen der Rhythmus galoppierender Pferde nachgeahmt wurde.

Korentyn Rhudri, der feuerhaarige Prinz,
Ritt schneller als seine Eskorte durch rauhe Berge,
Nach Lastreby, getrieben von seinem Drang, zu führen
Den Schlag gegen die Heerscharen der Finsternis,
Sie wie Todesflocken auf den Hügeln zu zerstreuen,
Das öde Eis im Blut seiner Anhänger zu schmelzen.

Lastrebys Mauern erhoben sich hoch über die Hügel,
Verlassener Hort aus grauem Stein, alt und düster ...

Die Harfe gab plötzlichen einen falschen Ton von sich, einen häßlichen Mißklang. Die Stimme des Barden wurde brüchig; er starrte die Saiten an, versuchte verzweifelt, die richtige Fingerhaltung wiederzuerlangen, doch unvermittelt brach die Melodie zusammen, der Klang löste sich zu einem wirren Durcheinander auf. Morhuen beugte sich kurz nach vorn, als ob er tief Luft holen wollte, dann sang er mit Hingabe weiter. Doch der Bann war gebrochen.

Weiß auf seinen Zinnen widernatürliches Wetter,
Belagerung durch den Schnee zur Sommerszeit ...

Er stockte wieder, wiederholte »*Belagerung ...*«, dann hörte er ganz auf, schüttelte den Kopf und nahm die zitternden Finger von der Harfe, um sie zu Fäusten zu ballen. Als er aufsah und den Blick über sein Publikum schweifen ließ, sprachen Kummer und Scham so unverhohlen aus seiner Haltung, daß Elof den Anblick nicht ertragen konnte.

Korentyns Gesicht war zutiefst besorgt. »Geht es Euch gut, alter Freund? Möchtet Ihr Euch etwas ausruhen ...«

»Nein, mein Lord ...« Die Stimme des Barden zitterte. »Es tut mir leid ... ich bin alt geworden, wie gesagt. Die alten Lieder sind meinem Gedächtnis entschlüpft, und meine Finger sind verbraucht und schwach; ich kann sie nicht mehr an die Harfe zwingen. Meine Lords und Ladys, alte Freunde und neue Gäste, ich bin sehr bekümmert, daß ich mich zurückziehen muß. Ich hätte niemals kommen sollen.«

Korentyn hob eine Hand. »Wenn Eure Hände Euch nicht mehr so recht gehorchen«, sagte er ermutigend, »könntet Ihr nicht weiterhin Worte tanzen lassen, wie Ihr es zu Beginn getan habt? Denn mein Stammesbruder hier hat ein großartiges Abenteuer im Westland überstanden, gemeinsam mit seinen Freunden; sie haben eine mächtige Belagerung aufgelöst und sind in einer schwierigen Mission unterwegs. Niemand außer Euch könnte die Geschichte zu einem den Taten angemessenen Lied verarbeiten.«

Morhuens blasse Augen schienen durch ihn hindurchzublicken. »Oh, mein lieber Lord, die Musik ist von mir gegangen, das Feuer ist erloschen, was bleibt da noch? Ein Reim, Bruchstück eines Verses, Nichtigkeiten, Bröckchen von Baumrinde, die in einen endlosen Strom geworfen wurden und mittreiben. Ich bringe keine großartige Ballade mehr zustande, nicht einmal auf Euer Geheiß. Nicht einmal zu Eurem Ruhme. Vielleicht gelingt mir noch ein kleines Lied, ein kurzes — doch nur für Euch ...« Und plötzlich schlug er die Harfe an, die er in den steifen Händen gehalten hatte, und eine schwungvolle Weise entströmte ihr.

Euer Lob hallt wider,
Prinz des Palastes des Sommers!
Herr eines Hofes,
Desgleichen nie wiederkehrt!
Auf Euer Geheiß
Brachten meine Lieder die Vergangenheit zurück,
Und ließen all das lebendig werden,
Was wir liebten und verloren haben!
Doch immer mehr entzieht sich mir die alte Musik,
Die Vergangenheit wird düster wie eine Gefängnismauer,
Und stärker fordert mich jetzt eine neuere Musik,
Die der endlose Wald heilend meiner Seele bringt.
Jetzt verzehrt mich die Sehnsucht
Nach der Freiheit in den wilden Wäldern,
In diesen Mauern finde ich keine Heimat,
Frei, unbehindert muß ich herumstreunen.

Euer sei alles Lob,
Herr des Stammes von Morvan!
All das viele, das ich schulde,
Kann ich nicht zurückzahlen!
Ehre und Ruhm
Waren Eure ständigen Geschenke an mich.
Keine Sangeskunst
Hat je einen gütigeren Herrn besungen.

Doch ich bin nicht mehr der Mann, der Euch diente,
Zwar noch getreu, doch einem anderen Ruf folgend,
Denn ich habe keine Lieder mehr, ihm zu widerstehen;
Der Freuden beraubt, die mich bei Euch hielten,
Bedeutet es mir jetzt Qual, hier zu verweilen,
Außer Eurer Güte finde ich hier nur noch Schmerz,
Ich bitte Euch, beansprucht mich nicht länger,
Mein Freund, mein Herr, mein Meister, gebt mich frei!

Noch während die Harfe die letzte Zeile seines Verses begleitete, glitt sie ihm aus den schlaffen Fingern. Er kniete nieder und legte sie sanft auf die Bodenfliesen, wobei ihre Saiten noch leise nachklangen. Elof bemerkte erschüttert dunkle Flecken darauf und schwere Tropfen, die auf den Rahmen gefallen waren; bei Morhuens verzweifelter Anstrengung, das Instrument zu spielen, hatten sie ihm ins Fleisch geschnitten. Ein Raunen lief durch den Hof, ein leises, trauriges Murmeln, dann war alles still. Als Korentyn schließlich das Wort ergriff, zitterte seine Stimme. »Für die Lieder, die Ihr einst gemacht habt, mein alter Freund, ist meine Gunst eine klägliche Vergeltung; Ihr schuldet mir nichts. Wenn ich Euch nichts anderes geben kann als die Erlaubnis zu gehen, dann sollt Ihr sie haben, möge mein Segen Euch begleiten. Doch ich hoffe, daß wir uns recht bald wiedersehen.«

Morhuen antwortete nicht, sondern er verbeugte sich nur tief, bevor er den Hof verließ. Als er die hohe Tür erreicht hatte und diese weit aufschwang, zog er sich das höfische Gewand von der Schulter und warf es dem *Alfar* zu, der dort wartete. Elof hielt kurz den Atem an, und ein tiefes Unbehagen befiel ihn. Die Gliedmaßen des Barden, die sein schlichtes grünes ärmelloses Wams nun nicht mehr verhüllten, waren nicht mißgestaltet; sie waren einfach nur lang, schrecklich lang, und er hatte eine gekrümmte, unbequeme Haltung eingenommen gehabt, um sie zu verbergen. Und doch war dies ein

Mensch, oder war zumindest einer gewesen. Die Tür fiel hinter ihm zu.

Schweigen breitete sich am Hof aus, Verwirrung und Beschämung herrschten. Korentyn starrte mit blassem Gesicht vor sich hin. Zu seinen Füßen drängten sich *Alfar* heran, Haare und Harnische mit Girlanden geschmückt, und sahen mit weit aufgerissenen, besorgten Augen zu ihm auf. Schließlich tauschten Kermorvan und Lord Almayn, der in der Nähe saß, Blicke; Almayn gab den Musikanten ein Zeichen. Eine Fanfare wurde geschmettert, dann stimmten sie eine langsame, getragene Weise an. Paare, darunter Kermorvan und Teris, erhoben sich und nahmen mit gleitenden Schritten die Muster eines formalen Tanzes auf und schwebten in endlosen Wiederholungen wie die Dünung des Meeres hierhin und dorthin über den Boden. Korentyn sah zu, doch er schien daran wenig Tröstendes zu finden. Ebensowenig wie Elof; für ihn stellte es eine langsame Folterqual dar. Doch das Stück war kaum zu Ende, da gab ein älterer *Alfar* mit einem Wust weißer Haare, die ihm bis zur Schulter reichten, den Musikanten mit ebensoviel Eleganz wie Almayn den Musikanten ein Zeichen. Eine Trommel ließ einen eindringlichen Wirbel ertönen, mit einem Bogen gestrichene Saiten sangen eine lebhaftere Melodie, gezupfte tiefere Saiten begleiteten sie mit einem stampfenden Rhythmus. Ein Ruf erschallte, und die *Alfar* strömten in den Hof. Korentyn blickte verdutzt auf und lächelte dann nachsichtig. Mit breit grinsenden Gesichtern begannen sie, sich im Kreis zu drehen, zunächst langsam, dann schneller, und sie steigerten sich zu einem hüpfenden Lauf; die Arme hielten sie hoch über die Köpfe gereckt, die Handgelenke ließen sie zur Seite zucken und schnippten im Takt mit den Fingern. Weitere Männer und Frauen sprangen auf, um sich zu ihnen zu gesellen, sie hüpften und sprangen und wirbelten mit ihren langen Gliedmaßen herum wie vom Sturm gepeitschte Schößlinge. In einer langen Reihe umringten sie den Baum und schlugen so wilde Kapriolen, daß sich ihr zu Zöpfen geflochtenes Haar löste und Blumen und Girlanden durch die Luft flogen und zwischen den Zuschauern landeten.

Der unerwartete Ausbruch von Lebhaftigkeit erweckte bei Elof ein leichtes Lächeln und gleichzeitig ein ungutes Gefühl; es erinnerte ihn an die Feierlichkeiten in seinem Heimatdorf, die derb, aber fröhlich waren; oft hatte er sich danach gesehnt, daran teilzunehmen. »Also, das nenne ich einen Tanz!« rief er aus. Mit einer schnellen Verbeugung in Korentyns Richtung sprang er zwischen die Tänzer und packte sich ein hübsches *Alfar*-Mädchen, das gerade vorbeiwirbelte. Er erhaschte einen kurzen Blick auf Ils und Roc, die hinter ihm heranhüpften, bevor er von starken Armen herumgedreht und vom Tanz mitgerissen wurde. Tenvar machte einen Satz an ihm vorbei; in jedem Arm hielt er ein Mädchen, und seine Füße berührten kaum den Boden, und als Elof den Baum einmal umrundet hatte, sah er zu seiner Verblüffung, daß einige der Höflinge zaghaft am Rande des Trubels verharrten. Er hatte gedacht, sie könnten beleidigt seid, doch dieser plötzliche Ausbruch schien sie eher zu verwirren denn zu ärgern. Schließlich packte sich Svethan der Seemann tatsächlich eine Partnerin und stürzte sich mit Schwung ins Getümmel; andere folgten ihm zögernd. Elof wäre fast gestolpert, als Teris leichtfüßig an ihm vorbeischwebte; ihr langes Gewand war in den goldenen Gürtel hochgerafft. Sie zog Kermorvan hinter sich her und lachte lauthals; hinter ihnen vollführte Almayn mit einer hochgewachsenen Dame des Hofes tollkühne Sätze. Würde und Vornehmheit wurden wie Blüten in den Wind geworfen.

Der ganze Hofstaat der Unsterblichen tobte in seiner verlorenen Pracht. Der Tanz wirbelte unendlich weiter, die Musikanten spielten ein Stück nach dem anderen, Kreise bildeten sich, lösten sich auf, bildeten sich erneut, bis viele eine Weile aussetzen mußten, um wieder zu Atem zu kommen. Elof gehörte dazu, denn trotz seiner Körperkraft war er diesen langbeinigen Gestalten gegenüber im Nachteil. Seine Partnerin hauchte ihm eine Kußhand auf die Wange und entschwand in dem Trubel; er war zufrieden damit, sich unter dem großen Baum zu Boden plumpsen zu lassen und zu warten, bis sich sein aufgewühlter Puls beruhigt und sein schwindelnder Kopf geklärt hatten. Rundherum und wieder rundherum tanzten sie, das Waldvolk und die Höflinge und seine Freunde, und während er zusah, wie sie vorbeischwirrten, geschah etwas Seltsames. Er hatte halbvollendete Gedanken zurückgedrängt, damit sie in seinem Kopf Gestalt annähmen, zu einer Vision würden. Es war, als ob die Tänzer sich immer schneller drehten, und noch schneller, bis sie zu einem hellen, schmerzend undeutlichen Fleck wurden, mit einer einzigen stillen Gestalt in der Mitte, erstarrt am höchsten Punkt eines Sprungs. Vor seinen Augen verwandelte sie sich, entwickelte Knospen wie ein Baum; die ausgebreiteten Gliedmaßen wurden länger, der Stamm reckte sich nach oben wie eine dicke Birke, die Füße und Hände streckten sich wie gierig ausgreifende Wurzeln und Ranken. Dann war die Vision verschwunden, der Tanz lief wieder klar vor seinen Augen ab. Doch Elof spürte, wie eine übelkeiterregende Kälte in ihm aufstieg, ein wachsendes, unbeherrschbares Zittern. Er sah seine fleischgewordene Vision, nicht in einem einzigen Körper, sondern in allem, was an ihm vorbeihuschte, in einer Kette, einer Abfolge, einer Fortführung von Kermorvan zu Korentyn, von ihm zu dem langgliedrigen Merau Ladan, von diesem zu Morhuen. Und von dessen erschöpften, unbotmäßigen Gliedmaßen zu den anmutig emporgereckten Körpern der *Alfar.* Und was war mit ihren Seelen? Geschah die Verwandlung im besten Fall von edler Gesinnung und Weisheit zu harmloser Schlichtheit, im schlimmsten Fall vom Mensch zum Tier? War das der wahrhaftige Tanz, der im Palast des Sommers stattfand?

Er fluchte im stillen. Es ergab noch immer keinen Sinn, nicht solange die *Alfar* Kinder bekamen und über die Vergangenheit Bescheid wußten. Welche Verbindung konnte zwischen ihnen und den Leuten am Hof bestehen, da bei diesen beides nicht zutraf? Er schlug mit einer Hand ärgerlich gegen die rauhe Baumrinde.

Plötzlich hatte er den Eindruck, daß die Wände um ihn herum verschwanden und die windzerzausten Bäume auf ihn zukamen. Tief in einem fernen Teich, einem Schatz mit glitzernden Schuppen auf der Spur, planschte ein Otter; hoch über dem grenzenlosen Teppich der Baumwipfel schrie ein Adler und schoß mit ausgestellten Klauen herab. *Die Waldleute sind ihre Kinder.*

Elof schluckte und schüttelte den Kopf, unfähig zu sprechen. Das war nicht das Zwitschern der Vögel, es war die Stimme, die er ganz am Anfang gehört hatte, weit im Westen. Doch hier war sie nicht mehr fern und dumpf, sie umgab ihn ringsum, und sie wehte durch seinen Geist wie ein böiger Wind. Er hätte sich nicht an den Baum lehnen sollen; zu viele von seinen geheimen Gedanken waren vielleicht schon verraten. Doch anscheinend wurden nur seine unmittelbar gegenwärtigen Gedanken gelesen.

Du hast einen klaren Blick, Einer Allein. Die Alfar *sind ihre Kinder, oder zumindest Kinder ihres Stammes, und sie lieben und achten ihre Alten und sind ihnen mit Freuden zu Diensten. Doch läßt dich dieser Blick nicht auch den Grund für die Verwandlung erkennen? Ich habe kein Geheimnis daraus gemacht. Hier wird allen unendliches Leben angeboten, hier kann jeder so leben, wie er es für das beste hält. Nur Nachwuchs muß ihnen versagt bleiben, denn Kinder sind der Spiegel der Sterblichkeit. Dennoch empfinden viele dieses Geschenk als Last; oft sind es genau diejenigen, die anfangs gierig danach greifen, die es am Schluß am schwersten ertragen. Nur Helden können die Unsterblichkeit vermutlich lange Zeit ertragen, da ihre Qual durch Ruhm und Ehre wettgemacht wird.*

Elof griff sich an die Brust, wo ihn ein plötzlicher Schmerz durchbohrte. »Daran liegt es also, daß sich so viele große Namen aus der Vergangenheit hier versammelt haben. Geringere Menschen sind inzwischen längst ... auf der Strecke geblieben.«

Tief im Waldboden unter einem verfaulenden Baum schlug ein nächtens verwehter Samen Wurzeln und wuchs und gedieh. *Nein. Nicht auf der Strecke geblieben. Je länger Menschen leben, desto weniger finden sie sich mit dem Gedanken an ihren Tod ab. Klammern sich nicht viele noch in schrecklichsten Qualen an den brüchigen Faden des Lebens? Und doch könnten sie nicht in ihr früheres Leben in der Welt draußen zurückkehren, da alles, was sie dort kannten, längst verflossen ist. Deshalb ebne ich ihnen den Weg. Je mehr sie ihres Lebens überdrüssig sind, desto geringer ist ihr Bewußtsein für die Zeit, desto größeres Vergnügen bereiten ihnen die vergänglichen Augenblicke, die einfacheren Dinge; sie gleichen immer mehr Kindern — oder Tieren, wie du vermutet hast. Sie jagen mit den* Alfar, *leben mit ihnen, wie sie; und wenn die Zeit, die das Wachstum und die Veränderung diktiert, wieder einmal ihren Anspruch auf sie geltend macht, ähneln sie in ihrer Gestalt noch mehr den* Alfar. *Die Vergangenheit fällt von ihnen ab, und sie gliedern sich wieder in den Rhythmus des großen Tanzes der Natur ein. Zuletzt gehen sie mit den* Alfar *weg, und sie kehren niemals zurück; sie vermischen sich mit ihnen und gebären Kinder, die ganz und gar* Alfar *sind, und sie vergessen vollständig, was sie einmal waren. Der Mantel der Sterblichkeit hüllt sie wieder ein; sie führen ein freies und glückliches Leben, ohne etwas anderes zu kennen, und schließlich sterben sie friedlich und gehen wieder in den Großen Fluß ein.*

»Aber ...«, setzte Elof in scharfem Ton an, hielt dann jedoch inne. Er wollte nicht voreilig sprechen.

Du brauchst für dich selbst oder deine Freunde kein solches Ende zu fürchten. Am allerwenigsten für dich selbst, weil du im Innern so sehr brennst. Doch auch wenn es anders wäre, was dann? Ist es nicht das Abenteuer wert, um zumindest et-

was länger als die übliche menschliche Lebensspanne zu überdauern, ohne etwas anderes befürchten zu müssen, als ein Ende im Vergessen und in Frieden? Um Zeit zu haben, dein Handwerk bis zur Vollendung zu entwickeln, es mit allen Quellen zu speisen, die dir in meinem Reich zur Verfügung stehen? Ich bin die einzige der großen alten Mächte, die wahrhaftig etwas für die Menschen übrig hat. Ich weiß, was für sie am besten ist. Gedämpft durch die verfaulenden Blätter am Waldboden waren leichte Schritte zu hören. Eine Schlange spannte ihren kupferfarbenen Körper, ihre zuckende Zunge kostete die Luft und schmeckte den Duft von warmem Blut.

Elof verneigte sich. »Nicht umsonst werdet Ihr der Bewahrer genannt, Herr. Ich weiß Eure Großzügigkeit zu schätzen und möchte sie sogar noch weiter in Anspruch nehmen. Ich möchte in den Bergen Metalle suchen, gemeinsam mit jenen meiner Freunde, die mitkommen werden.«

Du brauchst nur die Alfar *zu bitten. Sie werden dich führen und dir zu Diensten sein. Mögest du finden, was du suchst!*

Elof verneigte sich erneut. »Ich danke Euch, Herr. Ich glaube, daß ich das werde.«

Doch erst am dritten Tag ihrer Suche wurden sie fündig, und zwar hoch oben an den felsigen Hängen. Denn obwohl er viele seltene Materialien fand, die er hätte gebrauchen können, war es eine größere Ausbeute, nach der er in Wirklichkeit strebte, nämlich die Seelen seiner Kameraden. »Das war der Grund, warum ich euch hierher gebracht habe«, erklärte er ihnen.

Kermorvan nickte. »Hier, wo keine *Alfar* uns hören können, wo keine Vögel auf den Ästen thronen, wo nichts wächst, weit weg von den Augen und Ohren des Waldes. Das habe ich mir gedacht. Und? Was noch?«

Elof blickte unauffällig über den Rand des schmalen Felssimses, wo seine Begleiter, die er zum Mitkommen hatte bewegen können, sich zusammendrängten. Weit darunter errichteten die *Alfar* ein Lager zwischen einer Gruppe von borstigen Nadelhölzern. Einer von ihnen sah ängstlich herauf, doch Elof winkte mit entwaffnender Fröhlichkeit zurück, die er kaum empfand. Er hatte erwartet, daß Kermorvan entsetzt wäre, wenn er Tapiaus Worte vernähme, doch er war so ruhig wie immer. »Was noch? Reicht das denn nicht?«

»Warum die Aufregung?« warf Tenvar ein. »Es ist doch etwas Wunderbares, ewig zu leben. Und dennoch die Möglichkeit zu haben, dem ewigen Leben zu entrinnen und in Frieden zu leben und zu sterben. Was ist denn daran so schrecklich?«

»Jawohl!« stimmte Bure lachend zu. »Das ist, wie auf beiden Seiten des Flusses Land zu besitzen.«

Kermorvan nickte, obwohl er etwas unglücklich aussah. Elof fuhr fort: »Ich räume ein, es klingt seltsam, doch ich würde es vorziehen, als der Mann, der ich immer war, zu sterben, wenn ich nun mal sterben muß, mit meiner eigenen Seele. Aber vielleicht ist das abartig, und ich erwarte nicht, daß alle Menschen wie ich empfinden. Aber ihr — Borhi, was wäre dir lieber? Und dir, Roc?«

»Das Leben ...«, flüsterte Borhi leise, ohne zu zögern. »Niemals mehr dem Tod ins Auge sehen zu müssen ...«

Roc zögerte. »Es ist eine große Verlockung«, murmelte er. »Ich könnte mir vorstellen, daß es eine Last ist ... es ist ein Spiel ... aber das gleiche gilt auch für jeden Atemzug, den man tut ...«

»Also gut«, sagte Kermorvan. »Du hörst die Stimme des Volkes.« Er zuckte mit den Schultern. »Ich sehe nicht, daß großer Schaden dadurch angerichtet wird.«

»Das siehst du nicht?« brauste Elof so laut auf, daß er fürchtete, die *Alfar* unten könnten es hören. Etwas leiser fügte er hinzu: »Dann betrachte einmal die Auswirkungen! Dieser Baumeister, dieser Barde! Was ist aus ihnen geworden? Ein Palast blieb halbfertig, Lieder halbvollendet, ist es nicht so?« Ils sah ihn voller Unbehagen an und gab keine Antwort. Kermorvan zuckte nur mit der Schulter und entgegnete: »Es gibt bestimmt viele, die es nicht bis zuletzt aushalten, selbst wertvolle und begabte Menschen. Doch was meint ihr? Ist es nicht besser, ein Wagnis einzugehen, als niemals einen Versuch unternommen zu haben? Um so mehr, da der Untergang sich so gnädig vollzieht, das Wagnis sich so sehr lohnt. Haben sich dadurch nicht solche Menschen wie Svethan, wie Korentyn bis zum heutigen Tage gerettet?«

»Gerettet?« wiederholte Elof sehr leise. »Und bis zum heutigen Tage? Ich frage mich, was hätten sie in der Welt draußen erreicht, diese Leute, wenn sie nicht davor bewahrt worden wären, den Westen zu erreichen? König Keryns Sohn, deinem Vorfahr, hätte es sicher nicht an Unterstützung gefehlt. Korentyn und Ase hätten seinen Thron begründet, so wie Keryn es beabsichtigt hatte; sie hätten die schmerzliche Trennung des Nordens und Südens, die unser Volk so sehr geschwächt hat, verhindert. Was haben sie statt dessen getan? Sie haben überlebt, das ist alles. Jawohl, sie leben. Doch als was? Schatten an einem Hof der Schatten, abgeschieden, wirkungslos, ohne die Macht, zu helfen oder zu schaden. Korentyn ist von edler Gesinnung, stimmt, und er ist gütig; er könnte nicht anders sein und gleichzeitig in Frieden leben. Doch was haben die vielen Jahrhunderte ihm genommen? Wo ist der von feuriger Leidenschaft beseelte Prinz, der er einst war, der starke Krieger gegen das Böse des Eises? Und Svethan, der so weit entfernt von seinem Meer sein Dasein fristet, welchen Sinn hat dieses noch für ihn? Und Lady Teris, ist sie noch das, was sie einst war?« Kermorvans Augen wurden ausdruckslos und kalt, doch er hielt Elofs Blick stand. »Und was ist mit dir selbst? Wie ist es dir ergangen, seit du hierhergekommen bist? Welche Pläne hast du gemacht, um dein Volk um dich zu scharen, jene, die von dir abhängen, so wenig sie es vielleicht wissen mögen? Wann wirst du eine Botschaft nach Kerbryhaine senden?«

Kermorvan runzelte die Stirn. »Ich darf nicht übereilt handeln. Glaubst du, Korentyn und ich hätten über diese Dinge nicht eingehend und lange gesprochen? Der Ort muß erst entsprechend vorbereitet werden, um eine große Anzahl von Menschen aufzunehmen, die Leute müssen nach und nach geholt werden, gemäß Tapiaus Verfügung, und ihre Zweifel müssen ausgeräumt werden. Wir brauchen mehr als ein paar Tage, um solche Schritte zu planen, meinst du nicht?«

»Ein paar Tage?« fragte Elof ruhig, obwohl eiskalte Finger sein Rückgrat entlangfuhren. »Was stellst du dir vor, wie lange du schon hier bist? Roc und die anderen waren eine ganze Weile lang weg, um zu jagen; ich habe mir eine ganze Schmiede bauen lassen, und sie ist keineswegs über Nacht entstanden.« Er sah den verwirrten Ausdruck in ihren Gesichtern, vor allem in dem Kermorvans, und er dachte an die Nacht ihrer Ankunft zurück. »Ich frage mich, wie lange es Korentyn erscheint.«

»Ach, das hat dir Tapiau eingeredet!« entgegnete Roc. »Kein Wunder, daß sein Zeitgefühl etwas verschwommen ist, nach all diesen Jahrhunderten ...«

»Meinst du?« murmelte Ils voller Unbehagen. »Ich habe das Gefühl, daß mit uns selbst bereits etwas Ähnliches geschieht. Elof, wie lange waren wir weg? Es schien wie eine Nacht oder höchstens zwei.«

»Vielleicht drei Wochen. Womöglich sogar vier; wie soll ich es wissen, wenn ihr selbst es nicht wißt? Es dauerte drei Wochen, die Schmiede zu bauen.« Die Reisenden sahen einander verstört an, doch Kermorvan hob die Hand schützend über die Augen.

»Vielleicht ist unser Zeitgefühl geschwächt, da unsere Körper aufgehört haben zu altern«, bemerkte Ils leise. »Tapiau ist sich dessen vielleicht nicht bewußt, denn anscheinend nimmt er niemals Gestalt an, weder menschliche noch sonst eine. Doch es fällt schwer, ihm jetzt noch zu trauen, nachdem ...«

»Wie soll ich mich da noch auskennen?« brauste Kermorvan plötzlich auf. »Als du mir Tapiaus Worte wiedergegeben hast, dachte ich, wir hätten gefunden, was wir suchten. Daß ich nach den Schrecknissen der Reise auf etwas gestoßen war, das großartiger war als alles, was ich zu hoffen gewagt hatte, daß die Vergangenheit, von deren Wiederherstellung ich geträumt hatte, auferstehen würde ...«

»Von nun an soll sich keiner von uns mehr durch die Phantome seiner entronnenen Vergangenheit täuschen lassen!« zitierte Elof mit düsterer Miene. »Wessen Worte waren das?«

Kermorvan schlug sich mit der Faust in die flache Hand. »Aber wie soll ich die Wahrheit erkennen? Wo soll ich in diesem Morast danach graben? Welchen Nutzen könnte Tapiau davon haben, uns auf diese Weise zu umgarnen, wenn er uns mit einer einzigen Handbewegung von der Erde wischen oder von seinen Geschöpfen in Fetzen zerreißen lassen könnte? Es ergibt keinen Sinn, Elof! Ich muß Beweise haben! Und selbst wenn er unser Feind sein sollte, wie sollen wir gegen ihn kämpfen oder vor ihm fliehen? Wie sollen wir die Hand oder den Willen gegen eine lebendige Macht erheben?«

Elof zögerte, doch schließlich, als alle anderen schwiegen, wagte er zu sprechen. »Das wird schwer sein, in der Tat. Aber vielleicht kann ich euch helfen. Jetzt, da ich meine Schmiede habe ...« Er sah nicht auf, aber er spürte, daß alle Augen auf ihn gerichtet waren.

»Du beabsichtigst, die Schmiedekunst gegen die Mächte einzusetzen?« fragte Bure voller Zweifel und Verwunderung.

»Ein Mann muß die Mittel einsetzen, die ihm zur Verfügung stehen! Ich würde mein Handwerk gegen die Lenker der Sterne einsetzen, wenn sie ... das bedrohen würden, was mir etwas bedeutet!« Die Ergriffenheit, mit der er sprach, erstaunte ihn selbst; ohne nachzudenken, hatte er Gefühle preisgegeben, von denen er kaum gewußt hatte, daß sie in ihm waren. Wie nie zuvor war er sich des Könnens, das in ihm steckte, bewußt, der lodernden Flamme einer Schmiedeesse, die danach gierte, genutzt zu werden; er formte seine Seele darauf, und sie geriet schmal wie eine Nadel aus verzehrender, weißglühender Hitze, präzise, wohlbemessen, unausweichlich. »Ich habe jedoch nicht an einen offenen Kampf gedacht. Gegen uns wird mit Hinterlist vorgegangen, und so etwas zahlt man am besten mit derselben Münze zurück.« Er wandte sich daraufhin an Kermorvan, der nicht geantwortet hatte. »Nun? Mir scheint, wir sind zu einer für dich ungünstigen Zeit an diesen Ort gekommen, nämlich genau an dem Punkt, da du anfingst, an deiner Qualität als Anführer und der Weisheit des Entschlusses, diese Reise zu unternehmen, zu zweifeln; vielleicht hat der Wald bereits seine Auswirkung auf dich, wie er sie auf mich hatte. Doch ich denke anders darüber. Du bist immer noch unser Anführer. Du willst Beweise; ich werde versuchen, diese beizubringen, obwohl der Versuch möglicherweise gefährlich ist. So gefährlich, daß ich, solltest du es für richtig erachten, daß wir dem Wald bedingungslos vertrauen, es damit auf sich beruhen lassen werde. Also, sag, wie lautet deine Entscheidung?«

Kermorvan hatte sich erhoben; er stand jetzt auf dem Felsen und betrachtete schweigend den Wald. Doch es dauerte nur einen kurzen Moment, bis er sprach, und seine Stimme klang fest und ruhig. »Du kannst versuchen, was du willst.«

Auf ihrem Rückweg aus den Bergen waren sie bepackt mit vielen Säcken voller Eisenerz und anderem Gestein, die sie auf dem Weg zum Schloß mit Erleichterung an Elofs Schmiede abluden. Ils jedoch blieb noch eine Weile, und Roc machte sich sofort in der Schmiede zu schaffen, wie er es in der Vergangenheit schon so oft getan hatte. Elof sah ihn an. »Du brauchst dich nicht an meinem Vorhaben zu beteiligen, wenn es dir widerstrebt. Und du auch nicht, Ils.«

Ils schmunzelte und lehnte sich gegen die Werkbank. Roc verzerrte sein vergnügtes Gesicht zu einer komisch-schaurigen Grimasse. »Deine Hände sind nicht die einzigen, die einen Hammer schwingen können. Es könnte durchaus sein, daß die unseren vor Tatendrang etwas jucken. Und du wirst ein paar zupackende Schmiedehände brauchen, und wenn auch nur, um hin und wieder deine Schädeldecke runterzunieten. Was meinst du, Lady?«

Elof sah sie beide an und lächelte. Er hatte das Gefühl, als fiele eine bleischwere Müdigkeit von ihm ab, als verzöge sich eine Wolke von seiner Seele. Er legte den Arm um Ils' breite Schultern und zog Rocs dichte braune Haare zu dessen Augen herunter. »Blödkopf! Mit euch beiden bin ich wirklich gesegnet! Aber ich bezweifle, daß für die bevorstehende Aufgabe viele Hände vonnöten sein werden. Sie muß langsam und mit viel Feingefühl verrichtet werden ...«

»Jawohl, und heimlich«, ergänzte Roc leise. »Du selbst hast dir Gedanken gemacht über die Augen und Ohren des Waldes. Wir könnten ihn vielleicht irgendwie ablenken ...«

»Und die Gefahr teilen, ja; ich weiß inzwischen ziemlich genau, was in deinem Kopf vor sich geht, mein Junge! Doch das dürfte nicht nötig sein.« Und er nahm sein Schwert Gorthawer, das er mit Bedacht draußen gelassen hatte, zur Hand, und führte ihnen vor, wie dessen Schatten verblaßte. »Tapiau sagte, der Talisman würde mir innerhalb der kalten steinernen Gebäude der Menschen wenig nützen, und tatsächlich war seine Wirkung damals auf Kerbryhaines Mauern schwächer als sonst. Dort offenbarte sich die Grenze der Macht des Waldes! Mir kam der Verdacht, daß deshalb Lys Arvalen vollkommen aus Holz und nicht aus Stein gebaut wurde; innerhalb steinerner Mauern kann sein Geist nicht hausen! Und ich vermutete außerdem, daß sowohl er als auch die Leute im Schloß sich vor Feuer fürchten. Aus

Gründen also, die dem Anschein nach harmlos waren, habe ich einen Ort gestaltet, an den er seine Macht nicht ausdehnen kann, einen dunklen Fleck in seinem Geist.« Er ließ den Blick durch die karge kleine Hütte schweifen, und sein Gesicht zeigte einen Ausdruck grimmiger Genugtuung. »Ich habe meine Schmiede im Wald gebaut. Doch der Wald kann nicht in meine Schmiede kommen.«

Roc stieß voller Erstaunen die Luft aus. »Donnerwetter! Dann hast du es also bereits gewagt, dein Wissen gegen die Macht einzusetzen!«

»Und zwar mit Erfolg!« sagte Ils leise, und ihre Augen leuchteten.

»Nur was den ersten Schritt betrifft«, schränkte Elof ein. »Ich nehme an, er ist noch nicht darauf gekommen, da ich bis jetzt nur wenig Zeit hier drin verbracht habe. Wenn ich mit der Arbeit beginne, wird er es früher oder später herausfinden; anfangs wird er nichts unternehmen, vermute ich. Zur Zeit scheint es ihm vor allem noch darum zu gehen, mich für sich zu gewinnen. Doch er wird nicht ewig untätig bleiben; ich habe mit meiner Arbeit nur einen einzigen Versuch. Und ich weiß noch nicht einmal, worin diese bestehen wird.«

Roc starrte ihn an. »Nicht die blasseste Ahnung?«

»Das habe ich nicht gesagt. Ich weiß, was ich dafür benötige, und ich weiß, daß sie sehr schwer durchzuführen sein wird, es wird etwas noch Kniffligeres werden als das Geistschwert. Denn es wird keinen Zwang vertragen, sondern eher danach trachten, Ketten zu sprengen ...«

Ils sog hörbar den Atem ein. »Allmählich begreife ich. Doch welche Kunstfertigkeit das erfordert! Und wieviel Zeit! Du könntest es wieder einmal mit Musterschweißen versuchen, oder mit Legierungen, doch das eine könnte zu grob, das andere zu fein sein; du mußt es immer wieder und wieder versuchen, bis du die richtige Zusammensetzung triffst ... Elof, um das zu erreichen, bedarf es wahrlich echter Meisterschaft.«

»Das weiß ich«, sagte er und bemühte sich, das Zittern der Verzweiflung in seiner Stimme zu verbergen. »Und wie soll ich mir diese hier erwerben? Aber ich muß es versuchen.«

»In der Tat, du mußt es versuchen«, bestätigte Roc, während er lässig auf einem Grashalm herumkaute. »Du hast dir selbst in der Vergangenheit schon so manche Überraschung geboten, und erst recht mir. Wenn du uns brauchst, sind wir zur Stelle. Für den Augenblick ist dein Feuer entfacht, Brot und Fleisch findest du bei deinen Büchern, deine Werkzeuge liegen bereit. Wir machen uns jetzt auf den Weg zum Schloß, schlage ich vor.«

Ils nickte, wobei sie etwas traurig aussah. »Gegen Abend werden wir kommen und dich abholen. Und wenn auch nur, um dafür zu sorgen, daß du nachts schläfst. Ich kenne dich, Elof!«

Elof lächelte, als er ihnen nachsah, während sie sich zwischen den Bäumen entfernten. Irgendwie fühlte er sich wieder seltsam frei, hier in dieser kargen Höhle einer Schmiede; warum das so war, wurde ihm erst gegen Abend klar, als er von seiner Lektüre aufblickte, während sich die Dunkelheit herabsenkte und die Vögel ihre Lieder der Dämmerung trällerten. Vor seinem geistigen Auge rauschte Schilf im Wind, und Nebelschwaden waberten lautlos darüber hinweg; dieser Ort hier glich in mancher Hinsicht seiner seltsamen alten Schmiede im Marschland, jenem Ort also, an dem er Heilung gesucht und gefunden hatte, und damit sich selbst. Er lächelte; die Erinnerung war in seinem Gedächtnis wieder neu aufgefrischt.

Er legte sein Buch aus der Hand. Roc und Ils brauchten nicht zu kommen, um ihn zu holen, weder an diesem Abend noch an einem der nächsten. Eile und Übermüdung hätten dazu führen können, daß er etwas von entscheidender Bedeutung vergaß. Deshalb machte er sich jeden Abend bei Einbruch der Dunkelheit allein durch den sich verdüsternden Wald auf Weg, indem er dem Pfad am Fluß entlang folgte. Und es ist überliefert, daß er bei solchen Gelegenheiten häufig mit Tapiau sprach.

Anfangs machte sie ihn nervös, diese Stimme, die viele Stimmen war, um so mehr, als sie offenbar sehr wohl um seine böse Ahnung wußte. Doch der Wald versuchte immer noch, ihn für sich zu gewinnen, und Elof sprach und fragte so offen heraus wie immer, und er erfuhr von vielen Wundern. Als der Spätsommer sich zum Herbst hin neigte, vernahm er die Stimme in dem Rauschen und Pfeifen des Windes in den Kiefern, im feierlichen Dröhnen eines Wasserfalls und einmal — beängstigenderweise — in dem durchdringenden Brüllen eines entfernten Erdrutsches zwischen den Kiefern. Die Wut über seine eigene Angst machte ihn daraufhin kühn genug, daß er Tapiau fragte, warum er sich nicht einer einzigen Stimmform bediente, da die kleineren Mächte, die in seinem Wald hausten, dazu doch auch in der Lage waren. Aus der Tiefe des Flusses blubberte die Antwort herauf.

Weil sie geringer sind, können sie das leicht tun. Würdest du diesen Fluß in dein Tauchbecken, dieses tiefe Wasser in deine Tasse einsperren? Du würdest nur soviel einfangen, wie das Behältnis aufnehmen kann. Genauso verhält es sich mit hochrangigen Mächten.

»Dennoch habe ich gehört, daß einige es gelegentlich so machen. Derjenige, den man den Raben nennt ...«

In der Tat. Genau wie wir menschliche Gestalt annehmen können — oder jede andere, die uns beliebt. Doch dadurch werden wir nur zu einer Facette unserer selbst. Je größer wir sind, desto weniger leicht fällt uns das; das Gestalten eines Körpers wird zu einem schwierigen Unterfangen, und das Ergebnis entspricht uns immer weniger. Was dabei herauskommt, mag mehr als ein Mann sein — oder eine Frau, denn das Geschlecht ist dabei unbedeutend —, aber es ist etwas Geringeres als die Macht an sich. Fleisch hängt an uns wie Fes-

seln. Wir sind so viel, unsere Weisheit und unser Wissen sind so umfangreich, daß wir nichts bewirken können, bevor wir zu unserer eigentlichen Gestalt zurückkehren. Schlimmer noch, wir können uns all den eigenartigen Bedürfnissen des Fleisches nicht entziehen, und häufig kommen wir weniger gut damit zurecht als jene, die von Geburt an daran gewöhnt sind; einige gleichen sich zu sehr den Menschen an und verhalten sich möglicherweise sonderbar oder verwerflich, indem sie ihre Zwecke auf ruchlose Weise verfolgen oder sich an abartigen Vergnügungen ergötzen. Ich möchte meine Würde nicht in dieser Art verlieren, und genausowenig möchte ich derart verletzlich werden; in einem Körper verwundet oder zerstört zu werden bedeutet für uns Schmerz und Schwächung und in einigen Fällen eine dauerhafte Einschränkung unserer Kraft, die manchmal für immer bestehen bleibt. Nur wenige gehen dieses Risiko gern ein. Und das ist auch gut so für eure kleinen Rassen und Stämme, denn das Böse, das die Mächte des Eises jetzt bewirken, ist nichts verglichen mit dem, was sie tun könnten, wenn sie frei unter den Menschen herumlaufen könnten. Ihre Macht ist gewaltig, allein oder gemeinsam, doch sie ist zum großen Teil durch die bloße Anstrengung gebunden, das Eis, ihre schlagkräftigste Waffe, zu erhalten. Deshalb neigen sie dazu, jede wahrhaftige Gestalt zu vermeiden; lieber bleiben sie als gestaltlose Wesenheiten rings um das Eis und in ihren nahegelegenen Domänen. So hält es auch Taoune, dessen Reich an das meine grenzt, mein Spötter, mein Schatten, mein großer Feind, Herr der Ausgetrockneten Marschen. Im äußersten Fall, wenn sie sterblichen Augen begegnen möchten, nehmen sie vielleicht die Gestalt eines halbkörperlichen Wesens an, mit einer Maske aus Macht und Schrekken.

»Ich glaube, so etwas habe ich schon mal gesehen, als mich die Dunkelheit auf dem Eis überraschte ...«

Ich höre es dem Zittern deiner Stimme an. Doch der Umstand, daß sie derart gebunden sind, könnte sie irgendwann doch dazu zwingen, menschliche Gestalt anzunehmen. Denn dort, wo sie sich nicht des Eises bedienen können, müssen sie sich neue Waffen suchen, neue Mittel, die ihrer Denkweise entsprechen.

Elof erinnerte sich an seinen ehemaligen Meister und nickte. Dann war es, als balle das Eis eine frostige Faust unter seinem Magen, denn er erahnte Tapiaus Worte, noch bevor sie ausgesprochen wurden.

Nun, nur die größten dieser kalten Geister sind stark genug, um das zu tun, um die Gestalt anzunehmen, die ihnen zutiefst zuwider ist. Einst, vor langer Zeit, war Taoune ihr Anführer; unterstützt von seinen schwächeren Brüdern streifte er durch die Welt und trachtete danach, schwache Menschen zu verwirren und seinen Zwecken gefügig zu machen. Doch ich bin ein Freund der Menschen, und viele haben mir gute Dienste geleistet. Ich habe mit ihm gerungen und ihn niedergeworfen und ihn zurückgeschlagen; er wurde seines Körpers beraubt und sank zu einem Schatten der Macht ab, die er einst besessen hatte. In jener Zeit herrschte eine andere Macht, eine umklammernde, Intrigen spinnende Rafferin, die häufig in der Gestalt einer schönen Frau durch die Welt wandelte, um die Herzen der Menschen schwankend zu machen. In diesem Schleier der Körperlichkeit zeigt sie dennoch nur einen geringen Teil ihrer großen Schönheit und Erhabenheit und Grausamkeit; ich habe jedoch gehört, daß sie den menschlichen Männern dennoch großartig erscheint.

»Wie heißt sie?« fragte Elof mit erstickter Stimme.

Taounehtar lautet ihr eigentlicher Name, Taounes tödliche Gefährtin. Doch das Wesen, als das sie unter den Menschen erscheint, nennt sich Louhi.

Elof erinnerte sich kaum an den Rückweg dieses Abends. Er aß wenig und schlief noch weniger, sondern warf sich unruhig auf den Fellen seines Bettes herum. War es möglich, daß Tapiau von seiner Suche gehört hatte und versuchte, ihn davon abzubringen? Vielleicht, denn wenn der Meister der Bäume die Wahrheit auch verfälschen mochte, so würde er wohl dennoch nicht so plump lügen.

Louhi hat auch einen Lehrling aufgenommen ... wenn sie

wirklich Louhi ist, dann ist sie nichts für dich und mich ... denn was dieses Mädchen hat, das hat auch Louhi, dessen kann man sicher sein ... kein Schmied hat meine Ketten gegossen, und selbst wenn du der größte Schmied unter den Menschen wärest, könntest du sie nicht herstellen ... Die Worte vieler Stimme verschwammen in seinem Geist und verbrannten ihn und wurden zu einer einzigen Stimme, die in weiter, eisiger Ferne verhallte. *Nichts ... du könntest niemals ...* Wenn Louhi das war, was Tapiau gesagt hatte, was war dann Kara? Was hatte er gewagt zu lieben? Welchem Wesen galt seine Suche, für die er sich in diesem weiten Land — über die ganze Welt, wenn es sein mußte — auf den Weg gemacht hatte? Doch dann, wie als Antwort, hörte er den dunklen Schmelz ihrer Stimme, vernahm ihre Worte, erinnerte sich, wie ihr Herz unter seiner Hand gehüpft war, während sie sprach. *Ich bin nicht von üblicher Art ... Ich werde mich nicht verändern.* Dann lag er still, und eine bittere Ruhe legte sich auf sein Denken. Sie würde sich nicht verändern? Dann brauchte er es genausowenig. Was er liebte, liebte er. So einfach war das. Er konnte nicht anders, als so weiterzumachen wie bisher, seine Suche mit derselben Hingabe fortzusetzen, mit der er versucht hatte, dem Geistschwert zu begegnen, mit der er versucht hatte, Gorthawer neu zu schmieden ...

Da kam ihm ein Gedanke. Von dem langen Suchen durch die Überbleibsel der Bibliothek des Schmiedemeisters war eine Erinnerung haften geblieben, die jetzt hochstieg, eine Sache, die zur damaligen Zeit von geringer Bedeutung zu sein schien. Das galt vielleicht auch heute noch, wenn man sie für sich allein nahm; doch wenn er sie richtig auswertete, konnte sie ihm durchaus nützlich sein. Daraufhin schlief er ein, doch beim ersten Licht des Morgens erwachte er aufgeregt. Er erhob sich und wartete ungeduldig, daß sich Roc oder Ils bewegen würden.

»Was weiß ich worüber?« brummte sie verschlafen.

»Über die Reaktion von Eisen und Kupfer in Ätzflüssigkeit? Einiges, obwohl ich in diesen Dingen nicht der beste Lehrling bei meinen Leuten war. Vor allem, daß sie korrodieren; wie stark, wie schnell, was dabei herauskommt ...«

»Was dabei herauskommt!« zischte Elof aufgeregt. »Genau das meine ich! Nein? Aber du wirst schon sehen! Jetzt brauchen wir mengenweise Ätzmittel, Blattkupfer und Eisen, so rein wie möglich. Und etwas von diesem pulverisierten schwarzen Stein, den der Schmiedemeister benutzte, um Pergament herzustellen ...«

»Davon müßte es genügend in den Bergen geben!« gähnte Roc. »Stammt vom Schiefer oder so ähnlich, stimmt's? Geht es mit Blei nicht auch?«

»Nein! Das löst nicht dieselbe Reaktion aus. Kommt, bewegt euch, wir dürfen nicht den ganzen Tag vertrödeln! Wir haben viele Wochen Arbeit vor uns.«

Er hatte wahr gesprochen, nur daß sich die Wochen zu Monaten ausdehnten. Sie arbeiteten bis spät in die Nacht, und das nicht nur einmal, um die Schmiede für die bevorstehende langwierige Arbeit vorzubereiten. Dann verschwanden sie zusammen mit den Wächtern für mehrere Wochen ohne Unterbrechung, um seltene und wertvolle Mineralien aus dem Stein zu brechen und die feinste Tonerde zu sammeln, die sie finden konnten. Elof machte es sich zur Aufgabe, Roc und Ils durch reine Willenskraft anzuspornen, bis die Behäbigkeit des Palastlebens fast sichtbar von ihnen abfiel. Nachdem der lange Sommer vergangen war und die schweren Regenfälle des Herbstes aufgehört hatten, verbrachte er jede Stunde, die ihm Tageslicht bescherte, in der Schmiede, und in der Nacht loderten und glühten seine Feuer zwischen den hageren immergrünen Bäumen, eine trotzige Selbstbehauptung von Wärme und Energie. Viele fragten ihn, an was er mit solcher Inbrunst arbeitete, doch er verriet nicht mehr, als daß es ein Geschenk werden sollte.

Eines Nachts strahlte die kleine Schmiede wie ein Leuchtfeuer durch die Bäume, so hoch loderten die Flammen; durch jeden Spalt und jede Ritze in Fensterläden und Tür fiel ein greller Schein, als ob der Stein darunter geschmolzen wäre und die Erdfeuer hindurchließe. Später wurden die Fensterläden geöffnet, um eine Qualmwolke entweichen zu lassen, und Roc und Ils taumelten müde über den ausgetretenen Pfad zum Palast. Elof blieb noch eine ganze Weile lang in der Schmiede, und das Hämmern und Bersten von Tonformen hallten durch die Nacht. Schließlich, in den frühen Morgenstunden, die vor Frost glitzerten, machte er sich ebenfalls auf den Weg ins Schloß. Im Wald herrschte eine so tiefe Stille, daß die plötzliche Veränderung der Musik des Flusses ihn völlig unvorbereitet überraschte.

Nun, Schmied? An was arbeitest du denn mit solcher Verbissenheit?

Elof lächelte müde. »An einer Silberform, Herr des Waldes. Einem Schmuckstück, einem Geschenk für einen hohen Herrn.«

Ich zweifle nicht daran, daß es seiner würdig sein wird. Aber sei auf der Hut, wenn du ohne die Wächter um diese Zeit durch den Wald gehst. Dir ist doch bewußt, daß ich noch andere Untertanen habe; für viele ist die Nacht ihr natürliches Umfeld. Auf dem Pfad zum Schloß bist du sicher, aber weiche niemals davon ab!

Ein plötzliches Rascheln war zu hören, und Elof duckte sich schnell, als ein breiter Schatten auf ihn herabstieß. Doch er glitt weiter und ließ sich flatternd auf einem Ast vor ihm nieder; es war eine riesige Eule, die ihn mit funkelnden Augen unter spitzen, gefiederten Wülsten mit einem kalten und furchterregenden Blick anstarrte. Elof hielt den Atem an und schluckte mühsam. Er nickte.

»Ich habe Euch gehört, Lord Tapiau. Ich werde auf dem Pfad bleiben. Gute Nacht!« Doch ein grimmiges Lächeln spielte um seine Lippen, als er seinen Weg zwischen den letzten Bäumen hindurch fortsetzte, so grimmig wie die Genugtuung, die er empfand. Er würde sich an den Pfad halten, in der Tat, und zwar an jenen, den er von Anfang an beschritten hatte. Tapiau hatte endlich seine Maske ein wenig fallenlassen; doch obwohl das aus vielerlei Gründen interessant war, mußte er sich jetzt beeilen, so sehr beeilen, wie es die Arbeit zuließ. Und er mußte erbarmungslos vorgehen. Er zog den Umhang fest um sich, da er das Gefühl hatte, der Frost wolle sich auf seinem Herzen niederlassen. Irgendwo in ihm war diese eiserne Ader noch vorhanden, dieser verhärtete Streifen, der ihn veranlaßt hatte, das Geistschwert auf Kosten eines anderen zu schmieden. Er haßte diese Eigenschaft, doch jetzt mußte er sie einsetzen und zu einem höheren Wohl verwenden. Auch das wäre eine meisterhafte Leistung.

Am nächsten Morgen war alles bereit, und er konnte sich nicht mehr bezähmen. Die Kupferbleche waren zu Zylindern gerollt worden, Eisendrähte waren darin angebracht worden, und das Ganze war in kleine Gläser aus Kieselglas gefüllt worden, in die Ils eine stark ätzende Flüssigkeit füllte. Davon führten pechbestrichene Fäden aus gedrehtem Kupfer in ein Steinbecken, das mit einer übelriechenden Lösung gefüllt war; ein schwerer Gegenstand in der Form eines Speerkopfes hing darin, und zwar im reinsten Gold, das sie hatten auftreiben können. Auf einer Werkbank stand ein Tiegel mit dem grauen Mineral, fein pulverisiert und vermischt mit Eiweiß und anderen Substanzen, und daneben ein leichtes, kunstvolles Gebilde aus Silber, auf Hochglanz poliert. Roc und Ils beobachteten voller Staunen, wie Elof es in die Hand nahm, sich einem Durcheinander von Schriftrollen und Schiefertafeln auf dem Nebentisch zuwandte, einen feinen Pinsel in das Mineralpulver tauchte und minutiös Reihen von zarten Zeichen darauf anbrachte. Dann zog er einen Handschuh an und führte die Kupferdrähte zu dem Silbergebilde. Roc entfuhr ein

Ausruf, als ein Sprühregen von winzigen blauen Funken aufstob, doch Ils' Gesicht hellte sich in einer plötzlichen Erkenntnis auf, und sie nickte ernst, während Elof die Drähte fest mit dem Gebilde verband und dieses mit einer langen Zange vorsichtig in das Becken tauchte. Er beobachtete es eine Zeitlang und gebot ihnen mit einer Handbewegung, zu schweigen, bis er sah, wie schwache Blasen aufstiegen und an der fettigen Oberfläche zerplatzten. Dann stimmte er einen Singsang an, zunächst fast lautlos, doch manchmal hob er die Stimme, und sie konnten einige Worte verstehen.

Erwache! Erwache!

Aus nächtlichen Tiefen,
Was lange verborgen lag.
Es soll sich erheben,
Um den Tag zu blenden!

Aus dem Grab eine Stimme,
Aus der Zeit eine Stunde,
Aus dem Muster eine Form,
Aus der Schwäche Macht.

Licht in der Dunkelheit,
Flammen in der Glut,
Aus dem Staub ein Baum,
Stille — ein Name.

Bewegung in der Stille,
Verlorenes wiedererlangt;
Was war, kehrt zurück,
Was ist, bleibt erhalten.

Schließlich lächelte er sie an und lehnte sich zurück. »Jetzt fängt es an!« erklärte er.

»Und was genau könnte dieses ›es‹ sein?« erkundigte sich Roc ironisch.

Elofs Augen funkelten dunkel. »Etwas, von dem unser ehemaliger Meister nicht einmal geträumt hat! Eine Beschichtung mit Gold, die feiner ist als die dünnste Folie oder das dünnste Blattgold, eine Verbindung von Metallen, die feiner ist als das Musterschweißen, genauer als das Legieren. Ich habe darüber gelesen, und es wurde als Methode zur Verarbeitung schwieriger Erze dargestellt, doch mir fiel ein, wie ich sie für meine Zwecke nutzen könnte. Durch diese Drähte fließt eine Kraft, die genauso kräftig zubeißt wie das Ätzmittel, das sie hervorbringt; faßt sie nicht mit bloßen Händen an! Sie hat das Bestreben, durch alles hindurchzufließen, besonders aber durch Wasser und die meisten Metalle. Und indem sie durch dieses Becken fließt, reißt sie winzige Teilchen des Goldes mit sich. Stück für Stück setzen sie sich auf der Form ab, und zwar in einer dickeren Schicht auf den Zeichen, die ich angebracht habe. Dann folgen weitere Schichten, Gold, Silber, Kupfer, Chrom und andere, seltenere Metalle; und jede kann ich mit einer bestimmten Eigenschaft versehen.« Er lachte. »Beinahe jedes einzelne Teilchen, wenn es mir beliebt.«

Ils schlug die großen Zähne aufeinander und nickte. »Ich hätte mich daran erinnern müssen; dieselbe Methode ist in der Tat bei uns im Zusammenhang mit Eisenerzen bekannt und wird zweifellos auch bei Arbeiten wie dieser angewandt, wenn es nötig ist. Doch die Eigenschaften, die du hineingegeben hast, nun — sie verblüffen mich ...«

Elof stand jäh auf und spähte in das Becken. »Das ist nur ein Teil davon«, murmelte er, »ein ganz kleiner Teil ... Inzwischen gibt es noch mehr zu tun. Roc, bitte reiche mir die breite Gießform, die ich angefertigt habe, und den feinen Ton; ich habe die Wachsform bereits vorbereitet. Wir sind mit dem Formen noch nicht fertig.«

Ils betrachtete die fein gearbeitete Wachsform, die sie von einem der oberen Regalbretter nahm. »Aber welchen echten Nutzen könnte das bringen?«

Elof setzte ein verschlagenes Grinsen auf. »Eine Kraft gegen meine Angst, die mein Wille entdeckt hat. Wenn es fertig ist und seine Macht entfaltet — dann wirst du verstehen.«

In den folgenden Wochen wurde er im Schloß selten gesehen. Immer häufiger schlief er auf der harten Bank neben der Feuerstelle und kam sogar nur selten, um etwas zu essen. Doch wenn Ils oder Roc — die einzigen beiden, die er bei sich duldete — ihm etwas brachten, dann trafen sie ihn meistens reglos über einem der blubbernden Steinbecken kauernd vor, als ob er den unsichtbaren Fluß der Materie in der Tiefe beobachten oder durch seinen Willen beeinflussen könnte. Nur seine Lippen bewegten sich, doch die Worte, die er sprach, drangen nicht bis an ihre Ohren. Mehr als einmal bat Ils ihn eindringlich, er möge auf sich achtgeben, denn viele der Flüssigkeiten waren gefährliche Gifte, die man nicht einmal einatmen durfte. In dieser Zeit wurde er immer blasser und sah kränklich aus, seine Stirn furchte sich, die Augen und Wangen waren eingesunken. Doch er reagierte höchstens mit einem Schulterzucken, wandte sich vielleicht für eine Weile wieder seinen Büchern zu und verlangte, in Ruhe gelassen zu werden. So vergingen die Tage, und der Wind des Waldes blies immer kälter, bis der Frost bis weit in den Tag hinein blieb. In den frühen Morgenstunden eines solchen Tages beobachtete Elof, wie sich die letzte Schicht, die aus Silber bestand, auf sein Werkstück legte. Und obwohl es nicht mehr war als ein stumpfer Glanz tief in der braunen Flüssigkeit, wußte er, wann es fertig war. Er nahm die längste Zange, die er besaß, und senkte sie behutsam, sehr behutsam unter die Oberfläche, denn das Silberbad enthielt das tödlichste Gift von allen. Dann stand er eine Weile lang da, die Zange fest im Griff, und zum ersten

Mal seit Beginn der Arbeit sang er laut, inbrünstig, trotzig.

Dunkel ist der Augenblick, groß unsere Not,
Lodernd das Feuer, das mich fordert,
Hell brennt es in meiner Brust,
Vertreibt mich aus dem Leben, weg vom Tod —
Sprenger von Banden, von Ketten, brenne auch du!
Erneuerer! Wiederhersteller! Das sei dein Name!
Zerbreche die Bande, die meine Suche behindern!
Erhebe dich von der Form zu mir!

Dann zog er mit einem einzigen kräftigen Ruck das Metall zu sich heran und nach oben, bis sich die Metalldrähte strafften und inmitten eines Funkenregens rissen und die giftigen Perlen brodelten und verdampften, als dieser in das Becken niederging. Obwohl das Werkstück schwerer gewesen war, hielt er es lange Zeit ohne Bewegung über dem Becken, bis nichts mehr von dem Gift heruntertropfte. Dann wusch er es mehrmals gründlich in destilliertem Wasser, das er für diesen Zweck bereitgestellt hatte. Erst dann wagte er, es mit den Händen, die durch Handschuhe geschützt waren, aufzunehmen und es im Reinigungstrog sanft abzureiben, wobei seine Augen über die vollkommene Oberfläche wanderten, über die glatte, gleichmäßige Beschichtung des Stahls, die keine Spur von den unzähligen Schichten vieler Metalle zeigte, der Tausende von Zeichen, die darunter angebracht waren. Er wäre gerne noch weiter in dieser Betrachtung verharrt, hätte sich an der Schönheit und Ebenmäßigkeit erfreut, an der Vollendung einer Monate währenden Arbeit. Doch die Flammen loderten noch in seinem Innern; er gestattete sich ein kurzes Nicken, bevor er sich seiner Werkbank zuwandte und mit der Feinarbeit des Polierens begann.

So geschah es, daß noch am selben Nachmittag eine Botschaft bei Hofe eintraf, des Inhalts, daß sich Elof geehrt fühlen würde, wenn er Prinz Korentyn gemeinsam mit Lord Kermorvan seine Schmiede und gleichzeitig die ersten Früchte seiner Arbeit vorführen dürfte. Ils, die die Botschaft überbracht hatte, kam keuchend den Hügel herauf zur Schmiede, dicht gefolgt von Roc. »Sie kommen!« japste sie. »Sie können jeden Moment da sein.«

Elof nickte. »Wie haben sie es aufgenommen?« fragte er.

»Sie schienen erheitert. Kermorvan wunderte sich, daß du nicht einfach heruntergekommen bist, aber Korentyn erklärte, es sei eine Höflichkeit, die er dir schulde. Ich glaube, Elof, er mag dich.«

Elof nickte erneut, und sein Gesicht war dabei ernst. »Ich weiß.«

»Teris wollte ebenfalls mitkommen, aber ich gab zu bedenken, daß es dann in dem kleinen Raum zu eng werden würde. Genau nach deinen Anweisungen, Elof. Würdest du mir jetzt vielleicht eine Art von Warnung zukommen lassen, welchen hirnrissigen Plan du da ausgeheckt hast?«

Elof stand auf und schüttelte ablehnend den Kopf. »Es ist besser, wenn du nicht darin verwickelt bist, für den Fall, daß etwas schiefläuft; weder du noch Roc. Und wenn alles gutgeht, ist es vielleicht so auch besser. Ruhig jetzt! Sie kommen!«

Kermorvans Stimme schallte über die Lichtung, und einen Augenblick später verdeckte seine große Gestalt, die durch einen Pelzumhang noch wuchtiger wirkte, das kalte Licht, das durch den Eingang hereingefallen war. Elof trat hinaus, um seine Besucher zu begrüßen, und Kermorvan starrte ihn fassungslos an. »Bei Kerys' Pforte! Wie hast du dich in den letzten Tagen verändert!«

»Seit wir uns das letztemal gesehen haben? Das ist Wochen her, oder sogar Monate. Du dich übrigens auch.« Denn ihm erschien Kermorvans Gesicht voller, der Blick seiner Augen nicht mehr eindringlich, sondern entspannt, heiter, wie der eines Zuschauers bei einer vergnüglichen Veranstaltung, eines Beobachters am Rande des Lebens. »Doch nun genug davon! Lord Korentyn, Ihr erweist mir eine große Ehre.«

Korentyn lächelte. »Nicht doch! Ich fühle mich durch Euch geehrt, und um die Wahrheit zu sagen, mir ist diese Ablenkung äußerst willkommen; der Winter ist eine trostlose Zeit, und ich breche morgen zur Jagd auf. Kermorvan hat mir versprochen, Ihr könntet Wunder bewirken.«

»Urteilt selbst darüber, Lord. Tretet ein, und verzeiht die mangelnde Bequemlichkeit.« Korentyn duckte sich, um durch die Tür zu treten, was Elof nicht zu tun brauchte, und blieb stehen, um das Durcheinander von Gerätschaften rings um ihn herum zu betrachten.

»Das ist ein seltsamer Ort«, sagte er leise. »Kräfte sind hier am Werk, die ich mit blinden Augen spüren könnte. Ihr seid ein Schmied, der mit Können und mit Macht ausgestattet ist, Elof.«

Elof biß sich auf die Lippe. »Dann nehmt dies an, Lord, zur Untermauerung Eurer Worte.« Er griff unter die Werkbank und holte einen Gegenstand hervor, der in Bast eingewickelt war. »Denn Ihr seid ein großer Prinz, und es ist ... angemessen, daß meine erste Arbeit Euch gehören soll.«

Der Bast fiel auseinander, und die anderen sogen hörbar Luft ein. Korentyn wurde auf der Stelle leichenblaß, als das glänzende Ding vor seine Augen gehoben wurde. Doch es war Kermorvan, der als erster mit erstaunter Stimme das Wort ergriff.

»Das ist das Abbild der Adelskrone von Morvannec!« schnaubte er. »Wie konntest du davon wissen, Elof?«

»Ich habe die Zeichnung in einem der Schriftstücke hier gefunden.«

Korentyn lachte und schüttelte verwundert den Kopf. »Doch warum habt Ihr etwas so Schönes auf einem prächtigen Kriegshelm angebracht, Schmied? Ich bin doch jetzt ein durch und durch friedfertiger Mann.«

»So war es in dem Schriftstück dargestellt, Lord. Und es schien mir richtig, daß Eure Krone derartig geschmückt sein sollte, da Ihr während Eurer Jugend so tapfer für das Recht gekämpft habt. Aber wollt Ihr sie nicht aufsetzen, wenn auch nur, um zu sehen, ob sie das passende Maß hat?«

Korentyn war offensichtlich ehrlich bewegt. Er verneigte sich tief vor Elof und hob das Werk aus strahlendem Silber, den hohen gepanzerten Helm und gleichzeitig die vielzackige Krone, hoch über seinen Kopf. Die Sonne sank im Westen, eine zornige bronzefarbene Kugel in der grauen Ödnis des Himmels, und ihre langen Strahlen fielen durch die geöffnete Tür herein. Sie trafen auf die Helm-Krone, die hell wie ein Spiegel leuchtete, versahen ihre polierten Flächen mit einem Glühen, gaben den Zacken scharlachrote Spitzen, wie sie es mit den schneebedeckten Berggipfeln taten, und erweckten ein weißes Feuer und Regenbogen in den Mustern aus blassen Edelsteinen am Stirnteil. Das Licht leuchtete durch Korentyns Hände, während er langsam und mit würdevollem Ernst die Krone auf sein Haupt herabsenkte. Dort ruhte sie für einen Augenblick und rahmte sein Gesicht ein, das edel und erhaben wie das einer antiken Statue wirkte. Dann riß er die Augen weit auf, ein Krampf durchzuckte die Gesichtszüge, und sie wurden von Angst verzerrt. Korentyn stieß einen einzigen lauten Schrei aus heiserer Kehle aus; seine Finger verschränkten sich in angstvoller Spannung, rissen an seiner Kleidung. Seine hochgewachsene Gestalt zuckte und krümmte sich, und der Prinz von Morvannec brach inmitten seiner wallenden Gewänder auf dem Steinfußboden der Schmiede zusammen.

Roc und Ils schrien auf und wollten zu ihm eilen, doch Elof breitete die Arme aus und hielt sie gewaltsam zurück. Kermorvan trat auf ihn zu. »Du! Was hast du angerichtet? Was hast du diesem Mann angetan, der dir gegenüber soviel Güte gezeigt hat? *Was hast du ihm angetan?*«

»Das Grausamste, das ich ihm antun konnte«, sagte Elof, und seine Stimme war tiefste Schwärze. »Ich habe sein eigenes Selbst wiederhergestellt.«

»Was ... Genug von deinem Unsinn!« brummte der Krieger und wollte auf den Prinzen zustürzen. Doch jetzt war es Ils, die ihn zurückriß und auf eine Bank stieß; er war so verdutzt, daß er sich nicht wehrte. Elof sah mit blutleerem Gesicht zu ihm hinab.

»Mit den Eigenschaften dieser Krone, dieses Helms, habe ich die Fesseln des Waldes gebrochen, die Bande, die Tapiau ihm auferlegt hatte.«

Kermorvan starrte ihn an; seine Lippen bewegten sich, bevor er sprechen konnte. »Du ... du legst dich mit einer der Mächte an? Du maßt dir an ...«

»In einem kleinen Raum. Für eine kurze Zeitspanne. Sein Geist und seine Erinnerung sind jetzt befreit, gesäubert von süßen Liedern, die sie umwölkten ...«

»Frei für die Erinnerung ...«, brummte Roc heiser, der sich langsam neben dem Prinzen niederkniete. Er konnte nicht fortfahren.

»Frei für die Erinnerung an eintausend Jahre«, flüsterte Ils, und Tränen rannen ihr über die prallen Wangen. »Eine so plötzliche Erinnerung, so unvermittelt ... Armer Mann! Armer verlorener Mann!«

Kermorvan hastete an Elof vorbei und kniete neben Korentyn nieder. Elof sah, wie er eine Hand hob, um ihm den Helm abzuziehen, und er war im Begriff, es zu verhindern. Doch es war eine andere Hand, die Kermorvans Gelenk umklammerte und sie unsanft wegzog. Korentyns Augen waren weit geöffnet, grau und verzweifelt wie der Winterhimmel, der sich in ihnen spiegelte. »O gütiger Herr!« flüsterte Kermorvan. »Prinz Korentyn ...«

Der große Mann schüttelte langsam den Kopf. »Nicht

mehr Prinz«, murmelte er, und seine Stimme war ein Hauchen, trocken und brüchig. »Nicht mehr Korentyn … Korentyn ist tot. Ich bin sein Schatten, nichts anderes, seine Maske, leer, augenlos, innen hohl. Wie wir alle an diesem Hof, ein Schattenspiel, an der Wand tanzend, während die eigentlichen Tänzer längst vergangen sind. Schatten des Lebens, der Liebe, der Ehre … Alles verloren. Alles vertrieben. Seine Arbeit, seine Machenschaften, verflucht soll er sein …«

»Siehst du, Elof?« zischte Kermorvan. »Du quälst ihn, und aus welchem …«

»Nein!« krächzte Korentyn, der erneut Kermorvans Arm umklammerte. »Nicht er! Nicht er! Für diesen Schmerz würde ich mit meinem Herzblut bezahlen, wenn es sein müßte! Es ist Tapiau, den ich verfluche, den Wald und seine vergifteten geschenkten Jahre! So viele Jahre, Jahre des Sehens, des Verstehens, und doch der Blindheit …«

»Was habt Ihr gesehen?« Elofs Stimme klang in seinen eigenen Ohren fremd, streng und gebieterisch, düster wie die Nacht. »Was habt Ihr verstanden?«

Korentyn starrte mit weit aufgerissenen Augen zu ihm hinauf. »Ich kenne diese Stimme. Ich kenne sie aus der Vergangenheit … Tapiaus Willen habe ich verstanden, seine Absicht, die Menschen zu gestalten. Seinen großartigen Gestaltungsplan!« Die langen Finger wollten sich im Boden verkrallen.

Kermorvan sah ihn zweifelnd an. »Wir wissen einiges darüber. Unsterblich zu sein oder als *Alfar* zu leben, wie es den Menschen am ehesten gemäß ist — gibt es nicht schlimmere Schicksale?«

»Gibt es die wirklich?« Jetzt war keine Güte mehr in Korentyns Lachen, es war kalt und gefühllos. »Begreift Ihr nicht, daß uns dieses Schicksal aufgezwungen ist? Wir haben die Wahl zwischen einem unseligen Verbleiben und einem schnellen Vergehen. Für eine Weile unser Dasein als Menschen zu erhalten oder sofort unterzugehen. Ein Jahr, tausend Jahre, was bedeutet das schon? Die Last der Jahre ist zu groß für einen Menschen, und der Wald weiß das sehr wohl. Zur gegebenen Zeit muß die Verwandlung für alle kommen, langsam, unterschwellig, heimtückisch wie Gift.« Er senkte den Blick auf seine langen Hände, die sich in einem plötzlichen Krampf zu Fäusten ballten; Blut trat zwischen den gespannten Fingern aus. »Ich merke doch, wie es wirkt. Selbst jetzt, in meinem Innern. Seht mich an! Seht irgendeinen von uns an! Sind wir nicht allesamt auf dem Weg zur *Alfar*-Lebensform? Und das ist Tapiaus Wille.«

»Aber ... er ist doch keine der bösen Mächte, oder?« platzte Roc heraus. »Dem Eis zugehörig? Ich meine, wenn der Wald nicht auf der Seite des Lebens steht, wer dann?«

»Des Lebens, ja«, sagte Korentyn tonlos. »Aber der Menschen? Sind wir, so wie wir uns verhalten, auf der Seite des uneingeschränkten Lebens, ohne jede Fessel? Irgendeines Lebens, abgesehen von unserem eigenen? Eine wertvolle Lehre haben mir diese vielen Jahre unter den Bäumen beschert, nämlich die, daß die Natur eine einzige Einheit ist, und wenn wir sie vergeuden, vergießen wir unser eigenes Blut, bringen wir uns selbst um unser täglich Brot. Vielleicht müssen das alle Menschen irgendwann einmal lernen. Doch Tapiau war nicht daran gelegen, daß wir lernen, er sah in uns Eindringlinge in seinen Herrschaftsbereich, Beschränker seiner Macht.

Er fürchtet uns, so wie die ersten Mächte das Eindringen des Lebens in die leblose Vollkommenheit ihrer Welt fürchteten. Doch er wagt keinen Aufstand, wie sie einen unternommen haben, denn was würde dann aus dem Wald? Er trachtet vielmehr danach, die Menschen in jene Versenkung zu zwingen, die ihm am passendsten erscheint. Uns das wegzunehmen, was uns mit allem anderen Lebenden in Konflikt bringt ...«

»Unseren Geist und unsere Seelen«, sagte Elof mit Nachdruck. »Wie ich befürchtet habe. Er sagte mir, daß die Unsterblichkeit nur den Helden unter den Menschen vorbehalten sei. Doch ich erkenne jetzt, daß kein Mensch den Großen Fluß betrügen kann, ohne einen hohen Preis dafür zu bezahlen. Ein solches Leben kann niemand führen. In der Welt draußen, mit allen Möglichkeiten und Gefahren, war das nicht zu machen. Nur hier, im Bauch des Waldes, können die Körper gewöhnlicher Menschen auf diese Weise überdauern. Und das beraubt das Überdauern jeglichen Sinns. Denn welchen Wert hatte Euer Leben hier? Immer wieder dieselben ausgetretenen Pfade zu beschreiten, dieselben Tänze zu tanzen, dieselben Worte zu sprechen, dieselben verblaßten Liebeshandlungen zu vollführen, die zu bloßen Ritualen abgesunken sind? Und während der ganzen Zeit lag seine Hand auf Euren Seelen; er redete Euch ein, das sei die Vollkommenheit, das Beste, das Ihr Euch erhoffen konntet. Vielleicht glaubt er wirklich daran, so wenig versteht er die Menschen. Kein Wunder, daß Ihr alle mit der Zeit müde geworden seid, wie sehr Ihr Euch auch angestrengt habt, Ihr selbst zu bleiben. Bis Ihr dazu getrieben seid, Eure Menschlichkeit abzulegen, zur Linderung der ewig währenden Schmerzen.«

Schweigen senkte sich herab. Korentyn erhob sich mühsam auf die Knie und starrte Elof mit zunehmender Fassungslosigkeit an. Doch plötzlich schweifte sein Blick ab; er sah an dem Schmied vorbei, durch die Türöffnung hinaus zu den Bäumen. Elof trat vor, um sie zu verschließen, für den Fall, daß er zu fliehen beabsichtigte, doch dann sah auch er, was Korentyns Blick auf sich gezogen hatte.

»Seht!« krächzte der Prinz. »Seht nur! Es schneit. Der erste Schnee ... Schnee fällt auf den Wald.«

Kermorvan blinzelte wie ein Mann, der aus tiefem Schlaf erwacht. »Jawohl, mein Lord! Aber nur wenige Flocken. Er wird bestimmt nicht lange liegenbleiben, denn der Frühling steht vor der Tür. Es hat nichts zu bedeuten. Laßt mich ...«

»Das hat nichts zu bedeuten?« Korentyn drehte sich blitzschnell zu ihm um, packte erneut seinen Arm mit beängstigender Heftigkeit und zog sich auf die Beine. »Es schneit jetzt jeden Winter. Aber damals hat es nicht geschneit, nicht hier, auch nicht so hoch oben im Norden. Niemals ... Es gab keinen Schnee, als ich zum erstenmal hierherkam.«

Kermorvans Gesicht verdüsterte sich noch mehr. »Was wollt Ihr damit sagen, mein Lord?«

Korentyn starrte in eine Ferne hinaus, die hinter den Bäumen lag. »Seht Ihr es denn nicht?« Seine Stimme war jetzt klarer und hatte einen Unterton von Verbitterung und Verzweiflung, die Elof zu Herzen ging. »Nun, das bedeutet, daß selbst eine große Macht dem gegenüber blind sein kann, was sie nicht zu sehen wünscht! Es bedeutet, daß sich selbst Tapiau einem Selbstbetrug hingibt. Alles, was er uns angetan hat, hat er unter dem Vorwand getan, uns helfen, uns retten zu wollen, und wenn auch nur als Tiere unter anderen Tieren. Doch selbst darin hat er versagt! Über seine Grenzen hinweg haben sich die dunklen Bäume von Taoune'la ausgebreitet, und dahinter das Ödland, die Tundra, der glatte Weg des Eises.« Der Prinz lachte erneut, und Elof zuckte bei dem Klang zusammen. »Schnee liegt auf dem Wald, wo einst keiner war. Und wo Schnee fällt, wird der Winter strenger, die schneebedeckten Gipfel erstrecken sich weiter in Richtung Tal, die Schneegrenze sinkt immer tiefer, die Kälte schiebt sich immer weiter nach Süden vor ... bis Gletscher den Meneth Aithen verschlingen. Bis sie auch über diese Hänge hier gleiten, um ihre kalten Brüder aus dem Norden zu treffen. Und was wird dann aus dem Wald?« Er lachte noch einmal, doch in den gespannten Furchen seines Gesichts glitzerten Tränen. »Warum habe ich überdauert, wenn ich jetzt dieses erleben muß?«

»Ihr habt mir den Grund erklärt«, sagte Elof leise. »Ihr habt es mir erklärt, und ich habe es verstanden. Euer Anliegen war, das Euch anvertraute Wissen weiterzugeben, das war der Sinn Eures Daseins. Um eine solche Gelegenheit zu erhalten, habt Ihr während der langen Jahrhunderte darum gekämpft, Ihr selbst zu bleiben. Gebt uns jetzt den Rat, den Ihr uns erteilen könnt!«

Korentyn wandte sich um und sah ihn eindringlich an. »Ihr habt mir die Gelegenheit dazu verschafft. Dann höret, welchen Rat ich Euch im Schmerz und in Eile geben kann! Ihr müßt fliehen, und zwar bald. An der Grenze des Waldes ist seine Macht am schwächsten. Schließt Euch der Jagdgesellschaft an, die ihren Aufbruch vorbereitet, um Einhörner zu jagen, denn sie wird sich ganz in die Nähe der nördlichen Grenze begeben.«

»Norden?« fragte Ils beunruhigt. »Ist das nicht die gefährlichste Richtung?«

»Jawohl. Der Süden ist weniger gefährlich, oder war es zumindest zu meiner Zeit. Das ist der Weg, auf dem Lord Vayde Ase und ihre Gefolgschaft führte, um von Morvannec südwärts in eine große Bucht zu segeln, die sich dort öffnet, und dann weiter einen Fluß hinauf und über die Ausläufer des Waldes und der Ödnis. Eine beschwerliche Strecke, aber mit geringeren Gefahren, als sie von diesen Bäumen hier oder den verhexten Sümpfen oder der Ödnis von Taoune'la ausgehen. Doch von hier aus ist der Süden zu weit weg, die Entfernung ist fast dreimal so groß, und der Weg führt durch das Herz des Waldes; Ihr würdet den *Alfar* niemals entkommen oder noch schlimmeren Wächtern in die Hände fallen. Ergreift die einzige Chance, die Ihr habt, flieht nach Norden und setzt Eure Suche fort.«

»Ihr müßt mit uns kommen«, sagte Kermorvan ruhig. Im Schein des allmählich erlöschenden Schmiedefeuers wirkte er, als ob er gewachsen wäre; er hatte fast Korentyns Größe. »Morvans in alle Winde zerstreute Kinder, im Osten wie im Westen, bedürfen des großen Korentyn Rhudris, damit er sie wieder anführt.«

Korentyn schüttelte langsam den Kopf, und die Krone blitzte und funkelte im Halbdunkel. »Nein! Nun nicht mehr, da sie Keryn wiederhaben! Denn Ihr gleicht ihm mehr, als ich für möglich gehalten hätte, vielleicht mit der einzigen Abweichung, daß Ihr noch nicht genügend an Euch selbst glaubt. Wenn ich Euch ansehe, dann kann ich wirklich daran glauben, daß uns der Große Fluß irgendwann wieder an seine Ufer spült, und vielleicht ist es letztendlich doch eine Art Betrug und Irreführung, wenn man sich dafür fürchtet und es zu vermeiden trachtet. Wenn das so ist, dann begegnen wir uns vielleicht dereinst wieder. Doch jetzt müssen wir uns trennen. Denn meine Zeit ist abgelaufen, ich habe mich auf seltsame Weise verändert, und ich habe keine Kraft mehr, mit der Welt zu ringen. Das überlasse ich jetzt Euch, Stammesgleicher, Nachfahr, Bruder, würdiger Träger unseres Namens, Euch und Euren tapferen und klugen Freunden, Euren Gefolgsleuten. Möge Euch Erfolg beschieden sein, wo ich versagt habe. Mein Segen begleite Euch!« Kermorvan kniete vor ihm nieder, und Korentyn zog ihn sanft hoch und umarmte ihn.

Innerlich aufgewühlt, trat Elof vor, und auch er neigte den Kopf und kniete nieder. »Ich erbitte nicht Euren Segen, mein Lord. Nur Eure Gerechtigkeit und Eure Vergebung, wenn Ihr sie mir angedeihen lassen könnt. Wegen der Irreführung und der grausamen Schmerzen, die ich Euch zugefügt habe. Aber Ihr wißt, warum das alles unvermeidbar war.«

Dann hob Elof den Blick zu Korentyns Augen, und er fühlte Übelkeit in sich aufsteigen und eine Ohnmacht nahen, als er die Qualen sah, die daraus sprachen; hier war eine Seele zerrissen worden in dem Kampf, frei zu sein.

»Niemand weiß das besser als ich«, antwortete der Prinz, und die gleiche Haltung, wie sie Kermorvan zeigte, die Ausstrahlung von Gerechtigkeit und Urteilsvermögen, begründet in den Tiefen der Zeit, breiteten sich um ihn aus. »Ihr seid ein klarsichtiger junger Schmied; Ihr verfügt über Weisheit und Macht, die bei weitem das Maß übersteigen, das Euren Jahren gemäß wäre. Ihr habt eine Arbeit vollbracht, die nur wenige Schmiede meiner Zeit — falls überhaupt einer — hätten leisten können. Haltet Ihr selbst das Stück für ein Meisterwerk?«

Unfähig, den Blick von diesen gequälten Augen abzuwenden, nickte Elof. »Jawohl, Lord. Denn es ist genauso gelungen, wie ich es vorgesehen hatte, von Anfang an; die Eigenschaften, die ich ihm eingegeben habe, sind gebändigt und beherrschbar. Aber es hat mich viel gekostet.«

»Dafür«, sagte Korentyn ernst, »werde ich Euch, wie es von altersher einem Prinzen zusteht, zum geborenen Schmied ernennen, voll ausgebildet und mit nachgewiesener Befähigung, zum Meister Eurer Zunft, eingeweiht in die Geheimnisse Eurer Kunst. Erhebt Euch, Schmiedemeister, auf eine gedeihliche Zukunft!« Elof stand taumelnd auf und zuckte zusammen, als er Korentyns Hand auf seiner Schulter spürte. »Und aufgrund dieser Arbeit entlaste ich Euch von der Schuld an allem Ungemach, das Ihr mir bereitet habt. Doch hört, welches Los ich Euch zum Ausgleich auferlege. Denn Ihr habt auch eine Veranlagung zur Hinterhältigkeit und Erbarmungslosigkeit; diese hat Euch schon einmal einen schlechten Dienst erwiesen, und sie könnte es wieder tun. Ihr und andere sollen gewarnt sein. Deshalb werdet Ihr vom heutigen Tag an den Namen Elof Valantor tragen, was soviel bedeutet wie Geschickte Hand, aber auch Versteckte Hand. Tragt ihn in Ehren, aber vergeßt auch nicht das Schändliche daran! Und tragt ihn mit meinem Segen.«

Elof schluckte, obwohl sein Mund trocken war. »Lord, das werde ich. Und ich werde keine Meisterhaftigkeit höher einschätzen als die Beherrschung meiner selbst und der Sehnsucht meines Herzens.«

Korentyn nickte. »So soll es sein!« Dann trat er plötzlich zurück und blickte hinaus in den Wald, der vom aufsteigenden Mond in ein weißes Licht getaucht war, und er sprach leise: »Lebt wohl, Ihr alle! Ihr, Schmied, der Ihr so weise seid und doch nicht einmal Euch selbst kennt. Ihr, kräftiger Handwerker, wertvoller Bürger! Ihr, Prinzessin Eures uralten Volkes! Ihr, Krieger, der Ihr ein König in voller Blüte Eurer Jugend und Kraft sein könntet! Haltet Euch das Ende vor Augen! Denkt an mich!« Und mit krallenden Händen zog er sich den Helm vom Kopf und schleuderte das schwere Ding durch die ganze Schmiede, so daß es auf die Feuerstelle krachte und zwischen den Kohlen ausrollte. Roc griff mit einem Aufschrei nach der Zange. Doch Elof bedeutete ihm mit einer Handbewegung, innezuhalten; er schüttelte den Kopf, und seine Stimme klang bitter von Kummer und Abscheu.

»Laß ihn schmelzen!«

Als sie sich umsahen, war Korentyn verschwunden. Seine langen Schritte im Schnee führten zurück zum Schloß, doch in jener Nacht wurde er dort nicht mehr gesehen, und im Morgengrauen war er nicht mehr da, sondern mit der Jagdgesellschaft nach Westen aufgebrochen, wie es seine Absicht gewesen war. Und ob der Prinz jemals in den Palast des Sommers zurückgekehrt ist, bleibt im dunkeln, denn kein Sterblicher hat Korentyn Rhudri jemals wieder zu Gesicht bekommen.

Siebtes Kapitel

Fluß der Nacht

Schultertief im dichten Gebüsch stehend, warf das riesige Tier den Kopf zurück, schüttelte die zottige Mähne im fahlen Sonnenlicht, und sein langes Horn leuchtete. Elof und die *Alfar*-Frau duckten sich schnell auf ihrem hohen Ast tiefer, obwohl sie wußten, daß es sie aus dieser Entfernung und gegen die Windrichtung weder sehen noch riechen würde. Stränge erdverkrusteter Wurzeln hingen ihm aus dem Maul und baumelten zwischen den Fransen des struppigen cremefarbenen Fells; seine mahlenden Kiefer verschlangen sie nach und nach, sein Atem dampfte in der kalten Morgenluft. Seine aufgestellten Ohren zuckten, seine kleinen, in faltige Haut eingebetteten Augen blinzelten hierhin und dorthin und waren von der soeben aufgegangenen Sonne gerötet. Dann schnaubte es dicke Wolken aus den Nüstern und beschäftigte sich wieder mit seinen Wurzeln.

»Ist er nicht eine Schönheit?« flüsterte die *Alfar*-Frau, wobei sie Elof mit den spinnenartigen Armen festhielt, die sie um seinen Leib geschlungen hatte, voller Angst, er könnte hinunterfallen. »Und er hat sein Winterfell noch nicht abgeworfen. Seit langem beobachte ich ihn, weil ich es kaum erwarten kann, ihn zu erjagen, aber erst in diesem Jahr hat er das vorgeschriebene Alter. Die jungen Männchen stechen ihn bei der Brunft bereits aus, deshalb streift er allein durch die Gegend; bald wird er zu alt sein, um weite Strecken zu rennen, dann werden ihn die Wölfe erwischen, oder die Dolchzähne. Oder irgendwelche nächtlichen Waldläufer. Da ist es besser und schneller für ihn, wenn er uns in die Hände fällt.« Weiße Zähne blitzten in ihrem länglichen braunen Gesicht auf.

Elof lächelte, obwohl seine Muskeln von dem endlosen Kauern zwischen den Ästen knirschten. »In der Tat, das ist besser«, flüsterte er zurück. »Und es ist uns eine um so größere Ehre, daß ihr uns an dieser Jagd teilnehmen laßt, Hafi.«

»Die Ehre ist auf unserer Seite, Lord«, flüsterte Hafi, womit sie ihm einen noch heftigeren Stich der Beschämung wegen seiner geplanten List versetzte. Und doch ... Der seltsame Name Hafi war eine Kurzform von Halveth, eines alten und ehrenvollen Frauennamens beim nördlichen Königsgeschlecht. Welches Blut floß in ihren Adern? Welcher hohe Lord oder welche edle Lady hatte die Fesseln ihres alten Lebens abgeworfen, um sie zu zeugen oder zu empfangen?

Sie sah sich um. »Ah, da kommt Gise! Bleib mit Lord Elof auf dem Beobachtungsposten, Gise, ich gehe und hole die anderen.« Lautlos glitt sie an dem Ast entlang und war verschwunden. Nicht weniger lautlos schwang sich Gises bullige Gestalt, bekleidet mit Tunika und Harnisch nach *Alfar*-Art, an ihren frei gewordenen Platz neben Elof.

Elof blickte sich besorgt und ärgerlich um. Gise war inzwischen so sehr hier zu Hause, daß sich Elof immer noch fragte, ob es klug gewesen war, ihm zu trauen. »Bei allen Mächten, Gise!« zischte er so leise, wie er konnte. »Ich sage dir noch einmal, du mußt mit uns kommen! Wir brauchen dich mehr als jeden anderen.«

Doch der grobschlächtige Waldmann wandte lediglich den Blick ab und schüttelte leicht den Kopf. Elof packte ihn an der Schulter. »Du hast dich auf dieses Wagnis eingelassen, um den Flüchtlingen aus dem Nordland zu helfen! Es ist deine Pflicht.«

Gise schüttelte erneut den Kopf, diesmal heftiger;

mehr denn je schien er um Worte zu ringen. »Nein, Meister Elof, nein! Geh du, wohin du willst; ich bleibe. Wie ich dir schon mal gesagt habe, ich bin mitgekommen, um ein neues Zuhause zu suchen, und ich habe eins gefunden. Verdammt will ich sein, wenn ich es wieder verlasse!«

Elof seufzte. »Dann wendest du dich also von uns ab, genau wie Arvhes; nichts kann ihn vom Hof wegbringen.«

»Und was ist so schlecht daran?« flüsterte Gise mit einem vorwurfsvollen Unterton. »Er und ich, wir sind die ältesten, uns bleiben nicht mehr viele Lenze, um ein neues Leben aufzubauen, im Unterschied zu euch jungen Hüpfern. Was könnten wir Besseres finden als das hier? Es sind freundliche Leute, wenn auch ein bißchen langsam im Kopf; sie nehmen einen ohne großes Getue bei sich auf. Sie sind auch nicht eifersüchtig, was ihre Frauen betrifft. Ich hab' schon eine, vielleicht ist sogar was Kleines unterwegs.« Er bohrte einen stumpfen Finger in Elofs Brust. »Du, weiser Meister, erzähl mir nichts von einer fernen Zukunft. Was könnte sie mir bedeuten, wenn sie nicht einmal meine Söhne erleben werden? Sag mir, welches andere Leben als das, was sich hier und jetzt bietet, es für einen Waldmann wie mich geben könnte?«

»Ist es ein freies Leben?«

Gise zuckte mit den Schultern. »So frei, wie es eben geht, für einen einfachen Mann wie mich. Der Wald ist nicht halb so grausam wie die Oberhäupter oder Stadtältesten zu Hause; du müßtest das eigentlich wissen, Meister, nach dem, was ich über deine Anfänge gehört habe.«

Elof verzog das Gesicht; in dem, was der andere sagte, war ein Teil Wahrheit. Daran hatte er jetzt noch weniger Zweifel; Gise hatte sich nicht sehr verändert, wenn auch vielleicht nur deshalb, weil wenig Veränderung nötig war. Doch das machte es seltsamerweise schwerer, ihn zurückzulassen. »Wenn ich nur nicht so sehr das Gefühl hätte, dich im Stich zu lassen ...«

Gise stieß einen Grunzlaut aus. »Zum Fluß damit! Wir haben uns mit offenen Augen entschieden, Arvhes und ich. Vielleicht wissen wir besser, was wir tun, als das bei dir der Fall ist. Ruhig jetzt, sonst hört der da unten uns noch!« Doch sein Blick richtete sich nach oben, denn genau in diesem Augenblick verkündete ein leises Rauschen im Laubwerk das Eintreffen der anderen Jäger. Unter ihnen wackelte ein Ast leicht, und Kermorvan hangelte sich lautlos daran entlang. Elof freute sich, ihn nach vielen Monaten der Unbeweglichkeit so geschmeidig zu sehen; sie brauchten bei diesem Unterfangen all sein Geschick und seine Schnelligkeit. Kermorvan runzelte die Stirn, als er das Tier sah, das ihre Beute sein sollte.

»Gefällt Euch das Einhorn, Lords?« fragte Hafi leise. »Es wird nicht leicht zu erlegen sein. Gegen sein dickes Fell können bloße Pfeile, die aus den Baumwipfeln abgeschossen werden, nichts ausrichten. Es müssen Speere oder Hellebarden sein, die in die weichsten Stellen am Bauch oder in die Kehle gestoßen werden, und zwar am Boden und aus nächster Nähe. Wir pirschen uns hier oben, im Laub versteckt, an und lassen uns plötzlich hinunterfallen — fft!«

Elof schluckte und warf erneut einen verstohlenen Blick auf das Riesenvieh. Der Gedanke war unvorstellbar; der große pferdeähnliche Kopf ragte höher auf als der eines Pferdes, und das Horn daran war allein schon fast so groß wie er selbst. Sein Körper war noch wuchtiger als der eines Drachen, und abgesehen von jener lebendigen Mauer, dem Mammut, war es das größte Tier, das er jemals an Land gesehen hatte. Das hier war Wahnsinn, und doch nahm es Kermorvan ganz gelassen hin und entschied gemeinsam mit Hafi, welche Bäume sich am besten zum Anpirschen eigneten. Schließlich winkten sie die anderen heran, und die *Alfar* kamen herbei, um den Menschen durch die Zweige zu helfen. Elof brauchte wenig Hilfe, trotz der Hellebarde, die er sich auf den Rücken gehängt hatte, und des sperrigen Packsacks, den er trotz der Versuche der *Alfar*, ihn von der Lästigkeit eines solchen Gepäckstückes zu überzeugen, nicht hatte zurücklassen wollen. Er hatte sich inzwischen an diese Art der Fortbewegung gewöhnt; er konnte ein gewisses erregendes Gefühl nicht leugnen, das sich beim Aufenthalt in solcher Höhe einstellte. Dadurch erschien der Wald wie ein ganz anderer Ort, weniger feindselig, dafür faszinierender in seiner Üppigkeit und Vielfalt des Lebens, das sich dort unten abspielte. So etwas hatte er in der Welt draußen niemals erlebt ...

Und dann wurde ihm mit einem kleinen Schauder des Entsetzens bewußt, daß die Welt draußen ihm kaum noch wirklich erschien. Wieder einmal, da er weit von seiner schützenden Schmiede entfernt war, konnte er sich eine Welt jenseits der Bäume nur schwerlich vorstellen. Zwei Jahreszeiten waren vergangen, während derer er zwischen ihnen gefangen gewesen war, mehr als ein halbes Jahr des Wanderns und des Ruhens. Was war unterdessen geschehen? Anscheinend hatte er sich der unbegrenzten Leibeigenschaft des Waldes besser entziehen können als seine Kameraden, doch war das nicht vielleicht auch nur eine Illusion? Könnte dort draußen nicht ein Jahrhundert vergangen sein, während er sein Dasein im Schatten gefristet hatte? Kerbryhaine war inzwischen vielleicht längst gefallen und dem Erdboden gleichgemacht oder nur noch als Ruinen vorhanden, von Pflanzen überwuchert und von Wölfen und Eulen heimgesucht, oder in Bruchstücken abgetragen, um den Ekwesh als Palisaden zu dienen? Ein Schauder durchfuhr ihn. Eine plötzliche Angst vor der Welt draußen packte ihn, die Angst vor Hast und Gefahren und Problemen, die er nicht durch Bücherwälzen und kluge und geschickte Arbeit lösen konnte; er wollte sich mit diesen Dingen nicht auseinandersetzen, er wollte zwischen den Bäumen herumlungern und alles vergessen. Dann riß ihn eine Hand in die Wirklichkeit zurück; ein stummes Zeichen machte unter den schattenhaften Gestalten in den Zweigen die Runde. Er spähte nach unten; außer Büschen sah er wenig, doch er hörte das Schnauben und Grunzen des Einhorns nur allzu laut. Ein Busch schnellte laut zur Seite, und eine Schulter mit verfilzten weißen Haaren kam in Sicht, zu nahe, als daß er sich dabei nicht unbehaglich gefühlt hätte. Langsam, geräuschlos nahm er die Hellebarde vom Rücken und vergewisserte sich, daß sein Packsack nicht gegen die Zweige stieß. Zu seiner Linken hörte er ein leises Geräusch und sah dort Borhi, der schwitzte und zitterte und grün vor Angst war. Der junge Korsar hatte heftige Einwände gegen den Gedanken erhoben, das Schloß zu verlassen, doch noch weniger hätte es ihm gefallen, wenn er dort zurückgelassen worden wäre. Elof machte eine beruhigende Handbewegung in seine Richtung, doch auch er selbst zitterte. Die Aussicht, sich mit diesem Tier anlegen zu müssen, hätte gereicht, ihn in Spannung zu versetzen. Doch es sollte noch viel schlimmer kommen.

Eine weitere Berührung, eine recht unsanfte, folgte, und dann ein plötzliches heftiges Schwanken des Astes unter ihm. Es war keine Zeit zum Nachdenken, zum Zögern; Elof trat einfach mit den Beinen aus, der schaukelnde Ast unter ihm peitschte zur Seite wie die Falltür unter einem Galgen, und er stürzte ins Leere. Doch der Boden war näher, als es den Anschein gehabt hatte, seine Füße waren auf den Aufprall schlecht vorbereitet. Er landete mit einem brutalen Schlag gegen die Sohlen; er fiel zur Seite und rollte sich auf den Rücken, wobei er die Hellebarde hochhielt. Ein Schnauben und ein Krachen ertönten, und er sprang auf und sah, daß das Licht vor ihm durch einen Wust von etwas Weißem verdeckt war, das sich aufbäumte und inmitten eines Laubgestöbers zappelte, daß die Erde bebte. Eine Gestalt sprang an ihm vorbei und griff nach seinem Arm; es war Roc, und neben ihm stürmten Bure und Tenvar vor, die unter todesverachtendem Gebrüll mit ihren Hellebarden in Richtung des dickfelligen Tieres stießen, ohne ein genaues Ziel ausmachen zu können. »Hierher!« schrie Roc. Wie geplant griffen sie das Tier nicht direkt an, sondern trieben es zwischen sich und die verdutzten *Alfar.* Elof war nur allzu bereit, sich umzudrehen und unter die Bäume zu hasten; er sah dort Ils und Kermorvan, aber wo war Borhi? Der Korsar stand immer noch an der Stelle, wo er am Boden aufgekommen war, und starrte die Wanderer entgeistert an, während diese geduckt an dem springenden Einhorn vorbeihuschten.

»Borhi!« schrie Elof. »Hierher! *Sofort!*«

Der Korsar hörte ihn offenbar; er rannte einige Schritte, hielt dann inne, zögerte, schüttelte den Kopf und gestikulierte wild. »Nein!« jammerte er. »Ich kann nicht! Ich will nicht! Ich bin in Sicherheit, hier bin ich in Sicherheit! Kommt zurück, ihr werdet alle sterben, alle sterben ...«

Fluchend riß sich Elof von Rocs Arm los und rannte zurück zu Borhi. Dann blieb ihm nur der Bruchteil einer Sekunde, um sich zur Seite zu werfen, als das verrückt gewordene Tier schließlich den gewaltigen Kopf senkte und zustieß. Borhi, der sich nicht bewegte, sah es anscheinend nicht, oder er begriff nicht, was er sah, während das Ungeheuer wie eine Korsaren-Galeere mit ausgefahrenem Rammbolzen auf ihn zustrebte. Das gewaltige, spitz zulaufende Horn, das die Länge seines Körpers hatte, durchbohrte ihn in der Mitte und schleuderte ihn zerfetzt und Blut verspritzend durch die Luft. Ein trampelnder Huf erschütterte die halbgefrorene Erde eine Handbreit von Elofs Kopf entfernt, die wuchtige Flanke sauste an ihm vorbei, rotgestreift von Hellebardenstößen, und dann zog ihn eine kräftige Hand hoch; Gises Hand. »Lauf!« brummte der große Waldmann.

»Solange du noch kannst!« Er schob Elof unsanft in die Arme seiner Freunde und fuhr herum, um die Hellebarde auf das Tier zu schleudern. Es hüpfte und schoß auf die erstarrten *Alfar* zu, die blitzschnell unter den Büschen in Deckung tauchten. Dann erklang Kermorvans klare Stimme, und die Wanderer rannten, rannten mit zerkratzten Kehlen und Todesangst zwischen den Rippen; ihre Brustkörbe hoben und senkten sich wie Elofs Blasebalg, das Feuer seiner Schmiede brannte in ihren gepeinigten Lungen.

Hinter ihnen wurde der Tumult lauter; sie hörten ein Stampfen und Krachen im Gehölz sowie ein Brüllen, das sogar das Tosen in ihren Ohren übertönte. Die Jäger müßten das Ungeheuer zur Strecke bringen, bevor sie sich in seine Nähe wagen konnten; Elof ertappte sich bei der inbrünstigen Hoffnung, es möge nicht zuvor einen von ihnen zur Strecke bringen. Wie Gise gesagt hatte, waren diese Wesen an und für sich von sanftmütiger Natur, es war lediglich die Macht des Waldes, die sie zu Schatten des Bösen machte, zu Waldkobolden, die in der Düsternis zwischen den Bäumen finstere Geheimnisse bewahrten. Es war auf jeden Fall besser, ihnen aus dem Weg zu gehen, falls das möglich war, anstatt es zu einem offenen Kampf kommen zu lassen. Ein Wasserlauf glitzerte zwischen den Bäumen vor ihnen, und Kermorvan deutete in dessen Richtung; ins Wasser mußten sie gehen, und zwar gegen die Strömung. Doch während die anderen in den eisigen flachen Fluß platschten, rannte er selbst direkt quer hindurch und am anderen Ufer wieder hinaus, wobei er eine schmale Spur aus schlammigen Fußabdrücken hinterließ; dann, als der Boden unter seinen Füßen fester wurde, machte er einen Satz zu einem überhängenden Ast und schwang sich wieder zu den anderen in den Fluß zurück.

Mühsam schritten sie weiter. Ihre Füße waren naß und vor Kälte gefühllos, ihr Gepäck und die Waffen lasteten wie Blei auf ihnen; sie hielten die Köpfe gesenkt und den Blick starr auf das Wasser gerichtet, das nach ihren Herzen zu lechzen schien. Schließlich dämmerte ihnen die Erkenntnis, daß sie tatsächlich marschierten, wenn auch sehr langsam. Bure und Tenvar schwankten, als ob sie jeden Augenblick ins Wasser zu fallen drohten, und Ils, deren Beine kürzer waren, litt noch schlimmer unter der Kälte. Unter wortlosem Ächzen trieb Kermorvan sie zwischen einem dornigen Gestrüpp ans Ufer, und dort brachen sie zusammen, unempfindlich für Stiche und Kratzer und taub für alles außer ihrem eigenen stoßweisen Keuchen. Elof hörte, wie jemand würgte, und auch ihm drehte sich der Magen um; die Gefühllosigkeit seiner Füße ging allmählich in Brennen über.

»So«, stieß Kermorvan schließlich japsend hervor, »jetzt haben wir einen kleinen Vorsprung vor ihnen. Wir dürfen ihn nicht wieder einbüßen! Nach Gises Schätzung ist es ein Marsch von gut anderthalb Tagen bis zum Waldrand. Also, auf mit euch allen, und ab nach Richtung Norden!«

Ein Chor von unwilligem Stöhnen antwortete ihm, doch alle standen taumelnd auf und nahmen die stramme Marschgeschwindigkeit auf, die Kermorvan mit seinen Schritten vorgab. Tatsächlich wirkten sie jetzt etwas begeisterter, so erschöpft sie auch waren, als ob ihnen eine unsichtbare und ungreifbare Last von den Schultern genommen worden wäre. Nach einer Weile, als Elof wieder einigermaßen ruhig atmen konnte, machte er Kermorvan gegenüber eine entsprechende Bemerkung, woraufhin dieser nickte. »Ich empfinde selbst etwas ähnliches. Wir nähern uns dem Rand des Waldes. Möge uns dieser vor Tapiaus Sicht schützen!«

Während des ganzen Tages marschierte die verringerte Gruppe mit erbarmungsloser Geschwindigkeit, bis die Sonne, die sich bis dahin hinter bleiernen Wolken versteckt hatte, in zornigem Orange hinter den dunklen

Baumwipfeln um sie herum aufglühte. Zum Glück wurde das Unterholz immer lichter, je weiter sie wanderten, denn das Waldstück, in dem sie sich jetzt befanden, bestand vorwiegend aus Kiefern, Föhren und Fichten, nur mit einigen Zedern, Zypressen und Schierlingstannen durchsetzt; der Boden war bedeckt mit weichen Nadeln, und im Schatten der Bäume wuchs entschieden weniger. Der kurze Frühling dieser Klimazone war noch nicht angebrochen, um das Gehölz und die Grasflächen zu einem flüchtigen Aufzucken von Leben und Wachstum zu bringen, bevor sich die Kälte wieder herabsenkte. Die Luft war ruhig, aber rauh und brannte ihnen in der Nase und auf den Wangen, und sie froren in ihren durchnäßten Stiefeln. Bei Einbruch der Nacht wählten sie ein trocknes Fleckchen, um ihr Lager aufzuschlagen; für ein Feuer wären sie unendlich dankbar gewesen, doch sie wagten nicht, eines zu entfachen, aus Angst, es könnte die *Alfar* oder Schlimmeres anziehen. Ein Unterschlupf aus Kiefernzweigen war die äußerste Annehmlichkeit, die sie sich gönnen durften, und sie kuschelten sich dicht zusammen, um sich einigermaßen aufzuwärmen. Sie aßen nur wenig, denn sie waren nicht in der Lage gewesen, viel Proviant mitzunehmen, und sie wußten, daß ihr karger Vorrat möglicherweise lange reichen mußte. Dann schliefen sie alle, zu müde, um eine Wache aufzustellen. Doch es war ein unruhiger Schlaf, denn der Wald war voller merkwürdiger Geräusche, und viele unbekannte Dinge huschten nahe an ihnen vorbei. Einige Zeit nach Mitternacht erwachte Elof aus seinen wirren Träumen. Er teilte die Zweige und spähte hinauf zum Himmel, in der Hoffnung, eine Spur der Morgendämmerung zu sehen, und er hielt den Atem an. Denn ein schwaches Licht schien zwischen den Wipfeln hindurch, doch es war kalt und unveränderlich, und es tauchte nicht die östlichen, sondern die nördlichen Sterne in einen fahlen Glanz. Nach vielen Jahren und vielen anderen Gefahren erblickte er also wieder einmal das Zeichen und das Banner des Ursprungs ihres ganzen Ungemachs, das gespenstische Leuchten des Eises.

Am Morgen, der so undurchdringlich grau war wie immer, waren sie durchgefroren, ihre Glieder schmerzten, und sie trachteten voller Unbehagen nur danach, diesen Ort schnellstens zu verlassen. Das Marschieren lockerte ihre Muskeln, bescherte ihnen jedoch wenig Wärme und noch weniger Trost, außer der Tatsache, daß sie keinen Laut hörten, der darauf hätte schließen lassen, daß sie verfolgt wurden. »Dann haben sie also unsere Spur verloren«, murmelte Kermorvan. »Ich hatte es kaum zu hoffen gewagt ...«

»Vielleicht suchen sie in der falschen Richtung«, mutmaßte Ils, »im Osten oder Süden. Es kommt ihnen wahrscheinlich nicht in den Sinn, daß wir uns nach Norden gewandt haben, in die Richtung, die sie fürchten.«

Kermorvan nickte. »So muß es sein. Doch wenn sich Tapiaus Blick in diese Richtung wendet ... Immerhin dürften wir nur noch eine oder zwei Stunden von der Waldgrenze entfernt sein, und diese werden sie nicht überschreiten.« Also warfen die Wanderer nervöse Blikke zu den Bäumen ringsum hinauf, als erwarteten sie, daß jeden Moment etwas aus den Zweigen schießen oder sie überfallen würde wie das Einhorn. Daß nichts dergleichen geschah, steigerte ihre Unruhe nur noch. Von der Grenze des Waldes mochten sie nur noch Minuten oder auch Stunden trennen, und dazwischen konnte es alle Arten von Hinterhalten geben. Doch plötzlich, als sie an das Ufer eines schlammigen kleinen Flusses gelangten, blieb Kermorvan stehen und streckte deutend die Hand aus. »Seht! Das andere Ufer, hinter den Bäumen!«

Daß hinter den Bäumen irgend etwas anderes als weitere Bäume sein könnte, war für sie schwer vorstellbar. Und doch sah es so aus, als würde der Wald lichter, der Abstand zwischen den Bäumen größer. Licht, so kalt wie der Himmel über ihnen, schien blaß und ungefiltert auf die Stämme. Es mußte sich um eine ausgedehnte Lichtung handeln, denn die Bäume auf der gegenüberliegenden Seite zeichneten sich als scharf umrissene schwarze Silhouette ab; der Große Wald wurde tatsächlich lichter. Sie eilten die Uferböschung hinunter und wateten durch das Wasser, ohne nach einer Möglichkeit für eine trockenere Durchquerung zu suchen. Elof hielt inne und schnappte keuchend nach Luft; es war, als ob sich plötzlich ein eisiges Gewicht auf sein Herz gelegt hätte. Bure, der hinkend das Schlußlicht bildete, rutschte beim Sprung ans Ufer ab und wäre um ein Haar nach hinten gefallen; Roc und Elof, die sich umdrehten, um ihn heraufzuziehen, sahen nach hinten und bemerkten, daß die Kiefern sich neigten und schwankten, und sie hörten ein Rascheln wie von heftigem Wind, doch sie wußten, daß es kein Wind war. *»Kermorvan!«* brüllten sie.

»Ich höre es!« schrie er, wobei er sein Schwert aus der Scheide riß und die anderen gleichzeitig mit einer drängenden Handbewegung an sich vorbei schob. »Lauft, und haltet auf keinen Fall inne! Lauft auf das Licht zu!«

Erst als Bure schwerfällig an ihm vorbeigestolpert war, mit Roc und Elof dicht auf den Fersen, drehte sich Kermorvan um und folgte ihnen mit riesigen Sätzen. Die Strecke war länger, als sie ausgesehen hatte, und das Unterholz war hier dichter; frostbraune Grasbüschel und niedriges verflochtenes Gestrüpp wuchsen zwischen den liegenden Stämmen umgestürzter Bäume. Man hätte fast den Eindruck haben können, daß die Pflanzen vor ihnen aus dem Boden sprossen und in ihrem Lauf nach ihnen griffen, während die Äste ihnen ins Gesicht peitschten. Kermorvan hieb wütend darauf ein, und Elof zog ebenfalls sein Schwert. Es war wie der Kampf gegen einen lebendigen Feind, gegen irgendein wildes Tier mit tausend Fangarmen, die sie von oben und unten bedrohten. Und der Wind verfolgte sie jetzt aus allen Richtungen, nur über ihnen wehte er nicht. Elof ächzte und rechnete jeden Augenblick damit, von einem Pfeil im Rücken getroffen zu werden. Doch während der ganzen Zeit wurde das Licht immer heller, die freie Fläche erschien weitläufiger und die gegenüberliegende Seite weiter entfernt. Dann plötzlich merkte Elof, der von einem Baum zum nächsten taumelte, daß über ihnen keine Äste mehr waren, sondern nur noch der graue Himmel, und daß die Bäume jenseits der Lichtung in noch größeren Abständen standen, weiter, als der längste Arm reichen könnte. Er beobachtete, wie vor ihm sich eine Wurzel um Ils' Fußknöchel schlang und sie vom Pfad abzubringen versuchte, doch Kermorvan griff nach ihr und zog sie frei, fast ohne seine Schritte zu verlangsamen. Ein gezackter Baumstumpf verhakte sich in Elofs Umhang, und mit einer wirbelnden Bewegung hieb die schwarze Klinge auf das Holz ein, daß Splitter flogen; er hastete hinter den anderen her. Vor ihnen lag die freie Fläche, und sie wurden langsamer, betrachteten sie, kamen beinahe zum Stillstand. »Wir sind noch nicht weit genug!« brüllte er. »Wir befinden uns immer noch in Bogenschußweite!« Doch dann wurde auch er langsamer und starrte nach vorn. Es war keine Lichtung, zu der sie gelangt waren.

Wohl standen Bäume vor ihnen, eine hohe dunkle Linie, undurchdringlich wie der dichteste Wald. Doch links und rechts, wo die Linie eine Biegung hatte beschreiben sollen, um eine Lichtung einzukreisen, war nur freier Raum. In der Nähe lag eine ebene, mit Gras bewachsene Fläche mit Streifen halb geschmolzenen Schnees und einigen dürftigen Büscheln Gestrüpps, drahtig und verkrüppelt, die sich hier und da aus dem Boden gebohrt hatten. Jenseits davon war dichtes Grau, mit einem Schimmer, bei dem es sich um Wasser hätte handeln können. Es gab weitere Reihen von Bäumen, doch immer nur in kleinen Gruppen, kaum miteinander verbunden, die sich über die schneebedeckten struppigen Bodengewächse und die Teiche aus Schmelzwasser verteilten, und es waren andere Bäume als die des Waldes. Elof wandte sich um und sah, daß sich die äußersten Bäume neigten und zitterten, wie große biegsame Gestalten, die an der Grenze des Waldes einherstaksten, bedrohlichen Nachtgespenstern gleich, die Angst vor dem Tag hatten. Sie würden die Festung des Waldes nicht verlassen, diese gewaltigen Mauern aus Bäumen, die sich nach beiden Seiten hin erstreckten wie ungleichmäßige Zinnen als Bollwerk gegen jenes kalte offene Land. Da wußte er, daß sie die Grenze von Tapiaus Machtbereich erreicht hatten. Endlich hatten sie den Großen Wald hinter sich gelassen, sie hatten die Freiheit erreicht, für die sie so schwer gekämpft hatten. Warum lastete dann dieses Gewicht auf seiner Seele, dieser nagende Schmerz, der nichts mit ehrlicher Erschöpfung zu tun hatte? Warum konnte er keine Freude empfinden?

Neben ihm stand Kermorvan; sein Gesicht war so grau und grimmig wie dieses Land, in das sie gelangt waren, und es sprach ebensoviel Verzweiflung daraus. »*Genhyas a'Teris!*« murmelte er. »*Genhyas, a'Korentyn!*« Er hob das Schwert wie zum Salut. Aus dem Wald zischte nur ein einziger Pfeil heran, doch seine Flugbahn trug ihn nicht ganz bis zu ihnen, sondern er prallte kurz vorher auf den vereisten Boden und wurde dort wie von Stein zerschmettert.

»Kommt!« sagte Ils hastig und zog sie beide weg. »Das war vielleicht nur ein Versuchsschuß, um die Entfernung zu testen. Wir wollen nicht warten, bis sie zu einem Volltreffer ansetzen.« Mit gedämpfter Stimme fügte sie hinzu: »Es tut mir leid wegen Teris. Hätte sie nicht mit uns kommen können?«

Kermorvans Gesicht blieb ungerührt, doch Elof war betroffen von der tiefen Traurigkeit in seiner Stimme. »Ich habe nicht gewagt, sie zu fragen. Sie verweilt schon so lange in Tapiaus Einflußbereich, daß sie uns vielleicht verraten hätte. Ich konnte nicht uns alle ihretwegen in Gefahr bringen, da es keineswegs sicher war, ob sie mitkommen würde und — falls ja — dieses zu begrüßen gewesen wäre.«

Elof schluckte. »Glaub mir, es tut mir ebenfalls leid. Ich ... war mir nicht sicher, wieviel sie dir bedeutete.«

Die Mundwinkel des großen Mannes zuckten. »Ich war mir selbst nicht sicher. Und was bedeutete ich ihr? Vielleicht etwas Neues, das zu verführen war, das es auszureizen galt, wenigstens so lange, bis es schal geworden wäre. Etwas, das immer zur Hand gewesen, doch vom Herzen ferngehalten worden wäre ...« Er schüttelte den Kopf. »Ich war mir ebenfalls nicht sicher. Die Dinge sind besser so, wie sie sind; es steht uns noch viel Wichtiges bevor. Der Tag nimmt seinen Lauf, und wir müssen unseren Weg fortsetzen.« Und schnell wandte er dem Wald den Rücken zu und setzte sich mit großen Schritten in Bewegung. Elof und Ils tauschten Blicke mit ihren Kameraden und folgten ihm. So betraten sie also Taoune'la-an-Arathans, die Ödnis Taoune'la, das graue und schattige Marschland des Eises.

Es kann kein Zweifel daran bestehen, daß es ein unwirtliches Land war, das sich vor ihnen erstreckte. Kermorvan stapfte über den schneegefleckten Boden, und er knirschte unter seinen Füßen. »Diese Gegend wird sich bald in einen Sumpf verwandeln, wenn erst die Schneeschmelze eintritt«, bemerkte er, und seine Stimme klang jetzt beinahe wieder wie immer. »Es war gut, daß wir nicht später zur Flucht aufgebrochen sind, sonst wären wir hier bestimmt im Schlamm steckengeblieben und aufgegriffen worden.«

Elof blickte sich voller Unbehagen um. »Abgesehen von den Bäumen erinnert mich dieses Gebiet an die Salzmarschen, und zwar an den schlimmsten Teil.«

»Kein Wunder«, sagte Ils. »Denn sowohl dieser als auch jener Landstrich wird vom Schmelzwasser des Eises geprägt. Derselbe Schatten liegt über beiden.«

»Hier ist es nicht so flach wie in den Marschen«, sagte Elof nachdenklich, »obwohl die Erhebungen und Vertiefungen sehr geringfügig sind. Aber auf jeden Fall ist es feuchter, und das bedeutet, daß das Wasser in den Tälern und Mulden Teiche gebildet und dazwischen Kanäle eingeschnitten hat.«

»Es ist ein Land von Tümpeln und Wasserrinnen und kleinen Seen«, bestätigte Kermorvan. »Ein Land des Nebels und der Sümpfe und Moore. Bitter kalt und schwer zu durchqueren. An einem solchen Ort gibt es keine vorgegebenen Pfade, nicht einmal Tierfährten. Wir werden allen möglichen unüberwindlichen Hindernissen ausweichen müssen und Mühe haben, eine einigermaßen gerade Strecke zurückzulegen.«

»Auf keinen Fall dürfen wir zu weit nach Norden abweichen«, warnte Ils. »Vergeßt nicht den unheilverheißenden Namen dieser Gegend.«

Doch trotz aller Bedenken hatten sie bereits am ersten Abend kaum eine Wahl. Denn ihr Weg hatte sie in eine weitläufige sumpfige Ebene geführt, die sich bis zu den Ausläufern des Waldes erstreckte, und der Schnee war bereits weitgehend zu Wasser getaut. Als sie eine kleine Erhebung erklommen, um ihre Ausdehnung zu überblicken, stieß Elof, dessen Augen in dem aschfahlen, trüben Licht des Nachmittags am besten sahen, einen Schrei des Unmuts aus.

»Dort fließt ein Fluß!« rief er. »Von Norden her, zwischen den Bäumen hindurch!«

»Jawohl«, bestätigte Tenvar. »Ein breiter Fluß, doppelt so breit wie der Wald-Fluß. Es gibt hier weit und breit keine Furt, selbst wenn wir es wagen würden, uns wieder in den Wald zu begeben. Dieses Wasser fließt schnell, und es ist sehr dunkel.«

Ils blinzelte in das graue Dämmerlicht. »In der Tat, es ist dunkel«, murmelte sie. »Bei meinem Volk gibt es Sagen über einen solchen Fluß, der von den Schwarzen Seen im nördlichen Ödland durch den Großen Wald fließt, und es sind Sagen voller Grauen. Wir nennen ihn Kalmajozkhe, den Fluß des Todes.«

»Und doch müssen ihn die Lebenden irgendwo überqueren können«, murmelte Kermorvan. »Sonst waren sie die längste Zeit Lebende; hier gibt es nämlich recht wenig zu essen. Was ist das dort, ein Stück flußaufwärts? Eine Insel?«

»So scheint es«, bestätigte Elof, der angestrengt in die angegebene Richtung spähte. »Eine große Insel, mit Bäumen bewachsen. Entlang des Ufers sind mehrere davon. Wir könnten erkunden, ob es Steine oder flache Stellen im Wasser gibt.«

Kermorvan nickte. »Wir könnten es versuchen, obwohl die Strömung vielleicht zu reißend ist.« Er merkte, daß die anderen ihn erwartungsvoll ansahen, und zuckte mit den Schultern. »Ihr wollt, daß ich eine Entscheidung treffe? Ich denke, uns bleibt keine andere Wahl. Vielleicht finden wir zumindest einen geschützteren Platz als diesen, wo wir unser Nachtlager aufschlagen können.«

Also wandten sie sich nach Norden, wanderten am Rand des kalten Sumpfes entlang und stapften müde weiter durch das öde Land. Selbst in der geringen Entfernung, die sie vor sich überblicken konnten, sahen sie, daß die Bäume spärlicher und niedriger wuchsen, während das Land flacher und kahler wurde. Nur borstiges Gras bedeckte den Boden und dazwischen ein paar Büsche, die sich vor dem peitschenden Wind duckten und deren kräftige Ranken sich durch das Gras zogen wie verflochtene Tentakel. Es war ein Wunder, daß sich niemand in der sich verdichtenden Dämmerung einen Knöchel oder ein Bein brach. Bald würde es zu dunkel zum Weiterwandern sein, selbst wenn Ils sie anführte, doch gegen Sonnenuntergang frischte ein böiger Wind auf, der die Wolken wie eine Schafherde zum Horizont trieb und sie dort in blutrote Fetzen zerriß. Er machte die rauhe Luft schneidend wie gezacktes Glas, und trotz ihrer warmen Jagdkleidung froren die Wanderer bis auf die Knochen. Der unebene Boden forderte ihnen die letzten Kraftreserven ab, und sie stolperten und wankten. Am klaren Himmel erschienen die Sterne wie Frostflecken auf kaltem Felsgestein, und der aufsteigende Vollmond ergoß sein steriles Licht auf die kahle Landschaft. Und über den gesamten Himmel zog sich wie ein schimmernder Vorhang der Widerschein des Eisglanzes — ob als Hinweis oder als Verspottung hätten sie nicht zu entscheiden vermocht.

Doch als sie die tränenden Augen zu dem hellen Schein hoben, sahen sie eine zuckende Schwärze vor den Wipfeln eines dichten Waldes, auf den der Mond schien, ohne seine massive Dunkelheit zu erhellen. »Die Insel!« rief Tenvar. »Die Insel ist dicht mit Bäumen bewachsen! Das bedeutet Schutz und Brennstoff!«

»Würdest du an einem solchen Ort etwa ein Feuer entzünden?« schrie Ils ihn an.

»Ja, das täte ich!« fauchte Roc zurück. »Wir brauchen heute nacht einen geschützten Unterschlupf und mehr, um am Leben zu bleiben.«

»Dort ist eine Stromschnelle!« rief Bure. »Seht ihr den weißen Schaum um die Steine? Und auf der anderen Seite der Insel geht es weiter. Die Steine verlaufen quer durch den Fluß bis zum anderen Ufer. Dort können wir das Wasser durchwaten.«

»Wenn irgendwo, dann dort«, stimmte Kermorvan ihm zu. »Aber bewegt euch mit größter Vorsicht! Die Steine könnten glitschig sein, und es wird nicht leicht sein, der reißenden Strömung dieses schwarzen Wassers standzuhalten. Ich werde vorangehen.«

Von dieser Flußdurchquerung blieb in Elofs Gedächtnis wenig haften, außer der Erinnerung an Erschöpfung und Entsetzen, an die kalten Steine und das Brüllen und Tosen des Flusses um ihre Füße, während sie von Stein zu Stein sprangen. Der Mond schien hell, sonst hätten sie einige der weiteren Abstände niemals überwunden.

Bure und Ils waren erheblich im Nachteil, und oft mußten sie sich an dem einzigen Stück Seil weiterhangeln, das sie besaßen. Doch selbst längere Beine schmerzten, bevor sie die ersten überhängenden Zweige erreichten und die Insel schroff vor ihnen aufragen sahen. »Sucht eine Höhle!« keuchte Elof, während sie die steile Böschung hinaufkletterten. »Baut ein Feuer ... aus Zweigen ...«

Ils schüttelte heftig den Kopf, und ihm entging nicht ihr ängstlicher Gesichtsausdruck; doch selbst sie, die stärker und abgehärteter war als die meisten Männer, war zu sehr durchgefroren und entkräftet, um zu diskutieren.

Elof und Kermorvan erging es wenig besser, und Roc, Tenvar und Bure taumelten wie Betrunkene. Bure war mindestens einmal hingefallen, und er hielt sich an Kermorvans Arm fest. Dennoch warteten sie am Ufer, hingesunken gegen die von Flechten überwucherten Stämme von Schwarzfichten, während Ils mit ihrer Nachtsicht die Dunkelheit erforschte. Der Wind heulte durch die Äste über ihnen, und die harten Nadeln raunten und flüsterten furchterregend; Elof fühlte sich an die Galgen erinnert, die er vor den zerstörten Bauernhöfen von Bryhaine gesehen hatte. Doch endlich gab Ils brummend zu verstehen, daß sie nichts Bedenkliches ausmachen konnte, und die Wanderer schleppten sich erleichtert unter das Schutzdach der Bäume. Wie Elof vermutet hatte, fanden sie eine Höhle, einen tiefen Einschnitt in den Felsen, den eine Überflutung vor langer Zeit geschaffen hatte und der jetzt durch struppiges Gebüsch, das hier höher wuchs als im offenen Gelände, gut versteckt war. Kermorvan entfachte in einer schnell ausgehobenen Grube ein Feuer, und während die anderen Zweige abbrachen, um das kleine Lager abzuschirmen, beschloß Elof, Wasser für eine heiße Brühe zu holen. Sehr langsam und behutsam, geduckt und darauf bedacht, so wenig wie möglich im Gebüsch zu rascheln, schlich er zwischen den Bäumen hindurch und huschte am Ufer entlang zu einer Stelle, wo er einen Wasserschlauch füllen könnte, ohne in den Fluß fallen. Er legte sich an einer Stelle auf den Boden, wo das Wasser sich in das Ufer eingeschnitten hatte; er schauderte bei der Berührung mit der kalten Erde und senkte den Schlauch in das dunkle Wasser. Der kalte Fluß biß ihm schmerzhaft in die Hände, die sich gerade erst von ihrer Taubheit erholten, und er beugte sich weiter vor, um sicherzugehen, daß er auch den vollen Wasserschlauch noch festhalten konnte. Sein Blick fiel auf ein Schimmern, und er erstarrte voller Entsetzen. Das Wasser hatte ein Stück aus dem Ufer herausgebrochen, und seine Oberfläche glitzerte grauweiß. Etwa in einer Handbreit Tiefe unter braunem Gras und torfigem Boden war eine Schicht irgendeiner weißlichen Substanz zu sehen. Er streckte die Hand aus, um sie zu berühren, und zuckte bei dem eisigen Pochen in seinen Fingern zurück; es war ein dicke Schicht aus massivem Eis. Er ließ den Blick am gegenüberliegenden Ufer auf und ab schweifen und entdeckte an vielen Stellen ein solches Schimmern, meistens in der gleichen geringen Tiefe, obwohl es an einigen Stellen so schien, als habe es den Boden nach oben gehoben. Plötzlich erschien ihm das ganze weite Land ringsum nur noch wie die schrumpfende Haut über einem kalten leeren Körper. So weit, nur einen Tagesmarsch vom Wald entfernt, hatte das ferne Eis bereits seine Vorhut unter der Oberfläche versteckt.

Der volle Wasserschlauch zog an seiner Hand, und er griff hinunter, um den Verschluß aufzusetzen. Während er damit beschäftigt war, bemerkte er das schnelle Flakkern einer Bewegung, die sich im Wasser spiegelte, einen flüchtigen dunklen Schatten, der Mond und Sterne verdunkelte. Mit einem einzigen Schwung hievte er den Wasserschlauch hoch und machte einen Satz nach hinten in Deckung. Dann sah er es deutlicher; es hatte die Form von ausgebreiteten dunklen Flügeln, die vom

Himmel herunter auf die mondbeschienene Schwärze des Flusses schwebten. Er hörte das heftige Flügelschlagen, als es sich niederließ, und sah das anmutige Zusammenfalten und die Biegung eines sanft geschwungenen Nackens. Es schwamm mit der Strömung des Flusses; ein riesiger Schwan, der auf seinem eigenen Schatten über das glitzernde Wasser glitt. Doch es war schwer zu sagen, was der Schwan und was der Schatten war, denn in jedem Fall war jede einzelne Feder schwarz. Und während Elof gebannt dastand, unfähig, sich zu bewegen oder etwas zu begreifen, hörte er eine sanfte Musik, die über das Wasser heranschwebte, einen unheimlichen, wehmütigen Gesang. Die Musik wurde von einer Stimme erzeugt, tief und weich wie die einer menschlichen Frau, und die klagenden Worte drangen über das unablässige Schwappen des Wassers klar und deutlich an sein Ohr.

Vögel des Nachthimmels! Traurigkeit verfolgt mich,
Soweit ich über das Land geflogen bin!
Kommt zu mir, hört mich an!
Weit bin ich geflogen! Kummer suchte und fand ich!

Ich singe von unerfülltem Verlangen,
Von unruhigem Gewässer,
Von Verlust, vom Wandern singe ich,
Über endlose Meere, unaufhörliche Fluten,
Unter dem leeren Himmel.
O weh! O weh, welche Traurigkeit!
Ich singe vom Leben.

Weit bin ich geflogen! Kummer suchte und fand ich!

Von der Hoffnung jenseits aller Hoffnung singe ich,
Von unverheilten Wunden,
Von der Reue, vom Leiden singe ich,

Von Mund an Mund, Brust an Brust,
Von alledem, das vielleicht niemals sein wird.
O weh! O weh, welche Traurigkeit!
Ich singe von der Liebe.

Weit bin ich geflogen! Kummer suchte und fand ich!

Von tiefster Verzweiflung singe ich,
Vom dunklen Fluß des Schmerzes singe ich,
Wehklage ist mein Lied,
Ein gelöschter Brand, eine erstickte Flamme.
Der Strom fließt leise.
O weh! O weh, welche Traurigkeit!
Ich singe von der Trennung.
Weit bin ich geflogen! Kummer suchte und fand ich!

Elof stand fassungslos da, während das Geschöpf langsam auf das Ufer zuglitt. Was er sah, was er hoffte, löste einen Wirbel in seinem Kopf aus; das Lied war erfüllt von Traurigkeit und Schrecken, und er war davon ergriffen. In geringer Entfernung ragten am Ufer einige Schilfhalme auf, trocken und halb verdorrt, raschelnd und knirschend, und zwischen diesen verschwand der dunkle Schwan. Noch während er zwischen diese glitt, bäumte er sich auf, seine gewaltigen Flügel schlugen wie im Zorn und verschränkten sich dann fest vor der Brust. Der Schatten erhob sich, größer, aufrechter als jeder Schwan, und mit unsäglicher Anmut schwangen die Flügel auf und enthüllten eine Brust, bedeckt mit einem leuchtenden schwarzen Kettenpanzer. Eine weibliche Brust, die Brust einer Frau, denn unter dem Kettengewand schimmerten nackte Beine, und darüber reckten sich der zarte Hals einer Frau sowie ein kräftiges Kinn und volle Lippen. Der Rest ihres Gesichts sowie ihr Haar waren versteckt hinter der Augenmaske des glänzenden Helms. Doch aus ihren Schultern ragten keine Arme, sondern dieselben weiten Schwingen, voll ausgebreitet, den Mond verdunkelnd und sie selbst in einen so tiefen Schatten tauchend, daß ein Erkennen ausgeschlossen war. Doch Elof glaubte, zwischen den Federn das Leuchten von Gold zu sehen.

Plötzlich stieß sie einen Schrei aus, und ihre Stimme hatte sich dabei zu einer so schrillen und schaurigen Tonlage gewandelt, daß Elof zitternd auf die Knie fiel. »Eiliger Wanderer! Verirrter in Bereichen, von denen Menschen nicht zu träumen wagen, höre mich an und beherzige, was ich dir zu sagen habe! Für viele ist das Schicksal besiegelt! Das Unheil nähert sich, ein Unheil, das kein Sterblicher abzuwenden vermag! Flieh, flieh, wenn du kannst! Oder verlang das, was dir zusteht! Ergreif es!«

Die Flügel schwebten heran und schlugen einmal kräftig, woraufhin sich die Schilfhalme zischend tief übers Wasser beugten. Ein großer schwarzer Schwan erhob sich vom Fluß und schraubte sich in Kreisen in die Höhe, über die Insel, außer Sichtweite. Elof verfolgte ihn mit den Augen, bis er hinter den Wipfeln der Bäume verschwand.

»Was habe ich da gesehen?« fragte er sich selbst laut, und er hörte, wie seine Stimme zitterte. »Ähnlich wie ... so sehr ähnlich, und doch so entsetzlich ... Was für ein Land der Visionen ist das hier?« Entsetzen packte ihn; er raffte sich auf, griff nach seinem Wasserschlauch und hastete die Böschung hinauf zu den Bäumen und dem schwachen Leuchten des Feuers. Während er durch den Wald taumelte und stolperte, hörte er Kermorvans und Rocs leise Stimmen; sie erschienen ihm wie die schönsten und tröstendsten Laute, die er jemals gehört hatte.

»Es könnte etwas dran sein an diesem südlichen Weg, von dem uns der bedauernswerte Korentyn erzählt hat. Wenn Vayde ihm gefolgt ist, um seine Leute nach Westen zu führen, könnte er auch eine sichere Strecke zurück nach Osten darstellen ...«

»Könnte sein, wenn er sich in der langen Zeit nicht zum Schlechten verändert hat ... Elof, was ist los? Du siehst aus, als hättest du ein Gespenst gesehen!«

»Ich habe etwas gesehen ...«, murmelte er. »Vielleicht war es eine Warnung ... ich weiß nicht ...«

»Setz dich hin und wärm dich auf!« befahl Ils streng. »Gib mir das Wasser! Laß es nicht ins Feuer fallen! Also, was hast du gesehen?«

Doch Elof konnte das Gesehene nicht in Worte kleiden. »Eine Warnung ...«, stieß er atemlos hervor. »Eine richtende Instanz ... Wir sind in Gefahr!«

Kermorvan straffte sich im Sitzen und schwang die graugoldene Klinge über den Knien. Er sah Elof eindringlich an; sein Gesicht war angespannt, seine Stirn gerunzelt. »Ich brauche keine Vision, um mir das bewußt zu machen. Handelt es sich um eine unmittelbare Gefahr?«

»Sie nähert sich ...«, keuchte Elof. »Sie ... Es ... sagte, daß ...« Er hielt inne, denn Kermorvans eindringliche graue Augen hatten sich plötzlich geweitet. Er sah nun nicht mehr Elof an, sondern starrte über dessen Schulter hinweg, die Augenbrauen hochgezogen, die Lippen vor Erstaunen geöffnet. Im selben Augenblick kribbelte Elofs Haut in dem eisigen Bewußtsein, daß hinter seinem Rücken etwas war. Er war klug genug, sich nicht umzudrehen; statt dessen war er im Begriff, sich nach vorn zu werfen, als er aus dem Augenwinkel eine irgendwie vertraute Gestalt bemerkte, die die Hände ausgestreckt hatte und diese gierig rieb. Dampf stieg von der Kleidung auf, die feucht an dem Körper hing. Die Wanderer starrten die Gestalt fassungslos an. Genau in dem Augenblick, als Elof erkannte, wer es war, den er da vor sich sah, hatte Roc seine Stimme wiedergefunden.

»Stehan! Bei Hella! Wie ist es dir gelungen, diesen ... diesen Wasserwesen zu entkommen? Wie hast du ...«

Der Korsar gab keine Antwort, sondern hob plötzlich

den Blick mit einer so kalten Verachtung im Gesicht, das im Feuerschein matt und grau erschien, daß Roc verstummte, dann wieder den Mund öffnete, als ob er noch etwas sagen wollte, und ihn dann langsam wieder schloß. Kermorvan bewegte sich dem Anschein nach nicht, doch plötzlich war die Spannung einer gestrafften Bogensehne in seinem Körper, mit angelegtem Pfeil, zum Abschuß bereit; seine Fingerknöchel leuchteten weiß am Schwertgriff. Auf der anderen Seite der kleinen Mulde, jenseits des Feuerscheins, bewegten sich andere Gestalten, näherten sich träge, schlenderten ohne Eile durch die kalte Nacht. In unregelmäßigen Reihen kamen sie aus dem Gebüsch ringsum, und die Eiszapfen, die an den schmächtigen Ästen hingen, klingelten und klirrten wie Glas, wenn sie an ihnen vorbeigingen. Als er die erste von ihnen sah, wollte Elof einen Schrei ausstoßen und aufspringen, doch seine Gliedmaßen gehorchten ihm nicht, und die Zunge klebte ihm am Gaumen, als ob sie in der eisigen Kälte dort angefroren wäre. Denn der erste war Holvar, doch er schenkte keinem von ihnen die geringste Aufmerksamkeit, sondern er kam heran und ließ sich so lässig am Feuer nieder, als ob er gerade erst von ihnen weggegangen sei. Bure verbarg das Gesicht in den großen Händen, und das Blut wich aus der braunen Haut. Tenvar saß steif und unbeweglich zwischen den hüpfenden Schatten, doch ein leises entsetztes Stöhnen entrang sich seinen Lippen. Der Wind peitschte die Zweige über ihnen, und das Feuer loderte flach und brüllte wie ein gefangenes Tier; Licht und Schatten flackerten schneller, als das Auge wahrnehmen konnte. Sie schwebten in die Höhle, einer nach dem anderen, immer noch lautlos, diese Mitglieder der Gruppe, deren Mission beendet war, die weder bei Tag noch bei Nacht auf der Erde hätten wandeln dürfen. Hinter Holvar schritten große Gestalten daher, bei denen es sich um Eysdan, Maile und Dervhas handelte; letzterer lief lässig auf jenem Bein herum, das Elof nur noch als abgenagten Knochen gesehen hatte. Dicht hinter Dervhas folgte Borhi, den Rücken nach vorn gerundet und die Arme fest um sich selbst geschlungen, wie ein Mann, der seinen Umhang gegen die Kälte fest um sich gezogen hat. Doch wie die anderen nahm auch er lautlos einen Platz am Feuer ein und hatte weder ein Wort noch einen Blick für die bereits Anwesenden übrig; er starrte nur schweigend in die um sich schlagenden Flammen. Und obwohl sein Gesicht zu einer Grimasse der Angst verzerrt war, würdigte er denjenigen, der ihm auf den Fersen folgte, keines Blickes. Kasse der Jäger, dessen Augen bösartig in den einst leeren Höhlen glitzerten, nahm seinen Platz am Feuer ein, so daß schließlich in der von den Flammen erleuchteten Mulde, über der die schwarzen Kiefern seufzten und ächzten, die Toten den Lebenden zahlenmäßig überlegen waren.

Es wurde kein Wort gesprochen, keine Gestalt regte sich; wie stumme Statuen saßen sie da, der Rauch des Feuers wirbelte zu allen Seiten um sie herum, und Elof hatte das Gefühl, daß die Kälte, die dieses Land ergriffen hatte, das Eis unter dem Erdreich, heraufgestiegen und in seine Adern geflossen sei und die Wärme des Feuers zum Nullpunkt verringert hatte. Er zitterte heftig, so heftig, daß er nicht sprechen, ja nicht einmal die Worte im Geist formulieren konnte. Die Toten hatten sich zu ihnen gesellt, doch ihre Augen waren nicht tot; ein lebendiger Wille sprach aus ihnen sowie ein bedrohlicher, anklagender Blick, den er so deutlich wie Worte verstand. Dann knickte ein dicker Ast von einem der Bäume ab und fiel ins Feuer, ohne die Flamme zu beeinträchtigen, die im selben Augenblick, vom Wind angefacht, aufloderte. Von einer Rauchwolke eingehüllt, fühlte sich Elof plötzlich an seine Schmiede in den Marschen erinnert, wo er während seiner langen Krankheit neben der Esse gelegen hatte, und an die quälenden Trugbilder, die ihn damals umgeben hatten; er hatte sich den Schrecknissen gestellt, und indem er sich ihnen stellte, hatte er sie überwunden. Der Ast krachte mit einem lauten Knall auseinander, und Funken stoben auf; ein zuckendes Feuer griff auf sein entblößtes Herz über, und eine entsprechende Flamme loderte in seinem Inneren auf, ein verbitterter Zorn über die Stille ringsum. Das waren Hohn und Verachtung, und das hatten sie nicht verdient. Wie immer die Sache ausgehen mochte, er könnte zumindest seiner Mißbilligung Ausdruck verleihen und eine trotzige Herausforderung aussprechen. Er straffte die Kinnmuskeln, um ihr Zittern zu unterdrücken, und spuckte die Worte aus, als ob er sie in heißem Zustand auf dem Amboß hämmerte.

»Was wollt ihr von uns? Einst wart ihr unsere Freunde, doch ihr seid nicht als Freunde gekommen. Sprecht oder verschwindet! Laßt ab von dem, was euch nichts mehr angeht!«

»Wir sollen ablassen?« flüsterte plötzliche eine Stimme, und ein kalter Hauch von Gelächter wehte durch die Höhle wie das Echo eines Windstoßes. Die Stimme gehörte zu Stehan, doch sie hätte die Stimme eines jeden sein können; dieselbe Aussage brannte in all diesen Gesichtern. »Guter Schmied, du warst es, der von uns abgelassen hat. Du hast uns alle im Stich gelassen! In Hinterhalten, im Kampf, bei der Flucht hast du uns im Stich gelassen!«

»Ich bin in die Tiefe gezogen worden ...«

»Ich habe einen Schuß in die Kehle erhalten!«

»Ich wurde wie ein Brathuhn durchbohrt!«

»Wie Wildbret erlegt!«

»Niedergemacht und ertränkt!«

»Das Fleisch wurde mir abgezogen wie die Rinde von einem Weidenzweig, während du Tauziehen spieltest ...«

»Du hast gesagt, hast versprochen, für meine Sicherheit zu sorgen — und mich diesem wilden Tier überlassen ...«

»Du hast uns im Stich gelassen. Im Stich gelassen! Uns! Uns! *Uns!*« Die Stimmen vereinigten sich, verfielen in einen zischenden Singsang, der fast nichts Menschliches mehr an sich hatte; eine wortlose Litanei gierigen Rachedurstes, die auf Elofs Geist einhämmerte. Er war einen Moment lang unter diesem Gewicht dem Zusammenbruch nahe, die Sinne schwanden ihm, er glaubte, ersticken zu müssen, wie unter der Wucht eines Wasserfalls. Dann schnitt eine weitere Stimme mit der gezielten Kraft eines Schwerthiebs durch das Raunen.

»Genug!« brüllte Kermorvan, und seine Stimme klang klarer und härter, als Elof sie seit vielen Tagen vernommen hatte. »Genug, sage ich! Habe ich mir während der langen Stunden unserer Wanderung nicht selbst solche und schlimmere Unbilden auferlegt? Es gibt schwierigere Prüfungen als jene, denen ihr mich unterziehen könnt, schlimmere Schrecknisse, als ihr auslösen könnt!« Für einen kurzen Augenblick wurde die Stimme gedämpft, sein Blick senkte sich. »Bin ich nicht beinahe selbst dabei zugrunde gegangen, als ich mich ihnen stellte; habe ich nicht gehandelt, wenn es erforderlich war, und habe ich mich nicht selbst notfalls zur Untätigkeit gezwungen, um nur ja keinen anderen in Gefahr zu bringen?« Dann hob er den Blick wieder, und ein leidenschaftliches Funkeln, wie ein Sturmlicht, war im Grau seiner Augen. »Ich betrauerte zutiefst den Verlust jedes einzelnen von euch. Auch den deinen, Kasse, obwohl du gewissenlos einen Kameraden für das Erjagen einer einzigen Mahlzeit geopfert hättest. Feige Memme, die blindlings ihrem unheilvollen Schicksal entgegenrannte, aus der Obhut jener, die ihn beschützt hätten! Ich hätte euch gerettet, euch alle, wenn ich es gekonnt hätte, und dabei mein eigenes Leben aufs Spiel gesetzt; zumindest du müßtest das wissen, Eysdan! Aber es gelang mir nicht. Und die Last des Bedauerns drückte mich nieder. Doch durch die Mithilfe von Elof wurde mir die Antwort gezeigt.«

Er stand auf; das lange graue Schwert stützte er vor sich mit der Spitze am Boden ab und legte die Hände verschränkt auf den Griff. So erschöpft er auch wirkte, schien doch aus dem Schrecken, dem er sich gegenübersah, Kraft in ihn einzufließen, denn seine Schultern strafften sich, und seine Stimme wurde hart wie Stein. »Mir wurde klar, daß ewiges Leben, abgeschirmt von allen Unwägbarkeiten des Daseins, ein Leben abgeschirmt vom Leben selbst bedeutet, gegen das Gute wie das Böse. Es bedeutet, nichts Gutes zu tun, nichts Gutes zu erfahren, einfach nur zu existieren und durch dieses Existieren unweigerlich zu verkümmern. Wenn die Gefahren des Lebens geringer werden, ist das gut, doch wenn jedes Risiko ausgeschlossen ist, selbst wenn daraus so manches Gute entsteht, dann führt das zur Narretei. Ihr wußtet, daß unsere Mission mit Gefahren verbunden war, ihr wußtet, daß ihr euer Leben aufs Spiel setzen würdet, doch ihr wußtet auch, daß etwas sehr Gutes dabei herauskommen könnte. Die einzige Gegenleistung, die ich euch dafür anbieten kann, ist die Erfüllung dieser Mission, um den Opfern, die ihr erbracht habt, Wert und Bedeutung zu verleihen, durch die Errettung von Leben, die sonst verloren wären, und durch die Sorge dafür, daß eure Namen in Ehren weiterbestehen. Mehr könnte ich mir für mich selbst auch nicht wünschen. Wenn ihr noch etwas von dem Wesen an euch habt, von den ehrlichen Herzen und Seelen der Männer, die ihr einst wart, dann werdet ihr begreifen. Falls das nicht so ist ...« Der große Mann lachte plötzlich, obwohl in seiner Stimme keine Fröhlichkeit anklang, und er schlug mit einer Hand kraftvoll auf den Schwertgriff. »Dann verschwindet! Denn dann ist für euch kein Platz unter den Lebenden!«

Die letzten trotzigen Worte durchdrangen so energisch die Stille, daß Elof den Atem anhielt. Selbst der Wind war abgeebbt; kein Blatt bewegte sich, das Feuer sank zu einem flammenlosen Glühen ab, das keine Farbe in die Nacht verströmte. Es war, als ob die gesamte Szene aus geschwärztem Silber geformt wäre, mit einem großen roten Stein in der Mitte.

Du bist es, für den hier kein Platz ist.

Beim Klang dieser Stimme sprangen alle auf. Von welchen Lippen sie gekommen war, vermochte Elof nicht zu beurteilen, und er war sich auch nicht sicher, ob die Laute überhaupt aus einer menschlichen Kehle gekommen waren, so blutlos, so hohl, so gewaltig waren sie. Es war wie das Echo eines gewaltigeren Tons, größer und schrecklicher, obwohl er sich so etwas kaum vorstellen konnte.

Für dich ist hier kein Platz. Von dem Augenblick an, da du die Mauer der Bäume durchschritten hast, gehört das Land mir, durch das du wanderst, das Graue Land. Und diese Insel, auf die ihr gekommen seid, heißt Insel des Todes. Elof hörte, wie Ils unwillkürlich zu einem Schreckensschrei ansetzte und ihn gleich darauf unterdrückte; offenkundig war ihr der Name bekannt. *Für alle jene, die noch schwache Gefangene des Fleisches sind, ist hier kein Platz, und sie befinden sich in höchster Gefahr, wenn sie hier eindringen und herumspionieren.*

Es waren alle die Toten gemeinsam, die sprachen. Sie hatten die Köpfe jetzt erhoben, und ihre Augen waren starr und mit solcher Eindringlichkeit auf die Wanderer gerichtet, daß sie noch weniger menschlich erschienen. Die Stimme wechselte offenbar beliebig von einem Mund zum anderen, wobei sie immer gleich klang, nämlich hohl und gespenstisch. Doch Elof war ebenso wütend wie erschreckt darüber, seine ehemaligen Freunde und Kameraden auf so niederträchtige Weise mißbraucht zu sehen, und obwohl Kermorvan, der offenbar ahnte, was in ihm vorging, ihm einen zur Selbstbeherrschung mahnenden Blick zuwarf, setzte er zu einer kühnen Entgegnung an. »Du, wer immer du sein magst! Wenn für uns kein Platz in deinem Herrschaftsbereich ist, dann verfügst du gleichermaßen über keinen

Einfluß auf uns. Laß uns von dannen ziehen, und damit ist die Sache erledigt ...«

Eines Tages werde ich diesen gesamten Erdkreis beherrschen. Niemand entzieht sich meinem Einfluß. Ich bin der Bewahrer. Ich bin Taoune.

Der Name schlug in Elofs Ohren wie ein Blitzschlag ein; ihm wurde schwindelig und übel. Das bedeutete Zerstörung, Untergang. Er hatte schon zuvor mit Mächten gesprochen, war im Umgang mit ihnen beinahe unbekümmert geworden. Der Rabe war allem Anschein nach jedoch den Menschen wohlgesinnt, und Tapiau glaubte zumindest, es zu sein. Nicht so diese Wesenheit, diese mit einer Stimme versehene Ödnis und Trostlosigkeit. Das war es, vor dem er gewarnt worden war, gegen das er sich gesträubt hatte, das er am meisten gefürchtet hatte. Vielleicht waren sie zu weit nach Norden vorgedrungen; oder, da das Land so unterlegt war mit Eis, vielleicht war es töricht von ihnen gewesen, es überhaupt zu betreten. Wie auch immer, jedenfalls waren sie direkt unter das Auge von Tapiaus großem Gegenspieler geraten, eines der ursprünglichsten Erzfeinde des Lebens, Verräter ihres Vertrauens, Herrn der schlimmsten Übel dieser Welt. In seiner Anmaßung hatte er es gewagt, sich auf einen Wortwechsel mit einer der uralten Mächte des Eises einzulassen.

Doch er erinnerte sich daran, was Tapiau ihm gesagt hatte, daß dieser Taoune nämlich eine besiegte Macht sei, nur noch ein Schatten seiner einstigen Herrlichkeit, nichts weiter als ein Handlanger für die größeren Mächte, die ihn abgelöst hatten. Die größte von allen war Louhi. Und hatte er nicht mit ihr gesprochen, jawohl, und ihr die Stirn geboten, indem er den Schmiedemeister, ihren Diener, geschlagen hatte? Und wie er angefangen hatte, mußte er weitermachen, es gab kein Ausweichen. Also gab er seiner Stimme einen festen Klang, obwohl ihm jedes Haar auf dem Kopf kribbelte und sich aufrichtete, und er bemühte sich, in den tieferen Lagen

Kermorvans stolzen Tonfall nachzuahmen. »Bewahrer? Was hast du denn bis jetzt bewahrt, außer dem Elend der Menschen, über das du mit Wonne wachst?«

Zu seiner Verwunderung klang die Stimme nun beinahe beleidigt. *Ich? Ich meine es gut mit den Menschen, denn sie besitzen Seelen. Bin ich denn nicht eine der getreuen Mächte, getreu gegenüber dem, das anfangs war und das verfälscht wurde, nämlich dem Gesetz der reinen Seele? Es sind nur die Irrungen, die Ablenkungen, die Verwerflichkeit des Fleisches, gegen die wir anzugehen trachten. Deshalb bemühe ich mich, hier im Grauen Land den Geist zu bewahren, das Beste der Menschen zu retten. Ich sammele Geist und Seele von Menschen um mich, wenn sie ihrer schändlichen Körper entledigt sind, wenn ihr Denken befreit ist von der törichten Lust am Wachstum, an der Veränderung.*

Elof schluckte. Sein Mund war ausgetrocknet, doch er spürte, wie der Schweiß an ihm hinabrann und in den Falten seines Hemdes Pfützen bildete. Doch die Wut in ihm siegte, und sie wallte heißer auf als die Vorsicht, heißer als die Angst; neuer Zorn kam zum alten hinzu, als er in die leeren Augen jener blickte, die einst seine Kameraden gewesen waren. Er hatte genug von den Lügen der Mächte, die ebenso selbstsüchtig waren wie die Menschen ... »Dann bekommst du nichts!« schrie er. »Was in den Menschen wahrhaftig menschlich ist, sofern es überhaupt überlebt, ist deinem Zugriff entwischt. Jeder lebende Mensch sieht das! Das sind Spielzeugpuppen, die du uns vorführst, raffiniert gestaltet, um lebendiges Verhalten nachzuahmen! Mehr nicht! *Nichts!*«

»Nichts!« schrie Ils, angesteckt von seiner Wut. »Leere Hüllen, Schatten, mehr nicht!«

Die Flamme des Zorns griff auf die anderen Wanderer über, der Funke sprang von einem zum anderen, wie sich bei einem Waldbrand ein Baum nach dem anderen entzündet, und durch das Entsetzen, das sie empfanden, loderte ihre Wut um so höher auf. »Hast du mich nicht gehört, Taoune?« schrie Kermorvan und schüttelte die harte Faust vor den leeren Gesichtern der Toten. »Ohne die Macht zu leben, zu wachsen, sind Menschen nicht mehr als die Summe ihrer Erinnerungen! Das ist alles, was du gefangen hast! Das ist alles, was wir in diesen elenden, hungrigen Wesen erblicken, die du uns zeigst! Leere und Fälschung sind dein Machtbereich!«

»Jawohl!« brüllte Roc aufgebracht. »Sie haben die Gestalt von Menschen, doch wo sind die Menschen? Verschwunden, wie jedermann sehen kann! Sie sind wie leere Handschuhe, diese Gestalten!«

»Wie Spielzeug!« fauchte Bure. »Spielzeug, das ist alles, was du aus den Menschen machst!«

»Marionetten, die nach deinem Willen tanzen!« blökte Tenvar. »Du nennst dich Bewahrer? Zerstörer, Vernichter, Grabschänder, Aasgeier, so nenne ich dich ...«

Mit beängstigender Schnelligkeit und ohne Vorwarnung schnellte die Gestalt Holvars aus dem Sitzen hoch, packte Tenvar an den Armen, warf ihn nach hinten zu Boden und beugte sich mit aufgerissenem Mund über dessen Hals. Noch während Kermorvan mit einem lauten Aufschrei sein Schwert schwang und quer über das Feuer sprang, schlug Holvars Schatten die Zähne in Tenvars Kehle, wild und gehetzt wie ein Wolf. Kermorvans Klinge, ein im Feuerschein leuchtender goldener Streifen, schlug einmal, zweimal auf das Ding ein, und im selben Augenblick versetzte Bures Schwert seinem Arm einen Hieb, und Ils' Axt krachte gegen seinen Schädel. Es rollte zurück, doch Tenvar lag reglos da, die Hände ausgestreckt, steif, Leere umklammernd, die weit aufgerissenen Augen leblos, blind. Elof sah mit Entsetzen, wie sich die anderen Gestalten alle gleichzeitig erhoben, und er zog Gorthawer sirrend aus der Scheide. Die riesige Gestalt Eysdans ragte vor ihm auf; mit einem erstickten Laut, der sich fast wie ein Schluchzen anhörte, schlug Elof wild um sich. Gorthawer sang einen langgezogenen dunklen Ton, und die Gestalt wurde zwischen den vorandrängenden Rest zurückgeschleudert. Sie hielten stolpernd inne, und die schwarze Klinge zischte durch die kalte Luft, als er sie vor ihnen vor und zurück schnellen ließ. Sie taumelten vor ihr zurück wie schwankende dunkle Schilfhalme in der Marsch, doch sobald sie weiter von ihnen entfernt war, näherten sie sich wieder. Dann hörte er einen ungläubigen Ausruf von Roc, und er konnte nicht anders, als in dessen Richtung zu blicken. Die Gestalt, die wie Holvar aussah, so verstümmelt, wie sie war, war wieder auf den Beinen und streckte den unversehrten Arm nach Kermorvans Hals aus.

»Lauft!« brüllte Elof. »Sie fürchten mein Schwert, es wird sie in Schach halten! Lauft durch die Furt zur anderen Seite, solang ihr noch könnt!« Dann peitschte er wieder zu seinen Gegnern herum, und das war auch gut so; es blieb ihm nur noch der Bruchteil eines Herzschlags, um sich zur Seite zur ducken, als ein langer Arm sich um Luft hakte, wo er gerade noch gestanden hatte. In diesem kurzen Augenblick der Unachtsamkeit hätten Taounes Geschöpfe ihn beinahe erwischt. Gorthawer surrte auf ihre Gesichter zu, und sie wichen zurück, allerdings nur ein kleines Stück. Elof hörte ein Krachen zwischen den Bäumen; wenigstens suchten die anderen das Weite. Wie im Traum fiel ihm zum erstenmal auf, daß sein keuchender Atem in silbern schimmernden Wolken vor ihm hing, während bei diesen Nachtgespenstern nichts dergleichen zu sehen war. Eine andere Gestalt landete mit einem Satz neben ihm, und in seiner Panik hätte er sie beinahe aufgeschlitzt, bevor er Kermorvan erkannte. »Ich habe dir doch gesagt, du sollst weglaufen!« schrie er.

»Die anderen haben jetzt einen Vorsprung! Komm!«

Selbst in dem kurzen Moment, da sie beim Sprechen den Blick zur Seite wandten, sprangen die Gestalten leise vor. Elof schlug das grapschende Ding nieder, das wie Borhi aussah, und Kermorvan hieb mit einem heiseren Schrei der Wut auf das Ding ein, das Kasse darstellte, und schickte es, begleitet von einem Krachen, nach hinten in das erlöschende Feuer. »Lauf jetzt!« schrie er, während er ihn am Arm packte und zur anderen Seite der Höhle zerrte. Sie rannten hinaus zwischen die Kiefern, über den harten Teppich aus Nadeln, und weiter hinaus, ins Freie, wo die Luft jetzt, in den späten Nachtstunden, so kalt war, daß sie das Gefühl hatten, das Licht der Sterne zu atmen, das auf sie herabrieselte; in ihren strapazierten Lungen verwandelte es sich in kaltes Feuer.

Sie holten Ils, Roc und Bure in der Nähe der Furt ein. Diese drei hatten die kürzesten Beine; Kermorvan hatte richtig gehandelt, indem er ihnen einen Vorsprung verschafft hatte.

»Sollen wir noch einmal anhalten?« ächzte Elof. »Um die Verfolger erneut aufzuhalten?«

»Nein!« japste der große Mann, als sie auf einer Höhe mit den anderen waren. »Im freien Gelände würden sie einfach an uns vorbeirennen ... Auf den Steinen, bei der Flußdurchquerung, können wir sie vielleicht abhalten ...« Doch er hatte noch nicht ganz zu Ende gesprochen, da sahen sie, wie dunkle Gestalten durch das dichte Gebüsch vor ihnen preschten; offensichtlich wollten sie ihnen den Weg zur Furt abschneiden. Er beschleunigte seine Schritte, um gemeinsam mit Elof die Führung zu übernehmen. »Vielleicht gelingt es uns, uns einen Weg freizuschlagen! Es sind nicht viele ...«

Er wurde von einem plötzlichen würgenden Schrei unterbrochen. Eine große magere Gestalt war mit einem Satz hinter Bure gesprungen und versuchte, sich an dessen weiten Umhang zu krallen; als sie sich umwandten, sahen sie, daß er ihn zu fassen bekommen hatte. Bure taumelte, der andere sprang ihn an, und beide stürzten in das dornige Gestrüpp. Kermorvan stieß einen Fluch aus, wirbelte blitzschnell herum und hechtete mit geschmeidiger Schnelligkeit nach hinten. Er schlug einmal zu und riß das Wesen zurück; dieses verschränkte im Fallen die Arme und setzte zum Sprung auf ihn an. Sein Schwert sirrte durch die Luft und teilte die Gestalt im Sprung in zwei Hälften. Sofort bückte sich Kermorvan zu Bure, erhob sich jedoch schnell wieder und schüttelte den Kopf; dann rannte er zurück zu den anderen, wobei er ein Bündel in der Hand schwenkte.

»Lauft!« schrie er, und seine Stimme hatte einen wilderen Klang, als sie je bei ihm gehört hatten. »Das war Tenvar, der ihn erwischt hat! Lauft, bevor Bure seinerseits auf uns losgeht! Lauft, bringt das letzte Stück der Strecke hinter euch!«

Das Entsetzliche an dieser Vorstellung, der Gedanke, von den Freunden verfolgt zu werden, die kurz zuvor vor ihren Augen getötet worden waren, erschütterte sie alle zutiefst.

Während sie die letzte Böschung hinunterhasteten, sank Elofs Mut; die kurze Verzögerung hatte ausgereicht, daß ihnen der Weg zur Furt versperrt war. Dunkle Gestalten hatten sich jetzt dort versammelt, und einige strömten bereits die Böschung herauf auf sie zu. Doch er sah, wie Kermorvan mit entschlossenem Gesicht das Schwert hob, und er tat es ihm gleich. Sie hatten keine Rückzugsmöglichkeit, und wenn sie gut genug kämpften, würden zumindest einige von ihnen den Durchbruch schaffen. Er konnte an Rocs Gesichtsausdruck ablesen, daß dieser dasselbe dachte, und bei Ils war es nicht anders; er stellte sich im stillen die verrückte Frage, ob er womöglich in den nächsten Minuten gegen ihr trügerisches Abbild würde kämpfen müssen, oder sie gegen das seine. Als ob sie sich abgesprochen hätten, ohne Geschrei oder Kampfgebrüll, stürmten sie gemeinsam auf die letzte Reihe von Büschen zu.

Dann wäre er fast gestürzt, als etwas riesiges Schwarzes zappelnd vor seinem Gesicht auftauchte. Ein schriller Schrei drang an seine Ohren, und ein Stück weiter unten am Fluß ertönte die Antwort. Er spähte mit wildem Blick in jene Richtung, zu dem fernen Wald, wo schwere Regenwolken über den Horizont glitten und aufstiegen, um den sinkenden Mond einzuhüllen. Er sah zwei schwarze Silhouetten, wie geflügelte Dolche, die vor den Wolken aufstiegen, um sich zu treffen, Kreise drehend, krähend und krächzend, mit einem idiotischen Triumphgekreische ihren Fund bejubelnd. Die Büsche wogten vor ihm, schlangen sich um ihn, hielten ihn fest; eine plötzliche Erregung durchfuhr ihn, das Erkennen einer entscheidenden Veränderung, und ein Gedanke, der fast zu groß war, als daß sein Geist ihn erfassen konnte. Dann wölbte er die freie Hand und legte sie an den himmelwärts gerichteten Mund, um so laut zu schreien, wie es seine Lunge zuließ.

»Ihr dort! Ihr suchenden Wächter! Berichtet eurem Herrn! Berichtet ihm, ihr Raben, so schnell ihr nur könnt! Ich fordere meine Schuld ein! *Ich verlange, was mit zusteht!*«

Es war, als ob die Welt zum Stillstand gekommen wäre; ein Augenblick atemlosen, kribbelnden Schweigens, das so tief ging, daß Elof ebenfalls die Luft anhielt, obwohl seine Lunge vor Anstrengung zu bersten drohte. Er hatte das Gefühl, daß er lauschen mußte, daß er sehr genau horchen mußte. Der Wind änderte sich. Das war es, was er gespürt hatte! Von Südwesten her kam Bewegung in die Luft; das Licht flackerte, als eine Vorhut der Wolkenbank den kalten Mond berührte, davor vorbeizog und ihn verdunkelte. Ein kalter Tropfen, schwer und naß, fiel auf sein nach oben gewandtes Gesicht, dann noch einer, und immer mehr ... Doch im nächsten Augenblick brach das Mondlicht wieder hervor, und in seinem flüchtigen Schein sah er voller Abscheu, wie die Toten vorstürmten.

Dann hätte man meinen können, der Mond krache auf die Erde herab, so heftig war die Explosion aus weiß-violettem Licht, die die Nacht erschütterte. Sie schlug im Boden vor ihnen ein. Elof wurde von der

Wucht des Einschlags geschüttelt, und der Regenguß, der wie ein Vorhang aus Stahlketten zu Boden prasselte, riß die Wanderer beinahe von den Füßen. Elof fing sich wieder, schwankte, war im Nu bis auf die Haut durchnäßt; dann, so jäh wie der Blitz, klatschte etwas aus dem Regen mitten zwischen sie, und er und Kermorvan mußten mit großen Sätzen ausweichen, um ihr Leben zu retten. Es war ein Pferd, ein riesiges weißes Tier, und sein schrilles Wiehern übertönte den Wind, das Stampfen und Klappern der gewaltigen Hufe waren lauter als der Donner und der prasselnde Regen, der dampfend auf seinen Flanken tanzte. Es trug einen Reiter; Elof sah Stiefel in den schwarzen Steigbügeln, doch alles darüber war in dem wilden Tosen unsichtbar. Das Tier galoppierte quer vor ihnen her, dann machte es kehrt, bäumte sich gegen den Regen auf und stürmte dröhnend heran, und zwar so haarscharf auf Elof zu, daß dieser erneut einen Satz zur Seite machen mußte, wobei er das Gleichgewicht verlor und auf den nassen harten Boden stürzte und ihm beinahe Gorthawer aus der Hand gefallen wäre. Kräftige Hände packten ihn und zogen ihn hoch.

»Lauf!« schrie Ils ihm ins Ohr, und Rocs Stimme wiederholte es.

»Lauf!«

»Lauft, ihr alle!« brüllte Kermorvan. »Sie kommen!«

Seine Beine gehorchten schneller als sein Geist; er rannte, bevor er wußte, was er tat; er lief blindlings in die Wand aus Regen; seine einzige Führung war Ils' Hand auf seinem Arm. Er warf einen Blick zurück und sah Gestalten in dem Grau, die ihnen dicht auf den Fersen waren. Ils' Griff löste sich von ihm, und er drehte sich blitzschnell um, bereit zum Kampf. Doch dann war wieder das große Pferd mitten unter ihnen, springend, schnaubend, im Kreis trampelnd, als wolle es sie alle zerquetschen. Seine riesige Flanke prallte gegen ihn, und er taumelte rückwärts durch den Schlamm, bis er gegen Roc stieß, der auf die Knie gefallen war. Elof zog ihn hoch, und sie stolperten Ils' Stimme hinterher. Die nächsten paar Minuten waren der reinste Alptraum, bestimmt von eisigem Schlamm und trommelndem, stechendem Regen, vom Hinfallen und Aufgehobenwerden, vom Aufhelfen anderer, vom Verlieren eines Festgehaltenen und von aufgeregten Schreien, um beieinanderzubleiben, und vor allem vom Kampf darum, nicht von diesen wahnsinnigen, entsetzlichen Hufen zertrampelt zu werden, die immer wieder aus dem Sturm auftauchten, wenn die Wanderer am wenigsten mit ihnen rechneten, und diese zwangen, zur Seite zu springen, oder sie zu Boden warfen. Man hätte meinen können, sie seien von tausend Pferden umringt, doch Elof wußte, daß es nur ein einziges war. Und unaufhörlich goß es in Strömen; der Regen brüllte ihm in die Ohren und hämmerte ihm auf den Kopf, bis sein Geist biegsam war wie irgendein Metall und seine Gedanken zur Formlosigkeit zermatscht waren. Zeit verlor ihre Bedeutung. Er hatte keine Ahnung, wie lange er gerannt war und wohin. Es gab nur noch den Schlamm, den endlosen Schmerz erschöpfter Gliedmaßen, die Hände, die ihn weiterzerrten, und immer wieder das springende weiße Pferd und den strömenden Regen. Doch so plötzlich, wie es angefangen hatte, war alles vorbei.

In der plötzlichen Schwärze strauchelte Elof; er hatte keine andere Wahl, als im Laufen innezuhalten. Er wagte einen zögernden Schritt, stolperte und stieß mit dem Schienbein gegen eine scharfe Steinkante. Dann gab er einen überraschten Schrei von sich, als er mit einem kleinen, aber schweren Gegenstand in den Rücken gestoßen wurde. »Ils?« keuchte er.

»Hier!« ertönte ihre Stimme hinter ihm. »Die anderen?«

»Hier!« sagte Kermorvan so dicht neben ihnen, daß sie beide zusammenzuckten. »Und Roc?«

»Hier!« hörten sie ihn rufen, doch er war nicht so nahe, und seine Stimme klang sonderbar, als ob sie mit einem schwachen Echo unterlegt wäre. »Was, in Hellas Namen, ist geschehen? Und wo sind wir jetzt?«

»Ich vermute«, sagte Kermorvan bedächtig, »daß unser Schmiedemeister für eine geringe Schuld die volle Rückzahlung bekommen hat, noch dazu mit hohen Zinsen. Und daß mehr als eine Macht über uns hergefallen ist, als wir den Wald verließen. Aber um deine zweite Frage zu beantworten: Ich fürchte, wir müssen uns still verhalten und die Morgendämmerung abwarten. Bewegt euch nicht, bis wir etwas sehen können! Wer weiß, wo es uns jetzt hinverschlagen haben mag ...«

Dann herrschte Schweigen, nur unterbrochen durch heftiges Atmen. Doch trotz ihres schnellen Laufs keuchte niemand, und Elof fühlte sich nicht müder als zuvor; seine Glieder hatten vorher bereits ebenso geschmerzt. Sehr langsam bückte er sich, um den Stein zu seinen Füßen zu ertasten, und bei der Berührung durchfuhr ihn ein Schauder der Erregung. Er fühlte sich kalt und rauh an, bedeckt mit Flechten, doch seine Form, seine scharfen Kanten waren regelmäßig, bearbeitet, womöglich von Menschenhand gemacht. Dann hob er den Blick und stellte fest, daß die Schwärze einem Grau gewichen war, doch es war das Grau des Abends, nicht des Morgens. Neben ihm standen Kermorvan und Ils und starrten entgeistert den riesigen Haufen von Steinen an, der sich vor ihnen auftürmte, hoch genug, um die Sicht auf alles dahinter zu versperren, mit seitlichen Ausläufern wie ausgebreitete Arme, die so etwas wie einen kleinen Damm bildeten. In einem schmalen Spalt am Fuße der Wand stand Roc, und er gaffte blöde — nicht sie an, sondern an ihnen vorbei. Sie warfen sich fragende Blicke zu, und als sie sich umwandten, stieß Ils einen kleinen Schrei aus und Kermorvan schluckte sichtbar.

Die kalte Luft war klar und erlaubte eine weite Sicht; der Damm hörte nicht weit von ihnen entfernt jäh auf, und danach erstreckte sich eine weite Fläche ohne Unterbrechung bis zum fernen Horizont, eben und kahl, abgesehen von einigen vom Frost verkrüppelten Resten von Gras und Gebüsch. Die Kälte wirkte sich verheerend auf alles Lebende aus; das Licht klar, aber fahl, als ob sich die Sonne für immer verschleiert hätte. In dieser eisigen Leere sang kein einziger Vogel, bewegte sich kein Tier, rührte sich keine Gestalt. Es gab nicht die geringste Spur von einer Insel, von einem Fluß. Sie waren vollkommen allein.

Achtes Kapitel

Trockenes Gras

So!« brachte Kermorvan heiser heraus; er war offenbar selbst überrascht, daß er überhaupt sprechen konnte. Er verzog den Mund zu einem schrägen Lächeln. »Ich bin froh, daß ich nicht an deinen früheren Erfahrungen gezweifelt habe, Elof. Nun sind wir also hier und immer noch zusammen, was mir nicht das schlechteste zu sein scheint angesichts ... nun, angesichts dessen, was immer aus uns geworden ist.«

»Allerdings!« pflichtete Ils ihm in scharfem Ton bei, wobei sie Elof und gleichzeitig das öde Land hinter ihm mit forschendem Blick betrachtete. »Hier sind wir — aber wo ist ›hier‹? Für mich sieht es immer noch wie ein Teil von Taoune'la aus, kein bißchen freundlicher als das Gebiet, das wir verlassen haben, jetzt, da die Nacht hereinbricht. Was haben wir gewonnen?«

»Wo immer wir uns auch befinden mögen«, sagte Elof nachdenklich und ließ den Blick in alle Richtungen schweifen, »ich bin sicher, daß ein Zweck dahintersteckt, auch wenn wir ihn vielleicht nicht verfolgt haben. Vielleicht bieten uns die Felsen eine Art von Zuflucht ...«

»Eine gefährliche Zuflucht!« schnaubte Ils. »Dieser ganze Hügel muß bei einem lange zurückliegenden Felssturz entstanden sein, und es ist kaum genügend Erde zwischen dem Geröll vorhanden, um das Ganze zusammenzuhalten. Das Zeug muß auf irgend etwas gefallen sein, einen aufrecht stehenden Felsen oder irgendeine Erhebung, sonst wäre nicht diese Form entstanden.«

Elof schüttelte den Kopf. »Keine Erhebung.« Er tippte auf den Stein, gegen den er gestoßen war, und auf weitere, die verstreut herumlagen. »Dieser hier, der da, jener dort drüben — sie sind zwar verwittert, aber die Formen sind noch deutlich erkennbar. Es ist irgendwie bearbeiteter Stein, etwas von Menschenhand Geschaffenes — oder zumindest etwas Geschaffenes.«

Ils schüttelte ungläubig den Kopf. »Und du meinst, es war stark genug, um den Felssturz aufzuhalten?«

»So scheint es«, sagte Kermorvan leise. »Einige der großen Steine sind ebenfalls geformt.«

Nachdem er es erwähnt hatte, war es für alle offensichtlich. Viele der gewaltigen Brocken, die sich fast bis zum Wolkendach auftürmten, waren einst von einer formenden Hand bearbeitet worden, und das Zeugnis ihrer Kraft ließ sie für einen Augenblick in Ehrfurcht erstarren. Dann brach die drängende Erregung in Rocs Stimme den Bann. »Zur Hella mit diesen Steinchen. Kommt und seht, was ich gefunden habe!« Sie sahen ihn immer noch in der Spalte zwischen zwei großen Steinen stehen, den Blick gesenkt, als ob er etwas am Boden anstarrte, und er winkte sie aufgeregt zu sich her. Er kletterte ein Stück weiter hinauf, um seine rundliche Gestalt etwas tiefer hineinzuzwängen; dann war plötzlich ein wütendes Geheul und ein tiefes, widerhallendes Poltern zu hören, und er war verschwunden. Elof und die anderen rannten zu der Stelle, um ihm zur Hilfe zu kommen — Ils zum erstenmal an der Spitze, trotz ihrer kürzeren Beine, da sie mit sicherem Halt über die lockeren Steine sprang. »Bleibt, wo ihr seid!« rief sie und ließ sich auf der Kante eines herausragenden Steins auf die Knie nieder. »Seht ihr? Überall ist loses Geröll ...« Doch sie hatte noch nicht zu Ende gesprochen, da brach die Kante zusammen, auf der sie gekniet hatte, der Stein löste sich und stürzte sie in einer Wolke von Gestein und Staub in die Dunkelheit. Kermorvan war mit einem Satz bei ihr und griff vergeblich nach ihren verschwindenden Fußknöcheln. Ein Rumpeln und Poltern schallten aus der Dunkelheit herauf — und dann ein schriller Schrei.

»Hier gibt es wirklich ziemlich viel Geröll!« hallte Rocs ironische Bemerkung gespenstisch aus dem Dunkeln, begleitet von Ils' Husten und Fluchen, das sich eher nach Wut als nach Verletzungen anhörte. »Hier ist gerade ein ziemlicher Brocken angekommen.«

»Seid ihr in Ordnung?«

»Den Umständen entsprechend.«

»Bewegt euch nicht, wir ziehen euch hoch ...«

Ein schelmisches Kichern drang zu ihnen herauf; Ils war bei ihrem Sturz offenkundig nicht zu Schaden gekommen. »Nein! Kommt lieber herunter. Hier gibt es etwas, das ihr unbedingt sehen solltet. Aber eure Augen brauchen vermutlich etwas Licht. Und paß auf deinen Kopf auf, Langer!«

»Wir sollen hinunterkommen? Wozu?« Elof tippte ihm auf die Schulter und deutete auf die Steine zu beiden Seiten des Spalts, die einen Einsturz oder eine Verschüttung verhindert hatten. Sie waren stark verwittert und abgewetzt, diese massigen geneigten Platten, doch auf ihren Innenflächen waren die Reste säuberlichen Meißelns und Abkantens noch deutlich zu sehen. Kermorvan runzelte die Stirn und nickte.

»Nun gut. Aber was sollen wir als Licht benutzen? Wir haben lediglich unsere Zunderbüchsen, und mit dem bißchen Öl und dem geringen Zunder, den sie noch enthalten ...«

Elof lächelte. »In dieser Hinsicht kann ich vielleicht etwas tun. Warte!« Er zog den Panzerhandschuh aus seinem Wams und stülpte ihn sich mit einer geschmeidigen Bewegung über. »Es wäre wünschenswert, daß die Sonne etwas kräftiger und heller schiene, aber immerhin ... Wo ist Westen?« Kermorvan deutete in die entsprechende Richtung, und Elof drehte sich um und streckte die Hand aus, als wolle er die gesamte perlige

Strahlung am westlichen Himmel in dem Juwel in der Mitte der Handfläche einfangen.

»Dort geht in der Tat die Sonne unter«, bemerkte Kermorvan verbittert, während er wartend dastand und den Umhang zum Schutz gegen die durchdringende Kälte fester um sich zog. »Über Bryhaine, über Nordeney, über allem, was wir zurückgelassen haben. Über allen jenen, die von uns abhängen, von unserer Mission, so wenig sie davon auch wissen mögen. Und von uns sind nur noch vier übrig, um sie zu Ende zu führen!«

»Jene vier, die den Schmiedemeister zu Fall gebracht haben«, sagte Elof leise, ohne den großen Mann anzusehen.

»Ich weiß«, antwortete Kermorvan. »Und ich halte das nicht für Zufall. Vielleicht sind wir einfach die abgehärtetsten, die wachsamsten, am besten an lange und gefährliche Wanderungen gewöhnt, am wenigsten durch grauenhafte Begegnungen aus der Fassung zu bringen. Vielleicht liegt es auch noch an etwas anderem, was weiß ich? Doch so sehr ich auch um die anderen traure — unsere Unternehmung werden wir auch ohne sie fortführen, während ich auf keinen einzigen von euch hätte verzichten können. Nachdem wir also so weit miteinander gekommen sind, wollen wir uns nicht vor dem Ende trennen.« Seine Haltung straffte sich, und seine grauen Augen leuchteten, unergründlich und düster wie der Himmel, aber auch ebenso beständig, ebenso unfaßbar. Er war der Kermorvan, der er immer gewesen war, und doch auch wieder nicht; es war, als ob seine Entschlossenheit etwas von ihrem Feuer eingebüßt hätte, dadurch jedoch nur um so erbarmungsloser geworden wäre. Er hatte seine Zweifel nicht verloren, doch in jenem grauenvollen Augenblick am Feuer hatte er sich mit ihnen auseinandergesetzt, hatte sie bewältigt, hatte sie sinnvoll dazu benutzt, stärker zu werden. Es war ein Weg, den Elof nur allzugut kannte, eine Reise, die er selbst zurückgelegt hatte.

Schließlich, nach einer langen und kalten halben Stunde, schloß er die Finger fest um den Juwel. »Wird das ausreichen?« fragte Kermorvan, während er sich umdrehte, um zurück zu der Spalte zu klettern.

»Selbst dieses schwache Sonnenlicht ist bei weitem heller als jede Fackel oder Kerze. Wenn ich es nur ganz allmählich herauslasse, wird es uns viele Stunden lang leuchten.«

»Solange du die Faust geschlossen hältst«, sagte Kermorvan, der zweifelnd in die Dunkelheit hinab spähte und sich dann in den Spalt schwang. »Ich gehe als erster, um sicherzugehen, daß du nicht ausrutschst.«

»Nun gut, aber laß uns zuerst unseren Weg beleuchten!« Er machte einen Schritt nach oben und hielt inne, als er merkte, wie die Füße unter ihm wegrutschten. Doch im selben Augenblick schloß sich Kermorvans stählerner Griff um seinen Arm, und es gelang ihm, sich nach vorn in die Dunkelheit zu beugen und die Faust auszustrecken.

Langsam und behutsam löste er einen Finger ein ganz klein wenig. In seiner Handfläche war gebündeltes Licht, das auf dem Metall des Panzerhandschuhs glitzerte und körperlos in der Schwärze schwebte. Dann verteilte sich der Schein allmählich und ergoß sich den Abhang aus losem Geröll hinunter zu der Stelle, an der Roc und Ils, zerkratzt und zerzaust, auf sie warteten. Kermorvan schwang sich gelenkig auf den tückischen Hang und bewegte sich geschmeidig hinab, während Elof sich einhändig hinter ihm her tastete und bemüht war, nicht allzu viele Steine zu lösen. Die Luft hier unten war ebenso frisch und kühl wie draußen, ohne den Geruch von Feuchtigkeit und Salpeter, den er erwartet hätte; vielleicht war es dafür zu kalt.

»Nun, Ils«, rief der Krieger, als die letzten Steine des Abhangs unter seinen Stiefeln knirschend zerbröckelten, »was möchtest du uns so dringend in dieser finsteren Höhle zeigen?«

»Erstens das, worauf du stehst«, antwortete sie. »Sieh genau hin!«

Kermorvan scharrte lässig mit dem Stiefel in den Schichten von Staub und Dreck, dann fiel er plötzlich auf ein Knie. Ein schlichtes Muster aus konzentrischen Kreisen in verschiedenen Abstufungen von Rot war erschienen, das sich überraschend leuchtend gegen den dunklen Staub abhob. »Ein Mosaikboden!« rief er aus.

»Und zwar der feinste, auf dem du jemals herumgetrampelt bist, möchte ich wetten«, sagte Ils. »Abgesehen vielleicht von denen, die es bei mir zu Hause gibt. Doch das hier kann ich nicht als eine unserer Arbeiten erkennen.«

Kermorvan erhob sich plötzlich und griff nach Elofs Arm, um diesen hochzuheben. »Und das hier ist keine Höhle, wahrlich nicht!« Eine Welle fahlen Lichts flutete über die hohen glatten Wände und glitt über die hohe Decke, die sich über ihnen wölbte. Elof blickte sich erstaunt um; dies war offenbar ein unversehrtes Gemach innerhalb eines Bauwerks, und seine Ausmaße waren beträchtlich, mindestens zwanzig Schritt im Quadrat. Und es war unter dem gewaltigen Gewicht des Felssturzes, der die oberen Stockwerke zerschmettert hatte, nicht zusammengebrochen. Wie lange hatte es bereits überdauert? Hundert Jahre? Tausend?

Kermorvan nickte. »Ein robustes Bauwerk, da stimme ich vollkommen mit dir überein, Elof. Doch wer, frage ich mich, verfügte über die Kraft, so etwas zu errichten?«

Elof war noch immer in staunendes Betrachten versunken. »Das weiß ich nicht. Aber zumindest bietet dieser Ort Schutz für die Nacht.«

»Eine ziemlich kalte Unterkunft!« brummte Roc. »Aber zumindest ist sie nicht feucht, und es kriechen keine häßlichen Dinge herum. Es gibt anscheinend überhaupt kein Leben hier.«

»Nicht einmal Flechten oder Schimmel«, murmelte

Ils. Ihre breiten Nasenflügel bebten, und sie schnupperte. »Und ich rieche keine Fledermäuse, was seltsam ist; normalerweise lieben sie Orte wie diesen. Wahrscheinlich ist ihnen das Land ringsum zu unwirtlich. Was jedoch uns betrifft«, fügte sie hinzu, »da gibt es noch eine weitere Kleinigkeit ...« Sie deutete in die Dunkelheit hinter ihr, und Elof, der seinen Arm aus Kermorvans Griff zog, leuchtete in die Richtung, in die ihre Hand wies. Der plötzlich flutende Lichtschein enthüllte einen breiten Spalt zwischen dem Boden und der gegenüberliegenden Wand und einen schwarzen Schacht darunter.

»Stufen«, sagte Ils knapp. »Früher waren sie ebenfalls mit Mosaik bedeckt; jetzt sieht man nur noch hier und da Bruchstücke davon. Wohin sie führen? Nun, selbst für meine Augen ist es dort unten zu dunkel. Aber die Luft ist einigermaßen frisch, genauer gesagt, sie strömt in diese Richtung. Welche Vermutung legt das nahe?«

»Ein Tunnel ...«, sagte Elof, und dabei gab er ein leises Pfeifen von sich.

»Denkst du, was ich denke?« fragte Roc.

Kermorvan schlug sich mit der Faust in die Handfläche. »Kerys! Das ist der Sinn und Zweck, warum wir hierhergeleitet wurden. Es war beabsichtigt, daß wir das finden.«

Elof runzelte die Stirn. »Vielleicht. Doch wohin mag er führen? Ringsum gibt es nur Ödland und diesen Haufen Steine.«

»Sie müssen von irgendwo herabgefallen sein«, bemerkte Roc. »Von einer hohen Stelle, auf die uns die Anschüttung die Sicht versperrte, da wir zu tief unten waren ...«

»Plötzlich eine Erhebung in diesem flachen Land?« grübelte Kermorvan. »Elofs Zweifel sind berechtigt. Es mag sich durchaus um einen Tunnel handeln, doch wie lang mag er wohl sein? Reicht unser Licht aus? Wir sollten uns wieder nach draußen begeben und erforschen ...« Seine Stimme verebbte. Jenseits des Spalts war der Lichtschimmer verschwunden, jetzt war dort nur noch Schwärze. Die Nacht war wieder über die Vertrockneten Marschen hereingebrochen, und das erfüllte sie mit tiefem Unbehagen.

»Sieht so aus, als täten wir gut daran, heute nacht hier unten unser Lager aufzuschlagen und den Morgen abzuwarten«, murmelte Roc. Aber er klang alles andere als glücklich über diese Aussicht und warf einen mißtrauischen Blick auf den Streifen Dunkelheit über ihnen. »Allzuviel Schutz scheinen wir hier allerdings nicht zu genießen ...«

Elof stimmte ihm zu. »Rings um uns schwärzeste Nacht, und eine weitere unbekannte Dunkelheit unter uns. Und wir können hier nicht einmal ein Feuer machen.«

Kermorvan nickte mitfühlend. »Ein Schacht kann sowohl nach unten als auch nach oben führen. Ich meine, bevor wir uns entschließen, uns zur Ruhe zu begeben, sollten wir uns wenigstens eine Ahnung davon verschaffen, was unter uns ist. Vielleicht finden wir dort eine Ecke, die sicherer ist oder sich zumindest leichter bewachen läßt.«

Ils zuckte mit den Schulter. »Von mir aus gern. Und ich muß zugeben, je weiter ich von dem schwarzen Himmel entfernt bin, desto wohler ist mir.«

»Dann werden wir jetzt eine Kleinigkeit zu uns nehmen und dann zur Erkundigung aufbrechen, bevor wir uns niederlegen«, sagte Kermorvan. »Aber, Elof, hüte dein Licht gut, und warn uns, wenn es zu erlöschen droht. Sein letzter Schimmer bestimmt unsere Lebenslinie!«

Als sie gegessen uns sich etwas ausgeruht hatten, führte sie Kermorvan mit gezogenem Schwert die Stufen hinunter. Seiner Anweisung gemäß folgte Elof hinter ihm — mit ausgestrecktem Arm, der ihm allmählich schon weh tat. Bei ihm war Ils, deren große Augen angestrengt in die Dunkelheit spähten und die ihn mit ihren kräftigen Duergar-Armen am besten würde auffangen können, falls er auf der geröllübersäten Fläche den Halt verlieren sollte. Roc bildete den Schluß, und er warf viele unruhige Blicke zurück zu den Schatten, die heranhuschten, wenn sich das Licht entfernte. Es war kein leichter Abstieg, denn obwohl die Stufen in hartes Gestein gehauen waren, waren sie schmal und steil und ausgetreten, und im oberen Teil lag Geröll darauf herum, das von oben heruntergefallen war. Die Treppe führte sehr tief hinunter, mit Windungen in diese und in jene Richtung, so daß die Wanderer nie wußten, was sie hinter der nächsten Biegung erwartete. Lange Zeit waren es immer nur noch mehr Stufen, doch schließlich traf es sie wie der Blitz, als sie feststellten, daß sie, als sie einen Fuß vor den anderen setzten, auf derselben Ebene blieben wie zuvor und daß das Echo ihrer Schritte in der Luft verhallte, die plötzlich ausgedehnter, kühler war. Die Treppe war zu einem ebenerdigen Gang geworden, und die gewölbte Decke wurde von Bogen gestützt, die in ihrer Schlichtheit keinen Hinweis auf ihre Erbauer gaben. Durch andere Bogen mündeten weitere abwärts führende Treppen in diesem Korridor, doch an seinem Ende, nur ein paar Schritte entfernt, war eine Wand aus Schwärze. Elofs Licht reichte nicht weiter als bis zum Rand eines großen Pflastersteins, und doch wirkte irgendwie — vielleicht durch die Veränderung der Luft und der Geräusche — die Auswirkung von Raum und Leere jenseits davon so berührbar wie eine Mauer. Unwillkürlich krampfte sich Elofs Hand zusammen, und das Licht verschwand. Rasch hielt er den Panzerhandschuh wieder hoch, und dabei stieß er klirrend gegen Metall; etwas quietschte, langsam und mißtönend, und hallte erschreckend laut in dem Korridor.

»*Was war das?*« zischte Kermorvan. Schnell wandte Elof den Lichtschein in die entsprechende Richtung, und er sah, wie sich die angespannten Schultern des

Kriegers ein wenig lockerten; große Scharniere ragten aus der Wand, und daran hingen die kläglichen Bruchstücke von etwas, das einst eine schwere Pforte gewesen sein mußte. Doch als Kermorvan diese durchschritt und auf die freie Fläche dahinter trat, war seine Haltung wieder aufs äußerste angespannt, und Elof, der ihm folgte, erkannte den Grund dafür.

Es war mehr als nur ein Schacht oder ein Tunnel. Zu beiden Seiten des Tores erstreckten sich die Mauern so weit, wie der Lichtschein reichte. Die bearbeiteten Steine waren gewaltig, und irgendwie wirkten sie gröber und noch älter als die in dem Raum darüber. Auch die Fliesen am Boden waren riesig und wiesen keine Muster oder Ornamente auf. Kermorvan machte eine Handbewegung zu Elof, der die Hand sehr langsam ein wenig weiter öffnete. Licht strömte heraus und verteilte sich über den staubigen Steinen, doch die Schwärze verschluckte es, und er mußte den Griff noch etwas mehr lockern. Dann sprang er zurück und zog Gorthawer singend aus der Scheide; Roc murrte und griff nach seiner Keule, und Kermorvan nahm Kampfstellung ein, wobei seine Klinge in der unbewegten Luft sirrte und zuckte, um sich dem finsteren Riesen entgegenzustellen, der zwischen den hüpfenden Schatten hindurch plötzlich mitten zwischen ihnen aufragte. Doch Ils lachte nur, packte Elof am Arm und hielt ihn ruhig. Alle atmeten ein wenig erleichtert auf. Die Gestalt bewegte sich jetzt offenbar nicht mehr; sie war so nah, daß sie beinahe gegen sie geprallt wären. Es war nur eine Säule, klotzig und schmucklos, die erste in mehreren Reihen gleichartiger Stützen, die sich tief in die Dunkelheit hinein erstreckten und auf denen das weite niedrige Gewölbe der Decke ruhte. Wenn der Raum etwas höher gewesen wäre, hätte er wie ein großer Saal gewirkt oder sogar wie der Hauptplatz einer wohlhabenden Stadt, denn die Wände waren durchbrochen von Spalten tieferer Schwärze, Öffnungen und Gassen, die in die Nacht hinein führten. Roc schnalzte in wortlosem Staunen mit der Zunge.

»Nun«, flüsterte Ils, »was immer dieser Ort sein mag, jedenfalls ist er nicht klein. Doch eindeutig wurde er mehr nach Gesichtspunkten der Stärke als der Schönheit gebaut.«

»Das könnte nicht vielleicht irgendeine alte Behausung deiner Leute sein, oder?« mutmaßte Roc.

Ils schüttelte den Kopf. »Das Mauerwerk ist eine ausgezeichnete Arbeit, aber wir haben selten in diesem Stil gebaut; wir ziehen den lebendigen Fels vor. Nun, Treppe und Gang sind reichlich kahl und laden nicht zum angenehmen Aufenthalt ein; vielleicht sind wir hier besser untergebracht. Laßt uns nachsehen.«

Sie sprachen immer noch im Flüsterton, denn der geringste Laut löste ein klares Echo aus und trug weit in der stillen Luft, und überhaupt regte diese Halle zum Leisesprechen an. Sie erinnerte Elof an die großen Grabkammern und Schreine von Bryhaine, doch er spürte einen Hauch von Macht darin, mit der es jene trotz ihres Schmucks und bunten Glases nicht aufnehmen konnten. Selbst als sie feststellten, daß etliche Säulen Risse aufwiesen oder abgebrochen waren wie kranke Zähne in einem gesunden Mund und daß ein großer Teil der Decke eingestürzt war und etwa ein Viertel des Fußbodens unter sich begraben hatte, verringerte das nicht die Ausstrahlung von Kraft; eher noch steigerte es ihre Verwunderung darüber, daß so viel von diesem alten Mauerwerk gehalten hatte, ohne Sprünge oder abgesackte Stellen, jedenfalls soviel Ils' aufmerksamer Blick wahrnahm. Irgendwie fühlten sie sich in diesem Gewölbe nicht gefährdet, sondern spürten vielmehr eine Verstärkung dieser fremdartigen Atmosphäre.

»Dieses Gewölbe scheint vollkommen leer zu sein«, murmelte Kermorvan, während er mit der Stiefelspitze in dem Geröll unter einer der Türöffnungen scharrte. »Ohne Ausschmückung, ohne Einrichtung, als ob es nicht für den alltäglichen Gebrauch bestimmt gewesen wäre ...«

»Nicht ganz ohne«, zischte Roc. »Hier ist etwas ... Elof, gib mir doch bitte etwas mehr Licht! Aber sei vorsichtig!«

Geröll von der eingebrochenen Decke hatte sich erdrutschartig an einer Wand aufgehäuft, und er kletterte eifrig auf den Haufen, wobei er den Schutt wegschob, der etwas bedeckte, das wie eine Schmuckplatte aus behauenem Stein aussah. Elof, der sich bemühte, die Hand noch höher zu halten, machte ein Reliefmuster darauf aus, erkannte jedoch nicht, was es darstellte. Kermorvan mit den langen Beinen reckte sich auf die Zehenspitzen, um besser sehen zu können, und furchte die Stirn.

»Eine Art von Wappen ... Ein Zeichen wie eine Flamme, und etwas dahinter, etwas darunter ... Aber das kann nicht sein ...« Und auch er beugte sich vor, um den Schutt wegzuscharren. Dann hielt er inne und ließ sich zurücksinken. »Ein Leuchtfeuer«, sagte er leise. »Eine Fackel, wie sie auf den Spitzen unserer höchsten Türme brennen, um den Schiffen auf dem Meer als Leitstrahlen zu dienen. Und dahinter sind die Umrisse eines Schiffes mit großer Besegelung ... Kerys! Ich habe es noch nie so dargestellt gesehen, aber ich kenne das Zeichen gut. Jeder Irrtum ist ausgeschlossen; es handelt sich um das Symbol unserer Seefahrer-Zunft.« Er sah sich um und schüttelte ungläubig den Kopf. »Dann ... war es *mein* Volk, das diesen Ort errichtet hat?«

»Jawohl«, hauchte Roc. »So muß es wohl sein ... Aber warum? Und wo sind ...«

Das Geräusch, das ihn verstummen ließ, war besonders unerwartet, da es in solch vollkommener Stille ertönte, und besonders erschreckend, da es sich — an diesem Ort ohne Leben — um die Stimme von etwas Lebendigem handelte. Doch es war keine menschliche Stimme. Es war ein tiefes röchelndes Knurren, das in der Dunkelheit widerhallte. Daß es sehr weit entfernt war, verringerte nicht die Bedrohung, die davon ausging, und es brachte ihnen blitzartig wieder die Gefahren der Umgebung zu Bewußtsein, in der sie sich befanden. Köpfe wandten sich um, Körper strafften sich, Hände griffen nach Waffen — alles geschah zu schnell; das Geröll unter ihnen geriet in Bewegung. Wessen Fuß es war, der als erster abrutschte, wer von ihnen als erster das Gleichgewicht verlor, spielte keine Rolle, denn keiner hätte es verhindern können. Elof traf mit Sicherheit keine Schuld, denn auf ihn rutschten und stolperten die anderen an der Halde aus losem Gestein und beißendem, erstickendem Staub. Er hatte keine Zeit, Widerstand zu leisten, und auch nicht die geringste Hoffnung, irgend etwas beeinflussen zu können; das ins Rutschen geratene Gestein krachte polternd herab, die Beine wurden unter ihm weggerissen, und er fiel mit zappelnden Armen nach hinten. Sein Kopf prallte mit einem dumpfen Knall auf den Boden, seine Hände zuckten krampfartig und öffneten sich. Einen Moment lang war es, als ob ein Blitz in das Gewölbe eingeschlagen hätte, so grell war das Licht, das es ausleuchtete und jeden Winkel, jede Ecke in krassen Reliefs und gezackten Schatten zeigte, jedes Staubkörnchen in der Schuttwolke glitzern und wie einen Juwel tanzen ließ. Die Wanderer konnten einander sehen, wie sie mit grotesken Verrenkungen, weit aufgerissenen Augen, zerzaust und staubbedeckt sowie blutverschmiert von Schnitten und Kratzern am Boden lagen. Dann war es vorbei.

Tiefste Schwärze hüllte sie ein, eine so vollkommene Finsternis, daß sie greifbar und sogar noch erstickender als der Staub zu sein schien. Elof, der einen schwachen Versuch unternahm, sich zu erheben, spürte, wie er von starken Händen gepackt und schnell aus dem Geröll befreit wurde. »Keine Knochen gebrochen?« zischte Kermorvan ihm ins Ohr. »Gut. Geh zurück an die Mauer.

Dorthin! Bleib ruhig!« Elof stieg gegen den kalten Stein und lehnte sich daran; er bemühte sich, seinen Atem zu beruhigen, um in die Dunkelheit zu lauschen; es war nur allzuleicht vorstellbar, daß der Krach die Aufmerksamkeit von irgend etwas auf sie gelenkt hatte, das sich ihnen jetzt näherte. Doch nach einer Weile hörte er wieder Kermorvans drängendes Flüstern. »Nichts rührt sich! Uns bleiben also ein paar Minuten Zeit, mindestens. Ist alles Licht weg, Elof?«

»Ja«, antwortete er mit halberstickter Stimme. »Es tut mir leid ...«

»Du kannst nichts dafür! Ils, falls du etwas sehen kannst ...«

»Nein, nichts!« japste sie mit bebender Stimme.

»Schau zurück!« befahl Kermorvan in strengem Flüsterton. »Drück den Rücken fest an diese Wand, so, dann blickst du auf den Weg, den wir gekommen sind, zu den Stufen! Vielleicht dringt ein ganz schwacher Lichtschein herunter ...«

»Immer noch nichts.« Ihre Stimme zitterte, und das war bei ihr selten der Fall. »Da draußen ist bestimmt noch Nacht ...«

»Es könnte sein, daß der Mond scheint«, entgegnete Kermorvan beharrlich und mit drängender Erregung. »Beweg den Kopf, vielleicht behindert eine Säule deine Sicht! Los, Mädchen, du bist unsere einzige Hoffnung!«

»Nein!« keuchte sie fast schluchzend. »Ich habe mich zu lange im Tageslicht aufgehalten ... Wenn wir bis zum Morgengrauen warten ... Ah!«

»Was?«

»Licht ... sehr schwach, aber wahrhaftiges Licht ... aber das kann nicht der Weg sein, den wir heruntergekommen sind.«

»Wir haben keine Wahl«, murmelte der Krieger mißmutig. »Selbst wenn uns dieser Weg zu dem wilden Tier führt, wir müssen ihn nehmen. Wenn wir hier weiter verweilen, fordern wir dasselbe Schicksal heraus, denn bestimmt wird es uns aufgrund des Geruches und der Geräusche finden!«

»Und wenn wir auf jenem Weg auf weitere Stufen treffen? Oder auf schlimmere Hindernisse?« fragte Ils.

Metall klirrte leise gegen Stein. »Ich werde die Strecke mit meinem Schwert ertasten. Doch je näher wir dem Licht kommen, desto besser müßtest du solche Dinge sehen. Nimm meine Hand, und Roc soll die deine nehmen, und Elof, du bildest diesmal den Schluß.«

»Von mir aus!« brummte Roc, der mit Elof zusammenprallte, während sie sich wie ein Gruppe blinder Bettler an der Mauer entlang tappend aufreihten.

»Kermorvan hat recht«, flüsterte Elof. »Gorthawer ist wirkungsvoller als deine Keule, wenn wir irgend etwas in der Dunkelheit abwehren müssen.«

»Ruhe, und folgt mir!« befahl Kermorvan, und seine Stimme hatte die Schärfe einer Schwertschneide. »Jetzt kommt das Schlimmste!«

Und tatsächlich ist überliefert, daß trotz vieler ebenso großer Gefahren nur wenige Stunden dieser langen Reise Elof schlimmer erschienen als dieses mühsame Wandern durch die Dunkelheit. Denn in der Schwärze konnten sie nichts anderes tun, als jeweils einen Fuß vorsichtig tastend vor den anderen zu setzen, rutschend und über Steine stolpernd, und zu horchen und nachzudenken. Er verlor das Gefühl für die vergehende Zeit, und die Flammen seiner Phantasie loderten hoch. Sie brachten ihm die Stufen von Vaydes Turm und die schwarze Leere, die er dort empfunden hatte, in Erinnerung, die Wut und das Gefühl des Verlorenseins, das die Finsternis aufpeitschte. Auch hier war die Dunkelheit angefüllt, wenn auch nicht mit einer einheitlichen Empfindung; einerseits war sie leer, andererseits geprägt von komplizierten Mustern, wie die Fassung für einen ausgefallenen Juwel. Sie bedrängte ihn wie eine große Menschenmenge, beharrlich, fordernd. Waren das die Erbauer dieses Ortes, diese herumwimmelnden Phantome? Er versuchte, sie zu unterscheiden, sich vor seinem geistigen Auge von jedem einzelnen von ihnen ein getrenntes Bild zu machen, jetzt, da seine äußere Sicht nutzlos war. Doch was vor ihm entstand, war nur ein einziges Gesicht, eine schauderhafte Erscheinung, die verblaßte, noch bevor sie ganz deutlich wurde, und sich dennoch in sein Gedächtnis einbrannte. Es war ein ausgezehrtes, verhärmtes Antlitz, und doch in gewisser Weise gutaussehend, mit einem straffen Kinn unter einem kurzen weißen Bart, einer geraden und kräftigen Nase, jedoch mit Augen, die in den tiefen Höhlen wie Kohlen glühten und die Altersfalten ringsherum Lügen straften; die Stirn über dichten weißen Augenbrauen und unter ebensolchem Haar war tief gefurcht. Die Miene war gebieterisch, stark und weise, doch drückte sie auch eine beunruhigende Grausamkeit aus. Er verspürte den dringenden Wunsch, die Erscheinung zu erkennen, und er rang in der Dunkelheit mir ihr. Er dachte an Korentyn oder an einen alterslosen Kermorvan in seinen herrischsten Augenblicken, doch beide ähnelten diesem Mann nur hinsichtlich der majestätischen Strenge und Kraft; die Züge an sich wiesen keinerlei Ähnlichkeit auf. Und diesem Gesicht fehlte ganz und gar die ruhige Gütigkeit, die den beiden zu eigen war. Es beschäftigte und quälte ihn während dieser ganzen dunklen Zeit und noch lange danach, bis sich ihm endlich die Wahrheit offenbarte.

Wie lange sie so durch die Dunkelheit wanderten, hätten sie nie zu sagen vermocht. Elof konnte es lediglich an seinem Hunger und Durst und dem Schlafmangel ermessen; er war bei ihrem Aufbruch einigermaßen satt gewesen, doch lange vor dem Ende glaubte er verhungern zu müssen. Er hielt es für töricht, sich mit Essen aufzuhalten; es wäre Zeit genug dafür, wenn sie wieder Licht hätten. Zumindest besaßen sie noch ihre Packsäcke, und Kermorvan hatte außerdem Bures. Die Nahrungsvorräte würden für einige Tagen reichen, wenn sie sparsam damit umgingen; doch dann wäre es gut für sie, wenn sie wieder am Tageslicht und unter anderen Lebewesen wären. Doch sie wußten nicht, wohin ihr Weg sie führte. Sie tappten eine lange Strecke an den Mauern dieser tiefen Halle entlang und kamen an vielen Öffnungen und abzweigenden Gängen vorbei, doch wohin diese führten, wußten sie nicht. Jeden Augenblick erwarteten sie, das fürchterliche Knurren wieder zu hören oder ein lautloses Huschen in der Dunkelheit zu spüren. Elof umklammerte Gorthawer mit festem Griff; den Hammer ließ er im Gürtel stecken, denn er war ohne Nutzen, wenn er sein Ziel nicht sehen konnte.

Endlich fand Ils die Öffnung, die die Quelle des Lichts war, und sie bogen in ihre Richtung ab. Kermorvan war bemüht, an der entsprechenden Stelle und im weiteren Verlauf des Weges mit dem Messer eine Markierung in die Mauer zu ritzen, für den Fall, daß sie umkehren müßten, doch er war sich selten sicher, ob er das Zeichen in einer Nische oder einem Gang anbrachte, und er wußte nicht einmal, ob er wirklich ein sichtbares Zeichen in dem harten Stein hinterlassen hatte, und bald gab er es auf. Ils versuchte, ihre Schritte zu zählen, doch die Strecke war zu lang, und sie stolperte zu oft. Sie waren sich sicher, daß sie zumindest noch einmal eine Halle durchquert hatten, denn sie berührten weitere Säulen. Doch von dort war es noch weit bis zum Licht.

Es lockte sie tief hinein in die gewundenen Korridore, von weitläufigen Räumen in enge Gänge, bis Elof allmählich befürchtete, es könnte eine Täuschung aufgrund von Fäulnisgasen sein, wie die Irrlichter in Sümpfen, die Wanderer vom Weg abbrachten. Doch Ils behauptete beharrlich, daß es heller würde, je näher sie ihm kamen, und Kermorvan bemerkte, daß sie anscheinend dem Luftzug folgten, was die Hoffnung erweckte, es könnte noch einen anderen Weg nach draußen geben. Das fürchterliche Knurren hörten sie kein zweites Mal mehr, und auch das schenkte ihnen neuen Mut. Endlich, während sie sich durch einen breiten Gang voranbewegten, glaubte Elof etwas anderes zu sehen als nur die vom eigenen Auge erzeugten schwankenden Farben in der Dunkelheit, und einen Moment später war er seiner Sache sicher: er erkannte am Ende des Ganges die Form der Mauer, Umrisse vor einem schwachen grünlichen Schimmer. Es dauerte nicht lange, bis auch Kermorvan es sah, und dann Roc, und sie beschleunigten ihre Schritte, um die Quelle zu finden. Der Gang endete auf einer weiteren freien Fläche; diesmal war es ein runder Raum mit kreisförmig angeordneten Pfeilern. Wie zuvor waren wieder einige von ihnen beschädigt oder ganz zusammengefallen, so daß die steinerne Decke an vielen Stellen abgesackt war. Aus den dadurch entstandenen Rissen war Gestein herabgebröckelt und hatte eine breitere Spalte geschaffen, und durch diese fiel das Licht herein, ein langer Streifen in der Decke. Kermorvan blinzelte. »Ich hätte nicht gedacht, daß wir so nahe an der Oberfläche sind«, bemerkte er. »Vielleicht finden wir wirklich einen Weg nach draußen! Wir wollen die Sache näher untersuchen, doch diesmal vorsichtiger!« Die Luft wurde sehr kalt. Sie drängten sich dichter aneinander und kletterten vorsichtiger über die Schutthaufen zu dem wertvollen Lichtschimmer. Kermorvan erreichte ihn als erster und blickte hinauf. Doch er stand nur da, ohne ein Wort zu sagen, und als Elof neben ihn auf das Geröll stolperte, wurde ihm sofort klar, warum.

Die Decke war nicht offen, und kein Himmel war jenseits davon zu sehen. Es war eine blaßgrüne Strahlung, die gedämpft herunterleuchtete, so wie es seiner Vermutung nach in der Tiefe des Meeres sein könnte, zu schwach für das menschliche Auge, es sei denn, es war lange eines Besseren entwöhnt. Der Spalt offenbarte eine feste Substanz, einem Streifen Quarz ähnlich, von durchscheinender weißer Färbung. Elof, dessen Geist völlig benommen war, streckte den Arm aus, um sie zu berühren, doch Kermorvan hielt ihn am Handgelenk fest. »Nein! Dieser Gefahr brauchen wir uns nicht auszusetzen«, sagte er mit seltsamer, halberstickter Stimme. »Ich weiß, was es ist. Und deshalb weiß ich jetzt auch, was für ein Ort das hier sein muß.« Er ließ den wilden Blick von einem zum anderen schweifen, und sein Gesicht und seine Stimme verrieten ein widersprüchliches Gemisch von Empfindungen. »Der Rabe hat uns weit befördert, sehr weit. Wir befinden uns jenseits von Taoune'la, am Rande des Eises. Und darunter, denn dort sehen wir es, über unseren Köpfen. Das ist das wahrhaftige Eis!«

Ein ungläubiger Schrei stieg zu Elofs Lippen auf und erstarb dort stimmlos. Er sah den Mienen der anderen an, daß in ihnen das gleiche vor sich ging; sie starrten erschüttert, fassungslos hinauf zu rissigen Decke, ohne das fahle Weiß leugnen zu können, das durch das Gestein schimmerte.

»Das kann doch nicht sein«, hörte er Roc unwillig flüstern. »Ich meine, wenn dort oben ein richtig dicker Gletscher draufliegt, wieso fällt dann soviel Licht herein?«

»Es könnte der Boden einer Gletscherspalte sein«, murmelte Ils. »Durch den Einsturz der Decke vielleicht noch tiefer abgesunken ...« Zitternd schlug sie sich die Arme um den Körper. »Das Eis! Ich habe es schon einmal gesehen, aber nicht aus solcher Nähe ...«

Elof nickte. »Ich habe den Fuß darauf gesetzt, habe einen schmalen Streifen davon überquert. Eine schlimme Erinnerung! Aber nie hätte ich mir träumen lassen, *darunter* herzugehen ...« Tatsächlich schreckte er vor der Vorstellung zurück — die Gletscher, die auf ihrem Vormarsch die Erde verödeten, die Eisschicht, die sich auf die höchsten Berge legte und nur die Gipfelspitzen herausragen ließ, kahl und nackt wie fleischlose Schädel; diese unberechenbare, unversöhnliche Masse Eis, zermalmend, bösartig, lastete nur ein paar Meter über seinem Kopf, nur durch ein zerfallendes, brüchiges Werk von Menschen gehalten …

Das Werk von Menschen. Ein plötzlicher Verdacht keimte in ihm auf, eine Erkenntnis, die heller war als dieser Lichtschein in der Düsternis; der zweite Schock des Begreifens folgte so kurz nach dem ersten, daß er ihn packte und heftig schüttelte. Jetzt wußte er, was Kermorvan sonst noch gesehen hatte; er konnte kaum verhehlen, was das alles für ihn bedeuten mochte — für ihn, den Krieger, Lord, Prinz im Exil, den letzten Sproß einer entmachteten Königsfamilie. Selbst in Elof, der nicht von nobler Abstammung war, soweit er wußte, erweckte das Bewußtsein um den Ort, an dem er stand, gleichzeitig große Ehrfurcht, brodelnden Zorn, tiefe Wehmut und eine wild kreisende Bewunderung. Er ahnte, daß Kermorvan von den gleichen Gefühlen ergriffen war, und noch von anderen. Der Krieger zitterte, als ob ein Sturm in seinem Innern tobte, doch sein Gesichtsausdruck war ruhig, erhaben, als ob er über den Dingen stünde. Auch das konnte Elof verstehen. Kermorvan rührte sich nicht von der Stelle, und nicht einmal der Tod hätte ihm diesen Augenblick wegnehmen können. Seine Stimme hallte wie heitere Musik von den uralten Steinen wider.

»Ach, meine Freunde! Elof weiß es. Und ihr anderen? Ahnt ihr, wohin wir gekommen sind? Dies sind die unterirdischen Gänge im Herzen dieses Landes, die verlorene Heimat unseres Volkes, das verlorene Königreich meiner Familie. Wir haben einen Boden betreten, auf den seit Korentyns Flucht vor tausend Jahren kein menschliches Wesen mehr den Fuß gesetzt hat. Wir wandeln durch die Überreste der Stadt Am Wasser, durch die Gewölbe und Keller und Vorratslager der Stadt Kermorvan, die gewaltigen Katakomben von Morvan. Und nach so langer Zeit, jenseits aller Hoffnung, betritt ein Lord von Morvan wieder diese Hallen! Ich bin *zurückgekommen!*«

Er schritt steifbeinig über das Geröll und sah sich in alle Richtungen um, als habe er Angst, das, was er erblickte, könnte eine Vision sein, könnte sich jeden Moment in nichts auflösen. Als er zu der ihm am nächsten stehenden Säule kam, drückte er die Hand dagegen und genoß die Festigkeit des Steins. Und dann legte er den Kopf daran, schloß die Augen und sprach eine geraume Zeit kein Wort.

Auch Roc ließ den Blick ringsum schweifen und neigte den Kopf anerkennend. »Das also ist das Zuhause. Oder jedenfalls das, was davon übrig ist. Ganz ordentliche Arbeit, wenn man bedenkt, welch enorme tote Masse darauf lastet! Und irgendwie ist es ganz behaglich, trotz der Dunkelheit und der Kälte. Wenn das hier die Keller sind, dann muß die Stadt ein großartiger Ort gewesen sein.« Er wühlte in seinem Packsack. »Höchste Zeit, daß wir etwas zwischen die Zähne bekommen, schließlich haben wir einen Grund zum Feiern. Hartes Brot, geräuchertes Fleisch, getrocknete Früchte und ein Schluck Wein. Ein königliches Mahl! Und ich fühle mich auch wie ein König, nach der Rückkehr hierher.«

Elof sah ihn erstaunt an. »Du sprichst von *Rückkehr*, wie Kermorvan. Doch keiner von euch war zuvor schon mal hier, genausowenig wie ich.«

»Doch, sicher! Wenigstens im Geist. Das hier ist das Verlorene Land, das uns geklaut wurde und von dem wir nicht glaubten, daß es jemals einer wiedersehen würde. Ich erinnere mich, wie ich als kleiner Junge von den alten Erzählungen darüber hingerissen war; leibhaftig hier zu sein, ist allerdings noch viel hinreißender. Spürst du denn nichts davon? Deinem Aussehen nach zu schließen stammst du doch schließlich von den Nordländern ab, die Ursprünge deines Volkes liegen also auch hier.«

»Ich habe etwas gespürt«, räumte Elof ein. »Aber etwas anderes.« Roc verteilte die Essensrationen, und während sie an die Säulen gelehnt dasaßen und diese verzehrten, berichtete Elof von seiner Vision. Roc nickte heftig, wobei der zerzauste rote Haarschopf ihm ins Gesicht wippte. Er kannte Elof gut genug, um dessen Gefühle nicht zu unterschätzen.

»Das betraf vielleicht die letzten Jahre«, grübelte er. »Als Grausamkeit und Angst und kaltblütiger Verrat herrschten, wie berichtet wird; Kermorvan könnte dir mehr erzählen. Das Gesicht, das du beschreibst, könnte in eine solche Zeit gehören. Das Ende spielte sich einigermaßen edel ab, doch der Todeskampf war erbarmungslos. Er bescherte Kerbryhaine diesen unseligen Anfang, von dessen Auswirkungen es jetzt wieder heimgesucht ist. Na ja, hier hat jedenfalls das Edle überdauert, möchte ich meinen.«

Elof nickte. »Edel, das kann man wohl sagen. Doch es ist ein toter Ort und einer, der immer noch viele Gefahren für uns birgt.« Er hob den Blick voller Abscheu nach oben. »Wie soll ich jemals genügend Licht von diesem schwachen Schimmer sammeln, um uns auf dem Weg hinaus zu leuchten? Das allein würde schon einen ganzen Tag dauern.«

Ein dicklicher Finger stieß ihn in die Seite. »Nicht nötig, Junge. Überlaß es jemandem vom Alten Volk, den Verstand für dich einzusetzen, wie üblich. Obwohl ich zugeben muß, daß die Erbauer dieses Ortes offenbar auch nicht unpraktisch veranlagt waren, da sie sich einen ordentlichen Vorrat von diesen Dingern anlegten!« Und sie schwenkte vor ihnen zwei längliche Halterungen aus grobem Ton, auf denen so etwas wie Käfige aus hellem Metall ruhten, und dann holte sie Klumpen einer gräulichen Substanz aus einem Beutel. »Danach hätten wir gleich am Anfang suchen sollen. Pech und Werg und Harz, und noch viele andere Substanzen, daran habe ich keinen Zweifel. Die Stadtleute haben vor der Flucht vielleicht ihre Keller ausgeräumt, aber sie haben sich nicht die Mühe gemacht, ihre Fackeln mitzunehmen.«

»Das stimmt allerdings«, bestätigte Kermorvan, der sich zu ihnen gesellte. Zu ihrem größten Erstaunen lachte er laut und nahm Ils so schwungvoll in die Arme, daß er sie vom Boden hob. »Darauf hätte ich selbst kommen müssen. Um so mehr, da die Katakomben nebenbei als Zufluchtsort für Kriegszeiten gedacht waren, mit großen Vorräten von allem Notwendigen. Die Erbauer ahnten ja nicht, mit welchem Feind sie es zu tun bekommen würden, vor dem es keine Zuflucht gab.«

Elof schmunzelte. »Du hattest zu der Zeit gerade so viele andere Dinge im Kopf ...«

»Auch das stimmt«, sagte Kermorvan betrübt, während er sich schwerfällig neben Elof niederließ und etwas zu essen entgegennahm. »Selbst jetzt bin ich noch verwirrt. Ich hätte mir niemals träumen lassen, daß die Katakomben überdauert hatten, ganz zu schweigen davon, daß wir ausgerechnet dort hingelangt waren. Unser Freund, der Rabe! Ich bin hin- und hergerissen zwischen dem Drang, auf die Knie zu fallen und ihn anzubeten, und dem Wunsch, ihm den Hals umzudrehen!«

»Diesen Wunsch kann ich gut nachempfinden«, sagte Elof aus tiefster Seele, und sie lachten. Nachdem sie so lange in der Dunkelheit gefangen gewesen waren, bewirkte die Verheißung von Licht jetzt eine entscheidende Veränderung ihrer Stimmung. Doch als sie gegessen und sich ein paar Minuten ausgeruht hatten, wurden Kermorvans Augen schnell wieder ernst.

»Diese Katakomben ...«, sagte er leise und ließ den Blick nachdenklich schweifen. »Es ist gut, sehr gut, daß wir sie betreten haben. Voller Gelassenheit unter der Festung unseres Feindes gesessen zu haben, verleiht unserer Unternehmung eine zusätzliche Würze! Doch wir dürfen nicht vergessen, daß wir uns genau dort befinden. So großartig dieser Ort auch einst war, er ist dunkel und gefährlich geworden, und selbst ich habe nicht den Wunsch und auch keinen Anlaß, länger hier zu verweilen.« Er hob eine der Fackeln hoch und schob einen Pechstumpf auf den Dorn in der Mitte. »Laßt uns sehen, wie gut dieses Ding brennt, nach tausend Jahren!«

Roc schlug bereits auf das Rad der Zunderbüchse. Ein Stückchen glimmenden Zunders, auf das von Staub graue Pech gelegt, sank ein und rauchte einen Moment lang, dann blühte es zu einer Flamme von leuchtend orangefarbenem Feuer auf, die die Schatten Bocksprünge vor Freude vollführen und den fahlen Lichtschein des Eises zu nichts verblassen ließ. Mit der vorhandenen Flamme wurde die andere Fackel ebenso leicht entfacht, und diese nahm Kermorvan. »Und falls du dich in der Lage dazu fühlst, Elof, dann könntest du etwas vom Feuer der Fackeln einfangen, nur so, zur doppelten Sicherheit. So, jetzt laßt uns von hier verschwinden!«

Es stellte sich jedoch schnell heraus, daß das keine leichte Aufgabe sein würde. Denn von dieser runden Halle aus gingen viele Gänge ab, und sie konnten sich nicht darüber einigen, durch welchen sie hereingekommen waren. Doch schließlich sagte Kermorvan: »Verzweifelt nicht!« Und er hielt die Fackel sehr hoch, fast bis zur Decke. Die Schatten jagten über den Stein und hüpften in die offenen Gänge, und er merkte sich die Richtung, in der die Flamme zuckte. »Es gibt immer noch die Luftströmung, nach der wir uns richten können. Sie weist uns dorthin, schätze ich.«

»Besser als gar keine Führung«, sagte Roc vergnügt. »Und wenigstens werden wir uns jetzt nicht mehr so oft die Zehen anhauen.«

Und das erwies sich als zutreffend; denn in dem hellen warmen Licht bewegten sie sich schnell über die kalten Steine am Boden, vorbei an vielen dunklen und geheimnisvollen Öffnungen. Sie spähten in einige dieser Seitengemächer und stellten fest, daß die meisten leer waren, doch in einigen waren immer noch Stapel von Ballen und Kisten, die zu erkunden sie sich nicht die

Zeit nahmen; in dieser kalten trockenen Luft war das Holz nicht verfault. Doch in anderen waren Ballen und Kisten gewaltsam aufgerissen oder aufgebrochen und ihr Inhalt verstreut worden, manchmal bis in den Gang, wo die Überbleibsel ein beträchtliches Hindernis darstellten.

»An diesem Zeug hier kommen wir vermutlich nie vorbei!« schimpfte Roc, während er ungelenk durch ein Durcheinander von Trümmern watete. »Wir sind vom richtigen Weg abgekommen.«

»Wenn du einen besseren kennst, dann schlag ihn ein«, fauchte Ils ihn an, während sie mit dem Stiefel Schrott zur Seite stieß.

»Die Luft leitet uns immer noch«, warf Kermorvan ruhig ein. »Sie müßte uns zu irgendeinem Ausgang führen, wenn auch vielleicht nicht zu dem, durch den wir hereingekommen sind.«

»Klar!« entgegnete Roc, der nach hinten in die Dunkelheit blickte. »Aber wann?«

Darauf gab Kermorvan keine Antwort. Er war erschöpft, wie seine nach vorn gesunkenen Schultern verrieten, erschöpft bis auf die Knochen wie sie alle, jetzt, da der Anflug von freudiger Erregung vorüber war, und sie alle brauchten dringend Schlaf. Ob es in der Welt über ihnen Tag oder Nacht war, wußten sie nicht; die einzige Stunde, die ihnen wichtig war, war die ihres Entkommens von diesem unseligen Ort. Rocs Gang wurde bleiern, er hielt den Kopf gesenkt; Elof merkte, wie er mit schleppenden Schritten schlurfte, sein Herz war von eisiger Kälte erfüllt. Nur Ils, in der dieser Aufenthalt unter der Erde neue Lebensgeister weckte, schien nichts von ihrer Kraft zu verlieren; ihre großen Augen leuchteten, ihre schweren Stiefel hüpften beinahe lautlos über die Steine. »Und doch ist das hier nicht meine Welt«, murmelte sie. »Wir zu Hause leben inmitten sanften Lichts und gleichmäßiger Winde unter dem lebendigen Fels. Und wenn ich diese Bedingungen schon nicht haben kann, dann sind mir die grelle Sonne und das rauhe Klima an der Erdoberfläche noch lieber als diese Hülle ohne Leben. Hier regiert nur der Tod!« Wie wahr ihre Worten waren, sollten sie bald herausfinden.

Einige Stunden später weitete sich der Gang vor ihnen wieder und kam in der gerundeten Mauer einer kleineren Halle heraus, die die Form eines Halbmondes hatte. Drei weitere Gänge gingen davon ab, doch der Luftstrom führte sie zu der geraden Wand gegenüber und der darin eingelassenen großen Doppeltür aus Stahlsträngen, die überaus kunstvoll verschlungen und verziert waren. Doch sowohl die innere als auch die äußere Tür waren vor langer Zeit verbogen und halb aus ihren tiefen Laufschienen gerissen worden, so daß eine Lücke entstanden war, durch die sogar Kermorvan gehen konnte, ohne sich zu ducken. Ils schnupperte angewidert. »Riecht ihr es nicht? Ein schwacher, aber irgendwie scharfer Geruch, wie von einem Tier ... Es könnten Fledermäuse sein! Und das wäre ganz ausgezeichnet für uns, denn sie können nur in der Nähe eines Ausgangs leben.«

»Ich kann es kaum erwarten, daß wir einen finden«, brummte Roc.

Hinter der Tür führte nur ein einziger Gang weiter, der breiteste bis jetzt, und als sie die Fackeln hochhoben, hatten sie den Eindruck, als erwachten die Wände rings um sie zum Leben. Reliefs bedeckten sie vom Boden bis zur Decke, bis in die feinsten Einzelheiten ausgearbeitet, ausdrucksvoll und lebensecht, Gestalten von Männern und Frauen sowie Tiere, sowohl vertraute als auch fremdartige große Schiffe und hohe Türme, weite Landschaften und geheimnisvolle Horizonte. Und immer wieder während ihrer Wanderung entlang der langen Wände erschienen die seltsamsten Figuren überhaupt, von menschlichem Aussehen, doch so unheimlich und riesig, so idealisiert in der Gestaltung, daß Elof wußte, daß es sich um Darstellungen der Mächte handeln mußte.

»Das stimmt«, sagte Kermorvan, während er sich voller Entzücken umsah. »Dies hier scheint eine Art privater Tempel zu sein, oder ein anderer Ort der Anbetung. Denn hier sind die Geschichten über die Anfänge der Welt dargestellt, vor dem Auftauchen der Menschen oder der Duergar oder irgendwelcher anderer Lebewesen, als sie den Alten Mächten zur Gestaltung übergeben wurde und danach den Neuen Mächten, damit durch diese das Leben eingeführt würde. Doch daraufhin, so ist in den Erzählungen überliefert, rebellierten die Alten Mächte und weigerten sich, die Obhut über das abzugeben, was sie geformt und lieben gelernt hatten; sie wollten verhindern, daß es durch wachsende Dinge, Pflanzen, Tiere, Menschen, benutzt und schwerwiegend verändert würde.«

Roc schnaubte verächtlich. »Schöne Narren! Welch trostlose Liebe — zu einer Welt ohne Leben! Was hatte sie an sich, dem ihre Zuneigung galt?«

»Mehr, als du meinst!« wies Elof ihn zurecht. »Denn es ist Schönheit und Ordnung in den Mustern der toten Materie, auch wenn sie nicht lebt. Denke doch nur an die langsame Veränderung und das Erblühen von Kristallen; könnten für sie eine Schneeflocke oder ein Spat oder ein Edelstein nicht das gleiche bedeuten wie für uns eine Blume? Oder, um das andere Extrem zu nennen, könnten sie in der tosenden Energie eines Vulkans, in Blitz und Donner eines heftigen Gewitters, in der endlosen Bewegung der Wellen nicht Schönheit erblikken? Wir tun es doch auch zu Zeiten. Selbst das Eis kann schön sein, sehr schön.« Er betrachtete eine große Figur, eine unbekleidete Frau, erhaben in ihrer Schönheit, die inmitten von etwas stand, das wie ein Wasserfall aussah, nur daß es über den Bergen schwebte und seine Strömung und seine Wogen aus Sternen bestanden. Kermorvan sah ihn an und nickte ernst, in Erinnerung an ein gemeinsames Erlebnis voller Herrlichkeit und voller Schrecken. Er deutete auf den Fries um die Figur, in dem in altertümlichen Schriftzeichen ein Name geschrieben stand. Ils senkte ihre Fackel und las Buchstabe für Buchstabe.

»T ... A ... O ... U ... Taounehtar! Brr!« Sie zog die Fackel schnell zurück. »Auf diese Schönheit kann ich leicht verzichten! Warum habt ihr sie an der Wand verewigt? Dafür habt ihr die beste und größte der Alten Mächte vernachlässigt, diejenige, die niemals rebelliert hat, die wir am meisten verehren.«

»Ilmarinen«, sagte Kermorvan und nickte. Er hob die Fackel und deutete mit einer umfassenden Handbewegung zur gegenüberliegenden Wand. Vom Boden bis zur Decke war dort eine senkrechte Platte eingelassen, in die ein einziges riesiges Bildnis eingraviert war. »Er wurde weder vergessen noch vernachlässigt. Schau ihn dir an, Ils, ist er nicht ziemlich genau so dargestellt, wie es bei deinem Volk der Fall ist?«

Ils pustete Luft aus. »Ihr habt ihn zu groß gemacht, wie einen hochgewachsenen Menschen, mit breiten Schultern und dürren Beinen, nicht schön, mit unausgewogenen Proportionen. Und was hämmerte er da auf dem Amboß zurecht?«

Elof betrachtete die Platte eingehend. »Das ist schwer zu sagen ... Das Bild erscheint mir abgegriffen oder verunstaltet ...«

Kermorvan hielt seine Fackel tiefer. »Hmm. Ja, hier sind einige Rillen, und an manchen Stellen ist etwas herausgebröckelt, und es gibt viele tiefe Kratzer. Der Farbe des darunter zum Vorschein gekommenen Steins nach zu urteilen, sind sie erst vor kurzem entstanden; mit Sicherheit erst nach der Zerstörung von Morvan. Als ob etwas mit Krallen auf die Platte eingeschlagen hätte ...«

»Hier ist ein Schlüsselloch!« schrie Roc. »Diese ganze Platte ist eine Tür!«

»Und zwar eine sehr massive, denn sie wurde niemals geöffnet oder aufgebrochen«, fügte Kermorvan nachdenklich hinzu.

Roc stöhnte auf. »Es wäre ein sicheres Gefühl, dahinter zu schlafen ... wenn wir sie nur aufbekommen könnten! Elof, du bist doch ein geschicktes Kerlchen, was Schlösser angeht ...«

»Nicht bei solchen, die tausend Jahre alt sind«, widersprach Elof. »Allein durch die Zeit können Metallverbindungen entstehen, und zwar ohne nennenswerte Korrosion. Und wie wahrscheinlich ist es, daß ich Erfolg habe, wenn feindliche Hände es nicht geschafft haben?«

»Sie sind weniger feinfühlig vorgegangen«, sagte Kermorvan. »Sie hätten bestimmt nicht so roh gegen die Tür geschlagen, wenn sie etwas von Schlössern verstanden hätten. Warum legst du also nicht einmal Hand an?«

Elof seufzte, nahm die Werkzeugtasche aus seinem Packsack und entnahm ihr einen leichten Hammer und einige lange Gegenstände aus leuchtendem Metall, die seltsam gewunden und verdreht waren. »Wenn wir den Gang ein Stück weitergehen, gibt es wahrscheinlich zehn offene Türen ...«

»Eine Öffnung, die plötzlich geschlossen ist, könnte eine gewisse Aufmerksamkeit auf sich ziehen«, erwiderte Kermorvan trocken, während er beobachtete, wie Elof die Stelle rings um das Schloß herum abklopfte und die Vibration mit den Fingerspitzen fühlte und dann die langen Sonden in das Schlüsselloch steckte und daraufklopfte. »Nun, meinst du, du schaffst es?«

Elof zuckte mit den Schultern, nahm eine kleine Flasche mit feinem Öl aus der Werkzeugtasche und tauchte eine Sonde hinein. »Wer weiß ... wenn es so einfach ist, wie es aussieht ... Aber das bezweifle ich. Die Stadt Morvan war ein bedeutendes Zentrum unseres Handwerks, und bei ihrem Niedergang wurde viel Wissen in alle Winde zerstreut.«

»Aber irgendwann mußte alles angefangen haben. Wenn dieses Schloß bei Morvans Untergang schon alt war...«

Elofs Unsicherheit reizte ihn zum Aufbrausen. »Dann muß das verfluchte Ding wirklich sehr stabil sein. Ruhe jetzt, laßt mich arbeiten!«

Kermorvan lächelte nachsichtig und spazierte ein wenig den Gang entlang, wobei er aufmerksam in die Dunkelheit spähte. Roc und Ils gesellten sich zu ihm, und gemeinsam betrachteten sie die Reliefs und unterhielten sich mit gedämpften Stimmen. »Was vermutest du eigentlich hinter dieser Tür?« murmelte Roc mit unterdrückter Aufregung in der Stimme. »Irgendein geheimes Versteck?«

Kermorvan zuckte mit den Schultern. »Das ist schwer zu sagen. Meinst du für Menschen oder für Schätze? Beides ist gleichermaßen unwahrscheinlich. Das Schloß ist nicht gut verborgen, und die Leute von Morvan mußten gewußt haben, daß es in ihrem Leben oder in dem ihrer Nachkommen keine Hoffnung auf ein Entkommen oder eine Rettung gab. Viele alte Häuser von Kerbryhaine haben jedoch einen versteckten Eingang oder eine Geheimtreppe...«

»Meinst du ... das könnte das untere Ende einer solchen sein?« fragte Ils. »Vielleicht ein Weg ins Freie?«

»Vielleicht. Aber hütet euch vor zu großen Hoffnungen. Für den Augenblick wäre ich schon froh über einen Platz zum Schlafen.«

Elof kräuselte die Lippen und fuhr fort, an dem Schloß herumzutasten. Er hatte den Schließmechanismus erkundet, hatte bewußt überall in der Schlüsselführung Öl verteilt, und er hatte die Form des Schlüssels nachvollziehen können. Es handelte sich in der Tat um einen einfachen Mechanismus, so schlicht, daß er höchstens dem dilettantischsten Öffnungsversuch widerstanden hätte. Vielleicht hatte man die wuchtige Tür für ausreichenden Schutz gehalten. Als nächstes mußte er ein Stück festen Drahts drehen und der Form des Schlüsselgangs anpassen; wenn er den Draht gefühlvoll mit einer Greifzange führte, müßte sich der Zapfen drehen lassen, sofern er überhaupt noch beweglich war. Er nestelte den Draht ein und fing an, ihn unter Quietschen und Knirschen durch das Schloßgewirre zu drehen. Es verlief nach oben, immer weiter hinauf, und Elof wurde bewußt, ohne daß er sich umdrehte, daß die anderen hinter ihm vor Anspannung die Luft anhielten. Langsam, mit wohldosierter Kraft und äußerster Konzentration, führte er den Draht bis zum Anschlag des Schlosses und drehte ihn. Dann war ihm, als ob Feuer und Eis gleichzeitig in seinen Arm flössen, ein krampfhaftes Kribbeln durchfuhr ihn, das sich in seinem Gesicht widerspiegeln mußte.

»Was ist los?« zischte Kermorvan. »Bist du in Ordnung? Kannst du nicht ...«

»Ich bin ein Narr!« preßte Elof zwischen zusammengebissenen Zähnen hervor. »Wer würde einem so einfachen Gegenstand eine so starke Eigenschaft eingeben? Aber sie ist da, eine so überwältigende Kraft, wie ich sie kaum je erlebt habe ...«

»Mit welcher Auswirkung?« flüsterte Ils.

»Ich weiß nicht«, murmelte Elof. »Es geschah zu schnell, ich war nicht darauf vorbereitet. Ich muß ...« Mit den Zähnen knirschend, drehte er den Draht noch einmal, mit aller Kraft. Wieder durchfuhr ihn der Schmerz, doch diesmal stellte er sich ihm, ertrug ihn, öffnete sich ihm und versuchte die Schwingungen zu deuten, die er in ihm auslöste. Ein Gefühl wuchs in ihm, das zu einer Note wurde, einer Tonfolge, einem vollständigen Gefüge eindringlicher Musik. Und in dieser Musik hörte er die Worte eines strengen Befehls.

Betrachte das Schloß!
Das Schlüsselloch ist Feuer!
Der Zapfen ist Eis!

Es sticht,
Es verbrennt
Die Hand, die an ihm dreht,
Die nicht das Recht dazu hat,
Die dem Bösen dient.
Es versengt,
Es läßt erfrieren,
Seine Kraft wird dich verzehren!
Laß ab, du tust unrecht!

»Ah!« murmelte er. Noch nie war ihm die einem Schmiedewerk innewohnende Eigenschaft so deutlich zu Bewußtsein gekommen; es war, als ob Worte neu umgesetzt würden, in seinem Geist wiedererstünden, als ob die Stimme dieses unbekannten Schmieds aus der Vergangenheit zu ihm spräche, eine Seele zur anderen, durch die Macht ihrer gemeinsamen Kunst. Er empfand es als gespenstisch und unheimlich, doch gleichzeitig war ihm die Klarheit eine Hilfe. »Es sagt, nur jemand Berechtigtes darf dieses Schloß öffnen. Alt und stolz und unüberwindlich kommt es mir vor, älter als das Metall an sich ...«

»Ist das möglich?« fragte Roc.

»Wenn das Schloß immer wieder ausgebessertes Flickwerk ist, das im Laufe vieler, vieler Jahrhunderte entstand — ja; und wenn die Eigenschaft von Anfang an stark genug bemessen war. Was offenbar der Fall ist.«

Kermorvan murrte ungeduldig. »Dann kannst du es also nicht öffnen?«

»Nicht so ohne weiteres. Aber laß mich nachdenken ...«

»Es muß in der Tat eine ungeheuere Kraft sein«, hörte er Ils murmeln, »die dem widerstehen kann, was in dir steckt ... wenn du es doch nur anwenden könntest ...«

Elof durchstöberte seinen Geist mit wachsender Ungeduld. Worin würde das Schloß eine Berechtigung erkennen? In einem Schlüssel, der mit den entsprechenden Eigenschaften ausgestattet wäre? Doch Schlüssel gingen im Laufe der Zeit häufig verloren, und dieser Bann sollte doch beständig sein. War das der Grund, warum das Schloß absichtlich so einfach gemacht worden war? Damit neue Schlüssel leicht nachgeschnitten werden konnten ... und mit größerer Berechtigung benutzt wurden und daher auch nicht so schnell verlorengingen? Jede Anzahl von Schlössern könnte auf diese Weise gesichert werden. Die meisten Menschen würden ein äußerlich sichtbares Zeichen ihrer Berechtigung benötigen, einen Gegenstand, der durch Schmiedekunst mit der Eigenschaft der Befehlsgewalt versehen war, ein Schmied hingegen könnte es vielleicht mit einer einfachen gesprochenen Formel schaffen, wenn er nur die richtigen Worte spräche ...

Oder sehr starke. Der überhebliche Unterton des von dem Schloß ausgegangenen Bannspruches, die Androhung von Schmerz und die verächtliche Abweisung, die aus den Worten sprach, hatten in ihm große Ungeduld erweckt, die allmählich zu Wut anschwoll. Kermorvan hatte ihn angewiesen, diese Tür zu öffnen, doch wer war denn der Herr dieser Ruinen, wenn nicht er? Elof war verbittert darüber, daß er sich von dieser uralten Kraft hatte einschüchtern lassen. Er würde der Forderung nach Berechtigung seine eigene Macht gegenüberstellen. Er würde einen Gegenpol zu dieser wilden Musik schaffen, eine Antwort auf diese herausfordernden Worte, so sicher wie er den Draht der Schlüsselführung angepaßt hatte. Und bei diesem Gedanken formte sich seine Wut zu einem harten, durchdringenden Rhythmus, einem Singsang von einer Macht, die derjenigen, mit der das Schloß versehen war, in nichts nachstand. Er lehnte den Kopf gegen den kalten Stein, und obwohl er die Worte nur leise murmelte, glaubte er zu spüren, wie sie auf diesen Schutzbann einschlugen wie ein Schmiedehammer, wie jener von Ilmarinen in dem Abbild.

Bei demjenigen, der dich singen hört,
Und der Kunst, die in mir brennt,
Bei der Kraft, die ich zum Bösen wandte,
Und dem Bösen, das ich welken ließ,
Bei dem Können, das ich genährt habe,
Und dem Wissen, das ich gesammelt habe,
Bei allem Mut des Suchenden
Und der Suche, die ich jetzt betreibe,
Dies ist das Recht, das du anerkennst,
Dies ist die Kraft, vor der du dich neigst,
Du, ein Gesang der alten Welt,
Du wirst einem Meister gehorchen!
Wie die Form dem Formenden
In dem Bildnis, das dich darstellt!
Wie es dein rechtmäßiger Herr gewollt hat,
so befehle ich dir — öffne dich!

Beim letzten Wort griff er nach dem Draht und drehte daran, diesmal mit aller Kraft, ohne auf den Schmerz zu achten, der sich ihm in den Weg stellte wie ein einhaltgebietendes Hindernis. Dann war er plötzlich erstaunlicherweise nicht mehr da; das Schloß gab sanft, lautlos nach, und der Zapfen glitt leicht aus der Höhlung, in der er tausend Jahre oder länger geruht hatte. Elof stieß einen tiefen Seufzer aus und sank auf die Knie, wobei er noch immer die Greifzange umklammert hielt.

»Gut gemacht, mein Schmied!« lobte Kermorvan ihn bewundernd, während Roc Elof auf die Beine half. »Ruh dich jetzt aus! Nachdem du mit deiner Kunst das Schloß geöffnet hast, soll nun mit reiner Muskelkraft erledigt werden, was noch zu tun bleibt.« Und er beugte sich vor, schloß die langgliedrige Hand um die Kante der Platte, stemmte einen Fuß gegen die Mauer und zog. Langsam, sehr langsam gab die große Tür seiner behutsam angewandten Kraft nach, zunächst einen Fingerbreit, dann eine Handbreit; ein leises Ächzen der Scharniere war zu hören, sonst nichts. Ils duckte sich unter seine Arme, um ihm mit ihrer nichtmenschlichen Kraft zu helfen; ihre Schultern spannten sich, die Muskeln traten an den wohlgeformten Gliedmaßen hervor, die Form der schweren Knochen darunter zeichnete sich ab. Die Platte bewegte sich eine Handbreit weiter, und in ihrer Kante war jetzt das Glitzern von Metall sichtbar, einer diamantförmigen Scheibe aus matter Bronze, bei der es sich nur um das Schloß handeln konnte. Darauf waren viele Zeichen angebracht, doch es war die Kartusche auf der eckigen Vorderseite des Riegels, die Elofs Aufmerksamkeit auf sich zog und die ihn mit plötzlichem Unbehagen erfüllte. Eine so starke Herausforderung an einem so schlichten Schloß ... Diese Zeichen, das Muster — er hatte es schon mal auf einem anderen Bronzegegenstand gesehen; seine Hand griff flink nach seinem Bündel, zu der eingewickelten Form des Zepters, und endlich erkannte er, welches gebogene Ding es sein mußte, das Ilmarinen schmiedete. Diese Höhlentür war offenbar ein Symbol für königliche Befehlsgewalt, für die Macht, die diese Zeichen verkörperten; deshalb hatte er die Herausforderung falsch verstanden. Es war keine Überheblichkeit, sondern eine strenge Verfügung von höchster Stelle ... »Kermorvan, halt! Das hier ist vielleicht kein gewöhnliches Versteck ...«

Doch es war bereits zu spät. Unter der gemeinsamen Anstrengung starker Arme schwang der Stein mit eigener Wucht nach außen; Ils machte einen Satz, um ihm auszuweichen, während Kermorvan versuchte, ihn zu halten, damit er sich nicht von den ächzenden Scharnieren riß. Die Fackeln flackerten, und durch den offenen Durchgang bauschte sich die Dunkelheit wie ein Vorhang im Wind. Ein leichter Lufthauch wehte hinterher, mit einem Schwall von Gerüchen, die für den kalten Gang fremd waren, ein schweres lähmendes Gemisch aus Staub und Moder, ein sonderbarer Duft mit einer schwachen Anmutung von Gewürzen, von aromatischem Harz und prickelndem Balsam. Es war ein Geruch, wie er antiken Gegenständen anhaften mochte, dem Staub vergangener Sommer, verblaßter Jahre.

Kermorvan ließ die Tür los, nahm die flackernden Fackeln an sich und trat über die flache Schwelle in den Raum dahinter. Er hielt die Fackeln hoch, und sie loderten hell auf; die Schwärze wich vor ihrem Feuer zurück und floh vor ihnen in die Tiefe des langgestreckten Raumes. Kurz verdeckte Kermorvans große Gestalt ihn gegen die Sicht der anderen; doch dann schien er in sich zusammenzuschrumpfen, als ob er einen Schlag bekommen hätte. Sein Umhang wallte um ihn, und er sank auf die Knie; die Fackeln in seinen Händen sackten herab. Rotes Licht und lange Schatten huschten die Wände hinauf. Es waren seltsame Schatten, die die hohen Platten und Sockel, die an der Wand aufgereiht waren, und die reglosen Gestalten darauf warfen. Kermorvan neigte in dem düsteren Licht den Kopf tief.

»Was fehlt dir, Mann?« flüsterte Elof, unfähig, laut zu sprechen. Kermorvan gab keine Antwort und ließ auch durch kein Anzeichen erkennen, daß er ihn gehört hatte. »Was ist los?« wollte Elof beharrlich wissen, während seine innere Erregung wuchs. »Was für ein Ort ist das hier?«

Jemand, der ihn weniger gut kannte, hätte meinen können, Kermorvan habe keinerlei Ausdruck im Gesicht, hätte ihn vielleicht für das Bildnis eines aus Stein gehauenen Menschen gehalten, lebensecht bemalt, doch mit dem Grundfarbton des Steins darunter. Und wahrscheinlich hätte dieser Jemand, der ihn nicht kannte, gefragt, in welche unvorstellbare Tiefe oder Ferne diese grauen Augen wohl blicken mochten. Seine Kameraden, die ihn — jeder auf seine Weise — besser kannten, sahen das Spiel der Gefühle in seinem Innern wie die Schatten von Wolken, die über Hügel jagten, wie ein Atemhauch auf Glas, wie Hitze, die Eisen durchströmt. Seine steinernen Lippen bewegten sich, doch seine Worte waren nicht an sie gerichtet.

»*Alles, was wir waren* ...«, murmelte er und schüttelte den Kopf, anscheinend ungläubig. Als Roc die Worte hörte, musterte er ihn eindringlich.

»Das kann nicht sein!« platzte er heraus. »Wir haben doch nicht ...« Er biß sich auf die Lippe, und zu Elofs Erstaunen sah er aus, als wäre er darauf gefaßt, sich umzudrehen und wegzurennen. Kermorvan wiederholte die Worte leise.

Alles, was wir waren, ist vergangen;
Ein Bündel trockenen Grases,
Das einst in grünen Wiesen wogte,
Das ist aus uns geworden,
Weitergegeben sind Zepter und Krone,
Recht und Herrschaft niedergelegt,
Wie der geringste Mensch ruhen wir
Still in unserem langwährenden Heim.

»Ils und Elof, ihr kennt das bestimmt nicht«, sagte er ernst. »Es ist der Anfang der Verse des Wissens, genannt *Arel Arhlayn.* In Bryhaine lernt sie jetzt kaum noch jemand, doch die erste Zeile ist zu einem Sprichwort geworden.«

Eine furchtbare Erkenntnis schnitt in Elofs Verwirrung. »Aber *Arel Arhlayn* in der Sprache des Altertums bedeutet doch ...«

»Die Geschichte der Lords, die Legende der Könige. Genau. Und man kann sagen, daß wir uns hier mitten darin befinden, in der leibhaftigen Legende — oder der einst leibhaftigen. Wir sind in die unterirdischen Gemächer des alten Königspalastes eingedrungen, und dank deines Könnens haben wir uns den Ort namens Dorghael Arhlannen erschlossen, Gewölbe und Grabmal der Könige des Reiches Morvan, das tiefste Heiligtum des ganzen Landes. Und rings um uns herum befinden sich ihre letzten Ruhestätten.«

Elof wünschte sich, der kalte Stein würde sich öffnen

und ihn verschlucken. Denn in seiner Hast, in seiner alten unüberlegten Hast, hatte er da dieses ernste Hindernis nicht nur einfach als etwas angesehen, das es zu überwinden galt, gedankenlos und ohne Hochachtung? Auf diese Weise hätte vielleicht ein Ekwesh-Pirat ein kunstvoll gearbeitetes Schatzkästchen aus Kristall zerschmettert, nur um an das Gold darin zu gelangen. Die Könige von Morvan! Kermorvans Vorfahren, seine Ahnen, die er so sehr verehrte ... Wie Korentyn. Elof fiel in diesem Moment ein, wie ihn dieser uralte Herrscher gekennzeichnet hatte — vordergründig ehrenwert, im Verborgenen schändlich! War er dieser Charakterisierung jetzt nicht in doppelter Hinsicht gerecht geworden?

»Elof Valantor ...«, sagte Kermorvan, und Elof wurde bei diesem Namen beinahe übel. Die Stimme des Kriegers war gedämpft, doch dieselbe kalte Stärke schwang darin mit, die der Schmied zum erstenmal bei den Duergar gehört und niemals vergessen hatte. »Dieser Titel steht dir wohl an! Denn durch deine handwerkliche Geschicklichkeit hast du ein Zeitalter beendet, eine lange Ära der Teilung, einer Trennung, die es niemals hätte geben dürfen. In früheren Zeiten war es Brauch, daß jeder Prinz zunächst an diesen Ort kommen mußte, bevor er seine Regentschaft antreten konnte, um die Vorfahren zu ehren, bei ihnen Rat einzuholen, darüber nachzudenken, welchem Zwecke letztendlich eine Macht wie die seine zu dienen hatte, und sie dadurch würdiger anzuwenden. Und weil der Sohn, den König Keryn nach Osten schickte, zu jung dafür war, benutzten seine Feinde dies als Vorwand, um ihm und allen Nachfolgern in seiner Dynastie das Anrecht auf den Thron abzusprechen. Nun sollen sie es bereuen! Denn sie haben sich so sehr auf diese Gewohnheit verlassen, daß sie sich jetzt gegen sie wenden wird. Du hast mir mehr Ehre erwiesen, als mir gebührt, mein Freund.« Er ließ den Blick durch die Runde wandern, sah das Erstaunen auf Elofs Gesicht und lächelte hintergründig. »Hattest du etwas anderes befürchtet? Warum? Es geschah auf mein Geheiß, daß du den Zauber dieses Schlosses brachst; ich allein habe die Folgen zu tragen, ob gut oder schlecht. Und ich werde sie tragen! Teilt dieses Erleben mit mir, meine Freunde; seht euch um, laßt eure Phantasie spielen, und staunt! Hier ruhen die Überreste der Könige von Morvan seit der Gründung dieses Königreichs an den unbekannten Ufern von Brasayhal vor gut eintausend Jahren.«

Die Schatten zitterten plötzlich, die Fackeln qualmten und erloschen in Kermorvans Hand, doch er schenkte dem keine Beachtung. Bei seinen Worten hatte tiefe Ehrfurcht sie alle ergriffen, Roc, Elof und sogar Ils, für die die Reiche der Menschen gering und vergänglich waren. Und das Gefühl, von irgendeiner Wesenheit umgeben zu sein, das Elof in der äußeren Schwärze empfunden hatte, kehrte zurück. Er sah von einer Totenbahre zur anderen, auf die Gestalten, die unter stumpf gewordenen Rüstungen und den Fetzen ehemals prächtiger Gewänder lagen; sie waren jetzt nur noch wie Spinnweben, zusammengehalten vom Staub und den üppigen Metallfäden ihres Schmucks. Wirklich eine eindrucksvolle Warnung an einen nach dem Thron strebenden Prinzen, aber auch ein Quell tiefen Stolzes. Elof fragte sich, ob er selbst vielleicht im Innersten seines Herzens auf eine solche Abstammung neidisch sei, doch er fand, daß er es nicht war; er scherte sich nicht viel um seine Vorfahren, da es so viele andere Dinge gab, die zu wissen es ihn drängte. Er konnte jedoch nachvollziehen, was sie für Kermorvan bedeuten mußten, diese Gestalten, deren Reihen von Totenbahren sich bis in die dunkle Tiefe der Grabkammer erstreckten, und auch für Roc. Ihre schweigende Großartigkeit und alles, was damit einherging, hatte eine starke Wirkung auf Elof; das Gewicht von Jahrhunderten, die Errichtung eines mächtigen Reiches der Menschen, die lange Erhaltung und die letzte Verteidigung gegen einen erbarmungslosen, zeitlosen Feind, und zwischen all den großen Ereignissen, Krieg und Frieden, Kampf und Aufbau, die zahllosen Schicksale von Menschen, die einst sowohl geherrscht als auch gedient hatten. Und sie dienten immer noch, indem sie beredtes Zeugnis über die Existenz ihrer Königreiche ablegten, nachdem alle anderen Spuren ausgelöscht worden waren. Dann flackerten die Fackeln erneut, und der Bann war gebrochen; Ils schnaubte ungeduldig, nahm Kermorvan die Pechfackeln aus der Hand und schwenkte sie, um sie wieder auflodern zu lassen.

»Ruhen denn ausnahmslos alle hier?« fragte sie. »Es sind doch bestimmt einige von der Heimat entfernt oder auf dem Meer gestorben?«

»Nur wenige«, antwortete Kermorvan und erhob sich steif. »Und wir haben uns stets sehr bemüht, ihre sterblichen Hüllen zurückzuholen. Die wenigen, bei denen uns das nicht gelang, sind hier nachgebildet, mit Waffen oder Rüstungen, die ihnen gehörten. Seht ihr diese Bogen, die das Gewölbe überspannen? Das waren einst die hinteren Mauern, und sie kennzeichnen die vielen Erweiterungen, die Dorghael Arhlannen erfuhr. Zuletzt stieg die Zahl der Totenbahren auf zweihundert an, und einhundertvierundsechzig Könige liegen hier aufgebahrt.«

Ils kicherte spöttisch. »Eine todtraurige Angelegenheit, könnte man sagen, daß bei dem Überfluß an bequemen Plätzen einige am kalten Boden liegen müssen!«

»Was?« schrie Kermorvan und griff wieder nach einer Fackel. »Wenn irgendein Feind diesen Ort geschändet hat …«

Während er nach vorn hastete, sah Elof, was Ils' Blick in der Dunkelheit ausgemacht hatte. Tief im Innern des Grabmals zeichneten sich zu beiden Seiten des letzten Bogens zwei Gestalten, wie von Kinderhand hingekritzelt, im Staub am Boden ab. Doch es waren keine Linien, sondern plastische Gebilde, vor allem die Köpfe, denn es handelte sich um Totenschädel. Kermorvan kniete neben den Gebeinen von zwei Männern. »Diese Körper wurden nicht von den Bahren geworfen«, murmelte er. »Mit Sicherheit liegen sie noch genauso da, wie sie gestorben sind, die Helme auf den Köpfen, die Harnische angelegt …« Behutsam hob er die Reste eines Kettenhemdes und eine lange, unversehrte Hellebarde an. »Anscheinend ein Harnisch der alten Königlichen Garde …« Dann schnappte er hörbar nach Luft und erhob sich schnell. »Die beiden Wächter! Korentyn hat es erwähnt! Er nahm nur zwei alte Männer seiner Wachtruppe mit!« Langsam, beinahe widerwillig, schritt er durch den letzten Bogen und blieb dort stehen. Die anderen drängten sich hinter ihn und sahen dasselbe wie er.

Die langen Reihen der Bahren waren leer, mit Ausnahme einiger weniger in der Nähe des Bogens. Die dunklen Gestalten darauf waren, wie es bei allen anderen einst der Fall gewesen war, mit Gewändern und Rüstungen und Helmen angetan, nur der letzte nicht. Wie die Wachmänner lag er unbedeckt da, abgesehen von einem großen schwarzen Schild. Doch darüber war kein gewöhnlicher Helm, denn selbst durch die dicke Schicht Staub spiegelte sich das Licht der Fackeln darin, erzeugte ein Funkeln wie von einem hellen Feuer und glitzerte in vielen Farben auf dem Kopf des Toten.

»Hierher ist er also gekommen.« Kermorvans Stimme klang tiefer als sonst, vor Kummer schwermütig, doch gleichzeitig schwang darin ein gewisser Triumph mit. »Er und seine Kameraden wollten sich nicht im Herzen der Stadt ergeben. Hier standen sie, als das Eis über ihnen sich dröhnend heranschob und alles vernichtete, das sie gekannt und geliebt hatten, all das, was die Männer hier rings um sie herum aufgebaut hatten. Zumindest diesen Ort konnten sie im Sterben verteidigen. Und als die Zerstörung vollendet war und dieses Gewölbe noch stand, entschieden sie sich dafür, an diesem Ort unterzugehen, zu verdursten oder zu verhungern oder selbst Hand an sich zu legen, bevor sie das Risiko eingehen würden, diese Tür der Schändung und Entweihung zu öffnen. Und es hat sich erwiesen, daß sie richtig gehandelt haben!« Er schoß plötzlich zu der letzten Totenbahre und kniete für einen Augenblick daneben nieder, während die anderen ihn schweigend beobachteten. Dann erhob er sich langsam und streckte die zitternden Hände zu der Gestalt aus, die vor ihm lag. Sanft, ehrfurchtsvoll nahm er ihr den Helm ab und legte ihn am Ende der Bahre ab. Dann entnahm er seinem Packsack seinen eigenen Helm, den er während so vieler Abenteuer getragen hatte, hob das Futter aus weichem Leder heraus und setzte ihn auf den fleischlosen Schädel. Erst dann nahm er den anderen von der Bahre und warf schwungvoll seinen langen Umhang darüber. Staub stob davon auf wie gebannte Zeit, und er leuchtete und glänzte im Licht der Fackeln, als er ihn hochhob. Er war von der gleichen Machart wie sein eigener oder jener andere, den Elof hergestellt hatte, doch er war schwarz, mit hohem Kamm und einer Gesichtsmaske, deren Gestaltung raubvogelhafte Grausamkeit und grimmigen Zorn ausdrückte. Doch die schrägstehenden Augen dieser Maske waren durch leuchtende Edelsteine hervorgehoben, die ausgearbeiteten Brauen bestanden aus Silber und Gold, und darüber war ein kleiner goldener Kreis angebracht, in dem ein großer weißer Stein zwischen grünen Edelsteinen funkelte — Weiß wie klares Wasser, Grün wie fruchtbares Land im Frühling, Gold wie die wohltuende Sonne.

»Seht die Große Krone von Morvan!« sagte Kermorvan leise. Seine grauen Augen leuchteten im Licht der Sonne über dem unendlichen Meer. »Wider alles Erwarten habe ich meinen Ahnherrn gefunden, den letzten, der lebend hier gewandelt ist. Hier bin ich auf die Überreste gestoßen, auf das eigentliche Kermorvan, auf die

Stadt Morvan, ihn habe ich entdeckt, der hier ruht, den letzten König. Von ihm habe ich empfangen, was ihm anvertraut worden war und was er getreu bis zum Ende bewahrt hat. Nun übernehme ich das ihm Anvertraute! Die Kette, die zerrissen war, ist wieder zusammengefügt, die Linie, die unterbrochen war, setzt sich fort. Nun ist er nicht mehr der letzte König von Morvan! Denn er hat einen Nachfolger!« Und er hob sich den Helm über den Kopf.

Dann senkte er ihn zur Überraschung seiner Freunde, wiegte ihn im Arm und lächelte. »Doch jetzt noch nicht. Ich muß diesem Namen Bedeutung verleihen, bevor ich ihn beanspruche.« Er nahm das Lederfutter und befestigte es in dem Helm. »Seltsam sind die Fügungen des Schicksals, nicht wahr? Und töricht ist unser Wunsch, es selbst zu steuern. Denn mein Vorfahr Keryn sandte das Große Zepter von Morvan nach Westen, damit sein Sohn in seinem neuen Königreich mit den Insignien der Macht ausgestattet sei, doch die Krone behielt er für sich selbst, damit sie als Symbol für den anhaltenden Widerstand gegen das Eis, wie ich vermute, in Morvan verbleibe. Doch im Wandel der Zeit ging das Zepter verloren, und nun ist es die Krone, die in die Hand seines Nachkommen übergeht.«

Da erfüllte eine große Leichtigkeit Elofs Herz, warm wie der Wind aus dem lebendigen Süden. Und jenseits allen Zweifels, jeder Gefahr, erschallte sein Lachen an diesem feierlichen Ort, wie das Lachen der Mächte am Morgen der Welt. »Seltsam sind die Wege des Schicksals in der Tat, mein Lord! Noch seltsamer, als du dir vorstellen kannst! Denn sollte es Zufall gewesen sein, daß du einen Jungen aus Asenby kennenlerntest, mit ihm Freundschaft schlossest und ihm dabei halfst, abgesehen von wichtigeren Dingen und Angelegenheiten, ausgerechnet einen Gegenstand zu retten, den er seit seiner Kindheit in Gebrauch hatte, ein bescheidenes Arbeitsgerät? Einen Gegenstand, der so abgenutzt war, so alt, daß nicht einmal du ahnen konntest, was es war. Ich selbst ahnte es nicht, bis Korentyn persönlich mir den Hinweis gab!« Und er zog jenen Stab aus seinem Bündel, der ein Viehtreiberstock gewesen war, und hielt ihn vor Kermorvans erstaunte Augen. »Bei meiner Handwerkskunst, die keine Widerrede duldet, sage ich dir jetzt: Dies ist das Zepter von Morvan. Es stammt aus Asenby, der Heimat, die Ase, die das Zepter bei sich hatte, für sich schuf; es trägt das Muster, mit dem nur das Zepter jemals versehen war, und in ihm stecken Fähigkeiten und Eigenschaften, die bis jetzt noch nicht einrnal ich selbst erfassen kann. Nimm es und begreife es, wie ich es begriffen habe — als Zeichen. Denn Zufall kann das nicht sein.«

Kermorvan betrachtete den Stab, machte jedoch keinerlei Anstalten, ihn zu nehmen; statt dessen musterte er Elof eindringlich. »Wer bist du?« murmelte er. »Korentyn kannte dich, Morhuen kannte dich ... Wenn Asenby wirklich Ases Heimat war, dann könntest du ein Nachfahr von jemandem aus jener Zeit sein und dessen Züge tragen, wie ich die meiner Vorfahren.«

Elof zuckte mit den Schultern. »Ich wurde nicht in Asenby geboren. Was das betrifft, wer ich bin, so hast du selbst mir einen Namen gegeben, und ich habe dir das wenige, das ich weiß, erzählt.«

Kermorvan neigte streng den Kopf. »Nun denn! Wer immer du sein magst, das Zepter wurde in deine Hände gelegt, und du hast es wohl bewahrt. Hüte es weiterhin für mich! Sollte ich jemals an die Herrschaft eines Königreichs gelangen, dann wirst du es von mir erneut überreicht bekommen, als mein Ratgeber und als Prinz, als mein nächster Thronfolger.«

»Wohl gesprochen«, sagte Roc leise, und Ils nickte. Doch Elof fiel auf ein Knie.

»Mein Lord, ich bin nicht würdig ...«

»Willst du das Urteil eines Königs in Frage stellen?« fragte Kermorvan in scharfem Ton.

Elof hob trotzig den Kopf. »Jawohl! Oder welchen Nutzen sollte ein Ratgeber sonst haben?« Dann bemerkte er das leichte Zucken um Kermorvans Mundwinkel, und sie alle schmunzelten.

»Paß nur auf«, mahnte Kermorvan ihn heiter, »ich könnte dich leicht zum Beherrscher der Sterne machen, denn ich besitze sie ebensowenig wie irgendein anderes Reich. Und meine Lage wird sich kaum verbessern, wenn ich noch länger hier verweile.« Er warf noch einmal einen Blick auf die funkelnde Krone, schüttelte staunend den Kopf und wickelte sie liebevoll in das geölte Tuch, das bereits seinen Kettenpanzer schützte. »Kommt, Freunde! Ich habe der Vergangenheit meine Hochachtung gezollt, jetzt wollen wir der Zukunft entgegensehen.« Er zögerte. »Wir könnten uns hier etwas ausruhen, wenn ihr wollt; diejenigen, die bereits hier schlummern, werden uns nicht behelligen, davon bin ich überzeugt ...«

»Nein, danke!« entgegnete Roc schnell. »Ich habe einiges über die Vergangenheit gelernt, und einer oder zwei dieser edlen Herren waren nicht ganz so umgänglich wie du.«

»Und die Luft ist zu stickig«, fügte Ils hinzu, »und es riecht nach Einbalsamiertem. Ich könnte hier nicht schlafen.«

»Ich auch nicht«, murmelte Elof. »Womöglich würde mir das Gesicht wieder erscheinen.«

»Nun denn, laßt uns also einen anderen Platz suchen«, seufzte Kermorvan, während er das Bündel mit dem Kettenpanzer wieder in seinen Packsack gleiten ließ. »Kommt!« Doch als sie wieder durch den Bogen traten, zögerte er und blickte sich nach allen Seiten um. Dann bückte er sich und sammelte die Gebeine ein, die dort lagen. Es war jener menschliche Instinkt in ihm, der ihnen bei der ersten Begegnung mit Tapiaus Kindern schon so gute Dienste erwiesen hatte, dieses Gegengewicht zu dem furchterregenden Krieger, in den er sich verwandeln konnte. Mit Hilfe der anderen trug er sie durch den Bogen und legte sie schnell und sorgfältig auf zwei der leeren Bahren in der richtigen Anordnung zurecht. Und er sprach zu ihnen: »Ruhet dort neben eurem Herrn! Lebend durftet ihr es nicht erfahren, doch ich als sein Erbe belohne euch damit — die einzige Ehre, die ich euch erweisen kann. Ihr seid die letzten, die in Dorghael Arhlannen zur Ruhe gebettet werden, und ihr seid dessen nicht weniger würdig als alle anderen. Bewacht diesen Ort gut, bis sich die Welt verändert!« Dann verneigte er sich vor ihnen und vor dem übrigen Teil des dunklen Gewölbes und zuletzt noch vor der schweigenden Gestalt, die seinen Helm trug. Auch Elof und die anderen verneigten sich, bevor sie sich der Tür auf der anderen Seite zuwandten.

Doch während sie durch das Gewölbe schritten, schnupperte Ils plötzlich. »Da ist wieder dieser scharfe Geruch ... stärker als der des Staubs ...«

»Ich rieche es auch!« bestätigte Kermorvan. »Zu stark für Fledermäuse ...« Plötzlich fluchte Roc, der sie anführte, und schwang die Fackel nach oben; sie blieben wie angewurzelt stehen, und zwei Herzschläge lang hielten sie die Luft an. In der Dunkelheit vor ihnen, etwa auf der Höhe von Kermorvans Kopf, leuchteten zwei Punkte wie rotes Feuer in flüssiger Helligkeit. Einen Moment lang schwebten sie dort, glitzernd wie die Edelsteine an dem Helm, und Elof spürte, wie ihn dasselbe kalte Entsetzen packte, das er an der Öffnung der Grabkammer empfunden hatte, denn er wußte, daß es sich um Augen handelte. Doch sie standen zu weit auseinander, um menschliche Augen zu sein, und unter ihnen konnte er den Schimmer eines weißen Mauls erkennen, lang und schmal, wie körperlos in der Dunkelheit schwebend, gelbe Fangzähne, mit Streifen triefenden Speichels bedeckt. Dann erfüllte das gleiche röchelnde Knurren, das er schon zuvor gehört hatte, das Gewölbe, begleitet von einem heißen und stinkenden Atemhauch.

Das war alles, was Elof in diesem Augenblick des Erstarrens sah; dann spürte er, wie ein scharfer Lufthauch vorbeipfiff, als ob ein Schwert durch die Luft zischte. Doch es war kein Schwert; Kermorvan hatte seine Pechfackel so schnell heruntergerissen, daß eine Kugel brennenden Pechs von ihr weggeschleudert wurde, wie von einem Katapult abgeschossen. Wie eine Sternschnuppe schoß sie auf dieses abscheuliche Maul zu, und das Wesen bäumte sich zu einer weißen Mauer auf und stieß dazu einen schrillen Schrei aus, der ihnen die Ohren zu zerreißen drohte. Elof griff nach seinem Schwert, doch Kermorvan war noch schneller gewesen, indem er sich bückte und die alte Hellebarde vom Boden aufhob. Er tat einen Satz nach vorn und stieß zu; die alte Klinge prallte an der weißen Masse ab und rutschte daran entlang, rote Funken versprühend. Wieder ertönte der Schrei, und das Ungeheuer taumelte zwischen die Reihen von Totenbahren zurück. Kermorvan schlängelte sich vorwärts, schlagend, stoßend, springend, zerstörend; ein riesiges Vorderbein mit einer Tatze von der Größe seines Körpers peitschte auf ihn ein, doch Gorthawer war in Elofs Hand, die schwarzen Klauen wurden von etwas noch Schwärzerem getroffen und zuckten vor dessen Biß zurück. Ils holte aus, ihr Axt hackte mit Wucht in die Gliedmaße, streifte jedoch nur das gesträubte Fell; sie rutschte aus und stürzte zu Boden, ihre Fackel rollte zur Seite, die Tatze kam herab, und da hatte Kermorvan sich auch schon auf sie geworfen, und der Hieb landete auf der hochgereckten Hellebarde. Das weiße Maul schnappte nach vorn, Rocs Keule schlug zu und traf, und ein gelblicher Fangzahn zerbrach in blutiger Zerstörung. Das Ungeheuer taumelte rückwärts und fiel auf den schrägen Rücken, wobei es aufheulte und die langen Vorderbeine an den Kiefer hielt, während seine kürzeren Hinterbeine in der Luft zappelten.

Kermorvan rappelte sich auf und half Ils beim Aufstehen, während Roc die Fackel aufhob und zurückwich.

»Zünde noch eine an!« brüllte Elof. »Wir können nicht wagen, jetzt im Dunkeln zu stehen!« Dann unternahm das Ungetüm einen weiteren polternden Vorstoß, und er stieß ihm Gorthawer entgegen. Doch die Hellebarde zuckte noch schneller vor und ritzte einen blutigen Streifen unterhalb der Augen in den riesigen Kopf; das Ungeheuer sprang fauchend zurück, wobei seine Klauen über den Stein scharrten. Ils gesellte sich taumelnd zu den anderen, und gemeinsam drängten sie das Ungeheuer mit geschwenkten Waffen weiter zurück, bis seine Hinterbacken die Tür berührten. Es bäumte sich auf, als ob es zu einem Sprung ansetzte, doch neues Licht leuchtete in der Grabkammer auf; Roc sprang mit der frisch entzündeten Fackel nach vorn und stieß sie direkt in die blutige Schnauze. Das Ungetüm, aus dem Gleichgewicht gebracht, taumelte zurück und stürzte als schwerfällige Masse durch die schmale Öffnung in den Gang dahinter. Kermorvan sprang ihm mit ausgestreckter Klinge nach, und die anderen folgten ihm. Die Hellebarde beschrieb einen schwungvollen Bogen nach oben und flog wie ein Speer, doch das Ungetüm setzte bereits zum Sprung an, als der Griff noch in Kermorvans Hand war; sie trafen sich in der Luft. Die Spitze fuhr direkt in den Knick des massigen Halses, und dank Kermorvans Kraft und dem eigenen Gewicht des Ungetüms bohrte sie sich tief in das Fell. Das Ungeheuer sank auf die Steine, schreiend und nach dem Schaft der peinigenden Klinge grapschend.

»Sind alle draußen?« rief Kermorvan, der von der Wucht des Rückstoßes gegen die Wand geworfen wurde. »Haben wir alle unsere Sachen? Also, Elof, dann schließe die Tür!«

Elof drehte sich um und griff nach der Greifzange, die aus dem Schlüsselloch herausragte; dann warf er sich mit seinem ganzen Gewicht gegen die große Platte. Diese bewegte sich, scharrte an knirschenden Scharnieren über den Boden und krachte mit einem erschütternden

Knall, der selbst die Schreie des verwundeten Ungetüms übertönte, ins Schloß. Der Boden bebte, Steine und Staub fielen von der Decke, und zu seinem Entsetzen sah Elof einen Riß, der sich schnell verzweigte und ausbreitete wie die Wurzel einer todbringenden Pflanze. Er drehte seinen provisorischen Schlüssel in dem Schloß und sprang schnell zur Seite, als auch schon ein großer Brocken aus der Decke an der Stelle herunterpolterte, an der er gerade noch gestanden hatte. Durch die Staubwolke hindurch sah er Kermorvan, das Schwert in der Hand, der auf den sich windenden weißen Haufen vor ihm einschlug und -hackte. »Zurück!« schrie Elof ihm zu, und er hörte selbst, wie brüchig seine Stimme klang. »Die Decke gibt nach!«

Kermorvan tat einen Satz nach hinten. Dann stieß Elof einen grauenerfüllten Schrei aus, als das Ungetüm zappelnd wieder auf die Beine kam. Blut quoll aus seinem keuchenden Maul und troff aus den tiefen Rissen an seiner Flanke; der zerschmetterte Stumpf des Speers ragte aus seinem Hals, und doch bäumte es sich mit nicht erloschenem Zornesfeuer auf und setzte zu einem erneuten Sprung an.

Doch es sollte keine Möglichkeit dazu bekommen. Eine massige, nach oben gereckte Pfote krachte gegen das heruntersackende Mittelteil des Gewölbes, und zwar mit mehr als ausreichender Wucht, um es zum Einsturz zu bringen. Der gesamte Mittelteil der Decke brach ein, und gleichzeitig polterte eine Kaskade von Gesteinsbrocken herab. All das fiel auf den brüllenden Kopf, und das Geschöpf verschwand in einem donnernden Geröllrutsch.

»Lauft!« brüllte Roc, während er und Ils zurückhasteten. »Es geht um euer Leben!« Elof, der sich blitzschnell duckte, packte Kermorvans Arm, und gemeinsam flohen sie durch den Gang, den Rissen voranjagend, die sich entlang der Decke ausbreiteten. Bei einem kurzen Blick zurück wurde Elof des erhobenen Hammers Ilmarinens auf der Tür, und darunter eines weißfelligen Beins gewahr, das gegen das Geröll trat. Dann waren nur noch dröhnendes Gepolter und Einsturz um sie herum.

Sie hatten keine Ahnung, wie lange sie gerannt waren; die Fackeln zogen einen Schweif hinter ihnen her wie Sternschnuppen in staubiger Luft. Der Gang verlief geradeaus und eben, sonst hätte sie die Zerstörung vielleicht eingeholt. Erst als sie einen niedrigen, robust aussehenden Bogen erreicht hatten, hielten sie inne und lauschten auf das Dröhnen und Krachen von Gestein hinter ihnen; dort sackten sie keuchend und vor Staub hustend gegen die Mauer nieder.

»Das war eine saubere Arbeit, Langer«, lobte Ils Kermorvan unter Husten.

Er zuckte mit den Schultern und schüttelte sich Staub aus den zerzausten Haaren. »Die Hellebarde war gerade zur Hand, und sie eignete sich in einem solchen Kampf viel besser als alles andere; ein Schwert wäre vielleicht zu kurz gewesen, um an diesen riesigen Gliedmaßen vorbeizukommen.«

Ils warf ihm einen schrägen Blick zu. »Ich habe nicht nur das gemeint, und das weißt du ganz genau.«

Wieder zuckte Kermorvan mit den Schultern; er war ziemlich verwirrt. »Dorghael Arhlannen ist jetzt ziemlich gut abgeschirmt, das muß man sagen!« keuchte er. »Und ein reichlich feuriger Geist bewacht seine Pforte.«

»Ein stinkendes Scheusal!« zischte Roc. »Sich so heimtückisch anzupirschen! Sich so lautlos anzuschleichen! Man hätte doch ein Scharren der Klauen auf dem Steinfußboden hören müssen ... Listig und bösartig! Was war das eigentlich? Einer dieser großen weißen Schneebären?«

Kermorvan schüttelte müde den Kopf. »Das glaube ich nicht. Sie leben hauptsächlich am Meer.«

»Ich habe schon mal welche gesehen«, fügte Ils hinzu. »Sie sind nicht so massig, besonders was den Kopf betrifft. Das war etwas anderes, etwas, das ich noch nie gesehen habe. Und doch ...«

»Ich weiß«, warf Elof ein. »Es sah irgendwie vertraut aus. Das Maul ...« Er dachte an andere Wesen mit derartigen Zähnen, schnelle und wilde kleine Jäger, auf den Schneefeldern kreuz und quer huschende Flitzer, Ratten oder Hasen oder Vögel. »Eher so etwas wie ein Hermelin oder ein Marder... oder jenes Tier, das Vielfraß genannt wird.«

»Es gebärdete sich gierig genug«, sagte Roc. »Aber so groß wie ein Bär?«

»Das Eis bringt anscheinend solche Ungeheuer hervor«, bemerkte Kermorvan mit düsterer Stimme. »Oder es hat sie sich aus alten Zeiten bewahrt. Aus solchen Wesen bestand in alten Zeiten seine Armee; einst waren nicht viele Menschen bereit, ihm zu dienen — bis die Ekwesh kamen!« Er stand mühsam auf. »Nun, wir sollten auf keinen Fall noch länger hier verweilen; das Dach könnte weiter einstürzen. Welchen Weg haben wir jetzt noch vor uns?«

Roc hob seine Fackel, und die stauberfüllte Luft funkelte und wirbelte vor ihren brennenden Augen. Elof blinzelte und sah, daß sie zu einer Teilung des Ganges gekommen waren; es war keine Halle wie beim letzten Mal, sondern eine Kammer, in deren anderen drei Mauern es jeweils einen Bogen von der gleichen Art gab wie der, unter dem sie jetzt standen, jeder mit den Resten von Türen. »Zweifellos eine Kreuzung der Geheimgänge des Königlichen Palastes«, sagte Kermorvan. »Gegenüber geht ein Gang wie dieser ab, links ist eine Treppe, die nach unten führt ...« Sie spähten vorsichtig hinunter und zuckten angeekelt zurück.

»Der Gestank eines Untiers!« brummte Roc. »Dort unten muß sein Bau sein. Das hast du gerochen, Ils, keine Fledermäuse!«

Kermorvan drehte sich um. »Zweifellos! Doch das trifft für beide Richtungen zu. Es mußte sich hier unten irgendwie ernähren ...« Er hielt die Fackel zum dritten Bogen hoch; sie flammte plötzlich auf und zuckte, und in dem unsteten Licht sahen sie eine schmale Treppe, die sich nach oben in die Dunkelheit wand. »Noch eine Hürde zu nehmen!« bemerkte er mürrisch. Er warf sich seinen wertvollen Packsack höher auf die Schulter, spähte noch einmal in den dunklen Gang und schritt zur Treppe. Roc sah sich ebenfalls noch einmal um, Ils hingegen nicht. Elof verharrte noch für einen Augenblick auf der Stelle, denn nun, nachdem die Fackeln weg waren, glaubte er, etwas in der Dunkelheit zu sehen, ein schwaches Schimmern, fahl, leblos, kalt. Er wußte nur zu gut, was das sein mußte; auch hier leuchtete das Eis jetzt durch das in Mitleidenschaft gezogene Dach, wie ein Knochen, der unter einer tödlichen Wunde bloßgelegt ist. Er erschauderte und eilte den anderen nach.

Die Stufen waren steil und beschmutzt von dem Ungeheuer, das sie benutzt hatte — Generationen von Ungeheuern, den Klauenspuren auf den Steinen nach zu schließen. Nur der kräftige Hauch sauberer Luft machte den Gestank einigermaßen erträglich. Die Treppe führte zu einem Tunnel, der auch wieder steil nach oben führte; an seinem Ende war eine weitere Treppe, und an ihrem Fuß bewegte sich die Luft und verhieß eine Öffnung ins Freie. Hier mußten sie eine Rast einlegen, auch wenn der widerwärtige Gestank ihnen weiterhin jede Nahrungsaufnahme unmöglich machte, obwohl sie dringend etwas zu essen gebraucht hätten. Doch allein der Gedanke daran ließ sie würgen.

»Wohin mag diese Treppe wohl führen?« stöhnte Elof, während sie die ausgetretenen Stufen hinaufstolperten.

»Ich habe eine Vermutung«, sagte Kermorvan mit ruhiger, ermutigender Stimme. »Am Rande der Stadt Morvan erhob sich ein hoher Hügel, der Königshügel, der zum Ergötzen des Volkes grün und bewaldet gelassen wurde, mit vielen schönen Spazierwegen und Parks an seinem Fuß, zugänglich für jedermann. Doch der Gipfel war ein allein dem König vorbehaltener Park, in dem er sich für einige Zeit von den Geschäften seines hohen Amtes erholen konnte. Es wurde behauptet, daß ein Geheimpfad von dort zu seinem Palast führte, und das hier könnte er sein.«

»Aber was für eine Strecke!« beschwerte sich Roc. »Wir haben jetzt bestimmt schon zweimal die Breite von Kerbryhaine zurückgelegt ...«

»Und lediglich die südliche Seite der Stadt am Wasser durchquert«, sagte Kermorvan mit müdem Stolz, »denn wenn mir die alten Überlieferungen richtig in Erinnerung sind, dann lag der Königliche Palast im südlichen Viertel der Stadt, das als erstes erbaut worden war. Das, was wir einst besaßen, war im gleichen Maße gewaltiger als das, was danach kam, wie dieses wiederum gewaltiger war als alles, was wir danach geschaffen haben. Um soviel sind wir geringer geworden!« Die Fackel in seiner Hand loderte plötzlich auf, und es war, als ob die Flamme auf seine Stimme übergriff. »Aber es wird nicht immer so bleiben!« Und dann lachte er und sprang mit der Leichtigkeit eines fröhlichen Kindes die Stufen hinauf. Die anderen folgten ihm nicht weniger emsig und stellten im stillen Mutmaßungen darüber an, was er wohl gesehen hatte. Und als Elof, der immer noch den Schluß bildete, als letzter um die Biegung der Treppe kam, lachte auch er laut auf, denn sie hatten eine schmale Plattform mit einer Bogenöffnung, durchzogen von Rissen und Sprüngen, erreicht, in deren Stein Vertiefungen sichtbar waren; diese hatten offenbar einst Türscharniere enthalten, die jetzt vom Rost vollkommen weggefressen waren — Rost, der in der Luft entstand, die sie umwehte, dunkel und kalt und klar wie ein Gebirgsbach, unendlich erfrischend. Kermorvan, der bereits auf dem Treppenabsatz stand, reichte den anderen nacheinander die Hand und zog sie mit lockerer Kraft hoch; sie gesellten sich keuchend und ächzend zu ihm. Nachdem auch

Elof oben war, verhakten sie die Arme und taumelten durch den Bogen.

Doch sie waren kaum hindurchgetreten, da erstarb ihr Lachen, und eine Last legte sich schwer auf ihre Seelen; eine Hand so bitter und scharf wie die Luft, die ihnen in die Lungen stach wie die Kanten eines Diamants, umklammerte ihre Herzen. Sie standen tatsächlich im Freien und auch auf einem Hügel, doch es war ein vollkommen kahler Hügel, nicht einmal mit Erde bedeckt, wie von tausend Wintern geplündert. Sehr nahe über ihnen ragte der Gipfel auf, unzugänglich und schutzlos dem kalten Himmel der neuen Nacht ausgesetzt, wolkenlos, mondlos, nackt unter den suchenden Sternen. Und nicht weit unter ihnen verschwand der steinige Hügel, wie vom Meer umspült. Doch das Meer war still, die Wellen waren unbewegt, starr, ihre Flanken schwache graue Streifen gegen das sich verstärkende Weiß. Elof erinnerte sich daran, wie er diesen Anblick zum ersten Mal erlebt hatte, diese verwirrende Verhöhnung eines lebendigen Ozeans, und die Gipfel, die sich daraus erhoben wie kurzlebige Inseln; ihr Widerstand leidvoll und bedeutungslos gegenüber einem Feind, der müßig die Zeit für sich arbeiten lassen und die Waffe der Erosion für sich nutzen konnte. Der Königshügel war zu einem solchen Gipfel geworden, und zwar ein niedriger. Rings um ihn herum herrschte die unheimliche, ungebrochene Macht des Eises.

NEUNTES KAPITEL

Der Schatten des Raben

Kermorvan wußte nur allzugut, daß es nicht ratsam war, an einem derart exponierten Ort länger zu verweilen. Er warf einen schnellen Blick über dieses verwunschene Land, zog den Umhang fester um sich und drängte die anderen zurück in die Bogenöffnung. »Eine jämmerliche Belohnung für eure unermüdliche Ausdauer!« sagte er düster. »Ich hätte wissen müssen, daß der Hügel vom Eis eingemauert ist ...« Er machte eine Bewegung, als wolle er mit der Faust auf den Stein schlagen, doch Ils verhinderte es, indem sie sie sanft herabzog.

»Du bist immer noch zuviel mit dir selbst beschäftigt«, sagte sie, doch ihr Ton war ungewöhnlich sanft. »Welcher andere Weg bietet sich uns noch?«

Kermorvan schüttelte müde den Kopf. »Keiner, vermute ich. Ich hatte gehofft, die frische Luft könnte bedeuten, daß das Eis diesen Teil der Stadt verschont hat. Eine verwegene Hoffnung! Warum sollte es so sein?«

Roc zog eine Augenbraue hoch. »Ich möchte wissen, wieso dieses Gebäude, das unter dem Felssturz begraben war, nichts abbekommen hat.«

»Vielleicht weil es außerhalb der Mauern lag; es könnte ein Wachhaus an der Straße vor dem südlichen Tor gewesen sein. Das würde die Stabilität des Bauwerks und die Geheimtreppe erklären, ein Zugang in die Stadt hinein oder aus ihr heraus ...«

»Aber ist es wirklich von etwas verschont geblieben?« fragte Elof. »Woher kam der Felssturz? Wir sind nicht hinaufgeklettert, um das zu untersuchen, erinnerst du dich? Der Rabe hat dafür gesorgt, daß wir als erstes die Kammer fanden. Ils, das Alte Volk kennt sich doch mit dem Eis gut aus; was hat die Speerspitze aufgehalten, die es ausgesandt hatte, um Morvan zu zerstören? Warum hat es weiter südlich noch nicht zugeschlagen?«

Ils dachte nach. »Es wurde nicht aufgehalten, nicht in diesem Sinne. Das Eis schiebt sich immer weiter vor, gespeist von Schnee und Frost in seinem Kern; wenn es sich jedoch in den wärmeren Süden bewegt, schmilzt der äußerste Rand, und dann breitet es sich nicht weiter aus. Doch es weicht auch nicht zurück, da ihm von den Eismassen, die von hinten nachrücken, Nachschub zugeführt wird. Seine Herren müssen diese Erneuerung auf einen schmalen Bereich konzentriert haben, um das Eis weiter nach Süden zu treiben, als es sich sonst bewegt hätte. Denn an dem Punkt, wo das Klima einen Ausgleich zwischen Gefrieren und Schmelzen schafft, scheint das Eis anzuhalten. Doch in Wirklichkeit hält es niemals an. Deshalb kann es sich bei einem schweren Kälteeinbruch so ungeheuer schnell voranbewegen; es hört einfach auf zu schmelzen.«

Elof nickte. »Und was geschieht während des Tauwetters mit jenen dort?« Er deutete mit einer weiten Handbewegung auf die Wellen der Moränen. »Große Massen zerschmetterten Gesteins, vom Eis in Wogen weiterbefördert, um Zerstörung und Verwüstung zu verbreiten. So etwas war der Felssturz. Ohne es zu wissen, standen wir dort genau im Schatten der südlichsten Ausläufer des Eises.«

»Gut, daß wir es nicht wußten«, sagte Kermorvan. »Sonst wären wir wohl kaum das Wagnis eingegangen, diese Stufen hinunterzusteigen.« Dabei fuhr seine Hand zu seinem Packsack, und sein Lächeln war so unergründlich wie die Welt draußen. »Obwohl ich mich nicht beklagen kann, nicht wahr? Ihr anderen seid es, denen meine Sorge gilt.«

Elof mußte lächeln. »Wir zappeln doch im selben

Netz, oder etwa nicht? Aber tröste dich. Wenn sich dieser Palast im südlichen Teil der Stadt Kermorvan befand, dann können wir nicht weit vom Rand des Eises entfernt sein. Wir müßten in der Lage sein, es zu überqueren, wie du und ich es bereits einmal getan haben.«

»Aber nicht bei Nacht«, sagte Ils erschaudernd.

»Nein, in der Tat nicht«, bestätigte Kermorvan mitfühlend. »Ich habe genug von diesen kleinen Spielchen, und Elof zweifellos ebenso. Das bedeutet, daß wir uns bemühen sollten, bis zum Morgengrauen auszuruhen, so gut wir können, ohne zu erfrieren. Ils, wie viele Fakkeln haben wir noch?«

Sie wühlte in ihrem Packsack. »Neun ... nein, elf. Und die beiden halb abgebrannten in den Haltern ...«

»Dann werden wir ein Feuer mit ihnen entfachen! Aus den beiden brennenden und zwei weiteren, das wird für den Anfang genügen. Aber nicht hier oben, wo man den Lichtschein sehen kann. Wir müssen uns dafür etwas weiter die Treppe hinunter begeben.«

»Ganz gut«, sagte Roc kläglich. »Vielleicht überdeckt der Rauch den Gestank etwas. Das Scheusal ist tot, aber seine Rache lebt weiter.«

Einhellig beschlossen sie, ihr dürftiges Mahl in der reineren Luft in dem Bogengang einzunehmen, bevor sie ihr Feuer errichteten. Es brannte hell, bescherte ihnen jedoch kaum Wärme genug, um die Kälte auszugleichen, die der kalte Stein durch die Umhänge hindurch ausstrahlte, während sie eine einigermaßen bequeme Stellung zum Schlafen suchten, auf den schmalen Stufen dicht aneinandergekuschelt. »Hier sollten wir unbedingt eine Wache aufstellen«, sagte Kermorvan gequält. »Ich werde den ersten Teil der Nacht übernehmen ...«

»Nein, ich«, seufzte Elof. »Die Nähe des Eises läßt mich ohnehin nicht zur Ruhe kommen, so müde ich auch bin. Ich werde bestimmt besser schlafen, wenn ich mich erst einmal ein wenig daran gewöhnt habe.«

»Wie du willst. Ich bin zu keiner Auseinandersetzung mehr fähig.« Der Krieger zog sich die Kapuze über den Kopf und bettete den Kopf auf den Arm. Roc und Ils waren bereits eingeschlafen. Elof fühlte sich mit einemmal schrecklich allein. Er wärmte sich noch einmal die Hände an dem spärlichen Feuer auf, erhob sich und trat durch den Bogengang hinaus in den Eisschimmer. Zwei Nächte ohne Schlaf, die es seiner Schätzung nach waren, und das wenige Essen hatten ihn mehr geschwächt, als ihm bewußt gewesen war; er bewegte sich auf wakkeligen Beinen, und ein tiefer Schmerz brannte in seinen Knochen. Zumindest würde ihm das helfen wachzubleiben, und wenn er eine Zeitlang stillsäße, würde es bestimmt besser werden. Doch die Zeit verging, und es wurde nicht besser; tatsächlich wurde es sogar ein wenig schlimmer, oder er empfand es zumindest deutlicher, und er fand darin eine Abart jenes Schmerzes, den ihm der erste Schritt auf dem lebendigen Eis bereitet hatte.

Hoch über der Rundung der Erde glitt eine kalte Mondscheibe dahin wie das Segel einer unsichtbaren Barke. Selbst diese schwachen Strahlen ließen das Eis glitzern, und Elof, der dumpf und achtlos in seine trübsinnigen Gedanken versunken dagesessen hatte, richtete sich plötzlich mit einem tiefen Japsen auf. Dieses Schauspiel war gewaltiger als alles, das er jemals erlebt hatte, selbst im Nordland. Hier gab es keine Berge, die in dieser verwirrenden Ödnis Deckung geboten hätten, es gab kaum Erhebungen, abgesehen von dieser, auf der er sich befand. Das Eis leuchtete klar, ungebrochen, grenzenlos von einem Ende der Welt zum anderen und darüber hinaus, ein gewaltiges flutendes Meer aus schimmerndem Glanz, ein riesiger Juwel, der die fragwürdige Großartigkeit von Menschen winzig, nichtig, vergänglich erscheinen ließ.

Doch während ihn dieses Gefühl durchwallte, dachte er gleichzeitig an Morvan, an die mächtigen Toten von

Dorghael Arhlannen, und er schob den Gedanken beiseite, verdrängte ihn vollkommen. Kein Wunder, daß das Eis derartige Gedanken hervorrief; sie waren darin eingeschlossen, ausgebrütet von den Geistern, die es geschaffen hatten. Doch so gering und mit Makeln behaftet lebendige Wesen auch sein mochten, zumindest lebten sie, sie wuchsen, sie mühten sich, und auf ihre unterschiedliche Weise liebten sie. All diese Dinge trafen für die Menschen zu, und darüber hinaus hatten sie Seelen. Sie konnten die mannigfaltigen Reichtümer des Lebens genießen, sich aber auch an dieser leblosen Pracht erfreuen; in beiderlei Hinsicht war es ihre Welt. Und um dieses war die menschliche Rasse reicher, stärker, größer als diese feindseligen Mächte. Als er die Dinge auf diese Weise betrachtete, sich den schmalen Grat des Daseins ihrer Widersacher vergegenwärtigte, empfand er fast so etwas wie Mitleid mit ihnen.

Als der Mond höher gestiegen war, fand er die Betrachtung des Eises ermüdend; er hatte den Eindruck, daß seine Augen ihm Streiche spielten. Immer wieder sah er weit im Norden ein schwaches Licht flackern, er war sich jedoch nicht sicher, ob im Eis oder am Himmel; es huschte einen Augenblick lang über die Helligkeit, dann verschwand es und erschien an anderer Stelle erneut, manchmal näher, manchmal weiter entfernt. Allmählich störte es ihn, und er ermahnte sich, in alle Richtungen aufmerksam zu sein. Er erhob sich mit steifen Gliedern, stand im Schatten des Bogens und wandte sich nach Süden. Zu seiner Überraschung sah es in dem klareren Licht so aus, als würde sich das Eis dort nicht so weit erstrecken, als würde es womöglich vor dem Horizont enden. Doch da er jenseits davon nichts anderes als blauen Himmel sah, war er im Zweifel. Dann flackerte in der Ferne etwas; er stöhnte, rieb sich die Augen und blinzelte. Doch als er wieder hinblickte, sah er es immer noch, und sogar noch deutlicher. Diesmal spielten ihm seine Augen keinen Streich: Etwas war auf dem Eis, und es bewegte sich sehr, sehr schnell, direkt auf diesen Hügel zu. Er wandte sich um, um die anderen zu wecken, doch eine plötzlich aufheulende Windbö zerrte an seinen Haaren und bauschte seinen Umhang, und zwar kräftig genug, um ihn in seinem geschwächten Zustand ins Taumeln zu bringen. Dann war das Ding unglaublicherweise bereits am Fuß des Hügels. Und als er erkannte, was es war, starrte er es einen Augenblick zu lange fassungslos an. Denn die Gestalt in einem schweren mitternachtsblauen Mantel hatte sich bereits von dem riesigen Pferd geschwungen und hastete mit so schnellen Schritten den felsigen Hang hinauf, als handele es sich nur um einen kleinen Erdhügel.

Elof nahm all seine Geistesgegenwart zusammen. Diesmal würde er diesen sonderbaren Wanderer zur Rede stellen, diesmal würde er unumwundene Antworten von diesem Raben verlangen, der so leichtfertig in seinem Schicksal herumpickte. So dankbar er ihm auch für die guten Dinge war, die er ihm hatte angedeihen lassen, so sehr hatte er doch das Recht, sich über das Spiel zu ärgern, das er mit ihm trieb, als ob er nichts anderes wäre als eine seelenlose Figur auf einem Spielbrett. Das war er nicht, er wußte, daß er das nicht war, und über kurz oder lang, komme, was da wolle, würde das auch der Rabe einsehen. Elof zog sich in die Dunkelheit zurück, und als die schweren Schritte an ihm vorbeigingen, trat er mit aller ihm zur Verfügung stehenden Eleganz vor und streckte die Hand grüßend und gebieterisch aus.

Genausogut hätte er versuchen können, den Wind auf seinem Weg aufzuhalten. Die Gestalt in dem Mantel schenkte ihm keinerlei Beachtung, und nur sein Schatten berührte ihn. Doch diese Berührung ließ ihn angewidert und entsetzt erstarren. Wie aus unvorstellbarer Höhe senkte sie sich auf ihn herab, und einen Augenblick lang erschien ihm der wallende Mantel wie eine Gewitterwolke, die den Gipfel des Hügels einhüllte, und der Wanderstab sah größer aus als der höchste von Tapiaus Bäumen. So gewaltig wie die Mächte, die in den Gängen von Dorghael Arhlannen eingemeißelt waren, wirkte diese Gestalt auf ihn, ein zu den Sternen aufragender schattenhafter Riese. Dann schritt sie an ihm vorbei und war nicht größer als ein hochgewachsener Mann, doch immer noch verschluckte sein Schatten den Bogengang und mit ihm Elof. Er konnte nur dastehen und gaffen, während die Gestalt zum Kamm des Hügels hinaufschritt und ihren Stab schwenkte, als wolle sie die dahinziehenden Sterne herunterschlagen. Er konnte nur lauschen, während sie mit derselben Stimme, die er zum erstenmal im Wind vor der Schmiede in den Marschen gehört hatte, Worte hinausschrie, die jetzt den Wind übertönten, der um den Gipfel heulte.

Höre, Louhi! Taounehtar, horche!
Im tiefsten Eis achte mein Geheiß!
Ich rufe dich herbei,
Begib dich zu mir
Aus deiner kahlen Höhle.
Erhebe dich aus deinen öden Löchern!
Louhi!
Louhi!
Herrin des Eises!
Aus der glitzernden Leblosigkeit
Erhebe dich auf die Höhe!
Mächtige Lieder bezwingen dich!
Höre und antworte!
Die Weisheit in dir
Werde ich erwecken!
Louhi!
Louhi!
Herrin des Todes!
Höre und befolge meine Weisung,
Höre auf mich und komm!

Schweigen senkte sich herab, als der Singsang zu Ende war, senkte sich herab wie eine Schwertklinge. Der Wind ließ nach, die Kälte wurde grimmiger, biß sich in Elofs zitterndes Fleisch. Die große Gestalt stand reglos da, als ob sie in dem nackten Gestein Wurzeln geschlagen hätte; der Stab war zum Himmel hin ausgestreckt. Doch plötzlich brach aus der Spitze des Stabes flakkernd, knisternd und funkensprühend eine große Säule grünen Feuers hervor. Langsam wandte sich der mit einer Kapuze bedeckte Kopf nach Nordwesten. Elof folgte seinem Blick und sank zitternd zu Boden. Dicht, lebhaft und noch näher wirbelte der Schimmer, den er gesehen hatte, durch das Eis, und das Weiß verdunkelte sich und wurde durchscheinend, als wäre es von einem Augenblick zum anderen zu einem tiefen Teich zerschmolzen. Und in dieser Tiefe erwachten Sterne, in denen sich der entflammte Himmel spiegelte. Doch die Sterne dort oben waren still, während ihre Abbilder in der Tiefe hin und her huschten wie kleine Fische und um einen einzigen unbeweglichen Punkt aus blauem Licht herumhüpften. Er wurde immer heller, größer, klarer, bis er darin eine aufsteigende Form sah; sie trieb nach oben wie ein Ertrunkener. Es war die Gestalt einer unbekleideten Frau, ihre Gliedmaßen waren ausgestreckt und schwebten im Wasser, das helle Haar umwallte sie in einer unsichtbaren Strömung. Er sah ihr Gesicht deutlich, wachsweiß und leblos; die Augen waren geschlossen, die Lippen bewegten sich nicht. Aus der Tiefe klang eine Stimme herauf, eine reine und schöne Stimme, die er nicht so leicht vergessen konnte.

Kraftvoll hallt der Ruf des Liedes,
Mächtig ist der Bann, der dich beschützt!
Ich schlafe nicht,
Und ich bin gekommen,
Nur um zu sehen, wer es wagt …

Gelächter aus tiefster Kehle schallte über das Eis.

Ich bin ein Wanderer, und ich benutze einen Bann,
Um dich aus deinem Bau zu rufen!
Ein weltenweit Umherzieher,
Denker, Grübler, Forschender nach der Weisheit,
Die an den Wurzeln der Welt liegt.
Also habe ich dich gerufen,
Also hast du geantwortet,
Also bin ich erhaben über deinen Willen!

Der Stab in seiner Hand schwang wirbelnd nach unten, und auf seinem Weg erlosch das grüne Feuer. An seiner Stelle schimmerte eine schwarze Klinge, deren Hieb den Stein am Gipfel des Hügels traf und glitzernde Funken versprühte. Elof blinzelte, und als er die Augen wieder öffnete, dehnte sich das Eis wie zuvor ohne Unterbrechung aus, doch eine andere Gestalt stand auf dem Hügelkamm. Sie war so schlank und hübsch, wie der Wanderer kräftig gebaut gewesen war, und sie stand sehr aufrecht da; die Haltung ihres Kopfes drückte hochmütigen Stolz aus, ebenso wie ihre Augen, die leuchtenden Saphiren glichen. Sie sah genauso aus wie vor vielen Jahren, als er sie gesehen hatte; ihr feines helles Haar war aus der Stirn zurückgekämmt, umwallte jedoch die Schulterpartie ihres weichen weißen Gewandes, durch das das Licht der Sterne schien. Und das leise Klingeln ihrer Stimme ließ ihn immer noch erbeben, selbst mit der kühlen Wut im Tonfall.

»Du bist nicht das, was du zu sein scheinst! Warum rufst du mich auf diese Weise herbei? Bist du auf den Stand jener geistlosen Wesen herabgesunken, die du beschützt, daß du deren Gestalt annehmen mußt, um mit mir zu sprechen?«

Die dunkle Stimme klang ruhig. »Du bist nicht das, was zu sein du gern glauben möchtest. Denn obwohl du dich für eine Siegerin hältst, Lady, bist du immer noch

Sklavin deines eigenen Willens. Ich bin gekommen, um dir einigen Kummer zu ersparen, das ist alles. Um dir zu sagen, wo jener ist, den du so dringend suchst.«

»Um mir zu sagen ... Nun, wo denn, Herr der Irreführung?«

Die große Gestalt verschob ihren Mantel ein wenig, um seinen Schatten den Bogen besser ausfüllen zu lassen. »Nun, an einem Ort, wo du ihn nicht sehen kannst, Lady. Also erspar dir den Aufwand der Suche, die du so inbrünstig betrieben hast, seit du seine Anwesenheit spürtest. Er ist jetzt frei und wird sich nicht mehr so leicht zähmen lassen. Der Frühling kommt, selbst zum Taoune'la, und die dunkle Macht wird untergehen. Daran können auch du und deine Mitstreiter nichts mehr ändern.«

Die Frau, die Louhi war, drehte sich blitzschnell um, ihre Augen schweiften fragend über das Eis im Süden, und ihre vollen Lippen bewegten sich wütend. Sie wandte sich wieder der großen Gestalt zu. »Du! Auch wenn du dich in den Bergen herumdrückst und deine Machenschaften vor meinen Augen zu verbergen suchst, weiß ich davon, glaub mir! Du leistest ihm zuviel Hilfe! Er ist kein freier Kämpfer, so wie du ihn brauchst, sondern nur ein Schatten, ein Leibeigener, eine machtlose Marionette, die nach deinem Willen tanzt!«

Die Anmutung eines Schmunzelns lag in den Worten, mit denen der Wanderer antwortete. »Was die Menschen von mir bekommen, soll nur ein Ausgleich zu dem sein, was andere Mächte gegen sie tun. So ist es auch mit ihm. Vor allem habe ich ihm einige Einsichten verschafft, zu denen er ohne mich langsamer gekommen wäre, vielleicht nicht rechtzeitig. Doch die Erfahrungen mußte er selbst machen, und wie er sie verwertet, liegt ganz allein an ihm. Als er sich im Einflußbereich des Waldes befand, konnte ich ihm da etwa helfen oder irgendeinen Schaden von ihm abwenden? Doch er ist ihm entkommen. Ohne seinen eigenen Mut und den seiner Freunde wäre alles anders gelaufen. Lady, du und die Deinen, ihr seid in euch selbst gefesselt, ihr gebt euch mit Sklaven ab. Mächten, die frei sind, können nur freie Helden dienen.«

Das Aufstampfen eines Fußes zerbrach Gestein. »Dann ist also alles vorbei, was die Mächte betrifft? Was bleibt für dich oder uns alle dann noch übrig? Warum ist deine Existenz überhaupt nötig, wenn jene, die dir dienen, frei sein müssen, um dich ganz nach ihrer Lust und Laune zum Narren zu halten?«

»Lady, Lady, wirst du immer dieselbe bleiben? Lernst du niemals etwas dazu, wie ich es tun muß, um dadurch zu wachsen? Veränderung und Neuformung heißt die herrschende Regel. Sie sind die Wurzeln deines Daseins, genau wie die des menschlichen Lebens, und daran kannst du nichts ändern. Und du solltest auch nicht danach trachten, das Vergangene wiederherzustellen, einzig und allein aus selbstsüchtigen Gründen, weil es dir so behagte. Tief im Inneren weiß das sogar der alte Wüterich Taoune. Oder warum sonst sollte er versuchen vorzutäuschen, er erhalte die Seelen der Menschen, wenn er doch nur nach ihren Schatten schnappt und die Sammlung ihrer Erinnerungen wie eine Maske aus toter Haut trägt?«

Louhi wandte sich wütend ab, während sie mit dem Blick noch immer das Eis absuchte. Elof beobachtete erstaunt, wie der untergehende Mond anscheinend hinter ihrem Kopf versank und einer gezackten Krone ähnelte. »Und was ist mit Tapiau?« fragte sie mit angespannter, belegter Stimme. »Er umarmt das Leben, doch selbst er verabscheut die Menschen und trachtet danach, sie sich gefügig zu machen.«

Die von dem Mantel bedeckten Schultern zuckten. »Einmal ist er von eurem Irrtum abgewichen, nur um ihm gleich darauf wieder zu verfallen. Als ob das Leben und die Menschen zu trennen wären! Früher oder später muß das Leben zu Seele und Geist führen, in dieser oder jener Form, genau wie eure leblose Welt früher oder später dieses Leben ertragen muß. Von uns allen, mich eingeschlossen, hat vielleicht nur Ilmarinen von Anfang an begriffen: Alle Dinge gehen ihren vorgegebenen Weg und jeweils zu ihrer Zeit. Unser störendes Eingreifen oder unsere Hilfe bedeuten entschieden weniger, als wir uns einbilden. Also, es wird noch einiges geschehen — doch das mußt du selbst herausfinden.«

Der Mantel wallte wie ein bebender Berg; ein gewaltiges krächzendes Lachen schallte durch die Stille und spottete ihrer öden Großartigkeit, während es ihr anmaßendes Gehabe mit der heiteren Wärme einer Frühlingsbrise von ihr abstreifte. Eine blasse Flamme zuckte auf den Hügel herab, ein Vorhang aus Licht, grün und rot, flackerte und peitschte um die Gestalt in dem Mantel. Dann sprang sie wie das Echo eines wütenden Schreis nach Norden und verschwand. Unter ihrer Bahn hob sich Eis und krachte zerschmettert nieder, wobei helle Brocken, gezackt wie Blitze, hoch in den leeren Himmel hinaufgeschleudert wurden.

Der Wanderer blieb noch für einen Augenblick allein auf dem Hügel stehen, und dann wandte sich die große Gestalt ohne einen Blick auf Elof um und schritt den steilen Hang hinab. Er verschwand hinter der Kuppe des Hügels, und kurz darauf galoppierte das große Pferd über das Eis davon, in westliche Richtung, dem untergehenden Mond hinterher. Zitternd legte Elof die Stirn an den kalten Stein, und als er den Kopf wieder hob — nur eine Sekunde später, wie ihm schien —, verblaßten die Sterne bereits am östlichen Himmel.

Mit zunächst tauben, dann mit schmerzenden Gliedmaßen schleppte er sich mühsam den Hang hinauf, wischte sich Steinchen aus dem Gesicht, die sich ihm ins Fleisch bedrückt hatten, und humpelte in den Bogengang. Dort lagen die anderen noch genauso da, wie er sie verlassen hatte, rund um ein Feuer, das zu einem schwarzen Fleck auf dem Stein heruntergebrannt war, weil es keinen Nachschub an Brennmaterial erhalten hatte. Er bewegte sich vorsichtig weiter, doch beim ersten Scharren seines Fußes erfolgte das Wirbeln eines dunklen Umhangs, und Kermorvan war auf den Beinen. Der Krieger blinzelte zu dem schwachen Schimmer an der Wand über ihm hinauf und runzelte die Stirn. »Mann, hast du die ganze Nacht über Wache gehalten?« Dann wanderte sein Blick von Elofs blau angelaufenen Wangen zu dem erstorbenen Feuer, und er lächelte betrübt. »Ach, du bist eingeschlafen, ja? Zum Glück bist du nicht erfroren, und wir auch nicht. Na ja, wir alle waren sehr müde ...«

»Es war etwas anderes ...«, murmelte Elof, während Roc und Ils sich rührten und gähnten. »Ich habe etwas gesehen ... ich weiß eigentlich gar nicht, was ich gesehen habe und ob es ein Traum war oder ...«

»Also, schieß los mit deiner Erzählung«, forderte Roc ihn gähnend auf, »während wir das Feuer wieder anzünden.«

»Nein!« widersprach Elof, obwohl er sich nach Wärme und der Behaglichkeit sehnte, die ein Feuer spendet. »Wir dürfen keine Stunde des Tages vergeuden. Wir sind Gejagte und müssen uns so schnell wie möglich vom Eis entfernen.«

Kermorvan warf ihm einen kurzen Blick zu und nahm seinen Packsack auf. »Dann berichte uns unterwegs. Wir klettern hinunter bis zum Rand des Eises, und beim ersten Tageslicht durchqueren wir es, so schnell wir können.«

»Und was dann?« seufzte Roc mit düsterer Miene, während sie auf den Hang hinaustapsten. »Zurück in den fröhlichen Taoune'la?«

Kermorvan warf einen Blick hinauf zum heller werdenden Himmel. »Ich kann es nicht sagen. Aber ich glaube, euch ist klar, daß wir ein ganzes Stück weiter nach Osten geraten sind. Ich bin mir selbst nicht sicher, wo wir uns befinden; selbst die Karten der Duergar reichen nicht so weit. Doch den Sternen nach zu urteilen könnten wir so weit von der Stelle, an der wir dem Wald entkommen sind, entfernt sein, wie jene Stelle vom Schutzgebirge entfernt war.«

Die anderen starrten ihn an. »So weit?« fragte Ils.

»Möglicherweise. Vielleicht hat Taounes Totenhand hier keinen direkten Zugriff. Wir können es nur hoffen.« Er wandte das Gesicht dem verwitterten Gestein zu und machte sich an den Abstieg den unsicheren Hang hinab, auf dem Weg, den der Wanderer genommen hatte.

»Wir haben einigen Grund zur Hoffnung«, sagte Elof, und während sie kletterten, erzählte er ihnen von der Begegnung auf dem kahlen Hügelkamm.

»Du hast wirklich gehört, wie sie gesprochen haben?« wunderte sich Ils. »Gesprochen wie wir?«

»Ich weiß nicht genau, was ich gehört habe«, gestand Elof. »Ob es wahrhaftig Sprache war oder ... Ich weiß es nicht. Doch über die Bedeutung bin ich mir sicher. Louhi faßte es als Beleidigung auf, daß er sich in menschlicher Gestalt an sie wandte. Aber ich glaube — nein, ich bin irgendwie überzeugt davon, daß das deshalb geschah, damit ich ihnen zuhören und sie verstehen konnte.«

»Könnte es nicht sein, daß du das alles nur geträumt hast?« fragte Roc. »Ich habe auch schon einmal so komische Sachen geträumt, mit leerem Magen ...«

Elof lächelte betrübt. »Traum oder Vision oder was auch immer, wie soll ich das wissen? Aber etwas hat sich abgespielt, dessen bin ich sicher; eine Begegnung, eine Unterhaltung. Und ich bin auch davon überzeugt, daß wir beschützt wurden und sie zu der Annahme verleitet wurde, wir hätten das Eis bereits verlassen ...« Dann verstummte er und starrte auf das Geröll zu seinen Füßen hinunter. »Jawohl, ich bin mir sicher. Seht das hier, inmitten dieser tödlichen Ödnis!« Dort und den ganzen Weg abwärts bis zum Rand des Eises blitzten winzige Sterne in leuchtenden Farbtönen auf, wo immer ein kleines geschütztes Fleckchen am kahlen Boden war. Wo der Wanderer den Fuß hingesetzt hatte, war der Königshügel mit einem Blumenteppich bedeckt.

»Der Frühling naht!« sagte Elof. »Wie er versprochen hatte, wird er auch an diesem zerstörten Ort einziehen. Er ist nicht ganz besiegt!«

»Noch nicht!« sagte Ils. »Noch nicht!«

Sie ruhten sich einige wertvolle Minuten am Fuß des Hügels aus, beobachteten, wie das Tageslicht hinter den grauen Wolken im Osten heraufkroch, und verzehrten ihre letzten Proviantvorräte, um sich für die bevorstehenden Schwierigkeiten zu stärken. Elof saß schweigend da, denn während des Erzählens war ihm ein Gedanke gekommen, die Erinnerung an Worte, die er kaum richtig erfaßt hatte. »Kermorvan«, sagte er plötzlich, »wenn das, was du sagst, stimmt, dann sind wir ungefähr genauso weit gekommen, wie wir ohne Hindernisse gekommen wären! Wie wir gekommen wären, wenn wir während der ganzen Zeit, die wir uns im Wald aufgehalten haben, weitergewandert wären!«

Kermorvan runzelte die Stirn. »Willst du damit sagen, daß er uns die Zeit vergütet hat, die uns der Wald gekostet hat? Das könnte so sein, nehme ich an ...«

»Ja! Indem er uns den Weg durch den westlichen Teil des Waldes frei machte, nachdem Niarad uns zu früh an Land gezwungen hatte.«

Ils nickte. »*Was die Menschen von mir bekommen* ... Das muß er damit gemeint haben, nicht wahr?«

»Jedenfalls etwas in der Art«, bestätigte Kermorvan nachdenklich. »Vielleicht wollte er uns damit auch warnen, daß wir im Augenblick keine weitere Hilfe erwarten können.«

»Daran habe ich auch gedacht«, stimmte Elof ihm zu.

»Das könnte eine Erleichterung sein«, brummte Roc. »Mit seiner Art von Hilfe ist nicht leicht umzugehen; ich schütze mich lieber selbst. Allerdings, gegen ein paar freundliche Kobolde an meinem Hemdzipfel hätte ich nichts einzuwenden«, fügte er schnell hinzu.

»Ich neige dazu, deiner Meinung zu sein«, sagte Kermorvan sehr ernst, »abgesehen von der letzten Bemerkung.« Sie lachten, und es war, als ob diese lebendigen Laute beantwortet würden. Geschmolzenes Gold ergoß sich plötzlich über die Ränder der kohleschwarzen Wolken und brach dann zwischen ihnen durch wie ein Fluß durch eine zerbröckelnde Mauer. Lange Strahlen fielen auf die leblose Landschaft und strichen über die Rundung des Hügels, wie eine Hand eine Wange streicheln mochte, wärmend und wohltuend. Von Süden her wehte eine sanfte Brise, die nicht schneidend und kalt war und den leichten Segen wärmerer Gebiete mit sich brachte. Kermorvan sprang auf und warf seinen Umhang zurück. »Dieses Zeichen gilt uns! Wir wollen keine Sekunde verlieren!« Er trat mit großen Schritten auf das Eis, und Ils folgte ihm. Elof zögerte, und Roc beobachtete ihn aufmerksam.

»Ist was Besonderes los?«

Elof schob einen Fuß vor, wie ein wasserscheuer Badender, halb in der Hoffnung, er könnte inzwischen gegenüber dem Schmerz immun geworden sein. Doch bei der ersten Berührung durchfuhr die eisige Pein sein Bein, und er taumelte. Roc eilte herbei, um ihn zu stützen, doch Elof schüttelte ihn ab und stolperte weiter, wobei er in sich selbst nach der Quelle des Schmerzes suchte, so wie ein Chirurg eine Verwundung untersuchte. Wie eine dünne Klinge stach er auf ihn ein, quälte ihn an einer Stelle und gleich darauf an einer anderen, während er versuchte, ihn abzuwehren; es war, als ob ein Schwertkämpfer gegen einen Gegenspieler angetreten wäre, der ihn foppen konnte, wie es Kermorvan mit ihm einst hatte tun können. Doch er setzte die ihm innewohnende Kraft eines Schmieds dagegen ein, wie damals gegen Kermorvan, und sah durch den Schmerz hindurch und an diesem vorbei, wie er über die Funken einer feinen Arbeit kurz vor der Vollendung im Schmiedefeuer hinwegsehen würde. Als Ils und Kermorvan sich besorgt umsahen, straffte er den Rücken, warf seinen Packsack lässig darüber und brachte sogar ein Lächeln zustande.

Er war nicht allein mit seinen Sorgen. Die Sonne warf grelle Spiegelungen auf das Eis, und das Licht blendete ihre Sicht mit farbigen Streifen, worunter Ils am meisten zu leiden hatte. Sie zog sich die Kapuze tief ins Gesicht, um ihren Augen Schatten zu spenden, doch es dauerte nicht lange, bis sie beinahe blind war. Ihr fiel ein, daß ihre Leute sich angewöhnt hatten, eine Art Visier oder eine Augenmaske mit schmalen Schlitzen zu tragen, wenn sie solch helle Orte durchqueren mußten. Doch sie hatten nichts dergleichen dabei, und auch nichts, woraus man es hätte fertigen können, außer einem dünnen Seidenschal; nachdem sie sich diesen vor die Augen gebunden hatte, sah sie genügend, um sicheren Schrittes gehen zu können. Trotz allem kamen sie nicht so langsam voran, wie sie befürchtet hatten, denn das Eis erwies sich als weniger schwierig begehbar, als sie es in Erinnerung hatten. Hier im Süden drückte es nicht so heftig gegen die Gebirgswand wie im Norden; die Schicht, die das Land bedeckte, war dünner, und Moränen und Spalten lagen weiter auseinander, waren flacher und abgetragener und damit leichter zu überqueren und zu erklettern. Die Frühlingssonne spendete den Wanderern Wärme und weichte den wie zu Glas verhärteten Schnee an der Oberfläche des Gletschers auf, jedoch nicht zu einem gefährlich tiefen Matsch, wie es während des kurzen Sommers der Fall war. Sie hatten Schmelzwasser zum Trinken, das in schnellen Sturzbächen an ihnen vorbeirann, obwohl sie es zuvor eine Weile in ihren Flaschen anwärmen mußten. Dennoch war es ein unwirtlicher Landstrich, den sie durchqueren mußten, und Elof und Ils waren kaum fähig, die kurzen

Ruhepausen zu genießen, die Kermorvan ihnen gewährte. Schließlich, als die Sonne sich zum Nachmittag hin senkte, rief er ihnen etwas zu und streckte deutend den Arm aus. Die weiße Ödnis vor ihnen erschien auf einmal nicht mehr so unendlich. An der Grenze zwischen dem hellen Eis und dem trüben Himmel war plötzlich ein Streifen Dunkelheit aufgetaucht, schmal und wabernd, und nachdem sie ein paar Schritte weitergegangen waren, wurde er breiter und deutlicher.

»Land!« rief Roc. »Offenes Land! Das ist das Ende des Eises.«

Elof mußte gegen den Drang zu rennen ankämpfen; in seiner Aufregung verlor er die Herrschaft über seine Schmerzen und spürte sie wieder mit aller Heftigkeit. Sie konnten nicht schneller gehen, wie sich herausstellte, denn selbst mit dem Schal vor den Augen ließ Ils' Sehvermögen immer mehr nach, und sie konnte nur noch mit Mühe und Not bei ihrer bisherigen Geschwindigkeit mithalten. Es dauerte noch einige Stunden, bis sie ihr Ziel erreichten.

Während der ganzen Zeit öffnete sich das Gebiet vor ihnen immer mehr. Zunächst sahen sie nur flaches Land, dunkel und unbestimmt, hier und da gefleckt oder durchzogen von glitzernden Flächen, Schnee oder Wasser oder Sumpf; sie konnten nicht erkennen, was es war. Es glich sehr dem Herzen Taoune'las im Westen, und wenn es auch immer noch unendlich erschien, so war es doch einladender als das Eis. Doch als sie sich dem Rand der Gletscher näherten, bemerkten sie die ersten fernen Anzeichen der Verwandlungen, die die Veränderung der Jahreszeit mit sich bringen würde. Wehklagende Schreie hallten im Wind; Graugänse flogen pfeilschnell an den glitzernden Wolken vorbei und ließen sich in großen Schwärmen auf den hellen Wasserflächen im Süden nieder. »Leider bleiben sie in weiter Ferne«, seufzte Kermorvan hungrig. »So nahe am Rand muß das Schmelzwasser zu kalt für sie sein. Nun ja, vielleicht finden wir abgehärtetere Geschöpfe, die wir jagen können. Jetzt auf zur letzten Etappe!«

Doch als sie sich endlich den Ausläufern der Eisfläche näherten, blieben sie verwirrt und entsetzt stehen. Obwohl das Eis dünn war, erhoben sich seine gezackten Ränder dennoch wie Türme und Festungen über das Land; vor ihnen fielen sie in schroffen, unbezwingbaren Steilwänden ab. Die wenigen Einschnitte führten zu gefährlich aussehenden Hängen aus schneebedecktem Felsen und Geröll in der Art des Geländes, in dem sie von dem Raben abgesetzt worden waren. Elof stieß mit der Fußspitze einen kleinen Stein an, und fast im selben Augenblick hatten sie das zweifelhafte Vergnügen zu beobachten, wie ein ganzes Stück des Hanges polternd und dröhnend in die dunkle Tiefe hinabstürzte. Schweigend sahen sie einander an und blickten zur schnell untergehenden Sonne, dann wandten sie sich um, um an einer anderen Stelle zu suchen.

Seltsamerweise war es Ils, so geblendet wie sie war, die einen möglichen Weg für ihren Abstieg fand. Während sie einen breiten Klippenvorsprung überquerten, rief sie aus, daß das Eis unter ihren Füßen hohler klänge, und dann verkündete sie, daß sie von unten das Rauschen fließenden Wassers hörte. Sie bestand darauf, daß sie dem Geräusch folgten. Das Rauschen führte sie ein Stück am Rand der Klippe entlang bis zu einem tiefen Einschnitt, der vom Eis aus unsichtbar gewesen war. Und als sie hineinspähten, wußten sie, daß sie ihren Weg für den Abstieg gefunden hatten.

Es war, als ob sich ein großer Wurm durch das Eis gegraben und dabei einen breiten runden Tunnel hinterlassen hätte; dessen Seiten waren so glatt wie grünes Glas, durch das sich jetzt ein kleiner Bach in den Einschnitt ergoß. Dieser war offenbar einst Teil des Tunnels gewesen, doch er hatte sich ein so breites Bett gegraben, daß die Decke darüber eingestürzt war. Jetzt fraß sich ein Geflecht von Wasserrinnsalen durch den Boden, die sich den steilen Hang hinab bis zu seinem Fuß fortsetzten und einigermaßen gut begehbare Stufen bildeten.

»Wer oder was hat diese Treppe geschaffen?« rätselte Roc, während sie sich behutsam über die glasartige Oberfläche hinabbewegten; er hatte die Führung übernommen, um mit seiner Keule Kerben zum Festhalten herauszuhämmern. »Doch wohl nicht diese spärlichen Rinnsale?«

»Wohl kaum!« bestätigte Elof und vergaß den Schmerz, den ihm jede Bewegung bereitete, während er voller Bewunderung die seltsamen geriffelten Formen in der Spalte betrachtete — Säulen und Stufen und Bekken, durch die der braune Bach hüpfte und gluckerte wie ein fröhliches Kind und einen großen Wasserfall nachahmte. »Wenn schon beim ersten Sonnenschein soviel Wasser fließt, dann muß es im Hochsommer ein reißender Sturzbach sein.«

»Du hast ja keine Ahnung, junger Mensch«, sagte Ils und verzog das Gesicht zu einer Grimasse. »Manchmal taut so viel Eis, daß das pure Gewicht seines Stroms einen Einschnitt wie diesen bergauf treiben oder das Wasser sich hinter herabgefallenen Steinen stauen kann, um sich dann in das Land davor zu ergießen, alles zerschmetternd und überflutend, und schließlich wieder zu gefrieren. Doch für den Gletscher ist diese Menge Wasser gar nichts, weniger als für uns der Schweiß auf der Stirn. Für das Eis als Ganzes bedeutet es noch weniger, denn das meiste davon wird im Winter als Reif und Schnee zurückkehren. Seit wir die Berge verlassen haben, haben wir drei große Flüsse gesehen, und sie alle werden von Schmelzwasser gespeist.«

Kermorvan, der sie am Arm führte, schüttelte verwundert und beunruhigt den Kopf. »Wir wissen zu wenig über diese Dinge. Wenn der letzte König von Morvan sich nach dem Rat der Duergar hätte richten können, hätte man damals die Bedrohung des Eises nicht zu gering eingeschätzt und einen großen Teil der Zerstörung verhindern können. Großes Übel ist in der Tat aus dem Untergang unseres Volkes erwachsen!«

»Aus dem Untergang aller Völker«, sagte Elof nachdenklich. »Dem Alten Volk entstand Schaden vom Jungen Volk, dem Norden vom Süden, dem sterbenden Morvan vom neu gegründeten Bryhaine. Sogar den Mächten entstand Schaden, und zwar von den Menschen. Weisheit wird nicht weitergegeben, sondern muß Tag für Tag neu erworben werden, und das zu einem immer höheren Preis.«

»Aus dir spricht wahrhaftige Weisheit, wie sie wahrhaftiger nicht sein kann«, sagte Ils mit Nachdruck. »Doch wer wird das alles zu einem Ende bringen?«

»Ja, wer?« bekräftigte Elof ihre Worte, während er Ils von einer steilen Eiswand zur nächsten führte und ein ziemliches Durcheinander anrichtete, als er versuchte, ihre Beine in Rocs Fußkerben zu lenken.

»Na na, so kann es doch wohl nicht gehen!« wehrte sie sich energisch. »Paß auf, wohin deine Hände fassen!« Roc und Kermorvan schmunzelten.

»Wie wär's mit Tragen?« warf Roc ein, während er über den Rand eines Eisbeckens kletterte. Er spähte über die Kante und fügte hinzu: »Verzeihung! Aber jetzt kann es nicht mehr allzu weit sein.«

»Um so mehr ein Grund, daß wir uns beeilen«, sagte Kermorvan und schwang sich hinter Ils über den Rand.

Auf diese Weise rutschten und krochen sie die letzten Stufen des Abhangs hinunter, um dann festzustellen, daß er unten an einem eisüberkrusteten Felsen endete, in den Roc keine zum Festhalten geeigneten Kerben hauen konnte. Elof schlug die Arme um seinen Körper und drückte sich flach an das Eis, wobei er sich bemühte, das Zittern seiner Arme und Beine zu unterdrücken, während die erbarmungslose Flamme sich in ihn hineinbrannte und seine Muskeln verklumpte. Er kletterte mit abgehackten Bewegungen weiter, wie ein Automat, der nach dem Hebel- und Zahnradprinzip funktionierte, und tatsächlich nahmen ihm die qualvollen Schmerzen jeden Gedanken und jedes Gefühl. Er merkte es kaum, als das eisige Wasser über ihn schwappte, als seine Füße und Finger allmählich abrutschten, als sie schließlich jeden Halt verloren und er ins Leere stürzte. Der schmerzfreie Augenblick war beinahe so peinigend, weil er so unvermittelt eintrat, und dann folgte der Kuß des Schnees und der krachende Aufprall auf dem Gestein darunter. Doch er war einigermaßen sanft, erträglich, verglichen mit dem Überstandenen, und er lag da und lachte schwach, bis Roc und Kermorvan Ils einen sicheren Halt verschafft hatten und herbeieilten, um ihm zu helfen. »Zumindest hattest du nur noch einen oder zwei Schritte vor dir«, sagte Roc, während sie den Schnee von ihm abklopften. Elof sagte ihm nicht, daß nach allem, was er bis dahin wußte und um was er sich scherte, es einer oder auch einhundert hätten sein können.

Er war am Ende seiner Kräfte gewesen, doch nachdem er von dem Eis befreit war, kehrten sie recht schnell zurück. Sie waren einen Geröllhang wie die vorherigen heruntergeklettert, nur daß dieser nicht ganz so steil und locker war. Der Bach plätscherte zwischen den Haufen von schneebedeckten Steinen dahin, und sie beschlossen, seinem Lauf bergab zu folgen. Er führte sie über ein Schneefeld, und endlich aus dem sinkenden Schatten der Eisklippen über ihnen. Erst dann, an der Kante eines langen Abhanges, drehten sie sich um und blickten zurück. Ils zog das Tuch von ihren blutunterlaufenen Augen und blickte mit den anderen auf das Bollwerk und die Befestigungsanlage ihres Feindes.

Als hohe, den Eindruck von Kraft vermittelnde Erhebungen, im Licht der untergehenden Sonne wie vergoldeter Stahl leuchtend, ragten diese Klippen ohne Unterbrechung von Osten nach Westen zum Himmel über dem zerstörten Land von Morvan auf, verstärkt durch gewaltige Kämme herabgestürzter Felsen und ganze

Reihen von Geröllhalden. Eine Festung der Stärke war das Ganze, und kein menschliches Wesen konnte davon träumen, es mit ihr aufzunehmen. »Und doch sind wir darunter her, darüber hinweg und durch sie hindurch gegangen«, sagte Kermorvan leise. »Wir sind nach Morvan zurückgekehrt und haben uns befreit. Wir sind frei und haben einen Preis von unschätzbarem Wert errungen.« Dann zog er das Schwert, das Elof ihm gefertigt hatte, und rief mit lauter Stimme in den beiden Sprachen seines Volkes: *»Morvan morlanhal! Morvan wird auferstehen!«*

Die Worte und die Klinge funkelten gemeinsam voller Trotz in der freien Luft vor den düsteren Gesichtern aus Eis und Gesteinsbrocken. Nachdem das letzte Echo verstummt war, drehte er das Schwert schwungvoll in der Hand und schob es zurück in die Scheide. »Es ist ein Lord von Morvan, der zu euch spricht«, murmelte er. Dann wandte er den Blick von seinem verlorenen Herrschaftsgebiet ab und schritt den Hang hinab. Die anderen folgten ihm schweigend und ließen ihn in Ruhe, und erst nach einer geraumen Weile sprach er wieder.

Inzwischen hatten sie den Fuß des Hanges erreicht. Ihr kleiner Fluß verband sich mit einem größeren, einem schwarzen Streifen Schmelzwassers, der sich durch dünneren, weicheren Schnee hinunter in das ebenere Land wand. Sie folgten dem größeren Wasserlauf, zu dem sich noch weitere gesellten und der seinerseits in einen ziemlich breiten Fluß mündete. Dieser war noch zum Teil gefroren, doch das Schmelzwasser unten und die Sonne oben ließen ihn anschwellen, nagten an dem Eis und zerteilten es in große lose Schollen, die gegeneinander prallten und sich gegenseitig unter Knirschen und dem melodischen Klirren von Glas zermalmten. Entlang seines Ufers wurde der Schnee immer matschiger und fleckiger; hier und da stießen Pflanzensprößlinge daraus hervor, vor allem die knorrigen Stämme von Weidenbüschen. An einigen Ruten zeigten sich die ersten Weidenkätzchen, und als die Wanderer zu einem ausgedehnten Dickicht kamen, waren sie völlig verdutzt, als ein dicker weißer Vogel fast direkt vor ihren Gesichtern aufflog und dazu ein mißmutiges Meckern ausstieß. Zu ihrer Überraschung flog er nicht richtig davon, sondern verschwand mit schwerfälligen Flügelschlägen auf der anderen Seite des Dickichts, wo er raschelnd Zuflucht suchte. Roc fluchte. Elof bückte sich flink nach einem Stein, wie er es in den Marschen gelernt hatte, doch das Tier war bereits im Gebüsch verschwunden. Ils sah ihm blinzelnd hinterher. »Eine Schneegans, die ihr Wintergefieder verliert; sie fliegen nicht weit. Sie ergeben eine köstliche Mahlzeit, denn sie ernähren sich von Weiden, nicht von Nadelbäumen, die den Geschmack des Fleischs verderben.«

»Das hätte mich jetzt auch nicht gestört«, bemerkte Roc.

»Nur Mut!« sagte Kermorvan. »Wo eine ist, selbst so nah am Eis, da gibt es auch noch andere. Beim nächsten Mal sind wir darauf gefaßt.«

Und tatsächlich, bei der nächsten größeren Gruppe von Weiden, im Schatten eines hohen Felsens, schreckten sie vier oder fünf dieser Vögel auf. Als sie aufstoben, zischte Elofs Stein mitten in den Schwarm, und einer fiel in einer Wolke von Federn herunter. »Gut getroffen!« lobte Kermorvan, und die anderen wiederholten seine Worte. Er kletterte auf den Gesteinsbrocken hinauf und blickte flußabwärts. »Etwa tausend Schritte südwärts stehen Bäume«, verkündete er und sprang leichtfüßig herunter. »Schutz und Brennstoff! Uns bleibt gerade noch genügend Zeit, sie zu erreichen, bevor es dunkel wird.« Die anderen stöhnten, aber sie wußten, daß er recht hatte.

Der Marsch erschien ihnen endlos, die Dämmerung war lang und trostlos, und der matschige Schnee knirschte unter ihren Stiefeln. Und als sie endlich die Bäume erreichten, eine Gruppe von windzerzaustem immergrünen Gehölz, das sich dicht über dem Schnee duckte, fanden sie dort recht wenig Annehmlichkeit. Doch es war immerhin etwas, nach einem so langen Aufenthalt im Reich des Todes wieder einmal von Leben umgeben zu sein, in einer schneelosen Mulde am Flußufer zu sitzen und die Hände an einem qualmenden kleinen Feuer aufzuwärmen, das in einer aus Lehm errichteten Feuerstelle am Ufer brannte. Und niemals, niemals hatte etwas so gut geschmeckt wie gebratene Gänsestreifen und die Brühe, die sie aus dem zähen Fleisch für den nächsten Morgen kochten. »Laßt uns hoffen, daß das der Anfang einer besseren Zeit ist!« sagte Kermorvan, als sie sich in der Wärme der Feuerstelle zusammenrollten. »Schlaft jetzt, ich werde die erste Wache übernehmen.« Er lächelte Elof vielsagend an. »Möge sie kürzer als deine sein und ohne Störung verlaufen.«

Und tatsächlich brachte ihnen die Nacht nichts Schlimmeres als einen nordwestlichen Wind, der in den Bäumen heulte, und einige kurze Hagelschauer, die ungemütlich, aber nicht unerträglich waren. Als Roc, der die letzte Wache gehabt hatte, sie aufweckte, stellten sie fest, daß der Schnee in der aufsteigenden Sonne bereits taute. Der folgende Tag war bestimmt von Sonnenschein und Regengüssen, die ihnen inzwischen kaum mehr als lästig erschienen, und obzwar der Boden oft aufgeweicht war, führte sie ihr Weg auch vielfach unter den Bäumen hindurch. Elof und Kermorvan schnitten dünne Äste ab und bauten sich notdürftige Vogelschleudern, mit denen sie zwei weitere Gänse und später noch einen großen weißen Hasen erlegten; von beiden Fleischsorten räucherten sie einen Anteil als Vorrat. Elof entdeckte auch einige der Wurzeln, die ihm von den Marschen her in Erinnerung waren, prall voll von gespeicherter Nahrung, dank derer sie den Winter überlebt hatten und nun neue Triebe bekamen, und sie nahmen auch davon einige mit. So trostlos es auch war, so war dieses Gebiet doch nicht so unwirtlich wie die östlichen Bereiche des Eises. »Das ist kein Wunder«, überlegte Kermorvan während des Frühstücks des folgenden Tages, »denn einst muß dies das reichste Ackerland des südlichen Morvan gewesen sein.«

»Schwer vorstellbar«, sagte Roc, »diese kahle Ebene, die von Osten bis Westen mit struppigem Grünzeug bedeckt ist, das sich im Herbst gelb verfärbt. Wie weit erstreckt sie sich nach Süden?«

»Ich weiß es nicht. Über Morvan ist nur wenig Wissen überliefert. Ich habe grobe Ansichten der Stadt Kermorvan gesehen, aus der schwachen Erinnerung gezeichnet und immer wieder kopiert, doch vom Rest des Reiches weiß ich noch weniger. Ich weiß, daß die östliche Begrenzung des Königlichen Landes eine Gebirgskette war, nicht so hoch wie die Meneth Scahas; sie kennzeichnete die Grenze zum Land Morvannec, also zum Kleineren Morvan, das das Prinzenreich Korentyns war. Jenseits dieser Berge, wenn überhaupt irgendwo, sollte sich der Erfolg unserer Mission anbahnen.«

Elof blickte zum Horizont, nach Süden und nach Osten. Dem Anschein nach stieg das Land ein wenig an, die Ebene verwandelte sich in eine leicht gewellte Landschaft, die irgendwann vielleicht von flachen Hügeln abgelöst würde. Doch weder waren Berge zu sehen, noch gab es irgendwelche Anzeichen, die auf solche hindeuteten. Er grinste Kermorvan an. »Wir haben noch einen ziemlich weiten Weg vor uns. Ich hatte keine Ahnung, daß deine Vorfahren so mächtig waren. Es wäre am besten, wenn wir bald wieder aufbrächen.«

Es war in der Tat noch ein langer Weg, wie aus der Chronik hervorgeht, doch er verlief friedlich. Denn obwohl das Land, durch das sie wanderten, den Abdruck einer kalten Hand trug, schien dieser so weit im Süden nicht so kräftig zu sein, als ob das Eis sich bei der Anstrengung, Morvan zu zerschlagen, übernommen hätte. Der Boden war hier nicht so hart gefroren wie in Taoune'la, und es wehte auch nicht der Hauch von Tod und Verfall, wie es in den Bergen des Nordlandes der Fall gewesen war. Der Frühling war hier eine gedämpfte Angelegenheit, dennoch erblühte das Leben, und es war ein Leben, wie es die Wanderer gut kannten, ähnlich dem im nördlichen Nordeney. Lange Zeit fehlte es ihnen nicht mehr an Nahrung. Die Schneegänse waren niemals weit weg; ihr Federkleid bot eine Skala von reinem Weiß zu tiefem Schwarz um den Hals, und über den Augen hatten sie zwei seltsame Büschel in leuchtendem Rot, mit denen sie während der Balzkämpfe im Frühling allerlei Spielereien trieben. Große Entenschwärme ließen sich auf jedem Fluß und jedem See nieder, und Hasen gab es allenthalben. Nach einigen Tagen stießen sie sogar auf eine Herde großer Hirsche, die in der offenen Ebene ästen; es war genau dieselbe Sorte, die im Nordland gedieh. Ihre Felle waren noch von winterlichem Grau, und die Geweihe erst zur Hälfte ausgewachsen und noch samtig.

»Ich möchte wissen, wovon sich das weiße Ungeheuer ernährte«, sagte Kermorvan nachdenklich. »Wahrscheinlich hat es den Winter schlafend in seinem Bau verbracht und nach seinem Erwachen auf die Rückkehr seiner Beute gewartet. Andere Jäger verhalten sich zweifellos genauso; wir tun also gut daran, auf der Hut zu sein, wenn irgendwelche Herden in unserer Nähe sind.« Anfangs trafen sie jedoch lediglich auf ein Rudel Wölfe, die nach dem langen Winter ausgehungert waren und mehr an lahmem Wild, Hasen und kleinen Nagern als an Menschen interessiert waren. Als Kermorvan mit dem Bogen einen jungen Hirsch erlegt hatte, kreisten sie gierig darum herum, doch sie gaben sich damit zufrieden, sich über das Gerippe herzumachen, und ließen die Wanderer an ihrem etwas entfernten Feuer in Ruhe.

Doch bald nach Einbruch der Dunkelheit, als der erste Schimmer des Eisleuchtens am Himmel emporkroch, hörten sie ein gewaltiges Bellen und Knurren und ein tiefes gurgelndes Brummen, wie es kein Wolf jemals von sich gab. Die Wanderer sprangen auf und zückten ihre Waffen, falls das, was immer es sein mochte, das da auftauchte, sie angreifen würde. Es herrschte kurze Zeit Stille, die jedoch unvermittelt unterbrochen wurde von einem Geräusch, das sich anhörte, als würden Knochen gebrochen und zermalmt, und dem ein seltsames Klatschen und Rascheln folgten, wie der Aufprall von etwas, das ganz in ihrer Nähe zu Boden gefallen war. Kermorvan nahm ein brennendes Scheit aus dem Feuer und schlich in die Richtung, aus der die Laute gekommen waren; die anderen folgten ihm auf den Fersen. Dann blieb er so plötzlich stehen, daß sie auf ihn prallten. Die Stelle, wo das Gerippe des Hirschs gelegen hatte, war jetzt blutgetränkt und matschig, und die Knochen waren verschwunden. Ebenso die Wölfe. Der Schlamm wies Spuren auf, als ob etwas über den Boden geschleift worden wäre, doch sie reichten nur ein paar Schritte weit, und das Gras ringsum war nicht niedergedrückt. Kermorvan bewegte die Flamme hin und her, und sie sahen in dem Matsch einen einzigen Fußabdruck, der länger als der eines Menschen war, wie von einer riesigen dreizehigen Klaue.

»Dort, am Ufer!« rief Ils; Kermorvan fluchte und schwenkte die Fackel hoch. Da sahen auch die anderen, was sie in der Dunkelheit erspäht hatte. Die zerstückelten Überreste des Hirschs lagen am Flußufer, am Fuß einer flachen steinigen Erhebung. Darauf thronte ein Drache, mit aufklaffenden Kiefern und wie in Wasser getauchtes Eisen zischend. Er schlug mit den Flügeln und bäumte sich vor ihnen auf, die kurzen Beine an den schlangenartigen Körper angelegt, den langen Kopf spuckend vorgereckt. Doch es war ein junges Tier von nur einem Viertel der Größe jener, die Elof beim erstenmal gesehen hatte, und es war noch nicht zum Feuerspeien entwickelt. Als Kermorvan sich ihm drohend näherte, spuckte es ihn wieder an, dann senkte es den Kopf, um die zerfetzten Reste des Hirschs zu schnappen, erhob sich tolpatschig in die Luft und schwebte zappelnd davon, um sich einen stilleren Ort zu suchen, wo es sein Aas genießen konnte.

»Welches Glück, daß er nicht größer war«, sagte Kermorvan erschüttert. Er warf das Scheit aufs Feuer zurück und blickte zu dem kalten Lichtschimmer am nördlichen Himmel. »Ein netter Abschiedsgruß vom Eis!«

Damit hatte er den Nagel auf den Kopf getroffen, mehr, als er selbst wußte. Von dieser Nacht an wurden sie von keinerlei sonderbaren Geschöpfen mehr belästigt. Während eine Nacht der anderen folgte und ihre Umgebung ständig wärmer wurde, sank das fahle Licht jener grauenvollen Wehranlage immer tiefer und verblaßte am Horizont, bis sie es nicht mehr sahen. Und in der Chronik ist überliefert, daß viele, viele Jahre vergehen sollten, bevor einer von ihnen ihren großen Gegner wieder zu Gesicht bekam.

Der Hirsch und noch ein zweiter, den sie am nächsten Tag erlegten, versorgte sie mit einem beträchtlichen Vorrat an Fleisch, was auch gut war, denn während ihres Marsches weiter nach Südosten entlang von Flüssen, die sich wie dunkle Adern durch das ansteigende Land zogen, trafen sie auf keine Herden mehr. Am siebten Tag ihrer Wanderung schließlich gelangten sie in hügeligeres Gelände mit vielen ausgedehnten Flächen immergrünen Waldes. Obwohl sie diesen zunächst mit tiefem Argwohn betrachteten, schien er jünger und weniger dicht als Tapiau'la-an-Aithen zu sein, und wie in den Wäldern im Nordland war hier nichts von der bedrückenden Ahnung des ständig Belauertwerdens zu spüren. Größere Lebewesen waren auch hier noch selten, doch es gab mehr Vögel. Eichelhäher schrien, Schwarzspechte klopften, Segler kreischten über den Baumwipfeln und schwebten so tief über den freien Boden, daß ihre Flügelspitzen die Gräser streiften; Tausende kleiner Lebewesen huschten hierhin und dorthin und zwitscherten im Frühlingsgefieder zwischen den Bäumen. Die Sonne schien jetzt häufiger, und obwohl es oft heftig regnete, setzte jeder Schauer würzige Düfte in der knakkig-frischen Luft frei. Obwohl die Landschaft karg war, empfanden sie sie nach der Trostlosigkeit, die sie gerade hinter sich hatten, als üppigen Garten.

Dank ausreichender Nahrung hatten sie ihre Kräfte wiedererlangt, und die Kälte war das einzige, was ihnen noch zu schaffen machte. Doch obwohl sie immer höher stiegen, nahm sie nicht wesentlich zu, außer wenn der Wind aus Norden auf sie herabpeitschte und stechenden Hagel mit sich brachte, so daß sie sich schleunigst unter den nächsten großen Baum flüchteten. Sie waren sehr froh, keinen schlimmeren Unbilden ausgesetzt zu sein. Feuer wärmte sie am Abend, und sie nahmen den nächsten Tag, den nächsten Hügel hin, so wie sie sich ihnen boten. So waren sie eines Morgens, als sie ein ausgedehntes Waldgebiet entlang einer Reihe von breiten Wasserfällen verließen, ziemlich überrascht festzustellen, daß sie sich bereits weit oben an den flachen Hängen jener Berge befanden, die sie suchten, und daß die Gipfel klar und deutlich vor ihnen aufragten.

»Ist das alles?« fragte Roc verächtlich. »Das kann man doch kaum Berge nennen, oder?«

»Sie sind flacher als unsere Gebirgszüge im Westen«, stimmte Kermorvan versonnen zu. »Und sie verlaufen von hier aus nach Nordwesten, also müssen sie irgendwann auf das Eis treffen. Kein sehr wirkungsvoller Schutzwall.«

Roc schüttelte mißmutig den Kopf. »Es hätte sich einfach um die Ausläufer herumschieben können.«

»Das bezweifle ich«, bemerkte Elof. »Es mußte sich sehr anstrengen, Morvan zu schlucken; nirgends im Westland ist es so weit nach Süden vorgedrungen. Und diese Berge zu umgehen, wäre vielleicht eine noch größere Anstrengung gewesen. Sie sind älter als unsere

Gebirge, schätze ich, und abgetragener, stumpf wie alte Zähne. Aber vermutlich sind sie breiter.« Als sie immer höher hinaufstiegen, einen Gipfel nach dem anderen entdeckten und schließlich einen Einschnitt erreichten, der einen Paß vermuten ließ, sahen sie, daß er recht gehabt hatte. So breit der Paß auch war, mit einem Fluß in der Mitte, so konnten sie doch sein Ende nicht ausmachen; er schlängelte sich zwischen den Gipfeln hindurch in die blaue Ferne.

»Es ist ein Glück, daß diese Berge flacher sind«, sagte Ils. »Es liegt hier zwar Schnee, doch im Sommer taut er. Es gibt nur wenige ständig mit Schnee bedeckte Gipfel, wo das Eis zupacken könnte.«

»Das ist zumindest eine kleine Hoffnung«, sagte Kermorvan. »Aber Korentyns Worte waren nicht einfach nur so dahingesprochen. Morvannec war klein, das Gebiet nur dünn besiedelt und weitgehend Wildnis; es konnte einem entschlossenen Angriff nicht lange Widerstand leisten. Vielleicht gibt es dennoch etwas, das durchgehalten hat. So wie wir durchhalten müssen.«

Das schneebedeckte Grasland zu beiden Seiten des Flusses wurde immer karger, je weiter der Paß anstieg, und schließlich war nur noch nackter Boden da. Während der ersten drei Tage sahen sie keinerlei Anzeichen von Lebewesen, mit Ausnahme kleiner Vögel. Während in der Ebene aller Schnee weggetaut war, schneite es hier noch ab und zu, nicht heftig, doch es führte dazu, daß sie ihr Brennholz, das sie aus der Hügellandschaft mitgenommen hatten, schneller verbrauchten, als ihnen lieb war. Elof fragte sich, ob ihre Nahrungsmittel wohl reichen würden; ihre Vorräte waren ziemlich geschrumpft, und abgesehen von den anderen Schwierigkeiten war diese Frage lebenswichtig. Er konnte den Gedanken, wieder hungern zu müssen, kaum ertragen. Am Morgen des vierten Tages, als sie den Eingang des Passes so weit hinter sich gelassen hatten, daß er ihren Augen entschwunden war, und ein flacher Hügelkamm ihre Sicht nach vorn eingrenzte, bemerkten sie überrascht eine Bewegung am Ufer vor ihnen; schwarze Flecken huschten durch das schneegesprenkelte Gras. Sofort duckten sie sich hinter Steine und Gebüsch; was immer es war, das sich dort tummelte, sie mußten sich mit äußerster Vorsicht nähern. Während Elof und die anderen sich anschlichen, wobei sie sich hinter einem gewaltigen Stein und dichtem Weidengestrüpp verbargen, sah er, daß es sich um große, vierbeinige Tiere handelte, kleinen Bisons ähnlich, mit dichtem, zottigem, schwarzem Fell; doch ihre kurzen Hörner, die stark gebogen dicht an den Seiten der massigen Köpfe anlagen, erinnerten eher an Schafe oder Ziegen.

Kermorvan lächelte Ils an. »Alte Freunde von dir, glaube ich, Lady? Während meines Aufenthalts bei deinen Leuten hatte ich Gelegenheit, eine oder zwei Herden dieser Art zu hüten. Angenehme Tiere, außer für die Nase.«

Sie rief überrascht: »*Velek Ilmarinen!* Moschusochsen! Aber wie ...« Sie ließ den Blick schnell über die kahlen Hänge ringsum und den Paß entlang bis zu der Hügelkuppe wandern.

Kermorvan beobachtete noch immer die Herde. »Es hat wenig Sinn, sich an sie heranzupirschen, fürchte ich. Sie sind gerissen und schnell und lassen sich nicht ohne weiteres mit zwei Bogen erlegen, die sich eher zum Vogelschießen eignen. Elofs Hammer könnte ausreichen, aber es dürfte schwierig sein, nahe genug an sie heranzukommen. Ils, was meinst du?« Dann spürte er ihr Unbehagen. »Was ist, meine Lady?« Sofort suchte auch er wachsam und angespannt mit den Augen die Hänge ab.

Sie schüttelte grimmig den Kopf. »Dort gibt es nichts, was du deuten könntest, Menschenherr.«

Kermorvan entging nicht der ungewöhnliche Titel, mit dem sie ihn ansprach, und auch nicht der düstere Unterton in ihrer Stimme. Er beherrschte die seine, doch seine Frage klang lauernd: »Für dich gibt es jedoch etwas, Lady?«

»Wenn es dich interessiert, ja. Es sind Zeichen, die wir an unseren Gebirgspfaden und -weiden anbringen, die nur für unsere Augen sichtbar sind, selbst bei Lichtverhältnissen, die ihr als Dunkelheit wahrnehmt. Es gibt jedoch kein eindeutigeres Zeichen als diese Tiere; wo sie sind, gibt oder gab es auch Duergar. Sie stammen von unseren Herden ab.«

»Hier? Dein Volk lebt hier?« Elof sah sich erstaunt um; Roc ebenfalls, doch mit mehr Verständnis.

Ils zuckte mit den Schultern. »Die Zeichen sind uralt. Es sind nur noch Spuren davon vorhanden. Und die Herden sind verwildert! Seht nur!« Sie stand hinter dem Felsen auf. Eine lange Schnauze hob sich, Lippen kräuselten sich, und Nüstern bebten, um in die Luft zu schnuppern; ein zweites Tier blickte auf, sein zottiges Fell zuckte nervös, und dann stießen Hörner drohend vor. Ils stapfte langsam und gelassen auf die Herde zu, und plötzlich stoben sie in wilder Unordnung durcheinander und hüpften mit geißbockartigen Sprüngen, bei denen ihre dicken Bäuche wackelten, über das spärliche Gras. In sicherer Entfernung blieben sie zwischen einer größeren Gruppe von Weidenbüschen stehen, schnaubten, glotzten mißtrauisch und stampften auf der Stelle. »Seht ihr?« fragte Ils nach hinten zu den anderen. »Diese Tiere haben seit vielen Generationen niemanden mehr von meinem Volk gesehen. Warum haltet ihr euch so vorsichtig zurück? Ihr könnt dieses Land jetzt ohne Furcht durchwandern und vergessen, wem es einst gehörte.« Und ohne ein weiteres Wort marschierte sie davon.

Elof und die anderen tauschten staunende Blicke und eilten ihr nach. Selten hatte er soviel Verbitterung gehört wie gerade soeben in ihrer Stimme. »Meine Lady«, sagte Kermorvan, »geht es dir gut? Oder haben wir dir irgendwelchen Kummer bereitet?«

Doch er bekam keine Antwort. Sie blieb hinter ihnen zurück, und als Kermorvan ihr eine Hand auf die Schulter legte, um sie zu ermuntern, entwand sie sich ihr und schlug sie weg. Danach hielt sie mit ihnen Schritt, verharrte jedoch in beredtem Schweigen, und ihre Stirn war vor Zorn gefurcht. Auch die anderen schwiegen, denn trotz ihrer Worte konnten sie es nicht lassen, ständig den Horizont nach feindseligen Augen abzusuchen. Obwohl sie nichts entdeckten, waren sie froh, als sie gegen Sonnenuntergang um eine scharfe Biegung des Flusses kamen und sahen, daß die Gipfel vor ihnen, die von den letzten Sonnenstrahlen in rotes Licht getaucht waren, um einiges niedriger waren; das Ende des Passes war also nicht mehr weit. Der Fluß, dem sie aus dem Wald herauf gefolgt waren, rauschte hier als Sturzbach von der hochgelegenen Quelle herunter; sie trennten sich von diesem kalten Weggefährten zugunsten eines kleineren Wasserlaufs, der sie einen langen, gewundenen Weg zwischen den niedrigeren Gipfeln hindurch talwärts führte.

Sie schlugen ein Stück weiter unten ihr Lager auf und wählten dafür einen Einschnitt im Fels, der notfalls leicht zu verteidigen wäre, und schichteten Buschwerk für ein ordentliches Feuer auf. Doch Ils lehnte höflich ab, als ihr etwas zu Essen angeboten wurde, und ließ sich in eine Ecke plumpsen. Die anderen betrachteten sie besorgt. Ein Ausdruck, den Elof nicht zu deuten wußte, hatte sich wie ein Visier vor ihr Gesicht gesenkt. Er rief ihm wieder eindringlich ihre manchmal unergründliche Art, die Fremdartigkeit ihrer Rasse ins Gedächtnis. Er dachte an den kühlen Empfang am Hof der Duergar und an den unwirschen alten König Andvar, diesen Menschenhasser; ihm war noch nie aufgefallen, wie sehr sie ihnen ähnelte.

»Ils«, wagte er einen Beschwichtigungsversuch, »es tut mir leid, daß dein Volk nicht mehr hier lebt, wirklich. Doch warum veranlaßt dich das, dich von uns, deinen

Freunden, so brüsk abzuwenden? Nachdem du einen so weiten Weg mit uns gekommen bist ...«

Sie sah ihn mit ihren dunklen Augen an, die in der Abenddämmerung glitzerten. »War es klug von mir, das zu tun? Hätte ich euch nicht meiden sollen, wie es mein Volk von jeher getan hat; euch, die ihr soviel schneller lebt und euch vermehrt? Wir sind um die halbe Welt geflohen, und jene, die nicht fliehen wollten, sind geblieben und ... immer weniger geworden.« Sie verengte die Augen zu Schlitzen, als ob ein neues kaltes Licht sie blendete. »Jene Zeichen, die ich entdeckte, waren roh, derbe Kritzeleien, die beinahe alle Bedeutung verloren hatten. Das Werk Fast-Wilder! Doch es gab eine Zeit, da führte kein Duergar ein so unzivilisiertes Leben; hochentwickelte Wesen wurden zu Wilden, Kinder des Wohlstands taumelten in die Gosse.« Sie stieß ein verbittertes Lachen aus. »Ja, jetzt habe ich gesehen, wohin euch euer Weg führt! Ich habe gesehen, was aus uns werden kann, wie tief unser Sturz sein wird, wenn die Zeit dafür gekommen ist. Und sie wird kommen. Wir können nicht ewig fliehen. Vor uns liegt nur der westliche Ozean und dahinter das Land der Ekwesh. Warum begleite ich euch also bei eurem Unternehmen, warum träume ich davon, unsere Völker einander näherzubringen?« Jetzt loderte in ihren Augen eine dunkle Flamme, sie glänzten wie im Fieber. »Wird dadurch nicht einfach nur unsere letzte Auseinandersetzung, bei der wir verlieren müssen, beschleunigt? Ich glaube, ich verstehe den alten Andvar jetzt ein wenig besser. Wenn wir es schaffen ... nun, wenn wir so weit kommen, sollten wir euch dann nicht zum Teufel jagen und jeden Eindringling umbringen? Wenn unser schlimmes Schicksal letztendlich doch besiegelt ist, warum sollte ich es noch beschleunigen?« Sie wandte sich wütend ab und warf sich den Umhang über. Elof hätte ihr gern einen Arm um die Schulter gelegt, doch Kermorvan hielt ihn zurück. Sorge furchte seine Stirn, doch er schüttelte den Kopf.

»Es ist besser, wenn wir sie in Ruhe lassen«, sagte er leise und wendete die Hirschfleischstreifen, die über der Glut brieten. »Sie ist wütend, fürchtet sich; wer wäre das an ihrer Stelle nicht? Doch alles, was sie sagte, war als Fragen formuliert. Sie ist von Zweifeln, von Unsicherheit geplagt. Wir sollten versuchen, Antworten zu finden, sobald sie bereit ist zuzuhören. Im Augenblick solltest du ihr Ruhe gönnen. Und nach dem Essen solltet auch ihr euch ausruhen, du und Roc. Ich übernehme zunächst einmal die Wache.«

Elof versuchte also zu schlafen. Doch das Unbehagen des Tages sickerte in seine Träume, die wie große, in einem Käfig eingesperrte Vögel wild mit den Flügeln schlugen und flatterten oder bedrohlich nah am Wachsein herumspazierten. Er glaubte, Stimmen zu hören, die düstere Dinge verkündeten, die von Krieg und Tod und Zerfall sprachen und sich dann höheren, wenn auch nicht hoffnungsvolleren Themen zuwandten, und plötzlich wußte er, daß er wach war, obwohl seine Glieder und sein Körper ihm so schwer erschienen, daß er sich nicht bewegen konnte. Es war Ils' grimmige Stimme, die er hörte, und Kermorvans klare Antworten.

»Und wird das nicht immer wieder geschehen, wo immer Menschen sind? Uns trennt mehr als unsere körperliche Gestalt. Die Strömungen unseres Denkens verlaufen in unterschiedliche Richtungen. Wir können denken und leben wie ihr, auf der Oberfläche, doch von euch können uns nur wenige in die tieferen Gewässer folgen. Elof vielleicht, und du; Roc nicht, obwohl er zumindest die Augen offenhält und achtet, was er sieht. Doch es gibt immer andere, Menschen von niedrigerer Wesensart, die nicht sehen, sondern nur verachten.«

»Solche Charaktere gibt es auch unter den Duergar, davon bin ich überzeugt. Ich habe zu viele von beiden Rassen kennengelernt. Doch wenn es auf beiden Seiten genügend Gutwillige gibt, dürfte es kaum zwei Generationen dauern ...«

»Falls es die gäbe! Das ist der größte Spalt zwischen uns, und die Vernunft reicht nicht aus, ihn zu überbrükken. Eine größere Kraft ist dafür erforderlich, und ihr Menschen verfügt nicht darüber. Ihr könnt nicht so tief empfinden wie wir. Ihr könnt unsere Gedanken nicht begreifen und noch viel weniger die Leidenschaft, die uns bewegt. Ihr liefet auf den Untiefen eurer Seele auf!«

»Täten wir das? Es gibt Menschen, deren Gedanken soviel Tiefe haben wie eure unterirdischen Ströme, und deren Leidenschaft ebenso. Sieh *ihn* an. In seinem Innern schwelen sanft Zündscheite, bereit, bei einer Berührung seines Denkens lichterloh in Flammen aufzugehen. Die Liebe zu einem Mädchen, das er in seinem ganzen Leben insgesamt kaum eine Stunde lang gesehen hat, treibt ihn auf diesem weiten Weg voran.«

Es herrschte eine Weile Schweigen, und Ils' Stimme klang verändert, als sie wieder sprach. »In der Tat, er ist mehr wie wir.«

»Siehst du, nicht alle Menschen sind im Herzen so kalt wie ich …«

Ils schnaubte überrascht. »Du? Du bist doch kein Höhlenfisch!« Ihre Stimme hatte einen Unterton von heiterer Boshaftigkeit. »Du liebst, na gut. Lady Teris könnte zu diesem Thema vielleicht etwas sagen, wenn du auf den Gedanken gekommen wärst, sie zu fragen.«

»Ich? Ich bin dazu erzogen worden, Frauen ritterlich zu behandeln. Mit Achtung, mit Ehrfurcht, mit …«

»Erspar mir diese Aufzählung! Und du liebst ihn …«

Es war offenkundig, wen sie meinte. Elof hätte sich beinahe in fassungslosem Staunen aufgerichtet, und dann konnte er mit Mühe und Not ein Kichern unterdrücken, als er den erstickten Laut hörte, den Kermorvan von sich gab. »Nicht auf dieselbe Weise!« Einen Augenblick lang war seine Stimme ein Musterbeispiel für äußerste Wut, doch dann fiel sie zu einem kläglichen Lächeln zusammen. Elof vermutete, daß Ils ihm einen Stoß in die Rippen versetzt hatte. »Oh, ich weiß, je mehr ich zappele, desto tiefer dringt der Widerhaken ein. Ja, ich mag ihn. So wie ich Roc mag. Und dich, obwohl Amicac wissen mag, warum.« Seine Stimme nahm den für ihn typischen sanften Tonfall an. »Er ist schließlich ein guter Kerl, es ist nicht schwer, ihn zu mögen, auf die eine oder andere Weise. Ich habe den Eindruck, Lady, daß sogar du ...«

»Sogar ich!« Sie spuckte die Worte mit so viel Nachdruck aus, daß Elof zusammenzuckte. »Was weißt du davon! Gut, daß er mir keinerlei Beachtung schenkt, er und seine verdammten inneren Zündscheite! Und du bist der Mann, der unsere Rassen vermischen will! Siehst du denn nicht, du blinder Wurm, du Narr, du Faulpelz, wie träge das von beiden Seiten aus geschieht? Begreifst du denn nicht, durch welchen Umstand allein sie zu einem so unerhörten Schritt gebracht werden könnten? Wir finden jeweils das Äußere des anderen seltsam, sogar unser Geruch ist unterschiedlich ...«

»Die Menschen können dein Äußeres nicht anders als hübsch finden, Lady ...«

»Ja, danke, mein Herr; aber hübsch wie eine von eurer Sorte, gertenschlank und schmächtig? Mit goldenen oder roten oder kastanienbraunen Haaren, wie eine gewisse Dame in Lys Arvalen? Ich gestatte mir, das zu bezweifeln. Für uns, Langer, siehst du gestreckt wie ein Schatten aus, schwach wie ein Strohhalm, dünn wie eine Bohnenstange ...«

»Ohne Zweifel«, unterbrach Kermorvan sie ruhig. »Um Gefühle zu erwecken, müssen wir also über diese Dinge hinwegsehen und den Blick auf unsere Gemeinsamkeiten richten. Das ist zu machen. Ist es uns nicht bis zu einem gewissen Grad bereits gelungen?«

Ils' Stimme grollte. »Vielleicht, da wir unter recht seltsamen Umständen zusammengewürfelt wurden. Doch andere brauchen einen Anstoß, um den Versuch zu unternehmen. Solche Dinge können nicht durch den

Erlaß eines Herrschers erreicht werden. Aber Anführer könnten Beispiele geben ... wenn sie wollen.«

Das Schweigen, das darauf folgte, bevor Kermorvan antwortete, dauerte so lange, daß Elof beinahe das Interesse verlor, das ihn wachhielt. »Ich bin weder Herrscher noch Anführer, wie ich schon häufiger gesagt habe. Doch wenn sich die Dinge ändern sollen, Prinzessin des Alten Volkes, wäre es dann nicht gut, wenn wir eingehender darüber reden würden?«

»Sehr wohl, wenn ich nicht vor Lachen herausplatzen muß. Aber immerhin hast du meine Laune verbessert, Langer, du und er. Sieh ihn dir an, er schläft wie ein Kind. Und in ihm steckt die Kraft, den Willen einer Macht zu brechen! Vielleicht sollten wir seine Hilfe erbitten, damit er die Rassen so feinfühlig vereinigt wie die Metalle, eine Legierung der Herzen, eine Mischung der Seelen ...«

»Vielleicht sollten wir das«, stimmte Kermorvan ohne die Spur von Hohn in der Stimme zu. Elof hörte, wie er seine Haltung veränderte und seufzte. »Im Augenblick braucht auch dieses Kind hier etwas Schlaf, und ich überlasse dir den Rest der Wache. Doch vergiß diese Nacht nicht! Denk gut darüber nach!«

Danach hörte Elof nur noch das leise Knistern der verglühenden Holzscheite. Sahen sie ihn wirklich so? Er hatte noch nie so wenig Bereitschaft in sich gespürt, lichterloh in Flammen aufzugehen. Und doch ... Er wollte die Augen öffnen, den Himmel betrachten. Doch die Anstrengung war zu groß; er merkte, wie sein Geist von einem Wirbel mitgerissen und in eine schwarze Höhle gezogen wurde. Wie Schaum auf den tiefen Gewässern in Ils' Reich verschluckte sie ihn. Doch sein letzter verblassender Gedanke war, daß er von noch tieferen Gewässern umgeben war.

Am nächsten Morgen erwachte er in Frühlingssonne gebadet und äußerst erfrischt. Alles erschien ihm so sehr wie sonst, daß er seine Erinnerungen mit tiefstem

Mißtrauen betrachtete; er hätte nicht zu sagen vermocht, ob er alles oder einen Teil dessen, was er gehört hatte, geträumt hatte. Kermorvan strahlte seine gewohnte Ruhe aus; vielleicht war sie sogar noch ausgeprägter. Ils war auch wieder ganz sie selbst, und von dem gestrigen Groll war nichts geblieben. Dank der wärmeren Luft war es erträglich, sich in dem kalten Fluß zu waschen, und sie trällerte sogar ein Liedchen vor sich hin, während sie im Wasser herumplanschte. Und obwohl dafür keine Erklärung nötig war, mußte Elof plötzlich einen Anflug von Zweifeln und Verwirrung niederkämpfen. Ihre Gefühle für ihn, seine Gefühle für Kara, Karas Gefühle für ihn — was wußte er in Wirklichkeit von diesen Dingen? Was wollte er eigentlich? War es nicht unvernünftig, lächerlich, von Ils begleitet zu werden wie von einem treuen Hund, während seine Suche — wem oder was galt? Einem Schatten, einem Mädchen, mit dem er nur eine einzige Stunde zusammengewesen war. Was wußte er von ihr, abgesehen von den kalten und gefährlichen Ketten, mit denen sie gefesselt war, von dem Wesen, das sie gefangenhielt? Warum jagte er hinter ihr her, wenn ganz in seiner Nähe ... Er konnte diesen Gedanken nicht zu Ende führen. Doch ebensowenig konnte er während der darauffolgenden Tage das Gefühl loswerden, einen Verlust erlitten zu haben — selbst dann nicht, wenn er an Kara dachte.

Als die Wanderer aufbrachen, verlieh die Wärme des Tages der Luft eine neue Würze und ihren Schritten neuen Schwung; sie kletterten den steinigen Gebirgspfad leichtfüßig wie Bergziegen hinunter. Nach einer kurzen Strecke bildete der Fluß unter einem niedrigen Sims zwischen zwei runden Hügeln einen Teich, und das Wasser stürzte mit dem Dröhnen einer gedämpften Trommel über dessen Rand. Die Wanderer kletterten über die Felsen am Rand des Teichs zum Kamm hinauf, auf die ebene Plattform neben dem flachen Wasserfall, und stellten fest, daß ihre Sicht nicht mehr von Gipfeln oder Hängen oder aufragenden Felsen behindert war. Auf diesem Sims bot sich ihrem Blick zum erstenmal das, was sie bis jetzt erreicht hatten — das alte Ostland von Brasayhal.

Elof fielen dabei als erstes Juwelen ein, Smaragde und Saphire. Denn das gesamte Land unter ihm, von dem steilen Abhang, der fast senkrecht zu der ausgedehnten Waldfläche dahinter abfiel, bis zu den andeutungsweise sichtbaren sanfteren Hügeln am nördlichen Horizont und dem tiefergelegenen, flacheren Grasland im Süden, leuchtete in allen Schattierungen von Grün, wogend, sich ständig verändernd und im weichen Licht schimmernd. Saphire waren das Wasser, das dazwischen glitzerte und das Blau vertiefte, das es von dem lapislazulifarbenen Himmel hinter den Wolken pflückte; und auch diese warfen ihre Spiegelung auf das Land. In dem von Bäumen umgebenen Becken weit unten sammelten sich die letzten Reste des Morgennebels, ein Weiß, reiner als das des Eises, ein Teich aus glänzender Milch, von der ersten Brise zu einem hoch aufragenden Wolkenschaum aufgeschlagen, der fast auf der Höhe ihrer Augen hing, wie eine Meereswelle, im Augenblick des Sich-Brechens erstarrt.

»Oder wie eine Hand, die uns heranwinkt«, hauchte Kermorvan, der angespannt und aufgeregt ganz am Rand des Felsens balancierte, als ob er es kaum erwarten könnte, der Aufforderung zu folgen. Sein Blick schweifte wie ein suchender Adler über das vor ihnen ausgebreitete grüne Land; seine Flüsse funkelten in seinen Augen, sein Leben vibrierte in seiner Stimme. »Sieh nur dieses üppige Wachstum! Das Eis hat diesen Ort seit langer Zeit nicht berührt! Von dort, wo es jetzt ist, kann es allenfalls schlechtes Wetter über die Berge schicken. Und in der Nähe des Meeres muß das Klima milder sein als im Westen ...«

»Ja, aber sieh auch diese Wildnis!« warf Roc ein. »Das

Eis hat dieses Land zwar nicht berührt, aber die Menschen ebensowenig. Es sieht nicht so aus, als ob wir hier viele Ostländer antreffen würden!«

»Sie waren niemals sehr zahlreich«, entgegnete Kermorvan ruhig. »Morvannec war klein, und es lag an der Küste, die noch außerhalb unserer Sichtweite liegt. Dort ist unser Ziel, und wir werden sehen, ob noch etwas davon übrig ist und ob dieses Land bewohnbar ist.«

Elof spürte, wie sich ein warmer Arm in seinen schob und sich jemand an ihn drückte; es war Ils, die nicht besonders viel von großer Höhe und steil ins Leere abfallenden Felswänden hielt. Es machte ihn seltsam zufrieden, daß sie zu ihm gekommen war, um sich festzuhalten. »Und danach brauchen wir nur noch nach zu Hause gehen, ohne unterwegs steif oder taub zu werden«, murrte sie. »Keine leichte Aufgabe. Aber eins sage ich euch, wir kommen mit unserer Suche nicht schneller voran, wenn wir uns am Rand eines Abgrunds herumtreiben und nach unten gaffen.«

Sie lachten und gaben ihr recht. Doch nach dem dichten Wald und dem kahlen Reich des Eises waren die Ausgewogenheit und die Harmonie des Anblicks eine Erfrischung sowohl für das Auge als auch für die Seele; es widerstrebte Elof, sich so schnell von ihm zu trennen, und es erschien ihm, als verließe er eine Bühnendarbietung vor dem Höhepunkt. Er verharrte noch eine Weile an der Stelle, nachdem er Ils von der Klippe weggeführt hatte, und blickte nach Osten, wo die Sonne die Wolken abschüttelte und ihren Reichtum auf das fruchtbare Land ausschüttete. Ein schwaches Flackern erregte seine Aufmerksamkeit, ein schwarzer Fleck inmitten dieser Ströme aus geschmolzenem Gold, eine Form, die sich gegen die grellen Wolken in der Ferne abhob. Er blickte direkt in die aufgehende Sonne, hielt sich die Hand schützend über die Augen und blinzelte, bis farbige Punkte vor ihm tanzten und er überhaupt nichts mehr sehen konnte. Jetzt mußte Ils ihm beim Hinunterklettern helfen, während sich seine Sicht allmählich wieder klärte. »Was hast du denn erwartet, du Dummkopf?« fragte sie.

»Schwarze Flügel«, murmelte er. »Auf dem Pfad des Sonnenaufgangs, wie mir beschieden wurde. Laß uns jetzt hinabsteigen.«

Der Abstieg führte sie an den unteren Hängen des Wasserfalles vorbei, wo bereits Gräser und Blümchen zwischen den Steinen sprossen, und schließlich auf steile Böschungen, wo das nackte Gerippe des Landes sich noch immer durch die dünne Haut der Erde bohrte. Doch selbst hier wuchs das Gras immer üppiger, vor allem entlang der hüpfenden Wasserläufe; sie gelangten zu einer Wiese, deren Gras, das Ils bis an die Brust reichte, wie ein grüner Teich aussah, wo man Fische zwischen den wogenden Halmen hätte vermuten können. Sie blickten hinunter auf Baumgruppen, und obwohl die Bäume um sie herum noch überwiegend immergrüne Sorten waren, sahen sie weiter unten Baumkronen, die sich mit den Jahreszeiten veränderten und die jetzt mit neuen Blättchen glänzten. Bevor der Tag sich dem Ende zuneigte, befanden sie sich inmitten dieser Bäume, in einer lieblichen Waldlandschaft mit Licht und Luft und Bächen und voller Leben. Sie wanderten zwischen Weißtannen und Balsamföhren, Graubirken und hohen Buchen dahin; sie fanden Pfade und Spuren und hörten Rascheln und Trappeln im Unterholz. Vögel flogen zwischen den Bäumen hin und her, Fische schwammen in den Bächen. Zumindest brauchten sie nicht zu befürchten, hungern zu müssen; in einem Gebiet, in dem alles so reichlich vorhanden war, konnten sie damit rechnen, ohne große Anstrengung und wann immer sie wollten genügend zu erjagen, zu angeln oder mit Fallen zu fangen.

In der Tat erwies sich das in den folgenden Tage als zutreffend, während sie ihren Weg durch den Wald zu dem flacheren Land jenseits davon fortsetzten. Sie kamen an Papierbirken, Walnußbäumen und Ulmen vorbei; eine Nacht lagerten sie unter riesigen Eichen mit grünen Blättern, in der nächsten unter Kastanienbäumen, die wie gestufte Türme in den Morgendunst aufragten. Elof vermißte die großen Rotholzbäume seiner nördlichen Wälder, und Kermorvan fehlten die hohen Erlen, die ihm vertraut waren, denn diese Baumart wuchs hier nur als Ufergestrüpp unter den Weiden und Pappeln und Zitterespen, die hier offenbar verbreiteter waren als im Westen.

Eine lange Reihe solcher Pappeln erregten an einem der folgenden Morgen Elofs Aufmerksamkeit; sie hoben sich auf dem Kamm des nächsten Hügels als Silhouetten gegen den Sonnenaufgang ab. Er rief die anderen herbei, und sie sahen, was ihm aufgefallen war: die Bäume standen seltsam regelmäßig und voneinander getrennt. Nach einem hastig eingenommenen Frühstück eilten sie zu der Stelle, um sie zu erkunden, doch schon weit vor dem Hügelkamm konnten sie sehen, daß dort etwas war. Als sie sich schließlich durch das dichte Gebüsch an seinem Rand arbeiteten, waren sie nicht überrascht, eine Straße zu sehen; nur ihre Breite und ihr guter Zustand erstaunten sie. Die Steinplatten, die die Oberfläche bildeten, wiesen viele Risse auf, und Gras und andere Pflanzen wuchsen in den Ritzen, doch sie waren von Anfang an so groß und so glatt gewesen, daß außer an den Rändern, wo die Wurzeln der Pappeln ihr Werk getan hatten, nur wenig von der Pflasterung vollkommen überwuchert war. »Ich habe Abschnitte unserer Großen Straße gesehen, die in weit schlechterem Zustand waren!« rief Elof aus. »Ist sie von Menschen so gut erhalten worden? Oder hat sie alles überdauert ...«

»Seit langer Zeit wurde dieser Weg nicht mehr von Menschen benutzt«, sagte Kermorvan und deutete talwärts, wo Dornengestrüpp und Brombeerhecken den Weg verdeckten. »Diese Straße hat offenbar seit dem Niedergang Morvans überdauert, ja. Aber ich nehme an, es ist jetzt ein Tierpfad. Wie auch immer, sie führt anscheinend nach Osten, und wir haben keine anderen Streckenhinweise. Laßt uns ihr also folgen.«

Die Straße erwies sich in der Tat als gute Leitspur. Oft mußten sie sich mit Schwert und Axt einen Weg durchs Gestrüpp schlagen, doch nachdem sie in unwirtlicheren Gegenden abgehärtet worden waren, störte sie das wenig. Sie kamen auf diesem angenehmen Weg gut voran und wichen nur davon ab, um Nahrung zu sammeln oder in einem der Flüsse zu baden. Schließlich führte er sie aus dem Wald heraus; er schlängelte sich wie ein grauer Strom zwischen grasbewachsenen Hügeln hindurch, die einst vielleicht fruchtbares Weideland gewesen sein mochten, und hinaus auf eine Böschung, die in eine ausgedehnte Ebene auslief. Es sah so aus, als gediehen hier jetzt nur Frühlingsgräser, doch Kermorvan pflückte die Köpfe etlicher ab und stellte fest, daß es sich um Getreide handelte, das einst von Menschen angebaut worden war. »Jetzt ist es wieder im Gras und Unkraut versunken«, murmelte er und stieß mit dem Fuß gegen einen verwitterten Stein neben der Straße. »Seht, das hier ist der Grenzstein eines Feldes. Irgendwo in der Nähe war bestimmt ein Bauernhof, vielleicht sogar ein ganzes Dorf. Oder vielleicht dort, wo diese flache Erhebung ist und die Straße ohne ersichtlichen Grund eine Biegung beschreibt.«

Sie betrachteten den Buckel im Vorbeigehen schweigend. »Wie lange liegt dieser Ort wohl schon verlassen da, um so weit herunterzukommen?« überlegte Roc laut.

»Vielleicht fünfhundert Jahre«, sagte Ils, »oder auch doppelt so lange. Er wurde offenbar verlassen, lange bevor die Felder verödeten.«

»Genauso war es«, bestätigte Kermorvan mit finsterer Miene. »Denn dies muß das Land sein, das von den Südländern bewirtschaftet wurde, bevor sie nach Westen flohen und Kerbryhaine gründeten. Jene, die zurückgeblieben waren, bestellten offenbar weiterhin die Felder ...« Seine Worte verebbten, doch Elof hatte seinen Gedanken erraten und konnte nicht anders, als ihn auszusprechen.

»Bestellten die Felder, bis nur noch so wenige von ihnen übrig waren, daß sie es nicht mehr konnten oder keinen Bedarf an landwirtschaftlichen Produkten mehr hatten. Und sie hielten die Straße instand, die wahrscheinlich über die Berge nach Morvan führte, bis kein Zweifel mehr daran bestand, daß niemand auf diesem Weg zurückkehren würde ...«

»Bis heute!« unterbrach Kermorvan ihn barsch; sein Gesicht wirkte kantig wie aus Stein gemeißelt. »Wir sind zurückgekehrt! Und ob wenige oder viele, sie werden wissen, daß wir die Vorboten einer neuen Zeit sind.«

Während vieler weiterer friedlicher Tage führte sie die Straße durchs Land. Wieder wand sie sich durch ein Waldgebiet, wo die Bäume jetzt spärlicher standen und nicht mehr so viele immergrüne Sorten vorkamen. Die Luft wurde mit jedem Tag, der verstrich, wärmer, milder. Der Wald lief in eine von sanften Hügeln geprägte Landschaft aus, wo zwischen gutem, doch ungenutztem Weideland die zerstörten steinernen Kreise von Ställen und Pferchen wie leere Augenhöhlen klafften, und noch immer regte sich keine Menschenseele. Während die Tage vergingen, bildete sich Elof allmählich ein, das Meer im Wind riechen zu können, und bald bestätigte Kermorvan diesen Eindruck. Sie stellten fest, daß der Zustand der Straße immer noch besser wurde, und sie war gesäumt von etlichen Ruinen, die noch standen — manchmal nur eine einzige Wand, manchmal drei Wände und ein Giebel oder vier Wände mit einem eingebrochenen Dach. Eines Nachts, als es regnete, suchten sie Schutz in einer solchen Ruine, wobei sie Eulen und Fledermäuse aus den leeren Räumen verscheuchten. »Erinnerst du dich an die Plätze, an denen wir entlang der

Großen Straße unser Lager einrichteten?« schmunzelte Roc. »Es kommt mir so vor, als läge das eine Ewigkeit zurück, und doch könnte es genau dasselbe sein ...«

»Nicht ganz«, sagte Kermorvan ernst. »Was dieses Haus und die anderen zu Ruinen gemacht hat, war nicht der Krieg als solches; sie wurden nicht geplündert oder angezündet, sondern einfach ... verlassen. Vernachlässigt. Und das kann noch gar nicht allzu lange her sein, da noch soviel von ihnen erhalten ist; fünfzig, sechzig Jahre vielleicht, mit Sicherheit weniger als hundert.«

»Länger nicht?« fragte Ils verwundert. »Und ... wurden alle gleichzeitig verlassen?«

Kermorvans Mundwinkel zuckten. »Sie alle sehen etwa gleich alt aus. Kein angenehmer Gedanke, nicht wahr? Daß es hier noch bis vor so kurzer Zeit Menschen gegeben hat, und dann ... plötzlich keine mehr. Das könnte viele Ursachen haben, wenige davon sind gut, die meisten schlimm. Doch das Meer kann nicht allzuweit entfernt sein. Und dort werden wir zumindest einen Teil der Antwort finden.« Daraufhin drehte er sich auf seinem Bett aus zerkleinertem Buschwerk um und schlief friedlich ein.

»Ja, ja«, murmelte Roc, »immer vorausgesetzt, sie findet uns nicht zuerst.«

Es war keine zwei Tage später, so wird in den Überlieferungen berichtet, daß die Straße die Wanderer eine steile Böschung hinauf und in dichtes Gehölz führte, das nach Kermorvans Ansicht als Windbrecher zum Schutz der Felder dahinter angelegt worden war. Diese Vermutung bestätigte sich, als eine lebhafte Brise die Zweige zum Tanzen brachte und an ihren Umhängen zerrte. Und als sie gegen Mittag wieder ins Freie traten, trieb der Wind Tränen in ihre weit aufgerissenen Augen; doch sie merkten es kaum und scherten sich auch nicht darum, denn unter ihnen sahen sie das Glitzern einer weiten Wasserfläche in der Sonne, und nicht nur das. Sie blickten voller Ehrfurcht auf das Ende ihrer gefährlichen Reise, die vom Beginn eines Frühlings bis zum Ende des nächsten gedauert und sie von einer Küste dieses riesigen Landes zu einer anderen geführt hatte. Vor ihnen erstreckte sich jetzt das Östliche Meer grenzenlos und ohne Unterbrechung bis zum Horizont.

Es war das Meer des Sonnenaufgangs, über das die Urväter der Menschheit, die Gründer des Reiches Morvan, das erste Mal zu diesem Land gesegelt waren. Weit unter dem Horizont, jenseits der Rundung der Erde, schwappte dasselbe Wasser an jenes sagenhafte Ufer, von dem sie aufgebrochen waren, die Küste Kerys. Der Anblick war an sich schon ein überwältigendes Wunder. Elofs Herz hüpfte, weil er endlich wieder ein so großes Gewässer vor sich sah und — gedämpft über die weite Entfernung herangetragen — das Spiel der Wellen hörte, wie einen gewaltigen Atem, der gegen die Küste hauchte. Doch die Wanderer waren nur für eine kurze Weile davon ergriffen, so lange, bis ihre Augen in dem blendenden Licht das Land unter ihnen und die große hügelige Erhebung ausmachen konnten, die sich deutlich gegen das glitzernde Meer abzeichnete und die Landschaft beherrschte.

Ein derartiger Anblick aus der Ferne hatte sich Elof schon einmal geboten, und er erweckte in ihm nun eine noch größere Ehrfurcht. Diese geordnete Landschaft, lieblich und fruchtbar, dieses Schachbrettmuster aus Feldern und Obsthainen und gepflegten Waldgebieten, das waren Merkmale, durch die die Kinder Kerys ihre neue Heimat geprägt hatten; sie machten sich die Natur untertan, trieben jedoch keinen Raubbau an ihr, zähmten sie, zerstörten sie jedoch nicht. Doch während rings um Kerbryhaine die Felder vom Feuer verwüstet waren, eingehüllt in den Rauch der Belagerung und Plünderung, erstreckten sie sich hier makellos von den Bergen bis zum Meer, von Norden nach Süden, so weit seine Augen die dunstige Luft durchdringen konnten, und sie hatten etwa die doppelte Ausdehnung. Und im gleichen Maße, in dem dieses Land die Umgebung Kerbryhaines an Größe übertraf, war auch die Stadt im Herzen größer. Kerbryhaine war Elof wie ein Schmuckstück erschienen, eine Brosche oder der Mittelbuckel in jenem Wappen aus Feldern, doch diese Stadt hier, die sich wie eine Arche der Mächte, die am Ufer angelegt hatte, entlang dieser Landzunge erstreckte, diese ferne Stadt war ein hoch aufragendes Diadem, ein königliches Juwel.

Ils fand als erste ihre Sprache wieder. »Kermorvan! Du hast uns gar nicht gesagt, daß dein Volk noch eine große Stadt im Osten hatte! Oder ist dies das Werk eines anderen Volkes?«

Der hochgewachsene Krieger schüttelte den Kopf. »Der Lage nach kann dies nur ein einziger Ort sein. Liegt die Stadt nicht wie eine Krone auf den Felsen einer langgestreckten Landzunge? Ragt sie nicht wie eine Speerspitze hinaus ins Meer, wie ein mächtiger Wall, um ihren eigenen hübschen Hafen zu schützen? An eben dieser Küste setzte jener Lord Kerys, der der erste König in der Reihe meiner Vorfahren war, den Fuß an Land, und dort gründete er seine erste Stadt, von wo aus seine Söhne später das Große Morvan gründen sollten. Hatten wir im Westen uns in unseren Träumen eingebildet, großartig zu sein? Hatten unsere Träume uns vorgegaukelt, wir hätten die Pracht der Vergangenheit wiederbelebt und erhalten?« Seine Stimme bebte, doch es war ein Wunder, daß er überhaupt Worte fand. »Ich sage euch, ein Träumer hat eine weite Reise unternommen, um zu erwachen und festzustellen, wie kläglich seine Visionen waren, verglichen mit wahrhaftiger, lebendiger Pracht und Großartigkeit! Denn was ihr jetzt vor euch seht, ist Morvannec, das Kleine Morvan! Stellt euch ein vielfach vergrößertes Spiegelbild dieser Herrlichkeit vor — es wird unsere kindischen Träume verspotten.«

»Ich würde diesen Vergleich so nicht anstellen«, sagte

Elof leise. »Kerbryhaine ist die größte Stadt des Westens, doch der Westen ist ein geteiltes Reich, es sind zwei Länder, die eins sein sollten. Ich sehe hierin eher das, was Kerbryhaine hätte sein können, wenn deine weisen Vorfahren dort die Herren gewesen wären. Die Stadt eines einzigen Stammes, eines Blutes.«

Die anderen sahen ihn an und lächelten, und erst da fiel ihm auf, wie passend diese Bezeichnung war. Denn eine Stadt des Blutes hätte sie durchaus sein können. Denn in der Mittagssonne leuchtete der sandrote Stein ihrer weit entfernten Mauern tatsächlich warm und rot, als ob tatsächlich lebendiges Blut durch sie flösse. »So sollte es sein«, bestätigte Roc. »Und je eher sich die Dinge in diese Richtung entwickeln, desto glücklicher werden wir sein. Dieser Ort ist ein wahres Wunder.«

»Das stimmt«, hauchte Ils. »Mächtig sind die Menschen, wenn Morvan noch größer war.«

Kermorvan nickte ernst und legte ihr einen Arm um die Schulter. »Aber sie werden noch mächtiger sein, wenn ihre Altvorderen ihnen zur Seite stehen! Kommt, die Stadt ist noch gut zehn Meilen entfernt. Wenn wir vor Einbruch der Dunkelheit an ihre Pforten gelangen wollen, müssen wir uns sputen!«

Zum Glück war die Straße vor ihnen glatt und ohne Unebenheiten, denn keiner von ihnen schaffte es, die Augen für längere Zeit von der wundervollen Stadt abzuwenden, aus Angst, sie könnte wie ein Trugbild, wie eine Fata Morgana in der Wüste wabern und sich in Dunst auflösen. Doch je näher sie kamen, desto deutlicher und schärfer zeichnete sie sich vor ihren Augen ab, und desto wundervoller erschien sie ihnen.

Elof sah jetzt, daß sie genau wie Kerbryhaine sich nach und nach von den Hügelkämmen nach außen ausgedehnt hatte. Viele Mauern, die einst äußere Stadtmauern gewesen waren, durchzogen sie; neue Gebäude waren über sie hinweggeschwappt wie Wogen, bis auch um diese wieder eine Mauer gebaut worden war. Doch dieses Morvannec unterschied sich im Aussehen von Kerbryhaine, jener Stadt mit den kalten Mauern aus elfenbeinfarbenem Gestein und Kreisen von Dächern in kühlen Grau- und Grüntönen und seiner hochaufragenden Zitadelle, einem Diadem aus goldgekrönten Türmen, als kaltes Herzstück. Hier waren alle Wehranlagen nach außen gerichtet, die Mauern waren weiter und dikker, glatt und nahtlos, mit einem breiten Weg auf der Brüstung und einem großen runden Turm in jeder Biegung und jeder Ecke, wuchtig und mit breitem Fundament, mit glatten Wänden und ohne Fenster, abgesehen von einer Galerie mit Schießscharten direkt unter dem hohen, spitz zulaufenden Dach. Beobachtungstürme und Wachhäuser derselben Bauart säumten die Mauern dazwischen. »Das sind trutzige Bauwerke, diese Türme«, bemerkte Ils. »Weniger als eitler Zierat, sondern vielmehr zweckmäßig gestaltet.«

»Trotzdem sehen sie freundlich aus«, tat Roc seinen Eindruck kund.

Ils zog die Augenbrauen hoch. »Natürlich! Gedrungen und massig wie die Duergar, nicht groß und hager wie die Menschen! Sie müssen ja freundlicher aussehen als die hochgeschossenen Türme von Kerbryhaine!«

»Die ganze Stadt strahlt irgendwie Wärme aus«, bemerkte Elof.

»Einen Mangel an Ordnung, meinst du wohl«, grinste Kermorvan. »Doch ich kann ihr das nachsehen, eingedenk dessen, was sie in ihrem Herzen birgt.« Er deutete auf den Kamm des höchsten Hügels. Dort ragte der Fels aus den Reihen der Stadt heraus wie der Rücken eines großen Meerestiers, das an die Wasseroberfläche bricht, und aus dem Fels war eine große Sockelplatte herausgehauen, mit breiten Stufen zu beiden Seiten und darüber einem glatten Turm von majestätischer Kraft, der den Eindruck von hohem Alter vermittelte. Und doch war es keine düstere Festung, gesichtslos und befehlend, sondern eher eine Art Palast mit vielen Galerien und großen Fenstern, der seine leichten Wehranlagen auf die Weise trug wie ein König seinen wie eine Krone gestalteten Helm — in erster Linie als feierliche Zierde, doch durchaus einen Zweck erfüllend, wenn es sein mußte. »Von der Stadt am Wasser wird behauptet, man könne sie nicht zwischen zwei Sonnenuntergängen durchwandern«, bemerkte Kermorvan nachdenklich. »Kerbryhaine könnte man in einem halben Tag durchqueren. Und diesen Ort?«

Elof blinzelte, um die Entfernung abzuschätzen. »Die Zeit dürfte irgendwo dazwischen liegen, schätze ich. Wir überblicken alles so gut, weil wir uns hier näher am Ende der Landzunge befinden als am Anfang. Zum Glück gibt es Tore an dieser Seite, sonst hätten wir einen weiten Weg.«

Das alles bot sich den Augen der Wanderer offenbar damals; doch es ist noch viel mehr über das Erscheinungsbild der Stadt überliefert, das aus dieser Entfernung nicht zu sehen gewesen sein konnte. Einiges davon sahen sie zweifellos auf ihrem Weg aus dem Vorgebirge und durch das landwirtschaftliche Gebiet im Landesinneren, und einiges wurde vielleicht auch erst später hinzugefügt, wie es bei Chroniken nun mal üblich ist.

Doch daß die Stadt einen unmittelbaren starken Eindruck auf sie machte, steht außer Frage, vor allem der Palast. Er sah aus, als bestünde er aus dem gleichen rotgoldenen Stein wie die äußeren Mauern, durch Witterungseinflüsse und den von der Stadt darunter aufsteigenden Rauch jedoch fast schwarz geworden. Das gleiche galt für die Mauern der inneren Kreise und der kleineren Gebäude; sie alle waren von ähnlicher Bauart, hoch und stattlich, mit spitzen Giebeln unter grauem Schiefer und mit Säulenfronten, in langen Reihen errichtet, rings um den Hügel nach außen gewandt, hinaus zum Meer und dem Himmel und dem Land. Viele Bauwerke in dem Kreis darunter wiesen die gleiche herrschaftliche Pracht auf, doch einige davon bestanden aus einem schimmernden Gestein in einem helleren Goldton, andere wieder aus dunklem Gestein mit einem grünlichen Glanz, das im Licht der Sonne blitzte und glitzerte. Und diese waren, wenn es der Hügel erlaubte, in Vierecken oder Kreisen mit kleinen Grünflächen in der Mitte angelegt, und andere kleinere Gebäude tanzten wie schlanke Damen oder ausgelassene Kinder um sie herum; diese Häuser waren nicht einheitlich und gediegen wie im Westen, sondern von fröhlicher Vielfalt. Grauer Schiefer bedeckte die höheren Dächer, doch die der kleineren Häuser bildeten ein heiteres Durcheinander aus Ziegeln in allen Farben, wobei Rot und Gelb und Blau am häufigsten vertreten waren, und aus allen möglichen Glasuren und Mustern. Die Mauern bestanden aus farbigen Natur- und Backsteinen in vielen verschiedenen Erdtönen. Einige waren mit glasierten Fliesen gekachelt oder in blendendem Weiß gestrichen oder einfach bunt bemalt.

Doch es war das Gewirr von Häusern in dem spitzen Winkel, wo Fels und Mauern gemeinsam zum breiten Hafen hin abfielen, die Elofs Aufmerksamkeit am meisten fesselten. Viele davon waren offenbar wie Boote aus Holz gebaut, wie die Häuser damals in seinem Heimatdorf, und ihre Dächer bestanden aus teergeschwärzten Holzschindeln über hohen Giebeln. Ihre Mauern waren in vielen inzwischen zu Pastelltönen verblichenen Farben gestrichen, und als er die Augen anstrengte, um über die Entfernung noch besser sehen zu können, hatte er den Eindruck, als wären einige mit leuchtenden Malereien versehen, hüpfenden und verschlungenen Formen, die in gewisser Weise den Verzierungen in Form von Meeresungeheuern ähnelten, an die er sich erinnerte.

»Es scheint, daß hier Seeleute leben«, sagte Kermorvan. »Vermutlich nördlicher Abstammung ... Aber wo sind ihre Schiffe?«

Roc hob die Hand über die Augen. »Da sind einige Masten im Hafen ...«

Kermorvan blickte stirnrunzelnd zu den schmalen dunklen Streifen innerhalb der weiten Mole. »Tatsächlich, aber nur wenige, und kleine; es könnte sich um leichte Fischerboote handeln. Eine Stadt von dieser Größe müßte eigentlich über andere Schiffe verfügen, und wenn auch nur zu dem Zweck, die Produkte des ausgedehnten landwirtschaftlichen Umlandes heranzutransportieren. Das wäre entschieden billiger und schneller als der Landweg ...«

»Aber werden diese Felder denn überhaupt bewirtschaftet?« Ils deutete auf die nächstgelegenen, und Elof fiel auf, daß sie zwar immer noch säuberlich von Hekken eingegrenzt waren, jedoch seit längerer Zeit nicht mehr bestellt worden waren; die Hecken umschlossen ein wildes Durcheinander von Gewächsen, vor allem Unkraut.

»Seltsam«, murmelte Kermorvan. »Und ich kann auch nirgends Tiere auf den Weiden sehen, kein Laut und keine Bewegung zeugen von Leben in den Häfen, kein Rauch steigt aus den Kaminen ...«

»Das gleicht alles sehr dem, was wir vor Kerbryhaine angetroffen haben«, bemerkte Elof voller Unbehagen.

»Doch jene Stadt war im Belagerungszustand, was hier, soweit ich sehen kann, nicht der Fall ist. Ich erkenne auch sonst keine Ursache. Könnte es sein, daß ihre Rasse untergegangen, ihr Volk ausgestorben ist? Falls es so ist ... Aber je eher wir dorthin gelangen, desto eher werden wir es erfahren. Beeilt euch!«

So altertümlich und vornehm Kerbryhaine auch war, Elof erschien es jetzt jung, verglichen mit diesem ehrwürdigen Felsbrocken, der nun vor ihnen aufragte, zerbrechlich und leicht im Gegensatz zu diesen dicken Mauern mit den vielen Narben, die Zeit und Wind und Wetter ihnen zugefügt hatten. Und wenn die Stadt darunter auch bescheidener und weniger erhaben wirkte, zeugte sie in seinen Augen wahrheitsgemäßer von vielen Epochen und langem Wachstum als das unveränderliche Antlitz des Westens.

»Vielleicht ist es so«, räumte Kermorvan ein. »In den tausend Jahren seit seiner Gründung haben wir uns bemüht, Kerbryhaines Schönheit zu erhalten, und deshalb haben wir immer streng im althergebrachten Stil gebaut. Doch diese Stadt war der Ort, wo in diesem weiten Land zuerst Menschen lebten. Wenige Gebäude, nicht einmal der Palast, konnten so lange erhalten bleiben. Ihr seht vor euch eine Stadt, die gewachsen ist wie ein lebendiger Körper, die im Laufe der Jahre immer wieder umgebaut und neu erbaut wurde. Warum schauderst du?«

Elof lächelte und machte ein etwas beschämtes Gesicht. »Du sprichst von Jahren, von den Menschen, die als erste in dieses Land gekommen sind. Ich kann das nicht so leicht verkraften, schon gar nicht in diesem Augenblick, da ich die Zeugnisse der Zeit vor mir sehe. Ich bin Schmied und als solcher daran gewöhnt, weit in die Vergangenheit zu blicken, alte Erfahrungen aufzustöbern. Trotzdem nötigt mir ein Zeitraum von fünftausend Jahren Ehrfurcht ab.«

Kermorvans Augen strahlten. »Und die letzten tausend Jahre in völliger Abgeschiedenheit, getrennt von der übrigen Welt. Ich glaube, dieser letzte starke Mauerring ist nicht älter als das, und viele dieser Gebäude ebenfalls, als ob die Stadt damals von Flüchtlingen überschwemmt worden wäre ... Ich frage mich, ob sie sich verändert haben. Leben Menschen südlicher und nördlicher Abstammung immer noch zusammen wie damals in Morvan? Wer herrscht hier, da sie Korentyn verloren und er keinen Erben hinterließ? Tausende von Fragen bedürfen einer Beantwortung.«

Roc schüttelte den Kopf. »Die erste muß sein, ob sie auf Fremde schießen oder nicht. Selbst auf solche, die vom selben Stamm sind; oder auf Könige.«

»Das ist mir auch durch den Kopf gegangen. Am besten stellen wir uns zunächst einfach als Menschen aus dem Westen vor. Nennt mich weiterhin Kermorvan, aber sprecht meinen vollen Namen nicht aus ...«

Ein Rauschen und Pfeifen schnitt durch die Luft. Er hatte sich bereits kampfbereit geduckt und gleichzeitig mit einer einzigen geschmeidigen Bewegung das Schwert gezogen, bevor sich der Pfeil vor seinen Füßen in den Boden bohrte; dann erhob er sich und bewegte sich nicht mehr. Ils fluchte und griff nach ihrer Axt, dann erstarrte sie genau wie Kermorvan zur Reglosigkeit. Elofs Hand fuhr zum Schwert, doch dann machte auch er keine Anstalten mehr, es zu ziehen; auch er hatte gesehen, wie sich die Hecke auf der anderen Seite, von wo der Pfeil gekommen war, bewegt hatte. Sie waren von einer unbekannten Anzahl von Männern umzingelt, und womöglich waren alle mit Bogen bewaffnet. Hinter sich hörte er Rocs keuchenden Atem und die gemurmelten Worte: »Auf sie! Laßt uns gegen sie kämpfen, das machen wir schließlich nicht zum ersten Mal!«

»Nein!« zischte Elof. »Rühr dich nicht! Kermorvan hat recht. Wir haben doch nicht den ganzen weiten Weg zu unseresgleichen zurückgelegt, um sie jetzt umzubringen oder von ihnen umgebracht zu werden, oder?«

Roc schnippte mit den Fingern. »Ja, aber ...« Doch er hielt inne, denn auch er hatte Ils' erstickten Schrei gehört. Er betrachtete mit den anderen den Pfeil und sah, daß die Federn, mit denen er bestückt war, schwarz und weiß gestreift waren. Und hinter den bestens als Hinterhalt geeigneten Hecken erhoben sich mindestens ein Dutzend großer Ekwesh-Krieger, mit Bogen bewaffnet.

Elofs Hand zuckte krampfhaft am Schwertgriff, doch er konnte nichts anderes tun als sich in den Gedanken zu flüchten, dies könnte vielleicht ein schlechter Traum sein. Doch sie waren leibhaftig da, so wie er sie beim erstenmal erlebt hatte, als sie sein Dorf überfielen, und wie er sie das letztemal in dem Hinterhalt im Wald gesehen hatte: hochgewachsene Männer in Rüstungen aus steifem schwarzen Leder, die Gesichter entstellt durch grauenhafte Schlangendarstellungen und die Narben vieler Kämpfe. Die Bogen lagen ihnen sicher in den Händen, sie würden ihr Ziel nicht verfehlen.

Über ihren Köpfen waren plötzlich ein Zischen und ein Wirbeln wahrzunehmen, und im nächsten Augenblick war Elof von einem feuchten Seil umfangen, stinkend und mit Fischschuppen und Salz verkrustet. Ein Netz war über sie alle geworfen worden, und während Elof noch zappelte, um sein Schwert zu ziehen und darauf einzuschlagen, huschten dunkle Gestalten herbei und packten seine Arme. Von da an war jede Gegenwehr hoffnungslos, doch er kämpfte und strampelte um seines Stolzes willen; schließlich war er gefesselt und lag sich windend da, während er hörte, wie keine zwei Fuß von ihm entfernt sich ebenfalls jemand wehrte und wild um sich schlug, ohne daß er etwas sah oder zur Hilfe hätte kommen können. Ein entsetzlicher gurgelnder Schrei jagte einen eisigen Schauder durch ihn hindurch, dann zappelte etwas am Boden. Doch schließlich wurde das Netz von ihm weggezogen, und eine schwielige braune Hand zog ihn auf die Knie. Er blickte auf, und tiefes Entsetzen durchfuhr ihn, denn das Gesicht über ihm glich verblüffend demjenigen des einstigen Stadtoberhauptes, jenes Mannes also, der ihn beinahe hätte umbringen lassen. Die Ähnlichkeit bezog sich allerdings lediglich auf den Typ; dies hier war ein ziemlich junger Mann, der ihn mit lückenhaften Zähnen angrinste.

»*Ora!* Jetzt haben wir dich!« Er schlug sich mit einer der bei ihnen gebräuchlichen großen kupferbeschlagenen Keulen in die Hand. »Gehorch! Setz dich in Bewegung, es geht um dein Leben! Jedenfalls jetzt noch. In die Stadt, los! *Kianhnu nat'deh!*«

Packsäcke und Waffen wurden ihnen abgenommen, kurz mit einem oberflächlichen Blick gemustert und dann an andere zum Tragen weitergereicht. Mit Speerspitzen und Dolchen in der Nierengegend, an Armen und Beinen gefesselt, so daß sie nur mit kleinen Schritten voranstolpern konnten, wurden sie auf der Straße weitergeschoben, in Richtung der sonnenbeschienenen Mauern vor ihnen. Der junge Krieger strich über das Muster, das auf seinem Brustpanzer aufgemalt war, und grinste wieder. »Ihr haltet uns wohl für so blöde, daß wir die Straße nicht bewachen? Eure Ankunft ist uns gemeldet worden, da haben wir uns an allen Zugängen postiert.« Er deutete mit ausgestrecktem Daumen auf die Stadt Morvannec. »Die gehört jetzt uns.«

Zehntes Kapitel

Flammen steigen auf

Die Wanderer wurden grob angetrieben; anfangs waren sie zu benommen, um sich des Geschehenen voll und ganz bewußt zu werden. Elof konnte es kaum fassen, da sich alles so plötzlich und unwirklich wie ein Alptraum abgespielt hatte. Die Ekwesh hatten doch kaum den halben Westen besiegt, und das vor allem aufgrund ihrer Übermacht zur See; wie waren sie nur in den Osten gelangt? Wie hatten sie eine so große befestigte Stadt, weit größer als Kerbryhaine, einnehmen können, ohne irgendwelche Spuren von Belagerung und Plünderung zu hinterlassen?

Einen Moment lang stellte er die verrückte Überlegung an, ob die Zeit im Wald ihre Sinne gründlicher getäuscht hatte, als sie angenommen hatten, und ob womöglich während der Monate ihres kurzen Verweilens dort in Wirklichkeit Jahrzehnte oder sogar Jahrhunderte vergangen waren; doch das konnte er nicht glauben. In seiner Verwirrung stolperte er, und sofort spürte er einen schmerzhaften Stich im Rücken und ein Rinnsal warmen Bluts unter seinem Hemd. Der Schmerz brachte ihm mit Eiseskälte die unmittelbare Wirklichkeit wieder ins Bewußtsein. Er wurde getrieben, wie er selbst einst seine Viehherde getrieben hatte, und vielleicht zur gleichen letzten Bestimmung. Er lächelte verbittert vor sich hin. Einst war er vor einem Leben als Leibeigener der Ekwesh geflohen, da er wußte, es würde ihm wahrscheinlich nichts anderes bescheren, als anläßlich eines rituellen Festmahls abgeschlachtet und verspeist zu werden. Welches andere Schicksal konnte er jetzt erwarten? Doch die Zeit dazwischen war lebenswert gewesen, komme, was da wolle; und wenn er nicht hoffen konnte, Kara zu finden, was blieb ihm da noch? Seine vordringliche Sorge galt seinen Freunden. Wenn es ihm gelungen wäre, einen der aus dem Hinterhalt angreifenden Männer zu töten, wie Kermorvan es getan hatte, wäre dann eine annähernde Ausgewogenheit der Kräfte gegeben gewesen und hätten sie damit in einem Kampf eine Chance gehabt? Nein, die anderen waren zu viele, sie waren zu gut bewaffnet, und außerdem hatte es da noch das Netz gegeben. Ein Kampf hätte ihnen nichts eingebracht als letztendlich einen schnelleren Tod; er war noch nicht bereit, sich diesem zu stellen. Solange er atmete, durfte er die Hoffnung nicht aufgeben, mußte ständig wachsam sein, falls seine Feinde einen unbedachten Zug machten, den er und seine Kameraden sich zunutze machen könnten.

Er wagte einen Blick zu Kermorvan, und sein Mut sank. Der große Mann bewegte sich ebenfalls wie im Traum; seine Hände waren auf dem Rücken gefesselt, und bei der Gefangennahme mit dem Netz war seine Kleidung zerrissen, und seiner Haut waren blutige Wunden zugefügt worden. Roc war hinter ihm, außerhalb seines Sichtfeldes, doch Ils konnte er gerade noch aus dem Augenwinkel sehen. Auch sie war gefesselt, und beim Anblick des grinsenden Ekwesh, der sie vorantrieb, wallte Zorn in ihm auf, denn überflüssigerweise klatschte er ihr mit dem Ende des Seils auf die drallen Schenkel. Als er dessen überdrüssig wurde, wühlte er in einem ihrer Gepäckstücke, das er trug. Elof wurde übel bei dem Gedanken daran, was sie in seinem Gepäck alles finden würden. Und erst recht, was den Inhalt von Kermorvans anging ...

Doch dann drehte sich der junge Anführer um, bellte einen Befehl, der das Grinsen vom Gesicht des Kriegers vertrieb, und versetzte diesem mit seinem weißen Stock einen groben Schlag auf den Arm und einen weiteren auf das Ohr, als er eine trotzige Antwort bekam. Der Krieger zuckte zusammen, murmelte etwas in ihrer kehligen Sprache und ließ von dem Gepäckstück ab. Kermorvan stieß ein kaltes Lachen aus. »Immerhin eine beachtliche Disziplin, wenn schon sonst nichts. Die Beute bleibt unberührt, um unter den Anführern gerecht aufgeteilt zu werden, ist es nicht so?« Das Seil um seinen Hals wurde straffer gezogen, und er verstummte.

Der gemaßregelte Krieger versank in schmollendes Grübeln, und dann reagierte er zu Elofs Entsetzen seine Wut in einem noch grausameren Spiel ab. Immer wieder riß er an Ils' Leine, so daß diese rückwärts auf die Klinge in seiner Hand zustolperte. Sie schrie nicht auf, sondern hielt nur die Luft an und biß sich auf die Lippe, doch innerhalb weniger Minuten war das Rückenteil ihres Hemdes zerschnitten und blutig. Elof war im Begriff, mit den Füßen nach ihm zu treten, gleichgültig, um welchen Preis, als der Anführer sich erneut umblickte und einige mürrische Worte brummte; der Krieger schluckte und übergab ihr Seil einem anderen.

»Was soll man denn davon halten?« höhnte Roc. »Gibt es etwa gute Manieren bei den Menschenfressern?«

»Das hast du falsch verstanden«, sagte Kermorvan trocken, ohne auf das Zerren am Seil zu achten. »Es geht ihm nicht um uns, sondern um die Disziplin; jetzt ist nicht die Zeit für solche Spielchen. Außerdem ...« Er verstummte, doch seine blaugrauen Augen blitzten die anderen mit einem Blick von aufrüttelnder Eindringlichkeit an. Elof gab mit einem kurzen Nicken zu verstehen, daß er begriffen hatte, denn ihm selbst war derselbe Gedanke gekommen. Er hatte anfangs angenommen, man werde sie als Leibeigene am Leben lassen, doch jetzt sah es so aus, als müßten sie aufgrund eines entsprechenden Befehls unversehrt irgendwo abgeliefert werden, vielleicht um verhört zu werden. Schläge mit dem Seil würden nichts ausmachen, doch ein unbeherrschter

Stich mit der Klinge könnte zu tief eindringen, und Blutverlust würde den Körper zu sehr schwächen. Daß sie Zurückhaltung üben mußten, um sie nicht umzubringen, könnte sich als wertvolle Schwäche erweisen, falls sich eine Möglichkeit zur Flucht ergäbe.

Doch es ergab sich keine Gelegenheit. Die Grobheiten wurden unvermindert fortgesetzt, die Marschgeschwindigkeit wurde nicht gemäßigt, und Seil und Klinge waren nach wie vor in Bereitschaft, um das geringste Zögern oder Straucheln zu bestrafen. Und sie stolperten häufig, erschöpft, wie sie waren, und in der zunehmenden Dämmerung ihrer Schritte verunsichert. Nach einer wie eine qualvolle Ewigkeit erscheinenden Zeit wurde ein schroffer Befehl ausgegeben, und der Trupp hielt so unvermittelt an, daß die Gefangenen von ihren Seilen beinahe erdrosselt wurden. Elof stürzte auf die Knie und wurde mit Schlägen und Fußtritten zur Seite gestoßen. Als er aufblickte, sah er die äußere Stadtmauer, die in nächster Nähe in den dunklen Himmel vor ihnen aufragte; die Ekwesh hatten ein mörderisches Schrittempo vorgegeben. Jetzt kauerten sie sich jedoch am Rand der Straße nieder und unterhielten sich leise miteinander, als ob sie auf etwas warteten. Er hob den Blick der müden Augen und stellte fest, daß die Straße zu einem Bogendurchgang in der Mauer geführt hatte, einer kleinen Seitenpforte, verglichen mit jenen, die er von weitem gesehen hatte. Dort warteten sie, während die Dunkelheit hereinbrach und die ersten Sterne am Himmel erschienen; er war überrascht, wie wenige Lichter über der Mauer zu sehen waren. Selbst im Palast waren nur ganz wenige Fenster erleuchtet. Als das letzte Tageslicht verschwunden war, sprang der Anführer auf, und die erschöpften Gefangenen wurde auf die Beine gezerrt und auf das immer mehr im Dunkeln liegende Tor zugetrieben.

Vorn hörten sie ein lautes Pochen, einen kurzen Wortwechsel und das Quietschen einer sich öffnenden Tür.

Fackellicht fiel auf rotbraune Haut und ließ die dunklen Augen rings um die Wanderer leidenschaftlich und erbarmungslos glitzern. Elof spürte, daß diesen Männern etwas Ungewöhnliches anhaftete; sie waren so brutal wie alle Ekwesh, denen er je begegnet war, doch sie wirkten ruhiger, unheimlicher als die brüllenden Bogenschützen auf den Plündererschiffen oder die bei dem ersten Überfall im Westen beteiligten Seeräuber. Auch waren nur wenige junge Männer darunter, mit Ausnahme einiger, die die Rangabzeichen von Anführern zierten. Das hier waren erfahrene Männer, Veteranen, und sie hatten noch etwas anderes an sich. Er dachte darüber nach, während er und die anderen durch die kleine Pforte und in eine dunkle, leere Straße gedrängt wurden, die von nichtssagenden Silhouetten großer Gebäude gesäumt war; die innere Ruhe dieser Ekwesh war offenbar die Ruhe des Fanatismus. Alte Krieger, junge Anführer — das paßte nur allzugut. Es erinnerte ihn an den Schmiedemeister.

Weitere Ekwesh umringten sie jetzt, eine ganze Kolonne, und auf Befehl des obersten Anführers wurde mit roher Gewalt an den Seilen gezerrt. Die Wanderer wurden jetzt über eine mit glatten Steinen gepflasterte Straße getrieben, und zwar in schneller Gangart. Ihre Bewacher um sie herum verfielen in Laufschritt, doch Elof merkte bald, daß ihr Augenmerk vielmehr den Straßenrändern galt als den Gefangenen. Beißender Schweiß rann ihm in die Augen, und er konnte nichts anderes erkennen als hohe Mauern und düstere Gestalten, Schatten vor Schatten. Plötzlich vollführte die Kolonne einen scharfen Schwenk, Sandalen klapperten auf den Pflastersteinen, und sie bogen von der breiten Straße ab in ein verwirrendes Labyrinth von gewundenen Gassen. Es war finster dort, da nicht der geringste Lichtschein aus einem Fenster fiel; der eine oder andere Ekwesh rutschte auf einem lockeren Stein aus und stürzte fluchend zu Boden, während die anderen im

Laufschritt über ihn hinwegtrampelten. Mit dumpfer Benommenheit, die die Erschöpfung mit sich brachte, fragte sich Elof, warum sie keine Fackeln benutzten. Konnte es sein, daß sie nicht gesehen werden wollten? Oder wollten sie ihn und seine Kameraden verbergen? Aber vor wem? Und warum?

Dann schwebte der Mond hinter den Wolken hervor, und sein Licht gewährte Elof zum erstenmal einen Blick aus der Nähe auf das Antlitz der Stadt. Die Gasse, durch die sie liefen, war gesäumt von zwei hohen Gebäuden, die durch eine seltsam gebogene, überdachte und mit Fenstern versehene Brücke verbunden waren. Dahinter verliefen Mauern aus einem hellen Gestein, höchstens einen Kopf höher als ein Mensch und oben mit Eisendornen bestückt, die eher dekorativ als wirkungsvoll erschienen, und von vielen Bogen und Türen unterbrochen. Hinter der Mauer ragten zu beiden Seiten bemerkenswerte Gebäude aus dem gleichen Stein auf, mit freien Flächen dazwischen, bei denen es sich um Grünanlagen und Gärten mit hohen gepflegten Bäumen handelte. Zu ihrer Rechten erhob sich ein Bauwerk, das ein Vielfaches der Mauerhöhe hatte; hohe, elegante bleiverglaste Bogenfenster prägten die Fassade von der Mauer bis zum Dach, und über dem großen Erkerfenster in der Mitte breitete ein in Stein gemeißelter Adler die verwitterten Flügel aus. Gegenüber, fast an der Mauer, stand ein flacheres Gebäude mit vielen kleinen Fenstern, zwischen denen gemeißelte Bordüren verliefen, erstaunliche und höchst kunstvolle Steinmetzarbeiten, die Tiere und Blumen, vermischt mit grotesken menschlichen Gestalten, darstellten. So geschwächt er auch war, versuchte er doch, diese Abbildungen in sich aufzunehmen; allein ihre Üppigkeit faszinierte ihn. Das war vollendetes Kunsthandwerk, Welten entfernt von der primitiven Lebhaftigkeit der üblichen schwarz-weißen Ekwesh-Symbole; alles schien noch ziemlich neu zu sein, mit sauberen Kanten und nicht verwittert. Sein Verdacht bestätigte sich immer mehr. Wenn diese Stadt wirklich den Seeräubern gehörte, dann war es noch nicht lange so.

Nach vielen Biegungen wurde die Straße breiter und mündete in eine große Hauptverkehrsader mit einer gezackten Kontur aus Gebäuden aller Formen, von hohen Türmen zu ausgedehnten Hallen und flachen Häusern, die jedoch als Gesamtheit ein hübsches und wohlgestaltetes Bild boten. Die Kolonne eilte an diesen vorbei, und danach zeigte das Mondlicht eine grausame Wahrheit. An einem dicken Laternenpfahl vor einer Hauswand baumelte ein Leichnam an einem Seil um den Hals; er war nicht im Stil der Ekwesh gekleidet, mehr war jedoch nicht zu erkennen. Seinem Zustand und dem Gestank in der Luft nach zu schließen, mußte er schon seit einigen Tagen dort hängen. Auf dem Pfahl thronte auf einem Bein, in zufriedenen Schlaf gesunken, eine fette graue Möwe. Elof sah, wie sich sein eigenes Entsetzen und seine Wut in den Gesichtern seiner Freunde widerspiegelten, doch die Ekwesh nahmen keine Notiz von dem Anblick und drängten sie in eine schmale Gasse neben einem Gasthaus.

Auf diese Weise durchquerten sie die ganze Stadt auf einem langen und mühsamen Weg, der durch den verzwickten Verlauf der Strecke noch erschwert wurde. Lange bevor sie ihr Ziel erreichten, kurz vor Mitternacht, verdichtete sich in Elof die Vermutung, daß sie zum Palast gebracht wurden. Trotz des nachgedunkelten Steins wirkte er wie ein schönes und edles Bauwerk; warmes Licht fiel von innen heraus und vergoldete Galerie und Schanzmauer; es erinnerte ihn weniger an Kerbryhaine als vielmehr an den Palast des Sommers, und seine Pracht mutete weniger elegant als stolz an. Doch ihm wurde nicht viel Zeit zur Betrachtung gewährt; viele Ekwesh waren als Wachtposten aufgestellt, und bei der Ankunft der Kolonne wuselten sie umher wie Ameisen. Der Anführer verschwendete nicht viel

Zeit mit Worten; schnell wurde eine Seitentür knarrend geöffnet, und die Wanderer wurden in das dunstige rote Licht dahinter gezerrt. Ausgetretene, gewundene Stufen führten abwärts, von einer niedrigen Decke überspannt, von der alle Laute widerhallten. Kermorvan und der große Ekwesh waren hier derselben Gefahr ausgesetzt, und tatsächlich, als sie in einen eben verlaufenden Tunnel einbogen, gelang es dem Anführer, sich den Kopf kräftig an einem Stützstein anzuhauen. Doch er ließ seine Gefangenen weiter durch eine Öffnung mit einer dicken Holztür in einen dunklen Keller treiben; dann stand er über ihnen, leise fluchend und sich ein dünnes Blutrinnsal von den Augen wischend, während ihnen die Fesseln abgenommen und sie mit vorgehaltenen Speeren gegen die kalte Mauer gestoßen wurden. Grobe Fesseln wurden ihnen um Hand- und Fußgelenke gelegt, und mittels dieser wurden sie an Ringe in der Mauer hinter ihnen gekettet, und zwar so eng, daß sie sich kaum bewegen konnten. Der Anführer blieb noch lange genug, um die Befestigungen zu prüfen, dann stolzierte er hinaus, mit allen anderen im Schlepptau; alle Fackeln wurden mitgenommen. Dann fiel die Tür krachend zu, der Schlüssel drehte sich im Schloß; Schwärze und Stille senkten sich auf sie herab. Niemand sprach, niemand bewegte sich, denn sie waren wie betäubt. Der Alptraum war unentrinnbar geworden.

Doch schließlich regte sich Kermorvan; sie hörten das Rasseln der Kette an seinem Handgelenk. »Was ist geschehen?« fragte er mit leiser Stimme, dumpf und verständnislos. »Kerys, *was ist geschehen?*« Keiner der anderen antwortete; sie hatten ihn dasselbe fragen wollen.

»Sie haben uns nach Einbruch der Dunkelheit hierhergeführt«, sinnierte Elof, »als ob sie nicht wollten, daß wir gesehen werden ...« Dann blieben ihm plötzlich die Worte in der Kehle stecken. Sehr langsam und sehr leise drehte sich der Schlüssel erneut im Schloß. Er wurde herausgezogen, und für einen endlos erscheinenden Augenblick herrschte wieder Stille. Dann wurde die Tür sehr vorsichtig einen Spaltbreit aufgeschoben, und ein schwacher gelber Lichtstrahl fiel herein. Darüber erschien ein Gesicht, und Elof spürte ein Würgen in der Kehle. Es sah tödlich aus, geisterhaft, in der Dunkelheit schwebend wie eines jener Gesichter von Dorghael Arhlannen, staubfahl, dem Leben nachempfunden. Er bemerkte mit einem Schauder, daß es jenen Gesichtern tatsächlich glich, mit den kräftigen Knochen unter straff gespannter Haut, eingesunkenen Wangen und Schläfen und eingerahmt von Strähnen farblosen Haars.

Doch als es näher kam, sah er, daß die Haare dick und silbern waren, die Nase ausgeprägt und gerade, die Lippen dünn, doch mit einer Spur von Farbe; blaßblaue Augen leuchteten in den Höhlen. Dennoch hätte es ein lebendiges Gesicht sein können, oder ein anderes, auf das er sich keinen Reim machen konnte. Es war ein sehr altes Gesicht, doch vornehm und ebenmäßig, mit der zerbrechlichen Schönheit des Alters; in der Jugend mußte es gutaussehend gewesen sein, so wie … Kermorvan. Es war kein getreues Spiegelbild von ihm, wie es bei Korentyn der Fall gewesen war; die Ähnlichkeit bezog sich nur auf den Gesichtsschnitt, doch sie war verblüffend, nicht zuletzt wegen des Glitzerns kalter Leidenschaft, das in jenen Augen aufflackerte, als das Licht auf Elof fiel. Er bemühte sich, dem Blick des alten Mannes standzuhalten, doch es war nicht leicht, dieses Gesicht anzusehen, das von Alter und Leid gezeichnet war. Die Stimme zeugte von beidem.

»Würdet Ihr Euch vielleicht vorstellen, Sir?« Die Stimme war wohlklingend, die Sprache war die des Südens, mit einem eigenartigen Tonfall, doch so klar wie nur irgendeine in Kerbryhaine, abgesehen von dem Zittern. Instinktiv erwartete Elof, daß Kermorvan antworten würde.

»Reisende aus dem Westen«, sagte er schließlich. »Von der Westküste, die die Menschen aus Morvan nach dessen Niedergang besiedelten.«

»Ahhh ...« Das war ein Laut des Verstehens, gleichzeitig jedoch fast ein schmerzvolles Stöhnen. »Wie ist das möglich? Wir wußten gar nicht, daß sich im Westen Derartiges getan hat. Und es muß eine unglaubliche, eine schrecklich weite Reise von dort gewesen sein ...«

»Wir wissen ebensowenig vom Osten«, erwiderte Kermorvan ruhig. »Und es war in der Tat eine schreckliche Reise, die viele Leben gekostet hat. Doch am schrecklichsten ist dieses Ende. Was ist geschehen, daß diese Barbaren, die uns bedrohen, diese Stadt in ihrer Gewalt haben?«

Das Gesicht wandte sich jäh ab. »Dann haben sie also auch den Westen eingenommen? Also werdet Ihr an dem zugrunde gehen, das Ihr zurückgelassen zu haben glaubtet ...«

»Sie haben ihn noch nicht ganz in ihrer Gewalt!« brummte Roc. »Jene, mit denen Ihr sprecht, hatten daran einen gewissen Anteil, sogar ich. Wir haben sie mit brennenden Hemden in die Flucht geschlagen!«

»Dann besteht noch Hoffnung«, sagte der alte Mann mit Nachdruck, um gleich darauf die Stimme zu dämpfen. »A-aber sagt an, braucht Ihr etwas zu essen und zu trinken? Ich habe mitgebracht, was ich konnte, so wenig es auch ist. Ich selbst habe nicht mehr.«

»Das ist überaus freundlich!« sagte Elof überschwenglich, denn seine Zunge schwoll allmählich vor Durst an. »Doch könntet Ihr vielleicht die Fesseln von unseren Händen lösen, damit wir essen können, guter Gefängnisaufseher?«

»Nein, werter Herr, denn ich bin kein Gefängnisaufseher, nicht einmal ein Schlüsselverwalter; ich werde nur für die niedrigsten Arbeiten im Kerker geduldet. Man vertraut mir keine Schlüssel außer die für die Türen an. Und das ist auch gut so.« Einen Augenblick lang klang die müde Stimme metallen. »Ihr seid Nordländer, Eurer Sprache nach zu urteilen? Es ist gut zu wissen, daß sie auch den Westen bevölkern. Ich muß Euch etwas zu essen geben; vergebt mir, wenn ich dabei ungeschickt bin, mein Sehvermögen läßt immer mehr nach. Doch lauscht, wenn Ihr mögt, der Erzählung über unser Elend.« Seine Hand, die lang und schmal war wie Kermorvans, hob eine Flasche an Elofs Mund. Mit Wasser gemischter Wein, kühl und erfrischend, schwappte an seine Lippen, und er schluckte dankbar. »Wo soll ich beginnen? Es gibt viele Anfänge. Sie liegen vielleicht so weit zurück wie der Niedergang Morvans und der Tod sowohl des Königs als auch des Prinzen, Keryn und Korentyn, der diese während der Verteidigung der Stadt ereilte.« Kermorvan hatte sich offenbar verschluckt, vielleicht am Wein. »Morvannec hatten sie der Obhut Karouens anvertraut, des Obersten Gouverneurs, ihres Vetters, und als die letzten Flüchtlinge mit der traurigen Nachricht über die Berge flohen, nahm das Volk ihn und seine Familie als ihre Herrscher an. Und es waren würdige Herrscher, wenigstens zum größten Teil, da sie der Kermorvan-Dynastie abstammten. Nur deren ungestümes Feuer fehlte ihnen, und viele hielten das für keinen Nachteil. Nachdem es keinen Zweifel mehr daran gab, daß die Berge und das Klima das Eis einigermaßen im Zaum halten würde, waren sie mit größerer Überzeugung darauf bedacht, Morvannec mit neuem Leben und neuem Wohlstand zu erfüllen, nachdem es so lange im Schatten von Morvan gedarbt hatte. Und das gelang ihnen, und sie genossen es viele Generationen lang, im allgemeinen zufrieden damit, sich um ihre unmittelbaren Probleme zu kümmern und die Vergangenheit zu vergessen.« Der verbitterte Klang in der Stimme des Alten rief ein Echo hervor.

»Genauso war es bei uns!« warf Kermorvan leidenschaftlich ein. »Doch fahrt fort, wie lange dauerte diese besinnliche Zeit?«

»Bis in meine alten Tage«, sagte der Alte ausdruckslos. »Und ich lebte so besinnlich wie nur irgend jemand. Wenn ich doch nur so gestorben und mit dieser Illusion verwest wäre! Etwa vor vier Jahren kam die Seuche, sofern es wirklich eine Seuche war; einige behaupten, unsere Brunnen wären vergiftet worden, obwohl niemand sagen kann, wer so etwas getan haben könnte. Dann, während eines kurzen Sommers, verstarben zwei Drittel unseres Volkes, und die Überlebenden hatten große Not, auch nur die Leichen zu verbrennen. In meiner Familie wütete ebenfalls der Tod; er raffte meine Kinder und alle nächsten Angehörigen dahin. Doch für mich war es ein noch größeres Unglück, daß unser Lord Koren ebenso wie seine Gemahlin starben, ohne Nachkommen zu hinterlassen, so daß wir ohne Herrscher waren.«

»Hatte er denn keine Brüder?« fragte Roc, während er auf dem Brotkanten und den kleinen Brocken Fleisch herumkaute, die er zu essen bekommen hatte.

»Nicht zu wenige! Und einige davon waren nicht von der besten Sorte. Sie erklärten sich zu Rivalen, und überall brachen Streitereien und Tumulte aus. Um ihnen nicht Unrecht zu tun, muß gesagt werden, daß sie in keinem Fall die direkten Anstifter waren; doch letztendlich hatten sie das Chaos heraufbeschworen. Immer mehr minderwertige Männer gewannen Einfluß auf die Massen, allen voran einer, ein reisender Kaufmann aus einer kleineren Stadt, der er zumindest behauptete zu sein. Doch daran zweifle ich jetzt. Denn er brachte viele braunhäutige Menschen weit aus dem Süden als Dienerschaft mit sich, wie er vorgab, und er lieh sie gegen Entgelt aus, damit sie uns in der Stadt und auf den Feldern zur Hand gingen. Es waren emsige und unermüdliche Arbeiter, und sie bedeuteten für uns eine große Hilfe. Wir gewöhnten uns an ihren Anblick und hätten nicht zu sagen vermocht, wie viele von ihnen sich in der Stadt aufhielten. Dann, es war erst im vergangenen

Frühjahr, kehrte dieser Kaufmann von einer Reise zurück. Und in derselben Nacht warfen die angeblichen Diener ihre Verkleidung ab, legten Waffen und Rüstungen an, die sie versteckt hatten, und fielen über unsere wenigen Wachen an den Toren her. Andere strömten eilends aus den wilden Gegenden im Norden herein und wurden eingelassen. Unsere anderen Städte nahmen sie auf dieselbe Weise ein, jedoch mit Schiffen, die sie aus unserem Hafen gestohlen hatten. Viele waren willens, gegen sie zu kämpfen — ach, sogar ich! —, doch wir waren führerlos und geschwächt, und von Anfang an gebärdeten sie sich als unbestrittene Sieger, als ob jeder Widerstand undenkbar wäre; das machte viel aus. Innerhalb eine Woche war unser ganzes Land überrannt, und seit länger als einem Jahr tragen wir jetzt schon ihr schweres Joch; wir arbeiten zehnmal mehr für sie als sie jemals für uns.«

Kermorvan sah den alten Mann an. »Selbst als Gefangenenwärter steht Ihr in ihren Diensten?«

»Ja, sogar als das, und zwar in Kellern, die früher nichts anderes als guten Wein enthielten und wo ich Kellermeister und Kämmerer war. Jedweden Widerstand, und sei er noch so gering und passiv, ahnden sie sofort mit äußerster Brutalität. Wenn Ihr gegen sie gekämpft habt, dann wißt Ihr, welche Grausamkeit in ihnen steckt, wie wenig Gutes, außer Tapferkeit und Ordnung, und welche abscheulichen Riten sie vollführen. Daß Menschen in solche Niederungen des Grauens absinken können, hätte ich mir niemals träumen lassen! Ihre Herzen sind so dunkel wie ihre Haut.«

»Es ist ein durch und durch verderbtes Volk«, sagte Elof leise. »Doch die Hautfarbe ist kein Kennzeichen dafür. Viele haben sich mit den alten Stämmen im Norden vermischt und dieselben Grausamkeiten von den Ekwesh erlitten; sie sind von dem gleichen verbitterten Haß gegen sie erfüllt wie Ihr.«

Der alte Mann bot Ils mit ausgesuchter Höflichkeit

ein Stück Brot an und seufzte. »Sie tun mir leid. Doch das stellt meinen Glauben an die Menschheit wieder her. Ich hatte fast schon gedacht, wir hätten es mit einer anderen Rasse zu tun, vielleicht mit einer so legendären wie den Duergar.«

Ils schnaubte; ihre Augen nahmen ein gefährliches Glitzern und ihre Stimme einen bedrohlichen Klang an. »Paß auf, altes Menschenwesen, sonst schlägt eine Legende wie ein Blitz in dich ein!« Der Alte rang nach Luft und reckte zum Gaffen den Kopf so weit zu ihr vor, daß sich ihre Nasen beinahe berührten.

»Dann seid Ihr vielleicht ...«, stotterte er, und dann lächelte er voller Bewunderung. »Oh, werte Lady, vergebt mir. Es lag nicht in meiner Absicht, das Alte Volk mit diesen Scheusalen zu vergleichen, höchstens vielleicht insofern, als die einen ihrem Ruf nach so weit über den gewöhnlichen Menschen stehen wie die anderen unter diesen. Schon gar nicht hatte ich damit gerechnet, jemals leibhaftig einer Duergar-Dame zu begegnen. Ich wünschte nur, Ihr hättet unsere Stadt unter glücklicheren Voraussetzungen kennengelernt ...«

Ils errötete, doch Kermorvan kam ihrer Entgegnung schnell zuvor. »Sir, Ihr sagt, die Ekwesh treiben sich nun schon seit einem Jahr hier herum. Warum? Haben sie ihre Familien und Leibeigenen mitgebracht, um sich fest niederzulassen, wie es ihre Art ist?«

Der Alte schüttelte den Kopf. »Nein, das haben sie nicht. Und die Art, wie sie diese Stadt verkommen lassen, deutet nicht darauf hin, daß sie vorhätten zu bleiben; sie treiben die Bauern vom Land in die Stadt, wodurch die Felder unbestellt bleiben, während sie unsere Vorräte aufbrauchen. Wir haben uns gefragt, was sie wohl bezwecken mögen. Es hat fast den Anschein, als ob sie auf etwas warteten ... Doch wer weiß, worauf?«

»Dieser Kaufmann«, warf Elof ein, »was tut er? Er ist keiner von ihnen, wie Ihr sagtet, doch er herrscht über sie.«

»Ja, das tut er. Er und seine Frauen.«

»Seine Frauen?«

»Ich habe sie gesehen. Eine lebt seit seinem ersten Auftauchen hier mit ihm zusammen, und wenn er auf Reisen geht, begleitet sie ihn. Die andere ... dazu kann ich nichts sagen. Doch sie benehmen sich nicht wie Ehefrau und Tochter, keine von beiden.«

Die Eiseskälte, die über Elofs Rücken rann, war unerträglicher als die der Kette oder der Wand, und er erschauderte bei der Vermutung, die in ihm aufkeimte. Doch er mußte fragen. »Sind sie ... ist die eine groß, mit blauen Augen und sehr heller Haar- und Hautfarbe? Und die andere ... nicht ganz so groß und sehr schlank, mit dunklen kurzgeschnittenen Locken?«

»Genau, das sind sie!« rief der Alte aus. »Aber wie kommt es, daß Ihr ... Ach, dann waren sie also auch im Westen.«

»Und was ist mit diesem Kaufmann? Hat er einen Namen?«

»Jawohl, doch mit welchem Recht er ihn trägt, weiß ich nicht. Denn einst war es in gewisser Weise ein ehrenwerter Name, nämlich derjenige einer jener Familien, die seit den alten Zeiten von Morvan die Gegenspieler der königlichen Linie waren. Er ist angeblich ein Bryheren. Und Bryhon nennt er sich.«

Eine sich plötzlich auf dem Boden ausbreitende Röte sah eher wie Blut denn wie Licht aus. »So ist es, Alter. Doch was veranlaßt dich, darüber zu quatschen, das ist die verdammte Frage.« Die Fackel wurde tief gehalten, so daß die Gestalt dahinter in dem Schimmer aus Licht und Schatten kaum auszumachen war. Doch die Stimme des überraschenden Lauschers war unverkennbar.

Der Alte stand steifgliedrig auf, straffte unter sichtlichen Schmerzen die gebeugten Schultern und stellte sich der Anschuldigung ruhig entgegen. »Herr, es ist meine Aufgabe, den Gefangenen etwas zu essen zu bringen.«

»Jawohl, so lautet dein Befehl. Niemand hat gesagt, du sollst deine tattrige alte Zunge wetzen. Du kannst dankbar sein, daß in Kürze nichts mehr von dem, was du dahergeplappert hast, von Bedeutung sein wird. Verschwinde aus dem Palast, du verdammter Trottel!« Der alte Mann wurde gewaltsam die Stufen hinauf gestoßen, und die Tür krachte hinter ihm ins Schloß. »Stinkendes Rattenloch!« murmelte die Stimme, und schnelle Schritte durchquerten den Raum. Ein Quietschen und Knallen waren zu hören, als eine Klappe herunterfiel. Das Licht des Vollmonds flutete über den staubigen Boden aus gestampfter Erde, und kühle Luft, die die Geräusche und den Geruch des Meeres mit sich brachte, wehte herein.

»Danke, Bryhon«, murmelte Kermorvan ruhig.

»Keine Ursache«, entgegnete Bryhon Bryheren ebenso ruhig, während er seine Fackel in eine Halterung an der Wand hakte und sich mit verschränkten Armen und an eine Säule gelehnt vor sie hinstellte.

»Du!« tobte Roc und zappelte in seinen Ketten. »Du Brut des Amicac, wie bist du hierhergekommen? Was führst du im Schilde, du dreckiger Verräter?«

Bryhon zuckte mit den Schultern. »Ich weiß nicht, was du meinst. Ich bin kein Verräter, bin nie einer gewesen. Wem ich diene, dem diene ich getreu.«

»Dennoch hast du feierliche Eide gebrochen«, sagte Kermorvan, und seine Stimme war glatt und kühl wie geschliffenes Eisen.

»Keinen, den ich mit Überzeugung abgelegt habe. Keinen, den zu brechen ich nicht durch frühere, ernstere Eide verpflichtet war; die Pflicht zwang mich, sie sowohl abzulegen als auch zu brechen.«

Kermorvan seufzte tief. »Dann stimmt es also.«

»Es stimmt«, bestätigte Bryhon.

»Was stimmt, ihr verdammten Geheimniskrämer?« fauchte Ils, kurz bevor Elof zu der gleichen Frage ansetzte.

Kermorvan verlagerte seine Stellung auf dem Steinfußboden, so gut es ging. »Daß es ... seit langem schon ... innerhalb unseres Volkes eine Strömung im Untergrund gibt. Ein Spiegelbild all dessen, was wir glauben und wofür wir eintreten, erfüllt von Haß auf alles, dem unsere Ehrfurcht gilt, und von Ehrfurcht vor allem, was wir zutiefst verabscheuen. Eine geheime Anbetung der alten Mächte. Einen ketzerischen Eis-Kult.«

Bryhon nickte. »Eine gute Zusammenfassung. Nur daß wir verachten, anstatt zu hassen. Und wir üben uns nicht nur in Ehrfurcht.« Seine Stimme wurde plötzlich aalglatt, doch darunter war das Zittern wachsender Erregung spürbar, wie Treibsand unter einer festen Kruste. »Wir *beten an*. Wie wir es seit Anbeginn der Menschheit getan haben, schon während der früheren — weniger bedeutenden — Winter der Welt, selbst vor dem Aufstieg Kerys', des Verfluchten. Von Kerys kamen wir nach Morvan, und von Morvan zogen wir nach Westen weiter, obwohl durch eine unglückliche Fügung hier im Osten unsere Linie ebenfalls unterging. Und während dieser Zeit haben wir gegen den sich ausbreitenden, verderbenden Dreck angekämpft, den die Menschheit darstellt. Wohin auch immer Menschen fliehen, unser Glaube wird mit ihnen fliehen, bis in die entlegensten Winkel der Erde, bis zum letzten Atemzug. Es ist der Geist, den wir anbeten, den kühnen, unabhängigen Geist, befreit von der stinkenden Jauchengrube des Körpers.

Wir trachten nach der vollkommenen Reinigung der Welt, dem Einfrieren jener Verderbnis, dieser wahnwitzigen, gedankenlosen Gärung, die Leben bedeutet. Wir büßen für unser Fleisch, indem wir es in die Dienste des reinen Geistes stellen, wir trachten nach seiner Demütigung und der Unterdrückung seiner Bedürfnisse ...«

»Und unterdessen lechzt ihr nach Macht und Besitz«,

warf Elof trocken ein. »Erspar mir derartige Vorträge, die ich nicht zum erstenmal höre, Bryhon. Ich weiß ihren Wert einzuschätzen.«

»Beurteile mich nicht nach deinem ehemaligen Meister!« brauste Bryhon zornig auf; offenbar war er an einer empfindlichen Stelle getroffen. »Daß man in ihm so etwas wie einen Heuchler sehen kann, gebe ich zu, obwohl er sich selbst für einen wahrhaftig Gläubigen hielt. Aber ist das Heuchelei?« Mit der Wucht der Entschlossenheit warf er den rechten Ärmel beinahe bis zur Schulter zurück. »Oder das?« Er riß sein Hemd auf, um die tonnenförmige Brust zu entblößen.

Kermorvan stieß einen Schrei des Entsetzens aus. Roc fluchte. Ils wandte sich mit angewidertem Gesicht und einer Grimasse ab, als ob ihr schlecht würde, und Elof spürte, wie sich auch sein Magen hob. Die Haut des Oberarms war geprägt von einem feinen Muster aus Narben und Striemen, von denen einige alt und fast zu Weiß verblaßt waren, während manche ganz neu aussahen und mit Fetzen von Schorf bedeckt waren. Auf der Brust bot sich das gleiche Bild, nur daß es dort auch schmalere Striemen gab, die sich rings um den Körper zogen, wie durch Peitschenhiebe oder die Folterung mit heißen Drähten entstanden. »Mit dieser Geißelung widme ich mein Leben dem Glauben, wie es mein Vater und dessen Vater und alle Vorfahren in meiner Familie getan haben. Und du, Junge, wagst es, mich einen Verräter zu nennen!«

Roc spuckte ihn an. »Jawohl, und alle deine bescheuerten Vorfahren ebenso. Hella soll die ganze Bande in ihrem eigenen Dreck braten!«

Kermorvan seufzte, und seine Miene drückte Verwunderung, ja sogar Mitleid aus. »Jetzt ist mir verständlich, warum du niemals eine Frau genommen hast, obwohl du der letzte der Bryherens bist.«

Bryhon neigte den Kopf. »Wir dürfen erst in vorgerücktem Alter heiraten, und dann natürlich auch nur, um Erben zu zeugen und den Fortbestand der Linie zu sichern, nicht um des Vergnügens willen.«

»Natürlich. Aber ich dachte eigentlich ... an etwas anderes.«

»Kein Wunder, daß er ungefährdet hier angekommen ist!« murmelte Ils. »Nicht einmal die Jagdmeute würde sich die Klauen an ihm schmutzig machen. Er würde es womöglich sogar genießen!«

Bei der Erwähnung der Jagdmeute weiteten sich Bryhons Augen, doch er fand sogleich die Fassung wieder. »Das ist also die Gesellschaft, in der ihr euch während der ganzen Zeit bewegt habt, ja? Doch bildet ihr euch vielleicht etwas darauf ein, dieses Land ein einziges Mal durchquert zu haben? In den vergangenen Jahren habe ich es viele Male in beiden Richtungen durchquert.«

»Natürlich über das Eis«, sagte Elof.

»Nur am Anfang«, antwortete Bryhon. »Wir mußten die Ekwesh auf diesem Weg hierherbringen, obwohl das den Verlust vieler Männer bedeutete. Doch sie sind Blutsbrüder des Geheimbundes, und sie ertrugen es auf die angemessene Weise. Nein, ich beschritt schnellere und dunklere Pfade. Aber du müßtest sie besser als jeder andere kenne, schließlich waren die Mittel dazu deine Werke.«

Elof zuckte in seinen Ketten zusammen. »Der Tarnhelm!« schrie er.

»In der Tat. Lady Louhi hatte ihn von deinem Meister bekommen. Doch sie erwies mir die Ehre, ihn benutzen zu dürfen, und zwar viele Male, um die Vorbereitungen für die Einnahme dieses Ortes und den Überfall auf Kerbryhaine zu treffen. Ich hatte Bedenken, du könntest bemerkt haben, daß ich ihn bei meinem Erscheinen in jener Nacht auf der Brustwehr benutzt hatte, doch glücklicherweise warst du von trägerer Auffassungsgabe, als ich befürchtet hatte. Erst danach hörte dein ehemaliger Meister auf, mir in den höchsten Tönen davon vorzuschwärmen.«

»Dann warst du es also, der uns an den Schmiedemeister verraten hat«, sagte Ils, und ihr Ton war so samtweich wie Bryhons.

Er zuckte mit den Schultern. »Natürlich. Durch die Hilfe des Helms konnte ich mich häufig unbemerkt mit ihm beraten, um sicherzugehen, daß ich und die wenigen Gefolgsleute, die ich trotz allem brauchte, ungefährdet wären, wenn Kerbryhaine fiel. Der Schmied und ich waren weitläufige Stammesgleiche, doch das machte uns eher zu Gegnern als zu Verbündeten. Und natürlich habe ich die Ekwesh herbeigerufen, damit sie euch bei eurem Aufbruch auflauerten. Wenn sie etwas geschickter vorgegangen wären, wäre das Ganze nicht schiefgelaufen.«

»Seltsam«, sagte Kermorvan leise, »zu denken, daß ich beinahe geglaubt habe, du meintest es ernst, als du uns alles Gute zur Erreichung unseres Zieles wünschtest ...«

»Das habe ich!« beteuerte der dunkle Mann und wirkte dabei leicht überrascht. »Es war meine Pflicht, euch davon abzuhalten, dennoch hoffte ich, ihr würdet es schaffen. Denn ich wußte, hier wäre ich frei, mich auf meine Art mit dir auseinanderzusetzen, was ich in Bryhaine nicht gekonnt hätte, ohne meinen Einfluß einzubüßen. Hier kann ich offen gegen dich kämpfen und dir und deinem verkommenen Geschlecht mit einem einzigen Schlag ein Ende bereiten.«

»Nun denn!« fuhr Kermorvan plötzlich auf. »Hier siehst du mich. Du brauchst nur das Wort auszusprechen. Löse meine Fesseln, gib mir mein Schwert zurück! Dann laß uns sehen, in welche Richtung der Schlag geht, welchem Geschlecht ein Ende bereitet wird.«

Bryhon schüttelte den Kopf. »So sehr es mich schmerzt, ich kann nicht. Ich bin hauptsächlich gekommen, um dir das zu sagen und mein Bedauern hinzuzufügen. Diese Gnade ist mir verwehrt, eure Leben gehören einem anderen. Das ist eine Frage der Disziplin, glaube ich, eine gewisse Beherrschung des Willens und eine angemessene Wiedergutmachung für viele Irrungen. Und was euch betrifft, so erwartet euch eine ebenfalls angemessene Belohnung für den Ärger, den ihr uns bereitet habt. Wahnsinn und Verzweiflung werden euch vor dem Tod beschieden sein, denn das ist das Geschenk desjenigen, der euch gesandt ist.« Er warf einen schnellen Blick nach hinten auf die offene Klappe, und als er sich wieder umwandte, glitzerten feine Schweißperlen auf seiner Stirn. »Ich sollte längst nicht mehr hier sein. Ich habe mich viel zu lange aufgehalten. Morgen breche ich in den Westen auf, um jene Säuberungsbemühungen fortzusetzen, die ihr behindert habt, und den darauffolgenden Angriff einzuleiten. Gebt euch nicht der Täuschung hin, daß irgend etwas ihn aufhalten könnte. Der Rabe ist ein aasfressender Vogel, und er schert sich nicht darum, an wessen Knochen er herumpickt. Lebt wohl!« Er nahm die flachen Stufen mit einem einzigen Sprung, die Tür fiel zu und der Schlüssel drehte sich schnell im Schloß, wobei Metall über Metall kratzte. Dann war nichts mehr zu hören außer der stillen Harmonie von Wind und Meer, weit unter ihnen.

Elof wollte sprechen, brachte jedoch kein Wort heraus. Den anderen ging es ebenso; das Entsetzen, das Bryhon unter ihnen verbreitet hatte, hatte sie alle ergriffen. Der Mann hatte tödliche Angst davor, in die bevorstehenden Ereignisse hineingezogen zu werden oder auch nur Zeuge davon zu werden, obwohl sein sonderbares Schattendasein ihn mit vielen schrecklichen Dingen vertraut gemacht haben mußte. Ein plötzliches Rasseln von Metall ließ Elof zusammenzucken und zittern, bis ein vor Anstrengung röchelnder Atem ihm verriet, daß sich Kermorvan wütend gegen seine Ketten auflehnte, allerdings vergeblich. Auch Elof versuchte es, bis die Nähte seines Hemdes oder auch die Muskelstränge darunter zu reißen drohten. Doch der Stahl der Ketten und Handschellen hielt allen Bemühungen stand, und er fiel keuchend seitlich in den Staub am Boden. Angst legte sich auf diesen dunklen Kerker, so langsam, so dicht wie die aufgewirbelten Staubkörnchen, die durch die hellen Mondstrahlen herabschwebten. Plötzlich hüpften sie hoch, diese Staubkörnchen, als ein Hauch kalter Luft in die Zelle wehte, und dann noch einer und noch einer, wie der rhythmische Schlag großer Flügel. Der Staub wirbelte und funkelte wie Metall, immer dichter, immer leuchtender, bis es den Anschein hatte, als ob der Staub sich zu einer Form verdichtete, körperhaft wurde, sich in eine schlanke Gestalt aus Licht und Schatten verwandelte. Im Licht des Mondes nahm sie Form an, und aus Mondlicht schien sie zu bestehen, ein Ding aus silberner Helligkeit und schwärzester Nacht. Die Helligkeit trug es als Kettenpanzer, die Nacht als Umhang, ausgebreitet wie schwarze Flügel, eins mit der äußeren Dunkelheit der Zelle. Hell war der Helm, den es trug, schwarz die feurigen Vogelaugen des Visiers, schwarz der lange Speerschaft, hell der Panzerhandschuh, der ihn hoch über ihren Köpfen schwenkte. Doch heller als alles andere, schwärzer als alles andere, waren die Spitze der Speerklinge und die verschlungenen Muster, mit denen sie versehen war. Sie zogen den Blick auf sich und hielten ihn fest, doch Elof starrte an ihnen vorbei, als wären sie gar nicht vorhanden; sein Blick galt dem schönen Gesicht, halb verborgen unter dem Visier, den sich bewegenden Lippen, die seinen Namen aussprachen.

»Alv! Elof! Sieh mich an!«

Er war von Angst und Entsetzen und einer Erkenntnis durchdrungen, die ihm Übelkeit verursachte, und seine Stimme gehorchte ihm nur mühsam. »Sag mir, wer du bist, so schön, so ernst! Zeig mir dein Gesicht!«

Die Antwort klang wie das ferne Läuten von Glöckchen in einer eisigen Nacht. »Wenn ich für den Krieg bewaffnet bin, wird jeder, dessen Blick dem meinen begegnet, das Leben und das Licht hinter sich lassen. Nur jene dürfen mich jetzt betrachten, die für den Tod durch meine Hand gebrandmarkt sind.«

Ein tödlicher Schauder durchfuhr Elof, ein Anfall von Schüttelfrost wie bei hohem Fieber. Ein grimmiges Lachen drang unwillkürlich über seine Lippen, denn er kannte diese Stimme, so verändert sie auch war. »Willst du uns etwa hier umbringen, gefesselt und hilflos, wie wir sind? Dann sprich, Kühne! Begeh die Tat in deinem Namen!«

»Ich bin eine der Morghannen, der Walküren; ich gebe Leben und entscheide über den Tod. Ich bin eine Kriegerin der Mächte, und sie haben mir deinen Tod aufgetragen. Mein Name ist Kara.«

»Kara!« Es war, als ob der Name aus ihm herausgequetscht worden wäre, obwohl er ihn von Anfang an gewußt hatte. Er blickte zu ihr auf, und seine Gedanken wirbelten wild durcheinander wie der Staub; er konnte nicht erfassen, was er sah, was er gehört hatte. Er konnte in ihr nicht jenes Mädchen sehen, mit dem er einst gesprochen hatte, so verloren und unglücklich, wie eine Menschentochter nur sein konnte, als jene schlanke Gestalt, die er in einer Stunde dunkler Gefahr in den Armen gehalten und geküßt hatte. Doch genauso sicher wußte er, daß sie es wirklich war, daß dies ihre wahre Erscheinung und die Erfüllung aller Ängste war, die Tapiaus Worte in ihm gesät hatten. Und er erinnerte sich auch daran, wieviel Angst der Schmiedemeister offenbar vor Kara gehabt hatte; sein geschärftes Bewußtsein mußte eine von ihr ausgehende Gefahr gewittert haben. Elof konnte der Wahrheit nicht entfliehen. Er hatte es gewagt, eine der Mächte zu lieben; wie töricht mußte er ihr vorgekommen sein! Er hatte das Gefühl, als welke sein Herz in der Brust, so wie er einst miterlebt hatte, wie ein Mann durch sein eigenes Werk welkte und es wußte.

Es war, als ob er ertränke, als ob er sich wieder in dem See im Wald befände und von dunklen Klauen in die Tiefe gezogen würde. Übelkeit, Leere, ein Gefühl des Verlustes schlugen über seinem Kopf zusammen. Die Welt, das lebendige Dasein, erschienen ihm plötzlich wie fremde Dinge, außerhalb seines Begriffsvermögens, und er zog die Dunkelheit um sich wie ein Leichentuch. Ihm blieb nichts mehr ... Doch noch während er von diesem Gedanken durchdrungen war, wußte er, daß es nicht wahr war. Seine Verzweiflung kam ihm zur Hilfe. Seine Freunde, die gefesselt neben ihm lagen, sie würden leiden müssen, wenn er ihnen nicht beistünde. Das blieb ihm also noch ... und die Erinnerung an geflüsterte Worte. »*Kara!* Das ist also deine echte Identität? Dann hast auch du dich zwischen Wahrheit und Verlogenheit entschieden. Denn einst hast du mir beteuert, daß du kein gewöhnliches Wesen bist. Und das stimmt. Aber du hast mir genauso beteuert, daß du dich nicht ändern könntest.«

Der Mund verzog sich, der Helm zuckte, doch Speerschaft und Klinge rührten sich nicht. Und die Antwort klang ernst, unerbittlich. »Ich bin, was ich bin. Ich muß das gefällte Urteil vollstrecken. Endlos wird der Schmerz sein, den ich deswegen zu ertragen habe. Mach dich bereit, und schweig!«

Elof schluckte verzweifelt und heftete den starren Blick auf die blasse Maske des Helms. »Hör mich an! Du bist also eine Kriegerin der Mächte. Doch welcher Mächte? Du schenkst Leben, ja, und du entscheidest über den Tod. Warum dienst du dann jenen, die keine Entscheidung zulassen? Wessen Willen beugst du dich, wenn du den Tod bringst?«

Die erhobene Klinge schwankte. »Es ist der Wille ... jener Wille, an den ich gebunden bin. Versuch nicht, den Lauf der Dinge abzuwenden oder zu verzögern. Keine Angst, er hat keine Schwäche, die du oder ich uns zunutze machen könnten. Versuch nicht, deine Qual zu verschlimmern, und auch nicht die meine! Sogar in diesem Augenblick ...«

»Sogar in diesem Augenblick?« Er hörte sich selbst schreien, und seine Stimme hallte in dem Gewölbe wider. Er bemühte sich, seinen Worten Kraft einzugeben, wie er es mit Metall im Schmiedefeuer getan hatte. »Sogar in diesem Augenblick wirst du gequält, Kara! Sogar in diesem Augenblick bist du zerrissen! Zerrissen zwischen deinem eigenen Willen und dem, der dir aufgezwungen ist! Zwischen dem, was du selbst bist, und dem, dem du als Leibeigene dienst! Sei du selbst! Entscheide dich frei!«

Ein Zittern durchlief den mit einem Kettenpanzer bekleideten Körper. Der Speer schwankte, sackte herunter. Dann zuckte sie heftig und warf den Kopf zurück, als ob eine Hand sie am Hals gepackt hätte. Ihre Stimme erhob sich zu einem Aufschrei. *»Sieh mich an! Ich habe keine Wahl!«* Der Umhang flog zurück und versprühte Schatten. Der Speer hob sich, Wahnsinn flackerte an seiner Spitze, und er zielte auf sein Herz.

Es sah aus, als ob sich die Muster auf der Klinge wanden und entrollten wie ein Nest von Schlangen, deren Angriffsziel seine Augen waren. Die Dunkelheit und die Kerkermauern verschwanden, er wurde von einem tosenden Strom brodelndheißen Blutes mitgerissen und herumgewirbelt; dieses weichte sein Fleisch auf wie Wachs und spülte es von den Knochen, während schrille Stimmen wortlose Schmähungen in seine Ohren kreischten. »Kara!« brüllte er mit aller Kraft, um die Stimmen und das Tosen des Stroms zu übertönen. Er bemühte sich verzweifelt, an seinen Gedanken festzuhalten, während sie zerbrochen, zerschmettert wurden, an seinen Erinnerungen, die sich auflösten und davontrieben; er klammerte sich an einer einzigen Wahrnehmung fest, einem Fels in dem reißenden Strom, an dem Anblick ihres erhobenen Armes, von dem der Umhang zurückgefallen war und auf dem etwas golden aufblitzte und ihm wie eine plötzliche Erkenntnis in die Augen sprang. »Kara!« schrie er. »Ich beschwöre dich bei dem

Gegenstand, den du an dich genommen hast! Ich befehle dir bei den Eigenschaften, mit denen ich ihn versehen habe! Denn auch durch meinen Armreif bist du gebunden!« Jäh wurde er zu Boden geschleudert, jeder Muskel an ihm verkrampfte sich in brüllendem Schmerz, und die Vogelmaske beugte sich über ihn. Er holte gequält Luft. »Doch diese Bande ... bedeuten ... nichts anderes als Freiheit. Kara, du hast bei dem geschworen, was du bist. Also, sei du selbst! Sei frei! Und wenn du mich jemals geliebt hast, dann hilf uns beiden! Sie haben Ängste, wir sind ihre Ängste! Sie verbargen uns vor der Stadt ... so kannst du ihre Pläne vereiteln! Tu das, was sie fürchten! Rüttle die Stadt auf! Rufe sie zu den Waffen ...« Der Arm schoß vor. Der Hieb erfolgte.

Er schrie auf und zuckte krampfartig in den unbeweglichen Ketten, während die kalte Klinge seinen Hals berührte und nach unten stieß. Die Zelle wurde von einem Blitz aus weißem Feuer erhellt; er spürte die explodierende Kraft des Hiebes, und es war, als ob diese auf Kara zurückschlüge. Ihr Kopf ruckte nach hinten, ihr Rückgrat bog sich, und dahinter zerbarst die Steinmauer, die straffen Ketten brachen und flogen klirrend auseinander. Seine Hände rissen sich frei. Kara schrie laut auf; es war der entsetzlich schrille Schrei eines verwundeten Falken. Weite Flügel schlugen einmal in dem schmalen Raum, die geöffnete Klappe wurde in Tausende von Splittern zerschmettert, und mit beklemmender Plötzlichkeit war sie verschwunden. Elof fiel mit dem Gesicht nach unten zu Boden.

Eine Stimme schallte zu ihm herab in die Tiefe, und langsam, mühsam schwamm er nach oben, wobei er versuchte, sie zu verstehen und zu antworten. Er war der Anstrengung kaum gewachsen; er wollte sich losreißen, ausruhen. Doch dann berührte eine Hand seine Schulter, und plötzlich war er hellwach. Der alte Mann beugte sich mit weit aufgerissenen Augen über ihn, sein silbernes Haar war wie von heftigem Wind zerzaust.

»Herr! Herr! Was ist los? Was ist geschehen?« Elof schüttelte den Kopf, unfähig zu antworten, und von plötzlicher Panik gepackt, blickte er sich nach den anderen um. Sie saßen an ihren Plätzen, immer noch angekettet, die Gesichter vor Entsetzen blaß, doch lebend und bei Besinnung. »Hattet Ihr ebenfalls eine Erscheinung, Herr? Die ganze Stadt ist in Aufruhr!«

»Welche Erscheinung?« fragte Kermorvan schroff.

Der Alte stammelte: »Ich ... weiß ... nicht. Eine ... Vision ... eine ... Heimsuchung. Ein schrecklicher Anblick, auf einem Dach nach dem anderen. Mit einem Kettenpanzer angetan, mit nackten Beinen, schlank wie ein junges Mädchen, doch ... eher wie ein Vogel. Schreiend ... einen Singsang leiernd ...«

»Wie ein Vogel? Ihr sprecht von ihrem Helm und ihrem gefiederten Umhang?«

Der Gefängniswärter schüttelte den Kopf. »Nein! Kein Umhang ... Sie wurde überall in der Stadt gesehen, sie erschien auf einem Dach, verschwand wieder und nahm auf einem anderen Gestalt an. Und jedes Mal, Herr, jedes Mal wilder und vogelähnlicher! Und wie sie schrie, dieses Kreischen! Und dann die Worte, wie eine magische Beschwörung, eine Berufung, eine Warnung ... daß es welche gäbe ... die zu unserer Errettung gekommen seien ... daß ein Herr in Gefahr wäre, insgeheim getötet zu werden ... daß wir sie befreien, auf sie hören sollen ... daß wir alle freikommen könnten! Und ich habe sofort an Euch gedacht, wie heimlich sie Euch hergebracht hatten und wie verstohlen Bryhon zu Euch kam. Und im Schutz des Aufruhrs habe ich mich zurückgeschlichen ...« Er hielt inne. »Hört! Jetzt könnt Ihr es selbst hören!«

Und ganz schwach hörten sie es, einen schrillen Singsang, wie eine Beschwörungsformel, der Schrei eines Aasvogels, der in der Stadt unter ihnen erschallte und widerhallte. Und obwohl sie über die Entfernung keine Worte verstehen konnten, kribbelten ihnen die Haare, und das Blut rauschte durch ihre Adern. Und als das Schreien kurz unterbrochen wurde, hörten sie daneben ein anderes Geräusch, wie vom anschwellenden Meer verursacht, was jedoch nicht der Fall war; es waren das ferne Knallen von Fensterläden und Türen, erregte Stimmen und rennende Füße und hier und da erstes wütendes Gefechtsgebrüll, Geschrei und Aufruhr und das hohe Klirren von Waffen. Der Alte jammerte. »Sirs, Lady, sie ruft in allen Vierteln ringsum zum Aufstand auf, bringt Männer, Frauen, Kinder auf die Beine! Die Menschenfresser werden sie in Stücke schneiden! Seid Ihr es? Befindet sich der von ihr Verheißene unter Euch?«

»Wir müssen freikommen!« schrie Kermorvan. »Elof, sie hat deine Kette zerrissen ...«

»Ja, aber meine Füße sind nach wie vor gefesselt!«

»Haltet still, Herr!« Der Alte nahm eine dicke Stahlstange zur Hand. »Ich konnte nichts anderes finden, und ich bezweifle, daß meine Kraft ausreichen wird ... Aber Ihr ...« Elof riß ihm die Stange aus der Hand, schob sie zwischen Kette und Öse und bediente sie mit aller Kraft wie einen Hebel. Die Stange ruckte, die Öse hob sich, und mit lautem Krachen zerbrachen Stange und Kette gleichzeitig, und Elof rollte sich aus seiner Fessel. Er hob den größeren Teil der Stange auf, doch der schwere Ring an Kermorvans Handschellen ließ sich damit nicht bewegen.

»Dein Hammer, Mann!« zischte Roc. »Dein Werkzeug!«

»Sie haben uns alles Gepäck und die Schwerter abgenommen.«

»Zwei große Schwerter, Herr? Und Packsäcke aus grünem Leder? Sie liegen im Wachraum, Herr, am oberen Treppenabsatz. Ich könnte ... wenn die Wachen beschäftigt wären ... vielleicht ...« Die alte Stimme zitterte.

»Zeigt es mir!« zischte Elof, und gemeinsam hasteten sie zur Tür. Der Flur davor war leer, doch oben an der

Treppe waren Stimmen und das Zufallen einer Tür zu hören. Elof gab dem Alten mit einer Handbewegung zu verstehen, er möge hinter ihm bleiben, und schlich hinauf, wobei er sich große Mühe gab, keinen Laut zu erzeugen, und schnell die Stücke klirrender Kette festhielt, die noch an seinen Handgelenken baumelten. Er empfand keine Angst; jener wahnsinnige Augenblick, der zerschmetternde Speerstoß, hatte die Angst aus ihm herausgeschleudert. Er bewegte sich fast wie benommen vor äußerster Konzentration, all seine Sinne waren angespannt, Geist und Körper auf alles gefaßt; er glich einem Tier, das seiner Beute auflauert.

Die Tür am oberen Treppenabsatz stand offen, und in der Öffnung standen zwei Ekwesh, die in die ruhelose Nacht hinausblickten. Der Alte berührte seinen Arm und deutete auf den von Feuerschein erhellten Bogengang hinter ihnen; dort war der Wachraum. Elof nickte, und dabei scharrte die hinderliche Kette über Stein. Die Ekwesh wirbelten herum, doch Elof hatte bereits einen großen Satz auf sie zu gemacht. Einer holte mit einem Speer aus, doch Elof schlug dem Mann mit dem von der Handschelle umklammerten Gelenk ins Gesicht, und er stürzte zu Boden. Der andere sprang zur Seite, wobei er einen langen Dolch zückte, doch Elof drosch mit der losen Kette wie mit einer Peitsche zweimal auf ihn ein und erwischte ihn am Hals. Auch er stürzte zu Boden, und Elof schnappte sich den Speer vom Boden, als auch schon ein dritter Krieger aus dem Wachraum gerannt kam. Der ungeschickte Stoß, mit dem Elof auf ihn zielte, prallte an der klobigen Tartsche an seinem Arm ab, doch die Wucht, mit der er getroffen wurde, während er gerade selbst zum Schlag ausholte, brachte ihn aus dem Gleichgewicht; er strauchelte, Elof sprang zur Seite und durchbohrte den Rücken des Gegners mit dem breiten Speer. Doch der erste Mann war inzwischen wieder auf den Beinen und hatte sein Kurzschwert gezogen, und Elof bekam den Speer nicht frei. Er ließ davon ab und hielt seine Kette schlagbereit, doch der Ekwesh zuckte plötzlich, gab ein gurgelndes Röcheln von sich und brach zusammen. Hinter ihm stand der alte Mann mit einem langen blutigen Dolch in der Hand. »Mehr als diese drei sind nicht hier. Die anderen müssen irgendwo draußen sein. Schnell!« Elof warf die äußere Tür zu; es steckte kein Schlüssel, doch er schob den schweren Riegel vor und machte sich auf die Suche.

Im Inneren des Wachraums lagen, achtlos auf einen Tisch geworfen, Gorthawer und die anderen Waffen, und daneben ihre wertvollen Gepäckstücke, dem Anschein nach unberührt. »Hoffentlich waren die Anführer bis jetzt zu sehr mit anderen Dingen beschäftigt, um diese Sachen in Augenschein zu nehmen!« murmelte Elof und warf sie dem alten Mann zu. »Ich muß die Hände frei haben!« In die rechte nahm er Gorthawer, in die linke den Hammer und eine der Fackeln von der Wand. »So, jetzt schnell wieder hinunter!«

Der Gang war leer, die Treppe ebenfalls, obwohl irgendwo in dem Gebäude laute Stimmen und schwere Schritte widerhallten. Sie rannten zurück in die Zelle, und Elof verschloß die Tür hinter ihnen. »Dadurch gewinnen wir einige Minuten, mindestens! So, jetzt lehnt euch weg von der Wand, ihr alle.« Mit drei kräftigen Schlägen waren Ketten und Ösen von der Wand getrennt, mit drei weiteren die Ösen von den Fußfesseln. Ohne von den atemlosen Dankesworten Notiz zu nehmen, wühlte Elof in seinem Werkzeug und fand eine Schneidezange, um die vernieteten Hand- und Fußschellen aufzuknipsen.

Kermorvan stand auf, wobei er nach der langen verkrampften Körperhaltung leicht schwankte, und griff nach seinem Packsack. Sein Atem ging einen Augenblick lang stoßweise, und er schloß die Augen. »Es ist noch da!« japste er. »Sie haben es nicht weggenommen!« Und er schüttelte das Bündel mit dem Kettenpanzer aus dem Sack und zerrte an seiner zerfetzten

Reisekleidung. »Legt eure Kampfrüstungen an, ihr alle! Vielleicht brauchen wir unsere Panzerung, wenn wir uns den Weg in die Freiheit bahnen!« Schnell zog er sich das schwarze Kettenhemd über den Kopf, legte den Gürtel um, schlüpfte in die Kettenbeinkleider und die Stiefel und schnallte sich die Panzerung um Schultern, Arme und Knie. Nur den Helm mit den Juwelen setzte er nicht auf, sondern verstaute ihn wieder sorgsam in dem Packsack, den er sich unter dem Überwurf umhängte. Als letztes nahm er die kleine Brustplatte und winkte den Alten zu sich heran. »Nun, Herr, will ich Eure Frage beantworten. Bringt die Fackel herbei und seht mich genau an!« Das eingelassene Muster auf der Brustplatte leuchtete rötlich, während er sie anlegte und die Schnallen schloß; die trüben Augen betrachteten sie blinzelnd, weiteten sich erschreckt und hoben sich schnell zu seinem Gesicht. Kermorvan nickte kurz, und sie füllten sich mit Tränen. »Jawohl, Kämmerer. Der Rabe breitet erneut seine Flügel im Osten aus. Und ein Mann namens Keryn trägt sie.«

Der alte Kämmerer neigte den Kopf, unfähig zu sprechen, und dann betrachtete er die anderen: Ils in ihrem hellen Kettenhemd und Roc mit Brustplatte und Stahlhelm — bis sein erstaunter Blick an Elof haften blieb. Er war der einzige, der keine Panzerung trug; vielmehr hatte er sich, nachdem er sich die zerfetzten Kleidungsreste vom Leib gezogen hatte, die Schmiedausrüstung angelegt, die ihm Korentyn gegeben hatte, und darüber den Schwertgürtel und den langen Panzerhandschuh. »Sirs, Lady, Ihr seid eine so edle und gleichzeitig furchterregende Gruppe, wie sie dieser Stunde angemessen ist! Wenn wir es bis zur Straße hinaus schaffen, dann werde ich Euch so weit geleiten, wie mich meine alten Beine tragen. Sprecht nicht mehr zu mir, sondern zum Volk!«

Kermorvan zog sein Schwert, entriegelte die Tür und warf sie schwungvoll auf. Er sprang mit einem Satz hinaus in den Gang, und die anderen folgten ihm. Dort zögerte er und blickte auf die anderen Zellentüren, doch Elof, der wußte, wie übereifrig er in seiner Menschlichkeit manchmal sein und in welche Gefahren sie ihn bringen konnte, drängte ihn weiter. »Du kannst ihnen in diesem Augenblick nicht helfen.«

Kermorvan wandte sich widerstrebend der Treppe zu und eilte hinauf, dicht gefolgt von Roc, während Elof und Ils dem alten Kämmerer halfen. Während der wenigen Minuten, die inzwischen vergangen waren, hatte noch niemand die getöteten Wachmänner entdeckt, die Tür war noch geschlossen. Auf Kermorvans Geheiß drückten sie sich flach an die Wand, während er durch den Bogengang spähte. »Überall Ekwesh!« flüsterte er, angespannt wie eine Bogensehne. »Doch sie bilden keine geschlossene Linie, und ihr Augenmerk ist hinaus auf die Stadt gerichtet. Am besten brechen wir mit einem Überraschungsschlag von hinten durch, ehe sie uns entdecken.«

»Dann müßt Ihr mich zurücklassen!« keuchte der alte Mann. »Ich halte Euch nur auf ...«

»Genug davon!« entgegnete Kermorvan schroff. »Wir bleiben zusammen! Fertig? Los!« Er warf sich mit aller Wucht gegen die schwere Tür, so daß sie weit aufflog, und machte einen Satz nach vorn. Elof, der dicht hinter ihm folgte, hatte einen kurzen wirren Eindruck von Feuer, Rauch und Unordnung und den schwarzen Silhouetten von großen Männern ein paar Schritte vor ihnen, die in die Dunkelheit hinausdeuteten und schrien. Erst als Kermorvan fast beim ersten von ihnen angelangt war, bemerkten sie die Eindringlinge und wandten sich um; einer war geistesgegenwärtig genug, während des Herumwirbelns seinen Speer zu heben, und im flakkernden Licht des Feuers erkannte Elof in ihm den jungen Anführer, der bei ihrer Gefangennahme den Befehl geführt hatte. Doch bevor sein Speer seine Hand verließ, zischte Kermorvans Schwert durch die rauchgeschwängerte Luft; der Speerschaft zitterte, und der Anführer taumelte rückwärts, eine Blutfontäne spritzte von ihm auf, und er stürzte zu Boden. Kermorvan sprang über ihn hinweg und trennte den Kopf eines zweiten Mannes vom Körper, während Roc seine Keule auf die Schulter eines anderen herabsausen ließ, der gerade im Begriff war, sein Schwert zu ziehen. Damit hatten sie sich zu der äußeren Treppe durchgeschlagen, und sie polterten die Stufen hinunter in dickere Rauchschwaden. Elof sah mit sinkendem Mut, daß sie von der Stadt heraufstiegen und daß der Feuerschein von brennenden Dächern herrührte. Hinter ihnen erschallten Rufe, und auf den Stufen weiter unten tauchten plötzlich verdutzte braune Gesichter aus dem Qualm auf; Elof schlug auf eines ein, und es verschwand unter Geklirre. Ils erledigte ebenfalls einen Gegner, und im nächsten Augenblick gab es ein wildes Hauen und Stechen und Schlagen, begleitet von Rufen und schrillen Schreien, bevor der Weg frei war und sie loslaufen konnten. Elof war eine Stufe im Rückstand, da seine Stiefelsohlen von fremdem Blut glitschig waren. Plötzlich zupfte ein Gespenst wild an seinem Umhang, während ein anderes an seinem Ohr vorbeizischte. Er rief den anderen eine Warnung zu, während die Pfeile heulend in der Dunkelheit verschwanden und über den ausgetretenen Stein der Stufen scharrten. Während des dichten Rauchs, der jetzt herrschte, konnten sie ihr Ziel nur zufällig finden. Hinter sich hörte Elof jedoch die schweren Schritte von Füßen, die sie verfolgten, und weiter entfernt das Klappern von Hufen. Plötzlich waren die Stufen zu Ende, und der Boden unter ihnen bestand aus widerhallenden Pflastersteinen; der Kämmerer gab keuchend die Richtung an. Sie rannten eine steile, gewundene Straße hinab, bogen in eine schmale Gasse ein und setzten ihren Weg durch eine weitere gewundene Straße fort. Doch als sie auf dieser um eine Ecke bogen, sahen sie einen Trupp von etwa fünfzehn Ekwesh, die den Hang heraufkamen, wachsam und mit kampfbereiten Speeren. Ohne seinen Schritt zu verlangsamen, schwang Kermorvan das Schwert hoch in die Luft, brüllte »*Morvan morlanhal!*« und stürmte auf sie zu. Allein schon die Schnelligkeit seines Angriffs brachte ihn mitten in die Reihe der Gegner, und drei von ihnen fielen, bevor sie sich ihm entgegenstellen konnten. Damit hatte er ihre Mannschaftsformation durchbrochen, während Ils und Elof sich auf die Anführer stürzten. Es hätte ein schwieriges Gefecht werden können, doch die Ekwesh suchten das Weite, sobald sie konnten, und rannten den Hang hinauf.

»Solche Angsthasen!« jubelte Roc.

»Nein!« keuchte Kermorvan. »Sie haben offenbar ihre Befehle, nach denen sie jedes Risiko einer Auseinandersetzung vermeiden müssen ... Das ist es! Die Patrouillen sind angegriffen worden, und sie ziehen den Rest zurück. Sie haben keine Wachen mehr aufgestellt; stattdessen formieren sie sich zum Angriff. Herr, wir müssen schnell zu den Bewohnern der Stadt gelangen.«

»An den Ort, der den Leuten am ehesten einfällt, um sich zum bewaffneten Kampf zu sammeln!« krähte der Kämmerer. »Also, zum Landsturz!« Er führte sie über die Straße und in eine Lücke zwischen Gebäuden, die so eng war, daß normalerweise bestimmt kaum jemand auf die Idee käme, sich hindurchzuquetschen; Roc, obzwar aufgrund der Entbehrungen abgemagert, hatte einige Schwierigkeiten. Sie kamen in einen Innenhof, vorbei an den mit Brettern vernagelten Fenstern eines Gasthofes und gelangten durch die niedrige Tür eines Seitenanbaus des Gasthofes hinaus auf eine breite, gerade Straße mit hohen Türmen und Gebäuden, die hangabwärts führte und in der Ferne verschwand. Die Geräusche der Verfolgung hatten sie hinter sich gelassen, dennoch eilten sie so schnell weiter, wie es für den alten Mann gerade noch erträglich war. »Wenn mich die Kräfte verlassen sollten«, japste er, »dann lauft immer weiter geradeaus, folgt dieser Straße und richtet Euch nach dem Rauschen des Meeres bis ... zur Großen Pforte von Kerys.«

Er streckte die zitternde Hand deutend aus, doch dessen hätte es nicht bedurft. Die anderen hatten es ebenfalls gesehen und gehört — das plötzliche Aufblitzen von Licht auf der Spitze des höchsten Turms am Fuß des Hügels, den gespenstischen Schrei, der so laut schallte, daß jeder davon aus dem tiefsten Schlaf geschreckt worden wäre. Doch erschütternder war für sie der Anblick, der sich ihnen in aller Klarheit darbot, da sie fast auf gleicher Höhe mit der Turmspitze waren. Dort stand eine Gestalt, doch anstelle von Armen hatte sie riesige schwarze Flügel, die zu den Sternen hinaufgereckt waren. Über diesen Flügeln war kein Helm, sondern der lebendige Kopf eines gewaltigen Vogels, eines Raubvogels mit leuchtenden Augen und einem weit aufgerissenen sichelförmigen Schnabel, aus dem gequälte schrille Schreie drangen, als ob jeder Atemzug Todespein bedeutete. Doch unter dem Kopf und den Flügeln umschloß ein Kettenpanzer die sich hebenden und senkenden Brüste und den Körper einer Frau, und die nackten Beine darunter waren mit einer glänzenden Kette und Fußschellen gefesselt. Von Augenblick zu Augenblick, so schien es, verwandelten sich die Flügel immer mehr in eine schattenhafte Stola um schlanke Arme.

Volk von Morvannec! Hört mich an!
Erwachet aus eurem Schlaf, seid wachsam!
Zerreißt eure Fesseln, streift die Sklaverei ab!
Frei und bei euch ist euer vorbestimmter Retter!
Begebt euch auf die Straße! Bildet Kampfgruppen!
Tobt wie reißende Ströme, vom Sturm gepeitscht!
Schlagt wie die Wellen gegen die Mauern des Hafens!
Durchbrecht mit eurem Blut die Fesseln und Bande!
Blickt auf euren Herrn, seht das Licht der Freiheit!

Folgt ihm, denn er führt euch aus der Unterdrückung!
Stärkt euren Mut!
Stärkt euren Mut!
Stärkt euren Mut, erhebt euch gegen eure Feinde!

Und es ist überliefert, daß in diesem Augenblick die Glocken jenes Turms von einem heftigen Wind gepackt wurden, und viele andere ebenfalls, und sie wurden bewegt, wie die Spreu vom Weizen weggeschleudert wird. Überall in der Stadt ertönte ein mächtiges Geläut, und die Stimmen von Menschen antworteten ihm. Doch auf jener Turmspitze wurde die Stimme schwach, die Gestalt schwankte, als ob sie aus dem Gleichgewicht gestoßen worden wäre; die großen Flügel schlugen, und mit einem letzten ohrenbetäubenden, schmerzerfüllten Schrei verschwand sie.

»Sie haben sie geholt«, sagte Kermorvan düster. »Sie war innerlich qualvoll zerrissen, doch sie hat deine Bitte erfüllt, Elof, und das ist viel.« Er ließ den Blick über die Gebäude ringsum schweifen, wo fassungslose Gesichter hinter Türen und Fensterläden hervorspähten und die leere Turmspitze sowie die bewaffneten und gerüsteten Gestalten auf der Straße anstarrten. *»Kommt heraus!«* brüllte er, und der klare metallene Klang seiner Stimme mischte sich mit dem wilden Glockengeläut. »Folgt dem Ruf! Die Stadt erhebe sich! Freiheit und Tod schweben in der Waage! Beschafft euch Waffen und kommt! Kommt zum Landsturz!«

»Kommt zum Landsturz!« schrien Roc und Elof gleichzeitig. Doch die Bewohner der Stadt brauchten keine weitere Aufforderung. Der Ruf vom Turm hatte seine Wirkung getan, hier wie anderswo, bekräftigt durch das Läuten der Glocken und den Anblick fremder bewaffneter Männer, die nicht ihre Unterdrücker, die Ekwesh, waren. Sie strömten heraus, Männer und Frauen und sogar Kinder, wie der Kämmerer gesagt hatte. Sie nahmen den Ruf mit einer Lautstärke auf, die sogar die der

Glocken übertraf, und sie folgten Kermorvan und seiner Gruppe auf dem Weg zum Meer. Viele rannten aus Seitenstraßen herbei, um sich zu ihnen zu gesellen; einige hatten erst jetzt von dem Aufruf zur Mobilmachung gehört, da sie zu weit von dem Turm entfernt wohnten, als daß er hätte bis zu ihnen dringen können, andere strömten aus den Straßen in der Nähe der Zitadelle herbei, die bereits Kampfgetümmel erlebt und ihre Häuser in Flammen gesehen hatten und die jetzt aufgebrachter Stimmung waren. »Wer ist es, der uns zu den Waffen ruft?« brummte einer in der Sprache des Nordens, wobei er ein blutbeflecktes Schwert durch die Luft schwang.

»Einer, der verheißen wurde«, antwortete Elof knapp, da Kermorvan schwieg. »Am Landsturz werdet Ihr mehr erfahren.«

Als er die Sprache des Nordens hörte, sah der Mann Elof eindringlich an. »Ich glaubte, alle unseresgleichen in der Stadt und die meisten im Land zu kennen, denn ich bin weit herumgekommen. Und obwohl mir Euer Gesicht irgendwie bekannt vorkommt, kenne ich Euch nicht, und auch Eure Kleidung ist mir fremd.«

»Das kann auch nicht anders sein. Denn ich komme aus einem Gebiet weit, weit im Westen. Am Landsturz werden alle das Nötige erfahren. Geduldet Euch bis dahin.«

Doch seine Worte blieben nicht ungehört, und ein Raunen lief durch die Menge. »Der Westen! Der Westen lebt! Er erwacht, und es wird Krieg geben.«

Plötzlich drang ein Geruch an Elofs Nase, den er kannte und liebte, der Duft des Meeres und der Schiffe und all dessen, was dazugehörte, und er lächelte.

»Ja, es ist, wie ich dachte«, krächzte der Kämmerer. »Hier haben sie sich versammelt, wo erstmals Menschen dieses weite Land betreten haben, unter den Abbildern unserer vergangenen Herrlichkeit.« Und in der Tat, rings um den Platz ragte ein Kreis von hohen Statuen schweigend und düster auf ihren Podesten über die

Köpfe der umtriebigen Menge empor, und sie ließen die Heißsporne, die sie erklommen, um feurige Reden zu schwingen, wie Zwerge erscheinen. Alle Arten von Menschen in allen Altersstufen hatten sich versammelt, mit allen Anzeichen eines hastigen, ungeplanten Aufbruchs; manche waren nur halb bekleidet oder in wilder Aufmachung erschienen, doch keiner war ohne irgendeine Art von Waffe da. Die Ekwesh in ihrem Selbstvertrauen oder ihrer lässigen Haltung, durch die sie ein solches vortäuschen wollten, hatten keine großen Anstrengungen unternommen, Waffen zu beschlagnahmen, abgesehen von denen der Stadtwache. Viele andere besaßen jedoch auch Waffen und hatten sogar Rüstungen zu Hause — Kaufleute, die einst Reichtümer in der Heimat oder in der Fremde zu bewachen gehabt hatten, und andere, die alte Waffen als Trophäen oder zur Dekoration gesammelt hatten; von dieser Sorte gab es zahlreiche, ziselierte Piken oder polierte Schwerter, abgenutzt, aber brauchbar. Bei den anderen sah Elof Jagdbogen und Krummschwerter, Enterbeile und schwere Schlachtermesser, Bootshaken und von der Kaimauer abgebrochene Eisendorne, Stoßäxte und furchterregende Rechen und Krummharken, die vermutlich normalerweise zum Beackern der Felder oder zur Instandhaltung der städtischen Grünanlagen benutzt wurden. Wer keinen derartigen Gegenstand besaß, hatte sogar ganz gewöhnliches Haushaltsgerät zweckentfremdet, Fleischmesser und Hammer, Kette und Webschwinge oder einfach dicke Holzknüppel. Wut und Angst schwappten wie die Brandung bei einer Sturmflut über die Leute und verwandelten diese harmlosen Dinge in ihren Händen zu tödlichen Werkzeugen.

In dieses Durcheinander platzten die Neuankömmlinge mit ihrem Gefolge und bahnten sich auf Anweisung des Kämmerers einen Weg zu der erhabenen Plattform, die den Anfang der Mole bildete und von zwei großen Statuen flankiert war, welche man die Wächter nannte. Einige Möchtegern-Anführer standen dort und brüllten widersprüchliche Befehle, die keiner hörte und erst recht niemand befolgte; alle Augen waren auf die Wanderer gerichtet, da ihre Aufmachung und ihre Waffen sowie ihr Verhalten, das Bedeutung ausstrahlte, die allgemeine Aufmerksamkeit auf sich zog. Viele erkannten auch den alten Mann, der sich in ihrer Begleitung befand und der nach der Hetze durch die Stadt einer Ohnmacht nahe war. »Ihr seid derjenige, der sprechen muß, wenn Ihr Euch dazu in der Lage fühlt«, sagte Kermorvan drängend. »Euch wird man eher glauben als einem Fremden.«

»Dann helft mir auf den Sockel des Wächters zur Linken, und gebt mir eine Fackel.« Ils und Kermorvan hievten ihn mühelos hinauf, und in ihrer Umgebung wurden viele Rufe laut, die Ruhe verlangten. Die anderen Sprecher wurden zum Schweigen gebracht und fügten sich mißmutig, da sie nicht mit Bewaffneten streiten wollten. Der Aufruhr in der Menge verebbte allmählich zu einem erregten Murmeln, und der alte Mann holte tief Luft, lehnte sich an die Beine der Statue und sprach mit lauter Stimme: »Volk von Morvannec! Erben von Morvan, all ihr Morvanniannenn! Ihr kennt mich, ich bin Erouel, ehemaliger Kämmerer Korens, unseres Herrn, und genau wie ihr bin ich in den Dreck getreten worden!« Seine brüchige, aber würdevolle Stimme wirkte mehr als die jedes Herolds, denn man hörte die Leidenschaft heraus, die das einzige war, das ihr noch eine Spur von Kraft verleih. »Doch heute nacht bin ich Zeuge eines großartigen Wunders geworden, mächtige Männer sind erschienen, wie wir sie aus den alten Legenden kennen. Den ganzen weiten Weg aus Westen sind sie gekommen! Die Mächte haben sie angekündigt, wie viele von euch gesehen haben, und das Alte Volk ist ihr Verbündeter. Hört sie an! Und vor allem ihn, der ...« Er röchelte und schwankte, als ob er zu stürzen drohte. »Ihr braucht keine weiteren Worte! Seht nur!«

Kermorvan machte einen Satz nach vorn und hob die Arme, um den alten Mann aufzufangen. Doch er stürzte nicht, sondern hob die Fackel in die Höhe, deren helles Licht sich sowohl auf die Statue als auch auf den Mann darunter ausbreitete. Und ein Raunen und erregtes Luftholen durchliefen die Menge, denn eine Gestalt glich genau der anderen. Elof las die steifen Buchstaben auf dem Podest. »*Kaer ... Yn!* Keryn! Keryn der Fünfte!«

»Kein Wunder, daß Korentyn die beiden verwechselt hat!« flüsterte Roc atemlos. Kermorvan und die Statue waren in gleicher Weise gerüstet und bewaffnet, und ihre Gesichtszüge unterschieden sich noch weniger. Der Funke des Lebens schien zwischen ihnen zu sprühen. Der goldfarbene Stein nahm die Tönung lebendiger Haut an, das in Stein gemeißelte Haar rötete sich im Fackelschein, die Rüstung aus Marmor glänzte heller als der matt gewordene Stahl, und auf beiden Brustplatten leuchteten in Gold der Rabe und die Sonne.

Kermorvan wandte das Gesicht der Menge zu und warf seinen Umhang zurück. »Ich bin euch einige Worte schuldig.« Er sprach ohne Anstrengung, und doch trug seine Stimme weit und übertönte das aufgeregte Plappern der Menge und brachte sie zum Schweigen. Elof erinnerte sich an den stillen Befehl, mit dem er die Menge in Kerbryhaine seinem Willen gebeugt hatte; er ließ jetzt keine Zeit für das Aufkommen irgendwelcher Zweifel. »Die Ähnlichkeit ist kein Zufall; ich bin Keryn, Lord Kermorvan, der letzte dieser Linie im Westen. Als Beweis für meinen Namen zeige ich euch sein Wappenzeichen. Ich bin durch die Ruinen von Morvan geschritten, bin unter dem alles vernichtenden Eis hindurchgewandert; ich bin bis zum Dorghael Arhlannen vorgedrungen und habe einen großen Schatz geborgen.« Er entnahm seinem Packsack den Helm in der Form einer Krone.

Ein Seufzen und Erschaudern lief durch die Menge, als das Fackellicht auf die Edelsteine fiel, und eine noch lautere Regung breitete sich aus, als Elof vortrat und aus seinem tiefen Sack den abgenutzten Bronzestab zog. »Hier stehst du an dem Ort, an dem deine Vorfahren einst standen«, sagte er mit gedämpfter Stimme. »Wenn das hier nicht dein Königreich ist, dann ist es nirgendwo. Nimm das Zepter entgegen!« Kermorvans Mund verzog sich zu einem flüchtigen Lächeln. Er nahm den Stab, balancierte ihn auf der Handfläche, als wolle er den Augenblick mit Genuß auskosten, und hob sich dann — wie aufgrund einer plötzlichen Eingebung — Krone und Zepter hoch über den Kopf. Wie eine zurückweichende Welle hielt eine Menge von Tausenden gleichzeitig die Luft an, und dann brachen sie wie die sich überschlagende Brandung in lauten Jubel aus; der Lärm mußte an den Fensterläden des fernen Palastes gerüttelt haben. Die Fackeln flackerten, und Flammen loderten in dem Kohlebecken unter der Statue auf, als ob eine plötzliche Sturmbö über den Platz gefegt wäre.

Doch Kermorvan setzte sich den Helm nicht aufs Haupt, wie er es dem Anschein nach beabsichtigt hatte, sondern reichte beides schnell an Erouel weiter, als wolle er die Hände frei haben. »Genug!« rief er, und sofort trat Stille ein. Er sprach schnell, ruhig, doch sein Ton drückte grimmige Entschlossenheit aus. »Jetzt ist die Zeit gekommen, da ihr alle gebraucht werdet. Dort oben rüsten sich die Barbaren zum Kampf. Ihr habt sie eine gefährliche Lektion gelehrt, habt ihnen gezeigt, daß sie sich nicht länger wie Wächter über geschlagene Leibeigene gebärden können! Sie formieren sich zur Armee, denn nur so wagen sie es noch, euch gegenüberzutreten! Und wenn sie euch besiegen, dann werden sie sich nicht damit zufrieden geben, euch mit einigen Patrouillen und hier und da einer strengen Bestrafung niederzuhalten; sie werden euch bis auf den letzten Mann umbringen, denn sie würden sich niemals mehr sicher fühlen. Vielleicht sind sie bereits unterwegs. Ihr habt zur Zeit keinen Herrscher, keinen Feldherrn, und ihr braucht einen. Ich habe einige Erfahrung in der Kriegführung. Doch nur wenn ihr es ausdrücklich wünscht, werde ich euer Anführer sein. Sagt also ...«

Er kam nicht weiter. Die Menge wogte wie ein von einem Hagelsturm gepeitschtes Weizenfeld, und die tosende Begeisterung war ohrenbetäubend. Der Tumult hörte erst auf, als Kermorvan mit einer Handbewegung ungeduldig Ruhe verlangte, und auch dann nur nach und nach. »So soll es denn sein! Jeder, der innerhalb eurer Wachmannschaft einen höheren Rang eingenommen hat, soll jetzt vortreten, und außerdem alle Kaufleute, Kapitäne zur See und andere Männer, die ans Befehlen gewöhnt sind. Aber vergeßt nicht: Ihr seid nur für jetzt gebunden! Wenn der Friede wiederhergestellt ist, werden wir neu beratschlagen. In der Zwischenzeit bitte ich euch lediglich, meine Kameraden, ohne die ich nicht zu euch gelangt und nicht mit den Machenschaften des Feindes fertiggeworden wäre, unter euch aufzunehmen. Sie sind im Kampf erprobt, doch ihre größere Stärke liegt in friedlichen Bereichen. Sie stammen sowohl von unseresgleichen im Westen als auch von einem älteren Volk ab. Begreift, daß wir Menschen nicht allein dastehen im Kampf gegen das Eis und seine Anhänger. Eine Vertreterin des Alten Volkes kämpft an unserer Seite, Lady Ils!« Ein erstauntes Murmeln begrüßte sie, neugieriges Flüstern durchlief die Menge, doch von einer Feindseligkeit wie in Kerbryhaine war nichts zu spüren. »Roc vertritt das Volk der Südländer, ein wertvoller Bürger und Soldat!« Er wurde von einem herzlichen Jubel begrüßt, denn während Kermorvans Gesicht von der Statue herunterblickte, grinste Roc aus der Menge zu ihm hinauf, immer wieder. »Vom nördlichen Stamm haben wir Elof unter uns, einen Schmied von überragender Geschicklichkeit und Weisheit!«

Doch als Elof in seiner Schmiedekluft vortrat, verstummte der Jubel jener, die ihm am nächsten standen. Dann streckte eine Frau, die eine Stufe unter ihm stand, plötzlich deutend die Hand aus und schrie auf. Andere Arme schossen vor, Worte jagten durch die aufgeregte Menge, und dann senkte sich eine so tödliche Stille herab, daß nur noch das Klatschen der Meereswellen gegen die Mauer unten zu hören war. Beunruhigt und erstaunt sah Elof seine Freunde an, doch auch diese starrten — nicht ihn an, sondern die Statue des zweiten Wächters über ihm.

Im gleichen Maßstab wie sein Gegenstück auf der anderen Seite wirkte er im Vergleich zu dem Mann riesenhaft. Es war das Abbild eines hochgewachsenen Mannes, mit einem stämmigen Körper und kräftigen Gliedmaßen, eine Gestalt voller Stärke und Großartigkeit, der Bronze und Stein irgendwie besser anstand als Fleisch. Dieser Wächter blickte nicht landeinwärts, sondern hinaus aufs grenzenlose Meer, von wo eine heftige Windbö wehte, die Fackel und Kohlebecken auflodern ließ. Und in der plötzlichen Helligkeit holte auch Elof tief Luft, als die Gesichtszüge des Wächters deutlich wurden. Auf eine derbe Art waren sie wohlgeformt, doch von Stolz und Zorn geprägt, die Maske eines entstellten und grausamen Antlitzes. Es war jenes Gesicht, das er in Morvan gesehen hatte und das ihm seither nicht mehr aus dem Sinn gegangen war. Aber warum machte das die anderen so betroffen? Ils trat neben ihn und nahm sanft seinen Arm. »Siehst du nicht? Aber das kannst du ja auch gar nicht. Ein alter Unhold, wer immer er gewesen sein mochte, ein Riese unter den Menschen, alt und bärtig und von furchterregendem Aussehen; all das trifft auf dich nicht zu. Doch das übrige, der Gesichtsschnitt ...« Sie schüttelte den Blick. »Er und du, ihr seid aus einem Guß.«

Elof blieben die Worte in der Kehle stecken. Er scherte sich wenig um sein Aussehen, es war vielmehr die Ausstrahlung dieses Gesichts, die ihn erschütterte. Alles, was er darin sah, war ihm fremd und auf erschreckende Weise unangenehm. Er schüttelte den Kopf, wollte widersprechen, doch er spürte beinahe, wie ihn seine Züge verrieten. Er warf einen verzweifelten Blick zu Kermorvan und entdeckte bei ihm nur verwunderte Zustimmung. »Aber wie ist das möglich?«

»Erstaunlich!« murmelte Kermorvan. »Es ist kein Wunder, daß ich meinen Vorfahren ähnle, da ich in direkter Linie von ihnen abstamme. Aber du, der nicht einmal seine Eltern kennt, ganz zu schweigen von seinen Ahnen? Doch es scheint, jetzt hast du einen gefunden.« Er wandte sich an Erouel. »Könnte das Zufall sein? Ist das ein getreues Abbild des Originals?«

»Aber wißt Ihr das denn nicht?« fragte der verdutzte Kämmerer. »Es wird berichtet, daß er nach Westen gezogen und nach allem, was bekannt ist, dort gestorben sei. Doch er landete hier, und ständig blickte er zurück übers Meer, wie es die Statue tut, die von einem gefertigt wurde, der ihn kannte. Kennt Ihr nicht den letzten Einwanderer von Kerys, Lord Vayde?«

»Vayde!« entfuhr es Kermorvan atemlos. »Elof, das ist Vayde! Vayde der Große, dessen Turm wir erklommen haben, auf dessen Dach du dein Schwert geschmiedet hast ... O ja, und ob wir ihn kennen!« Er ließ den Blick zwischen der Statue und Elof hin und her wandern und grinste. »Ja, ich kann mir gut vorstellen, daß solch leidenschaftliches Blut in deinen Adern fließt. Mißfällt dir das? Das sollte es nicht. Die Könige hatten keinen besseren Freund als den grimmigen alten Vayde!« Er lachte laut. »Keryn und Vayde!«

Die versammelten Wachmänner, Kaufleute und andere Anführer lauschten auf jedes Wort, nahmen den Ruf auf, und er setzte sich durch die erregte Menge fort. »Keryn und Vayde! Die Wächter sind zu uns zurückgekehrt! Keryn und Vayde sind auferstanden! Die Wächter sind wieder gekommen, um Krieg zu führen!«

Kermorvan schritt auf sie zu. »Nun denn, wir wollen unsere Strategie besprechen.«

Über die eilends durchgeführten Vorbereitungen für die Schlacht von Morvannec ist in der Chronik wenig überliefert und über die ersten Kampfhandlungen auch nicht viel mehr. Es ist anzunehmen, daß die Vorbereitungen gering und schlicht waren. Gegen abgehärtete und fanatische Krieger konnte Kermorvan nur mit einer schlecht bewaffneten Bürgerwehr antreten, doch einer, die von Rachegefühlen wegen der ihnen zugefügten Leiden aufgestachelt war, und nun auch noch von der wilden Begeisterung darüber, daß mit einemmal offenbar eine machtvolle Vergangenheit in ihrer Mitte wiedererstanden war. Er konnte seinen Leuten keine raffinierten Kriegstaktiken beibringen und sich auch nicht darauf verlassen, daß sie entscheidende Stützpunkte verteidigen würden; er konnte nur hoffen, sie in gewaltigen Wogen auf den Feind schleudern zu können und diesen allein durch die Wucht und die große Zahl niederzurennen. So legte er seine Pläne an, und so wurde der Verlauf berechnet.

Es scheint jedoch, daß Elof all dieses kaum richtig bewußt war und er keine große Rolle bei der Ausarbeitung der Strategie spielte. Kummer und ein Gefühl des Unwohlseins waren über ihn gekommen, vielleicht als Reaktion auf die Schrecknisse der vergangenen Stunden, die Auswirkung zu vieler Schocks, die Last schwer zu verarbeitender Entdeckungen. Er saß zusammengesunken am Fuß der grobschlächtigen Statue, die ihm so sehr ähnelte, und die Welt erschien ihm öde und hoffnungslos. Er hatte das Gefühl, daß Kara, derentwegen er den weiten Weg zurückgelegt und so viele Unbilden auf sich genommen hatte, für ihn nun vollkommen unerreichbar geworden war. Genausogut könnte er die Sterne lieben, die über ihm ihre Bahnen zogen. Sie erschienen ihm, genauso wie sie damals, fast zum Berühren nahe, und doch — wie unendlich fern waren sie in Wirklichkeit! Und was bedeutete alles andere ohne sie? Sein Leben war plötzlich in sich zusammengefallen, wie zu einem Feuer aufgeschichtete Holzstämme, die von innen ausbrannten und von denen nur noch ein Häufchen glimmender Scheite übrig blieb. Seine Schuld, an der er schon so lange so schwer trug, sein Aufenthalt in den Salzmarschen, sein Kampf gegen den Schmiedemeister und seine langwierige Suche — all das bedeutete jetzt nichts mehr, und noch weniger die gefährliche Reise nach Osten. Er war ein Spielzeug des Schicksals gewesen, eine Schachfigur der Mächte, verleitet von falschen Hoffnungen und törichten Träumen; vielleicht dazu getrieben, ein wenig Gutes zu tun, doch wenig für sich selbst. Er hob den Blick zu der Statue hinauf. Was bedeutete das für jenen, dessen Blut in seinen Adern floß? Er hatte wenig über Vayde gehört, und das meiste davon hatte ihm nicht gefallen. Doch auch er könnte auf diese Weise auf das Meer hinausblicken; er lauschte auf sein Rauschen, das jetzt lauter wurde, da der Wind auffrischte, und er verspürte ein starkes Verlangen, sich in dieses unendliche Wasser hinabzustürzen und dort endlich — vielleicht — Frieden zu finden.

Die Flut der Düsternis stieg wieder an und schlug über ihm zusammen. Kälte und Schwindel krochen in ihm herauf; er zitterte unaufhörlich, bis er sich vorstellen konnte, daß ihn das Fieber wie in den Marschen wieder überfallen hatte. Der Mangel an Nahrung und Schlaf machte alles noch schlimmer; eine qualvolle Nacht neigte sich dem Ende entgegen. Ils und Roc hätten ihn vielleicht etwas aufgemuntert, aber sie waren bereits weg, um kleine Gruppen, bestehend aus den erfahrensten Soldaten, die aufzutreiben waren, anzuführen und die Straßen der nächsten Umgebung zu durchkämmen, um bei einem plötzlichen Angriff der Ekwesh Alarm zu geben. Doch es war kennzeichnend für Kermorvan, daß er, der der Mittelpunkt all der Geschäftigkeit und Aufregung war, Zeit fand, sich Gedanken darüber zu machen, was seinen Freund so sehr bekümmerte. Als eine kräftige Hand ihm einen herzlichen Schlag auf die Schulter versetzte, hob Elof den stumpfen Blick zu ihm hinauf und sah in strahlende Augen. »Nur Mut!« flüsterte Kermorvan. »Nur Mut! Du bist nicht der erste Mensch, der es wagt, die Mächte zu lieben, und viel Gutes ist daraus entstanden. Wußtest du das nicht? Es wird behauptet, daß meine eigene Familie, die königliche Familie von Kerys, einer solchen Verbindung in den verlorenen Tiefen der Zeit entsprang und so eine große Nation geboren wurde! Und auch sie liebt! Denke nur daran, was sie für dich getan hat, während Fesseln, die wir uns nicht vorstellen können, in ihr Herz und ihren Geist schnitten. Schon allein aus diesem Grund mußt du den Kampf fortsetzen!«

In der Asche, die Körper und Geist erstickte, spürte Elof die Spur zurückkehrender Wärme; er nickte ruckartig. Er konnte immer noch kämpfen. Wenn er sonst schon nichts für sie tun konnte, das blieb ihm immer noch. Und mit denen, die sie so niederträchtig mißbraucht hatten, würde er noch abrechnen. »Also!« sagte Kermorvan streng. »Es ist schon seltsam, wenn ein kühles Herz wie das meine das Feuer in einem Schmied neu entfachen muß! Komm, es gibt noch etwas zu essen; nimm etwas zu dir, solang es noch geht. In den oberen Straßen rührt sich bereits etwas. Es wundert mich, daß sie nicht längst angegriffen haben.«

»Könnte Kara dahinterstecken?« fragte Elof atemlos.

»Das Mädchen! Natürlich! Sie hat ihnen mit ihrem Erscheinen in dieser schaurigen Gestalt höllische Angst eingejagt. Und das ist gut so! Sie wagen es nicht, sich weit von ihrer Festung zu entfernen. Es ist Zeit, daß wir ihnen Grund dazu geben!« Er wandte sich ab und erteilte brüllend Befehle, und Elof sah, daß in die Menge emsige Bewegung kam, so daß der ganze Platz aussah wie ein aufgewühltes Wasserbecken. Er Duft von gebratenem Fleisch lockte ihn, doch er hatte kaum Zeit, etwas von den köstlichen Brocken, die über einem schnell errichteten Feuer gegart wurden, hinunterzuschlingen, da erschien Kermorvan bereits wieder, und mit ihm Erouel. »Deinen Händen, alter Mann, vertraue ich Krone und Zepter an. Sollte ich nicht zurückkehren und sie von dir zurückfordern, verfahre damit, wie es dir beliebt; sie werden dann nichts mehr bedeuten. Doch meiner Meinung nach ist es besser, das Meer bekommt sie, als daß sie den Ekwesh in die Hände fallen. Nun, Elof, bist du bereit? Dein Platz ist an meiner Seite, wenn es dir recht ist, denn unsere Gruppe wird die härtesten Gefechte durchzustehen haben.«

»Ich bin bereit«, sagte Elof, und er nahm ein Stück Holz aus dem Feuer. Zu Erouels Entsetzen umfaßte er es mit der gepanzerten Hand, und sofort erlosch es zu verkohlter Schwärze; selbst der Rauch senkte sich bleiern zu Boden. Doch zwischen Elofs zur Faust geballten Fingern leuchtete ein heller Schein. »Könnte sein, daß wir Licht brauchen. Leider haben wir keinen Drachen, der es uns spenden kann, aber das wird wohl genügen!«

Sie wurden weder von Fanfaren noch von Trommeln begleitet, als sie in Reihen von dem Platz marschierten, nicht einmal von einem Schlachtruf oder einer leuchtenden Fackel; Kermorvan hatte Stille angeordnet, und das paßte zur Stimmung seiner Gefolgsleute. Ihr erster Zorn war etwas abgekühlt, und sie wußten, daß es kein Zurück gab. Zweifellos hielten sich viele schon für so gut wie tot, doch das erfüllte sie eher mit grimmiger Entschlossenheit denn mit Furcht. Einige waren immer noch nur mit den Nachtgewändern bekleidet, in denen sie herbeigerannt waren, doch auf Elof wirkten sie nicht lächerlich, sondern eher gespenstisch, eine Armee von Gestalten in Leichentüchern, die über die finsteren Pflastersteine huschten, mit Kermorvan und dunkelgewandeten Kobolden an ihrer Spitze.

Sie waren bereits bis weit in die Stadt vorgedrungen und stiegen die breite Straße hinauf, die in gestuften Terrassen zum Palast führte, als die Nacht vor ihnen plötzlich zu tobendem Leben erwachte, mit Gebrüll und dem Klirren und Hämmern von Waffen, dem Summen und Sirren von Bogen und Pfeilen, dem Trampeln rennender Füße auf dem Pflaster. Vor einem brennenden Gebäude auf dem Hügel waren die Umrisse eines anscheinend erbitterten Gefechts zu sehen, und die Gruppe war im Begriff vorzustürmen. Wütend befahl Kermorvan ihnen, innezuhalten. »Eine Finte!« zischte er. »Das ist ihre Vorhut, die auf unsere trifft. Wenn doch nur ... Jawohl, hier kommen die ersten.«

Und wirklich, Ils und ihre Leute eilten durch eine Seitengasse herbei, dicht gefolgt von Roc und seiner Gruppe. »Wie du befohlen hast!« keuchte sie, als sie wieder zu Atem gekommen war. »Wir sind wild durcheinander gerannt und ziellos vorgeprescht, wie es ihnen erscheinen mußte. Wird das ihre Haupttruppe herauslocken?«

»Hat es bereits!« japste Roc, der mit seiner Gruppe ankam. »Sobald sie uns als ungeordneten Haufen wahrnahmen, glaubten sie, es nur mit einem wilden Mob zu tun zu haben, und sie schwärmten aus wie die Bienen aus einem Stock. Sie haben weniger Angst, als du dachtest.«

»Oder sie stehen unter größerem Zwang«, sagte Kermorvan und hob die Stimme. »Los jetzt, wie besprochen! In die Seitenstraßen mit euch, und vergeßt nicht — wartet den Befehl ab!«

Die große Kolonne teilte sich und verschwand schnell in den Gassen. Kermorvan blieb, bis er den letzten in Deckung gedrängt hatte, und er hatte kaum noch Zeit, Elof zur Seite zu ziehen, als die Vorhut des Feindes auch schon über den Rand der Terrasse über ihnen stürmte und sich den Hang hinunter ergoß. Sie rannten in spitzer Pfeilformation, leichtbewaffnete Läufer mit Speeren und kleinen Tartschen; ihre harten Gesichter waren zu mordlüstern grinsenden Masken verzerrt. Ein paar Berittene begleiteten sie in leichtem Galopp an den Flanken und in Reihen hinter ihnen, einige mit Bogen, andere mit Lanzen bewaffnet. Hinter ihnen fluteten die

Haupttruppen in einer Welle nach der anderen herunter, wie die Strömung eines Wasserfalls, und Speerschäfte und Schwertgriffe sangen ein finsteres Lied, indem sie gegen die wie eine Mauer aufgebauten bemalten Schilde klirrten. Die vorderen Reihen liefen so schnell, daß sie bereits an den Seitengassen vorbei waren, bevor sie das Gewimmel in der Dunkelheit bemerkten. Bevor sie anhalten konnten, brüllte Kermorvan einen knappen Befehl. Ein Schwall von Pfeilen zischte durch die Luft und mitten in die Vorhut, und kaum weniger schnell stürmten die Leute von Morvannec heraus. Sie preschten gegen die verwirrte Vorhut und daran vorbei, um sie jenen zu überlassen, die von unten heraufdrängten. Mit Kermorvan an der Spitze jagten sie durch die Straße, und wie eine Strömung, die in tosenden Strudeln auf eine andere Strömung trifft, prallten sie gegen die Haupttruppe der Ekwesh.

Elof empfand das Ganze als eine Zeit von Donner und Wahnsinn, als ob er zwischen Hammer und Amboß gefangen wäre, und es war ihm zutiefst zuwider. Er hatte schon oft gekämpft, wenn es unvermeidlich gewesen war, doch noch nie war er in den rasenden Strudel einer Schlacht geraten, wo das eigene Überleben davon abhing, die Menschen vor sich niederzumähen wie Gestrüpp im Wald; er stolperte über Gliedmaßen, die noch zuckten, und glitt in Blut aus, das noch floß, oder in frisch aus Leibern gerissenen Eingeweiden. Er sah, wie Männer und Frauen zu beiden Seiten niedergemetzelt wurden, doch er selbst blieb unberührt von den Waffen, die ihn angriffen, da sie stets um eine winzige Spur zu langsam waren. Gorthawer wehrte sie in der rotgefärbten Nacht ab, und sie verneigten sich vor der Klinge und der Kraft seiner Arme, und zerbrochen fielen sie auf die Körper derer, die sie gehalten hatten. Schnell verlor er seine Freunde aus den Augen. Ils tauchte einmal kurz auf; sie hatte einen großen Krieger mit reiner Muskelkraft zu Boden gerungen und hieb ihm ihre Breitaxt ins

Brustbein. Hin und wieder erhaschte er einen Blick auf Kermorvan, der immer noch vor ihm war, seinen Kriegsschrei auf den Lippen und die graugoldene Klinge in feinen Mustern zwischen der Hecke aus Speeren und Schilden schwingend. Schließlich wagte Elof zu hoffen, daß die Wildheit des Kampfes etwas nachlassen würde, nur um im nächsten Augenblick feststellen zu müssen, daß das Gegenteil der Fall war, als nämlich eine neue Woge des Feindes über die Leichen der ersten heranstürmte. Und mit dieser sprang die große Gestalt Bryhon Bryherens in großen Sätzen durch das Getümmel; seine Rüstung war so hell, wie die Kermorvans schwarz war, und sie war mit dem Zeichen der zerbrochenen Kette versehen. Das Schwert, das er schwang, war groß und schwer, ein riesiges zweihändiges Ding mit einer muschelförmigen Verzierung am oberen Rand der Klinge, doch er handhabte sie mit der gleichen eleganten Leichtigkeit wie Kermorvan die seine und schlug eine breite blutige Schneise in die verschreckten Stadtleute. Dann sprang Kermorvan ihm in den Weg; sie trafen in einem klirrenden Austausch von Hieben und Stößen aufeinander und umtänzelten sich mit tödlicher Anmut. Elof hatte noch nie erlebt, daß ein Krieger es mit Kermorvan aufnehmen konnte, doch zum erstenmal wurde ihm klar, daß Bryhons Selbstsicherheit kein Bluff war, sondern daß er tatsächlich über die gleiche Ausbildung und Beherrschung der Waffe verfügte. Außerdem war seine Kraft unverbraucht, und er trug einen Helm mit Visier, während Kermorvans Kopf ungeschützt war. Wenn sich Bryhons schlaksige Gestalt vielleicht auch etwas weniger geschmeidig bewegte, so war dagegen eine heimtückische Kraft in den weitausgeholten Schlägen, die er vorzog und die unvermittelt die Richtung ändern konnten, ohne daß sich ihre Wucht verringert hätte. Ein solcher Schlag, der auf Kermorvans Körper gezielt war, zuckte genau in dem Augenblick zur Seite, als er ihn abwehrte, und sauste auf seinen ungeschützten Kopf nieder. Doch Kermorvan sprang zur Seite und duckte sich in derselben schnellen Bewegung, die Spitze streifte sein Gesicht, prallte an seinem Schulterpanzer ab und schlug klirrend auf die Pflastersteine. Mit einer Geschwindigkeit, die selbst Elof überraschte, trat Kermorvans stahlbeschlagener Stiefel auf die Klinge und riß den Schaft aus Bryhons Griff. Bryhon machte einen Satz zurück und zerrte etwas von seiner Schulter, nämlich eine breitklingige Streitaxt von mindestens seinem halben Körpergewicht. Doch das Schlachtgetümmel füllte die entstandene Lücke, und Elof, der wild auf eine neue Wand aus Schilden einschlug, sah, daß die beiden Gegner von seinen Fluten auseinandergetrieben wurden.

Dann fiel die Wand aus Schilden zurück, und zwar so schnell, wie sie entstanden war; löste sich in Bruchstükke auf, zerschmolz vor seinen Augen, und er merkte, daß er auf alberne Weise in die leere Luft hieb. Er senkte sein Schwert und rang um Atem, taub wegen des Brüllens in seinen Ohren. Sein Kopf schmerzte entsetzlich, obwohl er keine Wunde entdeckte; das Blut, das auf seinen gepanzerten Arm spritzte, war nicht sein eigenes. Er sah sich um und erschrak. Obwohl ihm nicht bewußt gewesen war, daß er sich von der Stelle bewegt hatte, hatte ihn das Gefecht immer weiter den Hügel hinaufgetrieben, so daß er jetzt auf dem Platz unterhalb des Palastes stand, von wo aus sie vor ganz kurzer Zeit geflohen waren. Er drehte sich um und zuckte zusammen; die Straße hinter ihm war ein einziger Teppich aus Körpern, von denen sich noch einige schwach bewegten, die meisten jedoch reglos dalagen. Es war schwer zu unterscheiden, welche Ekwesh waren und welche nicht, denn sie alle lagen in einer einzigen riesigen Blutlache. Rauch und Gestank füllte die nächtliche Luft.

»So!« sagte Kermorvans Stimme neben ihm. »Wir sind also immer noch nicht getrennt, wir vier!« Er stand so ruhig da wie immer, trotz seiner zerzausten Haare und dem klaffenden breiten Striemen, der sich von seiner Stirn bis zu der Wange zog. Roc stand neben ihm, und Ils war nicht weit davon entfernt damit beschäftigt, einer Frau zu helfen, die verwundet und schreiend am Boden lag. Überhaupt war die Luft angefüllt von Stöhnen und Schreien, und bei diesen Lauten stellten sich Elofs Nackenhaare auf.

»Haben wir gewonnen?« fragte er und verfluchte sich wegen der Dummheit dieser Worte. Doch anscheinend hatte Kermorvan verstanden.

»Noch nicht«, antwortete er mit heiserer Stimme. »Wir haben sie zum Palast zurückgeschlagen, aber zu einem entsetzlich hohen Preis. Zuletzt griff noch eine Nachhut unter dieser Kreatur Bryhon in das Geschehen ein und deckte den Rückzug. Von ihren über zweitausend Kämpfern haben wir zwischen fünf- oder siebenhundert getötet, doch die Nachhut war leicht noch einmal so stark, und die meisten davon sind unversehrt geblieben. Ich schätze, sie verfügen immer noch über annähernd zweieinhalbtausend Männer, nur die kämpfende Mannschaft gerechnet. Und unsere Verluste ...« Er schloß für einen Moment die Augen und deutete dann auf die erbärmliche Streitkraft, die er angeführt hatte, diese Männer und Frauen, die fassungslos und benommen mitten in dem Blutbad standen oder verzweifelt unter den Verwundeten und Toten suchten. »Nehmt euch die Waffen der Ekwesh!« rief er. »Speere und Schilde und Rüstungen, alles, was ihr bekommen könnt! Und formiert euch neu, denn wir werden in Kürze wieder angreifen!« Er knirschte mit den Zähnen und fügte beinahe lautlos hinzu: »Wir müssen. Wir haben keine Wahl. Es haben sich zu viele Ekwesh in dem Palast verschanzt; bestimmt wissen sie, daß sie einer Belagerung nicht standhalten könnten. Also werden sie jeden Augenblick herausstürmen — und was dann? Wird das Volk noch einmal ein solches Gemetzel ertragen können?«

Andere Gruppen, die von der Schlacht nicht so sehr betroffen waren, taumelten auf den Platz, wo sie voller Entsetzen vor dem grausigen Anblick erstarrten. »Sieht so aus, als ob einige am liebsten das Weite suchen würden«, bemerkte Roc. »Um jeden Preis.«

Kermorvan runzelte die Stirn. »So etwas ist schon für kampferprobte Soldaten schwer zu ertragen, ganz zu schweigen davon, wie es auf friedfertige Bürger wirken mag. Ich hatte gehofft, ihr Zorn würde ihnen Kraft verleihen, doch da ist noch etwas anderes, ein innerer Wille, der die Ekwesh nicht weniger wirkungsvoll antreibt, etwas, das an Wahnsinn grenzt ...« Derselbe Gedanke kam ihnen allen dreien gleichzeitig.

»Wenn sie die Stadt so schnell zum Kampf aufrufen konnte ...«

»Könnte sie auch gegen uns eingesetzt werden ...«

»Aber wo ist sie? Sie könnte tief im Inneren des Palastes sein ...«

»Nein«, murmelte Elof. »Sie würde sehen ...« Zwischen Zeigefinger und Daumen seines Panzerhandschuhs zuckte eine kleine weiße Flamme auf, und ihr Licht tanzte über die verdunkelten Fenster des Palastes. Ein erstauntes Raunen lief durch die Menge hinter ihnen, und die Leute drängten näher heran, nur um gleich wieder zurückzuweichen, als Ekwesh-Bogenschützen auf die Lichtquelle zielten. Elof jedoch nahm keine Notiz von den Pfeilen, die um ihn herum schwirrten; er sah niemanden außer den Ekwesh an den Fenstern. Er ließ das Licht schnell über die Galerie unter dem Dach wandern.

»Dort!« schrie Ils.

»Dort sind nur Statuen ...«

»Seht doch, in der Mitte! Da ist eine zuviel ...«

Als Elof noch einmal hinsah, bemerkte er es. Reglos, ausdruckslos hinter dem Schild und der Maske ihres Helms, hätte sie tatsächlich eine Statue wie die anderen sein können, nur daß ein Zipfel ihres langen Umhangs in der unruhigen Brise flatterte. Elof sah sich verzweifelt um. »Ich muß auf das Dach gelangen. Jene Fenster dort, verlaufen sie nicht entlang einer Treppe? Sie muß irgendwo in der Nähe des Hauptportals beginnen. Wenn ich durch das unterste Fenster klettern könnte ...«

Kermorvan hob die Augenbrauen. »Dann sollten wir also unseren Angriff gegen das Hauptportal richten. Aber beeil dich, wenn du Leben retten willst! Und wäge sie wohl ab gegen ... andere Belange.«

Elof nickte, denn er fand keine Worte, und Kermorvan wandte sich um und erteilte brüllend Befehle. Von einem der zerstörten Häuser wurde ein großer Balken gehoben und noch schwelend von den kräftigsten der Leute, darunter Roc und Ils und Elof, herangetragen; seitlich davon und darüber waren Ekwesh-Schilde zum Schutz gegen Pfeile erhoben. Kermorvan musterte seine kunterbunt zusammengewürfelte Streitkraft mit einem kurzen Blick, nickte zur Ermutigung und winkte sie mit seinem Schwert voran. Die Balkenträger stapften über die Pflastersteine, beschleunigten ihre Schritte und stiegen die ausgetretenen Stufen hinauf, ohne ein einziges Mal zu rutschen oder zu stolpern. Als sie oben angekommen waren, trafen Pfeile klirrend und krachend gegen die Schilde. Ein Mann fiel, die anderen stiegen mit großen Schritten über ihn hinweg und setzten ihren Weg zu dem hohen bronzenen Portal fort; die matten Muster darauf schimmerten seltsam im schwachen Licht der Sterne. Dann waren sie unter der Galerie angelangt, und im letzten Augenblick, bevor sie zustießen, machte Elof einen Satz zur Seite. Hinter sich hörte er ein gewaltiges Knirschen und das Klirren von Bronze, und nach dem zurückprallenden Rammbolzen schoß ein zweiter vor und krachte ebenfalls gegen die Tür, begleitet von lautem Jubelgeschrei. Dann flogen die Türflügel mit lautem Scheppern auf, rissen sich aus den Scharnieren und fielen zu Boden, während die Leute an den Rammbolzen zur Seite sprangen. Doch Elof, der sich dem Fenster zuwandte, war in der Klemme. Eine gewaltige Bronzemasse mit Zierbuckeln ragte vor ihm auf und stürzte auf ihn herab. Es geschah rein instinktiv, daß er ihr den Panzerhandschuh entgegenstreckte; er sandte eine zuckende Flamme aus, die in seiner Handfläche loderte, und die ganze Wucht des Falls wurde in seinen Panzerhandschuh gezogen und dort eingefangen. Es war immer noch totes Gewicht, doch ohne die Wucht des Falls konnte er es zur Seite werfen und selbst wegspringen. Es krachte hinunter auf den anschwellenden Tumult der wieder auflebenden Schlacht. Er wagte nicht, sich umzuwenden; er hievte sich hinauf zu der geschnitzten Fensterbank und schlug mit der gepanzerten Hand durch die Scheibe mit der linsenförmigen Bleiverglasung. Diese ging klirrend zu Bruch, und er schwang sich durch die Öffnung hinunter in den Gang dahinter.

Nach der rotgefärbten Nacht draußen war er benommen von dieser Umgebung; es war ein Ort mit weißen Wänden und Spiegeln und Lampen und Kerzen, die hinter funkelndem Kristall leuchteten; selbst der leere Boden bestand aus Spiegeln und schwarzem Marmor. Aus einem dunklen Torbogen trat eine große Gestalt in einem wallenden weißen Gewand hervor, und bei ihrem Anblick kämpften in seinem Inneren eisige Angst und heftiger Zorn.

»Louhi!« schrie er laut. *»Wartet!«* Sie wandte sich der breiten Treppe zu, die um den Raum herum verlief, und dabei ordnete sie etwas Glitzerndes um ihren Kopf. Als sie seine Stimme hörte, drehte sie sich um, und er sah sie deutlich; sie war immer noch so schön, wie er sie in Erinnerung hatte, und ihre blauen Augen waren vor Erstaunen weit aufgerissen. Dann funkelten sie wütend; sie machte einen Schritt auf ihn zu, zögerte, drehte sich blitzschnell um und rannte die Treppe hinauf. Sie war flink und hatte den ersten Absatz erreicht, bevor er auch nur zur ersten Stufe gelangt war. Er ahnte, wohin sie

hastete, und sie würde lange vor ihm dort sein. »Wartet, Lady!« rief er erneut, und in seiner Verzweiflung zog er den Hammer aus seinem Gürtel und schlug damit zwischen die zur Faust geballten Finger. Dann hatte er das Gefühl, als hielt seine Hand ein Erdbeben umklammert. Er beschrieb mit dem Arm einen weiten Kreis und warf. Mit der ganzen Kraft seines Körpers und der eingefangenen Wucht des fallenden Türflügels wirbelte der Hammer durch die Luft, und funkensprühend, wie bei seiner Herstellung im Schmiedefeuer, krachte er nur wenige Schritte hinter Louhis hastenden Füßen in die Seite der Treppe.

Der Stein bekam einen langen Riß, sackte ab und barst mit lautem Knacken noch an einer weiteren Stelle; Staub stob auf, und ein dicker Brocken der Treppe löste sich und polterte auf den schimmernden Marmor darunter. Dicht an dem entstandenen Loch taumelte Louhi, umwallt von ihrem sich bauschenden Gewand. Der glitzernde Gegenstand flog ihr aus der Hand und kullerte klirrend die Treppe hinunter, wo er auf einer Stufe in der Nähe des heraufeilenden Elof liegenblieb. Er erkannte es sofort, dieses Ding aus gehämmerter Bronze und Gliederketten, verziert mit Kupfer und Gold. Er hatte es bereits vermutet, oder vielleicht hatte er sein eigenes Werk gespürt. Denn es war der Tarnhelm.

Er hob den Blick zu Louhi, die mit den gemessenen Schritten einer großen Raubkatze kurz vor dem Sprung auf ihn zukam. Im selben Augenblick wie sie griff er nach dem Helm. Ihre Hände packten zu, erwischten ihn jedoch nicht, und er rollte scheppernd einige Stufen weiter hinunter, während ihre Köpfe beinahe zusammengeprallt wären. Einen Augenblick lang waren ihre Gesichter so nahe beieinander wie die von Liebenden, er spürte die Wärme ihrer samtweichen Haut, und er schmeckte ihren Atem, duftend wie der Frühling, auf seinen Lippen. Dann wich sie mit blitzenden Augen zurück und legte sich die Hand an den Schenkel, als ob sie verletzt wäre. »Mein hübscher junger Schmied! Nie hätte ich dich für einen solchen Narren gehalten. Weißt du denn immer noch nicht, wer ich bin? Möchtest du dich, zerbrechlich wie ein feines Werkstück, etwa mit einer Macht anlegen?«

Das Brüllen und der Lärm der Schlacht schallten durch die Halle, und Elof merkte, daß sein Grinsen schrecklich schief geriet. »Ihr seid nicht die erste Macht, gegen die ich kämpfe, Lady«, sagte er heiser und zog Gorthawer, um es drohend auf ihre Brust zu richten.

Louhi starrte die schwarze Klinge ungläubig an und sah ihm dann ins Gesicht. »Nun denn!« rief sie. Die Hand an ihrem Schenkel umfaßte plötzlich einen Griff; aus den Falten ihres Gewandes zuckte ein leuchtendes Breitschwert hervor und holte zu einem Hieb auf seinen Kopf aus. Der Schlag erfolgte so schnell, daß seine schwarze Klinge ihn kaum rechtzeitig abwehren konnte, und es steckte so viel Kraft dahinter, daß er taumelte. Dann griff sie ihn mit wilden Stößen und Schlägen an, die so heftig prasselten wie die ersten Tropfen eines Wolkenbruchs, und die heimtückische Kraft, mit der sie ausgeführt wurden, verblüffte ihn. Doch obwohl sie für diese schlanken Arme zu groß zu sein schien, war es doch nur menschliche Kraft, und die Geschicklichkeit, die dahintersteckte, übertraf die seine nicht. Er wehrte den ersten Hagel von Hieben ab, und dann ging er selbst zum Angriff über. Doch er spürte, daß mit seinem Schwertarm etwas nicht in Ordnung war, und bei jedem Hieb wurde es schlimmer, als ob der Rückstoß seine Muskeln taub machen würde. Er schlug mit aller Kraft zu, und die Spitze seines Schwertes schlitzte ihr wallendes Gewand auf; sie sprang vor, ihre Klingen trafen sich und verschränkten sich vor ihren verzerrten Gesichtern; ihr keuchender Atem legte sich wie Nebel auf die Klingen. Und vor Elofs entsetzten Augen gefror er auf beiden Flächen zu einer Schicht aus Rauhreif.

Jetzt wußte er, woher das Gefühl der Taubheit rührte.

Erschaudernd sprang er zurück; sein Arm schmerzte bis auf die Knochen von der sich ausbreitenden Kälte, und Louhi schlug mit beiden Händen auf ihn ein. Doch anstatt ihre Hiebe mit Gorthawer abzuwehren, fing er sie mit der Innenfläche seines Panzerhandschuhs auf und schloß die Finger um die helle Klinge. Zu seinem Entsetzen loderte eine schwache grüne Flamme auf, wo Panzer und Klinge sich berührten, zischend und knisternd, wie er es auf dem Eis gesehen hatte, und er schrie vor Qualen auf, als sein Handschuh ihm die Wärme aus der Haut zog. »Du wolltest meine Kraft in deinem raffinierten kleinen Spielzeug einfangen, nicht wahr?« keuchte Louhi, und ihr Atem dampfte wie die Luft im Winter. »Nun, kleiner Lehrling, Meister Mylio, der meine Klinge nach meinem Entwurf geschmiedet hat, hat dich schlecht unterrichtet. Oder hast du vergessen, daß Kälte nicht auf diese Weise konserviert werden kann? Das ist keine Kraft, Kind, sondern das Fehlen von Kraft, ihre Verneinung in allen Dingen, die alles mit aufwühlender Ruhe versieht. Und Frieden bringt.«

Dann zuckte Eiseskälte durch seinen linken Arm und bohrte sich wie ein Spieß in sein Herz. Es hüpfte, zog sich krampfartig zusammen, pochte wild und unregelmäßig; er hauchte Luft aus, seine Beine gaben nach und zitterten. Er konnte sich nicht mehr aufrecht halten, doch er konnte seinen Sturz noch steuern. Mit seinem ganzen Gewicht warf er sich auf die Klinge. Unvorbereitet strauchelte Louhi, die Schneide wandte sich von ihm ab, und er riß seine Hand frei.

Die helle Klinge sprang aus Louhis Griff. Hoch hüpfte sie, im Licht glitzernd, und über den Spalt in der Treppe. Ein lautes Scheppern drang vom Boden weit unten herauf. Louhi erlangte mit einem schmerzvollen Japsen das Gleichgewicht wieder und umklammerte ihre Hand, während Elof geschwächt gegen das Geländer sank. Dann fing sie sich wieder und versuchte, sich an ihm vorbeizuschieben und den Helm von der Stufe aufzuheben. Doch sie ließ sofort davon ab, als Gorthawers Schneide einen Fingerbreit an ihrer Kehle vorbeizischte. »Die Kälte konnte ich nicht einfangen«, räumte Elof ein. »Aber Ihr habt zu fest zugeschlagen, Louhi. *Diese* Kraft konnte der Handschuh einfangen.« Er rappelte sich hoch, hielt Gorthawer erneut auf ihre Brust gerichtet und hob den Tarnhelm auf. »Und jetzt, Frau — in dieser körperlichen Gestalt seid Ihr verwundbar. Also, entweder Freiheit für K ...« Er kam nicht weiter. Mit einem gräßlichen Schrei sprang sie auf ihn zu und kratzte und schlug wild um sich. Doch mit der Wucht ihres Sprungs rammte sie sich selbst Gorthawer durch die linke Schulter.

Louhis Lippen öffneten sich zu einem lautlosen Hauchen. Sie wand sich mit heftigen Drehungen aus der Klinge; lediglich ein kleines Blutrinnsal floß über ihr Gewand und versiegte gleich darauf. Zorn brüllte schrill aus ihr, ein nicht enden wollender Schrei der Wut und Enttäuschung, der mit betäubender Lautstärke an Elofs Ohren drang, der die Wände erschütterte und den Kampfeslärm übertönte und die Schlacht für einen Augenblick wie gefroren erstarren ließ. Elof ließ Gorthawer fallen und schlug sich die Hände über die Ohren, während Spiegel und Kristall zerbarsten und zerschmettert zu Boden rieselten und ihre glitzernden Scherben verstreuten. Noch lauter, noch schriller wurde der Schrei, er schwoll an wie der rauschende Wind in der Halle, wie ein erbarmungsloser Wintersturm, der Splitter durch die Luft peitschte. Blei flog von den Fenstern, die Scheiben brachen in einer Explosion von Holz und Glas nach außen, und dazwischen wehte ein heulender Wind. Elof, der sich eine Hand schützend über die Augen hob, sah, wie sich Louhis zerknittertes und blutbeflecktes Gewand weit um sie bauschte und plötzlich von ihr wegschwebte, in die Leere hinausglitt wie ein gespenstisches Meeresungeheuer und langsam nach unten sank. Der plötzliche Luftzug pfiff aus der Halle, und überall am nördlichen Rand der Stadt brachte er die Glocken zum Läuten, Turmspitzen brachen ab und Dächer wurden abgetragen; die Zerstörung glitzerte plötzlich unter einer Schicht weißen Reifs, ebenso wie die leere Treppe.

Elof erhob sich und kämpfte alle Gedanken mit Ausnahme eines einzigen nieder. Nachdem die Treppe eingebrochen war, war der Zugang zum Dach versperrt; vielleicht fand er einen anderen, oder ... Er nahm Gorthawer wieder an sich und setzte sich mit ungeschickten Händen den Tarnhelm auf den Kopf; das Metall der Maske war eisig auf seiner Haut, wie Louhis Berührung. Er zog sich die Kette nah vors Gesicht und dachte angestrengt nach, dachte an das Dach des Palastes, an die Galerie rings um den Rand und an die Reihen von Statuen. *Dort! Zwischen ihnen!* Er hatte das Gefühl, daß sich etwas bewegte; das Licht der wenigen heil gebliebenen Lampen wurde dunkler, die Schatten tiefer, der Kampfeslärm entfernter. Doch er befand sich immer noch auf der Treppe. Er fluchte; er hatte dieses Ding hergestellt, alles bis auf die Maske. Konnte er es jetzt nicht beherrschen? Es trug seinen Namen, in seinen beiden Bedeutungen, wiedergegeben in dem Vers, den er darauf angebracht hatte.

Eynhẹre elof hallns styrmer
Stallans imars olnere elof ...

Er murmelte die Worte laut, während er im Geiste nach den Worten für Schatten und Dach in derselben altertümlichen Sprache suchte, um dem Zauberspruch eine letzte Zeile hinzuzufügen.

Istans nethel, erand alt!

»*Dunkelheit und Schatten, hinauf in die Höhe!* Elof ruft euch!« Schwärze glitt so unvermittelt über die Augenschlitze des Helms, daß er stolperte und befürchtete, erblindet zu sein. Seine Hände fanden ein Geländer aus kühlem Stein; eine heftige, vom Meer her wehende Bö rüttelte an den feinen Gliedern seines Kettenpanzers. Welches Glück, daß er Louhi keine Zeit gelassen hatte, den Helm zu benutzen. Denn jetzt stand er auf einem Steg aus ausgetretenen Steinen im Schatten einer großen Statue. Innerhalb eines Wimpernschlags war er zum Dach befördert worden, und keine vier Schritte von ihm entfernt stand — mit hoch erhobenem, zum Schlag ausholendem Speer — die Gestalt Karas.

Elftes Kapitel

Die Gußform wird zerbrochen

Doch diesmal richtete sich die Speerspitze nicht gegen ihn. Sie deutete über die Balustrade, hinunter auf den Platz, wo die blutige Brandung der Schlacht tobte und gegen die Mauern des Palastes wogte. Was er sah, war bedenklich; der Schwerpunkt des Gefechts war jetzt außerhalb des Palastes, was bedeutete, daß der Angriff zurückgeschlagen wurde. Und tatsächlich war Kermorvan zu sehen, der dabei war, eine lückenhafte Linie für einen weiteren Sturm gegen den unregelmäßigen Wall aus Schilden unter dem Kommando eines großen Mannes in glänzender Rüstung aufzustellen. Rings um das Mittelfeld der Schlacht wurden kleinere Kämpfe ausgetragen, Knäuel von Kämpfern wirbelten in wildem Durcheinander hierhin und dorthin. Die Linie stürmte vor, die Mauer aus Schilden wurde in der Mitte durchbrochen, wo Kermorvan den Angriff führte, doch sofort war Bryhon zur Stelle, und seine große Axt blitzte, während sie eine grauenvolle Schneise in die Reihen von Kermorvans Leuten schnitt. Von den Rändern des Schildwalls war ihm Unterstützung zuteil geworden, und jetzt formierten sich diese Männer rund um den Platz, um die vorderen Linien der Stadtleute zu umzingeln. Kermorvan befahl den schnellen Rückzug und versuchte, seine Truppe wiederum neu zu formieren.

Sie würde nicht durchhalten können; selbst Elof, der keine Erfahrung in der Kriegführung hatte, sah dieses. Letztendlich würde die eiserne Disziplin der Ekwesh der entscheidende Faktor sein, und diese bezogen sie aus der fanatischen Willenskraft, die Kara ihnen eingab, so wie er ein Schmiedewerk mit der Eigenschaft von Einheit und Stärke versehen könnte. Mit jedem Augenblick wurde das abscheuliche Gemetzel schlimmer. Elof wußte, daß er keine Wahl hatte. Er sah zu der schlanken Gestalt hin, die sich in der vergehenden Dunkelheit schwach abzeichnete, schluckte und griff nach seinem Hammer. Doch der lag irgendwo in dem Durcheinander eine Treppe tiefer. Um so schlimmer ... Er hob Gorthawer und machte einen Satz nach vorn.

Sie nahm ihn noch während seines Sprunges wahr und drehte sich mit übermenschlicher Geschwindigkeit um. Er hatte auf den Speer gezielt; plötzlich war der Schild da, um den Schlag abzufangen, und es hätte ihn nicht überrascht, wenn er unbeweglich wie ein Gebirge gewesen und die schwarze Klinge daran zerschmettert worden wäre wie ein Obsidian. Doch es war der Schild, der zerbrach, er wurde gespalten, glitt herab und stürzte scheppernd über die Balustrade. Aus dem Gleichgewicht geraten und genauso verblüfft wie er selbst, taumelte Kara von dem Geländer weg auf den Gang, und Elof warf sich auf sie. Der Arm, der den Speer hielt, versteifte sich zum Schlag; er ließ Gorthawer fallen, packte ihr Handgelenk mit beiden Händen und zwang sie hinunter auf den Rand des Daches.

»Kara!« keuchte er. »Ich bin es, Elof! Hör auf damit, Kara, beende dieses Gemetzel!« Der Speer wurde gegen die Balustrade gedrückt und konnte sich nicht mehr bewegen; die Anstrengung der Hand, die sie umklammert hielt, mußte jetzt schrecklich sein. Die Gestalt in dem Kettenhemd drosch auf ihn ein, und er mußte alle Kraft aufwenden, um sie festzuhalten. »Louhi hat keinen Einfluß mehr auf dich. Ich habe sie verjagt! Sie wurde verwundet und ist geflohen! Wenn du mich jemals wirklich ... Kara ... *bitte* ...«

Die Hand rutschte von dem Speer. Er griff danach und wollte ihn zur Seite schleudern, als sie die Beine unter ihm anwinkelte und ihn in den Bauch trat und gegen das schräge Dach stieß. Der Speer flog ihm aus der Hand und fiel klirrend auf die Dachplatten. Kara sprang auf. Es gelang ihr, an ihm vorbeizuschießen und ihn zu ergreifen …

Doch sie humpelte, stolperte in den silbernen Fußfesseln um ihre Knöchel, und der Speer rollte in die Leere. Mit einem schrillen Aufschrei stürzte sie nach vorn, und ihr Umhang bauschte sich um ihre Arme. Dann waren es auf einmal keine Arme mehr, sondern große schwarze Flügel, und ein riesiger Schwan mit glänzend schwarzem Gefieder hob vom Dach ab und flog dem Speer nach. Was würde nun geschehen? Wem würde sie dienen, wenn sie ihn zu fassen bekäme? Elof schlug mit beiden Händen gegen den Helm. Er hatte Angst, doch er konnte nicht anders handeln. *Laß ihn an eine Gestalt denken, dann wird er seine eigene tarnen …*

Die Flügel, an die er dachte, waren ebenfalls schwarz und noch größer. Ein heißer Schauder durchfuhr ihn, der beinahe an Schmerz grenzte; wieder senkte sich Nacht über seine Augen, und als sich seine Sicht wieder klärte, schwebte er im Wind. Er fühlte sich an die Male erinnert, als er in schnellem Galopp geritten und sein Umhang hinter ihm hergewallt war, doch diesmal war der Umhang ein Teil seiner selbst, und sein Roß die lebhafte Morgenbrise. Wie oft hatte er die großen Kondore beobachtet, wenn sie hoch in den Lüften segelten, und sie verrückterweise wegen ihrer Gelassenheit und Freiheit beneidet. Jetzt genoß er selbst beides, und er gab sich diesem Gefühl ganz hin, indem er für einen Augenblick alle menschlichen Belange vergaß. Doch dann sah er unter sich, draußen über dem Hafen, einen schwarzen Schwan mit einem leuchtenden Speer in den gekrümmten Klauen seine Kreise ziehen. Mit einem Jubelschrei stieß er die Klauenfüße vor, legte die Flügel enger an den Rumpf und glitt zu ihr hinab.

Sie erwartete ihn nicht, das war klar; sie bemerkte ihn

erst, als sein Schatten sie einhüllte. Seine scharfen Krallen schlugen sich in den Speerschaft und schleuderten ihn von ihr weg; dann packte er sie am Flügelansatz und trug sie hinunter. Zappelnd fielen sie wie ein einziger Körper, und unter ihnen trudelte die helle Speerspitze, bis helle Spritzer aus dem dunklen Wasser des Hafens emporhüpften. Der Flügel in seinen Klauen machte einen krampfartigen Ruck, und plötzlich war er nicht mehr da; etwas Schlankes und Schmales schoß aus seiner Umklammerung und glitt ins Wasser. Er war so sehr verdutzt, daß er seinen Sturzflug nicht mehr abbremsen konnte; das Wasser raste auf ihn zu, grau wie Stein und kaum weniger hart. Im allerletzten, angstvollen Augenblick tauchte ein Bild vor seinem geistigen Auge auf, und er spürte keinen Aufprall, als sich wieder ein Schwall von Feuer über ihn ergoß.

Die grüne Düsternis tat sich vor seinen Augen auf, und er sah die schimmernde Form der Gestalt, die hinabtauchte, weg von ihm. Doch sein Körper war jetzt lang und geschmeidig, geschmeidig wie ein Band, und er jagte hinterher, wobei die Blasen seines Atems an seiner Nase vorbeiströmten. Jene Gestalt erschien ihm natürlicher, ihre Größe glich mehr der seinen, und Erinnerungen an längst vergangene Zeiten stiegen in ihm auf, da er auf den Felsen über der Bucht seines Heimatdorfes gesessen und die langen, schlanken Meeresottern beim Flitzen und Jagen durch die flache Flut beobachtet hatte. So wie sie Muscheln gesucht hatten, suchten seine Augen den Speer, einen hellen Punkt auf dem düsteren Grund. Doch eine Erscheinung, größer als jene, die sich aus seinem Griff befreit hatte, schoß darauf zu, hob ihn auf und flitzte mit einer Geschwindigkeit davon, mit der nicht einmal er es aufnehmen konnte. Sie wirkte selbst wie ein Speer oder wie der Kopf eines Bogenbolzens. Und dennoch hatte er keinen Zweifel daran, daß sie es war; der Rumpf glänzte immer noch wie das Kettenhemd, das sie getragen hatte, mit Luftblasen, die in dem

Fell eingefangen waren. Seltsam, wie sich bestimmte Merkmale hielten; hatte auch er etwas an sich, in dieser Erscheinung mit dem langgestreckten Körper und dem stumpfen Kopf, das sie erkennen würde? Doch er mußte sie aufhalten, sie näherte sich zu schnell der Wasseroberfläche. Er dachte wieder an seine Kindheit zurück und an die hohen, springenden Gestalten, die in Schwarz und Weiß auf die Mauern des Hauses des Oberhauptes aufgemalt waren ...

Diesmal war das Vergnügen gering, der Schmerz dafür groß. Dies war der schwerste Teil. Seine Muskeln krampften sich zusammen, sein Rücken bog sich, und plötzlich spürte er, wie er an die Oberfläche brach, wo das Wasser von ihm abrann, und einen Augenblick lang glich sein Atem einer inneren Explosion, die aus ihm herausbrach, bevor er wieder untertauchte. Seine Sicht war verschwommen, doch den aufsteigenden Schimmer nahm er deutlich wahr. Er schlug mit seinem kräftigen Schwanz aus, wobei er spürte, wie eine Wasserfontäne hinter ihm aufspritzte und um die hohe, schmale Flosse auf seinem Rücken strudelte, und er sah, wie der Seehund direkt vor ihm an die Oberfläche brach. Dieser erblickte seinerseits ihn, wirbelte entsetzt herum, schlug mit einer silbern schimmernden Schwanzflosse um sich und huschte in Richtung des flachen Wassers davon. Doch sie konnte ihm in seiner Gestalt als Räuber des Meeres genausowenig entwischen wie ein Mensch einem Erdrutsch. Er schlug erneut aus, stieß den schlanken Rumpf nach oben, und tatsächlich glitt er wie ein rutschender Berg auf seine Beute. Er spürte, wie sich seine mit großen Zähnen bewehrten Kiefer gezielt um den Speerschaft schlossen und ihn herauszogen, spürte, wie er sich in ihrem unentrinnbaren Biß bog und schließlich wie ein grüner Stock splitterte und krachte. Er spuckte ihn aus und beobachtete, wie das zerstörte Ding in das tiefere Gewässer des Hafenkanals hinabsank. Ein Schatten legte sich über seine Augen, weite schwarze Flügel, und mit einem gewaltigen Schwung schoß er aus dem Wasser, als ob er sie aus der Luft schnappen wollte. Doch der Schwan schwebte davon, und er fiel tolpatschig zurück. Diesmal war er sich seiner Gedanken kaum bewußt; wieder durchflutete ihn das Feuer, und plötzlich hob auch er mit eigenen schwarzen Schwanenschwingen vom Wasser ab und schwebte in der Luft auf sie zu. Würde sie es verstehen? Würde sie es glauben? *Auf unterschiedlichen Wegen erreichen wir dasselbe Ziel; was in deiner Natur liegt, habe ich mir dank meiner Kunst zu eigen gemacht. Wir sind von derselben Art, du und ich …*

Sie hätte ins freie Meer hinausfliegen können, nach Norden oder nach Osten, hinaus in die unendliche Weite des Ozeans. Doch er wandte sie davon ab, kalter Wind auf feuchtem Gefieder, er lenkte sie zurück, wieder hinunter zum Palast, hinunter auf das Dach, von wo sie gekommen waren. Sie hätte sich ihm länger widersetzen können; gehorchte sie ihm jetzt aus eigenem Willen, oder versuchte sie, ihn wieder hereinzulegen? Sie flogen zwischen die Statuen, er dicht hinter ihr, genau zu der Stelle, der ihr Ausgangspunkt gewesen war. Es war eine knappe Landung, verwirrend und mit einem harten Aufprall, und ein Anflug von Fieberhitze wallte in ihm auf. Doch inzwischen war er bereits wieder er selbst, benommen und schwindelig, hingestreckt auf dem Dach, ein paar Schritte von Kara entfernt. Gorthawer lag neben seiner Hand, als ob es einfach dort hingefallen wäre, als er hinter ihr herstürzte, und als ob er keine so unvorstellbaren Verwandlungen durchgemacht hätte. Doch er fühlte das Kribbeln trocknenden Salzes auf seinen Wangen, und das Licht des Morgengrauens verbreitete sich jetzt allmählich am Himmel.

Das Dröhnen der Schlacht drang von unten herauf, und voller Angst zog er sich an dem Geländer hoch und hielt sich an dem gemeißelten Gewand einer alten Statue fest. Doch als er sah, was sich unter ihm abspielte —

obwohl auf dem Platz ein einziges blutiges Gemetzel stattfand —, jubelte sein Herz vor Freude. Denn unter seinen Augen stürmte ein erneuter schwungvoller Angriff der Stadtleute auf den Schildwall der Ekwesh zu, begleitet von einem Gebrüll wie das des wütenden Meeres, und jetzt schwappten sie genau wie das Meer über die Feinde. Die bemalten Schilde vor ihnen senkten sich und wurden zu Boden gerissen. Innerhalb kürzester Zeit lösten sich die Reihen der Schwarzgekleideten auf, geschlagen und vernichtet durch die pure Kraft eines ergrimmten Volkes, dessen gefesselte Herzen endlich befreit waren und deren Feinde nicht mehr unter dem Einfluß der Macht standen, die ihren Glauben gestützt hatte. Es waren noch immer Menschen, tapfere Männer, aber sie wußten, daß sie von allem verlassen waren, dem sie gedient hatten. Von einem Heer mit eiserner Ordnung waren sie zu einer chaotischen, verzweifelten Masse geworden, die nur noch darum kämpfte, von dem Platz zu entkommen, so daß einer nach dem anderen unschädlich gemacht werden konnte. Nur noch um Bryhon Bryheren herum, diesem letzten Symbol dessen, dem sie gedient hatten, war der Kampfeswille erhalten geblieben, und dort ordneten sich die Männer neu und versuchten, das Schicksal abzuwenden, das sich um sie herum verdichtete. Seine Rüstung glänzte kalt im ersten grauen Licht des Morgens, glitzernd wie ein Bruchstück des großen Eises selbst, und der Hieb seiner Axt fällte all jene, die töricht genug waren, sich ihm entgegenzustellen, wie es das Eis mit dem Land tat, über das es sich verbreitete. Doch genau in die Mitte dieser starrköpfigen Ekwesh traf ein Angriff ihrer Feinde, so wie ein Pfeil ein Ziel trifft, und an der Spitze dieses Pfeils waren drei Figuren, denen kein Ekwesh standhalten konnte. Der Knoten löste sich auf, und sie flohen in alle Richtungen, vor Verzweiflung dem Wahnsinn nahe, oder sie standen in unsinnigem Trotz schreiend da und wurden von den Bürgern der Stadt mühelos niedergemacht. Und auf einer freien Stelle auf der Treppe standen sich Kermorvan und Bryhon endlich von Angesicht zu Angesicht gegenüber, und damit geschah das, was sich Bryhon in Wahrheit die ganze Zeit über gewünscht hatte.

Obwohl beide erschöpft waren, kämpften sie wie unverbrauchte junge Männer; die große Axt pfiff hackend und schneidend durch die Luft auf Kermorvan zu und versuchte, diesen zu einem falschen Schritt auf den ausgetretenen Stufen zu verleiten. Doch das Schwert lag ihm leicht in der Hand, und während Bryhon seine Hiebe zielte, biß und stach es mit solcher Schnelligkeit auf ihn ein, daß er gezwungen war, mit dem langen Axtschaft zu parieren. Ein Funkenregen stob auf, denn er war von oben bis unten mit Stahlringen beschlagen, doch Elof kannte sehr wohl die Kraft des graugoldenen Schwerts und des Arms, der es führte, und er ahnte, was in Kürze geschehen würde. Bryhon wußte es offenbar auch, denn als Kermorvan zu einem kräftigen Schlag ausholte, leitete er die Richtung des Hiebs mit erstaunlicher Schnelligkeit ab, so daß sein Gegner durch seinen eigenen Schwung herumgewirbelt wurde. Der Schlag ging ins Leere; Kermorvan verlor das Gleichgewicht, fiel auf einer tieferen Stufe auf die Knie, und Bryhon drehte sich gleich darauf blitzartig herum und ließ die Axt mit furchterregender Schnelligkeit auf den ungeschützten Hals seines Widersachers niedersausen. Kermorvan konnte sich nicht aus der Zielrichtung dieses schrecklichen Schlages werfen; statt dessen warf er sich darunter hindurch, direkt gegen Bryhons Füße. Die Axt zischte an Kermorvan vorbei, und im selben Augenblick streckten sich dessen Beine und er schnellte hoch. Die Axt krachte in Stein und wurde inmitten fliegender Splitter zerschmettert. Bryhon sackte über Kermorvans hochschnellende Schulter und krachte neben seiner Waffe in einem Schrotthaufen aus Metall und Stein zu Boden. Das graue Schwert blitzte zum Himmel, und mit den ersten Strahlen der aufgehenden Sonne senkte es sich auf die leuchtende Rüstung. Und so tief, wie die Sonne in klares Eis schneidet, schnitt es durch diese hindurch. Metall klirrte und knirschte; Bryhon zuckte krampfartig, seine Gliedmaßen zappelten bei diesem tödlichen Schlag, und damit war die Kette tatsächlich zerbrochen. Kermorvan zog sein Schwert heraus, und Bryhon rollte sich in Todesqualen auf den Rücken. In der Stille, die eingetreten war, hörte Elof, daß er mit den Lippen Worte zu formen versuchte, doch ein Gurgeln entrang sich seiner Kehle, er konnte sie nicht verstehen, fall es wirklich Worte waren. Plötzlich winkelte er den Körper an und tastete an sich herum; dann brachte seine Hand einen breiten Dolch zum Vorschein und er zielte damit auf Kermorvans Mitte. Kermorvans Schwert sauste noch einmal herab, und seine Spitze fuhr zwischen den Kragen von Bryhons Rüstung und seinen Hals. Er sackte in sich zusammen, stürzte mit dem Kopf zuerst die Stufen hinunter, und ein Beben rüttelte ihn. Ein üppiger Schwall roten Blutes fleckte den wirren Bart und breitete sich als große Pfütze auf der Treppe aus; dann blieb er reglos liegen. Ein ohrenbetäubendes Jubelgeschrei erhob sich auf dem Platz, und die Menge drängte vor. Langsam, zitternd setzte sich Kermorvan auf eine Stufe und stützte den Kopf in die Hände.

Elof wandte sich langsam ab, gleichzeitig froh und angewidert, und plötzlich wurde ihm voller Entsetzen bewußt, daß er Kara ganz vergessen hatte. Er sah auf und war verblüfft, sie nur einen Schritt von ihm entfernt zu entdecken, die braunen Augen unter dem vom Meersalz verklebten Haar weit aufgerissen. Warum war sie noch hier — weil sie den Ausgang der Schlacht hatte abwarten wollen oder seinetwegen? Ungeschickt streckte er eine Hand zu ihr aus, und wie ein wildes Tier zuckte sie zurück. »Kara!« hauchte er mit heiserer Stimme, und sie wich weiter zurück. Er machte einen Schritt nach vorn und stolperte über Gorthawer; der Helm rutschte ihm über die Augen, und er hörte, wie die zögernden Schritte weiter zurücktaumelten. Er zerrte sich den Helm vom Kopf und verstaute ihn unter seinem Wams; dann hob er das Schwert auf und schob es in die Scheide. Doch Kara wich immer weiter zurück; ihre vollen Lippen bebten, und plötzlich, als sie eine Tür erreicht hatte, drehte sie sich blitzartig um und rannte hindurch. Von Panik ergriffen, hastete Elof hinter ihr her; wenn sie erst einmal aus seiner Sicht entschwunden wäre, könnte sie jede andere Gestalt annehmen, und wie sollte er sie dann jemals wiederfinden?

Die Tür führte zu einer kleinen Treppe, die in einem der oberen Gänge des Palastes endete, prächtig ausgestattet, doch den Eindruck von längerer Vernachlässigung vermittelnd; von den üppigen Teppichen an den Wänden ringsum ging der schwache Geruch von Moder aus.

Kara humpelte vor ihm her und stolperte in ihrer verzweifelten Flucht an den Wänden entlang. Der Anblick zerrte an seinem Herzen. Warum hatte sie sich so sehr verändert seit jenen kurzen Augenblicken, die sie gemeinsam erlebt hatten und in denen es den Anschein gehabt hatte, als erwidere sie seine Liebe? Jetzt fürchtete sie sich offenbar vor ihm, das letzte, was seiner Absicht entsprach. Sein Herz fühlte sich so leer an wie diese unseligen Hallen, und er rief ihren Namen, während sie immer weiter flüchtete, bis er sah, wie sie um eine Ecke bog und durch eine breite Tür verschwand. Er rannte an einer dicken Säule vorbei und befand sich in einem weiträumigen und luftigen Gemach, einem Schlafzimmer mit einem offenen Balkon daran. In einem großen Kohlebecken, mit dem die Kälte der Nacht gemildert worden war, brannte immer noch ein Feuer. Auf dem Balkon dahinter, mit dem Rücken zum Geländer, in ihrem schwer mitgenommenen Kettenhemd, stand Kara und starrte ihn mit feurigen, wilden Augen an.

»Geh nicht, Kara! Flieh nicht! Habe ich nicht getan, wie du mich geheißen hast? Ich bin der Morgenröte gefolgt, Kara. Und die Morgenröte ist hier.«

»Und ich habe getan, was ich versprochen habe«, sagte sie leise. »Obwohl ich viele Male unter Schmerzen ausbrechen mußte, um es zu tun; und danach hatte ich harte Strafen zu erleiden. Hast du meine Flügel nicht gesehen?«

»Doch, oft«, sagte er. »Und ich bin dankbar dafür, und ich traure wegen des Leids, das du ertragen mußtest. Aber hättest du nicht näher kommen können? Diese flüchtigen Visionen brachten mir ebenso viele ungute Ahnungen und Angst wie Trost.«

»Angst und ungute Ahnungen sind das Los jener Sterblichen, die sich mit den Mächten einlassen«, sagte sie. »Das wollte ich dir ersparen.«

»Warum? Weil du mich liebst?«

»Weil auch ich so lange in einem Käfig eingesperrt war!« Sie zitterte jetzt. »Ich möchte niemals mehr Fesseln tragen, genausowenig wie ich sie anderen wünsche ...«

»Wenn ich während der Jahre dieser langen, langen Reise eines gelernt habe, Kara, dann ist es das, daß wir alle unsere eigenen Fesseln tragen. In dieser Hinsicht sind Menschen und Mächte gleich.«

»Komm nicht näher!« fauchte sie ihn an. »Du kennst mich als eine Kriegerin der Mächte, und doch wagst du es, dich mit mir zu messen? Und doch wagst du es, von deiner Liebe zu mir zu sprechen?«

Ein atemloses Lachen wallte in Elofs Brust auf. »Das wage ich! Ich liebe dich seit dem Augenblick, da ich dich das erstemal sah! Und wenn du nicht von gewöhnlicher Sorte bist, nun, es scheint, dann bin ich es auch nicht. Denn du bist nicht die erste deiner Art, mit der ich mich gemessen habe. Habe ich nicht den Willen einer großen Macht gebrochen, mitten in ihrem Herrschaftsbereich? Und gegen eine weitere in ihrer körperlichen Erscheinung gekämpft und auch sie vernichtet? Und bei der Kunst, die in mir brennt, habe ich mir nicht Fähigkeiten erworben, die den deinen kaum nachstehen; eine Kraft, die der deinen im Wettstreit überlegen war? Obwohl ich sehr wohl erkannt habe, daß du in keiner deiner Erscheinungsformen danach trachtetest, mir Schaden zuzufügen, Kara. Du liebst mich, wie ich dich liebe. Und mit keiner dieser Taten möchte ich mich brüsten, nicht einmal mit dem Blut Vaydes, das in meinen Adern fließt; durch nichts würde ich mich deiner als würdig erweisen, wenn diese schlichte Wahrheit nicht zuträfe. Ich habe gehört, daß schon vor mir Menschen die Mächte geliebt haben, Kara, doch jene Mächte haben offenbar auch Menschen geliebt.« Er trat näher zu ihr, stellte sich auf dem hellen Balkon neben sie, und sie straffte sich, ihr Körper spannte sich, doch sie machte keine Anstalten zu fliehen. Die silberne Kette an ihren Fußknöcheln klirrte, und er betrachtete sie haßerfüllt. »Ich habe weder eine Schmiede noch einen Hammer zur Verfügung, doch laß uns sehen ...« Und er hob den Panzerhandschuh hoch und steckte die Hand in das Kohlebecken. Die tanzenden Flammen sanken nieder, die Kohle knisterte und drohte zu erlöschen, das glühende Metall wurde schwarz und strahlte Hitze ab. »Jenen, der diese Fessel gemacht hat, habe ich besiegt. Sie, dessen Willen sie gehorchte, ist vor mir geflohen. Sollte bloßes Metall sich meinem Willen widersetzen? Ich habe gesehen, wie die Sonne das Eis zum Schmelzen gebracht hat!« Er umklammerte mit dem Panzerhandschuh die Fessel mit festem Griff. Einen Augenblick lang hatte es den Anschein, als saugten sie die Hitze in sich auf, und plötzlich brachen sie. Karas Beine zitterten, und während er sich erhob, fing er sie gleichzeitig auf. Er streifte den Panzerhandschuh ab und streckte die zitternden Hände aus, um ihr kaltes Kettenhemd an der Schulter zu berühren.

»Wirst du mich zerstören?« flüsterte sie verzweifelt.

»Wirst du meine hübsche Spiegelung in dem dunklen Strom zerschmettern?«

Er schüttelte sanft den Kopf. »Ich würde höchstens von seinem Wasser trinken, Kara, um meinen Durst zu stillen, ehe dieser mich umbringt. Ich bin von Feuer durchtobt. Doch wenn ich ertrinken soll, dann kann ich mir nichts Besseres wünschen.« Er neigte den Kopf und küßte sie und mußte innerlich lachen, als er das Salz auf ihren Lippen schmeckte. Plötzlich loderte in seinem Inneren tatsächlich etwas wie eine Flamme auf; er drückte sie fest an sich, ließ die Hand von der Schulter über ihren Rücken gleiten, spürte, wie sich ihre festen Brüste an ihn preßten und sich hoben und senkten, als sie tief Luft holte.

»Auch hier brennt eine Flamme!« hauchte sie; ihre Augen waren größer und blickten wilder denn je, und unter ihm tat sich eine dunkle Leere auf. »Mit der ganzen Kraft meines Daseins könnte ich dich in meinen Armen zermalmen, von dir trinken, dich verbrennen, dich verzehren! Elof, willst du es? Wagst du es? Fürchtest du nicht den Wahnsinn, der über mich kommt?«

Er warf den Kopf zurück und lachte. »Ach! Seit wann fürchtet ein Schmied das Feuer?«

Dann plötzlich verwandelte sich sein Lachen in einen Schrei des Entsetzens. Denn das Kettenhemd, das er in den Armen hielt, wölbte sich nach innen und sackte in seinem Griff leer zusammen. Verwirrt ließ er es klirrend auf den polierten Stein fallen und wich davon zurück. Von ihrem Federkleid war keine Spur zu sehen. Am Himmel war nichts, der Raum war leer ... Da war der Umhang, wie eine Decke über das Bett gebreitet. Mit einer erregenden Ahnung warf er ihn zurück. Doch darunter war nichts als ein Bettuch aus cremefarbener Seide. Einen Augenblick lang starrte er es an, dann sah er den Schimmer, der es durchströmte, wie von wahrer Zauberschmiedekunst eingegeben, und er lachte wieder. Er zog seinerseits sein derbes Wams und das Beinkleid aus und legte sich darauf. Unter seinen Händen wand es sich und drängte sich an ihn, und es war wieder Kara, deren Lachen ihm warm ans Ohr drang.

»Mit der Seide hast du dich getäuscht«, sagte er. »Du fühlst dich noch viel weicher an ...« Da atmete sie heftig, und er küßte sie vom Hals bis zu den sich hebenden und senkenden Brüsten und zog sie an sich.

»Wenn es die größte Torheit wäre«, flüsterte er, während seine Hände sie liebkosten, »wenn ich mich als deiner nicht würdig erweisen würde, wenn es für mich den Tod oder ein unendliches schreckliches Schicksal bedeuten würde, selbst dann würde ich es wagen und mit Freuden in der Dunkelheit untergehen!«

»Mit Freuden!« flüsterte sie und führte seine Hände, während sie gleichzeitig seinen Körper streichelte. »Mit Freuden, in der Dunkelheit!« Dann schloß sie seine Lippen mit den ihren und kam zu ihm.

Es war heller Tag, als sie gemeinsam über die Treppe hinunter und durch die Gänge des Palastes gingen, und dann hinaus durch das zerbrochene Portal. Die Toten waren von dem Platz und den Straßen weggeschafft worden, obwohl die Steine noch immer dunkel von Blut waren. Wie spätere Chronisten berichteten, sollten sie für immer so dunkel bleiben, denn die Flecken waren so tief in den Stein eingedrungen, daß jahrhundertelange Regenfälle sie kaum bleichen konnten, und fürderhin war er als Plen Curau, Platz des Vergossenen Blutes, bekannt. »Das ist ein Zeichen der Ehre!« sagte Kermorvan. »Denn obwohl weit über tausend unserer Leute gefallen sind, haben sie durch ihr Opfer doch das Leben vieler tausend anderer gerettet. Bei den Ekwesh gibt es nicht einen einzigen Überlebenden, und ihre Anführer sind tot oder verschwunden.« Er richtete seine Ansprache an eine große Menge, denn jetzt war beinahe die gesamte Einwohnerschaft der Stadt auf dem Platz erschienen, und es war der Klang seiner Stimme, der Elof ebenfalls heruntergelockt hatte. Roc und Ils waren bei ihm, ebenso wie Erouel, der Kämmerer, und normalerweise wären sie jubelnd auf Elof zugerannt, um ihn zu begrüßen, doch sie sahen Kara an seinem Arm und zögerten erstaunt. Doch Kermorvan lächelte, und in seinem Gesicht machte sich ein Ausdruck der Erleichterung breit, wie man ihn dort selten sah. Wortlos nickte er Elof zu, wie jemand, dessen Vertrauen bestätigt worden war, und wandte sich wieder der Menge zu. »Für Morvannec bricht ein neues Zeitalter an! Jetzt müßt ihr einen Rat ins Leben rufen, damit es ein Zeitalter des Gedeihens und des Genesens wird ...«

»Wir brauchen keinen Rat!« rief eine Stimme aus den hinteren Reihen, eine tiefe Stimme, die Elof irgendwie bekannt vorkam. »Lord des Westens, Ihr habt bewiesen, daß Ihr recht habt, und Ihr habt bereits den Platz eingenommen, der Euch zusteht. *Ihr seid der rechtmäßige Herr!«* Und die Menge nahm seinen Ruf mit einem jubelnden Singsang auf, der sich durch die ganze Stadt fortsetzte, bis sogar die Glocken mit einstimmten.

»Ein König!«

»Lord Kermorvan aus dem Westen, er ist unser König!«

»König Keryn lebt!«

»Wir haben wieder einen Herrscher, einen rechtmäßigen König!«

»König Keryn, er lebe hoch! Er lebe hoch!«

Doch obwohl die Worte in ihrer aller Herzen gewesen waren, erinnerte sich niemand daran, welcher Mann als erster gesprochen hatte, und niemand der dort Anwesenden bekannte sich jemals dazu. So ist es überliefert, doch der Chronist fügt hinzu, daß Elof gewisse Zweifel hegte.

Kermorvans Gesicht jedoch blieb streng und ungerührt unter dem getrockneten Blut, das entlang der einen Seite seiner Nase herabgeronnen war und die Bartstoppeln auf seinem Kinn verkrustet hatte. »Ein angemessener Preis, wenn er von den Mächten des Lebens selbst entrichtet würde. Ihr jedoch zahlt ihn zu leichtfertig; bis jetzt kennt ihr mich doch kaum. Deshalb erfahrt jetzt meinen Willen! Ich bin der letzte Sproß der Herren von Morvan, und der werde ich bleiben. Möge dieser Name in Ruhe bei seinen Ruinen begraben liegen, und auch die Trennung und der Zwist, die sein Ende befleckt haben! Es ist der Name eines zerrissenen Reiches. Ich könnte niemals sein König sein!«

Ein Raunen durchlief die Menge, und man warf sich enttäuschte Blicke zu. Kermorvan lächelte schwach. »Doch wenn ihr es wünscht, werde ich der erste Herrscher von Morvanhal sein, des Auferstandenen Morvan! Denn ich könnte mir diesen neuen Namen für diese Stadt vorstellen, und für das Land und das Reich, in dem sie sich befindet. Und ich denke, wir sollten mit allen Menschen, die guten Willens sind, zusammenarbeiten, welcher Rasse und Abstammung sie auch sein mögen, um sie wirklich auferstehen zu lassen, damit sie eine dauerhafte Bastion gegen das Böse des Eises darstellt.«

Erneut schwappten ein Jubelgeschrei über ihn hinweg und eine Flut von Gefühlen, die gar nicht mehr abebbte. Er hielt für einen Augenblick inne, und sein Gesicht verdüsterte sich wieder. »Ja, ihr jubelt, und das ist auch gut so. Doch aufgrund guter Hoffnung zu jubeln bedarf es wenig. Werdet ihr ebenso freudig die Geburtswehen ertragen? Denn Wehen werden unvermeidlich sein. Aus dem Westen, dessen Schicksal durch Torheit besiegelt ist, werde ich all jene hierherholen, die klug genug sind zu kommen, und außerdem von anderen Stämmen, von denen ihr bis jetzt noch keine Ahnung habt. All diese Fremden sollt ihr bei euch aufnehmen und so freundlich empfangen, als wären jene, die ihr heute nacht und in den Schrecknissen der vergangenen Jahre verloren habt, zurückgekehrt. Auf diese Weise wird das ständige Abnehmen eurer Zahl aufgehalten, werden einige der Verluste ausgeglichen. Alte Irrungen werden begraben, von der Zeit überholte Wunden geheilt.« Jetzt schwieg die Menge, doch in der Luft war eine Regung wie bei der ersten lautlosen Ankündigung eines Sturms. Kermorvan ließ den Blick ruhig über sie schweifen, und seine blaugrauen Augen waren erhaben und unerreichbar. »Bis dahin sollen meine Worte unbiegsam wie Stahl sein. Ich werde keine Einschränkung ihrer Bedeutung dulden. Hier und jetzt möchte ich hören, daß ihr ihnen ständig gehorchen werdet, in guten wie in schlechten Zeiten; und solltet ihr gegen dieses Gelübde handeln, auch wenn es nur ein einziges Mal ist, dann werden mich Stadt und Land niemals wiedersehen, und ihr müßt euer weiteres Schicksal allein bestimmen und mit allen Schwierigkeiten fertigwerden. Ihr werdet das Gelübde vor mir und meinen Kameraden sowie Erouel dem Kämmerer ablegen; denn diese werden meine Lords und Ratgeber sein, und ihr sollt auf ihre Worte genauso hören, wie ich es tue. Nur unter diesen Bedingungen bin ich bereit, dieses Zeichen« — er berührte sanft die Krone — »anzunehmen und alles andere, das damit verbunden ist. Nun, wollt ihr geloben?«

Mit vielen Stimmen, doch einer einzigen Überzeugung brüllte die Menge; es war eine so donnernde Beteuerung, daß selbst die Möwen an der fernen Küste aufgeschreckt wurden. Erouel stand mit aufgeblähtem weißem Gewand da und betrachtete den Aufruhr mit einem Ausdruck freundlicher Gleichgültigkeit. »Mein Herr«, sagte er sanft, »Ihr seid im Gesicht verwundet worden, wie ich sehe. Ihr solltet vorsichtig sein und den Helm tragen.« Bevor Kermorvan den alten Kämmerer daran hindern konnte, hatte er ihm das leuchtende Ding auf den Kopf gesetzt und das Zepter in die Hand gedrückt, und jetzt explodierte die Menge wahrhaftig.

»Eine großartige Krönung!« lachte Kermorvan, als er sich wieder Gehör verschaffen konnte. »Die Unaufmerksamkeit eines Augenblicks auszunützen! Um meiner Vorfahren willen werden wir eines Tages die Sache noch etwas feierlicher gestalten. Aber im Augenblick ...« Kermorvan nickte, und eine gewaltige Spannung fiel von ihm ab. »Es ist gut. Und deshalb mögen die Mächte des Lebens mit Wohlwollen auf die Stadt blicken.« Dann warf er einen Blick zu Elof und Kara und lächelte. »Denn zweifellos weilen sie heute unter uns.«

Er hob das Zepter und streckte es deutend aus. Über dem Hafen flogen zwei große Raben auf und drehten Kreise vor der aufgehenden Sonne. Und während das freie Volk von Morvanhal sie beobachtete, schwebten sie weit hinaus über den golden glitzernden Ozean, als ob sie seine Ufer im Osten erkunden wollten.

Schlußbemerkung

Am Ende des ›Buches des Helms‹ wird nur noch berichtet, daß viele glückliche Jahre für Elof und seine Liebe und für ihre Freunde folgen sollten. Doch die Jahre waren vielleicht nicht ganz so ungetrübt wie die Chronik; denn genau während dieser Zeit legten sich riesige Schneemassen auf etliche entfernte Gipfel, und Zerstörung und Elend waren die Folge. Doch außerdem, wie im ›Buch des Armreifs‹ überliefert ist, sollten auch jene Taten Elof Valantors folgen, die ihn schließlich berühmt machten als mächtigsten aller Zauberschmiede in den finsteren Zeiten des einstigen Winters der Welt.

Anhang

Über das Land Brasayhal, seine Form,
seine Natur und sein Klima sowie über seine Völker
und ihre jeweilige Geschichte, wie
sie in diesem Band der Winter-Chronik, genannt
›Das Buch des Helms‹, festgehalten ist.

Das ›Buch des Helms‹, das der Bericht einer außergewöhnlichen Reise ist, eignete sich eher dazu, als sachliche Erzählung gestaltet zu werden, als der vorherige Band, ›Das Buch des Schwertes‹, dennoch klingt eine nicht weniger lebendige Stimme in seinen Seiten an. Doch wie schon zuvor wurden auch hier wieder etliche interessante Passagen ausgelassen, und vieles wurde eingefügt, das — so fesselnd es auch sein mag — für die Handlung unbedeutend ist. Um der Erzählung willen mußte eine Ausgewogenheit gefunden werden. Eine kurze Darstellung der wichtigsten Hintergründe erfolgt deshalb hier. Obwohl damit lediglich eine Skizzierung einiger Einzelheiten und Mutmaßungen über andere möglich sind, werden vielleicht zumindest einige jener Schatten verdrängt, die im Laufe der Zeit auf manche der Taten einer lange zurückliegenden Vergangenheit geworfen wurden.

DAS LAND

Zu Zeiten des Langen Winters waren die Ausmaße des Landes Brasayhal gewaltig; es bedeckte einen riesigen Kontinent, der sich an der breitesten Stelle viele tausend Meilen von Ozean zu Ozean über die nördliche Welt erstreckte. Die Reise von Elof Valantor und seinen Kameraden führte sie von der südwestlichen zur nordöstlichen Küste, also über eine noch größere Entfernung, und durch eine Vielfalt unterschiedlicher Landschaften und Klimazonen, die es damals dort gab. Zum größten Teil war es natürlich Wald, doch innerhalb des Waldes gab es so viele Unterschiede wie in den Landstrichen rings um seine Grenzen.

Das Land von Taoune'la

Das erste der Reiche jenseits des Meneth Scahas, des Schutzgebirges, das die Grenze des Westlandes bildete, war die finstere Domäne von Taoune'la. Insgesamt bestand das Gebiet offenbar aus drei verschiedenen Teilen; der nördlichste glich vermutlich der heutigen Arktis, und die Reisenden sahen ihn nur kurz, nämlich als sie Morvan und gleichzeitig die Vertrockneten Marschen betraten, und in einem viel schmaleren Bereich bei ihrer Flucht vor dem Eis nach Osten. Darunter erstreckte sich eine Art *Tundra,* ödes Grasland mit dicken Schichten gefrorenen Wassers darunter, bekannt als ›Permafrost‹, dessen Ausbreitung häufig die hügeligen Verformungen des erwähnten Landstriches verursachte. Zwischen diesem und dem Wald — und vielleicht bis in diesen hineinreichend — war eine Art *Taiga,* eine etwas wärmere, oft sumpfige Landschaft, in der oft noch kleinere Waldflecken gedeihen; Permafrost kommt in Taiga-Gebieten auch noch vor, doch nur stellenweise. Nach dem Zustand des Bodens zu urteilen, den die Reisenden im Frühling vorfanden, verschlechterte sich das Klima jedoch offenbar recht schnell, und die Taiga verwandelte sich allmählich in Tundra, was Korentyns finstere Voraussagen bestätigte oder sogar noch übertraf. Das Land, in das sie nach ihrer Flucht vor dem Eis kamen, lag viele Meilen weiter südlich und entsprach, abgesehen von den unmittelbar ans Eis angrenzenden Gebieten, einer im Süden gewohnteren Art von Tundra oder Taiga; das plötzliche Sprießen der Natur im Frühling ist charakteristisch. Einst könnte diese Landschaft ungewöhnlich fruchtbar gewesen sein, denn Wüste, Tundra und Taiga sind alle verhältnismäßig neueren Ursprungs. Vor dem Hereinbrechen des Eises war der gesamte Osten des Taoune'la *Mor Guerower,* das ›Grüngoldene Meer‹, die unermeßlich große Kornkammer Morvans.

Das Offene Land

Jenseits der westlichen Grenze von Taoune'la floß der Gorlafros vom Eis herunter in das Offene Land. Im Norden bestand dies aus einer öden und unbewohnten Landschaft aus Hügeln und Mooren, und zwar zu beiden Seiten des Flusses; es war, als ob das Schmelzwasser, das den Fluß speiste, die Erde verunreinigt und unfruchtbar gemacht hätte, und es kann sein, daß sich auch dort Permafrost ausbreitete. Doch die schlimmste Verunreinigung wurde wahrscheinlich von Wasserläufen, die in westlicher Richtung durch den Schutzbruch in das Gebiet der Marschen flossen, herangetragen und von dort in das reinigende Meer weitergeleitet. Denn südlich des Bruchs wurde das Offene Land am Westufer fruchtbarer, bis es in jenes Waldgebiet überging, das die Duergar als ihr Eigentum beanspruchten. Das Ostufer war geprägt vom Großen Wald.

Der Wald

Hier, in einer gemäßigten, hügeligen Landschaft, glich er weitgehend seinem kleineren Ausläufer im Westen, dem Aithennec; doch im Osten, näher zum Meneth Aithen, wurde das Land flacher, das Klima wärmer und feuchter und der Wald immer höher und dichter, und Pflanzen und Bäume kämpften miteinander um das lebenspendende Licht, wie es im tropischen Regenwald der Fall ist. Die beschriebenen Baumarten sind jedoch normalerweise eindeutig in Wäldern kühlerer Klimazonen angesiedelt; es hat daher den Anschein, daß die Ökologie des gesamten Zentralwaldes von einer Art gewesen sein muß, wie sie in der heutigen Welt fast vollständig ausgestorben ist, nämlich die des gemäßigten Regenwaldes. Es ist vielleicht bezeichnend, daß besonders während der unaufhörlichen Gärung des Wachstums, genährt durch den beständigen Kreislauf von Regen und Nebel, Tapiau die größte Machte hatte und das Klima für die von der Zivilisation geprägten Menschen äußerst ungesund war. Es war kein Zufall, daß Lys Arvalen höher gelegen war, nämlich an den Vorhügeln des Meneth Aithen.

Diese Berge stellten die einzige Unterbrechung des Regenwaldes dar, mit trockeneren und spärlicheren Nadelwäldern, die sich bis weit hinauf an die Hänge des Gebirges zogen, doch ihre Auswirkung auf den Niederschlag mochten zu seinem Erhalt beigetragen haben. Damals wie heute handelte es sich bei ihnen wohl um die höchsten Berge in jenem Land, und bestimmt waren sie ein schwer überwindbares Hindernis für Reisende, wenn das auch aus dem kurzen Bericht über ihre Überquerung, den die Chronik wiedergibt, oder aus der Darstellung, in welchem Maße der Wald davon beherrscht wurde, nicht hervorgeht. Offenbar diente der Wald den Wanderern als Wegweiser, denn dort, wo er ungehindert wachsen konnte, waren die am leichtesten zugänglichen Pässe zu vermuten, was ihnen die Gefahren höherer Gipfel ersparte. Doch ihre Sorge um Proviant war nicht übertrieben; selbst für solche erprobten Marschierer mußte die Überquerung viele mühsame Tage gedauert haben. Jenseits des Meneth Aithen wurde das Land wieder flacher, und in den zentralen und südlichen Regionen war der Regenwald wieder vorherrschend. Im tiefen Süden, so ist überliefert, glich der Wald eher dem vielfältigen tropischen *Selva*, doch falls die Wanderer jemals in dieses Gebiet gekommen sind, dann allenfalls mit Jägern aus Lys Arvalen, denn es wird nichts davon berichtet. Es ist bekannt, daß dieser Dschungel sehr bald lichter wurde und in das Ödland auslief; dieses begann als unfruchtbares, mit Bodengestrüpp bedecktes Land, ähnlich dem tiefsten Süden von Bryhaine, doch ohne die Flüsse und den Regen an der Küste, die jenes Land fruchtbar machten. Und wie in Bryhaine hörte nach geringer Entfernung das Bodengestrüpp allmählich auf, und es blieb nur noch nackte und vertrocknete Wüste, mit Ausnahme der Stellen, wo die großen Flüsse aus dem Osten zum Meer flossen. Solche verhältnismäßig schnellen Entwicklungen waren zweifellos eine Folge der durch die Gletscher bedingten ›Verdichtung‹ der Klimazonen, wie sie im ersten Band beschrieben ist. Das Ödland war für menschliches Leben nicht besser geeignet als die eisige Wüste im Norden, obwohl sowohl das eine als auch die andere durchaus andersgeartete Lebewesen beherbergten.

Das Land im Osten

Die östlichen Berge waren weder so hoch wie der Meneth Scahas noch wie der Meneth Aithen. Doch entgegen der allgemein verbreiteten Ansicht erwiesen sie sich als wirkungsvolle natürliche Hürde nicht nur für das physikalische Vordringen des Eises, sondern auch für die damit verbundenen, gleichermaßen tödlichen klimatischen Auswirkungen. Sie verliefen in einem spitzen Winkel zum Eis und etwas weiter südlich davon; es hatte lediglich die Gipfel im äußersten Norden erreicht, und eine Ausbreitung in wärmere Klimazonen hätte größter Anstrengung bedurft, ohne schneebedeckte Gipfel, die als Vorhut hätten dienen können. Was jedoch am wichtigsten war: der Gebirgszug war sehr breit; die schrecklichen Winter, die der vom Eis her wehende Wind mit sich brachte und die sowohl die Ernteerträge als auch die Lebensfreude der Menschen von Morvan so sehr beeinträchtigt hatten, konnten sie kaum überqueren. Außerdem stiegen sie in einer Reihe von stufenförmigen Graten an, die die Wucht des verhängnisvollen Windes brachen, so daß dieser sich auf kahlen Gipfeln anstatt im Land darunter austobte. So war das Land im Osten also durch die geologischen Voraussetzungen geschützt, und die Küstengebiete wurden durch Meeresströmungen erwärmt. Doch vor lauter Entsetzen über den Niedergang Morvans war das nur wenigen bewußt, und kaum jemand erkannte im Ostland einen möglichen Nachfolger für jenes große Reich.

Das war ein Vermächtnis aus alten Zeiten. Morvannec war die erste Ansiedlung von Menschen in Brasayhal; von dort waren sie zur Erkundung der anscheinend reizvolleren Gebiete westlich der Berge aufgebrochen, um schließlich Groß Morvan zu gründen. Morvannec verlor immer mehr an Bedeutung, je günstiger die Geschicke seines Ablegers verliefen; als Morvan seine höchste Blütezeit erlebte, war es nur noch ein stiller, spärlich bevölkerter Durchgangshafen für Produkte des Meeres und der abgelegenen ländlichen Gebiete. Selbst seine Prinzen verbrachten die meiste Zeit in Morvan; die Bedrohung durch das Eis ließ das notwendig erscheinen. Korentyn Rhudris Sorge um die Interessen Morvannecs wurde als etwas sehr Abwegiges erachtet. Darin wurde er von Vayde unterstützt, der eine wahre Zuneigung zu der Stadt empfand, und deshalb wurde ihm am ehrenvollsten Platz am Hafen ein Monument errichtet. Es mag sein, daß Vayde in dieser Hinsicht wie in anderen Dingen große Weitsicht bewies, denn obwohl das Ostland zugunsten des Gebietes um Morvan vernachlässigt wurde, war es von seinen Voraussetzungen her genauso fruchtbar. Doch wegen seiner zerklüfteteren Landschaft und des reichlichen Baumbestandes war das Ostland eher für eine Vielfalt kleinerer Bauernhöfe geeignet und nicht so sehr für die großen Monokulturen, die die Südländer bevorzugten. Die Ebenen von Morvan waren flacher und damit leichter zu beakkern. Vielleicht war damals auch Tapiaus Macht in den Wäldern des Ostens noch stärker, da die Bäume seiner Schreckensherrschaft unterstanden. Fest steht, daß den Menschen aus dem Norden die hügeligen Weiten und die Berge nördlich des Großen Wassers, die weniger dicht bewaldet waren, als reizvollere Gebiete zum Ansiedeln erschienen.

Doch nachdem diese verloren waren, hatte das Ostland viel zu bieten. Die Überschwemmungsgebiete der zahlreichen Flüsse eigneten sich bestens zum Getreideanbau und als Weideland, es gab große Vorräte an Nutzholz und viele ergiebige Jagdgründe, in denen sich die Nordländer, die seit den Tagen von Kerys begeisterte Jäger waren, tummeln konnten. Auch das Meer bot reichlich Nahrung, da das Eis einen Großteil der in ihm lebenden Wesen vor sich hergetrieben hatte. Doch erst nach der Gründung des Reiches Morvanhal erkannte man den Reichtum des Ostens und machte ihn sich klug zunutze.

Das Eis

Die Berichte über das Eis im ›Buch des Helms‹ geben ein Bild wieder, das sich von den wechselhaft beschaffenen, bis ins Tal vorgeschobenen Gletscherflächen, die Elof und Kermorvan überquert hatten, wesentlich unterschied. Hier begegnete Elof zum erstenmal der echten Eisdecke und dem massiven Wall des Winters, dem Fasguaith, jenen Gletscherklippen, die die Vorhut seines verheerenden Vordringens waren. Ils' Beschreibung der Bewegung des Eises ist — wie von einer Duergar nicht anders zu erwarten — im wesentlichen zutreffend, vor allem in den vom Meer bestimmten Klimazonen, wie zum Beispiel in der Stadt Am Wasser. Allerdings ist sie etwas vereinfacht; es gibt viele Faktoren, die das Vordringen des Eises beschleunigen oder verlangsamen. Einer davon ist als Basalverschiebung bekannt: Durch das Gewicht des Eises taut eine dünne Schicht unter dem

Gletscher zu Wasser auf, und auf diesem rutscht er mit entscheidend verringerter Reibung voran — nach genau dem gleichen Prinzip, das Schlittschuhläufer anwenden, indem sie ihr Körpergewicht auf messerschmale Kanten konzentrieren. Korentyns eher unsachliche Darstellung von Morvans Niedergang läßt eine Vermutung darüber zu, welche Auswirkung das auf einer bereits gefrorenen glatten Fläche haben kann; einige Gebiete der heutigen antarktischen Eisdecke schwimmen auf darunter begrabenen Seen. Ein weiterer Faktor ist die Jahreszeit; seltsamerweise schob sich das Eis wahrscheinlich im Sommer schneller voran als im Winter. Bei kaltem Wetter verringert sich das Schmelzen unter Druck, und der Gletscher gefriert fester an den Boden darunter; das verlangsamt sein Vorankommen, läßt ihn jedoch wesentlich größere Schäden anrichten, da er große Brocken harten Gesteins mit sich reißt. Viele Berge wurden auf diese Weise abgetragen, und die meisten größeren Seen entstanden durch eine solche Aushebung von Grund. Die Steintrümmer, die auf oder vor dem Gletscherwall befördert wurden, führten zu Erdrutschen in der Art desjenigen, bei dem der Rabe die Wanderer zurückließ, und die im allgemeinen als Moränen bekannt sind.

Schmelzwasser

Ebenso genau ist die Beschreibung der Auswirkungen des Schmelzwassers. Die Kraft der dadurch entstandenen Wasserläufe ist erstaunlich, und oft wird sie noch durch die großen Mengen an Geröll verstärkt, die diese mit sich tragen und die das Eis, das ihnen im Weg ist, einfach wegschleifen. Einige fließen über das Eis, einige darunter hindurch, und dabei schaffen sie Tunnels, die noch größer sein können als der, den die Wanderer entdeckten, manchmal mit einer Breite bis zu vielen hundert Metern; es ist bekannt, daß sie durch den Wasserdruck bergaufwärts getrieben werden können, so wie Ils vermutete. Oft graben sie tiefe Kanäle in den Fels ringsum. Eine vulkanische Tätigkeit unter einem Gletscher, die häufig durch dessen Druck auf das Gestein ausgelöst wird, kann zu einem wahrhaft explosionsartigen Ausbruch führen, zu einem eruptiven Strom aus Wasser und Geröll, den man in Island *Jökulhlaup* nennt.

Der Königshügel (Morvan)

Solche einzelnen Erhebungen wie diese sind tatsächlich nichts Ungewöhnliches im Eis; der Fachausdruck dafür ist *Nunatak.* Die unebene Oberfläche ist charakteristisch. Daß es auf ihnen plötzlich grünt und blüht, ist ebenfalls nichts Seltenes; viele Arten von Pflanzen und sogar Insekten wurden auf Nunataks gefunden, vielleicht dank der Konzentration des Sonnenlichts, das durch das Eis ringsum reflektiert wird. Einige Theorien gehen davon aus, daß sie als Zuflucht für viele subarktischen Lebewesen während längerer Eiszeiten dienten, doch das ist nicht bestätigt.

Es waren wahrscheinlich die Öffnungen im Berg, dank derer die Katakomben so gut erhalten waren, indem sie für eine Zufuhr trockener, kalter Luft in die unterirdischen Gänge sorgten; in den Anden und anderswo wurden Grabbeigaben auf ähnliche Weise über lange Zeit erhalten.

DIE LANDKARTEN

Wie aus dem ›Buch des Schwertes‹ hervorgeht, waren die Menschen im westlichen Teil von Brasayhal während der tausend Jahre seit dem Niedergang von Kerbryhaine in eine vollkommene Isolation geraten. Für die Menschen verschiedener Stämme war alles, was östlich des Meneth Scahas lag, als verlorenes Gebiet aus der

Erinnerung verdrängt worden; die dort herrschenden Gefahren überstiegen ihr Begriffsvermögen, und sie zogen es vor, ihr Denken nicht damit zu belasten; also vernichteten sie auch alle entsprechenden Landkarten. Sie hatten nicht die Absicht, jemals dorthin zurückzukehren. Die Duergar waren nicht ganz so verblendet, doch seit ihrer Flucht nach Westen waren viele Generationen vergangen, und auch sie rechneten nicht damit, jemals zurückzukehren. Die Karte im ersten Band zeigt ungefähr, wie weit ihr Wissen reichte, und es war im Laufe der Zeit immer ungenauer und allgemeiner geworden. So war Kermorvans Reise im wahrsten Sinne des Wortes eine Entdeckungsreise, und er wußte wenig oder gar nichts über die Landschaften und Bedingungen, die er antreffen würde. Erst diese zweite Karte zeigt die wahren Ausmaße von Brasayhal oder vielmehr des Teils von Brasayhal, der frei von Eis war. Denn der Rest jenes großen Landes lag lange Zeit tot und begraben, und es sollte noch viel mehr Zeit vergehen, bevor es jemals wieder das Licht der Sonne erblickte; und wie bei Toten, die nach langer Zeit auferstehen, üblich, hatte sich sein Erscheinungsbild auf traurige Weise verändert.

In der Karte wurden einige Korrekturen angebracht — zum Beispiel hinsichtlich der gesamten südlichen Ausdehnung des Meneth Scahas und der östlichen Grenzen des Eises. Der Vollständigkeit halber wurde die wesentliche Beschaffenheit des Landes im Südosten nachgetragen, obwohl es in dieser Geschichte nicht vorkommt.

FLORA UND FAUNA

Das Leben in dem Waldgebiet, das das ›Buch des Helms‹ beherrscht, war zweifellos erheblich üppiger und vielfältiger als das im Westland, doch im großen und ganzen ähnelten die Lebensformen den heutigen so sehr, daß hierzu keine eingehenden Erwähnungen nötig sind. Am Rande dieser Gegend lebten damals jedoch noch viele ältere und seltsamere Wesen, und das nicht zufällig. Oft sind die Beschreibungen allerdings nicht genau genug, um eine zufriedenstellende Bestimmung zu erlauben; zum Beispiel handelte es sich bei dem Schwarm kleiner Vögel, durch die Tapiau sprach, vermutlich um eine Art von Singvögeln, aber mehr läßt sich unmöglich sagen. In einigen wenigen Fällen lassen sich jedoch anhand von Einzelheiten genauere Rückschlüsse ziehen.

Haustiere

In der Regel sind diese nicht eingehend beschrieben, da die Verfasser zweifellos davon ausgingen, daß sie dem Leser vertraut seien. Was wohl auch zutrifft; dennoch gibt es einige Ausnahmen.

Pony (Zweites Kapitel)
Es gab damals viele deutlich unterscheidbare Arten von Pferden, große und kleine; einige, so wie Kermorvans Schlachtroß, waren von Kerys eingeführt worden, doch die meisten waren einheimische Tiere, die noch nicht lange gezähmt waren, sofern überhaupt. Von dieser Sorte mußten die Reittiere der Reisegruppe gewesen sein, eine ziemlich ursprüngliche Rasse, da sie noch die erwähnten kleinen Seitenhufe hatten. Bei den meisten Pferden jener Zeit hatte sich dieses Überbleibsel vom einstigen dreihufigen Fuß bereits zu einem kleinen Knochenauswuchs am hinteren Schienbein zurückentwickelt. Es ist möglich, daß es sich um eine auf Ponygröße gezüchtete Abart der alten Rasse des *Hipparion* handelte, die etwa um diese Zeit von der moderneren Rasse des *Equus* abgelöst wurde.

Moschusochse (Neuntes Kapitel)
Es besteht vermutlich kein wesentlicher Unterschied zwischen diesen Tieren und ihren heutigen Nachfahren, der Spezies *Ovibos muschatus*, sowohl im Aussehen als auch im Verhalten. Es sind Mitglieder der Unterfamilie *Caprinae* oder Ziegenantilopen, einer robusten Rasse, die besonders während der Langen Winter gedieh; die Moschusochsen und ihre weniger bekannten Vettern, die Gnugemsen, erreichten eine beträchtliche Größe. Es ist jedoch möglich, daß ihr Wachstum ein bewußt von den Duergar angestrebtes Züchtungsergebnis war, und vielleicht traf das sogar auf die gesamte Spezies als solche zu, deren Abstammung sich auf mehrere der verschiedenen Gebirgsziegenarten, die sie als Nutztiere hielten, zurückführen ließe. Fest steht, daß sich der Moschusochse schneller zum Haustier zähmen ließ als viele andere Tiere.

Wilde Tiere

Riesenpferd (Zweites Kapitel)
Die beiläufige Erwähnung dieser Geschöpfe wird durch andere Bände der Chronik untermauert. Derartige Tiere existierten zweifellos tatsächlich; mit großer Sicherheit ist anzunehmen, daß sie der Spezies *Equus giganteus* angehörten, eine der in Brasayhal einheimischen Pferdearten, und nicht, daß sie von Kerys eingeführt worden waren. Sie waren größer als jedes jetzt lebende Pferd. Einst streiften sie wild durch das Grasland von Morvan, und ihre Kraft, ihr ungestümes Temperament und ihre Abneigung gegen jede Zähmung waren sprichwörtlich; ihre Herden boten bestimmt einen ehrfurchteinflößenden Anblick. In späteren Zeiten traf man vielleicht noch welche zwischen anderen Wildpferden im Offenen Land an, wo es wenig Raubtiere gab; daher Kermorvans Vertrauen zu den Ponys.

Riesenhirsch (Viertes Kapitel)
Bei den genannten Tieren handelte es sich zweifellos um die echten *Cervidae*-Hirsche, jedoch nicht die bekannte große Gattung, den sogenannten irischen Elch *Megaceros;* dieser kam in jener Gegend niemals vor. Nach der Beschreibung, insbesondere was die hängende Schnauze und das gebogene, vielfach verzweigte Schaufelgeweih betrifft, kommt der Riesenelch *Cervalces* als Vorfahr eher in Betracht. Sein Geweih konnte eine Spannweite von dreieinhalb Metern erreichen.

Dolchzahn (Viertes Kapitel)
Hier wird dieses gefährliche Raubtier eingehender beschrieben als zuvor, deshalb läßt es sich eindeutig als Säbelzahn-Wildkatze identifizieren und damit als Mitglied der Familie der langzahnigen *Machairodontinae* und nicht der ›krummsäbelzahnigen‹ *Homotheriini.* Allerdings fehlen diesen Tieren die Unterkiefer-›Scheiden‹, die für den eigentlichen *Machairodus* typisch sind, und ihre Größe, sofern sie nicht übertrieben wurde, übertrifft die des *Megantereon.* Es läßt sich mit großer Sicherheit behaupten, daß es sich bei ihnen um den ursprünglichen ›Säbelzahntiger‹ *Smilodon* handelte. Wenn das zutrifft, dann war Kermorvans Mut um so bemerkenswerter. *Smilodon* maß bis zur Schulter annähernd eineinhalb Meter, und er war um einiges schwerer als ein gewöhnlicher Tiger. Er war die jüngste Entwicklung dieser Spezies, und die letzte; auch hieraus läßt sich eine verhältnismäßig neue Datierung der Winter-Chronik ableiten.

Einhorn (Siebtes Kapitel)
Hier geht es zweifellos um das sogenannte ›Wollhaar‹-Rhinozeros. Die gewaltige Größe, der lange pferdeähnliche Körper und das gerade einzelne Horn legen die Vermutung nahe, daß es sich um die größte bekannte Rhinozeros-Spezies handelt, das *Elasmotherium;* allein

sein Horn war annähernd zwei Meter lang. Sein zotteliges Fell und die struppige Mähne — und das typische Büschel eines ›Bartes‹ unter dem Kinn — verliehen diesem Geschöpf zweifellos ein pferdeähnliches Aussehen, das besonders eindrucksvoll wirkte. Das, was in volkstümlichen Legenden über dieses Tier überliefert ist, kann jedoch vermutlich als verläßlichere Quelle angesehen werden als die nüchterne Beschreibung eines neuzeitlichen Rhinozeros.

Andere Tiere

Der riesige Pflanzenfresser, der die Gruppe im vierten Kapitel so sehr in Erstaunen versetzt, ist nicht schwer zu bestimmen, obwohl er sich offenbar am Rande seines Verbreitungsgebietes aufhielt. Die Form des Kopfes und der Pfoten, seine Ernährungsweise und die Hautpanzerung unter einem zotteligen Fell verraten, daß er der Familie der *Mylodontidae* angehört, der späteren Riesenfaultiere, und wahrscheinlich der Spezies *Glossotherium,* denn andere gediehen in diesem Landstrich nicht. Stükke der Haut sind erhalten, vollständig mit Knorpelknötchen, an denen durchaus ein aus großer Entfernung abgeschossener Pfeil abprallte.

Das Tier, das in den Katakomben von Morvan lauerte, ist entschieden schwieriger zu identifizieren. Hinsichtlich seines Aussehens und Verhaltens scheint es den *Mustelidae* verwandter zu sein als den Bären, so daß die Wanderer wahrscheinlich richtig vermuteten, als sie es für eine Art Riesenvielfraß hielten. Das wirft jedoch ein Problem auf: ein solches Tier existierte tatsächlich, allerdings Millionen von Jahren früher, in der Miozänperiode. Das würde es zu einem verblüffenden Anachronismus in der Chronik machen, allerdings nicht den einzigen. Die Mächte, und insbesondere das Eis, könnten durchaus viele derartige Wesen, die in ihren Diensten standen, am Leben erhalten haben, lange nachdem sie in der übrigen Welt ausgestorben waren, indem sie ihnen vielleicht auf und um die Nunataks herum geeignete Lebensbedingungen schufen. Wenn das so ist, besteht die schwer faßbare Möglichkeit, daß auch der *Akszawan* existiert haben könnte, jenes echsenartige Wesen, das im Laufe des ›Buches des Schwertes‹ Elof und Kermorvan in ihrem Lager überraschte. Seine reptilienhafte Natur ist schwerlich in Übereinstimmung zu bringen mit seiner Fähigkeit, im kalten Klima der nördlichen Berge zu überleben und sein Dasein zu fristen. Es könnte sich jedoch um eine Übergangsstufe zwischen Reptil und Säugetier gehandelt haben, die Urform aller Säugetiere, in der sich das Skelett eines Reptils und die Körpereigenschaften von primitiven Säugetieren sowie eine ›Warmblütler‹-Physiologie vereinigten. Doch diese Gattung, deren bekanntester Vertreter der geflügelte *Dimetrodon* ist, lebte in permischer Vorzeit — einer Epoche also, in der es interessanterweise ebenfalls einige strenge Eiszeiten gegeben haben könnte. Wenn es also wirklich ein Zwitterwesen aus Reptil und Säugetier war, dann wurde seine Gattung für mehr als zweihundertfünfundzwanzig Millionen Jahre am Leben gehalten.

Der Wald

Die Bäume und Pflanzen des Waldes entsprachen, soweit sich das sagen läßt, so ziemlich den heute vorkommenden, und, wo möglich, wurden im Text die modernen Begriffe dafür verwendet. Allerdings war die Ökologie, in der sie gediehen, eine andere. Der Wald mag die fruchtbarste Landschaft in Brasayhal gewesen sein, so vielfältig und kräftig war das Wachstum, das er hervorbrachte. Doch wie im heutigen Regenwald stand diese große Pyramide des Lebens auf einem sehr anfälligen Unterbau. Sein ökologischer Kreislauf basierte auf der schnellen Umwandlung von Wasser und Nährsubstraten, und der Mutterboden darunter war weder tief noch besonders fruchtbar. Tapiaus Angst vor dem Überfall des Eises einerseits und vor dem Raubbau der Menschen andererseits war also sehr wohl begründet, denn wenn er erst einmal gefroren wäre, könnte der Boden den Wald nicht mehr ernähren, und wenn der Wald erst einmal gerodet wäre, könnte er sich nicht so schnell regenerieren. Und tatsächlich, die nördlichen Gebiete wurden bald von Gras überwuchert, während im Süden nur allzuoft der ungeschützte Mutterboden im Sommer schlichtweg austrocknete und weggeweht wurde. Dem heutigen Zustand dieser Gegend nach zu urteilen, war das offenbar letztendlich ihr Schicksal. Es scheint unwahrscheinlich, daß ein so großes Waldgebiet so einfach zugrunde gehen konnte; und doch waren große Flächen der Sahara in nicht allzuweit zurückliegender Zeit die Wälder, aus denen Hannibal seine Elefanten holte.

BEVÖLKERUNG

Die Völker des Ostlandes

Auf den ersten Blick könnte man aus der Winter-Chronik den Eindruck gewinnen, daß das Volk, das im Ostland verblieben war, sich kaum von seines Stammesgleichen im Westen unterschied, weder in der Sprache noch in den Gebräuchen. Bryhon hatte kaum Schwierigkeiten, sich als einer der Ihren auszugeben, und die Wanderer wurden mühelos verstanden und akzeptiert. Doch es gibt Anzeichen dafür, daß diese oberflächliche Ähnlichkeit trügerisch war; es gab durchaus tieferliegende Unterschiede. Zum Beispiel war die Penruthya-Sprache die herrschende Umgangssprache, wie auch in Bryhaine, doch hier wurde ein sehr ausgeprägter Dialekt gesprochen, archaisch und mit vielen Wortformen aus der Svarhath-Sprache. Wenn die Wanderer sich nicht bereits an die archaische Sprache der Waldbewohner hätten anpassen müssen und sie nicht Svarhath als

Muttersprache oder zumindest fließend beherrschten, hätten sie wesentlich größere Schwierigkeiten gehabt. Svarhath, das von den Waldleuten gesprochen wurde, hatte sich weniger verändert, vielleicht weil es vor allem mündlich überliefert war, vor allem jedoch wegen seiner Eigenschaft einer ›Minderheiten‹-Sprache. Dieser Status wurde ihr nicht aufgezwungen, wie es in Kerbryhaine der Fall war, sondern spiegelte einfach die zahlenmäßige Stärke des jeweiligen Volkes wider wie auch dessen Anteil an öffentlichen Belangen.

Die Sprache weist also den Weg zu einem viel tiefergehenden Unterschied. Das Land Morvannec beherbergte eine Mischung von Rassen, die Kerys in der Vergangenheit begründet hatte; es war nicht in klar unterscheidbare Gruppen aufgeteilt, wie es sich in Morvan abzeichnete, oder in getrennte Länder, wie es im Westland zu dessen eigenem großem Nachteil geschah. Nordländer und Südländer, Svarhath und Penruthya lebten überall im Land in gemischten Gemeinschaften. Innerhalb der Gemeinschaften neigten die Nordländer jedoch zu einer Art Stammesverhalten; sie wohnten in bestimmten Vierteln und hielten ein Monopol in bestimmten Geschäftsbereichen, wie zum Beispiel der Fischerei sowie der Landwirtschaft und des Handels in kleinerem Umfang. Die Penruthya beherrschten die Regierung und Verwaltung sowie Landbesitz und Handel in großem Umfang, doch alles, was mit Finanzen zu tun hatte, lag in den Händen der Goldschmiede-Zunft, die sich überwiegend aus Svarhath zusammensetzte. Im großen und ganzen lebten die beiden Rassen in gutwilliger gegenseitiger Duldung nebeneinander (obwohl man sich jeweils mit mehr oder weniger derben Scherzen über die andere Seite lustig machte). Die Katastrophe von Morvan hatte sie so sehr zusammengeschweißt, wie sie den Westen geteilt hatte.

Die Ur-Gruppen

Eine Nebenerscheinung dieses Vorgangs in Morvannec waren anscheinend die politischen Gruppierungen der Ur-Einwohner, die zur damaligen Zeit die Geschicke von Kerbryhaine so übel beeinflußten. Wenn man früheren Chroniken glauben will, dann bewirkten sie den Aufstieg Kerys', als — wie es so oft geschieht — zu Reichtum gekommene Bürgerliche sich im Interessenkonflikt mit dem alten Landadel befanden, der das Land aufgebaut und in gewissem Sinne diesen Reichtum möglich gemacht hatte. Viele Familien schlossen sich der einen oder anderen Gruppierung an und vererbten dieses Gefühl der Rivalität an ihre Nachkommen. Das erscheint nur allzu glaubhaft, war es doch der gleiche Konflikt, der die Klassen der Patrizier und der Plebejer in den Anfängen des alten Roms trennte und später die Familien der Welfen und der Gibellinen. Und wie bei diesen, wurde er von Generation zu Generation weitergegeben, bis man schließlich die Ursprünge vollkommen aus den Augen verlor. Ererbter Wohlstand verschaffte den mächtigsten Plebejern bald das Aussehen von Aristokraten, während viele Patrizierfamilien ihren Reichtum und ihr Ansehen einbüßten. Und obwohl die Plebejer vorgaben, für das einfache Volk zu sprechen, standen die Patrizier diesem im Geiste und in ihren Interessen oft näher, und sie genossen seine Unterstützung. Die Gruppierungen bildeten sich zunächst im Penruthya-Volk heraus, doch wegen der Vermischung durch Heirat und aufgrund gemeinsamer Interessen weiteten sie sich bald bis zu den Svarhath aus dem Norden aus.

Die königliche Familie von Kerys, die Ysmerien-Dynastie, hielt sich für gewöhnlich aus diesen Zwistigkeiten heraus und bemühte sich, Frieden zu stiften und die Gruppen wieder zu vereinen, wie sie es mit den beiden Völkern getan hatten. Manchmal gelang ihnen das bei mehreren Generationen hintereinander, doch früher oder später machten sich die alten Uneinigkeiten wieder breit. Ein jüngerer Sohn aus der Ysmerien-Familie verließ Kerys und brach in das neue Land Brasayhal auf, um dort eine Kolonie zu gründen, die Morvannec werden sollte; seine Nachkommen gründeten Morvan und nahmen den Namen der Hauptstadt, Kermorvan, als neuen Familiennamen an. Doch auch dort konnten sie dem alten Umfeld nicht entkommen; ihre Gruppen folgten ihnen. Doch während der vielen gedeihlichen Jahrhunderte, in denen Morvans Wohlergehen anhielt, gab es keinen ernsthaften Grund für eine Spaltung, und die Könige unterdrückten mit strengen Strafen jeden gelegentlich aufkeimenden Streit; die feindlichen Lager machten sich nur noch in kleinen familiären Rivalitäten bemerkbar, und bei den Nordländern war überhaupt nichts mehr davon zu spüren. Doch als die Bedrohung durch das Eis zunahm, gewannen auch die Gruppierungen wieder ihre Bedeutung. Es war auch keine günstige Voraussetzung, daß die Könige, wann immer sie eine starke Unterstützung brauchten, sie diese immer eher bei den Patriziern fanden. Viele Plebejer trachteten danach, die königliche Macht einzuschränken oder sogar eine ›Volks‹-Regierung in irgendeiner Form einzuführen. Doch als sie in Bryhaine eine entsprechende Möglichkeit hatten, schufen sie das System des Syndikats, bei dem die Herrschaft ebenso vom finanziellen Status abhing wie bei der alten Aristokratie und das ebenso undemokratisch wie die Monarchie war.

Der Wandel der Zeit und der Geschicke stellte sicher, daß keine Familie eine der beiden Gruppierungen sehr lange beherrschte; einige gingen im Laufe der Jahrhunderte sogar von der einen zur anderen über. Doch für das ›Buch des Helms‹ ist es von Bedeutung, daß die *Heren* immer stark bei den Plebejern vertreten waren. Wie die königliche Familie vereinten auch sie in sich das Blut beider Stämme, doch sie waren unerschütterliche Populisten und überzeugte Gegner des Königtums; in Morvan fügten sie ihrem Familiennamen die Vorsilbe *Brybei*, was soviel wie frei bedeutete, aus Protest gegen die neue Monarchie. Im allgemeinen war das offenbar eine sehr ehrenhafte Familie, die in manchen Zeiten mehr Menschlichkeit und Friedfertigkeit an den Tag legte als die Könige, ihre Gegner. Doch zweifellos entstand in ihrer Mitte der finstere Kult des Eises, und sicher wurde er nur an einen sorgsam ausgewählten und besonders vorbereiteten Kreis weitergegeben. Dennoch ist es bemerkenswert, daß ausgerechnet in Morvannec die Familie der Bryheren durch zufällige Tode dezimiert wurde, und zwar eine oder zwei Generationen nach dem Niedergang Morvans, jener Stadt also, die die harmonischste Gesellschaft im ganzen Land hervorgebracht hatte. Das Königreich Morvanhal sollte diese Tradition fortsetzen; die feindlichen Lager wurden durch Gesetzeserlaß und aufgrund einer Volksabstimmung verboten, und nie mehr kam ihnen irgendeine Bedeutung zu.

Das Waldvolk

Über den Ursprung dieses merkwürdigen Volkes braucht nicht mehr gesagt zu werden, als im Text erwähnt ist, und über ihr letztendliches Schicksal ist wenig bekannt. Es sind jedoch einige Mutmaßungen möglich. Der Name, den sie sich selbst gaben, lautete *Alvar*, doch die Duergar mit ihrer üblichen klugen Einsicht in die Dinge nannten sie ›Kinder Tapiaus‹. Denn in Wahrheit hatten sie sich zu Kindern zurückentwickelt, die in allen Dingen von ihrem Allvater Tapiau abhängig waren. Obwohl ihre Körper gut an ein Leben in einer natürlichen, primitiven Umwelt angepaßt waren, läßt das Bild, das in der Chronik von ihnen gezeichnet wird, ahnen, daß das für ihren Geist nicht zutraf. Denn anscheinend fehlten ihnen sowohl die guten als auch die schlechten Eigenschaften von wirklich primitiven Menschen, jene urtümliche rohe Kraft, die ihnen erlaubt hätte, selbständig zu überleben und zu gedeihen. Sie waren gefährliche Krieger, doch nur auf Tapiaus Geheiß; aus eigenem Antrieb kämpften sie niemals, auch nicht gegeneinander, höchstens in sportlichem Wettstreit. Diese friedliche Veranlagung mag zivilisierten Menschen als Tugend erscheinen, doch selbst die menschenähnlichsten Affen morden und führen ohne besondere Veranlassung Stammeskriege; vielleicht ist es einfach ein Drang, den sie befriedigen müssen. Doch die friedlichen Künste waren bei den Alvar auch nicht besser ausgeprägt, wenn man Morhuens Schicksal bedenkt. Wie lange konnte ein solches Volk in dem bevorstehenden Wandel überleben? Und könnte es jemals wieder denselben steilen Hang erklimmen? Wenn genügend von ihnen unverändert überleben würden, könnten sie vielleicht überdauern. In anderen Ländern halten sich Legenden von einer Rasse altersloser, übernatürlicher Wesen, die gleichzeitig Waldbewohner, Bauern und Sonderlinge sein sollen, doch mit Palästen und Königen, die an Pracht und Großartigkeit die der gewöhnlichen Menschen bei weitem übertreffen. Vielleicht war auch hier Tapiau am Werk, und diesmal mit größerem Erfolg. Doch wo sich einst die großen Wälder von Brasayhal erstreckten, sind keinerlei derartige Traditionen erhalten, und es gibt keine Spur von dem Volk, das dort einst umherstreifte. Vielleicht hat sich am Ende die menschliche Natur als widerstandsfähiger und weniger für Tapiaus Machenschaften anfällig erwiesen, als er gedacht hatte, und ihre Nachfahren haben wieder menschenähnliche Gestalt angenommen. Doch es mag von Bedeutung sein — oder auch nicht —, daß die Legenden von menschengroßen, in Bäumen hausenden Affen erzählen, die angeblich in dem Dschungel weit im Süden überlebt haben, obwohl es dort niemals Menschenaffen gegeben hat; das einzige, das man jemals angetroffen hat, waren besonders große und langgliedrige Primaten.

Die anderen seltsamen Geschöpfe, denen Elof und seine Kameraden begegneten, können strenggenommen nicht als Volk bezeichnet werden. Es waren, wie Tapiau sie beschrieb, die Diener niederer Mächte. Doch ihre Aufgaben und ihre Natur zwangen sie zu körperlicher Gestalt, und in dieser Gestalt lebten und vermehrten sie sich womöglich; und zweifellos hatten sie auch so etwas wie Geist und Seele, wenn auch bestimmt nicht vergleichbar mit den menschlichen. In keinem Bericht ist überliefert, daß Tapiau Elof gegenüber mehr über sie preisgegeben hätte, doch an einigen Textstellen sind Namen angefügt, vermutlich aufgrund von Duergar-Wissen und -Tradition. Vielleicht hat Ils selbst sie herausgefunden, obwohl sie zur betreffenden Zeit offenbar nichts oder wenig über sie wußte. Die menschenähnlichste dieser Gestalten, jenes Geschöpf, das Ermahal holte, wird in der Duergar-Sprache *Rhuzalkh* genannt. Sie wurden nicht für durch und durch bösartig gehalten, denn anscheinend gehörte Töten nicht zu ihren Gepflogenheiten; und von allen Mitgliedern der Gruppe, die umkamen, ist lediglich Ermahal nicht als eine von Taounes Schattengestalten erschienen. Doch man fürchtete sie, denn sie riefen Träume und Trugbilder hervor und waren offenbar von dem Drang besessen, an diesen teilzuhaben, vielleicht weil sie sich davon ernährten. Dabei umgarnten sie den Träumenden mit körperlichen Reizen und lockten ihn auf sonderbare Pfade, von denen nur wenige zurückkehrten, und die Verlorenen gaben sich ihnen offenbar im vollen Besitz ihrer Sinne hin. Und immer sah es so aus, als seien sie glücklich, was den Duergar als das schlimmste erschien.

Die Ungeheuer, die in den Seen wohnten, nannten die Duergar *Vadyanei,* und vor ihnen fürchteten sie sich weniger. Ihre körperliche Gestalt war wie beschrieben, dicken Seehunden nicht unähnlich, doch mit grapschenden vorderen Gliedmaßen und riesigen Köpfen. Früher traf man ihre Dämme in vielen Flüssen und Seen an, und anscheinend bewachten und hegten sie solche Stellen; sie waren von schlichtem Geist und ungestümem Gemüt, jedoch selten gefährlich, außer wenn man sie reizte. Als die Duergar anfangs ihre unterirdischen Wasserwege anlegten, drangen die Vadyanei häufig in sie ein und brachten Schiffe und deren Mannschaften in Gefahr, und es war schwierig, sie zu vertreiben. Doch seit Tausenden von Jahren wurden keine mehr gesehen.

Beide Sorten waren den Menschen unbekannt und hatten in ihrer Sprachen keinen Namen. Nicht so jedoch die Geschöpfe der Jagd; in den volkstümlichen Legenden von Bryhaine waren sie als eines der Hauptschrecknisse des Aithannec bekannt, wo sie zweifellos von Tapiau angesiedelt worden waren, um gegen eindringende Menschen vorzugehen. Als Gruppe wurden sie *Belgoryhon* genannt, was wahrscheinlich soviel bedeutete wie Wilde Jagd, doch das einzelne Geschöpf nannte man *Gourvlyth,* was ungefähr das gleiche bezeichnete wie das neuzeitliche Wort Werwolf. Auch das Duergar-Wort *Vrkalak* ist damit zu vergleichen. Das deutet auf eine gewisse menschliche Identität hin, doch nach allen Beschreibungen sind sie etwa doppelt so groß wie ein Mann, und nirgends wird erwähnt, daß sie ihre Haut oder ihre Gestalt verändern können. Andererseits wurden sie niemals bei Tag gesichtet. Doch wahrscheinlicher ist, daß sich der Name auf ihr Aussehen bezieht und vielleicht auf den Geist hinter der Stirn dieses Untiers. Mit Sicherheit besaßen sie eine beängstigende Intelligenz, und wenn sie einmal eine Fährte aufgenommen hatten, konnte sie keine Hinterlist und kein Tücke davon abbringen. Elof und seine Kameraden hatten Glück, daß es bei ihrer Flucht nur *Alvar* in der Nähe gab. Sehr wahrscheinlich befand sich die Jagd noch westlich des Meneth Aithen, um Wache zu halten, falls die Ekwesh eindringen sollten. Angeblich bestand ihre ursprüngliche Aufgabe darin, die Geschöpfe des Eises aufzuhalten, und dafür wurden sie von den Vorfahren der Duergar geehrt, ja sogar angebetet, da diese bereits schon einmal unter dem Eis gelitten hatten. Die Menschen kannten sie nur als Schrecken der Nacht, und aufgrund der Tatsache, daß sie im Schatten der Bäume lebten, wurden sie vielleicht ungerecht beurteilt. Es ist wert bemerkt zu werden, daß sie, als sie die Reisegruppe in Angst und Schrecken versetzten, letztendlich nur Kasse, den Schurken, umbrachten. Selbst mit seiner mörderischen Opfergabe gingen sie behutsam um.

DER HADER DER MÄCHTE

Im ›Buch des Helms‹ geraten die beiden großen Mächte des Langen Winters zum ersten Mal in Widerstreit — die Kunst des Zauberschmiedens in den Händen eines Menschen — wenn auch eines ganz außergewöhnlichen Menschen — gegen den beherrschenden Willen der Mächte selbst. Und wenn auch kein Zweifel daran besteht, wer den ersten ehrenvollen Sieg davontrug, so muß doch noch einiges erklärt werden.

Die Mächte

Die im ›Buch des Helms‹ geschilderten Ereignisse brachten Elof in eine viel engere Verbindung zu den Lenkern der Welt als irgendeinen anderen Menschen, soweit die Erinnerung zu seiner Zeit zurückreichte, obwohl man in der Chronik möglicherweise Berichte über andere findet. Er erfuhr viel über ihre Stärken und Schwächen, und, wie der Chronik zu entnehmen ist, einen großen Teil dieser Erfahrung verdankte er Tapiau. Zweifellos befriedigte der schlaue Herr des Waldes, der spürte, daß er es hier mit jemandem zu tun hatte, bei dem seine üblichen Verlockungen wenig fruchteten, statt dessen teilweise

Elofs Wissensdurst, eine seiner stärksten Leidenschaften, und versuchte, ihn auf diese Weise zu umgarnen. Denn obwohl er sich die Menschen mit Gewalt hätte gefügig machen können, zog er es vor, ihnen zumindest die Illusion zu geben, sie könnten sich frei entscheiden; die Illusion, die er sich für sich selbst zurechtgebastelt hatte, wurde auf diese Weise am wenigsten gestört.

Dennoch ist es unwahrscheinlich, daß Tapiau so vieles von entscheidender Wichtigkeit über sich und die anderen Mächte derart freimütig enthüllt hat, wie es in den Berichten dargestellt ist, und dazu noch alles auf einmal. Es ist eher zu vermuten, daß er die Auskünfte in quälend kleinen Bruchstücken erteilte, wobei er vielleicht Elofs überragenden Geist und sein gutes Gedächtnis unterschätzte, ebenso wie seine Fähigkeit, Tatsachen und Wahrheiten mit demselben Geschick zu verschmelzen und miteinander zu verbinden, wie er das mit Metallen konnte. Außerdem kann es sein, daß Wahrheiten, die Elof später von Kara erfuhr, bei späteren Überarbeitungen des Textes bereits an dieser Stelle eingefügt wurden.

Um der Straffung der Erzählung willen mußten viele interessante Mutmaßungen, die Tapiau in den Mund gelegt wurden, aus dem Haupttext gestrichen werden, doch da die eine oder andere für die Handlung von Bedeutung ist, sind sie es wert, hier wiedergegeben zu werden. Zum Beispiel, was Louhi und ihr Bedürfnis, den Tarnhelm zu gebrauchen, betrifft. Sie war ein entschieden stärkeres Wesen ihrer Sorte als Kara und offenbar in der Lage, ganz nach Belieben menschliche Gestalt anzunehmen, warum also gelang ihr das mit anderen Erscheinungsformen dann nicht ebenso mühelos? Die Antwort liegt wahrscheinlich vor allem in der großen Belastung, die das Eis ihr auferlegte; Menschengestalt kann von den meisten Mächten am leichtesten angenommen werden, da ihnen in diesem Fall das geistige Vermögen am ehesten entspricht, und sie hatte wenig überschüssige Energie zur Verfügung. Doch ihr war klar, daß sie sich verwandeln mußte, und wenn auch nur, um mit Kara mitzuhalten. Die Kraft des Helms war von einer anderen Art, da sie eher auf Tarnung denn auf Gestaltverwandlung beruhte, und die Macht, die dem Helm innewohnte, war nicht die ihre.

Ein weiteres verwirrendes Rätsel an Louhi — oder vielmehr ihrem wahren Ich, Taounehtar — ist das Verhältnis, in dem sie in Wirklichkeit zu Taoune stand. In einigen Berichten wird sie als seine Tochter dargestellt, in anderen als seine Gemahlin. Diese Version stammt aus dem Munde des Raben und klingt daher um so glaubwürdiger. Daß Taoune schon lange zu einem schwächlichen Schatten seiner früheren Macht geworden war, wie Tapiau andeutete, entspricht vermutlich der Wahrheit. Doch die Chronik berichtet, daß Tapiau daran weniger Anteil hatte, als er vorgab.

Die Kunst des Zauberschmiedens

Die Beschreibung der Schmiedekunst im ›Buch des Helms‹ bestätigt, daß sich in jenen Jahren die reine Wissenschaft der Metallverarbeitung auf einem Höchststand befand, der kaum jemals wieder erreicht wurde — und nicht nur, was die bemerkenswerte Person Elofs betrifft. Die Technik, die er bei der Schaffung der Helm-Krone anwandte, ist zweifellos jene, die heute als Elektrolyse oder Galvanostegie bekannt ist. In dem Bericht kommt deutlich zum Ausdruck, daß er diese nicht selbst entdeckte, sondern auf eine alte wissenschaftliche Erkenntnis zurückgriff. Er war jedoch vermutlich der erste, der sie zum Galvanisieren von Metallen umsetzte; es gibt keinen Hinweis darauf, daß das Alte Volk sich vor ihm dieser Methode bedient hätte. In der Annahme, sie hätten es getan, nimmt Ils jene gönnerhaft-herablassende Haltung den Menschen gegenüber ein, die selbst für den liebenswürdigsten Duergar typisch ist. Zweifellos wandten sie die Elektrolyse an, um seltene Metalle zu verfeinern; ob die menschlichen Schmiede diese Kunst von ihnen erlernten oder unabhängig von ihnen entwickelten, bleibt ungewiß.

Wenn es fragwürdig erscheint, daß eine ansonsten technisch nicht sehr hoch entwickelte Kultur die Elektrizität gekannt haben soll, dann dürfen wir andererseits nicht vergessen, daß wahre Schmiedekunst der gewöhnlichen Technologie einen ganz eigenen Stellenwert verlieh. Außerdem sollten wir an die geschickten Silberschmiede an den Stätten des Altertums, zum Beispiel in Bagdad und am Tigris, denken, die zu Anfang jenes Jahrhunderts mit primitiven Kupferbatterien und Eisen in Keramikbehältern, die mit Säure gefüllt waren, Galvanisierungsarbeiten durchführten; es wurde angenommen, daß sie diese Technik vom Westen gelernt haben. Heute bestehen allerdings berechtigte Zweifel daran. Unter kürzlich im Nahen Osten aufgetauchten archäologischen Funden befanden sich kleine Keramikbecher, die an Erdharz angeschlossene Kupferzylinder und korrodierte Eisenbänder enthielten — also Batterien von annähernd der beschriebenen Art. Sie wurden an mindestens drei verschiedenen Orten gefunden, ausnahmslos am Tigris in der Gegend um Bagdad, und alle datierten aus der Zeit des Römischen Reichs.

Es steht außer Zweifel, daß die Schmiedemeister in Elofs Zeit zumindest einiges vom Wesen der Elektrizität wußten, wenn auch von einem ganz anderen Standpunkt aus. Als Elof sich daran machte, sein sonderbares Erbe mit Hilfe des Blitzes neu zu schmieden, wußte er zweifellos, was er tat, obwohl er, ermutigt durch seinen geheimnisvollen Besucher, womöglich die grauenvolle Gefahr unterschätzte. Doch wahrscheinlich hätte kaum eine andere Methode ihm erlaubt, eine so rätselhafte Klinge geradezubiegen; der kurze Einblick, den er in ihre Beschaffenheit erhaschte, erinnert an moderne hochbrechende Materialien, wie zum Beispiel Kohlenstoffasern, die äußerst hitze- und stoßunempfindlich sind. Er hatte bei einem Schmiedemeister der Duergar gelernt, und zumindest diese waren weitgehend aufgeklärt über die Wirkung der Kräfte bei der Bearbeitung von Materie. Bei der Beschreibung seines Hammers beweist Elof, daß er viel von ihnen gelernt hatte; und während der schwersten Prüfung seines Lebens, als er alles andere verloren zu haben glaubte, erwies sich dieses Wissen für ihn als lebenswichtig.

DIE CHRONIK

Warum das ›Buch des Helms‹ so genannt wurde, ist schwer zu sagen; ob wegen des seltsamen Helms, der wie eine Krone gestaltet war und der den Willen einer Macht brach, oder wegen jenes anderen, der in die Welt zurückgeholt wurde, nachdem er jahrhundertelang unter dem Eis gelegen hatte, als Symbol der Erneuerung und Wiedergeburt — wer weiß? Doch mit größter Sicherheit geschah es wegen des Tarnhelms, des zweiten von Elofs Gesellenstücken, das er in seiner Jugend geschaffen hatte und das ihn während seines ganzen ereignisreichen Lebens immer wieder heimsuchte und dieses formte, wie er selbst seine Werkstücke geformt hatte. Denn es war der Tarnhelm, der hinter allen Auseinandersetzungen und Kämpfen jener Zeit steckte, der ihn sowohl in Gefahr brachte als ihm auch schließlich den Sieg bescherte und letztendlich die Erfüllung seines Versprechens und seiner Sehnsucht herbeiführte.